嘉树欲相依

南朝彭城刘氏家族文学

郭慧／著

社会科学文献出版社
SOCIAL SCIENCES ACADEMIC PRESS (CHINA)

序

在一个据称是66年以来最冷的冬日，阳光却格外明丽，我在居室南阳台靠窗而坐，眼前摊开郭慧君当年博士毕业前送阅的学位论文，仿佛又回到了四年前的时光。2021年元月4日，忽然接到郭慧君的来信，告知她在博士学位论文基础上修订而成的书稿《嘉树欲相依：南朝彭城刘氏家族文学》即将出版，望能帮助作序，随后发来电子版书稿。作为其博士学位论文指导老师，我真是为她高兴。于是想起那本阅过的博士学位论文，家中遍寻不得，又赶往学校教研室，方从书柜上觅得。今日得暇重阅，仿佛重启2012~2016年与郭慧君教学相长的尘封往事，时隔不久，许多细节已是难以记清，不禁感慨系之。

1500多年前，南朝彭城刘氏家族逐渐由武转文，出现了以刘孝绰、刘孝仪、刘孝威、刘令娴等为代表，70人"并皆能属文"的庞大家族文人群体，他们在南朝梁代声名显赫，地位高华，在文坛影响甚大，为南朝文学乃至中国古代文学做出了重要贡献。然而时光流逝，大浪淘沙，加以典籍多难，他们的生平事迹和作品著述已经散佚殆尽，这个家族为文学发展做出的贡献竟已近于湮没无闻！在当今教育体制之下，中文系本科生不闻刘孝绰等作家大名，中文系研究生除学习魏晋南北朝文学者也鲜能知晓，相关学者用功能及而少有深究。郭慧君却与之如有宿缘，透过悠久历史的尘封，立志以之为题做一篇博士学位论文一探究竟，这当然是一件极困难又极有意义的事。郭慧君读硕士期间师从《文史哲》编辑部资深编辑周广璜教授，受广璜老师课业的影响，对南朝文学产生了浓厚兴趣，学位论文题目是《〈玉台新咏〉女性诗人研究》，由此接触到彭城刘氏家族的刘令娴、王叔英妻等女性诗人。2012年，郭慧君硕士毕业便报考了我的博士生，次年在考虑学位论文选题时她提出要做《南朝彭城刘氏家族文学研究》这个题目，我以为可行，还特意请我的导师张可礼先生前来把关。时可礼师已经退休，但对学生的请求仍然不辞辛劳、无私付出。得到可礼师肯定之后，我与郭慧君便坚定了选题的心意。

此后，郭慧君遵循学问之道，专心致志，孜孜以求。继续搜集和读解原始资料，细大不遗，苦心钻研。经过细心考察，发现彭城刘氏家族今存诗194首，文81篇，有诗文存世的作家15人。她钩稽史料，对以这15人为主的家族成员一一做了简要介绍，考察了他们的世系关系、生平和著述等情况；对每一篇诗文认真读解，现在书末附录的刘孝绰、刘孝威及彭城刘氏家族其他成员诗歌选注基本是在当年用功基础上修订而成的。由资料的读解逐渐引申出问题，持续的思考是博士学位论文写作的炼狱常态。犹记得郭慧君思考关于刘孝绰被到洽所劾"携少妹于华省"的问题时，对所携是"少妹"还是"少姝"忽有心得，跟我说："'妹'可以改为'姝'，'姝'也可以改为'妹'呀！老师，我这样想是不是异想天开？"我听后觉得很有道理，鼓励她继续大胆思考、仔细论证。数年时间，郭慧君就是在这种细心阅读和思考中度过的。她心无旁骛，一心向学，功夫不负有心人，答辩前她终于拿出了20多万字的毕业论文。论文系统论述了彭城刘氏家族的文学创作，以刘绘、刘瑱、刘孝绰、刘孝仪、刘孝威、刘令娴、王叔英妻等为典型个案，梳理了刘氏家族文学发展的历程，重点论述了其创作特色和对南朝文学的贡献；并注意从个体创作角度观察时代风气，概述彭城刘氏家族文学如何体现时代文学的烙印、展现时代文风的变迁；得出彭城刘氏家族虽然未脱南朝文风的大范畴，但也有一些个性的实在结论。

2016年5月，在博士学位论文答辩会上，答辩主席王琳教授，答辩委员周广璜教授、李雁教授、刘培教授和李开军教授对郭慧君的论文成绩和优点给予了充分肯定。他们认为《南朝彭城刘氏家族文学研究》选题有特点、有难度、大小适中，占有资料全面，注重文本与史料的细读，对重要作家尤其是刘孝绰的论析多有精彩之笔，行文干净利落而不乏灵动清雅，善于运用对比方法论析来凸显对象特点，等等；但也存在一些有待改进之处，如有的地方论析嫌于简略，缺少与其他家族的横向比较，等等。现在重读郭慧君的论文和书稿，仍然感到五位教授的评价是中肯的。

郭慧君是书用力最多的刘孝绰研究，实际也是论述的核心和精彩的部分。全书共六章，刘孝绰独占两章。刘孝绰是彭城刘氏家族文学的冠冕，《梁书》有传，备受昭明太子赏识，至于独让孝绰编辑萧统自己的文集并为之作序，孝绰本人诗文作品传世较多，文有18篇，诗有69首，还极可能参与编著了《诗苑英华》和《文选》，因此全书集中笔墨多予考察是合理的。其中关于刘孝绰的几段文学公案要出新意甚为困难，一是资料少，二是已有前贤讨论，而郭慧君没有因此放弃，她在细读史料、仔细思考的基础上，对前贤时论的观点讨论辨正，得出令人耳目一新又合乎情理的结论，可以自成一说。如先是推论颜之推《颜氏家训·文章篇》所云刘孝绰所"撰《诗苑》"乃是萧统《答湘东王求〈文集〉及〈诗苑英华〉书》云《诗苑英华》，亦即《隋书·经籍志》著录梁昭明太子撰之"《古今诗苑英华》十九卷"，然后从"具名"与"实修"之别、编辑者年龄大小、家学渊源等三个方面论证其可能性，可备一说。又如考察刘孝绰被劾公案，从字形特点、重孝之风、律法通则、用语辨析、人伦常情和相关人物生平等几个方面多层皴染，驳难旧说，推论新见，得出刘孝绰所携只能是"少姝"而不可能是"少妹"的结论，读来津津有味又令人信服。

郭慧君审美感受细腻，在论述南朝彭城刘氏家族文学创作的整体特点和规律性现象时，往往不是演绎推论，而是在具体分析的基础上总结归纳。作者在全书普遍注意使用对比之法，并把她的审美感受理性化。类似作家、作品之间的对比几乎贯穿全书。类似作家之间的对比如将刘令娴与谢道韫、鲍令晖进行对比，指出刘令娴诗情更体现女性本真；类似作品之间的对比如论刘孝仪《咏织女》诗，将之与《古诗十九首》"皎皎河汉女"、鲍照《和王义兴七夕》等进行对比，通过对织女"欲待黄昏后，含娇渡浅河"的诗情分析，得出刘孝仪诗放弃牛郎织女故事的悲调、反弹琵琶，转写织女夜晚幽会"满心欢愉"的结论，点出了刘孝仪该诗的特点和价值所在。又有同一作品各种异文之间的比较，如辨正刘孝绰《夕逗繁昌浦》诗"安波似未流"不应当是《艺文类聚》所引"安波似天流"，令人体会到佳句的好处。比较方法的普遍运用，有效凸显了研究对象的特点和价值，在家族文学研究中避免了千人一面、说共性多而说个性少、罗列事象而缺少深入观察等常见的问题。这些细碎而众多的清新之笔，星星点缀，随处可见，如春来河畔青青之草，虽然不像论刘孝绰公案那样独立显赫而引人注目，合书想来，自能楚楚动人。这种比较的方法运用得好，再开阔一些视野，便会观察到诗史流变的规律性现象。如论刘孝绰的侍宴诗，在陈述其建安公宴诗之源并进行比较分析之后，总结侍宴诗发展流变的趋势说："侍宴诗萌芽发展，至于南朝，渐不以饮食歌舞为要旨。"且简要分析原因，加深了读者对此类题材诗作从诗史角度上的理解。又如分析研究刘氏家族女性文学创作之后，总结两性创作上的差异，颇助于加深对中国古代女性文学特点的认识。如此建立在审美感受和细致分析基础之上的认识便如河畔种草之中偶然闪现的奇树，令人合书深味，值得进一步深入探究。

在书中，郭慧君的文献考论也是散点存在的。如考论《谢西中郎谘议启》《谢东宫启》作于中大通三年（531）萧统去世之前，据对"孤石庙"的考察论《谢安成王赍祭孤石庙胙肉启》作于萧秀任江州刺史期间，考论《为鄱阳嗣王初让雍州表》作者归属不是刘孝绰而可能是刘孝仪，等等，都体现了务实求真、多闻善思的学风。只是她不做烦琐论证，不为了考证而考证，而更乐于把考论作为审美分析的铺垫。

郭慧君为人灵慧而谦和，好学而思细，志意单纯贞正。她的本科就读于山东大学外语学院，因喜欢古典文学而跨专业考了文学院研究生，且持之不易，一鼓作气读到博士毕业。毕业时虽有其他职业选择的机会，但还是毫不犹豫地走进了高校，开始了自己的教研生涯。工作后，她教学认真，有余暇则读书写作。对比书稿和学位论文，会发现她已经修订了原来的一些失误，且有不少补充，可见其态度之认真和执着。

这是郭慧出版的第一部专著，她尚在青年，可喜可贺。事业贵在坚持，把教学、读书和著述作为自己的志趣，如果持之以恒，多积累，不停步，终会取得更大成绩。赘此数言，以彰学术，志旧谊，与郭慧君共勉。

李剑锋

2021 年 1 月 8 日于济南寓所

目　录

绪　论 …………………………………………………………… 1

第一章　刘氏家族总体研究 ………………………………… 10
　一　刘氏家族的发展历程 …………………………………… 10
　二　刘氏家族的家风、文化与才艺 ………………………… 29
　三　刘氏家族文学总论（上）：文章 ……………………… 39
　四　刘氏家族文学总论（下）：诗歌 ……………………… 46

第二章　刘氏家族文学之先驱：刘绘、刘瑱等 …………… 58
　一　刘氏家族文学的开启者：刘绘 ………………………… 58
　二　诗中有画：刘瑱 ………………………………………… 75
　三　玄黄成采：刘峻、刘恒诸子 …………………………… 77

第三章　刘氏家族文学之冠冕：刘孝绰（上） …………… 88
　一　刘孝绰的生平与人格 …………………………………… 88
　二　关于刘孝绰的几个文学公案 …………………………… 93
　三　刘孝绰的文章 …………………………………………… 108

第四章　刘氏家族文学之冠冕：刘孝绰（下） …………… 120
　一　风物怀抱两依依：刘孝绰的行旅诗和述怀诗 ………… 120
　二　师法前贤侍今朝：刘孝绰的侍宴诗 …………………… 136
　三　情志宛在物态中：刘孝绰的咏物诗 …………………… 153
　四　风格秀雅意流转：刘孝绰的艳情诗 …………………… 169
　五　刘孝绰的诗歌审美趣尚与历代评价 …………………… 182

第五章　刘氏家族文学之精英：刘孝仪、刘孝威兄弟等 … 194
　一　文笔弘丽：刘孝仪 ……………………………………… 194

二　气调爽逸：刘孝威 ………………………………… 204
　　三　并善五言：刘孝胜、刘孝先 …………………… 236

第六章　刘氏家族文学之亮色：刘令娴姐妹 ………… 242
　　一　幽媚灵动：王叔英妇 ……………………………… 242
　　二　清拔超群：刘令娴 ………………………………… 247

结语　刘氏家族与南朝文学 …………………………… 265

附　录 ………………………………………………… 269

参考文献 ……………………………………………… 340

后　记 ………………………………………………… 349

绪　论

　　文学家族，有时也被称为文学世家。简略地说，文学家族就是由同属于一个家族的几代文人构成的文学家群体。文学家族同文学流派一样，也是一批作者的集合，是一些文人构成的文学家群体。但文学家族与文学流派有显著的不同。文学流派以审美观点和创作风格的一致性来进行区分，文学家族虽然受家风传承的影响，其内部有一定的创作风格趋同性，但基本的划分范围是谱系，联结纽带是血缘。

　　文学家族，在中国古代文学史上占据了重要的地位，在魏晋南北朝时期光芒尤盛。陈寅恪先生曾经说："魏、晋、南北朝之学术、宗教皆与家族、地域两点不可分离。"① 近人刘师培在《中国中古文学史讲义》中总论南朝文学时指出："试合当时各史传观之：自江左以来，其文学之士，大抵出于世族，而世族之中，父子兄弟各以能文擅名。"② 家族，是中古社会的中坚，也是南朝文学的中流砥柱。活跃在南朝文坛的作家，考其世系，往往出身家族。南朝的集部作品，也有半数为世族大家所包揽。③ 对家族文学的研究，对于考察整个南朝文学具有重要的意义。

　　作为本作研究对象的彭城刘氏家族，指由刘勔及其子孙后裔构成的彭城安上里刘氏家族。曹道衡先生在《兰陵萧氏与南朝文学》中，将彭城刘氏和琅琊王氏、陈郡谢氏、兰陵萧氏并举，认为这四个文学家族是南朝文学史上产生作家最多的家族。《梁书》刘孝绰本传称："孝绰兄弟及群从诸子侄，当时有七十人，并能属文，近古未之有也。"④《元和姓

---

① 陈寅恪：《隋唐制度渊源略论稿》，生活·读书·新知三联书店，2002，第20页。
② 刘师培：《中国中古文学史讲义》，上海古籍出版社，2006，第83页。
③ 南朝集部作品，在《隋书·经籍志》著录的有171种，其中琅琊临沂王氏有16种，陈郡阳夏谢氏、吴郡吴县张氏、吴兴武康沈氏各有8种，吴郡吴县陆氏、彭城刘氏、东海郯徐氏各有6种，济阳考城江氏、琅琊临沂颜氏、陈郡阳夏袁氏、颍川鄢陵庾氏、会稽山阴孔氏、庐江何氏、汝南安城周氏都各有3种或以上文集，刘宋宗室8种，齐宗室2种，梁宗室15种，陈宗室1种。
④ （唐）姚思廉：《梁书》，中华书局，1973，第484页。

纂》亦称彭城刘氏"宋齐梁正传十五人，群从兄弟、父叔子侄七十人，并皆能属文，近古未有"①。刘氏家族在梁世，作者既数量庞大，又在文坛十分具有影响力。虽然如今刘氏家族作品多有散佚，仅存诗194首，文81篇，有诗文存世的作家15人，但其仍为齐梁文坛的重要作家团体。对彭城刘氏家族文学的研究，是研究南朝家族文学的重要环节。根据严可均辑《全上古三代秦汉三国六朝文》和逯钦立辑《先秦汉魏晋南北朝诗》，刘氏家族现存作品如下。

刘勔（418~474），字伯猷，于刘宋历任县令、太守、参军、将军、散骑常侍、尚书右仆射、中领军等职。追赠司空，谥号昭公。今存文3篇：《条对贾元友北攻悬瓠书》《与殷琰书》《又与殷琰书》。

刘悛（438~499），字士操，勔长子。任萧齐司州刺史，卒赠太常，谥曰敬。历朝皆见恩遇。今存文1篇：《蒙山采铜启》。

刘绘（458~502），字士章，勔三子。为萧齐中书郎、中庶子，萧梁初任大司马从事中郎。今存文3篇：《为豫章王嶷乞收葬蛸子响表》《难何佟之南北郊牲色议》《与始安王遥光笺》。诗8首：《同沈右率诸公赋鼓吹曲二首》（《巫山高》《有所思》）、《饯谢文学离夜诗》、《入琵琶峡望积布矶呈玄晖诗》、《咏博山香炉诗》、《咏萍诗》、《和池上梨花诗》（和王融）、《送别诗》。

刘瑱（458后~约501），字士温，勔四子。仕齐历尚书吏部郎、义兴太守，善画妇人。今存诗1首：《上湘度琵琶矶诗》。

刘孺（483~541），悛长子，字孝稚（一作季幼）。累迁太子舍人、太子家令、御史中丞、吏部尚书、晋陵太守等职。谥孝子。今存诗5首：《侍宴饯新安太守萧几应令诗》、《相逢狭路间》、《至大雷联句》（与何逊、桓季）、《赋咏联句》（与何逊、江革）和《临别联句》（与何逊）。

刘遵（488~535），悛三子，字孝陵。官至萧纲太子中庶子。今存诗9首：《度关山》《相逢狭路间》《蒲坂行》《和简文帝赛汉高帝庙诗》《繁华应令诗》《从顿还城应令诗》《应令咏舞诗》《七夕穿针诗》《四时行生回诗》。

---

① （唐）林宝：《元和姓纂》，《景印文渊阁四库全书》第890册，台湾商务印书馆，1986，第613页。

刘苞（482～511），勔次子愃子，字孝尝，一字孟尝。累迁尚书库部郎、丹阳尹丞、太子太傅丞、尚书殿中郎、南徐州治中等职。今存诗2首：《九日侍宴乐游苑正阳堂诗》《望夕雨诗》。

刘孝绰（481～539），绘长子，字孝绰，小字阿士，本名冉，以字行。自幼才气极高，萧衍、萧统、萧绎皆赏爱之，累迁秘书丞、廷尉卿、秘书监等职。今存文17篇：《昭明太子集序》《谢西中郎谘议启》《谢东宫启》《答湘东王书》《司空安成康王碑铭》等。诗70首：《酬陆长史倕诗》《铜雀妓》《咏素蝶诗》《春日从驾新亭应制诗》《归沐呈任中丞昉诗》等。

刘孝仪（484～550），绘三子，字孝仪，本名潜。与六弟孝威合称"三笔六诗"。累迁中书郎、尚书左丞、兼御史中丞，历任临海太守、豫章内史。侯景叛乱时州郡失陷而病逝。今存文41篇：《叹别赋》《北使还与永丰侯萧㧑书》《探物作艳体连珠》《平等寺刹下铭》《雍州金像寺无量寿佛像碑》等。诗12首：《从军行》《和昭明太子钟山解讲诗》《和简文帝赛汉高庙诗》《行过康王故第苑诗》《闺怨诗》《帆渡吉阳洲诗》《咏织女诗》《咏石莲诗》《舞就行诗》等。

刘孝胜（496前～554后），绘五子。与弟刘孝先并善五言诗，见重于世。官尚书右丞，兼散骑常侍、安西武陵王纪长史、蜀郡太守。萧纪僭号时为尚书仆射。又为元帝司徒右长史。西魏破江陵，被掳入北而卒。今存诗6首：《妾薄命》《升天行》《武溪深行》《冬日家园别阳羡始兴诗》《咏益智诗》《增新曲相对联句》（与何思澄①、刘绮、何逊共作）。

刘孝威（约496～548），绘六子。名不详，字孝威。与兄孝仪合称"三笔六诗"。累迁中庶子，兼通事舍人。侯景之乱冲出围城，随司州刺史柳仲礼西上，至安陆遇疾卒。今存文16篇：《谢敕赉画屏风启》《谢南康王饷牛书》《谢东宫赉鹿脯等启》《正旦春鸡赞》《辟厌青牛画赞》等。诗59首：《帆渡吉阳洲诗》《出新林诗》《行还值雨又为清道所驻诗》《侍宴乐游林光殿曲水诗》《奉和逐凉诗》《赋得曲涧诗》《陇头水》等。

刘孝先（496后～?），绘七子。武陵王萧纪法曹、主簿，萧纪称王于益州，孝先转为安西记室。后元帝萧绎任用其为黄门侍郎，官至侍中。

---

① 《先秦汉魏晋南北朝诗》（中华书局，1983，第1713页）作"何澄"。然何澄为南朝刘宋时人，不当与何逊联句。而何思澄生活于齐梁之际，与宗人何逊、何子朗俱擅文名，有可能与何逊共同创作，故当以"何思澄"为是。

今存诗6首：《和兄孝绰夜不得眠诗》《草堂寺寻无名法师诗》《和亡名法师秋夜草堂寺禅房月下诗》《咏竹诗》《春宵诗》《冬晓诗》。

王叔英妻，生卒年不详，绘女，孝绰长妹，适琅琊王叔英（一作王淑英）。与二妹、三妹并有才学。今存诗3首：《赠夫诗》《暮寒诗》《昭君怨》。

刘令娴（约525年前后在世），绘女，孝绰三妹，适东海徐悱。在三姊妹中"文尤清拔"①，成就最高。今存文1篇：《祭夫文》。诗8首：《答外诗二首》《和婕妤怨诗》《听百舌诗》《摘同心栀子赠谢娘因附此诗》、《答唐孃七夕所穿针诗》《题甘蕉叶示人诗》《光宅寺诗》等。

刘绮，生卒年不详，勔弟刘敩孙。萧绎任会稽太守时，以才华选为国常侍兼记室，殊蒙礼遇，终于金紫光禄。今存诗5首：《增新曲相对联句》（与刘孝胜、何逊、何思澄）、《照水联句》（以下皆与何逊作）、《折花联句》、《摇扇联句》、《正钗联句》。

虽然其中还有一些重收、误收或者失收的情况，但已基本反映了刘氏家族留存文学作品的状况。刘氏家族的文学创作体现了典型的南朝文学风尚。其一，刘氏家族作品，文章以骈文为主，诗歌则以侍宴、赠答、咏物、艳情等题材为主，这正是南朝文学的主流。其二，刘氏家族无论诗文，都辞藻华美、善用典故、音节浏亮，体现了南朝对文学形式美的不懈追求。其三，刘氏家族历经从元嘉文学到永明文学再到宫体诗风的转变，在刘绘、刘孝绰等人的作品中留下了文风变迁的痕迹，是南朝文学不断"新变"的重要见证者。同时，刘氏家族又有一些作品具有自己的面目，比如：刘绘的作品时见古意，颇为深沉；刘孝绰的诗歌较为雍容秀雅，较少南朝宫体诗人的秾艳之弊；刘孝威有些诗歌具有奇幻色彩，甚至险怪，与当时推崇的华贵诗风也不甚相符；刘令娴姐妹的作品清媚活泼，较为真实地反映了南朝女性生存与情感状态；等等。无论是对时代文风的体现，还是在时代文风中保留的自我个性，都是刘氏家族作品的独特价值之所在。

在文学创作的过程中，彭城刘氏家族重视文教，尽心提携，相互勉励。彭城刘氏家族重视家族内部的文化教育，营造了浓郁的文学氛围。

---

① （唐）姚思廉：《梁书》，中华书局，1973，第484页。

一方面是长辈对后辈的倾力培育、尽心提携。如刘孝绰十四岁时，掌诏诰的父亲刘绘便"常使代草之"①，有意锻炼其文笔。再如刘瑱颂扬侄子刘孺为"吾家之明珠"②。另一方面是同辈之间的相互勉励。刘氏兄弟姊妹之间常有诗相和，既体现了他们深厚的感情，也是文学上的相互切磋，共同进步。彭城刘氏家族又多出才女，留香诗史。彭城刘氏女性作家数量仅三位，存留作品并不是太多，与后世多有闺秀能文的文学世家（如明清时期的吴江沈氏、叶氏等）相比，犹有差距。但置于魏晋南北朝的背景下来看，一门而有三姊妹被史书记录能文的，前所未有。比之男性作家，女性作家的出现，背后的家族文化因素起着更重要的作用。因此，女性作家的出现，一般也被视为文学世家的重要特征之一。刘氏姊妹的文学才华正反映了刘氏家族内部的文化素养。她们的创作对于中国古代女性的创作题材也颇有开拓意义。

　　本作主要以彭城刘氏的文学为研究对象，但为了深入了解其创作背景和创作心态，对家族发展历程和时代风气亦有所论。

　　刘氏家族自刘宋至萧梁，大致经历了三代人。刘勔这一代是"屡立军功，舍命匡朝"。刘勔祖刘怀义、父刘颖之，均为一方太守，刘颖之卒于出征途中。③刘勔一生则屡立军功，不断升迁，至于殉国，其子孙得到皇室恩遇。他奠定了彭城刘氏发展的基础。刘勔子刘悛一代，彭城刘氏继续发展。刘悛历见恩遇。这一方面是因为刘悛本人的才干：他早年随父出征，立下不少军功；亦有吏治之才，善牧一方，官声颇佳。另一方面则是得益于他与皇室的亲密关系。齐武帝与刘悛私交很好，"布衣之交"的典故流芳后世。刘悛这代开始与皇族联姻，其妹被齐高帝纳为鄱阳王萧锵妃子，其女被明帝为晋安王萧宝义纳为妃，另一女亦为安陆王萧宝晊妃。值得注意的是，从刘悛这一代开始，彭城刘氏开始了从武质团体到文学世家的转变。刘悛二弟刘悺为齐太子中庶子，乃文职。三弟刘绘以能文善书称名于世，又能诗，被钟嵘列入《诗品》。四弟刘瑱能书善画，亦是一时名士。刘孝绰兄弟这一代可以说是"游于龙门，侍从

---

① （唐）姚思廉：《梁书》，中华书局，1973，第479页。
② （唐）姚思廉：《梁书》，中华书局，1973，第591页。
③ 据《宋书·刘勔传》所载，刘勔祖父刘怀义，为始兴太守；父亲刘颖之，为汝南、新蔡二郡太守，征林邑，遇疾卒。

文学"。龙门之游有两层含义：一是指刘孝绰、刘苞、刘孺等人参加任昉的集会，时人以为"登龙门"，意味着刘孝绰兄弟受到文坛领袖、先辈文人的提携；另外，刘孝绰亦有句"欲向龙门飞"（《赋得始归雁诗》），来表达希望被统治者赏识的心情，所以"游于龙门"也指刘孺、刘遵、刘苞、刘孝绰、刘孝仪、刘孝威、刘绮等都因文才而被统治者赏识。他们经常出入于宫室府邸，多有侍宴奉和之作，积极参与了皇室成员主导的文学集团的活动。这一代，刘氏子弟也仍有以吏治见长者，如"治郡尤励清节"的刘览。但主要的光华，还是绽放在他们的文学才能之上。

所以彭城刘氏家族的发展过程有这样几个典型特征。一是武功起家，转而从文。因南朝社会极重文学而轻鄙武人的风尚，本是府兵出身的彭城刘氏家族渐渐完成了从武质团体到文学世家的转变。这种现象不是孤立的，吴兴沈氏、武原到氏也均有一个门风转变的过程。后来，文学几乎成为刘氏家族经营的最重要的事业。二是依附皇室，颇得恩遇。与琅琊王氏、颍川庾氏、龙亢桓氏、陈郡谢氏、太原王氏等被皇室既尊重利用又打击压迫的显贵世族不同。因为彭城刘氏家族起于行伍，出身较低，影响力小，在南朝统治者眼中并没有什么威胁性，而刘氏家族的文学才华又为统治者所赏识，所以宋、齐、梁历代皇室对刘氏家族都颇有恩遇。刘氏家族成员也积极逢迎皇室，双方一直处于一种比较和谐的关系之中。刘氏家族成员也成为萧统、萧纲、萧绎文学集团的重要羽翼。三是煊赫一时，余绪遂绝。刘氏家族曾出现"兄弟及群从诸子侄，当时有七十人，并能属文"的情形，这种盛况"近古未之有"。但彭城刘氏自刘勔兴家，子代初向文学家族转变，孙代虽然以文名煊赫一时，却不过三代之间，根基甚浅，难以承受侯景之乱的打击，在流离之中基本退出了历史舞台。

魏晋南北朝时期文学家族研究，一直是学术研究的热点。尤其自20世纪80年代以来，出现了大批个案研究。对曹道衡先生所提出的四大家族中琅琊王氏、陈郡谢氏、兰陵萧氏的研究，蔚为壮观。吴兴沈氏、河东裴氏、顺阳范氏、龙亢桓氏、东海徐氏等家族，亦均有相关研究著述问世。彭城刘氏亦受到了学界关注。

有一批论文以整个彭城刘氏的家族群体作为研究对象。马宝记《南朝彭城刘氏家族文学研究》简述了彭城刘氏家族的成员、世系、作品流传、文学成就，是较早的概括性论文。周唯一《彭城刘氏诗群在齐梁诗坛之创作与影响》探析了这一家族文学群体的崛起过程、文学理论主张、诗歌创作概况及其对当时诗坛的影响。邹建雄《彭城刘孝绰家族与齐梁诗歌格律化走向》，主要研究刘氏家族新体诗的创作，并与王、谢、萧等家族的新体诗创作进行比较。硕士学位论文以彭城刘氏为研究对象的亦有之。南京师范大学孙伟伟撰写的《彭城安上里刘氏家族考论及其文学研究——以刘绘、刘孝绰为中心》、复旦大学王婷婷撰写的《南朝彭城刘氏家族与文学》，在对彭城刘氏的状况进行整体介绍后，前者主要以刘绘、刘孝绰为代表个案进行研究，后者主要以刘孝绰、刘孝威为代表个案进行研究。浙江大学李凯娜的《彭城刘氏家族与齐梁文学研究》将彭城刘氏家族置于家族文学研究视域和时代文学集体背景下，观照彭城刘氏的发展脉络、创作情况。西北师范大学周钢的《南朝彭城安上里刘氏家族文学研究》论述了家族发展历史、文化特点、文学创作情况。一些较为综合性的著述也涉及了彭城刘氏家族研究。曹道衡、刘跃进《南北朝文学编年史》，勾勒了刘氏家族较为重要作家的生平。杨东林《略论南朝的家族与文学》、周淑舫《南朝家族文化探微》都有专节论述彭城刘氏家族，将其当作一个重要的文章世家来考量。詹福瑞《梁代宫体诗人略考》、石观海《宫体诗派研究》论及刘孝绰、刘遵、刘孝威、刘孝仪等诗人。

至于彭城刘氏家族个案研究，相对其家族的整体研究，数量较多。学界研究的重点聚焦在刘氏家族最杰出的文人刘孝绰身上。而刘孝绰的研究重点又有两个，一是他的诗歌作品研究，二是他与《文选》的关系。

关于刘孝绰诗歌的研究，期刊论文有詹鸿的《丽而不淫 约而不俭——论辗转于萧氏门下的刘孝绰及其诗歌创作》等，硕士学位论文则有河北大学李国来的《刘孝绰诗歌研究》、扬州大学秦跃宇的《刘孝绰与齐梁文学》、湖南大学荣丹的《刘孝绰及其诗歌研究》。李国来的论文是最早研究刘孝绰的学位论文，涉及刘孝绰研究的基本面的问题。秦跃宇把研究的立足点放在刘孝绰是如何勾连南朝诗歌从永明文学到宫体文学的发展上。荣丹把刘孝绰作为南朝贵族文学的一个观察点，以此来考察南朝贵族诗歌的价值，力求客观公正地评价南朝贵族诗歌，认识其在建安诗歌和唐诗两座诗歌高峰之间的文学史地位。在文献学方面，四川大学田宇星、东北师范大学曹冬栋均有题为《刘孝绰集校注》的硕士学位论文，以刘孝绰著作的整理和初步研究为选题，对刘孝绰现存诗文做了辑佚、校勘、考订与注释等整理工作。日本学者佐伯雅宣、佐藤利行以一系列名为《刘孝绰诗译注》的文章，将刘孝绰的作品译注为日文，此为日本广岛大学中国古典文学计划研究中"六朝诗语汇及表现技巧研究"（六朝詩の語彙および表現技巧の研究）的重要组成部分。

关于刘孝绰与《文选》的关系研究，自从日本学者清水凯夫在《〈文选〉编辑的周围》提出《文选》的实质性编辑者并非萧统而是刘孝绰，便引发了学界讨论。顾农、屈守元、穆克宏、曹道衡等先生对此问题均有商榷。近年的期刊论文，如力之《综论〈文选〉的编者问题（上）——从文献可信度层面上辨"与刘孝绰等撰"说不能成立》、王书才《从萧统和刘孝绰等人对〈文选〉作品的接受看〈文选〉的编者问题》，也基本否认了刘孝绰编辑说。秦跃宇的《刘孝绰与〈文选〉研究》则对学界近年对此问题的研究状况进行了总结论述，并提出了刘孝绰也在《文选》编选中发挥了重要作用的观点。

此外，对刘孝绰生平的研究，也取得了一定的成果。詹鸿撰写的《刘孝绰年谱》被收入刘跃进、范子晔编写的《六朝作家年谱辑要》。曹道衡先生和沈玉成先生于2003年出版的《中古文学史料丛考》里亦辑有《刘孝绰年表》一文。

刘氏家族其他作家也受到了学界一定关注。关于刘孝威的研究，也有相关硕士学位论文。如湖南大学梁梦的《刘孝威诗歌研究》、广西师范大学王园园的《刘孝威研究》。期刊论文有张静的《从题材上解读刘孝威的乐府诗》、王园园的《南朝诗人刘孝威生卒年及诗风考辨》等。关于刘绘、刘孝仪，独立研究论文较少，论文中往往将他们与刘孝绰、刘孝威兄弟并列为研究对象。除了前文提到的南京师范大学孙伟伟撰写的《彭城安上里刘氏家族考论及其文学研究——以刘绘、刘孝绰为中心》，还有河北大学张静的硕士学位论文《刘孝绰 刘孝仪 刘孝威的诗歌比较研究》、四川大学童自樟的硕士学位论文《刘孝仪刘孝威集校注》等。刘令娴受到南北朝女性作家和女性文学的研究者关注，在一系列关于汉魏六朝女性著作的论文中都有涉及。南京师范大学尹玉珊的硕士学位论文《南朝女作家丛考》，有对刘令娴的专章论述，考证了刘令娴《祭夫文》的创作时间和徐悱死因等问题。福建师范大学陈小花的硕士学位论文《南朝女性文学创作研究》将刘令娴当作南朝重要的女作家来考察。期刊论文则有宋文杰《论刘令娴的诗歌创作》、王人恩《刘令娴〈祭夫徐悱文〉的写作时间及其在古代祭文发展史上的地位》、陈元瑞《南朝女性诗歌的发展概况及刘令娴的诗歌创作》等。

  从以上论述可以看出，对于彭城刘氏，近年学界虽颇为关注，犹有以下不足。一是对彭城刘氏家族的研究，绝大多数集中在刘孝绰身上，对于彭城刘氏家族其他重要作家的关注相对不足。刘绘、刘孝威相关的论述虽有之，但篇数寥寥，论述也较为简略。至于刘孝仪、刘令娴等诗人，在相关论文中往往只是一笔带过。刘遵等人更是常常受到忽略。二是对彭城刘氏家族置于时代背景下的考察相对不足。虽然已经有部分学者做了一些工作，但刘氏家族的家族文学特征、刘氏家族文学与时代文学风尚的关系、刘氏家族文学渊源和影响等方面，尚待发掘。因此，本作计划采用文献考察法、综合分析法与比较分析法、个案分析法等研究方法，在研究彭城家族的史传记载及家族作品等原始文献的基础上，梳理出刘氏家族的世系和其在南朝的政治文化地位变迁，考察刘氏家族成员的人生际遇、交游情况和文学创作。将彭城刘氏家族的文学创作置于时代文学背景之下进行综合研究，结合个案分析以及与同时和后世作家、作品的比较研究，考察刘氏家族的创作如何既体现了时代特色，又具有自身独特的艺术风貌。本作将宏观把握整个彭城刘氏家族的家族历史和文学创作，概括出彭城刘氏家族的家族特征，并对其文学成就和文学地位进行考察，同时弥补刘氏家族某些作家研究的欠缺。

第一章　刘氏家族总体研究

本作所指彭城刘氏家族，主要是刘勔及其子孙构成的彭城安上里刘氏家族。按：时彭城刘氏主要分为不序昭穆的三支，安上里、丛亭里、绥舆里，然本作不涉丛亭里事，绥舆里为帝室，另为别论，故本作彭城刘氏仅指安上里刘氏。又按：刘怀肃及其兄弟一支亦为彭城安上里刘氏，而刘勔之祖父刘怀义，从姓名来看可能与刘怀肃是同辈，但史传中并未直接表明两家关系，且刘怀肃一支多善武功，不与文事，故亦不在本作讨论范围内。不过，为了说明彭城刘氏的发展历程和一些家风渊源，仍会对刘怀肃一支有所涉及。①

一　刘氏家族的发展历程

刘氏家族主要活跃在南朝刘宋、萧齐和萧梁三个朝代。大致而言，刘氏家族的荣落，即因南朝政治文化的兴衰而起。刘氏家族的发展历程大致有以下几个特点。

武功起家，转业文学

彭城刘氏最早因武功起家。刘怀肃、刘怀慎、刘德愿、刘荣祖、刘道隆、刘亮等人均身先士卒，战功赫赫。刘勔父亲刘颖之，为汝南、新蔡二郡太守，"征林邑，遇疾卒"②，卒于军伍之中。刘勔少年家贫，其复兴家道也与武事有关。他受到宋文帝刘义隆的赏识，正是始于元嘉二十七年（450）北魏南侵时，"奉使诣京都，太祖引见之，酬对称旨，除宁远将军、绥远太守"③。此后刘勔一生征战，先后讨萧简之乱，平荆、

---

① 刘勔与刘怀肃两支的家族成员介绍详见附录。
② （南朝梁）沈约：《宋书》，中华书局，1974，第2191页。
③ 本章关于刘勔生平的记载，未单独出注者均引于《宋书·刘勔传》，见（南朝梁）沈约《宋书》，中华书局，1974，第2191~2196页。

江反叛，随沈庆之平竟陵王，征殷琰，剪定陈檀。他"内攻外御，战无不捷"，直到最终战死于桂阳王休范之难。正是因为刘勔的武功，才使得他备受宋孝武帝刘骏、宋明帝刘彧、宋后废帝刘昱的倚重。生受顾命，死赠司空，使得彭城刘氏成为朝中新贵。而刘悛身为刘勔长子，亦多次随父征讨，参与征竟陵王、殷琰等战，"于横塘、死虎累战皆胜"①。

刘勔、刘悛在率军征战之余，颇有名士之风。刘勔少年时便"有志节，兼好文义"。晚年则"颇慕高尚，立园宅，名为东山，遗落世务，罢遣部曲"，"经始钟岭之南，以为栖息。聚石蓄水，仿佛丘中"，甚有隐士之风。刘勔留有《条对贾元友北攻悬瓠书》《与殷琰书》《又与殷琰书》等作品，均是实用文体，表现了刘勔对军事和政局的见地，正如胡三省注《资治通鉴》所评"史言刘勔谙识边情"②，是将帅本色。《条对贾元友北攻悬瓠书》条分缕析，较为平实，与殷琰二书则晓以大义，笔调犀利，亦不失文雅。刘悛重视文教，"于州治下立学校，得古礼器铜罍、铜甑、山罍樽、铜豆钟各二口，献之"。而与刘德愿、刘道隆等人相比，尤其可以看出刘勔、刘悛在文化上的进步。刘德愿、刘道隆等人虽然作战英勇，文化水平却并不甚高，与文人的关系也不太好。如刘德愿"性粗率"③，刘荣祖"性褊，颇失士君子心"④。而刘勔却因为"慕高尚""经始钟岭之南"，所以"朝士爱素者，多往游之"。刘道隆因为无学识曾经闹出大笑话。根据《南齐书·谢超宗传》记载，有这样一则故事：超宗身为谢灵运之孙、谢凤之子，"好学有文辞，盛得名誉"，"帝大嗟赏，谓谢庄曰：'超宗殊有凤毛，灵运复出。'""时右卫将军刘道隆在御坐，出候超宗曰：'闻君有异物，可见乎？'超宗曰：'悬磬之室，复有异物邪。'道隆武人无识，正触其父名，曰：'旦侍宴，至尊说君有凤毛。'超宗徒跣还内。道隆谓检觅凤毛，至暗待不得，乃去。"⑤南朝人通称人子才似其父者为"凤毛"，道隆既不知"凤毛"真意，还触犯了超宗之父的名讳，故贻笑大方。无独有偶，刘悛与谢家儿郎也有一段

---

① 本章关于刘悛生平的记载，未单独出注者均引于《南齐书·刘悛传》，见（南朝梁）萧子显《南齐书》，中华书局，1972，第649~654页。
② （宋）司马光编著，（元）胡三省音注《资治通鉴》，中华书局，1956，第4142页。
③ （唐）李延寿：《南史》，中华书局，1975，第478页。
④ （唐）李延寿：《南史》，中华书局，1975，第479页。
⑤ （唐）李延寿：《南史》，中华书局，1975，第542页。

趣事。谢庄的儿子谢瀹,"性甚敏赡,尝与刘俊饮,推让久之,俊曰:'谢庄儿不可云不能饮。'瀹曰:'苟得其人,自可流湎千日。'俊甚惭,无言"①。因为刘俊犯了谢瀹父讳,所以谢瀹以"刘勔"的谐音"流湎"进行反击。由此事不仅可见刘俊与谢瀹等文士颇有交往,亦可见谢瀹确实"敏赡",而当即领悟谢瀹之意的刘俊亦是颇有学养,远远胜过糊涂到尾的刘道隆。

  刘俊或许因为是长子,所以随父出征,继承了父亲的武勋。刘勔的其余几个儿子刘悛、刘绘、刘瑱则未曾征战,刘绘甚至"常恶武事,雅善博射,未尝跨马"②。他们已经变成了纯正的文臣或者说文人。刘悛早卒,今无诗文传世,然其为齐太子中庶子,而南朝的太子中庶子已不再是参政实职,基本是掌管为太子讲经、赋诗、管记之类的清闲文职,因此刘悛亦当有文才。刘绘"聪警有文义,善隶书",齐高帝以为录事典笔翰,为大司马从事中郎。刘绘今存诗八首,体现了齐诗拟古和咏物的典型风格,其中有与谢朓、沈约、王融同题唱和者。刘绘也曾出入竟陵王西邸,"为后进领袖,机悟多能",大约正因此而建立了与谢朓等人的联系。钟嵘《诗品》将王融、刘绘并列,称"元长、士章,并有盛才。词美英净。至于五言之作,几乎尺有所短。譬应变将略,非武侯所长,未足以贬卧龙"③。《诗品》序中还提到"近彭城刘士章,俊赏之士,疾其淆乱,欲为当世诗品,口陈标榜,其文未遂,(嵘)感而作焉"④。虽然刘绘的诗品并没有问世,但借钟嵘之口,也可知刘绘对诗学颇有独到见地。刘绘谈吐,"又顿挫有风气"。时人云:"刘绘贴宅,别开一门。"言刘绘在"并有言工"的张融、周颙二家之中,另有新致,可与并美。由上种种,可见刘绘在当时文坛颇有名声地位。刘绘擅长书法,除了隶书外,还自云善飞白。庾肩吾《书品》以为"刘绘书范,近来少前"。刘绘自己亦曾撰书法类专著《能书人名》,惜乎不传。刘瑱亦是风雅人士,他"好文章","文藻、篆隶、丹青并为世所称","荥阳毛惠远善

---

① (唐)李延寿:《南史》,中华书局,1975,第561页。
② 本章关于刘绘生平的记载,未单独出注者均引于《南齐书·刘绘传》,见(南朝梁)萧子显《南齐书》,中华书局,1972,第841~843页。
③ (南朝梁)钟嵘撰,周振甫译注《诗品译注》,中华书局,1998,第97页。
④ (南朝梁)钟嵘撰,周振甫译注《诗品译注》,中华书局,1998,第22页。

画马，瑱善画妇人，并为当世第一"①。刘瑱与谢瀹也有交游，谢瀹"建武之初，专以长酣为事，与刘瑱、沈昭略以觞酌交饮，各至数斗"②，此为文士风雅往来。

刘绘、刘瑱还十分重视后代的文学能力。刘绘掌诏诰，"孝绰年未志学，绘常使代草之"③。刘孺"幼聪敏，七岁能属文……叔父瑱……携以之官，常置坐侧，谓宾客曰：'此吾家明珠也'"④。刘勔父子两代人的努力，已经为刘氏家族营造了浓厚的文化氛围。而绘、瑱兄弟对后辈的积极提携，更为刘氏家族的文学的鼎盛期打下了坚实的基础，使得浸润在如此环境中的刘孝绰一代文士辈出，终于迎来了家族文学发展的高峰。据史书记载，"孝绰兄弟及群从诸子侄，当时有七十人，并能属文，近古未之有也"⑤。文献资料中具体载其能文善学者计有十五人。

刘孺，"幼聪敏，七岁能属文……少好文章，性又敏速，尝在御坐为《李赋》，受诏便成，文不加点。梁武帝甚称赏之"。被沈约闻名引为主簿，"恒与游宴赋诗，大为约所嗟赏"。梁武帝萧衍曾戏称为"张率东南美，刘孺洛阳才"。

刘览，"十六通《老》《易》"。

刘遵，"少清雅有学行，工属文"。梁简文帝萧纲称之为"文史该富，琬琰为心；辞章博赡，玄黄成采"。

刘苞，"少好学，能属文，家有旧书，例皆残蠹，手自编辑，筐箧盈满"。高祖（梁武帝萧衍）即位，引后进文学之士，苞及从兄孝绰、从弟孺等"并以文藻见知，多预宴坐"。受诏咏《天泉池荷》及《采菱调》，下笔即成。

刘孝绰，"幼聪敏，七岁能属文……辞藻为后进所宗，世重其文，每作一篇，朝成暮遍，好事者咸讽诵传写，流闻绝域"。

---

① （唐）李延寿：《南史》，中华书局，1975，第1014页。
② （南朝梁）萧子显：《南齐书》，中华书局，1972，第764页。
③ 本章关于刘孝绰、刘令娴三姊妹、刘谅生平的记载，未单独出注者均引于《梁书·刘孝绰传》，见（唐）姚思廉《梁书》，中华书局，1973，第479~484页。
④ 本章关于刘孺、刘览、刘遵、刘苞、刘孝仪（刘潜）、刘孝胜、刘孝威、刘孝先、刘峯等人生平的记载，未单独出注者均引于《南史》卷三十九，见（唐）李延寿《南史》，中华书局，1975，第1006~1014页。
⑤ （唐）姚思廉：《梁书》，中华书局，1973，第484页。

刘孝仪，"幼孤，与诸兄弟相勖以学，并工属文。孝绰尝云'三笔六诗'，三即孝仪，六即孝威"。

刘孝胜，与弟刘孝先并善五言诗，见重于世。

刘孝威，与兄孝仪并称"三笔六诗"。大同九年（543）白雀集东宫，孝威上颂，其辞甚美。

刘孝先，善五言诗，工画。与兄刘孝胜并善五言诗，见重于世。

刘氏三姐妹（王叔英妻、张嵊妻、徐悱妻刘令娴），并有才学，"悱妻文尤清拔"。

刘绮，少家贫无烛，折荻燃明夜读。"孝元（梁元帝萧绎）初出会稽，精选寮案，绮以才华，为国常侍兼记室，殊蒙礼遇，终于金紫光禄"①。

刘刍，为著作郎。

刘谅，"少好学，有文才，尤博悉晋代故事，时人号曰'皮里晋书'"。

曹道衡在《兰陵萧氏与南朝文学》中将彭城安上里刘氏与琅琊王氏、陈郡谢氏和兰陵萧氏并列为南朝文学史上产生作家最多的家族。而刘氏家族产生作家最多是在刘孝绰一代，其中最为出色的作家有刘孝绰、刘孝仪、刘孝威、刘令娴等，他们是刘氏家族文学无可争议的巅峰。此时刘氏家族已经完全成为文学家族，不复以武功受重于世。

刘氏家族由武转文，考其原因大致有二。

第一，世风相重，转文为荣。

南朝是个重文轻武的时代。富于文化气息是出身高贵、风流高雅的象征，"善属文""美文辞"也成为当时评判士人才能的重要标准，而武人则常遭鄙视。如《宋书·宗悫传》所云："时天下无事，士人并以文义为业，（宗）炳素高节，诸子群从皆好学，而悫独任气好武，故不为乡曲所称。"②而且本由行伍出身、原本文化匮乏的南朝统治者，在大权在握之后，既有对文化发自内心的向往，又欲在文化心理上得到士族的认同，也力求文化素养的提升。宋武帝刘裕"少事戎旅，不经涉学，及为宰相，颇慕风流。时或谈论，人皆依违不敢难"③。他甚至曾称赞王昙

---

① （北齐）颜之推撰，王利器集解《颜氏家训集解》，上海古籍出版社，1980，第189页。
② （南朝梁）沈约：《宋书》，中华书局，1974，第1971页。
③ （唐）李延寿：《南史》，中华书局，1975，第861页。

首"并膏粱盛德,乃能屈志戎旅"①,话语中流露出军人在文士之下之意。他本是戎旅出身,都不免重文轻武,并以统治者之身提倡,重文之风自然益剧。南朝皇室十分重视文化教育。刘宋皇室多"好文义",文帝刘义隆"博涉经史,善隶书"②,前废帝刘子业"少好读书,颇识古事","有辞采"③。明帝刘彧"好读书,爱文义"④。庐陵王刘义真、江夏王刘义恭、临川王刘义庆均"爱好文义",尤其是刘义庆组织编纂之《世说新语》,既是"一部名士底教科书"⑤,也可体现皇族对士族文化风流的向往。清人赵翼称"齐梁之君多才学"⑥。萧齐帝王子弟"龆年稚齿,养器深宫,习趋拜之仪,受文句之学"⑦。齐太祖萧道成好《左氏春秋》,文惠太子萧长懋"承旨讽诵,以为口实"⑧。临川王萧映、晋平王萧子懋、随郡王萧子隆,以及齐亡入梁的宗室萧子显、萧子范、萧子云等人,均有文名传世。至于萧梁,梁武帝萧衍"少而笃学"⑨,曾预"竟陵八友",是为引导一时文学潮流的文学集团成员。他自身文学修养既高,皇族中以才学著称者亦比比皆是。昭明太子萧统、简文帝萧纲、元帝萧绎等幼年即能讽诵属文,被赞为"生而聪睿"⑩ "天才英发"⑪。萧衍、萧统、萧纲、萧绎合称"四萧",他们不仅是空泛地"好读书,爱文义",还有为数不少的文学作品传世,其中更不乏精品佳作。他们聚拢文士、引导风气,形成一代文学之盛。从宋到梁,皇族的文学素养在不断提高。萧梁皇室本是府兵出身,兰陵萧氏本身即被视为由武转文的文学家族。而武原到氏、彭城刘氏等家族,受皇室倚重,为皇室近臣,更受皇室引导的重文之风影响,多在宋到梁期间完成了由武到文的转变,

---

① (南朝梁)沈约:《宋书》,中华书局,1974,第1678页。
② (唐)李延寿:《南史》,中华书局,1975,第37页。
③ (唐)李延寿:《南史》,中华书局,1975,第71页。
④ (唐)李延寿:《南史》,中华书局,1975,第84页。
⑤ 《鲁迅全集》第九卷,人民文学出版社,1981,第309页。
⑥ (清)赵翼:《廿二史劄记》,曹光甫校点,凤凰出版社,2008,第168页。
⑦ (南朝梁)萧子显:《南齐书》,中华书局,1972,第715页。
⑧ (南朝梁)萧子显:《南齐书》,中华书局,1972,第399页。
⑨ (清)赵翼:《廿二史劄记》,曹光甫校点,凤凰出版社,2008,第169页。
⑩ (唐)姚思廉:《梁书》,中华书局,1973,第165页。
⑪ (唐)姚思廉:《梁书》,中华书局,1973,第135页。

即所谓"宋得其武,梁得其文"①。在统治者的大力提倡下,南朝将领即便不通文义,也多有附庸风雅者。如曹景宗、胡僧祐等人在公宴之上强行赋诗。曹景宗偶一为之,还能以气概胜,胡僧祐却是"文辞鄙俚,多被嘲谑",还"怡然自若,谓己实工,矜伐愈甚"②。至于刘勔这种本身较有文化修养的将领,则更能顺应潮流,将其子孙逐渐培养为优秀的文人。刘绘本为将家子,却"常恶武事,雅善博射,未尝跨马",可见刘氏家族受重文风气影响之深,以及家风转变之彻底。

第二,世路纠纷,弃武避祸。

刘勔晚年"经始钟岭之南",与"朝士爱素者"往来,有隐士之姿,其原因便在于"世路纠纷,有怀止足"。刘勔之所以感慨"世路纠纷",原因有二。一是统治者的猜忌。刘宋统治者多好猜忌、杀戮重臣。文帝刘义隆杀死三个迎立他的重臣——徐羡之、傅亮、谢晦。孝武帝刘骏"多猜忌,王公、大臣重足屏息,莫敢妄相过从"③。明帝刘彧更是生性多疑,忍虐好杀。因为猜忌,他杀掉了得力将领吴喜、寿寂之等人。甚至只因为梦见有人告发豫章太守刘愔造反,就毫不犹豫地遣人杀之。刘悛本名刘忱,但因宋明帝多忌,反语(反切)"刘忱"为"临雠",便让刘悛改名。刘勔作为明帝托孤的顾命大臣之一,虽然位高权重,但也正因此处于政治风暴的核心,对政局危机有着切身感受。二是皇室的倾轧。刘勔一生参与的战役,多与皇室内部斗争有关。萧简据广州为乱是元凶刘劭为逆的余波;荆、江反叛是孝武帝逼南郡王刘义宣引起的;殷琰被迫卷入反叛是因为麾下多投向起兵的晋安王刘子勋。而且刘怀肃一支也多有人因皇室相残而家破人亡。元嘉末年(453),刘道存为太尉江夏王刘义恭咨议参军,"世祖伐元凶,义军至新亭,道存出奔,元凶杀其母以徇"④。景和年间,刘道存为刘义恭太宰从事中郎,"义恭败,以党与下狱死"⑤。刘德愿与柳元景厚善,在柳元景密谋废前废帝拥立刘义恭失败后,被下狱处死。刘道隆在泰始初被赐死,大约也与他在"前废帝景和

---

① (唐)姚思廉:《梁书》,中华书局,1973,第404页。
② (唐)姚思廉:《梁书》,中华书局,1973,第639页。
③ (宋)司马光编著,(元)胡三省音注《资治通鉴》,中华书局,1956,第4074页。
④ (南朝梁)沈约:《宋书》,中华书局,1974,第1404页。
⑤ (南朝梁)沈约:《宋书》,中华书局,1974,第1404页。

中，以为右卫将军，永昌县侯，食邑五百户，委以腹心之任"① 不无关系。这些都是刘勔的前车之鉴。种种情况难免让刘勔感到厌倦危惧，他想要从纷乱的政治环境中抽身，借从容高尚而寄托排遣。萧道成对刘勔"高尚其意，托造园宅，名为'东山'，颇忽世务"的行为非常不满，曰："将军以顾命之重，任兼内外，主上春秋未几，诸王并幼冲，上流声议，遐迩所闻，此是将军艰难之日，而将军深尚从容，废省羽翼，一朝事至，虽悔何追。"②《资治通鉴》也认为"勔不从而败"③，对刘勔之举颇不赞同。但面对"世路纠纷"，这大概也是刘勔无奈之下的选择。虽然刘勔最终仍不免殒身在皇室相互残杀的桂阳王刘休范逆反之中，但他当初为了避祸而"深尚从容""颇慕高尚"的行为无疑是刘氏家族由武转文的开端。刘绘不业武事，固然有重文轻武之意，但也未尝没有因此避祸。萧衍起兵时，东昏侯萧宝卷曾欲让刘绘受领督雍梁南北秦四州、郢州之竟陵、司州之随郡诸军事，加辅国将军，领宁蛮校尉及雍州刺史，但"众以朝廷昏乱，为之寒心"，刘绘固让，终不受。这一行为使得刘绘不至于直接站在萧衍的对立面，得以从齐季动乱中抽身。而刘氏家族的第三代更多事文职，渐渐转变为纯粹的文学家族。

亲附皇室，备受恩遇

伴随刘氏家族由武转文，其与南朝皇室的关系也在渐渐发生变化。总体而言，南朝皇室与刘氏家族的关系日渐亲密，对其多有爱重。

刘宋时期，刘勔"出征久抚，所在流誉，行己之节，赴蹈为期"，以战功和品行在武帝、文帝、孝武帝、明帝诸朝屡得升迁。但刘宋皇室对刘勔固然托付重任，却未必亲厚。刘氏家族与南朝皇室关系变得密切，自刘悛始。

萧齐时期，刘氏家族与皇室亲密，尤其以刘悛为最，《南齐书》本传称其"历朝皆见恩遇"，除了刘悛自身"强济有世调"，还多有"旧恩"之因。在齐高帝萧道成时期，"旧恩"是父辈交情。齐高帝萧道成与刘勔相交，故对刘悛颇为关照。根据《南史》本传记载，刘勔去世

---

① （南朝梁）沈约：《宋书》，中华书局，1974，第1378页。
② （南朝梁）萧子显：《南齐书》，中华书局，1972，第9页。
③ （宋）司马光编著，（元）胡三省音注《资治通鉴》，中华书局，1956，第4180页。

后，刘悛哀毁过度，萧道成曾写信纾解刘悛丧父之痛："齐高帝代勔为领军，素与勔善，书譬悛殷勤抑勉。"① 在平定建平王萧景素反叛时，萧道成还曾经考虑让刘悛率领一支军队。萧道成固然知道刘悛本有其才，也未尝没有提携故人子之意。萧道成与刘勔善，萧赜又与刘悛善，某种意义上也算是世代交好。萧道成还为第七子鄱阳王萧锵纳悛妹为妃，自此两家又为姻亲。在齐武帝萧赜时期，"旧恩"是少年交情。刘悛与齐武帝萧赜可谓少年相交，他曾"与齐武帝同直殿内，并为宋明帝所亲待，由是与武帝款好"。后来刘悛从驾登蒋山，萧赜数叹曰："贫贱之交不可忘，糟糠之妻不下堂。"并对刘悛说："此况卿也。世言富贵好改其素情，吾虽有四海，今日与卿尽布衣之适。"当中亲密，可见一斑。萧齐未立之时，萧赜便经常造访刘悛的私宅，流连良久："齐武帝尝至悛宅，昼卧觉，悛自捧金澡罐受四升水以沃盥，因以与帝，前后所纳称此。"② 萧赜被立为太子之后仍然如是："时世祖在东宫，每幸悛坊，闲言至夕，赐屏风帷帐。"称帝之后亦如是："车驾数幸悛宅。宅盛修山池，造甕牖。武帝著鹿皮冠，披悛菟皮裘，于牖中宴乐。以冠赐悛，至夜乃去。"从以上种种表现，可知萧赜确实做到了"贫贱之交不可忘"，与刘悛始终保持着亲密的关系。在齐明帝萧鸾时期，萧鸾对刘悛仍多有恩遇。刘悛曾因"奉献减少"而被郁林王萧昭业收付廷尉，将加诛戮，是"明帝启救之"。萧鸾即位后，又令刘悛"加领骁骑将军，复故官驸马都尉"，更予以重任。萧鸾还为长子晋安王（巴陵隐王）萧宝义纳刘悛女为妃，延续了两家的秦晋之好。刘悛另一女则为安陆王萧宝晊之妃。

刘绘也曾因父辈交情被萧齐统治者看重。他曾担任齐高帝萧道成的太尉行参军，萧道成见而叹曰："刘公为不亡也。"但刘绘作为刘氏家族由武转文的中坚人物，受萧齐皇室看重，更多还是因为文才。刘绘因为"聪警有文义，善隶书"而数被豫章王萧嶷赏召。刘绘为萧嶷代草《求葬鱼复侯表》，萧嶷称为"祢衡何以过此"。此外，刘绘还曾出入竟陵王萧子良西邸，为后进领袖。

刘绘、刘悛之得南朝统治者爱重，除了人情渊源和自身才干，也与

---

① （唐）李延寿：《南史》，中华书局，1975，第1003页。
② （唐）李延寿：《南史》，中华书局，1975，第1002页。

他们事奉皇室恭谨又清醒的态度有关。一方面，他们多善"悦附人主，承迎权贵"。刘悛"罢广、司二州，倾资贡献，家无留储"。他多次给皇帝奉献贡礼。如"在蜀作金浴瓮，余金物称是"，欲献给武帝萧赜，因其驾崩而作罢。而且刘悛也不是一味进贡财物，有时奉献颇为风雅："刘悛之为益州，献蜀柳数株，枝条甚长，状若丝缕。时旧宫芳林苑始成，武帝以植于太昌灵和殿前，常赏玩咨嗟，曰：'此杨柳风流可爱，似张绪当年时。'"① 此礼显然颇得萧赜之心。另一方面，他们又善于审时度势，能于王朝更替之际获得新兴皇族器重，保持家族不辍。萧齐代刘宋时，刘悛曾与萧道成有这样一番对答：

  初，苍梧废，太祖集议中华门，见悛，谓之曰："君昨直耶？"悛答曰："仆昨乃正直，而言急在外。"至是上谓悛曰："功名之际，人所不忘。卿昔于中华门答我，何其欲谢世事？"悛曰："臣世受宋恩，门荷齐眷，非常之勋，非臣所及。进不远怨前代，退不孤负圣明，敢不以实仰答。"②

刘悛虽然没有直接答应参与改朝换代之事，但其语既不显得对宋室过于凉薄，又不至于有悖萧道成，可谓对答有据，足以保身。而齐梁交替之际，刘绘的倾向则更为鲜明。他在认识到东昏侯大势已去后，不仅拒绝领兵对抗萧衍，还有几近投诚之举：

  义师围城，南兖州刺史张稷总城内军事，与绘情款异常，将谋废立，闲语累夜。东昏殒，城内遣绘及国子博士范云等送首诣梁王于石头，转大司马从事中郎。③

如此，刘绘之于萧梁开国，也算是有功了。加之刘绘于竟陵王西邸可能早与萧衍结识，刘氏家族与萧梁皇室的亲密关系也发展延续开来，刘悛、刘绘诸子基本上与萧梁皇室关系亲密。

---

① （唐）李延寿：《南史》，中华书局，1975，第810页。
② （南朝梁）萧子显：《南齐书》，中华书局，1972，第651页。
③ （南朝梁）萧子显：《南齐书》，中华书局，1972，第842页。

萧梁时期，完全完成了由武到文转变的刘氏家族成员，基本因文学才能而被皇室赏识。

刘孝绰作为刘氏家族文学成就最高者，多得萧衍、萧统、萧纲、萧绎之青眼。《梁书》本传载孝绰"尝侍宴，于坐为诗七首，高祖览其文，篇篇嗟赏，由是朝野改观焉"。萧衍爱孝绰之才，即便孝绰犯了"不孝"大忌，亦不曾改变态度，甚至多为遮掩。"及孝绰为廷尉卿，携妾入官府，其母犹停私宅"，被御史中丞到洽劾奏为"携少妹于华省，弃老母于下宅"，而"高祖为隐其恶，改'妹'为'姝'"①。萧衍在刘孝绰因此免官之后，仍多方对其优待："（高祖）数使仆射徐勉宣旨慰抚之，每朝宴常引与焉。及高祖为《籍田诗》，又使勉先示孝绰。时奉诏作者数十人，高祖以孝绰尤工，即日有敕，起为西中郎湘东王谘议。"昭明太子萧统也对刘孝绰特别爱重。刘孝绰在《昭明太子集序》中自云"承华肇建，滥齿时髦。居陪出从，逝将二纪"②，可见当时已以文学侍从萧梁近二十年。《梁书》孝绰本传载："时昭明太子好士爱文，孝绰与陈郡殷芸、吴郡陆倕、琅邪王筠、彭城到洽等，同见宾礼。太子起乐贤堂，乃使画工先图孝绰焉。太子文章繁富，群才咸欲撰录，太子独使孝绰集而序之。"刘孝绰虽未入萧纲幕府和东宫，但萧纲也十分欣赏他的才华。萧纲曾写《与刘孝绰书》称赞刘孝绰的文学创作并表达对他的思念之心，还曾赐物给孝绰。梁元帝萧绎也十分推重刘孝绰，他在"出为荆州"时有书与孝绰，与其探讨文学创作，并约定"新有所制，想能示之。勿等清虑，徒虚其请"③。刘孝绰回信感慨萧绎的"降情白屋，存问相寻"④。而刘孝绰"起为西中郎湘东王谘议"，亦曾侍从萧绎，孝绰子刘谅亦曾为萧绎所善。

《梁书》孝绰本传称"孝绰诸弟"一度"随藩皆在荆、雍"⑤，也就是说刘孝绰的弟弟们基本上聚集在荆州的萧绎和雍州的萧纲处。刘孝仪是萧纲的文学侍从。"晋安王纲出镇襄阳，引为安北功曹史，以母忧去

---

① 中华书局标点本认为此段记载中"妹姝二字互倒也"。
② （清）严可均校辑《全上古三代秦汉三国六朝文》，中华书局，1965，第3312页。
③ （唐）姚思廉：《梁书》，中华书局，1973，第481页。
④ （唐）姚思廉：《梁书》，中华书局，1973，第482页。
⑤ （唐）姚思廉：《梁书》，中华书局，1973，第481页。

职",而"王立为皇太子,孝仪服阕,仍补洗马,迁中舍人",从藩镇到东宫,刘孝仪都跟随在萧纲身边,故关系亲密。刘孝胜史载不多,然曾官湘东王安西主簿记室,或与萧绎善。刘孝威是萧纲为晋安王时的"高斋学士"之一。萧纲有《饯临海太守刘孝仪蜀郡太守刘孝胜诗》,甚见惜别。

刘孺与刘苞兄弟,在梁武帝时"并以文藻见知,多预宴坐,虽仕进有前后,其赏赐不殊"。刘孺尤被看重。《梁书》本传记载:"孺……尝于御坐为《李赋》,受诏便成,文不加点,高祖甚称赏之。后侍宴寿光殿,诏群臣赋诗,时孺与张率并醉,未及成,高祖取孺手板题戏之曰:'张率东南美,刘孺洛阳才。揽笔便应就,何事久迟回?'"是为"其见亲爱如此"。

刘遵深得萧纲喜爱,"自随藩及在东宫,以旧恩偏蒙宠遇"。萧纲在其去世后颇为伤悼,追忆当年风雅往来的情形:"吾昔在汉南,连翩书记,及忝朱方,从容坐首。良辰美景,清风月夜,鹢舟乍动,朱鹭徐鸣,未尝一日而不追随,一时而不会遇。酒阑耳热,言志赋诗,校覆忠贤,榷扬文史,益者三友,此实其人。"①萧纲还"欲为志铭,并为撰集"②。

刘绮在萧绎任会稽太守时,以才华被选为国常侍兼记室,殊蒙礼遇。

对于皇室尤其是萧梁皇室对他们文才的重视,刘氏家族成员积极以文学回报之。一是以文字点缀宴坐。刘氏家族作品,侍宴与侍驾之作极多。题目中即表明是公宴之诗的有刘孝绰《侍宴诗》《三日侍华光殿曲水宴诗》《三日侍安成王曲水宴诗》《侍宴集贤堂应令诗》《侍宴饯庾於陵应诏诗》《侍宴饯张惠绍应诏诗》《侍宴离亭应令诗》《侍宴拟刘公幹应令诗》,刘孝威《侍宴乐游林光殿曲水诗》《三日侍皇太子曲水宴诗》,刘苞《九日侍宴乐游苑正阳堂诗》,等等。而刘孝绰《同武陵王看妓诗》、刘孝威《赋得鸣楝应令》、刘遵《繁华应令诗》《应令咏舞诗》之类的诗作,很可能也是在有皇室成员参与的宴会上吟咏歌舞以助兴的作品。刘孺受诏作《李赋》、刘苞受诏咏《天泉池荷》及《采菱调》、刘孝绰作《于座应令咏梨花诗》、刘孝威作《禊饮嘉乐殿咏曲水中烛影诗》等也都是以咏景咏物为宴集助兴。而侍驾之诗则有刘孝绰《奉和昭明太

---

① (唐)姚思廉:《梁书》,中华书局,1973,第593页。
② (唐)姚思廉:《梁书》,中华书局,1973,第594页。

子钟山解讲诗》《春日从驾新亭应制诗》，刘孝仪《和昭明太子钟山解讲诗》，刘遵《从顿还城应令诗》，等等。二是借文字称颂皇室。刘氏家族成员积极献奏诗、赋或歌颂皇朝盛况。侍宴应制之作自然多称赞皇室，或称赞皇室为风雅领袖，如刘孝绰《侍宴同刘公幹应令诗》云："副君西园宴，陈王谒帝归。列位华池侧，文雅纵横飞。小臣轻蝉翼，黾勉谬相追。置酒陪朝日，淹留望夕霏。"[1] 或称赞皇家出行的气度，如刘孝绰《奉和昭明太子钟山解讲诗》云："御鹤翔伊水，策马出王田。我后游祇鹫，比事实光前。翠盖承朝景，朱旗曳晓烟。楼帐萦岩谷，缇组曜林阡。"[2] 萧梁皇室多爱好文学、召求儒雅，刘氏家族的作品也积极称赞了他们的文学水平之高及对文士的爱重。如刘孝绰称赞萧统的文学成就为"譬彼登山，徒仰峻极，同夫观海，莫际波澜"[3]。再如刘孝绰以"东山富游士，北土无遗彦。一言白璧轻，片善黄金贱"[4] 来形容安成王萧秀，刘孝仪以《行过康王故第苑诗》中的"尚识招贤阁，犹怀爱士风"[5] 来缅怀萧秀，均称赞其求贤若渴。刘氏家族有时亦借咏物以表达对皇室的倾慕依附之意。如"大同九年白雀集东宫，孝威上颂，其辞甚美"，显然是借祥瑞来称赞萧纲。而刘孝绰则分别借咏梨花云"岂不怜飘坠，愿入九重闱"[6]，咏日云"园葵亦何幸，倾叶奉离光"[7]，咏大雁云"差池高复下，欲向龙门飞"[8]，来表达自己对皇室的忠诚依附。虽然态度不免近于谄媚，但颇得统治者之心。三是与皇室文字往来，诗歌唱和。刘孝绰、刘孝仪均有和萧统的《奉和昭明太子钟山解讲诗》；刘孝仪、刘遵追和萧纲而作《和简文帝赛汉高帝庙》；刘孝威有唱和萧纲的《和简文帝卧疾诗》《和皇太子春林晚雨诗》；刘孝绰有《和湘东王理讼诗》，萧绎诗惜今不传，借刘诗以存目；刘孝绰、刘孝威都作有《奉和湘东王应令诗二首》，分别为《春宵》《冬晓》，刘孝先有同题二作，当亦为和诗；

---

[1] 逯钦立辑校《先秦汉魏晋南北朝诗》，中华书局，1983，第1839页。
[2] 逯钦立辑校《先秦汉魏晋南北朝诗》，中华书局，1983，第1829页。
[3] （清）严可均校辑《全上古三代秦汉三国六朝文》，中华书局，1965，第3312页。
[4] 逯钦立辑校《先秦汉魏晋南北朝诗》，中华书局，1983，第1827页。
[5] 逯钦立辑校《先秦汉魏晋南北朝诗》，中华书局，1983，第1893页。
[6] 逯钦立辑校《先秦汉魏晋南北朝诗》，中华书局，1983，第1842页。
[7] 逯钦立辑校《先秦汉魏晋南北朝诗》，中华书局，1983，第1844页。
[8] 逯钦立辑校《先秦汉魏晋南北朝诗》，中华书局，1983，第1845页。

刘孝威还有和萧祗的《和定襄侯初笄诗》；等等。因为紧密地跟随并奉和皇室的文学爱好，刘孝绰等人便也成为萧统、萧纲、萧绎文学集团的重要成员。四是参与皇室主持的文集或大书的编修。如刘孝绰曾奉昭明太子令替他编订文集并为之作序，并可能实际主持署名萧统的《古今诗苑英华》之选编工作。昭明太子主编《文选》，刘孝绰也曾从旁协助。刘遵、刘孺、刘孝仪、刘孝威都曾参与萧纲主持的《法宝联璧》的编纂工作。

　　刘氏家族与南朝皇室之间这种亲密的关系，与他们由武转文的家族发展历程也有很大的关系。一者，刘氏家族因为转业文学而受到重文的南朝皇室称赏。前文已详，不复赘述。二者，刘氏家族以武起家，根基浅薄，故此要紧密依附追随皇室，而皇室亦思扶持新兴门第与传统士族抗抵，双方立场一致、利益结合。魏晋南北朝是一个门阀士族发展兴盛的时代，尤其在东晋时期，琅琊王氏、陈郡谢氏等门阀士族护持司马氏，有拥立巩固之功，得以分享政治权力。而东晋又多幼主、庸主，因此世家大族往往高居皇族之上，成为东晋权力的真正操持者。在此时期，门阀士族的政治、文化地位达到巅峰。至于南朝，"高门大族门户已成，令仆三司可安流平进，不屑竭智尽心以邀恩宠"①。刘宋、萧齐、萧梁等军旅寒族皇权的兴起，无疑与门阀世家产生了矛盾。门阀世家虽然屈从于南朝皇族的政治军事实力，但仍保持了心理上的优越感，未必真正服从。比如齐武帝时，出身琅琊王氏的王晏以萧鸾不谙百家谱为由，反对他担任吏部尚书，还"自谓佐命惟新，言论常非薄世祖故事"②，对萧齐皇室实在不够尊重。而南朝统治者虽不得不积极拉拢、重用门阀士族，却也对世家大族的实力心怀忌惮，多方打压。他们不仅削弱门阀士族的军权、政权，甚至还对门阀士族常加屠戮。宋文帝欲除谢晦，诛杀谢晦之子谢世休，收捕谢晦的弟弟谢㬭与侄子谢世平、谢绍，并命各路军队讨伐谢晦。谢晦自负轻敌，兵败被俘，连同弟弟谢㬭、谢遁，侄子谢世基、谢世猷等人被杀。宋明帝病重濒死之时担心王彧门族强盛，有碍社稷，所以下诏将其赐死，理由直接便是"朕不谓卿有罪，然吾不能独死，请子

---

① （清）赵翼：《廿二史劄记》，曹光甫校点，凤凰出版社，2008，第118页。
② （南朝梁）萧子显：《南齐书》，中华书局，1972，第743页。

先之"和"与卿周旋，欲全卿门户，故有此处分"①。对于王晏，萧鸾"虽以事际须晏，而心相疑斥"②，最终杀之。然而对于根基浅薄的刘氏家族，南朝皇室则可以放心任用。因此王彧以门高见杀，刘勔却成为顾命之臣，刘悛兄弟在萧齐也是"均显贵"。另一方面，在文化上，门阀士族也保持了对寒门皇族的优越感。原本晋人尚玄，门阀弟子多以清谈为高；但南朝寒门皇族出身既低，往往保留微时的兴趣，爱好骑射、音律，这是士族眼中难登大雅之堂的娱乐杂技。而南朝皇室又好民间流行的吴歌西曲，这也是爱好高雅文艺的门阀士族所不齿的，如王僧虔便抨击云："自顷家竞新哇，人尚谣俗，务在噍杀，不顾音纪，流宕无崖，未知所极，排斥正曲，崇长烦淫。"③南朝皇室之大力提倡吴歌西曲、宫体新诗，既出自自身的品位爱好，也有同士族争夺文化统治地位之意。而刘氏家族与南朝皇族一样起自寒微，紧密追随南朝皇室文学创作的脚步。他们或主动，或奉令，大量创作清商曲辞和艳诗，对南朝皇室成员所作宫体更多有和咏，成为南朝皇室引领的文学新变之潮中的先锋军。

煊赫一时，余绪遂绝

《南史》对刘氏家族的衰亡甚为可惜，叹道："悛至性过人，绘辞义克举，诸子各擅雕龙，当年方驾，文采之盛，殆难继乎。"④按：刘孝绰一代，史传记载留名姓者，有十五人，而其子刘谅一代仅有刘谅、刘刍、刘励三人。至于入唐，刘氏家族余绪遂绝。《元和姓纂》云："览曾孙瑗，唐黎阳令。孝威曾孙让，唐将仕郎。余绝。"⑤而且自刘谅以降，刘氏家族再未出过文学人物。刘氏家族在齐梁煊赫一时，却也如同流星，迅速地划过天际，退出了政治文化舞台。刘氏家族衰落的原因大致有二。

第一，直接原因是侯景之乱以及其引发的一系列动乱的冲击。

梁武帝太清二年（548）八月，东魏降将侯景勾结京城守将萧正德，举兵谋反，史称"侯景之乱"。侯景攻入建康，围困台城，梁武帝被软

---

① （唐）李延寿：《南史》，中华书局，1975，第635页。
② （南朝梁）萧子显：《南齐书》，中华书局，1972，第743页。
③ （南朝梁）萧子显：《南齐书》，中华书局，1972，第595页。
④ （唐）李延寿：《南史》，中华书局，1975，第1015页。
⑤ （唐）林宝：《元和姓纂》，《景印文渊阁四库全书》第890册，台湾商务印书馆，1986，第613页。

禁饿死，太子萧纲被立为傀儡皇帝，是为梁简文帝，大宝二年（551）又为侯景所害。梁朝诸王趁机四起，自相残杀，如武陵王萧纪自立于蜀地，河东王萧誉割据于湘州。后来侯景覆灭，萧绎剪除兄弟，太清六年（552）十一月，在王僧辩、陈霸先的支持下于江陵登基，改元承圣，为梁元帝。但此时山河残破，国力不复，承圣四年（555）西魏攻破江陵，萧绎被杀，大批文士被迫入北。再加早于531年去世的萧统，至此四萧全数覆灭。此后，萧詧、萧渊明、萧方智先后被王僧辩、陈霸先等立为傀儡皇帝。直到陈霸先攻灭王僧辩，于太平二年（557）迫萧方智禅位，建立陈朝，萧梁遂灭，共历四帝，五十六年。

　　侯景之乱及其之后引发的一系列动乱，不仅给萧梁皇室带来了毁灭性的结果，还使得贵族官员受到沉重打击，文人学士遭逢乱离。刘氏家族也不免在风雨飘摇中大受冲击。

　　首先刘氏家族的成员在侯景之乱中大受摧折。除了刘孝绰早已于大同五年（539）卒官，他的几个兄弟在侯景之乱中都凋零殆尽。根据《梁书》记载，刘孝仪兄弟遭遇如下。

　　刘孝仪：（太清）二年，侯景寇京邑，孝仪遣子励帅郡兵三千人，随前衡州刺史韦粲入援。三年，宫城不守，孝仪为前历阳太守庄铁所逼，失郡。大宝元年，病卒，时年六十七。

　　刘孝胜：太清中，侯景陷京师，萧纪僭号于蜀，以为尚书仆射。承圣中，随纪东出峡口，兵败被执，下狱。元帝宥之，起为司徒右长史。

　　刘孝威：及侯景寇乱，孝威于围城得出，随司州刺史柳仲礼西上。至安陆，遇疾卒。

　　刘孝先：承圣元年，与兄孝胜随萧纪东下出峡口。翌年，萧纪被杀，孝先赴江陵，元帝萧绎任用其为黄门侍郎，官至侍中。

　　"三笔六诗"都在流离颠沛中病卒，至于刘孝胜的最终结局，《先秦汉魏晋南北朝诗》诗人小传称其于承圣三年（554）西魏破江陵时，被掳入北而卒。只有刘孝先最终下落不详，但刘孝先与刘孝胜同样被卷入萧纪、萧绎之争，又在江陵任官，在西魏攻入之后，恐怕亦受磋磨乃至殒命。固然彼时刘氏兄弟年龄都已有五六旬，已是桑榆晚景，但在动乱中疲敝奔走、被掳被囚，无疑会加速他们的死亡。而刘氏家族也失去了平稳过渡到下一代的机会：刘氏兄弟的子女值此乱世，大抵也不得安稳。

因此刘孝绰能文的"群从子侄"很可能也在乱中风流云散，刘氏家族因此人才凋零，无以为继。

而梁季动乱还给刘氏家族文学作品的流传带来了极其负面的影响。如：

> 刘孝胜：原有集，乱中亡佚。（《先秦汉魏晋南北朝诗》卷二十六）
>
> 刘孝先：文集值乱，今不具存。（《梁书·刘孝先传》）

其余刘孝绰、刘孝仪、刘孝威兄弟诸人，按《隋书》《唐书》等记载，均有文集传世，唯有刘孝胜、刘孝先则确无文集。如今刘孝胜仅存诗五首（不含与他人共作的联句），刘孝先仅存诗六首。按兄弟两人"并善五言诗，见重于世"的文坛地位，如果不是遭遇动乱，不可能连文集存目都没有留下。而刘孝绰虽然有集传世，但也在乱中大受损失。《梁书》本传称孝绰"文集数十万言，行于世"，但《隋书·经籍志》中仅记录"梁廷尉卿刘孝绰集十四卷"[①]，《旧唐书·经籍志》仅记录"刘孝绰集十一卷"[②]，《新唐书·艺文志》仅记录"刘孝绰集十二卷"[③]，孝绰之作应有相当大的部分湮灭于动乱之中。当时，侯景攻入建康，叛军烧毁东宫藏书三万卷和象征梁朝文治的士林馆；西魏将破江陵，梁元帝萧绎焚古今图书十四万卷。在文化遭遇如此浩劫的情况下，刘氏家族的文集自不能幸免。文集的失传，无疑削弱了刘氏家族的文化底蕴和影响力。

梁末动乱还使得刘氏家族的姻亲受到了很大冲击。刘氏家族作为南朝新贵，多与世家大族联姻。刘绘娶妻于琅琊王氏（绘妻为王融姊妹），三个女儿分别嫁给琅琊王氏、吴郡张氏和东海徐氏，刘悛之女（刘览之姊）嫁给阳翟褚氏。而侯景之乱中，门阀士族或被杀，或被饿死，"贵戚、豪族……填委沟壑，不可胜纪"[④]。颜之推说："中原冠带，随晋渡

---

① （唐）魏征、令狐德棻：《隋书·经籍志》，中华书局，1973，第1078页。
② （后晋）刘昫等撰《旧唐书》，中华书局，1975，第1396页。
③ （宋）欧阳修、宋祁：《新唐书》，中华书局，1975，第1033页。
④ （宋）司马光编著，（元）胡三省音注《资治通鉴》，中华书局，1956，第5018页。

江者百家，故江东有《百谱》；至是，在都者覆灭略尽。"① 可见士族门阀几乎遭遇灭顶之灾。刘绘的女婿张嵊一家直接殒身于侯景之乱中：张嵊秉持忠义，率兵抵抗侯景，但终于兵败被执，"景刑之于都市，子弟同遇害者十余人，时年六十二"②。至于其余姻亲家族，恐亦不免受到极大的冲击。本来，家族之间通过联姻，可以相互成为助力，彼此提携利用，进一步巩固各自家族的地位。而刘氏家族姻亲的凋亡，无疑对刘氏家族的发展造成了重大打击。

刘氏家族的姻亲中还包括一个当时在政治文化上最重要的家族——兰陵萧氏，也就是皇室。萧梁皇室也与萧齐一样同刘氏家族继续联姻，刘苞之姊为萧衍六弟临川王萧宏妃。即便不考虑姻亲关系，刘氏家族基本都担任过萧梁皇室的文学侍从，同皇室关系十分密切。刘孝绰曾将自己比喻为柔弱的蝴蝶，而将萧梁皇室比喻为"嘉树欲相依"（《咏素蝶》）。萧梁皇室与刘氏家族关系密切，为刘氏家族提供了依靠、庇护。而这棵"大树"受到侯景之乱残害，一经倒塌，必定也会动摇刘氏家族的根基，导致其一蹶不振。明代学者张溥在论及刘氏家族在侯景之乱中的遭遇时，曾感叹："假使时清国晏，兄弟连骑，续玄圃之旧游，领高斋之述作，扶风世业，邺苑清吟，重篇大帙，必伟观听。而长鲸疾驱，逃死不暇，林焚池竭，遣章阙如。"③ 张溥意识到，侯景之乱使得刘氏家族不能再为萧梁皇室侍从文学，刘氏家族文学正因此不复盛观，无力为继。此论确矣。

第二，深层原因是家族底蕴的浅薄。

"梁末之乱，为永嘉南渡后的一大结局。"④ 王、谢、朱、张、顾、陆等传统的门阀士族在侯景之乱中受到的冲击最大。侯景对王谢二族本有宿怨：侯景曾向萧衍求婚于琅琊王氏、陈郡谢氏两家，萧衍认为王谢门第太高而无法答应，曰："王谢门高非偶，可于朱、张以下访之。"侯景怒道："会将吴儿女以配奴！"⑤ 深深记恨此事的侯景进入建康后，屠

---

① （唐）李百药：《北齐书》，中华书局，1983，第428页。
② （唐）姚思廉：《梁书》，中华书局，1973，第610页。
③ （明）张溥著，殷孟伦注《汉魏六朝百三家集题辞注》，中华书局，2007，第315页。
④ 陈寅恪：《陈寅恪魏晋南北朝史讲演录》，万绳楠整理，黄山书社，1987，第200页。
⑤ （唐）李延寿：《南史》，中华书局，1975，第1996页。

杀王谢两家最惨，几乎亡族。但门阀士族雄厚的政治、经济与文化底蕴，使得他们不至于在风雨飘摇中湮灭殆尽，而仍能延续流风余韵。如琅琊王氏自汉谏议大夫王吉以下，更魏晋南北朝，一家正传六十二人，三公令仆五十余人，侍中八十人，吏部尚书二十五人。即便经过侯景之乱和隋末民变的双重打击，琅琊王氏在唐朝犹有王方庆（王綝）、王睿、王与、王抟四人担任宰相。虽然远不及魏晋南北朝时期的鼎盛，但也远超一般的家族。而且流亡的门阀士族入北，因其门第，多受优待。如王褒江陵沦陷后入西魏，被扣留不复南返，授车骑大将军，仪同三司。孝闵帝宇文觉、明帝宇文毓、武帝宇文邕都对他多加封赏。颜之推入北，历仕北齐、北周、隋朝，甚见礼重。统治者的重视使得高门大第继续延绵。与之相比，刘孝胜只是简单地"被掳入北而卒"①，无论子嗣。刘氏家族虽未被直接屠戮，但与这些门阀士族相比，无论是门户还是门第，都太过单薄，更不具备抵御乱世冲击的能力。

门阀士族还有着深厚的文化传统。钱穆先生在《略论魏晋南北朝学术文化与当时门第之关系》中说："当时门第传统的共同理想，所期望于门第中人，上自贤父兄，下至佳子弟，不外两大要目：一则希望其能有孝友之内行，一则希望其能有经籍文史学业之修养。前一项之表现，则成为家风；后一项之表现，则成为家学。"② 家风严谨固然能为家族带来美誉，能增强家族在社会、政治中的地位和影响。家学之重要，亦不逊于家风，何况家风也要通过教育来达成。因此，门阀士族十分重视子孙后代的教育。如谢安雪日内集，与谢朗、谢道韫等儿女讲论文义。谢混主持乌衣之游，同谢灵运等侄子研讨文学。王导、王廙善书法，王导将珍藏的《宣示帖》传给王羲之，王廙则对王羲之特别欣赏。同时因重视家教，这一时期家训文字辈出。王祥、王导、王胡之、王献之、王敬弘、王微、王裕、王僧虔、王秀之、王筠、谢瞻、谢朏、谢贞、颜延之、颜之推、袁昂、袁泌、崔慰祖、张融、顾宪之等人，都有训诫子弟的文字留世。这些家训既告诫子弟修养道德，也要他们重视文化，以不坠其家。王僧虔在其《诫子书》中谆谆告诫其子云："于时王家门中，优者

---

① 逯钦立辑校《先秦汉魏晋南北朝诗》，中华书局，1983，第2063页。
② 钱穆：《中国学术思想史论丛》卷三，安徽教育出版社，2004，第159页。

则龙凤，劣者犹虎豹，失荫之后，岂龙虎之议？"王僧虔认识到王氏子弟的地位是依靠门第获得的，所以在门第不能荫蔽的情况下"应各自努力"。他还提出："或有身经三公，蔑尔无闻；布衣寒素，卿相屈体。或父子贵贱殊，兄弟声名异。何也？体尽读数百卷书耳。"① 大力强调王世子弟的文化教养。这些处世立身之道使得王氏家族子弟对门第失势保持警惕，不致一朝无依便方寸大乱，并且始终重视文化的修养。

因为对教育的重视，当时的文化实际上集中在门阀士族手中，"地方大族盛门乃为学术文化之寄托"②，并能代代相传，即刘勰所谓"王袁联宗以龙章，颜谢重叶以凤采；何范张沈之徒，亦不可胜数也"③。而家风家学对门阀士族的绵延也确实起了极大的作用。如王方庆为王导十一世孙，武则天曾求王羲之真迹，王方庆奏曰："十世从祖（王）羲之书四十余番，（唐）太宗求之，先臣悉上送，今所存惟一轴。并上十一世祖导、十世祖洽、九世祖珣、八世祖昙首、七世祖僧绰、六世祖仲宝、五世祖骞、高祖规、曾祖褒并九世从祖献之等凡二十八人书共十篇。"④ 其家族之文化资本令人惊叹。而统治者借之点缀风雅，王方庆借之取悦上意，则文化资本复能转化为政治资本。相比之下，刘绘、刘孝绰父子也均善书法，刘瑱、刘孝先叔侄均善画，但仅存二世，未及培育出一代大家，发展家族代代传承的文化，形成家族足以依仗的名望。与这些世家大族相比，刘氏家族由武转文不过寥寥三代，仅靠一时重文世风和家族成员才华而行世，还不足以形成深厚的家族文化底蕴，并不能保证家族文化血脉的延续，也经不住时代风浪的冲击。

二　刘氏家族的家风、文化与才艺

刘氏家族作为一个绵延数代的士大夫家族，已经初步形成了自己的家风、文化与才艺。南朝士大夫多儒道佛兼奉，刘氏家族的家风与文化

---

① （南朝梁）萧子显：《南齐书》，中华书局，1972，第599页。
② 陈寅恪：《崔浩与寇谦之》，载《陈寅恪史学论文选集》，上海古籍出版社，1992，第214页。
③ （南朝梁）刘勰撰，周振甫译注《文心雕龙今译》，中华书局，1986，第404页。
④ （宋）欧阳修、宋祁：《新唐书》，中华书局，1975，第4224页。

正体现了这一典型特征。刘氏家族成员又往往多才多艺，显示出其家族已经颇具文化底蕴。

刘氏家族与孝悌教义

梁漱溟曾引谢幼伟言："中国文化在某一意义上，可谓'孝的文化'。"[①]中国传统伦理道德几乎可以说是以"孝"为核心的。《论语·学而》曰："其为人也孝弟，而好犯上者，鲜矣。不好犯上，而好作乱者，未之有也。"[②] 因此孝对治国有着重要的政治意义乃至实践意义。尤其魏晋南北朝王朝更迭频繁，多自下陵忽，强调"忠"便站不住脚，只能打出以"孝"治理天下的旗号。此时家族势力的膨胀和门阀政治的实施，也使得"孝"成为特别强调之事，有时甚至凌驾在"忠"之上。总之，魏晋南北朝极重孝道。"孝"字是魏晋南北朝时期人们求取嘉名时用得特多的字，帝王首先以"孝"字作为年号的，也是此时期的南朝宋孝武帝刘骏，他曾用年号"孝建"（454～456），而历史上以"孝"字立年号者，也基本出现在这一时期。正史上首先给孝子立传也是始于这一时期。此时甚至还有以"孝"字命地名的风尚。"孝"在魏晋南北朝政治文化中的重要地位，可见一斑。而作为南朝历史上曾颇有影响和势力的家族，彭城刘氏家族也十分重视孝悌。

刘勔的儿子们都十分孝顺。刘勔战死后，刘悛、刘愃等兄弟因哀伤守孝"皆羸削改貌"，并"以父死朱雀航，终身不行此路"。刘悛的孝行表现得最为突出。父亲战死之时，刘悛虽身患疾病，仍"扶伏路次，号哭求勔尸"。然后又有"（勔尸）项后伤缺，悛割发补之""持丧墓侧，冬月不衣絮"的纯孝哀恸之举。萧道成与刘勔亲善，见此情形写信劝慰刘悛，云："承至性毁瘵，转之危虑，深以酸怛。终哀全生，先王明轨，岂有去缞绖，彻温席，以此悲号，得终其孝性邪？当深顾往旨，少自抑勉。"刘悛、刘愃刚免丧的时候，萧道成本欲让他们领军，但召见之后发现刘悛兄弟因居丧而病弱不堪，于是只能作罢。刘悛对父亲的感情并未因时间流逝而冲淡。永明元年（483）后，刘勔已去世十

[①] 梁漱溟：《梁漱溟学术精华录》，北京师范学院出版社，1988，第223页。
[②] 杨伯峻译注《论语译注》，中华书局，2009，第2页。

年，刘悛经过寿阳，看到寿阳百姓因感念"勖讨殷琰，平寿阳，无所犯害"的恩德而立下的石碑，而"拜敬泣涕"。本来，因怕触景伤情，"悛兄弟以父死朱雀航，终身不行此路"。但永泰元年（498）齐明帝萧鸾驾崩，刘悛因"卫送山陵"不得不路经朱雀航，竟因感恸过度，"至曲阿而卒"，可谓因孝而死。

刘绘也有孝行，本传称为"有至性"。母亲过世，刘绘"持丧墓下三年，食粗粝"。刘绘对于孝顺的侄子刘苞也"常叹伏之"。但总体而言，史传中，刘绘的孝行不如其兄突出。不过刘绘对兄长感情很深，论友悌则多有嘉行。刘绘"事兄悛恭谨，与人语，呼为'使君'"。刘绘甚至能为兄长付出生命，"隆昌中，悛坐罪将见诛，绘伏阙请代兄死，高宗辅政，救解之"。刘悛去世之后，刘绘在兄长的追赠之上也非常用心，"其兄悛之亡，朝议赠平北将军、雍州刺史，诏书已出，绘请尚书令徐孝嗣改之"。刘绘对兄长刘悛可谓终生敬爱，死生如一。

刘悛、刘绘的子侄辈多以"孝"为字，可见刘悛、刘绘一门对孝的重视。刘悛的儿子们也多数至孝。刘孺"年十四居丧，毁瘠骨立，宗党咸异之"，母亲去世后更是"以毁卒"，可谓完全传承了父亲的孝行。其谥曰孝子，曾无溢美。刘览"以所生母忧，庐于墓，再期，口不尝盐酪，冬止著单布。家人患其不胜丧，中夜窃置炭于床下，览因暖气得睡，既觉知之，号恸欧血。高帝闻其有至性，数省视之"。刘遵，萧纲在《与遵从兄阳羡令孝仪令》中称赞他"其孝友淳深，立身贞固，内含玉润，外表澜清……言行相符，终始如一"①，亦当为有孝行者。

刘恒子刘苞，"三岁而孤，至六七岁，见诸父常泣。时伯叔父悛、绘等并显贵，其母谓其畏惮，怒之。苞曰：'早孤不及有识，闻诸父多相似，故心中悲耳。'因而歔欷，母亦悲恸"。刘苞又"奉君母朱夫人及所生陈氏并扇席温枕，叔父绘常叹伏之"。

有关刘绘儿子们孝行的记载较少，仅刘孝绰有两条：一者"兼善草隶，自以书似父，乃变为别体"；一者"初，孝绰居母忧，冬月饮冷水，因得冷癖，以大同五年卒官，年五十九"。但刘孝绰也曾因"携少妹于华省，弃老母于下宅"被御史中丞到洽以"不孝"劾奏，终坐免官，故

---

① （唐）姚思廉：《梁书》，中华书局，1973，第592~593页。

此影响其"孝"的形象。不过,论友悌之行,刘绘的儿子们则颇可称道。如刘孝仪"为人宽厚,内行尤笃。第二兄孝熊早卒,孝仪奉寡嫂甚谨,家内巨细必先谘决,与妻子朝夕供事,未尝失礼"。刘孝绰兄弟多有诗文表达兄弟情深。刘孝绰《忆虞弟诗》以"朝蔬一不共,夜被何由同"①表达了对弟弟的日夜思念、寝食不忘。刘孝仪《叹别赋》感慨兄弟分离带来的哀伤。刘孝胜《冬日家园别阳羡始兴诗》表达了对兄弟短暂相聚之后又要分别的不舍之情,并以"愿勖千金水,思闻五湖誉"②互相鼓励,亦见手足情深。刘孝绰以"三笔六诗"对三弟孝仪、六弟孝威的文学创作进行概括,十分精当,明代学者张溥有感于此,认为"孝绰知二弟者"是"美天伦"也。③

从刘氏兄弟的孝悌之行中,既可以看出南朝强调"孝"的风气,也可以看出当时片面强调"孝"的一些弊端。其一,当时对"孝"的规定过于严苛。如刘孝绰"携少妹(姝)于华省,弃老母于下宅"这类的行为虽有失当,但属"事虽不重"④。而"事虽不重",却因担着"不孝"的干系,终究是"以教义见辱"⑤,对当事人的名声与前途有巨大的打击,也导致刘孝绰与到洽彻底反目成仇。其二,南朝过度强调"孝",尤其在守制的时候,要孝子以近乎自虐的方式来表现自己的悲痛,这很可能导致对孝子身体的伤损,甚至使他们因此而失去性命。刘悛、刘恒、刘孺、刘览和刘孝绰都是因守孝而伤身。刘悛因经过父亲殉身的地方而伤心去世,刘孺以毁卒,刘孝绰因丁忧落下病根而逝,更不免令人惋叹。南朝往往将孝行称为"至性",这固然是称赞孝子感情的真挚和深厚,但反而言之,也是鼓励对忧思父母的不加节制,于是又走向了另一极端。这种因孝伤身的行为,也当引起一定的反思。

刘氏家族与佛、道信仰

刘勔虽颇有隐士之风,但未表现出明显的宗教倾向。而自刘绘始,刘

---

① 逯钦立辑校《先秦汉魏晋南北朝诗》,中华书局,1983,第1836页。
② 逯钦立辑校《先秦汉魏晋南北朝诗》,中华书局,1983,第2064页。
③ (明)张溥著,殷孟伦注《汉魏六朝百三家集题辞注》,中华书局,2007,第315页。
④ (北齐)颜之推撰,王利器集解《颜氏家训集解》,上海古籍出版社,1980,第122页。
⑤ (北齐)颜之推撰,王利器集解《颜氏家训集解》,上海古籍出版社,1980,第122页。

氏家族成员多信奉佛教。刘绘与当代高僧多有交往。《高僧传》卷八"释法安"条下云:"(释法安)永明中还都止中寺,讲涅槃维摩十地成实论,相继不绝。司徒文宣王及张融、何胤、刘绘、刘瓛等,并禀服文义,共为法友。"①《续高僧传》卷五"释法云"条下云:"(释法云)讲经之妙独步当时。齐中书周颙、琅琊王融、彭城刘绘、东莞徐孝嗣等,一代名贵,并投莫逆之交。"②刘绘好听讲经、敬慕高僧,显然奉佛颇诚。

遗憾的是,因为刘绘作品多散佚,并无独立的诗文集存世,仅有少数赠别唱和之作保留在谢朓、王融等人的集中,所以现存诗文主题皆与释氏无关。但在刘绘子女的诗文中,则不难寻觅刘氏家族奉佛的例证。现将刘孝绰等人涉佛诗文辑列如下。

  刘孝绰:《奉和昭明太子钟山解讲诗》《东林寺诗》《赋咏百论舍罪福诗》《栖隐寺碑》《答云法师书》
  刘孝先:《和无名法师秋夜草堂寺禅房月下诗》《草堂寺寻无名法师诗》
  刘孝仪:《和昭明太子钟山解讲诗》、《雍州平等寺金像碑》、《平等寺刹下铭》、《建县苑金铜花趺碑》(仅存目)
  刘孝威:《谢东宫赐圣僧余馔启》《谢东宫赐净馔启》
  刘令娴:《光宅寺》

总之,刘孝绰、刘孝仪、刘孝威为诗若文,都大力赞颂法事威仪、佛理精深。刘孝先与无名法师交往,虽无法事之盛、义理之辨,但两诗意境清幽,颇有禅趣,于六朝涉佛诗中别开一面,隐具唐人之风。刘令娴《光宅寺》虽并非敬颂佛法,而是写青年男女在寺内幽会,但也体现出女诗人出入庙宇,对伽蓝情景颇为了解。

刘氏家族成员大抵事佛颇诚,他们奉佛的原因,一为统治者的提倡。刘绘年轻时为西邸文学集团的一员,而盟主萧子良爱好佛学,敬信尤笃,《南齐书·竟陵文宣王子良传》记载他"招致名僧,讲语佛法,造经呗

---

① (南朝梁)慧皎等:《高僧传合集》,上海古籍出版社,1991,第59页。
② (南朝梁)慧皎等:《高僧传合集》,上海古籍出版社,1991,第144页。

新声，道俗之盛，江左未有"①，又"于邸园营斋戒，大集朝臣众僧，至于赋食行水，或躬亲其事"②。刘绘当受其影响。至少他与释法安、释法云等高僧的交往，显然有西邸文学集团集体活动的痕迹。刘孝绰兄弟亦多受萧梁统治者奉佛的影响。梁武帝萧衍笃信佛教，他不仅精研佛理、广建寺院，还多次"舍身出家"，令朝廷赎回。故此在梁武帝统治期间佛教炽盛，"都下佛寺五百余所，穷极宏丽。僧尼十余万，资产丰沃"③。刘孝绰在《答云法师书》中大力称赞梁武帝对佛教的弘扬，言其"慈导三有，仁济万物"，因为梁武帝"圣旨殷勤，曲相诱喻"，所以"岂直净一人之垢衣，将以破群生之暗室"，也就是说，时人多有效之奉佛者。④身为萧梁皇室文学侍从的刘氏家族成员自然在"群生"中。在父皇的影响下，昭明太子萧统亦"素信三宝，遍览众经"，他"于宫内别立慧义殿，专为法集之所。招引名僧，自立二谛、法身义"⑤。刘孝绰、刘孝仪都有跟昭明太子钟山听讲的经历，才有两首《和昭明太子钟山解讲诗》。刘孝绰为昭明太子写集序，除了称颂萧统爱好文学之外，也力赞他笃信释教。刘孝仪《雍州平等寺金像碑》乃奉敕而制，《建县苑金铜花趺碑》今虽不存，但《续高僧传》卷三十"释僧明"条记载了此文创作始末："梁普通三年，敕于建兴苑铸金铜花趺高六尺广一丈。上送承足，立碑赞之。刘孝仪为文。"⑥故此文很可能也是承上意而作。刘孝威得到萧纲赏赐圣僧余馔与净馔，这既是萧纲对刘孝威的爱重，也可见二人在佛教上的志同道合。刘孺、刘遵、刘孝仪、刘孝威等都曾参加萧纲主持的佛教类书《法宝联璧》的编写，可惜此书今已不存，不然可称为刘氏家族对中国佛学发展的一大贡献。

  刘氏家族奉佛，二为家风所在。刘绘对佛教的信奉无疑给子女营造了浓厚的佛教氛围。如刘孝绰在《答云法师书》中自称"世传正见，幼睹真言"，可见刘孝绰从小就生活在佛教环境中。刘绘与光宅寺主释法云

---

① （南朝梁）萧子显：《南齐书》，中华书局，1972，第698页。
② （南朝梁）萧子显：《南齐书》，中华书局，1972，第700页。
③ （唐）李延寿：《南史》，中华书局，1975，第1721页。
④ （清）严可均校辑《全上古三代秦汉三国六朝文》，中华书局，1965，第3311页。该文引文均自此出。
⑤ （唐）李延寿：《南史》，中华书局，1975，第1308页。
⑥ （南朝梁）慧皎等：《高僧传合集》，上海古籍出版社，1991，第367页。

为"莫逆之交",孝绰所答"云法师"即释法云也。刘家与光宅寺主也可以称得上是"世交"了,这或许正是刘令娴与光宅寺因缘的由来之一。王融为萧子良的《净住子净行法门》二十卷作颂三十一首,亦可见其佛理造诣之深。王融常携少年时的孝绰出游,孝绰可能也从这位对自己青眼有加的舅舅那里,受到佛法的熏陶。

三为排遣内心的迷惘。刘孝绰在《答云法师书》中称"但惑网所萦,尘劳自结,微因宿植,仰逢法教,亲陪宝座,预餐香钵。复得俱听一音,共闻八解,庶因小叶,受润大云。猥蒙开示,深自庆幸,不胜欢喜"。也就是佛教对排遣他内心的迷惘有重要的作用。在《酬陆长史倕诗》中,因仕途不顺而多方追求后的刘孝绰,也是在佛教中找到了心灵的港湾:"时过马鸣院,偶憩鹿园阁。既异人世劳,聊比化城乐。……谈谑有名僧,慧义似传灯。远师教逾阐,生公道复弘。小乘非汲引,法善招报能。积迷顿已悟,为欢得未曾。为欢诚已往,坐卧犹怀想。"[①] 在《赋咏百论舍罪福诗》中,刘孝绰又提出:"寻因途乃异,及舍趣犹并。苦极降归乐,乐极苦还生。岂非轮转爱,皆缘封著情。一知心相浊,乐染法流清。"[②] 他认为佛教能保持诗人内心的清明。汤用彤先生在《隋唐佛教史稿》中曾指出:"溯自两晋佛教隆盛以后,士大夫与佛教之关系约有三事:一为玄理之契合,一为文字之因缘,一为死生之恐惧。"[③] 而对于刘氏家族而言,与佛的关系当是玄理之契合、文字之因缘和内心之迷惘吧。

彭城刘氏家起之初,可能对天师道较为亲奉。东晋时期,天师道蔚然发展,信徒遍布世家大族。东晋末年,刘怀肃追随刘裕,通过镇压以天师道为旗号的孙恩之乱而起家。可以说,刘氏家族正是兴于天师道繁盛之时的。陈寅恪先生在《天师道与滨海地域之关系》一文中指出:"凡东西晋南北朝奉天师道之世家,旧史记载可得而考者,大抵与滨海地域有关。故青徐数州,吴会诸郡,实为天师道之传教区。"[④] 而刘氏家族

[①] 逯钦立辑校《先秦汉魏晋南北朝诗》,中华书局,1983,第1834页。
[②] 逯钦立辑校《先秦汉魏晋南北朝诗》,中华书局,1983,第1840页。
[③] 汤用彤:《隋唐佛教史稿》,中华书局,1982,第193页。
[④] 陈寅恪:《天师道与滨海地域之关系》,载陈寅恪著,陈美延编《金明馆丛稿初编》,生活·读书·新知三联书店,2001,第17页。

所根植之彭城，正是徐州旧称。刘氏家族可谓既生于天师道蓬勃之时，又生于天师道蓬勃之地。因此，在刘宋时期，刘怀肃一支仍比较信奉天师道。周一良先生在《魏晋南北朝史札记》中指出："玄、道、灵等字皆天师道世家习用为名者。"① 陈寅恪先生则指出："六朝人最重家讳，而'之''道'等字则在不避之列，所以然之故虽不能详知，要是与宗教信仰有关。……此类代表宗教信仰之字，父子兄弟皆可取以命名。"② 故刘怀敬子刘真道，刘怀默子刘道球、刘道隆，刘怀肃孙刘道存，其名均带有天师道信仰的痕迹。而刘怀默之孙刘亮（刘孙登子，孙登即道球弟）更是笃信天师道到近乎走火入魔的地步。他"服食修道，欲致长生。迎武当山道士孙道胤，令合仙药"，并不顾孙道胤的阻止，在"未出火毒"的情况下硬服"仙药"，结果"至食鼓后，心动如刺，中间便绝"③。今人固觉愚昧，但时人则颇觉传奇，云"后人逢见，乘白马，将数十人，出关西行，共语分明，此乃道家所谓尸解者也"④。此说竟以刘亮为得道，乃天师道一则佳话也。

刘勔之父刘怀义生平难详，但从他生活的年代和地域来推断，可能也受到天师道的影响。刘孝绰兄弟在奉佛的同时，并未完全脱离道教的影响。刘孝胜有《升天行》。《乐府解题》云："《升天行》，曹植云：'日月何时留。'鲍照云：'家世宅关辅。'曹植又有《上仙篆》与《神游》《五游》《龙欲升天》等篇，皆伤人世不永，俗情险艰，当求神仙，翱翔六合之外，与《飞龙》《仙人》《远游篇》《前缓声歌》同意。"⑤ 因此《升天行》实为游仙文学常见篇目，而刘孝胜《升天行》所写正是秦始皇、汉武帝求仙故事。刘孝绰《酬陆长史倕诗》写他在疲病寂寞时曾经去庐山求道："风传凤台琯，云渡洛宾笙。紫书时不至，丹炉且未成。无因追羽翮，及尔宴蓬瀛。蓬瀛不可托，怅然反城郭。"可见道教对诗人思想有着重要影响，并也曾是诗人为超脱现实苦闷而寻求的手段。但诗人求仙的理想最终还是幻灭了，最终又转求佛法得以解脱，种种心路历

---

① 周一良：《魏晋南北朝史札记》，中华书局，2007，第106页。
② 陈寅恪：《天师道与滨海地域之关系》，载陈寅恪著，陈美延编《金明馆丛稿初编》，生活·读书·新知三联书店，2001，第9页。
③ （南朝梁）沈约：《宋书》，中华书局，1974，第1377～1378页。
④ （南朝梁）沈约：《宋书》，中华书局，1974，第1378页。
⑤ （宋）郭茂倩编《乐府诗集》，中华书局，1979，第919页。

程，于字里行间实隐约流露出道不如佛的思想倾向，与刘氏家族作品中佛之痕迹多于道也是相符的。陈寅恪先生将南朝取舍佛道的文人大致分为三类："一为保持家传之道法，而排斥佛教，其最显著之例为范缜，其神灭之论震动一时"；"二为弃舍其家世相传之天师道，而皈依佛法，如梁武帝是其最显著之例"；"三为持调停道佛二家之态度，即不尽弃家世遗传之天师道，但亦兼采外来之释迦教义，如南齐之孔稚珪，是其例也"。[①] 不过那个时代儒、释、道融合已经相当流行，三者兼修也已成为风尚，所以即便是极度奉佛的梁武帝萧衍，一生也在努力调和儒、释、道三教学说。刘氏家族可能是"弃舍其家世相传之天师道，而皈依佛法"的第二类，但儒、释、道对刘氏家族均有重要的影响。

刘氏家族的文艺才能

刘氏家族成员的一大特点是往往多才多艺。如刘绘擅长书法，自称"飞白"体是其所长。刘孝绰"兼善草隶，自以书似父，乃变为别体"，可见刘绘的草书与隶书也写得很好。庾肩吾《书品》将刘绘列入中下品，称"谢朓、刘绘文宗书范，近来少前"[②]，给了刘绘书法很高的评价。刘绘自己也曾撰写《能书人名》，其中可能也对当时书法家有所评点，体现了刘绘的书法理论，惜今不传。刘孝绰显然传承了父亲在书法上的优点，他既能如父亲一般"兼善草隶"，又能"变为别体"，可见造诣亦不浅。

刘瑱亦擅长书法，他的篆隶"为当世所称"。但他更擅长的是丹青。刘瑱善画妇人，与擅长画马的荥阳人毛惠远"并为当世第一"。刘瑱的画作今已不存，但还是可以从一些侧面窥见他作为丹青妙手的风采。比如刘瑱曾利用绘画救了自己妹妹的性命：刘瑱之妹为齐鄱阳王萧锵妃，夫妇感情甚笃。鄱阳王死后，王妃追伤成疾，几于不治。刘瑱就让善于画人面的陈郡殷蒨画出鄱阳王和宠姬亲密狎昵的情状，然后让王妃观看。王妃看了画后就唾骂"故宜其早死"，于是恩情即歇，其病亦愈。用这

---

① 陈寅恪：《陶渊明之思想与清谈之关系》，载陈寅恪著，陈美延编《金明馆丛稿初编》，生活·读书·新知三联书店，2001，第 217～218 页。
② （明）张溥编，（清）吴汝纶选《汉魏六朝百三家集选》，吉林人民出版社，1998，第 619 页。

种手法来安慰妹妹,不得不说是刘瑱身为画家的妙想。此事实为绘画史的一则趣闻,可惜宠姬因此画被"废苦",所以就将这幅画给烧掉了,今人无缘得见。又如刘瑱如今唯一存世的诗作《上湘度琵琶矶诗》,线条明晰、色彩鲜明,充分体现出了他作为画家敏锐的构图和设色能力。其诗中仿佛有画,在刘氏家族乃至整个南朝诗人中都颇具特色。刘孝先亦工画,他的写景诗十分明净,可能也得益于其在绘画上的修养。

刘孝威曾因擅下围棋而被赏赐官纸,与他同时受赐的是出身世家、"风神清雅"[1]的谢嘏。谢嘏为谢瀹之孙,谢瀹在郁林王被废时仍"与客围棋"[2],处变不惊,风度淡然。谢嘏好棋,当可由其祖推想。虽然刘孝威在《谢赉官纸启》中自谦"臣与谢嘏,俱惭棋圣"[3],但孝威既能与谢嘏同时受到皇室的赏赐,其棋艺必有相当的水平。

六朝文人多有兼善数艺者。张可礼先生又指出,"兼擅数艺的文人中,有不少人与家族有密切的联系"[4]。此论虽针对东晋文艺而发,但在南朝情况也大抵如此。一方面,家族在政治、文化上往往得势,他们在政治上地望清贵,文化上风流相尚,为家族成员爱好文艺提供了充分的物质基础和文化氛围。刘氏家族亦是如此,刘勔少好文义,而发迹之后更能经营园林,追慕风雅,其子如刘悛、刘瑱更颇具文艺修养,而这种文艺修养又伴随家教继续流传,至于刘孝绰一代。另一方面,南朝重文,虽然这个"文"主要是指文学的文,但对文艺的爱好也是文化修养的重要组成部分,是家族文化底蕴和审美趣尚的重要体现。艺术修养同样是高贵的文化素养,能维护和振兴自己的家族。刘氏家族是由武转文的文学家族,更需要提高自己的文化素养,以巩固在南朝士大夫阶层中的地位。而刘氏家族在文艺上的精研确实对提高他们家族的声望有所助益。比如刘瑱为一时名士,这与他在书法和绘画上的造诣不无关系;又比如刘孝威与著名的"老牌"世家子谢嘏弈棋,显然就得益于其文艺修养。另外,刘氏家族多出侍从文人。他们一来要与皇室成员宴游,因此要对各类游艺有所精善;二来又时常代皇室成员草拟文字或与之有书面交流,

---

[1] (唐)李延寿:《南史》,中华书局,1975,第564页。
[2] (南朝梁)萧子显:《南齐书》,中华书局,1972,第763页。
[3] (清)严可均校辑《全上古三代秦汉三国六朝文》,中华书局,1965,第3318页。
[4] 张可礼:《东晋文艺综合研究》,山东大学出版社,2009,第192页。

这无疑也对他们的文艺修养尤其是书法修养提出了一定的要求。

文化上多方位的修养，证明了刘氏家族已经初具文化世家的规模。可惜规模尚小、底蕴尚浅，加之受到时代风浪的冲击，终究未能长久地延续下去。

三 刘氏家族文学总论（上）：文章

刘氏家族文章曾名动一时，刘绘文章颇得钟嵘美誉，刘孝绰之文流闻绝域，刘孝仪以"笔"擅名。但刘氏家族文章散佚不少，如今留存的多是表、启、书、碑、铭一类公文或勒石纪颂之类的文章，其中有一些颇具文学价值和史料价值。其他文体亦多有特色和价值，如刘孝绰《昭明太子集序》对考察昭明太子的文学观点有重要意义，刘令娴《祭夫文》在中国古代祭文史上有其地位，刘孝仪连珠体、刘孝威赞体皆颇有新致，等等。刘勔之作骈散结合，已经多对句；刘峻之文又作散体，语言朴素；刘孝绰等人的作品则大都采用骈体，对仗精美，文辞华丽。

表、启

刘氏家族文章留存最多的体裁，是表、启一类的公文，如表1-1所示。

表1-1 刘氏家族表、启类作品

家族成员	表	启
刘 峻		《蒙山采铜启》
刘 绘	《为豫章王嶷乞收葬蛸子响表》	
刘孝绰	《为鄱阳嗣王初让雍州表》* 《谢散骑表》**	《送瑞鼎诣相国梁公启》 《求豫北伐启》 《谢为东宫奉经启》 《谢西中郎谘议启》 《谢东宫启》 《谢安成王赉祭孤石庙胙肉启》 《谢晋安王饷米酒等启》 《谢给药启》 《谢越布启》

续表

家族成员	表	启
刘孝仪	《为临川王解司空表》 《为安成王让江州表》 《又为安成王让江州表》 《为临川王解扬州表》 《为鄱阳嗣王初让雍州表》 《为李扬州舅让表》 《为晋安王让丹阳尹表》 《为雍州柳津请留刺史晋安王表》 《为江仆射礼荐士表》 《为江侍中荐士表》 《为临川王奉诏班师表》 《为始兴王上毛龟表》	《从弟丧上东宫启》 《为王仪同谢国姻启》 《谢东宫赐五色藤筌蹄一枚启》 《谢女出门宫赐纹绢烛启》 《除建康令谢启》 《为晋安王谢东宫赐玉环刀启》 《为王仪同谢宅启》 《为武陵王谢赐第启》 《谢晋安王赐银装丝带启》 《谢始兴王赐花纨簟启》 《谢东宫赉酒启》 《谢晋安王赐宜城酒启》 《谢晋安王赉暇酱启》 《谢鄱阳王赐钵启》 《谢东宫赐城傍橘启》 《谢晋安王赐甘启》 《谢始兴王赐柰启》 《为晋安王谢赐鹅鸭启》 《谢豫章王赐马启》 《谢豫章王赐牛启》
刘孝威		《谢赉官纸启》 《婚谢晋安王赐钱启》 《谢敕赉画屏风启》 《谢赉锦被启》 《谢东宫赐圣僧馀馔启》 《谢东宫赐净馔启》 《谢东宫赉鹿脯等启》 《谢东宫赉炭启》 《谢东宫赉藕启》 《谢赐柰启》 《为皇太子谢敕赉功德马启》 《谢赉熊白启》

* 此文又列入刘孝仪名下，归属有争议。
** 此文仅存残句，《全上古三代秦汉三国六朝文》未收，见〔日〕遍照金刚《文镜秘府论·西卷·论病》。

表与启的写作目的，都是向统治者陈明心意。《文心雕龙·章表第二十二》："原夫章表之为用也，所以对扬王庭，昭明心曲。"① 《文心雕

---

① （南朝梁）刘勰撰，周振甫译注《文心雕龙今译》，中华书局，1986，第207页。

龙·表启第二十三》）："启者，开也。高宗云'启乃心，沃朕心'，取其义也。"①

由于表、启一类的文章要"对扬王庭，昭明心曲"，所以一者要使文风典雅庄重，"必雅义以扇其风，清文以驰其丽"②；二者要增强说服力，故此类文体多用典故、"引义比事"③。除了刘俊的《蒙山采铜启》质木无文、直叙其事且采用散体，刘氏家族的表、启都是辞藻华美、引经据典的骈文。写得较好的表、启华实相称，情辞兼备。如刘绘《为豫章王巍乞收葬蛸子响表》以"提携鞠养，俯见成人"八个字概括豫章王萧巍抚育养子鱼复侯萧（蛸）子响④成人的情形，包蕴了父亲看着儿子渐渐成长的怜爱、满足和辛酸之情，朴素、凝练而又深沉，十分具有感染力。因此萧巍对此句特别称道。钟嵘称刘绘的文章"词美英净"，成就要高于其诗歌。如今刘绘传世文章仅存此一篇较为完整，虽不足以全面展现刘绘在骈文上的成就，但也隐约可以窥见"词美英净"的文风。又如刘孝绰《求豫北伐启》请求参与北伐，体现了南朝文人少有的进取心。前面已经提到，刘氏家族发展历程的一大特色就是由武转文，刘绘有"生平恶武事"的表现，刘孝绰的诗歌中也表现出他甘愿以文学侍从自居，因此自刘绘以来，刘氏家族的态度似乎是只重文学而鄙薄武功的。而《求豫北伐启》展现了刘孝绰和刘氏家族的另一面，刘家武事尚有遗风。

表、启的一大功用是"让爵谢恩"。《文心雕龙·章表》称："汉定礼仪，则有四品：一曰章，二曰奏，三曰表，四曰议。章以谢恩，奏以按劾，表以陈请，议以执异。"⑤章与表本都是"对扬王庭，昭明心曲"的文体，而且"陈情"也可以陈"谢恩"之情，因此表也常常用以"让爵谢恩"。启与表也有相通之处，《文心雕龙·奏启》称："自晋来盛'启'，用兼表奏。陈政言事，既奏之异条；让爵谢恩，亦表之别干。"⑥则表与启在"让爵谢恩"上是相通的。刘氏家族绝大部分的表、启是

---

① （南朝梁）刘勰撰，周振甫译注《文心雕龙今译》，中华书局，1986，第216页。
② （南朝梁）刘勰撰，周振甫译注《文心雕龙今译》，中华书局，1986，第207页。
③ （南朝梁）刘勰撰，周振甫译注《文心雕龙今译》，中华书局，1986，第206页。
④ 萧子响因罪被诛，赐姓为蛸氏。
⑤ （南朝梁）刘勰撰，周振甫译注《文心雕龙今译》，中华书局，1986，第204页。
⑥ （南朝梁）刘勰撰，周振甫译注《文心雕龙今译》，中华书局，1986，第216页。

"让爵谢恩"之属。"让爵谢恩"类的章表很容易"浮侈者情为文使"[①]，仅是文字漂亮，感情却空洞无物。刘氏家族大多数"让爵谢恩"类章表仅是做得漂亮的书面文章，艺术成就不高，不过其中有些作品还是颇有价值和特色。

刘孝绰、刘孝仪、刘孝威都写了许多谢赐物的启。这些启是刘氏兄弟受萧梁皇室爱重的实证，对于考察刘氏兄弟生平也有一定佐证作用。刘孝绰、刘孝仪兄弟名下都有《为鄱阳嗣王初让雍州表》，而考察孝绰卒于鄱阳嗣王萧范任雍州刺史（541）之前，又与萧范父子无往来迹象。孝仪则有《谢鄱阳王赐钵启》，证明他与鄱阳王确实有所往来甚至较为亲密，故此文当系于孝仪。这些都是《梁书》和《南史》无载的，唯可根据存文补阙。从《谢女出门宫赐纹绢烛启》可知刘孝仪育有一女，从《婚谢晋安王赐钱启》可知刘孝威在进入萧纲幕府之前就已经与萧纲有所往来[②]，从《谢赉官纸启》可知刘孝威与谢赪有所交游。刘孝仪《谢鄱阳王赐钵启》、刘孝威《谢东宫赐圣僧馀馔启》《谢东宫赐净馔启》等体现了刘氏家族与萧梁皇室在佛教上的志同道合。

有些表、启有一定史料价值。比如刘孝绰《谢晋安王饷米酒等启》载于陆羽《茶经》，可辅助考证皇室赐臣下茗茶的礼仪。比如安吉公主萧玉姼的驸马王寔，《梁书》无载，《南史》仅云其为开府仪同三司、建城县公王莹的"少子"，刘孝仪《为王仪同谢国姻启》则点出王寔是王莹的"第三息"，可助考证琅琊王氏家谱。

刘氏兄弟写的谢赐物启，大抵都要称赞所赐之物的美好。虽多数只是堆砌辞藻，但也有部分可以当作咏物小赋来看。

刘氏家族还有一些议、弹文之类的公文，"若乃按劾之奏，所以明宪清国。……后之弹事，迭相斟酌，惟新日用，而旧准弗差"[③]，"表以陈请，议以执异"，议和弹文也算得上是章表奏启的别支。如刘绘《难何佟之南北郊牲色议》、刘孝绰《东宫礼绝傍亲议》、刘孝仪《弹贾执傅湛文》等，都具有此特点。刘绘《难何佟之南北郊牲色议》、刘孝绰《东

[①]（南朝梁）刘勰撰，周振甫译注《文心雕龙今译》，中华书局，1986，第207页。

[②] 刘孝威入萧纲幕府为安北晋安王法曹，萧纲进号安北在普通五年（524），孝威年近三十，当已成婚。

[③]（南朝梁）刘勰撰，周振甫译注《文心雕龙今译》，中华书局，1986，第213页。

第一章　刘氏家族总体研究　　43

宫礼绝傍亲议》保留了一些南朝伦理仪节方面的讨论。刘孝仪《弹贾执傅湛文》中弹劾的对象贾执是南朝著名谱学家,此文提供了贾执曾任"南康嗣王府行参军知谱事"① 的记载,亦有一定史料价值。

书

《文心雕龙·书记》曰:"书者,舒也。舒布其言,陈之简牍。"② 刘氏家族还有许多书信作品。刘勔有《条对贾元友北攻悬瓠书》《与殷琰书》《又与殷琰书》,刘孝绰有《答湘东王书》《与弟书》《答云法师书》,刘孝仪有《北使还与永丰侯萧㧑书》,刘孝威有《谢赍林檎书》和《谢南康王饷牛书》。四个人的书信内容恰好是四种不同类型。

刘勔的《条对贾元友北攻悬瓠书》乃就北攻悬瓠一事欲驳倒贾元友,《与殷琰书》《又与殷琰书》都是劝殷琰归降,言语简洁犀利。《文心雕龙·书记》曰:"春秋聘繁,书介弥盛。绕朝赠士会以策,子家与赵宣以书,巫臣之遗子反,子产之谏范宣,详观四书,辞若对面。又子服敬叔进吊书于滕君,固知行人挚辞,多被翰墨矣。"③ 春秋时期的使者往往带着书信去游说他国。刘勔的这些书信也带有一些"辞若对面""行人挚辞"的性质,是"艺文之末品""政事之先务"④。

刘孝绰的《答湘东王书》《与弟书》《答云法师书》主要反映了他与皇室、兄弟和僧人的交往,对于考察刘孝绰的文学观点和思想状况有所助益。这一类作品体现了书"言以散郁陶,托风采,故宜条畅以任气,优柔以怿怀"⑤ 的特征。

刘孝仪的《北使还与永丰侯萧㧑书》,写出了作者使北的辛劳和南还的欣喜,反映了北朝风物,并很能体现出南朝在文化上的矜傲心理,对考察当时南北交往颇有价值。

刘孝威的《谢赍林檎书》和《谢南康王饷牛书》,都是向皇室"谢恩",结构、内容和笔法都与"让爵谢恩"之启极为相似。

---

① (清)严可均校辑《全上古三代秦汉三国六朝文》,中华书局,1965,第3315页。
② (南朝梁)刘勰撰,周振甫译注《文心雕龙今译》,中华书局,1986,第228页。
③ (南朝梁)刘勰撰,周振甫译注《文心雕龙今译》,中华书局,1986,第229页。
④ (南朝梁)刘勰撰,周振甫译注《文心雕龙今译》,中华书局,1986,第232页。
⑤ (南朝梁)刘勰撰,周振甫译注《文心雕龙今译》,中华书局,1986,第230~231页。

勇闻齐国，止锡二桃，远至仙方，裁蒙数枣。岂如恩丰汉箧，赐广魏奁，妃女数而仅通，算郎计而方得，生于玉井之侧，出自金膏之地。上灵所贵，下土希逢。(刘孝威《谢赉林檎书》)①

昔纪亮所隔，唯珍云母，武秋所顾，大宝琉璃。岂若写帝台之基，拂昆山之碧，画巧吴笔，素逾魏赐。冯商莫能赋，李尤谁敢铭。(刘孝威《谢敕赉画屏风启》)②

因此刘孝威的这两篇启名虽为书，实为谢赐物启，乃是"书"中的特例。

刘勔的书信虽然也骈俪化，尚有一些散句。刘孝绰等人的书信就已经全数骈化，即便是兄弟之间的家书也不例外，这体现出南朝骈文的盛行。

碑、铭

刘氏家族还有一些碑、铭类的作品，如刘孝绰《司空安成康王碑铭》和《栖隐寺碑》，刘孝仪《雍州平等寺金像碑》和《平等寺刹下铭》。这类作品是刘氏家族存留文章中文学价值较高的。尤其刘孝仪文笔弘丽，写佛像则生动又不失庄严，写佛寺则美轮美奂，十分出彩。总体而言，刘孝仪在此类文体上的成就要胜过孝绰，不愧"三笔六诗"之名。

《文心雕龙·诔碑》说："夫属碑之体，资乎史才，其序则传，其文则铭。标序盛德，必见清风之华；昭纪鸿懿，必见峻伟之烈：此碑之制也。夫碑实铭器，铭实碑文……是以勒石赞勋者，入铭之域。"③《文心雕龙·铭箴》又说："铭者，名也，观器必也正名，审用贵乎盛德。"④在刘勰眼中，"碑""铭"都有颂扬盛德的作用。不过观刘氏家族的碑文和铭文，只有纪念萧秀的《司空安成康王碑铭》有"标序盛德""昭纪

---

① （清）严可均校辑《全上古三代秦汉三国六朝文》，中华书局，1965，第3319页。
② （清）严可均校辑《全上古三代秦汉三国六朝文》，中华书局，1965，第3318页。
③ （南朝梁）刘勰撰，周振甫译注《文心雕龙今译》，中华书局，1986，第113页。
④ （南朝梁）刘勰撰，周振甫译注《文心雕龙今译》，中华书局，1986，第100页。

鸿懿"的性质，乃"树碑述已者，同诔之区"①。《栖隐寺碑》《雍州平等寺金像碑》《平等寺刹下铭》则都由"赞勋"改赞佛法精深、造像弘丽，似乎与碑、铭的功用不符。大概刘勰在论述的时候只考虑了为故世之人所作的碑文和称颂功德的铭文，并未将佛寺的碑、铭考虑在内。这应是南朝佛法盛行后出现的新的文学现象吧。就刻之于石和"赞颂"的性质而言，佛寺碑、铭的表现形式和功用仍与《文心雕龙》中的传统碑、铭相通。不过就辞采而言，刘勰主张"铭兼褒赞，故体贵弘润：其取事也必核以辨，其摘文也必简而深"②，也就是铭的语言应紧要精炼，孝绰、孝仪兄弟这些佛寺碑、铭却多华美弘丽，体现出与传统碑、铭不一样的风格。

其他作品

刘氏家族成员还有一些其他文体的作品，比如刘孝绰《昭明太子集序》，刘孝仪《叹别赋》、《探物作艳体连珠》二首，刘孝威《辟厌青牛画赞》《正旦春鸡赞》，刘令娴《祭夫文》，等等。《昭明太子集序》体现了萧统的文学思想和文集编订情况，也展现了刘孝绰对文体学的认识，是其中价值最高的一篇文章。《叹别赋》描写了刘氏兄弟进行文学活动的情景和离别之思，《探物作艳体连珠》二首体现了连珠体在南朝文学思潮影响下出现的新变。《辟厌青牛画赞》《正旦春鸡赞》都是游戏文字，但在赞体文中也颇具特色。《祭夫文》华艳哀婉，在古代祭文发展史上有重要地位。

总之，南朝骈文本来就多有辞藻华美而感情匮乏之弊。而刘氏家族文集散佚严重，存留的文章多依靠史书或《艺文类聚》一类的类书，这就导致留存的文章多是歌功颂德、礼尚往来、公务所需，又或是着重取其咏物的部分。因此今日所能见到的多是刘氏家族文辞华美却感情匮乏的一面。但这些作品有的丰富了作者的生平，有的有一定的史料价值，有的体现了作者出色的文学功底，有的反映了作者的文学观点，仍值得关注。

---

① （南朝梁）刘勰撰，周振甫译注《文心雕龙今译》，中华书局，1986，第113页。
② （南朝梁）刘勰撰，周振甫译注《文心雕龙今译》，中华书局，1986，第105页。

四 刘氏家族文学总论（下）：诗歌

刘氏家族今存诗一百九十余首，远胜于其文的数量，其文学成就亦高于文。刘氏家族的诗人主要活跃在齐梁之际，其诗歌体现出从元嘉体到永明体再到宫体的变化痕迹。刘氏家族的诗歌主要有以下几类主题。

述怀诗和行旅诗

述者，陈说也。怀者，《说文解字》云："念思也。"段玉裁注云："念思者，不忘之思也。《释诂》《方言》皆曰：'怀，思也。'"[1] 因此从字面上看，"述怀"就是陈说自己的心曲。从这个意义上来说，似乎所有表达诗人真情实感的诗都可以被称为述怀诗。不过一般而言，述怀诗中的"怀"指怀抱情志，因此主要的内容是吟咏身世遭际、志向追求、家国时事带来的情怀。虽然其中的"怀"也有格调高低、意蕴深浅的差别，但大体是在此范畴内。

刘氏家族有一些述怀的诗作，如刘孝绰《上虞乡亭观涛津渚学潘安仁河阳县诗》《登阳云楼诗》《校书秘书省对雪咏怀诗》，刘孝威《行还值雨又为清道所驻诗》，等等。一些作品如刘孝绰《归沐呈任中丞昉诗》《酬陆长史倕诗》《答何记室诗》《答张左西诗》《江津寄刘之遴诗》，在形式上是赠答诗，然而诗中多表达了刘孝绰对仕途的感慨，究其内容也是述怀诗。刘孝绰诗多感慨仕途不畅，刘孝威诗表达对荣贵的羡慕，都是述怀诗中格调不高、意蕴较浅的类型。这种情志的淡薄，一者因为"诗缘情""吟咏性情"的文学观念兴起后，"诗言志"的传统渐渐淡退，所以这些诗虽云"咏怀"，却较为苍白，倒是刘孝绰《夜不得眠诗》这类偶有感触的小诗，写得更有情调；二者因为刘氏兄弟作为皇室侍从文人，深受南朝贵族审美情调的浸润，生活阅历较浅，缺乏社会责任感和远大志向。不过比起应制颂圣的侍宴诗、咏物诗，娱乐性情的艳情诗，

---

[1] （汉）许慎撰，（清）段玉裁注《说文解字》，中国戏剧出版社，2008，第1409页。

刘氏家族的述怀诗还是"多少宣发一些牢骚"①的,比如刘孝绰对自己仕途失意不无愤懑。孝绰、孝威的述怀诗文笔也较为疏朗清健,与梁尤其是梁后期绮靡的宫体诗风相比颇见差异,算是梁朝文学中的一股清流。刘氏家族的述怀诗往往写得较长,虽有时失之太平,但往往匀称,能详细叙述作者的心曲变化,与南朝诗歌篇制渐小的大趋势也颇不同。

行旅即出行,一般指长途的出行。行旅诗也就是描写长途出行过程中所见所闻所感的诗。行旅诗的一般内容是描写沿途风光、记叙羁旅辛苦、思念故乡亲友和抒发旅途感怀。六朝的行旅诗往往多有写景成分,尤其南朝多以舟船出行,更是常常描述舟行之景。刘氏家族行旅诗写舟行风景颇具特色,往往能写出山水气韵和舟行动态。就描写沿途风光这点来看,将一些主力写景的行旅诗视为山水诗也未尝不可,不过考虑到山水诗是"游览"而行旅诗是"途经",写景的角度并不完全相同,故此行旅诗与山水诗虽有交叉的部分,但不能完全混同。

记叙羁旅辛苦、思念故乡亲友,是行旅诗这一题材较有代表性的特点。刘孝绰有些诗如《栎口守风诗》写出了旅途的艰难,而对故乡亲友的思念更是遍布他的行旅诗中,不过孝绰诗中的故乡往往与政治中心合而为一,"思乡"同时体现了诗人渴望仕途顺畅、身居显达的心愿。就这个意义来说,行旅诗中未尝没有咏怀言志的成分。而就抒发旅途感怀这点而言,行旅诗与述怀诗更有着紧密的联系。因为宦游是古代诗人踏上长途旅程的重要原因之一,诗人在此旅途之中往往深怀感慨,如宦海沉浮、仕隐矛盾、志向申屈等。有时则是因国家动荡而导致诗人不得不踏上逃难的旅途,行旅中更可能有身世、家国、时事之感。因此一些行旅诗或许也含有述怀的成分。比如陆机的《赴洛道中作诗二首》,感慨"世网婴我身"②。叶矫然《龙性堂诗话》称之"怨思苦语,声泪迸落"③,张玉穀《古诗赏析》称之为"明翻抱影,暗顾衔思"④,颇有身世、志向的感慨。《文选》最早将行旅诗单列一类,其中第一篇就是潘岳《河阳县作》,而《河阳县作》以大篇幅描写了潘岳的宦海沉浮之感,

---

① 曹道衡、沈玉成编著《南北朝文学史》,人民文学出版社,1991,第259页。
② 逯钦立辑校《先秦汉魏晋南北朝诗》,中华书局,1983,第684页。
③ 郭绍虞编选《清诗话续编》,富寿荪校点,上海古籍出版社,1983,第957页。
④ (清)张玉穀:《古诗赏析》,许逸民点校,上海古籍出版社,2000,第246页。

加之不是作于潘岳的旅途之中①，所以反而更近似述怀诗。刘孝绰在旅途之中常怀感慨，行旅之作亦有述怀的成分；而孝绰的一些述怀诗比如《答何记室诗》也是在外羁旅之作，因此两类诗中常有交叉的成分，可相互参照。因此，本作将刘氏家族的述怀诗和行旅诗放在一起研究。一些咏物诗也可能有怀抱寄寓，然物态外表，情志内藏，与述怀诗和行旅诗往往直接表达诗人情绪不同，故仍以咏物诗为单独一类，不入述怀诗之列。

侍宴从游诗

侍宴，一般指宴享时陪从或侍候于旁，尤其指侍从公宴。因此，侍宴诗的定义接近传统的公宴诗，即"臣下在公家侍宴"时所作之诗。近来学界认为，只要是吟咏公卿帝王宴会的诗篇，无论作者是宴饮参加者（即臣下）还是宴饮主持者（即公卿帝王），均为公宴诗，但传统上的公宴诗仅指前者所作。《文选》所选公宴类诗篇均是臣下侍宴所作。吕延济注其中曹植《公宴诗》时云："公宴者，臣下在公家侍宴也。"② 本作即取吕说。侍宴诗既指侍从公宴所作之诗，又不能简单等同于宴饮诗，要突出一个"侍从"之意，与参与私宴区分。所以诗人在自设宴席或朋友欢聚、文人雅会时吟咏的诗篇，都不属于侍宴诗。

从游，指随从出游。"从游"本来指随长者出游。如《论语·颜渊》说："樊迟从游于舞雩之下。"③《史记·仲尼弟子列传》说："子路喜从游，遇长沮、桀溺、荷蓧丈人。"④ 但魏晋南北朝诗中的"从游"也往往指随从皇室出游，带有侍奉的性质。如曹植《野田黄雀行二首》其一云："置酒高殿上，亲友从我游。"⑤王粲《诗》云："吉日简清时，从君

---

① 胡大雷《文选诗研究》认为《文选》中行旅诗"或描摹叙写出行至某地的所见所闻所感，或描摹叙写出行途中的所见所闻所感"。因此《河阳县作》这类"出行至某地"的作品也被《文选》视为行旅诗。
② （南朝梁）萧统编，（唐）李善等注《六臣注文选》，中华书局，1987，第369页。
③ 杨伯峻译注《论语译注》，中华书局，2009，第128页。
④ （汉）司马迁撰，（南朝宋）裴骃集解，（唐）司马贞索隐，（唐）张守节正义《史记》，中华书局，1982，第2192页。
⑤ 逯钦立辑校《先秦汉魏晋南北朝诗》，中华书局，1983，第425页。

出西园。……回翔游广囿，逍遥波渚间。"① 晋人程咸、王浚各有《平吴后三月三日从华林园作》诗，王济有《从事华林园》《从事华林》等诗，陆机有《吴王郎中时从梁陈作》诗，谢灵运有《从游京口北固应诏诗》，等等。因此本作所指的"从游"诗指诗人随从皇室出游而作的诗篇。

"从游"与"侍宴"的共同点不仅在于都是侍从皇室，还在于"宴""游"往往是紧密联系在一起的。宴与游有时相互接续，比如曹丕率领邺下文人参与的著名南皮之游，就是在白日欢宴之后"同乘并载，以游后园"（曹丕《与吴质书》）②；有时同时进行，因南朝人喜在风景秀美的地方设宴，所以宴游两不误，如谢灵运《从游京口北固应诏诗》说："张组眺倒景，列筵瞩归潮。"③ 即在游览之余亦有设宴。刘孝绰《春日从驾新亭应制诗》虽未直涉宴饮，但新亭本是南朝饯送、迎宾、宴集之所，如刘义庆《世说新语·言语》即记载了"过江诸人，每至美日，辄相邀新亭，藉卉饮宴"④ 之事，所以新亭之游很可能也将举行公宴。刘桢《公宴诗》、丘迟《侍宴乐游苑送张徐州应诏诗》名虽为"宴"却仅言"游"而不及"宴"，范晔《乐游应诏诗》连题名中都无"宴"，却都被《文选》收入"公宴"类，更是体现了"宴""游"的难以分割。南朝诗中写及侍宴与从游，内容结构往往也是相似的，都描述作者随侍皇族之侧、称颂皇室气度、描写美丽景物、感念皇家恩德。所以侍宴从游诗大抵可视为一类，是宴游诗的分支，比一般宴游诗突出强调"侍从"二字。

由于刘氏家族成员尤其是刘孝绰兄弟一代，多是萧梁皇室的文学侍从，因此刘氏家族的侍宴从游诗数目相当可观。这些侍宴从游诗一方面继承了建安宴游诗的某些特征，如结构上多是叙述事由、铺写宴会、表达感慨的三段式，内容上多有舆轮之盛、景物之美等。另一方面又有萧梁侍宴从游诗的新特色，如对饮食乐舞的描写相对前代较少，更偏重褒扬皇室爱重文学、弘扬佛法，夸耀宴会上群臣竞作的文学盛况，表达诗人对自身才力的谦逊，体现南朝宴游诗的游戏成分，等等。刘氏兄弟的

---

① 逯钦立辑校《先秦汉魏晋南北朝诗》，中华书局，1983，第364页。
② （清）严可均校辑《全上古三代秦汉三国六朝文》，中华书局，1965，第1089页。
③ 逯钦立辑校《先秦汉魏晋南北朝诗》，中华书局，1983，第1158页。
④ （南朝宋）刘义庆撰，徐震堮校笺《世说新语校笺》，中华书局，1984，第50页。

侍宴从游诗又有各人的特色。如刘孝绰以山水笔法写宴游，刘孝威作品中往往有浪漫奇幻色彩，等等。这在模式化的侍宴从游诗之中，尚较有面目。刘氏家族还有一些作品虽然名标"侍宴"，也确实是侍宴所作的，但究其内容则是咏物或艳情，如刘孝威《侍宴赋得龙沙宵月明诗》等。这类诗并不列入侍宴诗的范围考察。

如今对侍宴从游诗的评价一般不高，认为它们多是意蕴浅薄庸俗的歌功颂德之作。这种看法有一定的道理，但侍宴从游诗在萧梁盛行一时，是文人炫才晋身的重要途径。对这类诗歌的考察，可以窥知南朝"重文"的风貌，亦可看出南朝上层文人的生活和心理状况。

咏物诗

钟嵘在《诗品》下品中说："许（瑶之）长于短句咏物。"[1] 齐梁时期咏物诗篇大行其道，文论家亦注意到这一现象，将咏物视为诗歌中的一种主题。但单独将"咏物诗"分离为诗歌中独立门类，则要至元人谢宗可。谢宗可有《咏物诗》一卷，其中所录皆为自著咏物诗。清朝雍正年间，学者俞琰编纂历代咏物诗为《咏物诗选》，他在序言中提出咏物诗"以一物命题"，"诗感于物，而其体物者不可以不工，状物者不可以不切，咏物一体以穷物之情，尽物之态"。[2] 他定义的咏物诗是围绕一物描摹其态。《四库全书总目》卷一六八为谢宗可《咏物诗》所著之提要，则更详细论述了咏物诗的形成发展历程。

> 昔屈原《颂橘》、荀况《赋蚕》，咏物之作，萌芽于是，然特赋家流耳。汉武之《天马》，班固之《白雉》《宝鼎》，亦皆因事抒文，非主于刻画一物。其托物寄怀，见于诗篇者，蔡邕《咏庭前石榴》，其始见也。沿及六朝，此风渐盛，王融、谢朓至以唱和相高，而大致多主于隶事。唐宋两朝，则作者蔚起，不可以屈指计矣。其特出者，杜甫之比兴深微，苏轼、黄庭坚之譬喻奇巧，皆挺出众流。[3]

---

[1] （南朝梁）钟嵘撰，周振甫译注《诗品译注》，中华书局，1998，第95页。
[2] （清）俞琰选编《咏物诗选》，成都古籍书店，1984，第53页。
[3] （清）永瑢等：《四库全书总目》，中华书局，1965，第1453页。

提要指出，咏物诗不能"因事抒文"，而应"主于刻画一物"；"托物寄怀"或者"主于隶事"者，都属于咏物诗范畴。《咏物诗选》序和《咏物诗》提要在定义咏物诗时，都提到"一物"。"一物"不仅包含"一个物品"，如蔷薇、单飞雁、烛火笼等，也包含复数的"一类物品"，比如双燕、双白鹄、群鹤等，有时有些诗题看似由多个不同物品组合，比如林下月、照棋烛、蝶依草之类，但实际上其中仍有偏重，仍可称之"一物"。因此，咏物诗是围绕某一物为中心创作的、以详细刻画物态为主要内容的诗歌作品，其中或有托物寄怀、状物抒情、类物隶事者，然亦不得脱离所咏物品。而观之南朝咏物诗，从创作动机而论，又可大致分为两类：自拟题目类咏物诗和应制赋得类咏物诗。

自拟题目类咏物诗就是作者自选题目而作的诗，无复赘言。应制赋得类咏物诗的特征是题目非作者自拟，而是早被限定，只是被给予作者进行创作，即命题咏物诗。应制者，本指文人奉皇帝诏命而作文赋诗。此节"应制赋得类咏物诗"中的"应制"含义较为宽泛，不仅包括"应制""应诏"（应皇帝诏令）类，还包括"应令"（应太子令）、"应教"（应藩王令）、"侍宴咏某物"类在内，即包括文人在侍从宴游之时奉命所作所有咏物诗，无论令出帝皇、太子或是王公。当时统治者雅好文学，文人应诏作咏物诗为公宴助兴是常见的现象，如刘孺便曾受诏咏《天渊池荷》。沈约有《咏新荷应诏诗》《侍宴咏反舌诗》、张率有《咏跃鱼应诏诗》、徐防有《赋得蝶依草应令诗》等，均属此类。

"赋得"是南朝兴起的文学现象，前代未曾有之。这种诗歌起源于南朝永明年间，至梁陈蔚为大观，题为"赋得"的诗有110首左右。后世"赋得"亦出现在科举拟题习作中，但在南朝时期，"赋得"多发生在筵席之上，为与会文人分题吟咏的文学活动。清人俞樾对"赋得"曾有论述。

> 余因此乃悟赋得之义。《困学纪闻》云："梁元帝《赋得兰泽多芳草诗》，古诗为题见于此。"至今场屋中犹循用之。然所谓"赋得"之义，多习焉而不察。今乃知亦赋予之赋，盖当时以古人诗句分赋众人，使以此为题也。《江总集》中有《赋得谒帝承明庐》《赋得携手上河梁》《赋得泛泛水中凫》《赋得三五明月满》等诗，并是

此义。题非一题，人非一人，而己所得此句也，故曰"赋得"。①

俞樾论中"分赋众人，使以此为题"者当是，然分赋为题者并非仅限于"古人诗句"。论者指出，"萧纲有《赋乐器名得筌篌》诗，可见'赋得'是赋诗得到某题缩称，和谢朓《同咏坐上所见一物·席》的意思近似"②，这是对"赋得"更适宜的定义。某题包括某物、某古人、某古诗题目（乐曲题目），甚至某韵脚。萧绎有《赋得竹》，王泰有《赋得巫山高诗》，庾肩吾有《赋得嵇叔夜》《暮游山水应令赋得碛字诗》，便是此类。

要之，应制自然是承诏而作的，而赋得类也常有于公宴之上奉命而作者。因此应制赋得类诗大体可视为一类。这类咏物诗的创作动机、创作场所、主题内涵与侍宴诗都十分接近，因此在某些研究专著中也被归入侍宴诗类研究。但此类咏物诗又与一般侍宴诗有明确的不同，它们专咏一物、刻画详尽、借物寄怀，因此完全符合咏物诗的形制，与往往三段式结构且并列多种物象、直抒胸臆的侍宴诗差别甚大，故此还是宜入咏物诗类研究。当然这类诗中的内容和感情与侍宴诗确有相似，主要都是对皇室的尊崇感戴及自惭微薄，又或是以艳情笔调写物态，以悦官能。这类作品往往是诗人已经先决定了要表达的思想内容，然后再赋予所写之物，因此导致他们所吟咏的物品往往也"千人一面"，多呈现出侍从文人和娇柔女子的品格。自拟题目的咏物诗格调比应制赋得类咏物诗要高一些，但因为南朝诗人普遍气格卑弱，所以自拟题目咏物诗，往往也有虚弱苍白者。但这两类咏物诗中也不乏一些状写细致、与物态结合较好、情志较为积极的佳作。

刘氏家族成员多有咏物诗或者带有咏物成分的诗。刘绘《咏萍诗》状写浮萍流连自在的情态，十分生动。刘孝绰的咏物诗写得最好，《咏素蝶诗》写得楚楚可怜，即便是应制赋得类咏物诗也颇矜持，能发掘典故的多层意蕴，并常有奇笔。刘孝威特别喜欢写作咏物诗尤其是咏鸟类的诗，虽然大多数是诗人罗列典故的文字游戏，但也有《望栖鸟诗》一类

---

① （清）俞樾：《茶香室丛钞》，中华书局，1995，第1679页。
② 曹道衡、沈玉成编著《南北朝文学史》，人民文学出版社，1991，第222页。

富有真情实感和怀抱寄寓者。

艳情诗

所谓艳情诗者，又有艳诗、艳歌、艳体之称。唐人骆宾王《艳情代郭氏答卢照邻》诗始出现"艳情"一词，诗写蜀地女子郭氏对诗人卢照邻的思恋、忠贞和对其负心的怨愤，故"艳情"者即指男女情思。而早在唐人之前，南朝已经有了"艳歌""艳诗"之说的出现。

若夫艳歌婉娈，怨志诀绝，淫辞在曲，正响焉生？（刘勰《文心雕龙·乐府》）①

无怡神于暇景，惟属意于新诗。庶得代彼皋苏，微蠲愁疾。但往世名篇，当今巧制，分诸麟阁，散在鸿都。不藉篇章，无由披览。于是然脂暝写，弄笔晨书，选录艳歌，凡为十卷。曾无忝于雅颂，亦靡滥于风人，泾渭之间，如斯而已。（徐陵《玉台新咏序》）②

虽然二者对"艳歌"贬褒有别，但都认为艳歌是含有"情"的作品，刘勰以艳歌为叙述男女缠绵之情，徐陵则以为艳歌能令后宫女子消解愁情。萧绎有《戏作艳诗》，直接提出了"艳诗"一词。诗写被休弃女性对前夫始终不能忘怀的依恋之情，与骆宾王《艳情代郭氏答卢照邻》同样表达男女情思，是以此艳诗亦即艳情诗也。

有一些艳诗专注描写女性的美丽外貌，包括容貌、服饰、体态、风韵等。因"艳"字常意指女性姿色美好，比如《左传·桓公元年》载："宋华父督见孔父之妻于路，目逆而送之，曰：'美而艳。'"③《诗·小雅·十月之交》云："楀维师氏，艳妻煽方处。"毛传"艳妻，褒姒。美色曰艳"。④ 因此描写女性美丽外貌的诗篇自然也可称为"艳诗"。如元稹《叙诗寄乐天书》云："又有以干教化者，近世妇人，晕淡眉目，绾

---

① （南朝梁）刘勰著，周振甫译注《文心雕龙今译》，中华书局，1986，第70页。
② （南朝陈）徐陵：《玉台新咏》，人民文学出版社，2010，第2页。
③ 杨伯峻编著《春秋左传注》，中华书局，1990，第83页。
④ （清）王先谦：《诗三家义集疏》，吴格点校，中华书局，1987，第677页。

约头鬓，衣服修广之度，及匹配色泽，尤剧怪艳，因为艳诗百余首。"①此中艳诗，即专写女性美丽容貌、发型、服饰的作品。在南朝则以萧纲《咏内人昼眠诗》等为代表。此类艳诗虽云吟咏女子外貌，但也往往含有诗人对女子的欣赏、爱慕或者狎昵之情，因此亦有男女情思之意在，可称艳情诗。作为描写女子外貌的延伸，有一些吟咏女性服饰和闺阁用品的咏物诗，如咏步摇、团扇、枕头、灯烛之类，也是借写物传达诗人对女子的怜惜、爱慕或者狎昵之情，亦是艳情之属。

还有一类诗以男色娈童为描写对象。汉代刘向《说苑》中记载的《越人歌》即有同性恋情的倾向，自阮籍《咏怀诗八十二首》其十二（昔日繁华子，安陵与龙阳）起始，魏晋南北朝诗歌中此类题材络绎不绝，南朝人更将"繁华"视作男色娈童的代称，如张翰《周小史诗》、萧纲《娈童诗》、吴均《咏少年诗》、刘遵《繁华应令诗》、刘泓《咏繁华诗》等。这些诗作，往往有大量对少年和娈童姿容的描写。即便格调较高如阮籍，也云："夭夭桃李花，灼灼有辉光。悦怿若九春，磬折似秋霜。流盼发姿媚，言笑吐芬芳。"② 笔法与写女性姿容无差，更不用说南朝诗人笔下"鲜肤胜粉白，膿脸若桃红"（刘遵《繁华应令诗》）③、"懒眼时含笑，玉手乍攀花"（萧纲《娈童诗》）④ 一类，完全是宫体诗人工笔描摹女色的写法。南朝诗人笔下还更进一步出现了"定使燕姬妒，弥令郑女嗟"（萧纲《娈童诗》）、"不道参差菜，谁论窈窕淑"（吴均《咏少年诗》）⑤、"蛾眉讵须嫉，新妆迎入宫"（刘遵《繁华应令诗》）一类女子与娈童比较高下乃至心怀妒嫉的语句，可见女色与男色在他们笔下实属一类，并没有什么分别。所以，娈童虽为男性，实际却被诗人当作女性描写，这些写男色娈童的诗篇可以算是描写女色的别支异流，也算是艳情诗一类。

总之，艳情诗主要是以男女情思为主题的诗歌，包括直接写情、在描绘女性外貌中含情、在吟咏闺阁物品中传情，而描写男色娈童的作品

---

① 羊春秋、何严编《历代治学论文书信选》，岳麓书社，1983，第 144 页。
② 逯钦立辑校《先秦汉魏晋南北朝诗》，中华书局，1983，第 499 页。
③ 逯钦立辑校《先秦汉魏晋南北朝诗》，中华书局，1983，第 1809 页。该诗引文均自此出。
④ 逯钦立辑校《先秦汉魏晋南北朝诗》，中华书局，1983，第 1941 页。该诗引文均自此出。
⑤ 逯钦立辑校《先秦汉魏晋南北朝诗》，中华书局，1983，第 1748 页。

虽然较少且易流入狭邪，但亦属其中一体。考之梁陈宫体，则可知这正是宫体诗的基本内容。因此，艳情诗又常常与宫体并称。如刘肃在《大唐新语》中这样定义宫体诗："梁简文帝为太子，好作艳诗，境内化之，浸以成俗，谓之宫体。"①刘肃以萧纲及追随萧纲风格的梁（陈）诗人所作的艳情诗为宫体。所以宫体涵盖在艳情之中，而艳情并不全是宫体。中间差别，一来有时间之限。刘师培说："宫体之名，虽始于梁，然侧艳之词，起源自昔。"②王力坚说："宫体诗虽大兴于梁代，艳诗却源远流长。"③作为我国诗歌两大源头的《诗经》《楚辞》中均不乏描写男女情思的作品，某种意义上也可称为艳诗。所以艳情诗的产生早于宫体，后世的艳情诗亦不能以宫体涵盖之。二来有作者之限。"宫体"之所以称为宫体，正因为它自宫闱兴起。无论宫体的首倡者是徐摛或是萧纲，其追随者都是"春坊尽学之"④或者"后生好事，递相放习"⑤，也就是说宫体诗的作者都是文人。民间诗人的艳情诗，如一些写男女情思的乐府、民谣等，是不属于宫体诗范畴的。三来有风格之限。宫体诗体现的是南朝文人尤其是贵族文人的审美情趣。一方面，它较为贫乏肤浅，与《风》《骚》和李商隐《无题》等作相比，缺乏其比兴美刺的内涵（虽然这种内涵可能有后世文人的过度解读与过分抬高）；与民间作者的艳诗相比，又缺乏其真挚热烈的情感。另一方面，宫体诗还有几分端庄矜持，虽然"达到极致的宫体诗也确以描摹女色并引向衽席床帏为典型特征"⑥，但不至于全篇铺写或过于直露，堕入专写色情的最末流。如马积高《论宫体与佛教》所说："宫体决不等于艳体，艳体也非宫体所独有。……当然，这不是说宫体诗没有个别篇章的描写带有色情的成分，更不是说宫体诗赋中没有流露出封建贵族的审美情趣；而是说从总体来看，宫体作者还是以比较庄重的态度把妇女的体态、神情当作一种美来描写的。同后来

---

① （唐）刘肃撰《大唐新语》，许德楠、李鼎霞点校，中华书局，1984，第42页。
② 刘师培：《中国中古文学史讲义》，上海古籍出版社，2006，第85页。
③ 王力坚：《宫体正义》，《学术研究》1995年第5期。
④ （唐）姚思廉：《梁书》，中华书局，1973，第447页。
⑤ （唐）魏征、令狐德棻：《隋书》，中华书局，1973，第1090页。
⑥ 胡大雷：《宫体诗研究》，商务印书馆，2004，第91页。

的某些词曲相比，它的描写要庄重得多，其涉于色情之处更要少得多。"①综合两方面来看，宫体诗在艳情诗中当属风格较为中庸的一派。因此，宫体包括在艳情诗中，是在特定时间和特定人群中产生、有其特定的风格的一种特定艳情诗流派。

　　正因艳情诗的范围要广于宫体诗，本作才选择"艳情诗"而非"宫体诗"来定义刘氏家族成员书写男女情思的诗歌。一方面，刘氏家族的某些艳情诗写于"宫体"诞生之前。主要生活在南齐时期的刘绘的创作自然远早于宫体的诞生，其子刘孝绰虽然与宫体倡导者萧纲颇有往来，也经常被视为梁陈时期重要的宫体诗人之一，但他书写男女情思的诗歌却未必全是宫体。虽然孝绰在身份和诗风上并无限制，但多少要受到时间的限制。宫体的形成虽然并没有一个十分严格的时限，但各路史家均言其旗帜大张，是在萧纲成为皇太子，也就是中大通三年（531）之后。即便萧纲在藩时宫体可能已经兴起，也须是在萧纲文学集团形成气候之后。而531年萧纲28岁，正值青年，因此宫体的兴起也不会前移太久。中大通三年（531）刘孝绰已经五十余岁，如今存世的一些以男女情思为主题的诗歌，有些很可能是在他青壮年时期创作的。比如刘孝绰有《铜雀妓》，风调颇为清俊，与宫体之精巧细密相去甚远，可能是宫体诗风流行之前的作品。诗风或难为确证，考察诗歌的创作背景则更见端倪：刘孝绰与何逊素有唱和，何逊亦有《铜雀妓》，两诗可能亦是唱和之作，而何逊在518年前后即已去世，萧纲年方15岁左右，故孝绰此诗大致为宫体盛行之前的作品。因此，孝绰固然不乏宫体之作，但不能以宫体涵盖其全部以男女情思为主题的诗歌作品。另一方面，文中即将用以与刘氏家族艳情诗联系对比研究的某些作品，如谢朓、萧衍、沈约、何逊等作，虽或已颇具宫体风范，甚至可称为"前宫体"或是"准宫体"，但毕竟还是不能称为宫体。因此为求精确和体例统一，本作虽将涉及宫体，却将以"艳情诗"作为包含刘氏家族成员在内的历代诗人以男女情思为主题的诗歌作品的统称。

　　正如上文所言，刘氏家族的艳情诗基本分为直接写情、在描绘女性

---

① 王毅、阳盛海选编《深藏劲骨文自豪：马积高先生纪念文集》，岳麓书社，2008，第342页。

外貌中含情、在吟咏闺阁物品中传情和描写男色娈童这四类作品。总体而言，刘氏家族的艳情诗并不会特别秾艳或者格调低下。就作品内容而言，他们吟咏闺阁物品和描写男色娈童的作品较少，专注描写女性外貌的作品也远不及写感情的作品多。就个人创作而言，刘绘因是带有元嘉体向永明体转变痕迹的诗人，他的艳情诗不直写女性外貌，仅写男性思求女性不得的惆怅，较有古意。刘孝绰的艳情诗笔调秀雅，尤其多用典故冲淡诗歌的绮艳色彩。刘孝威有一部分艳情诗写得较为轻薄，但也有一部分诗擅长白描，较为生动，拟乐府艳情诗往往写得宛转悠长。刘令娴艳情诗既有闺阁本色，又有近似民歌的活泼大胆。刘氏家族艳情诗中，对女性容貌和情感美的正面细致刻画，以及对一些不幸女性命运的同情，都是值得肯定的。

总之，刘氏家族的诗歌创作体现了南朝文学典型的特征，比如多以宴游、咏物、艳情为主题，艺术手法多对偶、用典，艺术风格偏向绮丽、精工，等等。但刘氏家族的诗歌也有自身家族成员的一些个性，比如刘绘颇有古意、刘孝绰秀雅雍容、刘孝威浪漫奇幻等，这些都将在后面的个案分析中进一步说明。

第二章 刘氏家族文学之先驱：
刘绘、刘瑱等

刘绘一代，刘氏家族完成了由武到文的转变。刘绘是这一代人中文学成就最高的，是刘氏家族文学的有力开启者。其弟刘瑱是一时名士，亦有佳作。其兄刘悛、刘愃或无文名，或无作品留存，但他们的儿子刘孺、刘遵、刘苞等，都是当时著名的诗人。刘勔弟刘敩之孙刘绮亦有作品存世。

一 刘氏家族文学的开启者：刘绘

刘绘是刘氏家族由武转文的关键人物，是刘氏家族文学的有力开启者。他在永明文坛有一席之地，其人生经历、诗文创作都多方影响了刘氏家族的下一代作家。

刘绘的人生经历

刘绘（458~502），字士章。刘勔第三子，刘悛弟。据《南齐书》刘绘本传所载，刘绘仕宋为著作郎、行太尉参军、豫章王嶷左军主簿、镇西外兵曹参军。齐受禅，随府转骠骑主簿、司空记室录事、太子洗马，复为豫章王嶷大司马谘议，领录事，出为南康相。征还为安陆王护军司马，转中书郎，掌诏诰。明帝辅政，引为镇军长史，转黄门郎，复为骠骑谘议，领录事，典笔翰。及即位，迁太子中庶子，出为宁朔将军、抚军长史。又迁安陆王宝晊冠军长史、长沙内史，行湘州事。母丧服阕，为晋安王征北长史、南东海太守，行南徐州事。梁王萧衍起兵，东昏侯以为辅国将军，领宁蛮校尉、雍州刺史，使代衍，固辞不就。转建安王车骑长史，行府国事。东昏殂，城内遣绘及国子博士范云等送首诣梁王，转大司马从事中郎、行太尉参军。中兴二年（502）卒，年四十五。刘绘既是当时著名的诗人，也以书法知名。他少聪悟，善隶书，又自云善飞白。庾肩吾《书品》称："刘绘书范，近来少前。"刘绘还曾著《能书人名》，惜今不存。

刘绘的人生经历，有这样几点值得关注。

（一）皇室称赏

刘绘一生多受南齐皇室称赏。刘绘起家之初，就被与刘勔有交情的齐高帝萧道成赞赏，齐高帝见了刘绘之后，感叹曰："刘公为不亡也。"刘绘曾在豫章王萧嶷幕中。萧嶷十分欣赏刘绘的才华。其一，萧嶷镇江陵，"绘为镇西外兵参军，以文义见礼。时琅邪王纲为功曹，以吏能自进，嶷谓僚佐曰：'吾虽不能得应嗣陈蕃，然阁下自有二骥也"①。其二，"齐永明中，（张稷）为豫章王嶷主簿，与彭城刘绘俱见礼接，未尝被呼名，每呼为刘四、张五"②，可见爱重。其三，萧嶷因刘绘文章写得迅捷，称赞他"祢衡何以过此"。永明末年，竟陵王萧子良开西邸招纳文士。其中刘绘"为后进领袖，机悟多能"。刘绘一生仕进多因文才，南朝宋时为著作郎，南齐时为记室、太子洗马，还"掌诏诰""典笔翰"，均为文笔供职。正如《南史》所说，刘绘被南齐皇室"见礼"的原因不在吏能，而是善于文学。自刘绘起，即已初开刘孝绰兄弟的文学侍从之路。

（二）爱护家人

与当时的多数世家子弟一样，刘绘非常爱护家人。刘绘对哥哥刘悛感情很深。他"事兄悛恭谨，与人语，呼为'使君'"。隆昌年间，刘悛获罪将被杀死，刘绘伏阙请代兄死，幸得当时辅政的齐明帝萧鸾救解之。刘悛去世后，朝议赠平北将军、雍州刺史，诏书已经发出，刘绘还请尚书令徐孝嗣改之，务令兄长死后哀荣。刘绘对子侄们也关爱有加。兄长刘愃早逝，其子刘苞至孝，刘绘常常叹伏他。刘悛的女儿是安陆王萧宝晊的王妃，萧宝晊喜欢她的侍婢，刘绘就"夺取，具以启闻"。此事导致萧宝晊心生恨意，"与绘不协"。刘绘对刘孝绰多加教育提携，在孝绰十四岁的时候就让他代自己草写诏诰，最终将刘孝绰培养成一代"南北辞宗"。刘绘为了维护家人不惜仕途动荡乃至献出生命，又培育儿子成为

---

① 本章关于刘绘生平的记载，未单独出注者均引自《南齐书·刘绘传》。见（南朝梁）萧子显《南齐书》，中华书局，1972，第841~843页。

② （唐）李延寿：《南史》，中华书局，1975，第817页。

刘氏家族文学的栋梁，他确实非常爱惜刘氏这个家族，并对刘氏家族贡献良多。

（三）趣闻逸事

刘绘去世的时候孝绰只有22岁，诸弟则更为年幼，所以刘孝绰是刘绘诸子中受其性格爱好影响最大的一个。从刘绘的许多逸事里都能看出这种影响。刘绘讨厌武事，"绘虽豪侠，常恶武事，雅善博射，未尝跨马"。而刘孝绰也认可"吾生弃武骑，高视独辞雄"（《答何记室诗》）①，同样表现出了重文轻武的倾向。刘绘出为南康相时，"郡人有姓赖，所居名秽里，刺谒绘，绘戏嘲之曰：'君有何秽，而居秽里？'此人应声曰：'未审孔丘何阙，而居阙里。'绘默然不答，亦无忤意，叹其辩速"②。这则趣闻中，面对赖氏的反驳，刘绘态度是比较温和宽厚的，但从中也看出刘绘较爱戏谑，有时或显得不够尊重他人。若双方均是心胸宽广之人，则一笑置之；若有一方乃至双方气量狭小，则必生嫌隙。刘孝绰说到洽是"灌园者"，亦为嘲戏，然因常"负才陵忽"，终至二人反目成仇，正是与其父相似又不相似者。刘绘很以自己的才华为骄傲，"言论之际，颇好矜诧"，"后魏使至，绘以辞辩被敕接使。事毕，当撰语辞。绘谓人曰：'无论润色未易，但得我语亦难矣。'"③ 刘绘觉得他人就算如实记录下自己的语辞都很困难，颇以自己的才华为自傲。刘孝绰之"负才"，或也受其父潜移默化的影响。

刘绘的文章

钟嵘将刘绘的诗歌列入下品："元长（王融）、士章（刘绘），并有盛才，词美英净，至于五言之作，几乎尺有所短。譬应变将略，非武侯所长，未足以贬卧龙。"如此看来，刘绘在骈文上的成就高于诗歌。现在刘绘传世的文章有三篇，《为豫章王嶷乞收葬蛸子响表》、《难何佟之南北郊牲色议》和《与始安王遥光笺》。《与始安王遥光笺》仅存"智不及葵"④的残句，《难何佟之南北郊牲色议》主要是对礼仪的讨论，唯有

---

① 逯钦立辑校《先秦汉魏晋南北朝诗》，中华书局，1983，第1835页。
② （唐）李延寿：《南史》，中华书局，1975，第1009页。
③ （唐）李延寿：《南史》，中华书局，1975，第1009页。
④ （唐）李延寿：《南史》，中华书局，1975，第1040页。

《为豫章王嶷乞收葬蛸子响表》保留较为完整且文学性较强，表云：

> 臣闻将而必戮，炳自《春秋》，磬于甸人，著于《经礼》，犹怀不忍之言，尚有如伦之痛。岂不事因法往，情以恩留。故庶人蛸子响，识怀靡树，见沦不逞，肆愤一朝，取陷凶德，遂使迹邻非孝，事近无君，身膏草野，未云塞衅。但抶矢倒戈，归罪司戮，即理原心，亦既迷而知返。衅骨不收，辜魂莫赦，抚事惟往，载伤心目。昔闵荣伏厥，怆动坟园；思荆就辟，侧怀丘墓。皆两臣衅结于明时，二主议加于盛世，积代用之为美，历史不以云非。伏愿一下天矜，爰诏蛸氏，使得安兆末郊，旋窆余麓，微列苇鞲之容，薄申封树之礼。岂伊穷骸被德，实且天下归仁。臣属忝皇枝，偏留友睦，以臣继别未安，子响言承出命，提携鞠养，俯见成人，虽辍胤蕃条，归体璇萼，循执之念不移，傅训之怜何已。敢冒宸严，布此悲乞。①

鱼复侯萧子响因罪被杀，并被赐姓为蛸氏。豫章王萧嶷是萧子响的养父，也就是表中所说的"臣继别未安，子响言承出命"，所以想请求收葬萧子响，即让刘绘代为上表言事。

刘绘此表写得相当精彩。先引以经义，为"事因法往，情以恩留"提出义理上的凭据；再述以情由，表示萧子响虽有罪愆，却迷途知返，望皇帝允许为其收葬；又援以史事，增强说服力；再褒以大义，表示若皇帝允许收葬之事，则是"天下归仁"之举；最后动以私情，希望皇帝怜悯萧嶷作为父亲的爱子之心。此文从经、史、理、义、情诸多方面发出请求，可谓引经鉴史以明公义，缘事言情而申私心，面面俱到，殷殷以求。虽然为萧子响收葬一事没有得到皇帝的允许，但刘绘的文笔还是极为精彩的。而且刘绘此表"须臾便成"，更为不易，故萧嶷叹为"祢衡何以过此"。这既是指刘绘运笔如祢衡一般敏速，也指刘绘文辞如祢衡一般溢气坌涌。萧嶷最欣赏表中"提携鞠养，俯见成人"八个字。这八个字包蕴了父亲看着儿子渐渐成长的怜爱、满足和辛酸之情，朴素、凝练而又深沉，十分具有感染力，是为佳笔。

---

① （南朝梁）萧子显：《南齐书》，中华书局，1972，第706~707页。

此文在形式上还有一些特点，比如开头云："臣闻将而必戮，炳自《春秋》，罄于甸人，著于《经礼》，犹怀不忍之言，尚有如伦之痛。岂不事因法往，情以恩留。"以"臣闻"引领经义事例，提出恳求，且句多对仗，援引成双，这是连珠体的典型写作方式。刘孝仪也好以连珠体为公文的开头，或许正是受其父影响。

《为豫章王嶷乞收葬蛸子响表》在辞采、情理和形式上都颇有特色和佳处，但可惜仅此一篇，还是远不足窥探刘绘文章的风貌。虽然钟嵘说刘绘的诗比起文是"尺有所短"，但如今最能代表刘绘文学成就的就是他的诗歌了。

刘绘的诗歌

根据《先秦汉魏晋南北朝诗》，刘绘现存诗歌七题八首，《同沈右率诸公赋鼓吹曲二首》（《巫山高》和《有所思》）、《饯谢文学离夜诗》、《入琵琶峡望积布矶呈玄晖诗》、《咏博山香炉诗》、《咏萍诗》、《和池上梨花诗》（和王融）、《送别诗》，又有《阳雪连句遥赠和》（与谢朓、沈约、江革、王融、王僧儒、谢昊）。大致以相思、咏物、山水、赠别为主题。

（1）刘绘有《同沈右率诸公赋鼓吹曲二首》（《巫山高》《有所思》），都是文人拟作乐府诗，而又都以男女相思为主题。这两首诗都用赋题法创作。赋题法是齐梁陈文人创作拟乐府时常用的手法，即抛开乐府古辞的原意，仅从题目的字面意思敷衍开来。这种手法始自沈约，他"取汉铙歌十八曲中的《芳树》《有所思》《临高台》《钓竿》这几个曲名，运用齐代诗坛流行的体裁和风格，以清词丽语赋咏题意，当时称之为'赋曲名'"①。而当时与沈约唱和者，正是谢朓、王融、范云和刘绘。② 也就是说，刘绘也是赋题法的先驱之一，刘绘二诗在南朝文人拟

---

① 钱志熙：《齐梁拟乐府诗赋题法初探——兼论乐府诗写作方法之流变》，《北京大学学报（哲学社会科学版）》1995年第4期，第61页。
② 谢朓、王融、刘绘都有题为《同沈右率诸公赋鼓吹曲二首》的诗篇，范云无之，然有《巫山高》《当对酒》二首。《当对酒》云："对酒心自足，故人来共持。方悦罗衿解，谁念发成丝。徇性良为达，求名本自欺。追君当歌日，及我倾樽时。"考其诗意有为李白《将进酒》所本者。故《当对酒》当即《将进酒》也，本系汉鼓吹铙歌十八曲之一。故范云《巫山高》《当对酒（将进酒）》二作即"鼓吹曲二首"，当亦为其时唱和沈约之作。

乐府诗发展史上，也当有一席地位。

《巫山高》本为汉鼓吹铙歌十八曲之一。《乐府解题》曰：

> 古词言，江淮水深，无梁可度，临水远望，思归而已。若齐王融"想像巫山高"，梁范云"巫山高不极"，杂以阳台神女之事，无复远望思归之意也。①

也就是说，齐梁陈文人仅取"巫山高"的字面意思，从"巫山"联想到巫山神女的故事，而又因"高"联想到阻隔重重求之不得，则齐梁陈文人笔下的《巫山高》主题改为吟咏人神遇合、男女相思。《乐府解题》以王融、范云诗为《巫山高》主题变更的代表，而刘绘的诗与王融、范云作于同时，主题也与其一致，亦是"杂以阳台神女之事"，同为《巫山高》主题变更的先驱。此后齐梁陈的《巫山高》，基本上是沿着王融、范云和刘绘的路子创作的。先来看看王融、范云和刘绘的《巫山高》。

> 想象巫山高，薄暮阳台曲。烟霞乍舒卷，蘅芳时断续。彼美如可期，寤言纷在瞩。怅然坐相思，秋风下庭绿。（王融《巫山高》）②
> 巫山高不极，白日隐光晖。霭霭朝云去，溟溟暮雨归。岩悬兽无迹，林暗鸟疑飞。枕席竟谁荐，相望空依依。（范云《巫山高》）③
> 高唐与巫山，参差郁相望。灼烁在云间，氛氲出霞上。散雨收夕台，行云卷晨障。出没不易期，婵娟以怅惘。（刘绘《巫山高》）④

王融《巫山高》几无痕迹地化用宋（玉）赋楚辞，营造出迷离惝恍、空灵飘忽的境界，达到了极高的艺术水平。刘绘《巫山高》与之相比确有不及。但范云《巫山高》的意境就差了些，虽景物犹有几分迷蒙之致，结句"枕席竟谁荐，相望空依依"却过于直露，不及刘绘诗结句

---

① （宋）郭茂倩编《乐府诗集》，中华书局，1979，第228页。
② 逯钦立辑校《先秦汉魏晋南北朝诗》，中华书局，1983，第1388页。
③ 逯钦立辑校《先秦汉魏晋南北朝诗》，中华书局，1983，第1543页。
④ 逯钦立辑校《先秦汉魏晋南北朝诗》，中华书局，1983，第1468页。

的"出没不易期,婵娟以怅惆"宛转低回。至于后来效仿者,如虞羲"勿言可再得,特美君王意。高唐一断绝,光阴不可迟"①、梁元帝"无因谢神女,一为出房栊"②、费昶"愿解千金珮,请逐大王归"③、陈后主"仙姬将夜月,度影自浮沉"④之类,更读之无味乃至浮靡可憎。相较之下,刘绘之诗在齐梁陈文人所作《巫山高》中,犹足为清婉。

总体来说,刘绘的《巫山高》比较寻常,《有所思》则更有特色。《有所思》原为汉鼓吹铙歌十八曲之一。《乐府解题》曰:

> 古词言"有所思,乃在大海南。何用问遗君?双珠玳瑁簪。闻君有他心,烧之当风扬其灰。从今已往,勿复相思而与君绝"也。……若齐王融"如何有所思",梁刘绘"别离安可再",但言离思而已。⑤

西晋诗人傅玄即有模拟汉乐府《有所思》的作品,题为《西长安行》,语句则学乐府古辞,是晋代诗人在创作拟乐府时多采取的"拟篇法",即"题材主题都沿袭旧篇章,唯在词藻文义上计工拙、求变化"⑥。不过傅玄对乐府古辞还是做出了一些改造,诗中女主人公虽同被抛弃,汉乐府感情是激荡忿怨,《西长安行》则是隐忍坚贞。后世文人拟作《有所思》,感情基调多与傅玄相似,写女子对男性不能忘情的怀恋。王融《有所思》亦是如此,但沈约、刘绘的《有所思》则另开一路,从男性相思女性的角度落笔。

> 西征登陇首,东望不见家。关树抽紫叶,塞草发青芽。昆明当欲满,蒲萄应作花。流泪对汉使,因书寄狭邪。(沈约《有所思》)⑦
> 如何有所思,而无相见时。宿昔梦颜色,阶庭寻履綦。高张更

---

① 逯钦立辑校《先秦汉魏晋南北朝诗》,中华书局,1983,第1605页。
② 逯钦立辑校《先秦汉魏晋南北朝诗》,中华书局,1983,第2032页。
③ 逯钦立辑校《先秦汉魏晋南北朝诗》,中华书局,1983,第2081页。
④ 逯钦立辑校《先秦汉魏晋南北朝诗》,中华书局,1983,第2504页。
⑤ (宋)郭茂倩编《乐府诗集》,中华书局,1979,第230页。
⑥ 钱志熙:《齐梁拟乐府诗赋题法初探——兼论乐府诗写作方法之流变》,《北京大学学报(哲学社会科学版)》1995年第4期,第61页。
⑦ 逯钦立辑校《先秦汉魏晋南北朝诗》,中华书局,1983,第1622页。

何已,引满终自持。欲知忧能老,为视镜中丝。(王融《有所思》)①
别离安可再,而我更重之。佳人不相见,明月空在帷。共衔满堂酌,独敛向隅眉。中心乱如雪,宁知有所思。(刘绘《有所思》)②

沈约《有所思》所写为征人思家,顾野王、张正见《有所思》虽换思妇思征人,但其源当从沈出。这类诗甚至还有一些边塞诗的性质。王融与刘绘之作虽云男女相思,但不写女子容态,不用色彩鲜丽的字词,不见悱恻,反觉沉郁,甚有清刚之气。刘绘诗尤古朴苍凉。刘绘诗起句"别离安可再,而我更重之",已颇有汉风,钟惺称赏此句"道得真,三字(指'安可再')足矣"③。"佳人不相见,明月空在帷"与"出没不易期,婵娟以惆怅"是相近之意,言主人公恋慕佳人而不得,独对明月,更生愁绪。"共衔满堂酌,独敛向隅眉"与王融诗中的"高张更何已,引满终自持"同写借酒浇愁。王融诗突出形单影只、百无聊赖,刘绘则以满堂欢乐时的强作笑颜与独处时的哀伤难抑对比,角度都选得非常精妙。"向隅眉"三字,钟惺称"'眉'字粘。'向隅'妙"④。结句"中心乱如雪"甚佳。一来如字面所言"乱如雪",即心绪如纷乱的雪花,既贴切又造语新奇,陈祚明即称"'心如雪'语新"⑤;二来雪为清冷之物,同全诗凄凉的调子相应,能以茫然之意收束全诗;三来雪为晶莹之物,则言"心如雪"又有"一片冰心在玉壶"的高洁之意,更显情感真挚。钟惺则爱"宁知有所思"句,称其为诗眼所在:"不历乱,不为相思。'宁知'二字正是乱意,有所思之神也。"⑥王夫之对此诗评价颇高,称"闲缓非乐府本色,而详略初终之际,风期自古"⑦。不过诗风虽古,在诗歌的结构上,刘绘、王融之作五言八句,中间四句对仗,倒又颇似唐

---

① 逯钦立辑校《先秦汉魏晋南北朝诗》,中华书局,1983,第1387页。
② 逯钦立辑校《先秦汉魏晋南北朝诗》,中华书局,1983,第1468页。
③ (明)钟惺、谭元春选评《诗归——古诗归》,张国光、张兴茂、曾大兴点校,湖北人民出版社,1985,第253页。
④ (明)钟惺、谭元春选评《诗归——古诗归》,张国光、张兴茂、曾大兴点校,湖北人民出版社,1985,第253页。
⑤ (清)陈祚明评选《采菽堂古诗选》,李金松点校,上海古籍出版社,2008,第671页。
⑥ (明)钟惺、谭元春选评《诗归——古诗归》,张国光、张兴茂、曾大兴点校,湖北人民出版社,1985,第253页。
⑦ (明)王夫之评选《古诗评选》,张国星校点,文化艺术出版社,1997,第54页。

人五绝先声了。

此诗的一大价值是将《有所思》的角度改为男性思女性。沈约《有所思》最早写男性思女性，但一来其中男性身份特殊，限定为征人；二来其中还是有隐含思妇之意的"狭邪"，故在写男性思女性这方面还是有些不够"标准"。所以刘绘诗是最早以《有所思》纯写男性思求女性的作品。陈朝诗人陆系亦以《有所思》写男性思女性，他说："别念限城阃，还思楼上人。"① 但此诗为纯粹的宫体，较为绮艳。相较之下，刘绘诗中塑造了一位高洁的、让诗人思之不得而惆怅的"佳人"。虽然还未必有所寄寓，但至少在形式上与"香草美人"的手法已经十分相近了。后世诗人拟乐府《有所思》，多有写男子思"佳人（美人）"而别有寄寓者。唐人卢仝《有所思》云："当时我醉美人家，美人颜色娇如花。今日美人弃我去，青楼珠箔天之涯。……湘江两岸花木深，美人不见愁人心。含愁更奏绿绮琴，调高弦绝无知音。"② 显然有所兴寄。美人或喻君王、知音。明人徐师曾的《有所思》云："有所思，岩穴高贤孰致之。……大海滨，深山曲，搜罗不尽佳人伏。双珠玳瑁勤问遗，为我皇家遒百禄。"③ 此诗虽用乐府古辞的典故，但中间陈述吕公望、伊尹、张良、萧何、曹参、韩信等人辅佐君王之事，实为招隐求贤之作，是以男女关系喻君臣关系，将贤士比为"佳人"。陈子昂言齐梁诗"彩丽竞繁，而兴寄都绝"④。"香草美人"类《有所思》创作，是对六朝轻绮诗风的一种反拨，不过在六朝诗人刘绘的诗中，又已有其源头。

（2）《入琵琶峡望积布矶呈玄晖诗》是刘绘仅存的山水诗，状景绮秀峻刻，是刘绘存诗中较为优秀的一首。诗云：

> 江山信多美，此地最为神。以兹峰石丽，重在芳树春。照烂虹蜺杂，交错锦绣陈。差池若燕羽，崱屴似龙鳞。却瞻了非向，前观已复新。翠微上亏景，青莎下拂津。巉岩如刻削，可望不可亲。昔

---

① 逯钦立辑校《先秦汉魏晋南北朝诗》，中华书局，1983，第2604页。
② （宋）郭茂倩编《乐府诗集》，中华书局，1979，第255页。
③ （明）徐师曾：《湖上集》，《续修四库全书》第1531册，上海古籍出版社，2002，第87页。
④ （唐）陈子昂：《陈子昂集》，徐鹏校，中华书局，1960，第15页。

途首遐路，未获究清尘。誓将返初服，岁暮请为邻。①

琵琶峡位于下雉（今湖北阳春东）境内的长江边，即郦道元《水经注·江水》所云"江水东径琵琶山南，山下有琵琶湾"② 也。积布矶即积布渔矶，在今湖北武穴市积布山南。《水经注·江水》曰："江水又东径积布山南，俗谓之积布矶，又曰积布圻，庚仲雍所谓高山也。此即西阳、寻阳二郡界也。"③ 由琵琶峡到积布矶，乃自东西溯。刘绘此诗，据《南齐书》刘绘本传，当写于"安陆王（萧）宝晊为湘州，以绘为冠军长史、长沙内史、行湘州事"，刘绘乘舟入湘时，即萧宝晊为湘州，也就是齐明帝萧鸾登基（建武元年十月）后不久。因为诗中提到所写为春景，故应作于建武二年（495）春。

此诗能写出琵琶峡、积布矶险峻之态，然而要靠"却瞻了非向，前观已复新"直述舟行之势，而不能以风景变化自然衬托，也就是风景缺乏动态的变化，这是较为可惜的地方。不过此诗也有追效者，简文帝《经琵琶峡诗》中间二句"还瞻已迷向，直去复疑前"④ 大概即学刘绘笔法。刘绘此诗颇有元嘉体遗风，如多用生僻字，"差池若燕羽，崱屴似龙鳞""翠微上亏景""巉岩如刻削"等句又语多险怪，仍有元嘉体"穷力追新"的特征。末四句又用《楚辞·远游》"闻赤松之清尘兮，愿承风乎遗则"⑤ 和《楚辞·离骚》"进不入以离尤兮，退将复修吾初服"⑥ 的典故，有辞官退隐之意，这固然是刘绘时势纷乱有感，但也颇似"玄言的尾巴"。全诗既有生新幽峭的一面，也有滞涩厚重的一面，颇有谢灵运之风。谢朓有《和刘中书绘入琵琶峡望积布矶诗》一首，云：

> 昔余侍君子，历此游荆汉。山川隔旧赏，朋僚多雨散。图南矫风翻，曾非息短翰。移疾觊新篇，披衣起渊玩。惆怅怀昔践，仿佛得殊观。赪紫共彬驳，云锦相凌乱。奔星上未穷，惊雷下将半。回

---

① 逯钦立辑校《先秦汉魏晋南北朝诗》，中华书局，1983，第1469页。
② （北魏）郦道元：《水经注》，谭属春、陈爱平点校，岳麓书社，1995，第514页。
③ （北魏）郦道元：《水经注》，谭属春、陈爱平点校，岳麓书社，1995，第514页。
④ 逯钦立辑校《先秦汉魏晋南北朝诗》，中华书局，1983，第1934页。
⑤ （战国）屈原、宋玉等：《楚辞》，吴广平注译，岳麓书社，2001，第212页。
⑥ （战国）屈原、宋玉等：《楚辞》，吴广平注译，岳麓书社，2001，第15页。

潮溃崩树，轮囷轧倾岸。岩筱或傍翻，石菌无修干。澄澄明浦媚，衍衍清风烂。江潭良在目，怀贤兴累叹。岁暮不我期，淹留绝岩畔。①

胡应麟称此诗"虽篇中绮绘间作，而体裁鸿硕，词气冲淡，往往与灵运、延之逐鹿"②，就是说此诗风格近似于谢灵运和颜延之。而诗中"回潮溃崩树，轮囷轧倾岸"诸句，又"近于鲍照的奇险"③。学界往往以此诗为谢朓仍受谢灵运影响的例证，此言诚是，但谢朓之所以选择这种风格和笔调，某种程度上也是出于与刘绘来诗应和的关系。比如"赪紫共彬驳，云锦相凌乱"显然是承刘诗"照烂虹蜺杂，交错锦绣陈"而来，"奔星上未穷，惊雷下将半"是承刘诗"翠微上亏景，青莎下拂津"而来。

（三）齐梁咏物诗大行其道，咏物诗在刘绘现存的作品中所占的比重最大，计有《咏博山香炉诗》《咏萍诗》《和池上梨花诗》三首。《咏博山香炉诗》工笔刻画了博山香炉的造型。

参差郁佳丽，合沓纷可怜。蔽亏千种树，出没万重山。上镂秦王子，驾鹤乘紫烟。下刻蟠龙势，矫首半衔莲。旁为伊水丽，芝盖出岩间。复有汉游女，拾羽弄余妍。荣色何杂揉，缛绣更相鲜。麏麚或腾倚，林薄杳芊萰。掩华终不发，含薰未肯然。风生玉阶树，露湛曲池莲。寒虫悲夜室，秋云没晓天。④

此诗描写虽细，艺术水准却平平。但此诗也有一些特色：一是诗共计二十二句，是齐梁咏物诗中少有的长篇大制；二是此诗以写山水的笔法咏物，如"蔽亏千种树，出没万重山""麏麚或腾倚，林薄杳芊萰"等颇似写山林景象，体现了山水诗与咏物诗的血缘关系——山水诗在某些选集中也被视为咏物诗，而咏物诗描写景物一隅也颇似山水诗；三是

---

① 逯钦立辑校《先秦汉魏晋南北朝诗》，中华书局，1983，第1443页。
② （明）胡应麟：《诗薮》，上海古籍出版社，1979，第152页。
③ 曹道衡、沈玉成编著《南北朝文学史》，人民文学出版社，1991，第143页。
④ 逯钦立辑校《先秦汉魏晋南北朝诗》，中华书局，1983，第1469页。

第二章 刘氏家族文学之先驱：刘绘、刘瑱等

此诗结构上仿制汉诗《四坐且莫喧》。

> 四坐且莫喧，愿听歌一言。请说铜炉器，崔嵬象南山。上枝似松柏，下根据铜盘。雕文各异类，离娄自相联。谁能为此器，公输与鲁班。朱火然其中，青烟扬其间。从风入君怀，四坐莫不欢。香风难久居，空令蕙草残。①

诗前半都是写香炉形貌，结尾则有所感叹。如汉诗结句云"香风难久居，空令蕙草残"，对铜香炉似有怜惜。而刘绘的"掩华终不发，含薰未肯然"更似有所寄托。"风生玉阶树，露湛曲池莲。寒虫悲夜室，秋云没晓天"描写出秋夜宁静又凄凉的景象，更衬托出诗人对铜香炉的感慨哀怜，余韵悠长。沈约有《和刘雍州绘博山香炉诗》：

> 范金诚可则，摛思必良工。凝芳自朱燎，先铸首山铜。瑰姿信岩崿，奇态实玲珑。峰嶝互相拒，岩岫杳无穷。赤松游其上，敛足御轻鸿。蛟螭盘其下，骧首盼层穹。岭侧多奇树，或孤或复丛。岩间有佚女，垂袂似含风。翚飞若未已，虎视郁余雄。登山起重障，左右引丝桐。百和清夜吐，兰烟四面充。如彼崇朝气，触石绕华嵩。②

此诗近似玄言诗或游仙诗的风韵，在咏物态上或胜于刘绘，但情志寄托则稍逊。

刘绘《和池上梨花诗》和《咏萍诗》分别是五言四句和五言八句，句多对偶、意境清新、语辞通畅、音韵宛转，则是典型的"永明体"作品。《和池上梨花诗》是王融《咏池上梨花诗》的和诗：

> 翻阶没细草，集水间疏萍。芳春照流雪，深夕映繁星。（王融《咏池上梨花诗》）③
> 露庭晚翻积，风闺夜入多。萦丛似乱蝶，拂烛状联蛾。（刘绘

---

① 逯钦立辑校《先秦汉魏晋南北朝诗》，中华书局，1983，第334页。
② 逯钦立辑校《先秦汉魏晋南北朝诗》，中华书局，1983，第1646页。
③ 逯钦立辑校《先秦汉魏晋南北朝诗》，中华书局，1983，第1403页。

《和池上梨花诗》)①

以二诗诗意，可能是写于夜间，或许名为"夜咏梨花"更恰当。王融诗清丽细腻，刘绘诗相形之下较为平淡，确实显出二人的才力差距。结合同题的《巫山高》来看，虽然钟嵘认为"元长、士章，并有盛才，词美英净，至于五言之作，几乎尺有所短"，他觉得王融、刘绘的五言诗都写得一般，所以并列入《诗品》下品，但其实若论清丽缱绻、圆美流转，王融还是要高出刘绘一等的。不过刘绘也有写得秀丽有致的咏物诗，如《咏萍诗》：

> 可怜池内萍，葐蒀紫复青。巧随浪开合，能逐水低平。微根无所缀，细叶讵须茎。漂泊终难测，留连如有情。②

诗写浮萍随波逐流的情态十分精妙。"巧随浪开合，能逐水低平"颇具动感，姿态宛然。"漂泊终难测，留连如有情"富于情思，仿佛状人。前人对浮萍颇有贬斥，如曹魏杜恕《笃论》说："夫萍之浮与菱之浮，相似也。菱植根，萍随波。是以尧舜叹巧言之乱德，仲尼恶紫之夺朱。"③ 晋人夏侯湛《浮萍赋》说它"浮轻善移，势危易荡"④。都是对浮萍"轻薄"的特性加以批评。刘绘却并非如此，通过"巧""能""无所""讵须"等词可以看出，他对浮萍流连自在的状况是欣赏的。不过这种欣赏之情也是淡淡的，与"漂泊终难测，留连如有情"的意蕴相一致，在似有若无之间，因此全诗也有种摇曳仿佛的情致。正如论者所言，"于动、静、真、幻之中，写浮萍楚楚可怜之态。清逸秀出，摇曳生情，不失为一首颇具情趣的咏物好诗"⑤。

（四）《先秦汉魏晋南北朝诗》录刘绘的赠别诗有二首，《饯谢文学离夜诗》和《送别诗》。《饯谢文学离夜诗》是在永明九年（491），为跟

---

① 逯钦立辑校《先秦汉魏晋南北朝诗》，中华书局，1983，第1469页。
② 逯钦立辑校《先秦汉魏晋南北朝诗》，中华书局，1983，第1469页。
③ （清）严可均校辑《全上古三代秦汉三国六朝文》，中华书局，1965，第1293页。
④ （清）严可均校辑《全上古三代秦汉三国六朝文》，中华书局，1965，第1851页。
⑤ 陆福庆主编《古诗分类鉴赏系列·咏物篇》，上海辞书出版社，1996，第16页。

第二章 刘氏家族文学之先驱：刘绘、刘瑱等

随随王萧子隆赴荆州的谢朓送别而作的诗篇。当时谢朓由太子舍人改为随王镇西功曹，转文学，故称谢文学。同题同赋的除了刘绘，还有沈约、王融、范云、虞炎等人，萧琛写了一首《饯谢文学诗》，江孝嗣、王常侍（失名）各写了一首《离夜诗》，谢朓也写了《和别沈右率诸君诗》和《离夜诗》。刘绘的诗如下：

> 汀洲千里芳，朝云万里色。悠然在天隅，之子去安极。春潭无与窥，秋台谁共陟。不见一佳人，徒望西飞翼。（刘绘《饯谢文学离夜诗》）①

如将这首诗的第一联与沈约、范云诗作的第一联对比，会发现一个有趣的现象：

> 汀洲千里芳，朝云万里色。（刘绘《饯谢文学离夜诗》）
>
> 汉池水如带，巫山云似盖。（沈约《饯谢文学离夜诗》）②
>
> 阳台雾初解，梦渚水裁渌。（范云《饯谢文学离夜诗》）③

这三首诗第一联都是一句言水、一句言云（雾），相关词都出现在每句首，仿佛事先有所约定。与之相似，王融、虞炎《饯谢文学离夜诗》与谢朓、江孝嗣《离夜诗》的第二联也出现了辞句对应的情况：

> 离轩思黄鸟，分渚蔎青莎。（王融《饯谢文学离夜诗》）④
> 离人怅东顾。游子怆西归。（虞炎《饯谢文学离夜诗》）⑤
> 离堂华烛尽，别幌清琴哀。（谢朓《离夜诗》）⑥

---

① 逯钦立辑校《先秦汉魏晋南北朝诗》，中华书局，1983，第1468页。
② 逯钦立辑校《先秦汉魏晋南北朝诗》，中华书局，1983，第1648页。
③ 逯钦立辑校《先秦汉魏晋南北朝诗》，中华书局，1983，第1545页。
④ 逯钦立辑校《先秦汉魏晋南北朝诗》，中华书局，1983，第1401页。
⑤ 逯钦立辑校《先秦汉魏晋南北朝诗》，中华书局，1983，第1459页。
⑥ 逯钦立辑校《先秦汉魏晋南北朝诗》，中华书局，1983，第1448页。

> 离歌上春日，芳思徒以空。（江孝嗣《离夜诗》）①

这四首诗的第二联每句都要求有表分别的词语，相关词都在每句句首，而且全诗第三句第一字都是"离"。这种情况的出现应该不是偶然，笔者推测这是事先对第一联和第二联预设内容、结构上的要求，然后分给席中诸人进行创作，是一种类似"限韵"和"赋得"的文学游戏。当夜的聚会既是送别，对与会的诗人而言也是相互切磋的文学活动。这种以文字唱和为游戏且规定颇为繁细的状况，也非常符合永明文学的特征。刘绘的这首《饯谢文学离夜诗》，也是典型的永明体作品。

《先秦汉魏晋南北朝诗》还自《艺文类聚》卷二十九收录了刘绘的一首《送别诗》：

> 春满方解箨，弱柳向低风。相思将安寄，怅望南飞鸿。②

这首诗的结句"相思将安寄，怅望南飞鸿"与刘绘《饯谢文学离夜诗》的结句"不见一佳人，徒望西飞翼"非常相似，似出一人手笔。然《送别诗》恐非刘绘作品，而是《艺文类聚》误收。上面提到过，南齐诗人萧琛也写了一首《饯谢文学诗》，诗云：

> 执手无还顾，别渚有西东。荆吴眇何际？烟波千里通。春笋方解箨，弱柳向低风。相思将安寄，怅望南飞鸿。③

所以刘绘的这首《送别诗》实际上是萧琛《饯谢文学离夜诗》的下半部分。大概正因为刘绘、萧琛同时同地写了《饯谢文学离夜诗》的同题诗，再加上结尾又非常相似，才致使后人混淆。另按："春笋"，《送别诗》作"春满"者误，因"方解箨"知是初春，绝非春"满"。逯钦立先生有按："（满）当是蒲字。"④ 然恐亦非，因"解箨"乃竹笋脱壳，实在跟

---

① 逯钦立辑校《先秦汉魏晋南北朝诗》，中华书局，1983，第1478页。
② 逯钦立辑校《先秦汉魏晋南北朝诗》，中华书局，1983，第1470页。
③ 逯钦立辑校《先秦汉魏晋南北朝诗》，中华书局，1983，第1804页。
④ 逯钦立辑校《先秦汉魏晋南北朝诗》，中华书局，1983，第1470页。

第二章 刘氏家族文学之先驱：刘绘、刘瑱等

"蒲"扯不上关系。所以还是当以萧琛诗中的"春笋方解箨"为是。

总之，刘绘诗歌的艺术特色，一在颇有古风。或如《咏博山香炉诗》一般脱胎汉诗，或如《有所思》一般造语类似汉人，这大抵也是刘宋拟古盛行的遗风。二是喜用双声叠韵。双声如参差（2次）、怅惘、差池、燕羽、龙鳞、流连；叠韵如灼烁、氛氲（葐蒀）、婵娟，尉夃、巉岩、芊蒨。双声叠韵字的应用使诗歌有规律地反复，形成听觉上的审美感受。有些句子如"婵娟以惆怅""差池若燕羽，尉夃似龙鳞"还连用两个双声叠韵词，则更有一种特殊的风味。

刘绘诗歌的地位：一是为倡导文人拟乐府创作的"赋题法"的先驱之一。二是体现了从元嘉体向永明体的发展。从《入琵琶峡望积布矶呈玄晖诗》与《饯谢文学离夜诗》，《咏博山香炉诗》与《咏萍诗》《和池上梨花诗》的对比中，可以明显见出，无论是篇幅、用字还是意象，都颇有差距，前者整体较为古奥弘怪，后者则浅近清丽，体现了南朝文学风尚的发展变化。三是刘绘虽不能称为绝顶的诗人，但他与当时第一流的诗人沈约、谢朓、王融、范云等都有唱和（而刘绘的许多诗歌也正是有赖《谢宣城集》得以保留），因此刘绘的诗歌可与这些著名诗人的作品相互参证，对永明文学的研究颇有价值。四是刘绘对其子女，尤其是对刘孝绰、刘孝威等彭城刘氏最出色的诗人颇有影响，可谓奠定了梁代彭城刘氏文学繁盛的局面。

刘绘诗歌成就总体不及他的儿子，尤其是刘孝绰、刘孝威。但刘绘的诗歌和诗歌活动对培育子女有重要的影响。其一，刘绘与谢朓、沈约、范云、王融等著名诗人都有往来（王融还是他的妻弟），这使得刘孝绰先天接受永明体著名诗人的熏陶。沈约、范云、王融对刘孝绰的看重，刘孝绰对谢朓的推崇，都与刘绘和他们的因缘不无关系。刘孝绰《酬陆长史倕诗》更是直接学习谢朓《和刘中书绘入琵琶峡望积布矶诗》的结构。其二，刘绘乃以赋题法进行文人拟乐府创作的先驱之一，而且两首诗都写得较有水平。刘孝威十分擅长以赋题法写作拟乐府，描写男女相思尤为有致，恐怕即有父亲的影响。其三，刘绘虽有咏物、男女相思之作，但诗风从不秾艳。《巫山高》和《有所思》都写得比较秀雅，刘孝绰写艳情诗而秀雅不致过于秾艳的特色，可能有部分承自其父。《咏博山香炉诗》以苍凉写景句作结，对刘孝绰《侍宴集贤堂应令诗》结句的

"暮景苍然"①或亦有影响。其四，刘绘擅长声韵。《梁书》刘绘本传说："时张融、周颙并有言工，融音旨缓韵，颙辞致绮捷，绘之言吐，又顿挫有风气。时人为之语曰：'刘绘贴宅，别开一门。'言在二家之中也。"《南史》刘绘本传说："时张融以言辞辩捷，周颙弥为清绮，而绘音采赡丽，雅有风则。时人为之语曰：'三人共宅夹清漳，张南周北刘中央。'言其处二人间也。"②唐人皎然《诗式》认为"四声"前代未闻，"近自周颙、刘绘流出，宫商畅于诗体，轻重低昂之节，韵合情高，此之未损文格"③。唐人封演《封氏闻见记》则认为沈约提出"四声八病"后，"时王融、刘绘、范云之徒，皆称才子，慕而扇之。由是远近文学，转相祖述，而声韵之道大行"④。可见刘绘在声韵上的成就得到了唐人的认可，被认为对"四声"的形成发展有重要作用。刘孝绰也多有声韵趣谈，声韵盖其家学也。至于孝绰、孝威等为诗，则有些诗声韵已近唐人。其五，沈约有《和刘中书仙诗》两首：

清旦发玄洲，日暮宿丹丘。昆山西北映，流泉东南流。霓裳拂流电，云车委轻霞。峥嵘上不睹，寥廓下无见。（其一）⑤
殊庭不可及，风熛多异色。霞衣不待缝，云锦不须织。（其二）⑥

可惜刘绘原诗不存，但从沈约和诗来看，应是游仙之属，与刘绘在《咏博山香炉诗》中描写仙人仙女的笔调或许相似。刘孝绰《酬陆长史倕》中往庐山求仙描写、刘孝胜《升天行》咏秦皇汉武求仙事，或许也是源自刘绘。其六，刘绘对诗歌鉴赏也有所造诣。钟嵘在《诗品》序中提到"近彭城刘士章，俊赏之士，疾其（当时诗风）淆乱，欲为当世诗品，口陈标榜。其文未遂，（嵘）感而作焉"。从这段话看来，钟嵘创作《诗品》某种程度上受了刘绘的启发，而刘绘的"诗品"可能也完成了一部分，只是未竟全功。虽然今日已无法得见刘绘的诗品著作，也不知道他

---

① （清）陈祚明评选《采菽堂古诗选》，李金松点校，上海古籍出版社，2008，第863页。
② （唐）李延寿：《南史》，中华书局，1975，第1009页。
③ （唐）释皎然撰《诗式》，中华书局，1985，第1~2页。
④ （唐）封演撰，赵贞信校注《封氏闻见记校注》，中华书局，2005，第13页。
⑤ 逯钦立辑校《先秦汉魏晋南北朝诗》，中华书局，1983，第1660页。
⑥ 逯钦立辑校《先秦汉魏晋南北朝诗》，中华书局，1983，第1660页。

的具体诗学观,但刘孝绰曾编订《古今诗苑英华》,又协助昭明太子萧统选编《文选》,确长于选鉴诗歌,可能也有刘绘的遗风。总之,刘绘不仅完成了彭城刘氏家族由武到文的转变,也为"诸子各擅雕龙"的文采之盛奠定了基础。要了解彭城刘氏文学发展的历程,刘绘的功勋和地位不可忽略。

二 诗中有画:刘瑱

刘瑱(458后~约501),字士温,刘绘弟。仕齐历尚书吏部郎、义兴太守。刘瑱的卒年史书无载,因此只能大致推断。在侄儿刘孺服阕父丧之后,刘瑱曾带他会见宾客,"为义兴郡,携以之官,常置坐侧"①。刘孺之父、刘瑱的长兄刘悛死于为齐明帝萧鸾"卫送山陵"期间,齐武帝之崩在永泰元年九月(498年7月)。则刘孺服阕父丧,大约在501年,刘瑱又先兄长刘绘卒。刘绘卒于502年。则所以刘瑱之卒当即在501年到502年之间。

刘瑱多才多艺,史称"少有行业,文藻、篆隶、丹青并为当世所称"②。刘瑱善画妇人,与擅长画马的荥阳人毛惠远"并为当世第一"。刘瑱还曾利用绘画救了自己妹妹的性命:刘瑱之妹为齐鄱阳王萧锵妃,夫妇感情甚笃。在鄱阳王被齐明帝所诛后,王妃"追伤遂成痼疾,医所不疗"。刘瑱就让善画人面、能"与真不别"的陈郡殷蒨画出鄱阳王和宠姬一起照镜、如欲偶寝的情状,然后"密使媪奶示妃"。王妃看了画后就唾之,并骂"故宜其早死","于是恩情即歇,病亦除差"。而宠姬则"被废苦,因即以此画焚之"。这不仅是绘画史的一则趣闻,也可见刘瑱对家人的关心。刘瑱还曾提携刘悛之子刘孺:"瑱为义兴郡,携(刘孺)以之官,常置坐侧,谓宾客曰:'此儿吾家之明珠也。'"③ 此亦是对家人的关爱和对家声的宣扬。

刘瑱原有集,已佚,现仅存诗一首,即《上湘度琵琶矶诗》:

---

① (唐)姚思廉:《梁书》,中华书局,1973,第591页。
② 本节关于刘瑱生平的记载,未单独出注者均引于(唐)李延寿《南史》,中华书局,1975,第1014页。
③ (唐)姚思廉:《梁书》,中华书局,1973,第591页。

兹山挺异崿，孤起秀云中。陂池激楚浪，纷纠绝宛风。烟峰晦如昼，寒水清若空。颉颃鸥舞白，流乱叶飞红。①

这首诗与其兄刘绘写琵琶矶森然峻刻的风貌大不相同，较为清新流丽。其一，此诗充分体现了刘瑱作为画家的画面感受能力："兹山挺异崿，孤起秀云中"，一峰参天、云雾横生，充满线条感、构图感；"烟峰晦如昼，寒水清若空"，远山朦胧，近水清澈，既仿佛纸面氤氲的水墨，又有距离感和层次感；"颉颃鸥舞白，流乱叶飞红"，色彩鲜明，冷暖相生，既符合整个画面幽澹的风调，又有一抹恰当的亮色。此作可称为"诗中有画"，读之如在眼前展开了一幅山水画卷。其二，诗中一、三联写静景，二、四联写动景，动静间作，波澜迭起，避免平调，也是作者匠心所在。其三，"陂池激楚浪，纷纠绝宛风""颉颃鸥舞白，流乱叶飞红"又都用倒装，正序本应为"楚浪陂池激，宛风纷纠绝""白鸥颉颃舞，红叶流乱飞"。之所以运用倒装，一来将"陂池"②、"纷纠"、"颉颃"、"流乱"等表动态的词语提到句首加以强调，更凸显动态的刻画。二来避免句式结构的重复——如果用正序，则除了首二句，其余六句大致都是"主语（形容词+名词）+谓语+补语"的结构，且首句也是主语开头。这将使得全诗缺乏变化，显得十分笨拙，不及倒装后的灵秀跳脱。三来如"陂池激楚浪，纷纠绝宛风"这种程度的局部倒装在南朝诗歌中虽不少见，比如"飘飏白花舞，澜漫紫萍流"（吴均《与柳恽相赠答诗》）③、"暧暧江村见，离离海树出"（谢朓《高斋视事诗》）④，"颉颃鸥舞白，流乱叶飞红"却是南朝诗句尤其是写景诗句中少有的彻底的倒装，它将五言诗主语中往往与名词紧密结合为一体的形容词单独剥离了开来，使其独立，句子由三段式结构变成"状语（原补语）+主语（名词）+谓语+补语（形容词）"的四段式结构。这种倒装除了有利于着重强调表示色彩的"白""红"二字，更增加此诗的色彩感与画面感，

---

① 逯钦立辑校《先秦汉魏晋南北朝诗》，中华书局，1983，第1470页。
② 陂池，同"陂陀"，参差貌，或倾斜不平貌。
③ 逯钦立辑校《先秦汉魏晋南北朝诗》，中华书局，1983，第1730页。
④ 逯钦立辑校《先秦汉魏晋南北朝诗》，中华书局，1983，第1433页。

也带来了"语言的陌生化"的艺术效果：它让句式结构变得复杂而新奇，拂去了读者的审美疲劳；它延长了读者的思考时间，却让读者在重新解构和组合句子的过程中获得一种审美愉悦，有余音绕梁之效。这种笔法已经十分接近唐人。这二句还完全谐律（仄平平仄仄，平仄仄平平），如杂入唐诗，几不可辨矣。可以说这首诗不仅追求画面之美，还追求结构之美、音韵之美，是作者精心雕琢之作，不失为南朝写景的佳篇。

三 玄黄成采：刘悛、刘愃诸子

刘悛子刘孺、刘遵，刘愃子刘苞，都是留名梁史的诗人。刘敩孙刘绮史书无载，然而《颜氏家训》大略记载了他的生平，从梁朝存诗中也能梳理出他的一些作品。萧纲曾称赞刘遵"辞章博赡，玄黄成采"①，这一赞誉也适用于刘孺、刘苞、刘绮等人。

刘悛诸子

刘悛不以文学知名，今仅留《蒙山采铜启》一篇，为实用性公文，文采不彰。刘悛的儿子刘孺和刘览和刘遵却都颇有才学。

（一）刘孺

刘孺（485~541），字孝稚，刘悛长子。起家中军法曹行参军，为镇军沈约闻名引为主簿。辗转历任于临川王萧宏、晋安王萧纲、湘东王萧绎属官。累迁太子中舍人、中书郎兼中书通事舍人、太子中庶子、尚书吏部郎、散骑常侍、左户尚书。大同五年（539），守吏部尚书，出为晋陵太守，入为侍中。后复为吏部尚书，以母忧去职，居丧期卒，谥曰孝子。有文集二十卷，今不存。曾参与《法宝联璧》的编写。

刘孺一来品德佳。刘孺极孝，他"年十四，居父丧，毁瘠骨立，宗党咸异之"②。他的去世也是因为"母忧，以毁卒"，所以才"谥曰孝子"。刘孺又"美风采，性通和，虽家人不见其喜愠"，可见涵养极佳。

---

① （唐）姚思廉：《梁书》，中华书局，1973，第593页。
② 本节关于刘孺生平的记载，未单独出注者均引于《梁书·刘孺传》，见（唐）姚思廉《梁书》，中华书局，1973，第591~592页。

二来吏能佳。刘孺"出为太末令，在县有清绩"，"累迁少府卿、司徒左长史、御史中丞，号为称职"，"出为明威将军、晋陵太守。在郡和理，为吏民所称"，多方任职，皆有美誉。三来文才佳。刘孺幼聪敏，七岁能属文。叔父刘瑱夸他是"吾家之明珠"。沈约听闻刘孺的名声，引为主簿，常与游宴赋诗，大为嗟赏。刘孺写文章十分敏速，"尝于御坐为《李赋》，受诏便成，文不加点"，甚为梁武帝称赏。后来刘孺侍宴寿光殿，梁武帝诏群臣赋诗，刘孺与张率都因醉酒未能及时作成，梁武帝就取过刘孺的手板，题戏一诗，曰："张率东南美，刘孺雒阳才。揽笔便应就，何事久迟回？"可见梁武帝对刘孺才华的欣赏和对刘孺其人的亲爱。

正因刘孺品德、吏能、文才无一不佳，又得到梁武帝的欣赏，所以刘孺仕途较为顺遂。《南史》称"孺少与从兄苞、孝绰齐名，苞早卒，孝绰数坐免黜，位并不高，唯孺贵显"[1]。然而若论文学上的成就，刘孺则远不如孝绰。刘孺在文学史上地位不高，除了创作水平确与孝绰有所差距，也与他作品散佚太多有很大关系：刘孺的二十卷文集如今只剩诗歌五首，分别是《侍宴饯新安太守萧几应令诗》、《相逢狭路间》、《至大雷联句》（与何逊、桓季）、《赋咏联句》（与何逊、江革）和《临别联句》（与何逊）。后三者虽云联句，但是每人各作四句，更类似于"组诗"，因此也可独立成首。这五首诗都是以送别为主题。

《侍宴饯新安太守萧几应令诗》是较能体现南朝公宴诗风格的一篇。诗云：

芝殿延藻景，画室写油云。玄览多该洽，圣思究前闻。微密探精义，优游妙典坟。饮饯参多士，言赠赋新文。[2]

诗中并不十分着重离情别意的刻画，但形象地反映了南朝公宴时皇室与文臣探讨文义、集体创作的情形，诗风雍容典雅。

《相逢狭路间》也是送别之作，诗云：

---

[1] （唐）李延寿：《南史》，中华书局，1975，第1007页。
[2] 逯钦立辑校《先秦汉魏晋南北朝诗》，中华书局，1983，第1851页。

送君追遐路，路狭暧朝雾。三危上蔽日，九折杳连云。枝交幰不见，听静吹才闻。岂伊叹道远，亦乃泣涂分。况兹别亲爱，情念切离群。①

此诗不取乐府古辞写富贵人家的本意，而写"送君追遐路"的情形，是用"赋题法"拟作乐府。陈祚明《采菽堂古诗选》唯选刘孺此诗，称"枝交幰不见，听静吹才闻"二句写得不错。这两句从视觉和听觉两个方面写了行人车马如何渐渐远去的场景，而又能令人想象送行者伫立目送，久久不舍离去的样子，曲笔生情，确实值得玩味。

刘孺的几首联句中亦有写得较好者，如：

密云穷浦暗，飞电远洲明。若非今宴适，讵使客愁轻。（《至大雷联句》）②

日照汀沙素，山影波浪黑。尔限大江南，余归茂陵北。（《赋咏联句》）③

刘孺擅长以明暗、色彩的对照描写江渚景色。"密云穷浦暗，飞电远洲明"既有层次又有气势，写出雷雨来临时壮观又陆离的景象，比何逊联句中的"闪闪风烟动，萧萧江雨声"④更佳。"日照汀沙素，山影波浪黑"的光暗色彩亦对比鲜明。"尔限大江南，余归茂陵北"造语简朴，然韵味悠远，寥寥数字即写尽了分别时的无奈、哀伤与思念，更显情谊深长。

（二）刘览

刘览（485后~?），字孝智，刘悛第二子。历官中书郎、尚书左丞。出为始兴内史，还复为左丞。刘览也颇有孝行清节。他"以所生母忧，庐于墓，再期，口不尝盐酪，冬止著单布"⑤，"家人患其不胜丧，中夜

---

① 逯钦立辑校《先秦汉魏晋南北朝诗》，中华书局，1983，第 1851 页。
② 逯钦立辑校《先秦汉魏晋南北朝诗》，中华书局，1983，第 1712 页。
③ 逯钦立辑校《先秦汉魏晋南北朝诗》，中华书局，1983，第 1712 页。
④ 逯钦立辑校《先秦汉魏晋南北朝诗》，中华书局，1983，第 1712 页。
⑤ 本节关于刘览生平的记载，未单独出注者均引于《梁书·刘孺传》。见（唐）姚思廉《梁书》，中华书局，1973，第 592 页。

窃置炭于床下，览因暖气得睡，既觉知之，号恸欧血。高祖闻其有至性，数省视之"。刘览为官清正无私，姊夫褚湮和从兄刘孝绰"在职颇通赃货"，刘览便劾奏他们。孝绰因此免官，对刘览心生怨恨，对人说："犬啮行路，览噬家人。"在任始兴内史期间，刘览治郡也"尤励清节"。《梁书》本传虽称刘览好学聪敏，"十六通《老》《易》"，"尚书令史七百人，一见并记名姓"，但刘览并无文名，也无作品传世，不复赘述。

（三）刘遵

刘遵（488～535），字孝陵，刘悛第三子。起家著作郎、太子舍人，累迁晋安王宣惠、云麾二府记室，转南徐州治中。在晋安王萧纲为雍州刺史后又任安北谘议参军，带邵县令。在萧纲幕中时，刘遵也参与了《法宝联璧》的编写。中大通三年（531），萧纲立为皇太子，刘遵仍除中庶子。《隋书·经籍志》载刘遵著有《梁东宫四部目录》四卷，今佚。大同元年（535），卒官。萧纲《与湘东王令悼王规》云："去岁冬中，已伤刘子，今兹寒孟，复悼王生。"① 因知刘遵卒于大同元年（535）冬。

刘遵"少清雅，有学行，工属文"②。他出仕后绝大部分时间担任萧纲属官。萧纲对他十分看重。在宣惠、云麾二府时，萧纲对他"甚见宾礼"。《南史》刘遵本传说他"自随藩及在东宫，以旧恩偏蒙宠遇，时辈莫及"③。刘遵去世后，萧纲"深悼惜之"，给刘孝仪写了一文来表达对刘遵的追忆。

> 贤从中庶，奄至殒逝，痛可言乎！其孝友淳深，立身贞固，内含玉润，外表澜清。美誉嘉声，流于士友，言行相符，终始如一。文史该富，琬琰为心，辞章博赡，玄黄成采。既以鸣谦表性，又以难进自居，未尝造请公卿，缔交荣利，是以新沓莫之举，杜武弗之知。自阮放之官，野王之职，栖迟门下，已逾五载，同僚已陟，后进多升，而怡然清静，不以少多为念，确尔之志，亦何易得。西河观宝，东江独步，书籍所载，必不是过。

---

① （唐）姚思廉：《梁书》，中华书局，1973，第583页。
② 本节关于刘遵生平的记载，未单独出注者均引自《梁书·刘孺传》。见（唐）姚思廉《梁书》，中华书局，1973，第593~594页。
③ （唐）李延寿：《南史》，中华书局，1975，第1008页。

吾昔在汉南，连翩书记，及忝朱方，从容坐首。良辰美景，清风月夜，鹢舟乍动，朱鹭徐鸣，未尝一日而不追随，一时而不会遇。酒阑耳热，言志赋诗，校覆忠贤，榷扬文史，益者三友，此实其人。及弘道下邑，未申善政，而能使民结去思，野多驯雉，此亦威凤一羽，足以验其五德。比在春坊，载获申晤，博望无通宾之务，司成多节文之科，所赖故人时相愧偶；而此子溘然，实可嗟痛。"惟与善人"，此为虚说；天之报施，岂若此乎！想卿痛悼之诚，亦当何已。往矣奈何，投笔恻怆。

吾昨欲为志铭，并为撰集。吾之劣薄，其生也不能揄扬吹嘘，使得骋其才用，今者为铭为集，何益既往？故为痛惜之情，不能已已耳。①

萧纲对刘遵的人品和文学成就给了极高的评价，又追忆了与刘遵共同进行文学创作的情形。刘孝仪有感于萧纲对刘遵的"深仁""旧爱"，特地写了《从弟丧上东宫启》，感激萧纲"躬摇神笔，亲动妙思"②。萧纲还说曾想为刘遵写墓志铭并编订其文集，然后世未有所闻，事恐不遂。刘遵现在仅存诗九首：《度关山》《相逢狭路间》《蒲坂行》《和简文帝赛汉高帝庙诗》《繁华应令诗》《从顿还城应令诗》《应令咏舞诗》《七夕穿针诗》《四时行生回诗》。其中《和简文帝赛汉高帝庙诗》之题应是后人所加，因为刘遵在萧纲还未称帝的时候就已经去世，不可能"和简文帝"；《四时行生回诗》诗题难以索解，可能有所脱漏。

这些诗的创作大多与萧纲有着密切的关系。《和简文帝赛汉高帝庙诗》是萧纲《汉高庙赛神诗》的和诗；《度关山》《七夕穿针诗》，刘遵与萧纲有同题作品，可能也是唱和之作；《繁华应令诗》《从顿还城应令诗》《应令咏舞诗》是刘遵奉身为皇太子的萧纲的命令而创作的，也分别是萧纲《娈童诗》《从顿暂还城》《咏舞诗》的和诗。这些诗大都一般，不过也有好句。比如《度关山》中的"谷深蠽易响，路狭轞难回"③，写在山谷中

---

① （唐）姚思廉：《梁书》，中华书局，1973，第593~594页。
② （清）严可均校辑《全上古三代秦汉三国六朝文》，中华书局，1965，第3315页。
③ 逯钦立辑校《先秦汉魏晋南北朝诗》，中华书局，1983，第1809页。

行进之状，十分生动，陈祚明以为"亮似唐律"[①]。这句诗也让人联想起其兄刘孺的"枝交幰不见，听静吹才闻"。《应令咏舞诗》《繁华应令诗》比较秾艳甚至流入狭邪可憎，不过前者的"所愁余曲罢，为欲在君前"[②]委婉写出舞女情意，尚可称"结意曲"[③]，高于萧纲"上客何须起，啼乌曲未终"[④]；后者的"腕动飘香麝，衣轻任好风"[⑤]也被陈祚明称为"生动"[⑥]。不过总体而言，刘遵写得最好的还是《七夕穿针诗》这种体制短小的诗。

步月如有意，情来不自禁。向光抽一缕，举袖弄双针。[⑦]

前两句写出了女子脉脉含情之态，后两句勾勒出女子七夕穿针举动，王夫之称"不言情乃有余情"[⑧]。此诗中女子举止含情，意态横生，如画在眼前。再看看萧纲的同题之作：

怜从帐里出，想见夜窗开。针欹疑月暗，缕散恨风来。[⑨]

刘诗但见性情流转，不睹文字雕饰；萧诗意态描摹尚有文字隔阂之感，情致不畅。两者相比，则高下立判，刘遵诗实为饶有情致，颇可称道。

刘遵的《蒲坂行》也值得注意。《乐府诗集》引《古今乐录》曰："王僧虔《技录》有《蒲坂行》，今不歌。"[⑩] 引《通典》曰："河东，唐虞所都蒲坂也。汉为蒲坂县。春秋时秦晋战于河曲，即其地也。"[⑪]《蒲

---

① （清）陈祚明评选《采菽堂古诗选》，李金松点校，上海古籍出版社，2008，第880页。
② 逯钦立辑校《先秦汉魏晋南北朝诗》，中华书局，1983，第1810页。
③ （清）陈祚明评选《采菽堂古诗选》，李金松点校，上海古籍出版社，2008，第881页。
④ 逯钦立辑校《先秦汉魏晋南北朝诗》，中华书局，1983，第1942页。
⑤ 逯钦立辑校《先秦汉魏晋南北朝诗》，中华书局，1983，第1809~1810页。
⑥ （清）陈祚明评选《采菽堂古诗选》，李金松点校，上海古籍出版社，2008，第880页。
⑦ 逯钦立辑校《先秦汉魏晋南北朝诗》，中华书局，1983，第1810页。
⑧ （清）王夫之评选《古诗评选》，张国星校点，文化艺术出版社，1997，第128页。
⑨ 逯钦立辑校《先秦汉魏晋南北朝诗》，中华书局，1983，第1975页。
⑩ （宋）郭茂倩编《乐府诗集》，中华书局，1979，第596页。
⑪ （宋）郭茂倩编《乐府诗集》，中华书局，1979，第596页。

坂行》古辞不传，现存较早作品唯有刘遵和南朝齐人陆厥所作两篇：

江南风已春，河间柳已把。雁返无南书，寸心何由写。流泊祁连山，飘飖高阙下。（陆厥《蒲坂行》）①

汉使出蒲坂，去去往交河。间谍敢亏对，骏马脱鸣珂。乍作渡泸怨，何辞上陇歌。（刘遵《蒲坂行》）②

虽然由于南朝文人多用"赋题法"创作拟乐府的缘故，未必即能从陆厥、刘遵的作品推知乐府古辞的原貌。但蒲坂乃"春秋时秦晋战于河曲"之地，而陆厥、刘遵则写到了祁连、交河，诗中主人公显然是出塞的征人。很可能是陆厥由"春秋时秦晋战于河曲"联想到边塞征战，故赋题而作，而刘遵又效之。虽然不一定完全符合《蒲坂行》古辞原旨，不过这两首诗仍是研究《蒲坂行》的珍贵资料。

刘悛子刘苞

刘苞（482~511），字孝尝，一字孟尝，齐太子中庶子刘悛子。天监初，以临川王妃弟故，自征虏主簿仍迁王中军功曹，累迁尚书库部侍郎、丹阳尹丞、太子太傅丞、尚书殿中郎、南徐州治中，以公事免。久之，为太子洗马，掌书记，侍讲寿安殿。天监十年（511）卒，年三十。

刘苞亦颇有美行。一者至孝。刘苞"三岁而孤，至六七岁，见诸父常泣"③，因为"早孤不及有识，闻诸父多相似，故心中悲耳"。刘苞的母亲本担心刘苞如此会触怒当时显贵的刘悛、刘绘，对刘苞加以责备，闻言也不由悲恸。当初刘苞的父母和两个兄长相继亡殁，"悉假瘗焉"。而刘苞到了十六岁的时候，"始移墓所，经营改葬，不资诸父"。刘苞还"奉君母朱夫人及所生陈氏，并扇席温枕"。因此刘绘对这个侄儿经常叹服。二者刘苞"居官有能名，性和直，与人交，面折其非，退称其美"。刘苞临终还"呼友人南阳刘之遴，托以丧事从俭"，也是美谈。所以刘

---

① 逯钦立辑校《先秦汉魏晋南北朝诗》，中华书局，1983，第1464页。
② 逯钦立辑校《先秦汉魏晋南北朝诗》，中华书局，1983，第1809页。
③ 本节关于刘苞生平的记载，未单独出注者均引于《南史·刘苞传》。见（唐）李延寿《南史》，中华书局，1975，第1008~1009页。

苞去世后"士友咸以此叹惜之"。

刘苞"少好学,能属文,家有旧书,例皆残蠹,手自编辑,筐箧盈满"。成年后颇有文才,"及从兄孝绰等并以文藻见知,多预宴坐。受诏咏《天泉池荷》及《采菱调》,下笔即成"。可惜这些作品都没有流传下来,刘苞今存诗仅二首,为《九日侍宴乐游苑正阳堂诗》和《望夕雨诗》。《九日侍宴乐游苑正阳堂诗》在南朝侍宴诗中较有特色,诗云:

> 六郡良家子,幽并游侠儿。立乘争饮羽,侧骑竞纷驰。鸣珂饰华眊,金鞍映玉羁。膳羞殚海陆,和齐视秋宜。云飞雅琴奏,风起洞箫吹。曲终高宴罢,景落树阴移。微薄承嘉惠,饮德良不赀。取效绩无纪,感恩心自知。①

其中宴饮奏乐情形、感恩自惭之意,都是侍宴诗中常见的笔调。但诗前半写"六郡良家子,幽并游侠儿",则有如游侠诗。萧纲《九日侍皇太子乐游苑诗》也提到"紫燕跃武,赤兔越空。横飞鸟箭,半转蛇弓"②。所以乐游苑的宴聚,可能是先有游猎活动,再举行宴会,刘苞故有此笔。刘苞此诗先言游侠再及盛宴,结构颇似曹植《名都篇》,但内容上则只效仿了少年游侠的意气风发和饮食的奢华珍奇,而没有《名都篇》"白日西南驰,光景不可攀"③的感慨,风调不够雄健,意蕴也比较浅薄。不过"和齐视秋宜"句,犹被陈祚明称为"典雅"④。

《望夕雨诗》状物生动,情思清隽,颇为可诵,诗云:

> 崇朝构行雨,薄晚屯密云。缘阶起素沫,竟水散圆文。河柳低未举,山桃落已芬。清樽久不荐,淹留遂待君。⑤

此诗颇为工巧。首二句云"崇朝构行雨,薄晚屯密云",看起来只

---

① 逯钦立辑校《先秦汉魏晋南北朝诗》,中华书局,1983,第1671页。
② 逯钦立辑校《先秦汉魏晋南北朝诗》,中华书局,1983,第1929页。
③ 逯钦立辑校《先秦汉魏晋南北朝诗》,中华书局,1983,第431页。
④ (清)陈祚明评选《采菽堂古诗选》,李金松点校,上海古籍出版社,2008,第879页。
⑤ 逯钦立辑校《先秦汉魏晋南北朝诗》,中华书局,1983,第1672页。

是在简单地说终日阴雨，至于夕暮，但细细品读，便能感受到作者有意在炼字上下了功夫。不仅邻句间的"崇朝"与"薄晚"、"行雨"与"密云"意象为对，在一句之内，"崇"与"行"、"薄"与"密"也字义为对。这种"多重为对"让诗句的结构更为精细。仅从字面上而言，则产生庄严与灵动、清疏与浓郁的对比，令人印象深刻。"缘阶起素沫，竟水散圆文"写雨落到台阶和水面溅起的小小泡沫和波纹，十分细腻生动，陈祚明尤其称赞"竟水散圆文"一句写得好。这种对浮沤泡沫意象的特殊偏爱，以及状物的笔致纤巧，都是六朝文学中典型的现象。"河柳低未举，山桃落已芬"写雨中草木，然柳虽低却只是暂未举扬，桃虽落却已散发芬芳，故皆不至于残败，反而显得清新悠长。结句"清樽久不荐，淹留遂待君"，既点出了诗人因等待友人而未曾独饮的深情，显得十分真朴，又让读者豁然开朗，原来前面的景色都是诗人在等待友人的百无聊赖之中闲作一观。此诗初看很类似南宋诗人赵师秀的名篇《约客》："黄梅时节家家雨，青草池塘处处蛙。有约不来过夜半，闲敲棋子落灯花。"① 二者都是在描写诗人等待友人的过程中对周边景物的感受。但赵师秀的诗中折射出一种落寞孤寂的情绪，刘苞却是十分享受这一独处的时刻的。他以敏锐的目光发现夕雨之美，诗人眼中的景色是清新的，诗人的情绪也就是轻松的，可以想象他是以愉悦舒适的心情等待友人，言外情致颇值得玩味。不过刘苞、赵师秀两诗的清新隽永、情景交融仍是颇有相通之处的。总之，刘苞此诗既有南朝典型工巧的特色，但不致失于轻密，而又有南朝诗中较少见的清隽闲逸情思，是一首较为佳妙的作品。

刘敩孙刘绮

刘绮，史书无传，生卒年不详。《颜氏家训·勉学第八》云："梁世彭城刘绮，交州刺史勃之孙，早孤家贫，灯烛难办，常买荻尺寸折之，然明夜读。孝元初出会稽，精选寮宷，绮以才华，为国常侍兼记室，殊蒙礼遇，终于金紫光禄。"② 根据《宋书·明帝纪》载，泰始四年（468）

---

① （宋）徐照等撰《永嘉四灵诗集》，赵平校点，浙江大学出版社，2010，第241页。
② （北齐）颜之推撰，王利器集解《颜氏家训集解》，上海古籍出版社，1980，第189页。

明帝"以南康相刘勃为交州刺史"①。然考史传无刘勃其人，《宋书·刘勔传》载："勔弟敳，泰始中，为宁朔将军、交州刺史"②。宋明帝刘彧泰始年号前后凡七载，"泰始中"与"泰始四年"正相吻合。故针对《宋书·明帝纪》所谓"以南康相刘勃为交州刺史"，中华书局校点本引张森楷《校勘记》云："《刘勔传》，有弟敳，泰始中，为宁朔将军、交州刺史，于道遇病卒。勃、敳形近，当即一人。"③《宋书·明帝纪》中的交州刺史刘勃当即刘敳也，《颜氏家训》情形亦同。故刘绮当为刘敳之孙，亦为彭城刘氏家族成员。

刘绮作品流传甚少，世所见者，皆借何逊集得存，俱为与何逊联句。计有《增新曲相对联句》（与刘孝胜、何逊、何思澄）、《照水联句》（以下皆与何逊作）、《折花联句》、《摇扇联句》、《正钗联句》。这些联句也是类似组诗的形式，每人之作都可独立成诗，刘绮之作为：

> 徘徊映日照，转侧被风吹。徒为相思响，伤春君不知。（《增新曲相对联句》）④
>
> 临桥看黛色，映渚媚铅晖。不顾春荷动，弥畏小禽飞。（《照水联句》）⑤
>
> 日照烂成绮，风来聚疑雪。试采一枝归，愿持因远别。（《折花联句》）⑥
>
> 在握时摇动，当歌掩抑扬。谁云减罗袂，影日聊自障。（《摇扇联句》）⑦
>
> 双桥耀宝钿，阗阗密复丛。羞令挂缨阙，整插补余空。（《正钗联句》）⑧

---

① （南朝梁）沈约：《宋书》，中华书局，1974，第163页。
② （南朝梁）沈约：《宋书》，中华书局，1974，第2197页。
③ （南朝梁）沈约：《宋书》，中华书局，1974，第173页。
④ 逯钦立辑校《先秦汉魏晋南北朝诗》，中华书局，1983，第1713页。
⑤ 逯钦立辑校《先秦汉魏晋南北朝诗》，中华书局，1983，第1713页。
⑥ 逯钦立辑校《先秦汉魏晋南北朝诗》，中华书局，1983，第1713页。
⑦ 逯钦立辑校《先秦汉魏晋南北朝诗》，中华书局，1983，第1713页。
⑧ 逯钦立辑校《先秦汉魏晋南北朝诗》，中华书局，1983，第1714页。

这些诗所吟咏皆是女子外貌情态，算是"前宫体"或"准宫体"之属，虽然偶有俏丽之笔，但总体而言思想艺术水准均平平。不过刘绮之所以被萧绎赏识，可能正是因为他这种绮艳的诗风符合了萧绎的喜好。从刘绮曾经与刘孝胜联诗来看，刘绮与他的从兄弟们关系还是不错的。

总之，刘孺兄弟等诗大体也是南朝流行的宴游、咏物、艳情等题材。他们多随藩萧纲、萧绎，因此也大多奉和萧纲、萧绎兄弟的作品与文风，所以总体格局不高，只是作品中偶有佳句，或亦有颇具情韵的小诗。刘孺、刘遵在这些刘氏家族成员中成就较高，尚见论者。刘苞史书有传，亦较知名。而刘绮仅能从《颜氏家训》中找到生平记载，其作品亦常被忽略。诚然刘绮存诗是整个刘氏家族中成就最低的，但他也是勾勒刘氏家族文献中必不可少的环节之一。

第三章　刘氏家族文学之冠冕：
刘孝绰（上）

刘孝绰是彭城刘氏最具盛名的文人。《梁书》本传称"孝绰辞藻为后进所宗，世重其文，每作一篇，朝成暮遍，好事者咸讽诵传写，流闻绝域。文集数十万言，行于世"。① 但刘孝绰人格颇有狭隘之处，这也导致了他一生的波折，使得他在文坛的地位远远超过他在政坛的地位。有些论者认为刘孝绰可能是《诗苑英华》和《文选》的主要编选者，刘孝绰与到洽的公案亦引人注目。如今，孝绰的文章留存数目不及孝仪，却是刘氏家族文章中最具价值的。

一　刘孝绰的生平与人格

与在文坛的风行相比，刘孝绰的仕途波折重重，这与他狂傲狭隘的性格有很大的关系。刘孝绰的一生主要分为以下几个阶段。

天资聪颖，少有盛名

刘孝绰（481～539），字孝绰，本名冉，以字行。刘孝绰少年时期已经表现出了卓绝的文才。《梁书》本传说他"幼聪敏，七岁能属文"。著名文学家王融是刘孝绰的舅舅，他对孝绰"深赏异之"，"常与同载适亲友，号曰神童"。王融还经常说："天下文章，若无我，当归阿士（孝绰小字）。"这其中虽有舅舅对外甥的厚爱，但以王融之向来自视甚高，孝绰能得他青眼，殊为不易。不过王融在孝绰十三岁那年（493）便被郁林王赐死，并没能亲见孝绰名满天下的一日。孝绰的父亲刘绘也知晓儿子的天分并着力栽培他，在孝绰十四岁的时候（"年未志学"）就让他代

---

① 本章关于刘孝绰生平的记载，未单独出注者均引于《梁书·刘孝绰传》。见（唐）姚思廉《梁书》，中华书局，1973，第479～484页。

草诏诰。可惜这些诏诰已不留存或无法考证,不然刘孝绰在南齐文学中也是留下了一些痕迹的。少年刘孝绰的文才并不仅为家人所知,当时许多文坛巨擘都听说过他的名声。比如沈约、任昉、范云等,"闻其名,并命驾先造焉"。范云还特地让自己的儿子范孝才与刘孝绰申明伯季,"乃命孝才拜之",当时刘孝绰与范孝才都是十四五岁。

名流提携,初入仕途

任昉对刘孝绰"尤相赏好",并对孝绰多有提携。孝绰在天监初年(502)起家著作佐郎,写了《归沐呈任中丞昉诗》感谢任昉对他的爱护。任昉也写诗以答,"彼美洛阳子,投我怀秋作。……子其崇锋颖,春耕励秋获"①,饱含对孝绰的鼓励之情。刘孝绰还是任昉"兰台聚"的一员。史称:"天监初……昉还为御史中丞,后进皆宗之。时有彭城刘孝绰、刘苞、刘孺、吴郡陆倕、张率、陈郡殷芸,沛国刘显及(到)溉、(到)洽,车轨日至,号曰'兰台聚'。"②陆倕《赠任昉诗》云:"和风杂美气,下有真人游。壮矣荀文若,贤哉陈太丘。今则兰台聚,万古信为俦。任君本达识,张子复清修。既有绝尘到,复见黄中刘。"③便以到溉兄弟和刘孝绰兄弟为任昉门下青年才俊的代表。"兰台聚"又称"龙门之游",也就是说这些青年才俊受到任昉提携,便宛如登龙门一般,即刘孝标《广绝交论》所言"入其隩隅,谓登龙门之坂"④。任昉的赞赏,无疑对初仕的刘孝绰的名声有巨大的提升。实际上,正是任昉和沈约将刘孝绰推荐给了梁武帝萧衍,才有孝绰受武帝称赏之事。如《梁书》孝绰本传所载:"高祖雅好虫篆,时因宴幸,命沈约、任昉等言志赋诗,孝绰亦见引。"

帝王称赏,东宫爱重

梁武帝萧统在孝绰出仕之初就认识到了孝绰甚有才华。在刘孝绰迁太子舍人、兼尚书水部郎,奉启陈谢的时候,梁武帝手敕答曰:"美锦未

---

① 逯钦立辑校《先秦汉魏晋南北朝诗》,中华书局,1983,第1598页。
② (唐)李延寿:《南史》,中华书局,1975,第678页。
③ 逯钦立辑校《先秦汉魏晋南北朝诗》,中华书局,1983,第1776页。
④ (唐)李延寿:《南史》,中华书局,1975,第1459页。

可便制，簿领亦宜稍习。"充满对刘孝绰的期许。而沈约、任昉在公宴上引荐孝绰后，孝绰进一步引起了梁武帝的注意："（孝绰）尝侍宴，于坐为诗七首，高祖览其文，篇篇嗟赏。"武帝的嗟赏使得"朝野改观"，孝绰名声大振。后来，梁武帝钦点刘孝绰出任秘书丞，并对周舍说以孝绰居此职的原因是"第一官当用第一人"，可见对孝绰赞誉之高。

在这个时期，孝绰官职几度变迁，多次调离和任职东宫。先是出为平南安成王记室，寻补太子洗马，迁尚书金部侍郎，复为太子洗马，掌东宫管记，出为上虞令。两度担任秘书丞之后，孝绰又出为镇南安成王谘议，入以事免。又起为安西记室，迁太府卿、太子仆，复掌东宫管记。在几次外任中，侍奉安成王萧秀的经历应该相对比较愉快。因为萧秀素来礼贤下士、爱好文学，孝绰在其藩镇，所遇应颇优厚，故孝绰也在《三日侍安成王曲水宴诗》中对安成王表达了感恩之情。但在任上虞令期间，孝绰则颇有一些牢骚。他在《上虞乡亭观涛津渚学潘安仁河阳县诗》中表达了怀念侍奉东宫生活、渴望还京的心态。孝绰之所以如此怀念侍奉东宫的生活，很可能与昭明太子对他的爱重有关：昭明太子萧统起乐贤堂，"乃使画工先图孝绰焉"。昭明太子萧统宫中诸文士游宴玄圃，"太子独执（王）筠袖抚孝绰肩而言曰：'所谓左把浮丘袖，右拍洪崖肩'"[1]。萧统还独让刘孝绰编辑自己的文集并为之作序。《文选》的撰写工作，可能也有孝绰的一份功劳。

负才忤物，怨友弹劾

孝绰早年仕途几度起伏，除了正常的迁调，也有一些是因为他素来"纷余似凿枘，方圆殊未工"（《答何记室诗》）[2]。这大概就是指因为孝绰的性格，导致他的人际关系不够融洽。孝绰性格狂傲，"仗气负才，多所陵忽。有不合意，极言诋訾"，"领军臧盾、太府卿沈僧旻（《梁书》作沈僧杲）等并被时遇，孝绰尤轻之。每于朝集会同处，公卿间无所与语，反呼驺卒访道途间事"[3]。这样目中无人的举止，无疑会给孝绰招致

---

[1] （唐）姚思廉：《梁书》，中华书局，1973，第485页。
[2] 逯钦立辑校《先秦汉魏晋南北朝诗》，中华书局，1983，第1835页。
[3] （唐）李延寿：《南史》，中华书局，1975，第1012页。

怨恨,"由此多忤于物"①。而尤其致命的,是孝绰与到洽之间的矛盾。

孝绰与到溉、到洽兄弟同为"兰台聚"成员,又与到洽同掌东宫书记,原本关系颇为亲近。刘孝绰在离开京城的时候,还专门写过《发建兴渚示到、陆二黄门》赠给到氏。但孝绰的目中无人和口无遮拦,让他与到氏兄弟二人终于渐生龃龉:

> 溉少孤,宅近僧寺,孝绰往溉许,适见黄卧具,孝绰谓僧物色也,抚手笑。溉知其旨,奋拳击之,伤口而去。(《南史·刘孝绰传》)②
>
> 初,孝绰与到洽友善,同游东宫。孝绰自以才优于洽,每于宴坐,嗤鄙其文,洽衔之。(《梁书·刘孝绰传》)③
>
> 梁刘孝绰轻薄到洽。洽本灌园者。洽谓孝绰曰:"某宅东家有好地。拟买,被本主不肯,何计得之?"孝绰曰:"卿何不多辇其粪置其墉下以苦之?"洽怨恨,孝绰竟被伤害。(《太平广记》卷第二六五《轻薄一》注引谈氏初印本附录《嘉话录》)④

到溉与刘孝绰或许只是一时矛盾,而到洽则是"衔之""怨恨",因此他在担任御史中丞之后,便寻机报复。当时孝绰为廷尉卿,携妾入官府,其母犹停私宅。到洽"遣令史案其事,遂劾奏之,云:'携少妹于华省,弃老母于下宅。'"虽然梁武帝为隐其恶,改"妹"为"姝"⑤,但孝绰还是因此免官。孝绰自此与到洽反目成仇,"孝绰诸弟,时随藩皆在荆、雍,乃与书论共洽不平者十事,其辞皆鄙到氏。又写别本封呈东宫,昭明太子命焚之,不开视也"。

因诗起复,随藩湘东

梁武帝爱惜刘孝绰的才华,所以孝绰免官后,仍然时时牵挂。梁武

---

① (唐)李延寿:《南史》,中华书局,1975,第1012页。
② (唐)李延寿:《南史》,中华书局,1975,第1011页。
③ (唐)姚思廉:《梁书》,中华书局,1973,第480页。
④ (宋)李昉等编《太平广记》,中华书局,1961,第2069页。
⑤ 此处"妹""姝"或倒。

帝不仅经常让仆射徐勉去抚慰刘孝绰，还以刘孝绰奉和御制《籍田诗》"尤工"的理由，复起刘孝绰为西中郎湘东王谘议。孝绰后为太子仆，母忧去职。服阕后又除安西湘东王谘议参军。孝绰早与时封湘东王的萧绎多有往来。《南史·到洽传》认为孝绰被弹劾后"托与诸弟书，实欲闻之湘东王"①。或许正因为此，孝绰免官后萧绎写信来安慰他，欲索孝绰之诗为观，称"譬夫梦想温玉，饥渴明珠，虽愧下、随，犹为好事。新有所制，想能示之"②。孝绰亦作书以答。与萧绎的亲近，大概是刘孝绰后期转作宫体的重要原因。而且，刘孝绰与宫体的首倡者萧纲也颇有来往。在孝绰任廷尉卿期间，萧纲写信给孝绰，称孝绰"雕龙之才本传，灵蛇之誉自高"③，也对孝绰评价极高。孝绰后期文风，大概并受萧纲、萧绎兄弟影响。

受饷遭讼，终位不尊

刘孝绰在服阕母忧后有段时间不曾出仕。可能一方面是因为到洽劾奏尚有余波，另一方面则是正值萧统去世、东宫更替，作为东宫旧臣的刘孝绰难免受到冲击，导致他在这段时间内并不得志。后来孝绰从安西湘东王谘议参军迁黄门侍郎、尚书吏部郎，却再遭诉讼：《梁书》本传称孝绰"坐受人绢一束，为饷者所讼"，因此左迁信威临贺王长史。而《南史·刘览传》则说："（刘览）从兄吏部郎孝绰，在职颇通赃货，览劾奏免官。"④《南史》还说刘孝绰对刘览非常怨恨，常谓人曰："犬噬行路，览噬家人。"⑤ 实际上刘览只是秉公办理，此事反映出刘孝绰人品中确有卑劣处，且气量狭小。

这是刘孝绰仕途再次遭遇的严重挫折。后来刘孝绰又迁秘书监，直到大同五年（539）卒于官任，时年五十九。总结孝绰的仕途，可谓前后五免，波折重重；起点虽高，终位不尊。刘孝绰所遭遇的挫折，与他狂傲狭隘的性格有很大的关系，这一点也多为论者所批评。南朝文人人

---

① （唐）李延寿：《南史》，中华书局，1975，第681页。
② （唐）姚思廉：《梁书》，中华书局，1973，第481页。
③ （清）严可均校辑《全上古三代秦汉三国六朝文》，中华书局，1965，第3010页。
④ （唐）李延寿：《南史》，中华书局，1975，第1007页。
⑤ （唐）李延寿：《南史》，中华书局，1975，第1007页。

格普遍不够高尚，孝绰即为其中之一。但孝绰之负才，也是因为孝绰的文坛地位为他提供了底气。在梁陈时期，刘孝绰的诗文流闻绝域、风靡一时。论文，刘孝绰被视为"南北辞宗"之一；论诗，刘孝绰也是梁朝最著名的诗人之一。虽然如今刘孝绰的诗文已多有散佚，但从留存的部分诗文来看，也大致可以窥见他的文学风格、文学成就、文学渊源和文学主张。

二 关于刘孝绰的几个文学公案

关于刘孝绰的生平，从史书和时人的一些记载之中，能够考察出一些颇具文学史意义的公案。一是刘孝绰与《诗苑英华》的编选权归属问题，二是刘孝绰与《文选》的编选权归属问题，三是"到洽弹刘孝绰案"中的一些细节问题。

刘孝绰与《诗苑英华》

《颜氏家训·文章》说："（刘孝绰）又撰《诗苑》，止取何两篇，时人讥其不广。"[①] 对于《诗苑》此书，《颜氏家训集解》案曰：

> 《诗苑》未见著录。《隋书·经籍志》："《文苑》一百卷，孔逭撰。"据《玉海·艺文志》载《中兴书目》："逭集汉以后诸儒文章：赋，颂，骚，铭，评，吊，典，书，表，论，凡十属目录。"孝绰所撰《诗苑》，当是集汉以来诸家之诗，总此二书，则蔚为文笔之大观矣。范德机《木天禁语》谓："唐人李淑有《诗苑》一书，今世罕传。"盖在唐代，孝绰之书已亡，而李淑续作之，然至元时，则李淑之书，一如孝绰之书，俱皆失传矣。[②]

因《诗苑》失传，《颜氏家训集解》只能以相近时代的《文苑》来推测《诗苑》的内容。《诗苑》可能是《诗苑英华》的省称。因《全唐

[①] （北齐）颜之推撰，王利器集解《颜氏家训集解》，上海古籍出版社，1980，第276页。
[②] （北齐）颜之推撰，王利器集解《颜氏家训集解》，上海古籍出版社，1980，第278~279页。

文》卷一五四有唐人刘孝孙《沙门慧净〈诗苑英华〉序》一文，云："（慧净《诗苑英华》）自刘廷尉所撰《诗苑》后，纂而续焉。"① 刘孝绰曾任廷尉卿，故刘廷尉当即刘孝绰，慧净续写了刘氏《诗苑英华》。《诗苑英华》大约又是《古今诗苑英华》的省称。因昭明太子有《答湘东王求〈文集〉及〈诗苑英华〉书》，其中云："又往年因暇，搜采英华，上下数十年间，未易详悉，犹有遗恨。而其书已传，虽未为精核，亦粗足讽览。"②《隋书·经籍志》则载："《古今诗苑英华》十九卷，梁昭明太子撰。"③ 则《诗苑》即《诗苑英华》，亦即《古今诗苑英华》。

颜之推（531~约591）生在梁中期，刘孝孙曾为隋臣，卒于唐太宗贞观六年（632），两人均去刘孝绰和昭明太子生活的时代不远，且皆为博学者，尤其颜之推所说细节丰富，因此两人所言当为可信。但《隋书·经籍志》以昭明太子为《诗苑》的编撰人，昭明太子亦以《诗苑》选编者自居，则与颜之推和刘孝孙的"刘孝绰撰《诗苑》"说相抵牾。这种情况的出现，可能由于萧统总领《诗苑》的编选工作，或者说萧统是"立项"者，而孝绰才是主要的实际编撰者，因此将《诗苑》分别归入萧统和刘孝绰的名下，两种情况都是可能出现的。原因如下。

（1）以主持编纂书项的王公贵族为撰录者，而不以实际编写人为作者的情况——"具名"与"实修"之别——是非常普遍的。这种现象古已有之。秦之《吕氏春秋》、汉之《淮南子》，实际上都是门客所编，然而归属主持的吕不韦和淮南王刘安名下。在与梁极接近的刘宋，则有临川王刘义庆组织门客编写《世说新语》《幽明录》，然后署为作者。梁朝重文，更是多次组织文学总集和类书的编写。如：

  《通史》四百八十卷，梁武帝撰。起三皇，讫梁。（《隋书·经籍志》）④

  （简文帝萧纲）所著……《长春义记》一百卷。（《梁书·简文

---

① （清）董诰等编《全唐文》，中华书局，1983年影印本，第1573页下栏。
② （清）严可均校辑《全上古三代秦汉三国六朝文》，中华书局，1965，第3064页。
③ （唐）魏征、令狐德棻：《隋书》，中华书局，1973，第1084页。
④ （唐）魏征、令狐德棻：《隋书》，中华书局，1973，第956页。

帝纪》)①

而实际上这些大书都是梁武帝、梁简文帝命门客或者召诸儒编写的。萧绎详细列出了《法宝联璧》这部二百二十卷的大书的参与编写者，但一般此书被归于统编的萧纲名下。所谓"萧统著《古今诗苑英华》"可能也是类似的情况，萧统实为总领，或许他也做了一些组织、指导乃至编选的工作，但主要的实际编选者是刘孝绰。

（2）《诗苑英华》选编时，萧统年龄尚小，恐不能负担所有的实际编写工作。《答湘东王书》因是萧统《文集》已成之时所作，按孝绰序文中的"粤我大梁之二十一载"②之说，则当是在普通三年（522）。此时萧统21岁，则书中所说"上下数十年间（搜采）"不通，恐为"上下数千年间（英华）"之误。可能是后人觉得编选《诗苑》是大工程，必定耗时弥久，与上文"往年因暇"结合，故有此传抄之误。但纵然不是耗时数十年，信中既称"往年因暇，搜采英华"，可知确实消耗了数年的工夫。则向前推之，萧统年龄尚幼，纵然天纵英才，大概也不能独力完成"上下数千年间"之诗的选编。而萧统特别看重刘孝绰，起乐贤堂先图孝绰，又独使孝绰为自己的诗文集而序之，则让刘孝绰实际负责《诗苑英华》的编选也是顺理成章的事情。当然萧统肯定也对《诗苑英华》的选录提出了意见，并很可能有部分亲选的诗篇，但颜之推、刘孝孙之以刘孝绰为《诗苑》撰者，亦无不可。

（3）钟嵘《诗品序》提到刘绘曾"疾其淆乱，欲为当世诗品，口陈标榜"③，则刘绘对诗歌鉴赏颇有造诣。从家学渊源来看，刘孝绰也是能出色地完成"搜采英华"这一工作的。虽然孝绰可能有些私心，如颜之推所说"甚忌"何逊，"止取何两篇，时人讥其不广"。但何逊的"饶贫寒气"为时人所讥，也确实不符合萧统或者说永明以来"典而不野，丽而不淫"的审美。孝绰选录何逊之诗或有苛刻，但想来不违大旨。

因此，刘孝绰应为《诗苑英华》的主要编纂者，在昭明太子的主持下负责实际的编选工作。从《昭明太子集序》可以看出，刘孝绰了解、

---

① （唐）姚思廉：《梁书》，中华书局，1973，第109页。
② （清）严可均校辑《全上古三代秦汉三国六朝文》，中华书局，1965，3312页。
③ （南朝梁）钟嵘撰，周振甫译注《诗品译注》，中华书局，1998，第22页。

奉和萧统的文学思想，他编选的《诗苑英华》，应相当符合萧统的心意。既然搜采千年诗歌英华，那此书确为"蔚为文笔之大观矣"。然而此书宋时尚载《遂初堂书目》，于后则无闻矣。今之不存，洵为可惜。

刘孝绰与《文选》

同《古今诗苑英华》编者上出现的问题一样，关于刘孝绰是不是《文选》的实际编者，学界颇有争论。争议的由来，也是因为不同文献对《文选》编者叙述不一的缘故。《梁书·昭明太子传》《南史·梁武帝诸子传》《隋书·经籍志》等都云《文选》系昭明太子萧统所撰。但唐代也出现了一则认为刘孝绰也参与了《文选》编写的材料。

> 或曰：晚代铨文者多矣。至如梁昭明太子萧统与刘孝绰等撰集《文选》，自谓毕乎天地，悬诸日月。然于取舍，非无舛谬。方因《秀句》，且以五言论之，至如王中书"霜气下孟津"及"游禽暮知返"，前篇则使气飞动，后篇则缘情宛密，可谓五言之警策，六义之眉首。弃而不纪，未见其得。（〔日〕遍照金刚《文镜秘府论·南卷·集论》）①

这段话是日僧遍照金刚引自唐人元兢《古今诗人秀句序》的。元兢生活在唐高宗时期，去南朝不远，而且唐人特别重视《文选》，故其所言可信度颇高。"萧统与刘孝绰等撰集《文选》"就是说萧统虽然是实际的主持者与编纂者，但他周围以刘孝绰为首的文士也曾从旁协助。这种说法对后世影响很大，历代不乏应和者，如：

> 《中兴书目》：《文选》，昭明太子萧统集子夏、屈原、宋玉、李斯及汉迄梁文人才士所著赋、诗、骚、七、诏、册、令、教、表、书、启、笺、记、檄、难、问、议、论、序、颂、赞、铭、诔、碑、志、行状等为三十卷。与何逊、刘孝绰等选集。（王应麟《玉海》）②

---

① 〔日〕遍照金刚：《文镜秘府论汇校汇考》，中华书局，2006，第1539页。
② （宋）王应麟：《玉海》，广陵书社，2003，第1017页。

第三章 刘氏家族文学之冠冕：刘孝绰（上）

　　《文选》，昭明太子与何逊、刘孝绰等选集，三十卷。（许巽行《文选笔记》）①

　　这两条材料中又指出何逊也参与了《文选》的选编。然而此说恐不可信。何逊的卒年，根据蒋立甫《何逊年谱简编》考证，大约在天监十七年（518）。而《文选》只收录故世作家的作品，其中最后去世的陆倕卒于普通七年（526），其时何逊早已去世。当然，不能以此简单地将何逊判定为与《文选》的编写没有任何关系，因为何逊可能只是没有"善始善终"，也许他参与了《文选》的早期编辑工作，只是在《文选》未竟时就已去世。但根据《梁书》何逊本传的记载，何逊终生不曾在萧统东宫任职，甚至很少驻留都城，一直辗转在建安王、安成王、庐陵王的幕中。那么何逊即便在生时也无由参与昭明太子主力、东宫学士协助的《文选》编写。因为何逊参与撰写《文选》之说基本可断定为谬误，所以也影响了这两条材料的可信度，致使刘孝绰参与撰写的表述也受到一些质疑。但考虑到何逊、刘孝绰并称"何刘"，无论当世还是后世，二人往往同列，这或许是后世学者连带之误。尤其《中兴书目》（许巽行《文选笔记》也是转引自《中兴书目》）也就是《中兴馆阁书目》又是南宋人所撰写，相去日久，在流传过程中更可能有所杂误。所以在剔除"何逊"的误说之后，"刘孝绰"之说还是可以与唐人说法相印证的。

　　之所以说刘孝绰只是从旁协助，而不是像《古今诗苑英华》那样负责主要编选工作，是因为《文选》有些选录的细节体现了孝绰并不具备太大的决定权。比如《古今诗人秀句序》中已经提出《文选》对王融的好诗失录。而王融是孝绰的舅舅，一直对孝绰赞赏爱护有加，其诗的清丽精工也相当符合孝绰的审美，实在想不出孝绰有什么道理不收他的作品。又如孝绰的父亲刘绘虽不甚善诗歌，却以文章闻名，则孝绰若有《文选》收录的决定权，为何不选其父之文？再如《文选》收录刘孝标《广绝交论》，也可借此推断刘孝绰是否有入选的决定权。《广绝交论》的写作背景，《南史·任昉传》有记载：

---

① （清）许巽行：《文选笔记》，宋星五等辑《文渊楼丛书》，上海文瑞楼书局，1928。

（任昉）有子东里、西华、南容、北叟，并无术业，坠其家声。兄弟流离不能自振，生平旧交莫有收恤。西华冬月着葛帔练裙，道逢平原刘孝标，泫然矜之，谓曰："我当为卿作计。"乃著《广绝交论》以讥其旧交曰……到溉见其论，抵几于地，终身恨之。①

《广绝交论》是讽刺受到任昉惠泽却忘恩负义的旧交。在《〈广绝交论〉新探》中，胡旭提出此文的主要讽刺对象就是到氏兄弟，所以让到溉深深忌恨。他推测刘孝绰因与到氏兄弟交恶，将《广绝交论》推荐给了因当时年幼而不清楚此文创作始末的萧统（任昉于 508 年去世，萧统仅八岁左右），使《广绝交论》入选《文选》。胡旭认为，此举会使到氏兄弟遗臭万年，所以到洽才弹劾刘孝绰，乃至几乎置孝绰于死地的地步。不过刘孝绰与到氏兄弟的矛盾虽自刘孝绰负才陵忽而起，但心怀深恨并着意报复的是到洽，在到洽弹劾刘孝绰之前，刘孝绰反倒一直没有败坏到氏兄弟声名的举动和理由。而且到溉之"恨"，大概是对自己没有对任昉的后人加以照顾感到悔恨，而不是对《广绝交论》败坏自己的名誉心生忌恨。刘孝标写《广绝交论》，毕竟是广泛地讥讽任昉的故交人情凉薄，并非单独针对到氏兄弟，不能因为到溉感触最大就将到氏兄弟定为《广绝交论》的主要讽刺对象。而且任昉生时对刘孝绰多有提携，刘孝绰自己恐怕也在《广绝交论》讥刺的"旧交"之列。刘孝绰若着眼于《广绝交论》"讥其旧交"的旨意，恐怕倒会不选此文才是。《广绝交论》的入选，可能不仅不是刘孝绰的推动，反倒证明《文选》选录文章的决定权不在孝绰。《广绝交论》之被选入，大概只是出于萧统中意此文的辞藻富赡、气势飞动吧。

日本学者清水凯夫先生却有截然相反的意见，他在《〈文选〉编辑的周围》提出"《文选》的实质性撰录者不是昭明太子，而是刘孝绰，在《文选》选录的作品中浓厚地反映着他的意志。"② 他也举出了一些例子，证明《文选》的某些诗文录入是由孝绰的人情关系和偏好决定的。

---

① （唐）李延寿：《南史》，中华书局，1975，第 1455～1459 页。
② 〔日〕清水凯夫：《〈文选〉编辑的周围》，韩基国译，《佳木斯大学社会科学学报》1989 年第 2 期。

第三章 刘氏家族文学之冠冕：刘孝绰（上）

比如徐悱才力有限，他的诗被选入，是因为他是刘孝绰的妹婿。但徐悱的诗也能称作"转折平圆，体裁不失"①，非无佳处，未必不得他人青眼。而且如果说徐悱的入选徇了什么人情，也未必便是孝绰的人情。徐悱辅佐东宫数年，也是萧统身边近臣，萧统很可能对他有所偏私。再考虑到徐悱之父徐勉还是萧梁皇室倚重之臣，徐悱的入选，大概也是对深痛于爱子英年早逝的徐勉的安慰。所以徐悱的入选很可能是萧统的主张，与孝绰无干。又比如王巾的《头陀寺碑文》"不值一读"，所以被选入的原因只能是此文歌颂了江夏内史刘喧，而刘喧与孝绰同样是彭城刘氏出身。但彭城刘氏五支，早已不序昭穆，刘孝绰未必就对刘喧如何另眼相看。《头陀寺碑文》入选的原因，大概是它善于"驱遣佛典禅藻"和"叙述教义"②，对文学和佛学的结合较好，符合萧统对文学和佛学的热爱——刘孝绰在为《昭明太子文集》作序的时候，就在昭明太子的文学爱好之后，以相当长的笔墨写出了他对佛教的尊崇，所以萧统确实可能会对兼顾佛理和文义的作品另眼相看。又比如《文选》没有收录何逊的诗，与孝绰"甚忌何逊"相符。但前文已经提过，虽然何逊因为平易清绮的诗风为后世赞赏，但在时人看来，他的诗歌不甚用典，而且"饶贫寒气"，颇受讥刺，并不符合当时主流的文学审美观。所以即便没有孝绰的心胸狭窄，以昭明太子的审美观，何逊大抵也是不会被选录的。何况何逊还因为"何逊不逊"被梁武帝厌弃，昭明太子可能还要顾及一些父皇的爱憎，就更有可能不取何逊了。当然刘孝绰在何逊之诗不被收录之事上，可能起了一些推波助澜的作用。尤其何逊去世的时候，刘孝绰正在东宫颇为得用，因此可能对昭明太子产生一些影响。既然孝绰从旁协助，《文选》中某些作品的选定可能确实受他的影响，但同样很难考证他究竟对哪些诗文起到了哪种程度的作用，不能断言他就对《文选》的选定有着决定权。

总之，昭明太子主力、刘孝绰等文士从旁协助撰写《文选》的说法如今已经成为学界的主流看法。但还有一些学者认为《文选》只是萧统独力完成的，刘孝绰未得参与，或者《文选》实际上是刘孝绰主力编写

---

① （清）王夫之评选《古诗评选》，张国星校点，文化艺术出版社，1997，第274页。
② 钱锺书：《管锥编》，中华书局，1979，第1442页。

的，而萧统只是挂名。前者由于与史书记载相符，虽略偏激，但尚在意料之中。后者则对学界千余年来的定论进行了彻底的颠覆，引起了轩然大波。主张这一新论的人物正是清水凯夫先生。清水凯夫曾与屈守元先生论及，他提出刘孝绰撰写说，是因为"大陆人只知道有昭明太子，竟不知昭明左右有一大批人"①，正是对这种"陈陈相因"的局面不满，想引起学界对刘孝绰等人的注意，他才故作惊世之语。虽然从清水先生的著作来看，他应当是认真地推演并相信这一结论的，但或许也确有其他深意所在，也确使刘孝绰与《文选》编辑的问题成为一时热点，推动了对刘孝绰和对《文选》的研究。

虽然基本可以推定孝绰参与了《文选》的工作，不过这种参与大概也只能到526年为止。因为是年刘孝绰遭到了到洽的弹劾而丢失了官职，起复则为时镇荆州的湘东王萧绎的谘议，离开了都城建康。这就是著名的"携少姝于华省，弃老母于下宅"案。

"少姝"与"少妹"之辨

关于刘孝绰被到洽弹劾免官的始末，《梁书》本传是这样记载的：

> 初，孝绰与到洽友善，同游东宫。孝绰自以才优于洽，每于宴坐，嗤鄙其文，洽衔之。及孝绰为廷尉卿，携妾入官府，其母犹停私宅。洽寻为御史中丞，遣令史案其事，遂劾奏之，云："携少妹于华省，弃老母于下宅。"高祖为隐其恶，改"妹"为"姝"。坐免官。②

《南史》记载亦大体一致。然此文读之不通。既然到洽弹劾的是刘孝绰"携妾入官府"，那么一开始所劾奏的就应该是"携少妹于华省"，何来后文所言改"妹"为"姝"呢？对此现象，中华书局标点本《梁书》的校勘记十八中是如此解释的：

---

① 刘世南：《在学术殿堂外》，中国文史出版社，2003，第74页。
② （唐）姚思廉：《梁书》，中华书局，1973，第480~481页。

孝绰"携妾入官府",到洽劾奏之辞当为携少妹,高祖为隐其恶,亦当是改妹为妹。昔人谓此妹妹二字互倒。①

以此释之,则上下文皆通。但近来学界又有不同意见,以日本学者清水凯夫的《〈梁书〉"携带少妹于华省,弃老母于下宅"考》、顾农先生的《刘孝绰"名教"案与〈文选〉编撰》和秦跃宇的《刘孝绰与梁代中期文学》为代表。几位学者都认为并无"妹妹二字互倒"之事,到洽所劾奏的就是刘孝绰"携少妹于华省"。少妹者指刘令娴,因夫君徐悱于普通五年(524)去世,当时已经寡居。到洽是弹劾刘孝绰与刘令娴兄妹之间有私情,所以"涉及到恶劣的道德伦理问题,决不容于社会人情"②,梁武帝改"携少妹"为"携少妹",才正是为刘孝绰"隐恶"。

个人以为几位学者的说法值得商榷。

(1)根据字形的特点,秦跃宇提出"妹妹"不互倒才更合逻辑的说法:"关于'妹妹'二字互倒,从字形来看,显然是由'少妹'添加了一笔变成'少妹'。"③ 然而并非只有"少妹"能改成"少妹",若是由'少妹'改成'少妹',从字形上来看亦非不通,只要将妹的"朱"之第一撇和"女"字边之一撇覆盖联通,使"朱"的第一撇变成"女"字中撇的延伸,则"朱"即为"未","妹"即为"妹"。这个改动同样是简单且可操作的。不过粗看之下,确实是从"妹"改"妹"比较简单自然,这可能就是在流传中"妹妹二字互倒"的缘由。

而且《梁书》本传前文已经写明了"携妾入官府",这是讨论后文的前提。若到洽所弹劾本来就是"携少妹于华省",则"携妾入官府"何解?除非"妾"字为"妹"字之误。关于刘孝绰人生经历的记载,有时不同史书有一些文字出入,比如《梁书》云刘孝绰"后为太子仆,母忧去职",《册府元龟》卷九三二则作"复为太子仆"。但这是建立在"后(後)""复(復)"字形相近的基础上的,而且"后""复"皆通,不影响基本的事实(孝绰此时是二度为太子仆)。然"妾""妹"二字不独字形不见相似,意义也差别巨大,恐难误写。《南史》所云"及孝绰

---

① (唐)姚思廉:《梁书》,中华书局,1973,第489页。
② 秦跃宇:《刘孝绰与齐梁文学》,硕士学位论文,扬州大学,2002,第20页。
③ 秦跃宇:《刘孝绰与齐梁文学》,硕士学位论文,扬州大学,2002,第20页。

为廷尉,携妾入廷尉,其母犹停私宅"①,与《梁书》记述一致。"携妾入官府"也确实是刘孝绰会做出的事情,比如何逊曾作诗嘲笑刘孝绰因贪恋床第而误了早朝,可见刘孝绰在私生活与公事上界限确实比较模糊,有肆意妄为的可能性。所以"携妾入官府"者当无误,只有"妹妾二字互倒"才能与之相符。

(2) 两位学者都认为"弃老母于下宅"并非十分严重的问题,并不值得到洽大加弹劾并最导致刘孝绰被罢免。

> 本来,认为最初作为刘孝绰应该被告发的事件——就像《梁书》中所明确记载的一样,是"携妾入官府,其母犹停私宅"这一行为。这不是激烈批判携"妾"赴"官府"一事,而批判的重点是放在停"其母"于"私宅"之上的,是追究其比"母"更重视"妾"这种"不孝"行为的。原来,在当时,携"妾"赴"官府"一事本身并不是应该进行严厉批判的罪行,而留母亲于私宅意识(笔者按:当为"一事"之误)也绝不是犯罪。(清水凯夫《〈梁书〉"携带少妹于华省,弃老母于下宅"考》)②

> 携少妹弃老母,于文人士大夫而言是有不孝,但在南朝礼乐丧乱的背景下还不至于成为非常严重的问题。(秦跃宇《刘孝绰与齐梁文学》)③

所以在此基础上,他们推断出孝绰被免官只能是因为"携少妹于华省"这种兄妹之间有伤风化的淫行(无论是否被诬陷)。但实际上,魏晋南北朝的统治者多标榜"以孝治天下"。鲁迅在《魏晋风度及文章与药及酒之关系》中说:"魏晋是以孝治天下的……(魏晋)天位从禅位,即巧取豪夺而来。若主张以忠治天下,他们的立脚点便不稳,办事便棘手,立论也难了,所以一定要以孝治天下。"④ 这一结论同样可推及南

---

① (唐)李延寿:《南史》,中华书局,1975,第 1011 页。
② 刘柏林、胡令远编《中日学者中国学论文集——中岛敏夫教授汉学研究五十年志念文集》,复旦大学出版社,2006,第 375 页。
③ 秦跃宇:《刘孝绰与齐梁文学》,硕士学位论文,扬州大学,2002。
④ 《鲁迅全集》第三卷,人民文学出版社,1981,第 512 页。

朝。梁朝统治者首先对孝道身体力行，比如昭明太子萧统事生母丁贵嫔至孝，"贵嫔有疾，太子还永福省，朝夕侍疾，衣不解带。及薨，步从丧还宫，至殡，水浆不入口，每哭辄恸绝"[1]。梁朝皇室又重视《孝经》，如梁武帝对善讲《孝经》的学者岑之敬赏赐优厚。南朝士大夫亦重孝行，观其传记，多强调至孝至性。魏晋南北朝家训发达，士大夫的家训中也大都要强调一个"孝"字。也就是说"孝"也是士大夫阶层普遍追求的家风，是社会的共同认识。与之相应，"不孝"则要受到法律的惩处和舆论的唾弃。当时的法律中直接规定了对不孝之行的种种处罚，甚至可以处以极刑，如刘宋便规定"子不孝父母，弃市"[2]。而根据《隋书》卷二十五《刑法志》载，梁天监元年定律，有士人犯清议，则终身不齿，又根据陈制之"唯重清议禁锢之科，若缙绅之族犯亏名教不孝及内乱者，发诏弃之，终身不齿"[3] 的补充，可知梁朝若被定为不孝，也是要严重影响前程的，甚至就此仕途中断。也就是说若犯"不孝"之行，无论在朝或者在野都将备受排斥，失去立足之地。虽然这是最极端的情况，但也说明即便只是稍犯不孝也足为被攻讦的借口，而并不是"在南朝礼乐丧乱的背景下还不至于成为非常严重的问题"。

而男女关系与孝道伦理的冲突在魏晋南北朝时期也是十分受人关注的问题。晋人陈寿"遭父丧，有疾，使婢丸药，客往见之，乡党以为贬议。及蜀平，坐是沉滞者累年"[4]。与之相反，梁朝大臣顾协本有婚约，因母亲去世而丧后不复娶，被时人称赞。虽然这都是丁忧守制的极端情况，但至少可以看出，因"贪色"而"失孝"是一大忌，是要特为舆论鄙夷的。梁武帝虽然不能直接抹消刘孝绰"弃老母于下宅"这一有失孝道的行为，但至少可以通过改"少姝"为"少妹"遮掩刘孝绰"贪色"而"失孝"的不当，使得刘孝绰"失孝"的程度有所降低，是为"隐其恶"。

（3）颜之推在《颜氏家训·风操第六》中曾提及洽弹劾刘孝绰的这段公案，他说：

---

[1] （唐）姚思廉：《梁书》，中华书局，1973，第167页。
[2] （南朝梁）沈约：《宋书》，中华书局，1974，第2080页。
[3] 骆明、王淑臣主编《历代孝亲敬老诏令律例——先秦至隋唐卷》，光明日报出版社，2013，第99页。
[4] （唐）房玄龄等：《晋书》，中华书局，1974，第2137页。

江南诸宪司弹人事，事虽不重，而以教义见辱者，或被轻系而身死狱户者，皆为怨仇，子孙三世不交通矣。到洽为御史中丞，初欲弹刘孝绰，其兄溉先与刘善，苦谏不得，乃诣刘涕泣告别而去。[①]

按照《南史·刘孝绰传》的说法，刘孝绰与到溉也曾发生过矛盾："溉少孤，宅近僧寺，孝绰往溉许，适见黄卧具，孝绰谓僧物色也，抚手笑。溉知其旨，奋拳击之，伤口而去。"[②] 但到溉却苦苦阻拦到洽对刘孝绰的弹劾，恐怕正是因为到洽的弹劾虽有大义名分，却并不是十分站得住脚跟，到洽此举将使得他们与刘孝绰的矛盾真正升级成仇恨。正如颜之推所说，是"事虽不重，而以教义见辱"，此后"皆为怨仇"者。由此可知，孝绰虽不能说完全没有举止失当的地方，但他在《谢西中郎谘议启》《谢东宫启》中表现出的冤屈也不完全是虚情假意、惺惺作态。从颜之推将此事写入《颜氏家训》来看，到洽弹劾刘孝绰应当是颇有社会影响的公案，而且时人大致清楚孝绰实际上并没有太大的过错。到洽如果是以贪色失孝的大义责之，即便是小题大做，但在重"孝"的社会环境中，则舆论尚可接受；但若编排孝绰与亲妹通奸之事，则显得十分下作，恐令舆论大哗、天下震动。清水凯夫先生引用李淑卿兄妹的遭遇来证明兄妹被诬陷有私十分难以自证清白：

河南李淑卿为功曹，应举孝廉。同应举人害之，使婢宣言淑卿淫其寡妹。同举人诣尹，以骨肉相奸，不合应孝廉。于是淑卿杜门自绝，女妹伤被淫名[③]，遂到府门自杀。淑卿亦自杀，明己无僭也。后三年，霹雳击害淑卿者，以其尸置淑卿冢前。（《古今事文类聚后集》卷十一引《列女传》）[④]

[①] （唐）姚思廉：《梁书》，中华书局，1973，第446页。
[②] （唐）李延寿：《南史》，中华书局，1975，第1011页。
[③] 清水凯夫先生引文断句为"于是淑卿杜门自绝女，妹伤被淫名"，应有舛误。此处笔者改之。
[④] （宋）祝穆：《古今事文类聚》第二册，上海古籍出版社，1992，第158页。

但换个角度来看，李淑卿的例子恰恰说明了两点。其一，举告通妹已经足以令人无法自证、身败名裂，到洽弹劾孝绰，委实无须再言"弃老母于下宅"。若到洽真是弹劾刘孝绰通妹，其时令娴已经寡居，那么为何不强调"寡妹"而称"少妹"？为何又不在通妹上详细做文章反而转言弃母？这都是不符合逻辑的。大概到洽提到的这位女性本来就是"少妹"而不是寡居的刘令娴，所以才不言"寡妹"。而且若是只弹劾"携少妹入华省"，在风气轻佻的南朝才确实不足以定下孝绰的罪过，所以方要再加以"弃老母于下宅"的教义问责。"携少妹"与"弃老母"是可以相辅相成、加深孝绰的罪名的，"携少妹"则与"弃老母"没有太大干系，故仍应以"携少妹"言孝绰"贪色失孝"为是。其二，诬陷兄妹通奸的行为是为世人所不齿、被视为天理不容的。而若到洽罔顾人伦公义，编排孝绰兄妹有私，以此事件的轰动程度，《梁书》却尤予到洽"劲直"之评，记录到洽官声多有美誉而几无污点，则殊不相符。所以到洽应当还是弹劾刘孝绰的"见色失孝"，以"孝义"的大名压制孝绰和占据舆论制高点。在《谢西中郎谘议启》《谢东宫启》中，孝绰只提到自己受了冤屈，却没有说此事影响妹妹或者刘家的清誉，虽怨愤到洽诬告却没有讨伐他无耻之尤，也可为侧证。

（4）《南史》对刘孝绰的态度要严厉得多，《南史·到洽传》称到洽弹劾刘孝绰"名教隐秽"[1]，《南史·刘勔传论》则称孝绰"中冓为尤"[2]。顾农认为两者均暗指刘孝绰兄妹乱伦，尤其"中冓"出自《诗·鄘风·墙有茨》，本是卫人刺公子顽通君母之语，故含有乱伦的含义，所以到洽确实是在指控刘孝绰通妹，且孝绰通妹之事为事实。然而《周礼·地官·媒氏》有云："凡男女之阴讼，听之于胜国之社。"郑玄注："阴讼，争中冓之事以触法者。"《韩诗》云："中冓，中夜，谓淫僻之言也。"[3] 所以"中冓"并不特指乱伦，也可泛指男女淫秽无行。故《南史》中的"中冓"本来就是指"携妾入廷尉"这一轻佻放荡的行为，与"通妹"并没有什么干系。

《南史·到洽传》又是这样表述这一事件始末的："（到洽）寻迁御

---

[1] （唐）李延寿：《南史》，中华书局，1975，第681页。
[2] （唐）李延寿：《南史》，中华书局，1975，第1015页。
[3] （清）孙诒让：《周礼正义》，中华书局，2013，第1051~1052页。

史中丞，号为劲直。少与刘孝绰善，下车便以名教隐秽，首弹之。"① 如果只看《南史》到洽本传的表述，则完全隐去了到洽挟怨报复的私心，到洽弹劾刘孝绰的行为，乃是为维护名教不惜弹劾自己的友人，正是到洽"劲直"的体现。但《梁书》到洽本传却不以弹劾刘孝绰为到洽"劲直"之例。《梁书》比之《南史》，对人物素来较为宽容乃至溢美，如果此为佳话，何以不叙呢？大概正如《颜氏家训》所云，此乃"事虽不重，而以教义见辱"，故此事虽不至于为到洽的污点，《梁书》却也不以之为到洽的美谈。

另一方面，《梁书》孝绰本传载："孝绰免职后，高祖数使仆射徐勉宣旨慰抚之，每朝宴常引与焉。"② 可若孝绰确实与令娴有私，梁武帝又怎会在孝绰因此事罢官期间，让作为令娴公公的徐勉多次"宣旨慰抚"，如此岂非徒增尴尬？必定是梁武帝和徐勉都知道孝绰实无大过，才能出现这样的情况。所以《南史》的"名教隐秽""中冓为尤"说，恐怕仅指孝绰在男女关系上浪荡无行，却并没有什么对于乱伦的指责。

（5）刘令娴是徐勉的次子媳，如果到洽弹劾刘孝绰与刘令娴兄妹乱伦，那么徐勉也不免被牵涉其中。清水凯夫认为是徐勉将丧夫而日夜悲痛的刘令娴暂时托付给其兄刘孝绰的，所以武帝处理此事时受了徐勉的影响。

> 一般来说，高祖武帝在处理教义上的犯罪方面是严厉的，可是，当时的仆射徐勉是最为信赖的，况且对于政权来说其又是必不可少的存在。基于此，故对弄不好会直接连累徐勉的刘孝绰的"携带少妹于华省，弃老母于下宅"的弹劾事件抱有极大的关心，从徐勉那里听取此事的经过，才尝试着以改"妹"为"姝"的姑息手段来隐刘孝绰之"恶"的吧！③

但一来将儿媳托付给刘孝绰，让孝绰带令娴外出散心，这大概不会

---

① （唐）李延寿：《南史》，中华书局，1975，第681页。
② （唐）姚思廉：《梁书》，中华书局，1973，第482页。
③ 刘柏林、胡令远编《中日学者中国学论文集——中岛敏夫教授汉学研究五十年志念文集》，复旦大学出版社，2006，第375页。

是素来修身慎言的徐勉之所为，孝绰将妹妹接到官邸去散心也不合情理；二来既然"高祖武帝在处理教义上的犯罪方面是严厉的"，如果孝绰真有兄妹通奸之嫌，就算武帝顾及徐勉的面子而为孝绰隐恶，想必也会对孝绰有所厌弃，而不是多方优容，既"数使仆射徐勉宣旨慰抚之，每朝宴常引与焉"，又借和《籍田诗》一事令孝绰起复。故此说有待斟酌。

顾农先生认为梁武帝多方曲折处理此事，就是因为"徐勉为萧梁重臣，萧衍不希望看到刘孝绰事件给徐勉一家带来地震"[1]。也就是到洽弹劾孝绰通妹，必然给徐家和徐勉带来巨大的影响。如果孝绰令娴确实有私，那么到洽不顾忌牵连徐勉而弹劾，倒也符合《梁书》到洽本传对他"准绳不避贵戚"[2] 的评语。然而此说颇可存疑，因为按《颜氏家训》所言，孝绰可能实际并无大过，而到洽只为了报复与孝绰的私怨，就连素有贤名、位高权重、深得帝心的徐勉也会被卷入，必将重重得罪之，并不合情理。能毫无忌惮地将刘令娴牵扯进这起风波的不是到洽，而只能是改"姝"为"妹"的梁武帝本人。当然武帝改"携少妹"只是为了隐藏"携少姝"一事，并没有指责孝绰通妹的意思。而既然武帝本人借此表现出对刘孝绰的明显袒护态度，即便"携少姝"已经变成了"携少妹"，到洽或他人也不至于就势编排孝绰通妹，时人也多知其缘由，则实际上也不会如何影响刘令娴和徐勉的名誉。

（6）清水凯夫还认为，孝绰与令娴的"题门联句"，是孝绰受到洽弹劾免官之后才有此作，与令娴互相安慰，"同情对方的亡夫之不幸和由友人无理之弹劾而被免官的悲哀境遇"[3]。姑且不论题门联句之事是否为真难以考证。即便此事为真，但诗云"闭门罢庆吊，高卧谢公卿（孝绰）。落花扫仍合，从兰摘复生（令娴）"[4]，考此中境界高远恬淡，并不似有哀怜自伤之意。且清水凯夫此说的一大凭据是《古诗纪》将题门联句记录在《祭夫文》的记事之后。然而《古诗纪》记载诗人逸事未必按时序录，另有一些明清专著，比如明人夏树芳的《女镜》，就将题门联

---

[1] 顾农：《刘孝绰"名教"案与〈文选〉编撰》，《人民政协报》2002年8月6日，第B03版。
[2] （唐）姚思廉：《梁书》，中华书局，1973，第404页。
[3] 刘柏林、胡令远编《中日学者中国学论文集——中岛敏夫教授汉学研究五十年志念文集》，复旦大学出版社，2006，第374页。
[4] 郁沅、张明高编《六朝诗话钩沉》，中国广播电视出版社，1997，第481页。

句列在《祭夫文》之前。所以不能凭此简单断定"题门联句"与《祭夫文》的先后顺序。且如果孝绰令娴被弹劾有私，恐怕多少要避嫌疑，也不能再如此肆意地会面联诗。以题门联句之意，虽当作于孝绰免官期间，但未必定是被到洽弹劾免官后，也可能作于孝绰早年免官期间。孝绰早年免官的时候，刘令娴很可能并未出阁。根据刘令娴《祭夫文》中的"雹碎春红，霜凋夏绿"①句，可见徐悱死于普通五年（524）时正值盛年。在孝绰于508年前后和513年被免职的时候，刘令娴很可能方长成蕙质兰心、待字闺中的少女，故与兄长有此联句。所以"题门联句"一事，也不能成为孝绰被到洽弹劾"携少妹"的证据。

总之，被到洽弹劾免官是孝绰人生一重大转折，孝绰此后难至高位，甚至在丁母忧之后有段时间不曾出仕，很可能就是受此事影响——孝绰丁母忧正值萧统、萧纲两位太子交替期间，孝绰由萧统太子仆因母忧而解职，萧统于中大通三年（531）四月去世，则孝绰服阕最迟不超过533年，却直到大同元年（535）后才除安西湘东王谘议参军。孝绰虽然在"弃老母于下宅"事件中确有行为不检点之处，也要受到教义的指责，但应当并无特别的过错。"少姝""少妹"之辨，仍当以中华书局校勘为是。

三 刘孝绰的文章

经历梁季动乱与千载风霜后，刘孝绰的文章多已散落，存世较少。严可均《全梁文》所录仅十七篇，《文镜秘府论》又录一篇，但中间还多残篇与误收者。这十八篇文章大致可分为以下四类。

表、启、议

刘孝绰现存有《为鄱阳嗣王初让雍州表》《东宫礼绝傍亲议》《送瑞鼎诣相国梁公启》《谢为东宫奉经启》《求豫北伐启》《谢西中郎谘议启》《谢东宫启》《谢安成王赉祭孤石庙胙肉启》《谢晋安王饷米酒等启》《谢散骑表》《谢给药启》《谢越布启》等。刘孝绰出身"掌诰诏"

---

① （清）严可均校辑《全上古三代秦汉三国六朝文》，中华书局，1965，第3361页。

第三章　刘氏家族文学之冠冕：刘孝绰（上）

之家，又多为太子、藩王幕下文臣，卒于秘书监任上，故其作表、启、议一类公文，当在不少。又兼孝绰当年"文集数十万言"今已零落无几，而表、启、议之属则可借史书传世。故孝绰传世文章，以此类最多。不过这些文章往往也有残缺。比如谢赐物启的一般格式是先以较大的篇幅称赞所赐物品的珍贵美好，再以简短的结尾表示敬谢恩赐、感激涕零，但《谢越布启》只有描述物品的"比纳方绡，既轻且丽。珍迈龙水，妙越岛夷"① 四句，显非全文。

刘孝绰的大部分启、表属于"让爵谢恩"一类，所以虽然文风典雅温丽，却多是"浮侈者情为文使"的表面文章，未必有多少真情实感，仅有少数几篇例外。如《求豫北伐启》对上陈情，求预北伐。启曰：

> 或以臣素无飞将之目，未从嫖姚之伍，言易行难，收功理绝。然桓冲称谢安无将略，文靖公遂破苻坚；山涛谓羊祜不强，建成侯卒平孙皓。微臣之譬两贤，诚无等级；小丑之方二寇，势逾枯朽。②

此启虽可能也是残篇，但仍可见孝绰请求从军北伐，有刘家武事的遗风，体现了南朝文人少有的进取之心。又如《谢西中郎谘议启》《谢东宫启》都创作于孝绰被到洽弹劾免廷尉卿而又起为西中郎湘东王谘议后。所以二启中充满了对到洽"不顾卖友，志欲要君"（《谢东宫启》）③的怨恨和对皇帝"日月昭回，俯明枉直"（《谢西中郎谘议启》）④ 的感激。总体而言，刘孝绰的表、启、议文学价值不高，不过对考证孝绰的人生经历和交游颇有助益。

（1）史书明确记载了创作背景的有《东宫礼绝傍亲议》《谢西中郎谘议启》《谢东宫启》。《东宫礼绝傍亲议》事见《梁书·昭明太子传》。普通三年（522）十一月始兴王萧憺薨，"旧事，以东宫礼绝傍亲，书翰并依常仪。太子意以为疑，命仆刘孝绰议其事"，"仆射徐勉、左率周

---

① （清）严可均校辑《全上古三代秦汉三国六朝文》，中华书局，1965，第3311页。
② （清）严可均校辑《全上古三代秦汉三国六朝文》，中华书局，1965，第3310页。
③ （唐）姚思廉：《梁书》，中华书局，1973，第483页。
④ （唐）姚思廉：《梁书》，中华书局，1973，第482页。

舍、家令陆襄并同孝绰议"，萧统回以《议东宫礼绝傍亲令》。①

《谢西中郎谘议启》《谢东宫启》创作于同一时间，即孝绰因被到洽弹劾免廷尉卿后，因奉和武帝《籍田诗》尤工，而被起为西中郎湘东王谘议后。根据《梁书·元帝纪》所载，萧绎"普通七年（526），出为使持节、都督荆、湘、郢、益、宁、南梁六州诸军事、西中郎将、荆州刺史"②。《梁书·武帝纪下》说："（普通七年）冬十月辛未，以丹阳尹、湘东王绎为荆州刺史。"③也就是萧绎受封西中郎将是在普通七年（526）十月后，到中大通四年（532）九月进号平西将军为止。刘孝绰后从西中郎谘议转为太子仆，又因母忧去职。根据《梁书·刘潜传》记载："晋安王纲出镇襄阳，引（刘孝仪）为安北功曹史，以母忧去职。王立为皇太子，孝仪服阕，仍补洗马，迁中舍人。"④也就是说在刘氏兄弟服母忧期间，萧统去世，萧纲被立为太子。因此孝绰所为"太子仆"只能是萧统的太子仆，孝绰被起复肯定在昭明太子去世之前，也就是中大通三年（531）四月之前。萧衍《籍田诗》云："寅宾始出日，律中方星鸟。"⑤《尚书·尧典》云："日中星鸟，以殷仲春。"⑥则诗当作于仲春（二月），孝绰的起复大致也是在此时间。考虑到萧绎受封西中郎将时已经是普通七年（526）冬十月，而中大通三年（531）二月到四月间孝绰便从西中郎谘议辗转历任太子仆也未免太过仓促，所以孝绰起复只可能是527年至530年间的某年春天，二表都应作于此时间段。

（2）大致可考证其创作时间的是《谢散骑表》和《谢安成王赉祭孤石庙胙肉启》。《谢散骑表》存于《文镜秘府论》中，仅余四句。当是刘孝绰于526年任廷尉卿前迁散骑常侍时作的谢恩让表。表云："邀幸自天，休庆不已。假鸣凤之条，蹑应龙之迹。"⑦《文镜秘府论》引刘氏之说，将此四句与温子昇《广阳王碑序》、邢邵《老人星表》、魏收《赤雀

---

① （唐）姚思廉：《梁书》，中华书局，1973，第166页。
② （唐）姚思廉：《梁书》，中华书局，1973，第113页。
③ （唐）姚思廉：《梁书》，中华书局，1973，第70页。
④ （唐）姚思廉：《梁书》，中华书局，1973，第594页。
⑤ 逯钦立辑校《先秦汉魏晋南北朝诗》，中华书局，1983，第1529页。
⑥ （汉）孔安国传，（唐）孔颖达等正义《尚书正义》，黄怀信整理，上海古籍出版社，2007，第39页。
⑦ 〔日〕遍照金刚：《文镜秘府论汇校汇考》，中华书局，2006，第981页。

颂序》、谢朓《为鄱阳王让表》和王融《求试效启》中的摘句并列，并称"诸公等，并鸿才丽藻，南北辞宗，动静应于风云，咳唾合于宫羽，纵情使气，不在其声。后进之徒，宜为楷式"①。这对刘孝绰文章的评价是极高的，也可见唐时刘孝绰的文章还十分受人推崇。刘氏之说指出刘孝绰在写文章时颇善声韵，而又不十分拘泥于声韵，这是孝绰骈文的特色之一。

《谢安成王赍祭孤石庙胙肉启》提到孤石庙。据《搜神记》卷四《宫亭湖》载"宫亭湖孤石庙"②，可知孤石庙在宫亭湖畔。宫亭湖者，《荆州记》云"宫亭即彭蠡也，谓之彭泽湖，一名汇津"③，即今之鄱阳湖也。启中云"故使屏翳收风，冯夷净浪，神居鹢首，独泛安流"④，可见孤石庙确为临水而建，当即在鄱阳湖畔。鄱阳湖在梁属江州治下。孝绰两度随藩安成王，而安成王萧秀在天监六年（507）为江州刺史，天监七年（508）遭母忧后"诏起视事"，"寻迁……荆州刺史"⑤。此启当作于507年至508年之间。

（3）《谢晋安王饷米酒等启》时间难以考证，此启载于唐人陆羽《茶经》，因其中提到"传诏李孟孙宣教旨，垂赐米、酒、瓜、笋、菹、脯、鲊、茗八种"⑥，被视为君王赐臣下茗茶之礼仪的嚆矢，具有较高的史料价值。晋安王是梁简文帝萧纲在藩时的封号，因启中提到"教旨"，可知米酒等物确实是于藩王时期所赐。刘孝绰虽然从未担任萧纲在藩镇时的属官，也不曾进入萧纲的东宫，却与萧纲颇有往来。刘孝绰与萧纲来往的凭证，除了《谢晋安王饷米酒等启》之外，《艺文类聚》卷三十还录有萧纲《与刘孝绰书》。《与刘孝绰书》称赞孝绰"等张释之条理，同于公之明察"⑦。张释之为汉代廷尉，于公为汉代县狱吏、郡决曹，二人均执法无私、善于断狱，所以此文应写于孝绰任廷尉卿期间，也就是525年前后。

---

① 〔日〕遍照金刚：《文镜秘府论汇校汇考》，中华书局，2006，第981页。
② （晋）干宝：《搜神记》，汪绍楹校注，中华书局，1979，第50页。
③ （晋）干宝：《搜神记》，汪绍楹校注，中华书局，1979，第50页。
④ （清）严可均校辑《全上古三代秦汉三国六朝文》，中华书局，1965，第3311页。
⑤ （唐）姚思廉：《梁书》，中华书局，1973，第343页。
⑥ （清）严可均校辑《全上古三代秦汉三国六朝文》，中华书局，1965，第3311页。
⑦ （清）严可均校辑《全上古三代秦汉三国六朝文》，中华书局，1965，第3010页。

（4）归属可能有误的是《为鄱阳嗣王初让雍州表》。鄱阳嗣王萧范（498～549），字世仪，鄱阳王萧恢子。据《梁书·武帝纪下》，大同七年（541）"（二月）丁巳，以中领军、鄱阳王范为镇北将军、雍州刺史"①，则此表当作于是时。然孝绰卒于大同五年（539），则时间不符。萧范之父鄱阳王萧恢（476～526），字弘达，是梁文帝萧顺之的第九子（一说第十子），梁武帝萧衍的异母弟。梁天监元年（502）封鄱阳王，一生累迁南徐州刺史、鄂州刺史、荆州刺史、益州刺史，则与雍州无关。故"鄱阳嗣王"亦当非"鄱阳王"之误。而考之孝绰生平，与萧恢、萧范父子均无交集，也不大可能为两代鄱阳王写让表。安成王萧秀于天监十六年（517）七月丁丑迁雍州刺史，而孝绰当时正为萧秀记室，则可能为之作《让雍州表》。则《为鄱阳嗣王初让雍州表》或为《为安成王初让雍州表》之误，或非孝绰所作。《艺文类聚》卷五十以此表为刘孝仪所作。考察刘孝仪又有《谢鄱阳王赐钵启》，与鄱阳王有所关联，《艺文》所言或是。

碑文、碑铭

刘孝绰有《司空安成康王碑铭》和《栖隐寺碑》。安成王萧秀于天监十七年（518）二月癸巳卒于赴任雍州刺史的路上之后，武帝萧衍下诏命萧秀幕下的有才之士为之撰写碑文，孝绰文即其中之一。"东海王僧孺、吴郡陆倕、彭城刘孝绰、河东裴子野，各制其文，欲择用之，而咸称实录，遂四碑并建"②，成为我国碑文史上的一大奇观。王僧孺、陆倕之作今已不存，裴子野《司空安城康王行状》尚在，可与孝绰文参照。如萧秀受封的过程，孝绰称："封公为安成王，食邑二千户。允同卫叔，赐宝器于商郊；殊异应侯，戏桐珪于汾水。乃公为平西将军、荆州刺史。楚之对齐，屈完引城池之固；荆之比宋，墨翟陈辇路之殊。品金作贡，不异淮海；珠玑犀象，又无求于晋国。况以云梦九百之宏侈，章华三休之巨丽。"③引经据典，排比铺陈，文辞华美。裴子野仅言"又授使持节

---

① （唐）姚思廉：《梁书》，中华书局，1973，第85页。
② （唐）李延寿：《南史》，中华书局，1975，第1290页。
③ （清）严可均校辑《全上古三代秦汉三国六朝文》，中华书局，1965，第3312页。

鄞川刺史"①，言简意赅，干净利落。史称裴子野不好靡丽之辞，主张剪截繁文，由此可见一斑。《栖隐寺碑》未详创作时间，内容主要是称赞栖隐寺佛法精深、点化众生，比之刘孝仪描写佛寺的碑文，如《雍州平等寺金像碑》《平等寺刹下铭》，则不如其典重富丽。

书信

刘孝绰有《答湘东王书》《与弟书》《答云法师书》。

（1）《与弟书》云："方弘游典坟，寤歌林涧。览兴衰于千载，观荣落于四时。"② 可能仅是残句存世。语句虽为寥寥，却颇具闲逸情致。察其句意，似是作于孝绰赋闲居家期间。刘孝绰在被到洽弹劾罢官后给诸弟写了书信："孝绰诸弟，时随藩皆在荆、雍，乃与书论共洽不平者十事，其辞皆鄙到氏。"③ 但想来信中不可能只斥骂到洽，也必有对弟弟的问候和对自己生活状况的描写。而萧绎说刘孝绰当时的状态是"屏居多暇，差得肆意典坟，吟咏情性"④，所以此信可能便是作于当时。

（2）《答云法师书》表示了对梁武帝萧衍崇敬佛法的赞扬和自己亲奉佛法的心意。云法师应为释法云，齐梁时期名僧，《续高僧传》卷五有传。释法云姓周氏，宜兴阳羡人，七岁出家，更名法云。从师住庄严寺，为僧成玄趣宝亮弟子。释法云"讲经之妙独步当时"，于是"齐中书周颙、琅琊王融、彭城刘绘、东莞徐孝嗣等，一代名贵，并投莫逆之交"⑤。或许正因为刘绘与释法云交情甚笃，孝绰才在信中云"弟子世传正见，幼睹真言"⑥。释法云在大通三年（529）三月二十七日去世，孝绰书信当写于此前。据《答云法师书》，释法云来信内容是"垂示敕旨所答刘太仆思效启"。刘思效，根据严可均《全梁文》卷四十的一小传，

---

① （清）严可均校辑《全上古三代秦汉三国六朝文》，中华书局，1965，第3267页。
② （清）严可均校辑《全上古三代秦汉三国六朝文》，中华书局，1965，第3311页。
③ （唐）姚思廉：《梁书》，中华书局，1973，第481页。
④ （唐）姚思廉：《梁书》，中华书局，1973，第481页。
⑤ （南朝梁）慧皎等：《高僧传合集》，上海古籍出版社，1991，第144页。
⑥ （清）严可均校辑《全上古三代秦汉三国六朝文》，中华书局，1965，第3311~3312页。该文引文均自此出。

其人"宋末为员外散骑侍郎","齐受禅,稍迁。入梁,为太仆卿"。① 刘思效原文今已不存,据孝绰此信说"思效遂肤引梁丘随剑之说,日殚触瑟②之辞,何异回龙象于兔径,注江海于牛迹",可见对刘思效之说相当不认同。而梁武帝乃敕旨答刘思效,即孝绰所谓"圣旨殷勤,曲相诱喻"及"岂直净一人之垢衣,将以破群生之暗室"也。

(3)《答湘东王书》是孝绰存留书信中最有价值的一封。此书是萧绎《与刘孝绰书》的回信,两书写于孝绰因被到洽弹劾免官后,"时世祖出为荆州"③,也就是在普通七年(526)十月之后。萧绎写信的目的是安慰被弹劾罢官的刘孝绰,并索求孝绰的作品以供鉴赏。萧绎在信中提到"吟咏情性",可见是时孝绰已经在向萧绎文学集团的审美趣味靠拢。刘孝绰在信中提到"当欲使金石流功,耻用翰墨垂迹"④,其原出处是曹植《与杨德祖书》:"吾虽薄德,位为藩侯,犹庶几戮力上国,流惠下民,建永世之业,流金石之功,岂徒以翰墨为勋绩,辞颂为君子哉!"⑤ 也就是说刘孝绰和曹植对待文学的态度有所相近,都认为建功立业比专力文学更能流芳千古。鲁迅在《魏晋风度及文与药及酒之关系》一文中,曾经分析曹植产生这种观念的原因。

> 曹丕说文章事可以留名声于千载;但子建却说文章小道,不足论的。据我的意见,子建大概是违心之论。这里有两个原因,第一,子建的文章做得好,一个人大概总是不满意自己所做而羡慕他人所为的,他的文章已经做得好,于是他便敢说文章是小道;第二,子建活动的目标在于政治方面,政治方面不甚得志,遂说文章是无用了。⑥

---

① (清)严可均校辑《全上古三代秦汉三国六朝文》,中华书局,1965,第3185页。
② 原文作"日殚",当为"日磾"之误,指汉武帝时大臣金日磾。马何罗造反"袖白刃从东箱上,见日磾,色变,走趋卧内欲入,行触宝瑟,僵。日磾得抱何罗",由是马何罗伏诛,故云"日磾触瑟"。事见《汉书·金日磾传》。
③ (唐)姚思廉:《梁书》,中华书局,1973,第481页。
④ (唐)姚思廉:《梁书》,中华书局,1973,第481页。
⑤ (清)严可均校辑《全上古三代秦汉三国六朝文》,中华书局,1965,第1140页。
⑥ 《鲁迅全集》第三卷,人民文学出版社,1981,第504页。

刘孝绰的文学成就虽然不及曹植，但他的境遇与曹植有些相似：刘孝绰也是文名流传天下，被视为当时最好的作家之一，但在政治上却屡遭挫折。所以刘孝绰的心态大概与曹植也有些相通，故作此语。不过曹植认为"若吾志不果，吾道不行，亦将采史官之实录，辨时俗之得失，定仁义之衷"①，也就是秉承儒家的文学政教观。刘孝绰却是"无以自同献笑，少酬褒诱"②，乃以文字呈送皇室，以供赏玩，即萧绎所谓"吟咏情性"是也。所以孝绰虽引曹植之说，却未必有曹植的功业心和社会责任感，最终还是仅以"翰墨垂迹"。

序言

刘孝绰有《昭明太子集序》③，这是孝绰存留文章中篇幅最长、最能体现他和昭明文学集团文学思想的一篇，因此是他存文中最有价值的一篇。刘孝绰是昭明太子文集的编定者，"太子文章繁富，群才咸欲撰录，太子独使孝绰集而序之"④。从序文中"粤我大梁之二十一载"来看，天监元年（502）萧梁开国，则此序当作于普通三年（522）。序文大致内容如下。

（一）序文的前半部分：称赞昭明太子雅好文学

刘孝绰先列举了历代爱好文学的太子，如汉显宗（汉明帝）刘庄、晋肃祖（晋明帝）司马绍，以比较衬托萧统是历代太子中最精善文义者。至于绕过曹丕的方式，则是"子桓虽摛藻铜省，集讲肃成，事在藩储，理非皇贰"，也就是曹丕只是藩王世子却不是太子，所以"正位少阳，多才多艺"的还是只有萧统一人。此处或有奉承之意，不过刘孝绰显然认识到了曹丕的文学成就，并认为除了是否"正位少阳"之外萧统和曹丕有所类似。萧统以太子之尊雅好文学、召聚文士，在梁代文坛的地位确实类似曹丕之于建安文坛。王筠在《昭明太子哀册文》中说萧统"总览时才，网罗英茂；学穷优洽，辞归繁富。或擅谈丛，或称文囿；四

---

① （清）严可均校辑《全上古三代秦汉三国六朝文》，中华书局，1965，第1140页。
② （唐）姚思廉：《梁书》，中华书局，1973，第482页。
③ 此序中文字皆引自（清）严可均校辑《全上古三代秦汉三国六朝文》，中华书局，1965，第3312页。
④ （唐）姚思廉：《梁书》，中华书局，1973，第480页。

友推德，七子惭秀。望苑招贤，华池爱客"①。"七子"乃曹丕所云建安七子，"华池爱客"指曹丕率邺下文人宴游之事，这里也以萧统与曹丕有相近者。

序文中说萧统在事务繁忙之际仍不忘文学，"虽一日二日，摄览万机，犹临书幌而不休，对欹案而忘息"。以萧梁皇室对文学的热爱，此说并无过于夸张和溢美之处。刘孝绰还以佛教典故来写萧统对文学的爱好："加以学贯总持，辨同无碍，五时密教，见犹镜象，一乘妙旨，观若掌珠。及在布金之园，处如龙之众，开示有空，显扬权实。是以遍动六地，普雨四花，岂直得解璎须提，舍钵瓶沙，腾昙言德，梵志依风而已哉。"这又符合萧统笃信佛教的特点。刘孝绰确实非常了解萧统的习性和喜好，无怪"太子独使孝绰集而序之"。

（二）序文的后半部分：集中体现刘孝绰的文学观

刘孝绰认为"若夫天文以烂然为美，人文以焕乎为贵"。也就是说，刘孝绰推崇的是文采横飞、辞藻华美的文章。这与南朝追求华丽的总体文学审美是相符的。在积极的一面，这一观点是文学自觉的体现，是对文学的审美特性的积极追求；在消极的一面，这一观点也体现了当时文学重形式而轻情志的倾向。

刘孝绰以"至于宴游西园，祖道清洛，三百载赋，该极连篇，七言致拟，见诸文学。博逸兴咏，并命从游，书令视草，铭非润色。七穷炜烨之说，表极远大之才，皆喻不备体，词不掩义，因宜适变，曲尽文情"概括了曹丕、曹植兄弟的创作情况。"宴游西园"指曹丕组织西园宴游并写宴游诗之事，"祖道清洛"指曹植《送应氏》一类的赠别之诗。②"七言致拟"注意到了曹丕拟作乐府《燕歌行》，对七言诗这一文体发展做出了贡献。"博逸兴咏，并命从游"指曹丕、曹植兄弟与围绕他们的文人共同创作。"书令视草"中的"视草"本指古代词臣奉旨修正诏谕一类公文，此处则借指丕、植兄弟通过书信与文臣进行的文学交流，如曹丕《与吴质书》、曹植《与杨德祖书》《与吴质书》等。"铭非润色"

---

① （唐）姚思廉：《梁书》，中华书局，1973，第170页。
② 曹植《送应氏》二首其一云："步登北邙坂，遥望洛阳山。"其二云："亲昵并集送，置酒此河阳。"故刘孝绰合称为"祖道清洛"。

应当指曹丕《露陌刀铭》《赐钟繇五熟釜铭》《剑铭》和曹植《承露盘铭》《宝刀铭》一类铭文作品，皆出自丕、植兄弟已手，非倩人润饰。"七穷炜烨之说"指曹植《七启》之辞采瑰丽。"表极远大之才"指曹植《求自试表》《求通亲亲表》等出色的表文作品。"喻不备体，词不掩义，因宜适变，曲尽文情"指出了丕、植兄弟的文字能根据实际需要进行调整，做到情采兼具。这与萧统在《文选序》中提出的"踵其事而增华，变其本而加厉；物既有之，文亦宜然，随时变改，难可详悉"① 的观点是一致的。总之，刘孝绰对曹丕、曹植文学作品的看法都是比较恰切的。不过刘孝绰多叹赏曹丕、曹植作品中便娟婉约、华茂典雅的一面，而较少论及他们尤其是曹植作品中慷慨悲凉、顿挫宏壮的一面，这与后世取向颇为不符，但与"人文以焕乎为贵"的内涵是一致的。

刘孝绰还论及文体差别。他说："窃以属文之体，鲜能周备，长卿徒善，既累为迟；少孺虽疾，俳优而已。子渊淫靡，若女工之蠹；子云侈靡，异诗人之则。孔璋词赋，曹祖劝其修令；伯喈笑赠，挚虞知其颇古。孟坚之颂，尚有似赞之讥；士衡之碑，犹闻类赋之贬。"他从三个层面指出文人写文章很少能每种文体都面面俱到。其一，擅长的文体也未必能写得尽善尽美。比如汉代赋家，司马相如虽擅长赋作，但堆砌而滞涩不畅；枚皋虽然文思敏捷，却多诙笑嫚戏（而不够庄重温丽）；王褒的文辞失之浮华艳丽；扬雄的赋作无法度、失讽喻精神。其二，在同一文体中个人擅长的文风不同。如陈琳不擅拟古，而蔡邕有古风。其三，某些作家不擅某一文体。如班固的颂写得跟赞差不多，陆机的碑文写得跟赋差不多。魏晋南北朝文论繁荣，对文体差别已经颇有认识，如挚虞《文章流别集》、刘勰《文心雕龙》，论述各体文学甚详。但这些论述一般专注在文体的性质、源流，刘孝绰的"属文之体，鲜能周备"说虽然继承了曹丕《典论·论文》的"文非一体，鲜能备善"② 说，但他不是概括各体文章的差别，而是从文人创作各体文学的各自水平出发论述，虽未足为详细系统，却是另辟蹊径。

在前面论述的基础上，刘孝绰提出了"深乎文者，兼而善之，能使

---

① （清）严可均校辑《全上古三代秦汉三国六朝文》，中华书局，1965，第3067页。
② （清）严可均校辑《全上古三代秦汉三国六朝文》，中华书局，1965，第1097页。

典而不野，远而不放，丽而不淫，约而不俭，独擅众美，斯文在斯"的理想文学境界。"深乎文者，兼而善之"是与他前面论及各体创作时的种种缺陷相对的理想境界，也是继承《典论·论文》之"通才能备其体"[1]而来。"典而不野，远而不放，丽而不淫，约而不俭"则与萧统在《答湘东王求文集及〈诗苑英华〉书》中提出的"夫文典则累野，丽亦伤浮，能丽而不浮，典而不野，文质彬彬，有君子之致"[2]的理想文学境界几乎完全一致。大约刘孝绰在东宫事奉已久，非常清楚萧统的文学追求，可能也曾听到萧统表述过类似的思想，故有此说。此说的意思是主张兼重文质，"提倡典丽而不伤于浮艳的文风，但也不排斥朴素淡雅"[3]。范云提到"质则过儒，丽则伤俗"[4]，萧绎提到"艳而不华，质而不野"（《内典碑铭集林序》）[5]，均与萧统之说类似。所以此类文学观大概是永明以来文人追求的一个标准——就算在实际创作中未必能做到，但至少也是在理论上提出并追求的理想标准。同样，"典而不野，远而不放，丽而不淫，约而不俭"不仅是对萧统诗文风格的描述，也是奉和昭明太子文风的刘孝绰的创作追求。孝绰诗歌典正、华丽、秀雅，在创作艳情诗的时候也比较克制而不至于过为秾艳，正是"典而不野""丽而不淫"者。

序的结尾表达了孝绰事奉东宫的荣幸，并自惭微薄，大抵是些套话。不过也提到了一些编撰萧统文集的情况，尤其是"一帙十卷"，点出了当时萧统文集的卷数。可能由于孝绰是文集编定工作的实际负责者，所以从他的序言中可以看出对一些文学问题的思考和对昭明太子文学风格、水平的具体认识。萧纲同样有《昭明太子集序》，辞令花团锦簇，但就只是泛泛地称赞一下萧统身份贵重、品质贤德、爱好文学罢了。故此相比之下，孝绰的《昭明太子集序》对研究萧统文学甚至整个南朝文学有更高的价值。

刘孝绰的文章全是南朝典型的骈俪文。他的文章典事四陈，尤其

---

[1] （清）严可均校辑《全上古三代秦汉三国六朝文》，中华书局，1965，第1098页。
[2] （清）严可均校辑《全上古三代秦汉三国六朝文》，中华书局，1965，第3064页。
[3] 曹道衡、沈玉成编著《南北朝文学史》，人民文学出版社，1991，第212页。
[4] （唐）姚思廉：《梁书》，中华书局，1973，第693页。
[5] （清）严可均校辑《全上古三代秦汉三国六朝文》，中华书局，1965，第3053页。

受到曹植的一定影响。比如《谢安成王赍祭孤石庙胙肉启》中的"屏翳收风，冯夷净浪"是学曹植《洛神赋》中的"屏翳收风，川后静波"①；《答湘东王书》自比杨修，以萧绎为曹植，"当欲使金石流功，耻用翰墨垂迹"的文学价值观也是从曹植《与杨德祖书》中来；《昭明太子集序》中多方概括了曹植的诗文创作情况。当然就与《昭明太子集序》中表现的重华茂典丽的审美观一样，孝绰对曹植的学习多在其辞藻而不在风骨。与之相应，孝绰如今存世的文章多为公文或奉命而作，乃"情为文使"，虽辞藻华丽，却缺乏思想感情，比之诗歌水平较逊。孝绰在梁世文章流传绝域，被唐人称为"南北辞宗"之一，其文名或然未虚，只是文章散佚太多，后人仅见鳞爪，无法尽窥其貌。从现存的文章来看，刘孝绰还有些足称优秀的骈文，个中也体现了他的文学思想，《昭明太子集序》对研究萧统的文学活动尤其有着重要价值，故也不容轻忽。

---

① （清）严可均校辑《全上古三代秦汉三国六朝文》，中华书局，1965，第1123页。

第四章 刘氏家族文学之冠冕：
刘孝绰（下）

刘孝绰虽因文章有"南北辞宗"之誉，但他的主要文学成就还是体现在诗歌上。《梁书》《南史》中均提到刘孝绰因才受赏，也主要是因为他的诗歌。刘孝绰的诗歌存留数量是刘氏家族最多的，其文学成就也是刘氏家族最高的。刘孝绰的诗歌主要有行旅述怀、侍宴从游、艳情、咏物等类。刘孝绰的行旅述怀诗常有不得志的感叹，"多少宣发一些牢骚"①；侍宴从游诗典雅工稳，既学习了前代公宴诗的笔法，也有南朝宴游诗的新特色；咏物诗写物态既佳，亦有托寓；艳情诗较为秀雅，善用典事。从刘孝绰对谢朓、何逊的态度，可看出刘孝绰的诗歌审美趣尚。对于刘孝绰的诗歌成就，历代均不乏论者。

一　风物怀抱两依依：刘孝绰的行旅诗和述怀诗

刘孝绰的行旅之作有《棹歌行》《太子泷落日望水诗》《夕逗繁昌浦诗》《栎口守风诗》《还渡浙江诗》《月半夜泊鹊尾诗》《发建兴渚示到陆二黄门诗》等。述怀之作则有《上虞乡亭观涛津渚学潘安仁河阳县诗》《登阳云楼诗》《归沐呈任中丞昉诗》《酬陆长史倕诗》《答何记室诗》《答张左西诗》《江津寄刘之遴诗》《校书秘书省对雪咏怀诗》等。之所以将行旅诗和述怀诗并作一类，是因为刘孝绰在旅途之中常怀感慨，行旅之作亦有述怀的成分；而他的一些述怀诗比如《答何记室诗》也是在外羁旅之作，因此两类诗中常有交叉的成分，可相互参照。《江津寄刘之遴诗》《发建兴渚示到陆二黄门诗》《归沐呈任中丞昉诗》《酬陆长史倕诗》《答何记室诗》《答张左西诗》从形式上也属于赠答诗，但从内容上也基本是行旅述怀之属，故此并入其中，不再专列一门。

---

① 曹道衡、沈玉成编著《南北朝文学史》，人民文学出版社，1991，第259页。

刘孝绰的行旅诗

刘孝绰一生多有宦游，曾先后为安成王萧秀、湘东王萧绎、临贺王萧正德属官，随府出镇江州、荆州、郢州等地，中间又几度还京。因此，刘孝绰有一部分诗歌反映了行旅情怀。

（1）"六朝梁代的'行旅诗'，有特以风景描写为中心的特征"①。刘孝绰的行旅诗中就往往有颇重的写景成分，因南方交通多由水路，尤多记舟行之事。比如：

> 川平落日迥，落照满川涨。复此沦波地，派别引沮漳。耿耿流长脉，熠熠动微光。寒乌逐查漾，饥鹈拂浪翔。（《太子泷落日望水诗》）②

> 季秋弦望后，轻寒朝夕殊。商人泣纨扇，客子梦罗襦。忧来自难遣，况复阻川隅。日暮愁阴合，绕树噪寒乌。濛漠江烟上，苍茫沙屿芜。解缆辞东越，接轴骛西徂。悬帆似驰骥，飞棹若惊凫。言归游侠窟，方从冠盖衢。（《还渡浙江诗》）③

王夫之称《太子泷落日望水诗》为"奕奕委顺"④。而刘孝绰最能写出"舟行风景宛然"⑤（陈祚明语）的是《夕逗繁昌浦诗》：

> 日入江风静，安波似未流。岸回知舳转，解缆觉船浮。暮烟生远渚，夕鸟赴前洲。隔山闻戍鼓，傍浦喧棹讴。疑是辰阳宿，于此逗孤舟。⑥

此诗勾勒了一副安详的繁昌浦夕景。有远近结合，"远渚"者遐，

---

① 佐伯雅宣「六朝の行旅詩：旅立ちの詩について」『中国中世文学研究』59号、2010。文中所引为笔者自译，下同。
② 逯钦立辑校《先秦汉魏晋南北朝诗》，中华书局，1983，第1831页。
③ 逯钦立辑校《先秦汉魏晋南北朝诗》，中华书局，1983，第1832页。
④ （清）王夫之评选《古诗评选》，张国星校点，文化艺术出版社，1997，第273页。
⑤ （清）陈祚明评选《采菽堂古诗选》，李金松校点，上海古籍出版社，2008，第864页。
⑥ 逯钦立辑校《先秦汉魏晋南北朝诗》，中华书局，1983，第1832页。

"前洲"者迩,"隔山"者远,"傍浦"者近,故空间阔大,层次分明。又能动静结合,"安波似未流""岸回知舳转"以静写动。袁枚在《随园诗话·补遗》卷十中提到梁元帝之"不疑行舫往,惟看远树来"、庾肩吾之"只认己身往,翻疑彼岸移",俱是"见道之言"和"悟境"①。孝绰此语有似之。由"隔山闻戍鼓,傍浦喧棹讴"的喧嚣到"疑是辰阳宿,于此逗孤舟"的清净,则反衬出作者心境的宁谧,是以动衬静。"安波似未流"是最佳之句。《艺文类聚·人部·行旅》录此诗为:"日入江风静,安波似天流。暮烟生远路,夕鸟赴前洲。"② 显然即取此诗写景佳句,然"安波似天流"则谬矣。

《月半夜泊鹊尾诗》短而有致:

客行三五夜,息棹隐中洲。月光随浪动,山影逐波流。③

此诗写月下港口景色,颇为生动,故陈祚明评为"景亦活"④。但陈祚明也指出这首诗的缺陷,"但不能炼语令警耳"⑤。大抵是因为此诗缺乏诗眼。如"月光随浪动,山影逐波流"句,意境颇佳,然关键的动词"随""逐",并不能令人眼前一亮,只不过不失耳。

(2) 孝绰的行旅诗中总是充满对故乡的向往,并因归途受阻而满怀愁绪。比如《栎口守风诗》:

春心已应豫,归路复当欢。如何此日风,霾曀骇波澜。倏见摇心惨,俄瞻乡路难。赖有同舟客,移宴息层峦。华茵藉初卉,芳樽散绪寒。谑浪虽云善,江流苦未安。何由入故园,诓即纫新兰。寄谢浮丘子,暂欲假飞鸾。⑥

因为忽起风浪,诗人归途受阻,即使同舟之人设宴相邀也不能完全

---

① (清)袁枚撰《随园诗话》,中国戏剧出版社,2002,第705页。
② (唐)欧阳询:《艺文类聚》,汪绍楹校,中华书局,1965,第488页。
③ 逯钦立辑校《先秦汉魏晋南北朝诗》,中华书局,1983,第1842页。
④ (清)陈祚明评选《采菽堂古诗选》,李金松点校,上海古籍出版社,2008,第870页。
⑤ (清)陈祚明评选《采菽堂古诗选》,李金松点校,上海古籍出版社,2008,第870页。
⑥ 逯钦立辑校《先秦汉魏晋南北朝诗》,中华书局,1983,第1832页。

散去诗人心中的忧愁。诗人一心返乡，恨不能借来仙人的坐骑，立刻飞往。不过从"讵即纫新兰"看来，诗中多少有点不愿像屈原一样被流放、被排斥在政治中心之外的意思。所以诗人笔下的"故园"大概有家乡和政治中心的双重含义。与之类似的是《还渡浙江诗》，诗中提到"商人泣纨扇，客子梦罗襦。忧来自难遣，况复阻川隅"，似是思念家人。但从后面"解缆辞东越，接轴骛西徂。悬帆似驰骥，飞棹若惊凫。言归游侠窟，方从冠盖衢"则可知诗人不仅是思念家人，也是希望能尽快回到作为政治中心的"京华"（郭璞《游仙诗》云"京华游侠窟"①）。《太子洑落日望水诗》中的"欲待春江曙，争涂向洛阳"也体现了诗人迫切希望返回作为政治中心的都城的期望。小诗"行衣侵晓露，征舠犯夜湍。无因停合浦，见此去珠还"②，则是诗人无由返回的苦闷。

（3）孝绰的行旅诗还充满了对京城的惜别之情。此类诗的代表是《发建兴渚示到陆二黄门诗》：

> 扁舟去平乐，还顾极川梁。犹闻枣下吹，尚识杏间堂。洛桥分曲渚，官寺隐回塘。客行裁跬步，即事已多伤。况复千余里，悲心未遽央。③

日本学者佐伯雅宣认为这首诗是"刘孝绰在从京城启程之际，赠给到洽、陆倕等友人的诗篇"④。到洽和陆倕确实比较符合刘孝绰的交游，然而陆倕年长于到洽，若二人官衔等同，则诗称"到陆"而不是"陆到"似有不妥，且到洽、陆倕也不曾同时担任过黄门侍郎，故犹可商榷。此诗前半不写别离之悲，只写诗人乘舟离去，但仍回顾京城景色，已将别情尽隐其中。"犹闻枣下吹，尚识杏间堂。洛桥分曲渚，官寺隐回塘"写京城风物随着前行渐隐，"巧妙描写了乘舟慢慢离开都城的样子，如此风景正

---

① 逯钦立辑校《先秦汉魏晋南北朝诗》，中华书局，1983，第865页。
② 逯钦立辑校《先秦汉魏晋南北朝诗》，中华书局，1983，第1828页。
③ 逯钦立辑校《先秦汉魏晋南北朝诗》，中华书局，1983，第1833页。
④ 佐伯雅宣「六朝の行旅詩：旅立ちの詩について」『中国中世文学研究』59号、2010。

有一番别情在其中"①。"客行裁跬步"与"况复千余里"对比，更刻画出依依不舍情状，足称"悲心未遽央"。故陈祚明称之"写情能出"②。

贯穿刘孝绰行旅诗的主要感情，就是对政治中心的向往和依恋。从对都城兼京城的向往、思归之心固已见出，即便与朋友分别也是对都城盛景念念不忘。就算《夕逗繁昌浦诗》这样的写景诗，可能也有远离政治中心的不甘。诗中"辰阳宿"用屈原《涉江》典故："朝发枉渚兮，夕宿辰阳。"③ 考虑《涉江》全诗之意，此典或许即暗喻诗人被迫离开京城。这与诗人明明在喧闹之中却有"逗孤舟"的冷寂情绪是相应的。总之，刘孝绰行旅诗中的思想感情，与诗人奉承皇族、追求禄位的一贯行为都是相符的，与他的绝大多数述怀诗所表达的思想感情也是一致的。

刘孝绰的述怀诗

刘孝绰述怀诗的绝大多数还是感慨仕途和怀念僚友。这些述怀诗多是借赠答的形式创作，所以体现了赠答诗借赠答"以表相思之情，感谢之意，或勉励劝戒"的内容特质，篇制上也符合赠答诗"有长篇大制"的特点，且"或有显扬学历之意"④。其中《答张左西诗》主要是对张左西（即其二妹婿张嵊，时任司徒左西掾）赠诗的感谢；《忆虞弟诗》主要是对身在虞地的弟弟的思念；《校书秘书省对雪咏怀诗》言"鹡鸰摇羽至，鹎鹎拂翅归。相彼犹自得，嗟余独有违"，亦是感叹兄弟之情，又有"坐销风露质，游联珠璧晖。偶怀笨车是，良知高盖非"⑤ 的感慨；《江津寄刘之遴诗》回忆与刘之遴在荆州"经过一柱观，出入三休台。共摘云气藻，同举霞纹杯"的宴游唱和情形，并隐含对返京的刘之遴"佳人每晓游，禁门恒晚开"⑥，即得以出入宫禁、侍从文学的羡慕。这些诗意蕴都较浅。《归沐呈任中丞昉诗》《上虞乡亭观涛津渚学潘安仁河阳县诗》《酬陆长史倕诗》《答何记室诗》《登阳云楼诗》《报王永兴观

---

① 佐伯雅宣「六朝の行旅詩：旅立ちの詩について」『中国中世文学研究』59号、2010。
② （清）陈祚明评选《采菽堂古诗选》，李金松点校，上海古籍出版社，2008，第865页。
③ （战国）屈原、宋玉等：《楚辞》，吴广平注译，岳麓书社，2001，第146页。
④ 王令樾：《文选诗部探析》，台湾编译馆，1996，第198页。
⑤ 逯钦立辑校《先秦汉魏晋南北朝诗》，中华书局，1983，第1839页。
⑥ 逯钦立辑校《先秦汉魏晋南北朝诗》，中华书局，1983，第1833页。

田诗》等则是"多少宣发一些牢骚"者。这些作品中,有一些大致可以考察创作背景,并由此可寻摸刘孝绰宦海心态的变化。

(1)《归沐呈任中丞昉诗》创作于孝绰出仕之初。刘绘、刘孝绰父子与任昉世为款好。《梁书》孝绰本传称:"(孝绰)父党沈约、任昉、范云等闻其名,并命驾先造焉,昉尤相赏好。"[1] 孝绰的《归沐呈任中丞昉诗》和任昉的答诗,正体现了两家的深厚情谊。刘诗的创作背景是"天监初,(孝绰)起家著作佐郎,为《归沐诗》以赠任昉"[2]。诗云:

> 步出金华省,还望承明庐。壮哉宛洛地,佳丽实皇居。虹霓拖飞阁,兰芷覆清渠。圆渊倒荷芰,方镜写簪裾。白云夏峰尽,青槐秋叶疏。自我从人爵,蟾兔屡盈虚。杀青徒已汗,司举未云书。文昌愧通籍,临邛幸第如。夫君多敬爱,蟠木滥吹嘘。时时释簿领,驺驾入吾庐。自唾诚磝硋,无以俪璠玙。但愿长闲暇,酌醴荐枌鱼。[3]

按:《梁书·任昉传》记载任昉卸任义兴太守后,"既至无衣,镇军将军沈约遣裙衫迎之……寻转御史中丞,秘书监,领前军将军。……六年春,出为宁朔将军、新安太守"[4]。《梁书·武帝纪中》载:"三年春正月……癸丑,以……前尚书左仆射沈约为镇军将军。"[5] 故任昉为御史中丞当在天监三年(504)春正月之后到天监六年(507)春之前。考虑到此诗著于"天监初",则当以天监三、四年前后为宜。诗中又有"白云夏峰尽,青槐秋叶疏"之句,时间当在夏秋之交。故此诗当作于天监三年(504)或天监四年(505)夏秋之际。此时为刘孝绰出仕之初,故诗中充满对萧梁皇朝气象的赞颂和对前辈举荐的感激之情。此诗通过写都城宫苑景色折射皇朝气象,"虹霓拖飞阁,兰芷覆清渠。圆渊倒荷芰,方镜写簪裾。白云夏峰尽,青槐秋叶疏",笔调端丽秀雅,远佳于孝绰侍宴

---

[1] (唐)姚思廉:《梁书》,中华书局,1973,第479页。
[2] (唐)姚思廉:《梁书》,中华书局,1973,第480页。
[3] 逯钦立辑校《先秦汉魏晋南北朝诗》,中华书局,1983,第1835~1836页。
[4] (唐)姚思廉:《梁书》,中华书局,1973,第253~254页。
[5] (唐)姚思廉:《梁书》,中华书局,1973,第40页。

诗中的大部分景色描写。诗中有自谦，但也仅是面对长辈的恭顺逊让，而不是侍宴诗中的奉承自贬之态，也尚无后来述怀诗中的挫折自伤之意。因此，这首诗所表现出的雍容秀貌、典实明畅的风格在一定意义上正代表了梁代前期诗歌的审美理想。

任昉写诗以答，云：

阅水既成澜，藏舟遂移壑。彼美洛阳子，投我怀秋作。久敬类诚言，吹嘘似嘲谑。兼称夏云尽，复陈秋树索。诓慰昼嗟人，徒深老夫托。直史兼褒贬，辖司专疾恶。九折多美疹，匪报庶良药。子其崇锋颖，春耕励秋获。①

诗中表达了对孝绰的赞赏勉励之意，"通家爱护之情，忠厚溢于言表"②。故陈祚明以为"赠答诗并雅称"③，这次诗歌酬唱可称文学史佳话。

（2）《上虞乡亭观涛津渚学潘安仁河阳县诗》，作于孝绰任上虞令期间，诗云：

昔余笈宾始，衣冠仕洛阳。无赀徒有任，一命忝为郎。再践神仙侧，三入崇贤旁。东朝礼髦俊，虚薄厕才良。游谈侍名理，搦管刱文章。引籍陪下膳，横经参上庠。谁谓服事浅，契阔变炎凉。一朝谬为吏，结绶去承光。烹鲜徒可习，治民终未长。化鸡仰季智，驯雉推仲康。此城邻夏穴，楗蠹茂筠篁。孝碑黄绢语，神涛白鹭翔。遨游佳可望，释事上川梁。秋江冻雨绝，反景照移塘。纤罗殊未动，骇水忽如汤。乍出连山合，时如高盖张。漂沙黄沫聚，礜石素波扬。榜人不敢唱，舟子讵能航。离家复临水，眷然思故乡。中来不可绝，奕奕苦人肠。溯洄若无阻，谢病反清漳。④

---

① 逯钦立辑校《先秦汉魏晋南北朝诗》，中华书局，1983，第1598页。
② （清）陈祚明评选《采菽堂古诗选》，李金松点校，上海古籍出版社，2008，第787页。
③ （清）陈祚明评选《采菽堂古诗选》，李金松点校，上海古籍出版社，2008，第867页。
④ 逯钦立辑校《先秦汉魏晋南北朝诗》，中华书局，1983，第1830~1831页。

第四章 刘氏家族文学之冠冕：刘孝绰（下）

彼时孝绰在入安成王幕府后（约天监六年，即507年），本调回中央任职，"寻补太子洗马，迁尚书金部侍郎，复为太子洗马，掌东宫管记"，却又被外放，"出为上虞令"①。《梁书·庾於陵传》说太子洗马"掌文翰，尤其清者。近世用人，皆取甲族有才望"②，因此这是对孝绰的很大肯定。从"谁谓服事浅，契阔变炎凉"等语来看，孝绰事奉东宫时间虽短，却颇为相得，应是春风得意，突然外放上虞对他来说是仕途的一大挫折。因此，孝绰生出了效仿潘岳《河阳县作》二首的意思。潘岳当时也因派系斗争和政治靠山的离世，被放离都外任，因此作《河阳县作》二首。其一追忆青年时期在都城的意气风发，感慨如今外任的不得意，由此产生出世之志，但终又不能绝弃名位；其二则触景生情，思念京都，隐有寻求依附权贵之意。刘孝绰拟作则将潘岳二诗的思想内容合而为一。潘岳有"卑高亦何常，升降在一朝。徒恨良时泰，小人道遂消"③的怨望。孝绰亦以"谁谓服事浅，契阔变炎凉。一朝谬为吏，结绶去承光"表达了离开政治中心的无奈。潘岳还考虑过"人生天地间，百年孰能要。欻如槁石火，瞥若截道飙。齐都无遗声，桐乡有余谣"④，也就是以勤政爱民换取官声留传后世。刘孝绰则云："烹鲜徒可习，治民终未长。化鸡仰季智，驯雉推仲康。"即自己终不擅治理地方，应另求贤才。此虽为诗人的自谦，但诗人也确实志不在此。对他而言，能待在京都皇室身侧侍从文学，"游谈侍名理，搦管创文章。引籍陪下膳，横经参上庠"，就是理想的状态。孝绰在诗中提到了"离家复临水，眷然思故乡。中来不可绝，奕奕苦人肠。溯洄若无阻，谢病反清漳"，与行旅诗中一样，这里的故乡是家园和都城的二者合一，阻止他还乡的风浪则是现实艰险的隐喻。而"谢病反清漳"用刘桢《赠送五官中郎将》四首其二的起句"余婴沉痼疾，窜身清漳滨"⑤化成。考虑到此诗的后文是刘桢得到了曹丕的存问，刘孝绰此句，大抵不仅是在仕途困塞时故作退居江湖之语以自我安慰，也是希望重新得到萧梁皇室的关注与爱重吧。孝绰

---

① （唐）姚思廉：《梁书》，中华书局，1973，第480页。
② （唐）姚思廉：《梁书》，中华书局，1973，第689页。
③ 逯钦立辑校《先秦汉魏晋南北朝诗》，中华书局，1983，第633页。
④ 逯钦立辑校《先秦汉魏晋南北朝诗》，中华书局，1983，第633页。
⑤ 逯钦立辑校《先秦汉魏晋南北朝诗》，中华书局，1983，第369页。

后来"迁除秘书丞",梁武帝萧衍对周舍说起用孝绰的理由是"第一官当用第一人"①,则孝绰心愿得偿。此诗篇幅颇长,而层层推进,逻辑清明,故陈祚明赞为"条鬯"②。

(3)《酬陆长史倕诗》,此诗是陆倕《以诗代书别后寄赠诗》的答诗。诗云:

> 王粲始一别,犹且叹风云。况余屡之远,与子亟离群。如何持此念,复为今日分。分悲宛如昨,弦望殊挥霍。行舟虽不见,行程犹可度。度君路应远,期寄新诗返。相望且相思,劳朝复劳晚。薄暮阒人进,果得承芳信。殷勤览妙书,留连披雅韵。洌洲财赋总,慈山行旅镇。已切临晚情,遽动思归引。归欤不可即,前途方未极。览讽欲谖诮,研寻还慨息。来喻勖雕金,比质非所任。虚薄无时用,徘徊守故林。屏居青门外,结宇霸城阴。竹庭已南映,池牖复东临。乔柯贯檐上,垂条拂户阴。条开风暂入,叶合影还沉。帷屏溽早露,阶溜扰昏禽。衡门谢车马,宾席简衣簪。虽愧阳陵曲,宁无流水琴。萧条聊属和,寂寞少知音。平生竟何托,怀抱共君深。一朝四美废,方见百忧侵。日余滥官守,因之溯庐九。水接浅原阴,山带荆门右。从容少职事,疲病疏僚友。命驾独寻幽,淹留宿庐阜。庐阜擅高名,岩岩凌太清。舒云类紫府,标霞同赤城。北上轮难进,东封马易惊。未若兹山险,车骑息逢迎。山横路似绝,径侧树如倾。蒙笼乍一启,磥硊无暂平。倚岩忽回望,援萝遂上征。乍观秦帝石,复憩周王城。交峰隐玉溜,对涧距金楹。风传凤台琯,云渡洛滨笙。紫书时不至,丹炉且未成。无因追羽翩,及尔宴蓬瀛。蓬瀛不可托,怅然反城郭。时过马鸣院,偶憩鹿园阁。既异人世劳,聊比化城乐。影塔图花树,经台总香药。月殿曜朱幡,风轮和宝铎。园垣即重岭,阶基仍巨壑。朝猿响薨栋,夜水声帷薄。余景骛登临,方宵尽谈谑。谈谑有名僧,慧义似传灯。远师教逾阐,生公道复弘。小乘非汲引,法善招报能。积迷顿已悟,为欢得未曾。为欢诚已往,坐卧犹怀想。况复心所积,

---

① (唐)姚思廉:《梁书》,中华书局,1973,第480页。
② (清)陈祚明评选《采菽堂古诗选》,李金松点校,上海古籍出版社,2008,第864页。

兹地多谐赏。惜哉无轻轴，更泛轮湖上。可思不可见，离念空盈荡。贾生傅南国，平子相东阿。优游匡赞罢，纵横辞赋多。方才幸同贯，无令绝咏歌。幽谷虽云阻，烦君计吏过。①

陆倕《以诗代书别后寄赠诗》②提道："江派资贤牧，宗英出建旗。……弼政非责实，求名已课虚。"可知此诗写于陆倕随藩出镇之后。《梁书》陆倕本传云："（倕）出为云麾晋安王长史、寻阳太守、行江州府州事。"③而根据《梁书·简文帝本纪》云："（天监）八年（509），（萧纲）为云麾将军，领石头戍军事，量置佐吏。九年（510），迁使持节、都督南北兖、青、徐、冀五州诸军事、宣毅将军、南兖州刺史。十二年（513），入为宣惠将军、丹阳尹。"④萧纲都督南北兖、青、徐、冀五州事从510年起，到513年止。陆倕诗中言"长卿病犹在，修龄疾未祛"，正与《梁书》陆倕本传所言病后才出任晋安王长史相符。诗中又提到"俛偷从王事，缅舟出淮泗。……夕次洌洲岸，明登慈姥岑"。可知此诗作时，陆倕从萧纲镇所的青州、冀州、徐州、北兖州、南兖州一路而下，渡过泗水和淮河，经洌洲和慈姥山（均在今安徽马鞍山市），考其路线，很可能就是在赴任"寻阳太守、行江州府州事"的路上。刘孝绰在答诗中有"溯庐九（庐江、九江）"之语，并大幅描写庐山风物，或即因此。513年恰逢萧纲入京，则可能陆倕并未随之返回，而是转任寻阳、江州。陆倕诗云："江关寒事早，夜露伤秋草。"则诗很可能写于513年秋。

而诗中所言孝绰的经历，也可与此时间段相符。孝绰诗中提道："虚薄无时用，徘徊守故林。……曰余滥官守，因之溯庐九。……从容少职事，疲病疏僚友。"则可知此时孝绰并不得志。孝绰诗云："屏居青门外，结宇霸城阴。"此处用东陵种瓜典故（种瓜之所在青门，即霸城门外），结合前文"徘徊守故林"，可知孝绰隐居建康家中，处于"庐九

---

① 逯钦立辑校《先秦汉魏晋南北朝诗》，中华书局，1983，第1833~1834页。
② 此诗中句皆引自逯钦立辑校《先秦汉魏晋南北朝诗》，中华书局，1983，第1775~1776页。
③ （唐）姚思廉：《梁书》，中华书局，1973，第403页。
④ （唐）姚思廉：《梁书》，中华书局，1973，第103页。

（庐江、九江）"下游，故云"溯"。考虑孝绰诗中说到"况余屡之远"，则此诗大概作于孝绰至少三度离京外任，即"出为平南安成王记室""出为上虞令""出为镇南安成王谘议"之后。① 则孝绰此诗当作于"出为镇南安成王谘议"后"入以事免"期间。《梁书·武帝纪中》提到天监十一年，"十二月己未，以安西将军、荆州刺史安成王（萧）秀为中卫将军"②，则孝绰"入以事免"可能正是当时随萧秀由荆州返回建康之后，约在513年初，直到天监十三年（514）春才重新起为安西记室。从孝绰诗中风物来看，诗不似作于秋冬，则可能就是作于天监十三年（514）春天，但在他起为安西记室之前。

此时孝绰再遭宦海浮沉，故诗中除了感念陆倕的情谊，仍表达了自己仕途不畅的苦闷。为了排遣心中的苦闷，孝绰先求仙道，幻灭之后又求释氏，体现了诗人在思想上的寄托和转变。诗中对庐山风物的描写颇为翔实，当是孝绰在天监六年（507）随安成王萧秀出镇江州时，曾亲往赏玩，故颇了解。《酬陆长史倕诗》是南朝篇幅最长的诗歌，全诗一百二十二句，转韵十一次，是为"转韵体"也。孝绰在转韵时颇有技巧，如：

如何持此念，复为今日分。分悲宛如昨，弦望殊挥霍。（一转）
行舟虽不见，行程犹可度。度君路应远，期寄新诗返。（二转）
相望且相思，劳朝复劳晚。薄暮闻人进，果得承芳信。（三转）
已切临睨情，遽动思归引。归歆不可即，前途方未极。（四转）
览讽欲谖诮，研寻还慨息。来喻勖雕金，比质非所任。（五转）
一朝四美废，方见百忧侵。日余滥官守，因之溯庐九。（六转）
命驾独寻幽，淹留宿庐阜。庐阜擅高名，岩岩凌太清。（七转）
无因追羽翩，及尔宴蓬瀛。蓬瀛不可托，怅然反城郭。（八转）
余景鹜登临，方宵尽谈谑。谈谑有名僧，慧义似传灯。（九转）
积迷顿已悟，为欢得未曾。为欢诚已往，坐卧犹怀想。（十转）
可思不可见，离念空盈荡。贾生傅南国，平子相东阿。（十一转）

---

① （唐）姚思廉：《梁书》，中华书局，1973，第480页。
② （唐）姚思廉：《梁书》，中华书局，1973，第52页。

其一，孝绰每转韵处，新韵头两句必皆押韵。如果将新韵头两句视为新的、独立的一首诗的开头的话，则颇似格律诗体制。转韵之后新韵首二句押韵，这种现象在汉代乐府《平陵东》中早已有之，南朝诗人笔下亦并不少见，如陆倕之赠诗，或是吴均《酬别江主簿屯骑》，但未有如孝绰之要求严格、每转首二句必押韵者。陈祚明称孝绰诗"可合可分"①，即言每一韵几乎可独立成诗也，或许就与孝绰新韵首二句必押韵有关。其二，孝绰两韵转换处多用顶针手法。虽然有些地方不能严格称为顶针，但也大抵符合顶针手法的要旨。如此，则有自然接续之感。陈祚明之所以说此诗"中间章法条次，句亦时见隽致"②，与诗人精心设计的换韵手法也有关。诗人的这种换韵手法，其源可追溯至曹植《赠白马王彪》。《赠白马王彪》分为相互联系的七章，七章之间多用顶针手法进行转承接续。如：

> 太谷何寥廓，山树郁苍苍。……修坂造云日，我马玄以黄。（第二章）
> 玄黄犹能进，我思郁以纡。……欲还绝无蹊，揽辔止踟蹰。（第三章）
> 踟蹰亦何留？相思无终极。……感物伤我怀，抚心长太息。（第四章）
> 太息将何为，天命与我违。……自顾非金石，咄唶令心悲。（第五章）
> 心悲动我神，弃置莫复陈。……仓卒骨肉情，能不怀苦辛？（第六章）
> 苦辛何虑思，天命信可疑。……收泪即长路，援笔从此辞。（第七章）③

而没有用顶针手法转接的第一章和第二章，在某些诗学专著，如沈德潜《古诗源》中则被视为一章。正因为顶针体的运用，《赠白马王彪》

---

① （清）陈祚明评选《采菽堂古诗选》，李金松点校，上海古籍出版社，2008，第866页。
② （清）陈祚明评选《采菽堂古诗选》，李金松点校，上海古籍出版社，2008，第866页。
③ 逯钦立辑校《先秦汉魏晋南北朝诗》，中华书局，1983，第453~454页。

才更显结构紧凑、段落分明。但《赠白马王彪》毕竟犹分章节，《酬陆长史倕》才是一体长诗，因此许学夷肯定刘孝绰在"转韵体"上的成就，他的《诗源辩体》说："刘长篇有转韵体最工，下流至薛道衡初唐诸子，遂为青莲长物。"① 虽然孝绰诗比之曹植、李白则逊之平缓，即陈祚明所谓"如此长篇须有跌宕波澜处，此则尽是平调，无神气耳"②，但在诗体上确有上承子建、下开唐人之功。

（4）《答何记室诗》，这首诗是回赠何逊《南还道中送赠刘谘议别诗》而作，孝绰诗云：

> 游子倦飘蓬，瞻途杳未穷。晨征凌迳水，暮宿犯颓风。出洲分去燕，向浦逐归鸿。兰芽隐陈叶，荻苗抽故丛。忽忆园间柳，犹伤江际枫。吾生弃武骑，高视独辞雄。既殚孝王产，兼倾卓氏僮。罢籍睢阳囿，陪谒建章宫。纷余似凿枘，方圆殊未工。黑貂久自弊，黄金屡已空。去辞追楚穆，还耕偶汉冯。巧拙良为异，出处嗟莫同。若厌兰台右，见访灞陵东。③

根据何逊《南还道中送赠刘谘议别诗》④ 中的"一官从府役，五稔去京华。邅逐春流返，归帆得望家"可推测两首诗作于何逊于天监九年（510）六月随南平王萧伟（始封建安郡王）迁江州五年后，得以回京之时，也就是天监十三年（514）的春天。而安成王萧秀于天监十三年（514）"复出为使持节、散骑常侍、都督郢、司、霍三州诸军事、安西将军、郢州刺史"⑤，刘孝绰"人以事免"后，复"起为安西记室"，当在此后。何逊诗中的"夫君日高兴，为乐坐骄奢"也证明孝绰当时曾赋闲在家。故此诗可能作于孝绰起复后赴任途中，与何逊偶遇之时。

此诗写于孝绰再度遭遇宦海沉浮而离京之时，因此诗人心绪消沉。从"游子倦飘蓬，瞻途杳未穷。晨征凌迳水，暮宿犯颓风。出洲分去燕，

---

① 吴文治主编《明诗话全编》第 6 册，江苏古籍出版社，1997，第 6134~6135 页。
② （清）陈祚明评选《采菽堂古诗选》，李金松点校，上海古籍出版社，2008，第 866 页。
③ 逯钦立辑校《先秦汉魏晋南北朝诗》，中华书局，1983，第 1835 页。
④ 此诗中句均引自逯钦立辑校《先秦汉魏晋南北朝诗》，中华书局，1983，第 1687 页。
⑤ （唐）姚思廉：《梁书》，中华书局，1973，第 344 页。

向浦逐归鸿。……忽忆园间柳，犹伤江际枫"，可以看出他仍然怀恋故园（都城），对此次旅途怏怏不乐。诗中花了许多笔墨来勾勒司马相如的生平，以之称赞何逊，并或有诗人自比之意。《史记·司马相如传》曰："（司马相如）事孝景帝，为武骑常侍，非其好也。"[①] 汉景帝不好辞赋，司马相如借病去职，游于招揽墨客的梁孝王门下。故诗人云："吾生弃武骑，高视独辞雄。"仍然表达了诗人想要以文才得到皇室爱重，成为文学侍从的愿望。"既殚孝王产，兼倾卓氏僮""罢籍睢阳囿，陪谒建章宫"，都是司马相如因才受赏的情形，也是诗人昔日情形的自况。然而事情急转直下，"纷余似凿枘，方圆殊未工"，此谓不相投合。孝绰的"以事免"很可能与人际关系不谐有关，可能也是到洽弹劾一类的公案。所以诗人的处境就变成了"黑貂久自弊，黄金屡已空"的困窘。此用苏秦典故，《战国策·秦策一》载："（苏秦）说秦王书十上而说不行。黑貂之裘弊，黄金百斤尽，资用乏绝，去秦而归。"[②] 诗人借此自伤不得君王赏识，处境疲敝，只得失意而去。"去辞追楚穆，还耕偶汉冯"，分别用汉人穆生和冯衍的典故。楚元王刘交敬礼穆生，常为设醴，后交孙戊嗣位，忘设醴，穆生知其意怠，遂去。冯衍为辞赋家，然而也不得光武帝重用，因交通外戚免官，永平中潦倒老死，著《显志赋》抒发自己不得志的感慨。诗人此语，仍是怀才不遇的怨望。"若厌兰台右，见访灞陵东"，似是安然隐居，但从"巧拙良为异，出处嗟莫同"来看，诗中流露出对侍从在帝王身畔的何逊的羡慕。所以这只是无奈下的自我安慰之语，并非诗人真心所愿。此诗有一定的咏史成分，算是借咏史以咏怀的路子，在孝绰的诗中别树一帜。

（5）《登阳云楼诗》，大致作于孝绰随藩湘东王萧绎时期，诗云：

> 吾登阳台上，非梦高唐客。回首望长安，千里怀三益。顾惟惭入楚，降私等申白。西沮水潦收，昭丘霜露积。龙门不可见，空慕凌寒柏。[③]

[①] （汉）司马迁撰，（南朝宋）裴骃集解，（唐）司马贞索隐，（唐）张守节正义《史记》，中华书局，1982，第2529页。
[②] （汉）刘向编集《战国策》，贺伟、侯仰军点校，齐鲁书社，2005，第24页。
[③] 逯钦立辑校《先秦汉魏晋南北朝诗》，中华书局，1983，第1831页。

根据唐人余知古的《渚宫纪事·补遗》记载，阳云楼是湘东王萧绎在江陵所建："湘东王于（江陵）子城中，造湘东苑。……北有映月亭、修竹堂、临水斋，前有高山，山有石洞，潜行宛委二百余步，山上有阳云楼，极高峻，远近皆见。"① 江陵属于荆州治所，孝绰既登阳云楼，则当在出镇荆州的萧绎幕中。孝绰随藩萧绎至于荆州，共计二度，即大通元年（527）起为西中郎湘东王谘议和大同二年（536）除安西湘东王谘议参军后。诗中云"顾惟惭入楚，降私等申白"，可知孝绰当时颇受萧绎爱重，但孝绰登高眺远，心情仍是比较惆怅的。诗中云："西沮水潦收，昭丘霜露积"，然昭丘实在当阳，与江陵尚有距离，未能目见。所以此处可能是诗人用王粲《登楼赋》②中"挟清漳之通浦兮，倚曲沮之长洲。……北弥陶牧，西接昭丘"的典故。昭丘是春秋时期楚昭王的坟墓，李善注引《荆州图记》云："当阳东南七十里，有楚昭王墓，登楼则见，所谓昭丘。"③ 沮水发源于湖北保康，与发源于湖北南漳的漳水都流经当阳，合流后经江陵注入长江。郦道元《水经注》三十二卷云："沮水又南迳楚昭王墓。东对麦城，故王仲宣之赋《登楼》云'西接昭丘'是也。"④ 刘孝绰所写的其实是王粲曾经登楼而望的景色，所以诗也隐含《登楼赋》中不能"假高衢而骋力"的忧郁。诗结句云"龙门不可见"，语本《楚辞·哀郢》："过夏首而西浮兮，顾龙门而不见。"⑤ 诗人确实有一些被流放的哀怨。"空慕凌寒柏"可能语本刘桢《赠从弟诗三首》其二的"岂不罹凝寒，松柏有本性"⑥。刘桢诗旨即在勉励从弟在逆境中也要保持坚贞高洁的本性。而刘孝绰的"空慕凌寒柏"，则是反用其义，是随波逐流的意志动摇。刘孝绰《报王永兴观田诗》云："顾已惭困地，

---

① （宋）李昉等编《太平御览》，中华书局，1960，第946页。
② （清）严可均校辑《全上古三代秦汉三国六朝文》，中华书局，1965，第959页。该赋引文均自此出。
③ （南朝梁）萧统编，（唐）李善注《文选》，上海古籍出版社，1986，第489~490页。
④ （北魏）郦道元：《水经注》，谭属春、陈爱平点校，岳麓书社，1995，第480页。
⑤ （战国）屈原、宋玉等：《楚辞》，吴广平注译，岳麓书社，2001，第153页。
⑥ 逯钦立辑校《先秦汉魏晋南北朝诗》，中华书局，1983，第371页。

徒知姜桂辛。"① 《文心雕龙·事类》云："夫姜桂因地，辛在本性。"②所以"姜桂"也比喻人有本性，性刚直。刘诗中的"困"字或有误，当为"因"字。即刘孝绰认为自己因为处境而改变了原本高洁的品行，实堪惭愧。至此，品质的改变已从意志动摇转化为既成事实。刘孝绰可能意识到自己"负才陵忽"的个性带来的祸患，即所谓"臣不能衔珠避颠，倾柯卫足，以兹疏幸，与物多忤"（《谢湘东王谘议启》）③，因此有所感慨。《登阳云楼诗》的立意与《上虞乡亭观涛津渚学潘安仁河阳县诗》《酬陆长史倕诗》《答何记室诗》皆有相似之处，但从"溯泂若无阻，谢病反清漳"，到"曰余滥官守，因之溯庐九"，又到"若厌兰台右，见访灞陵东"，再到"龙门不可见，空慕凌寒柏"，终到"顾已惭困（因）地，徒知姜桂辛"，诗人的总体感情基调是渐见消极的。

总之，刘孝绰一生宦海沉浮，前后五免，起点虽高，终位不尊，所以其行旅诗和述怀诗中多有逐臣心态和不得志的郁郁。然而诗中亦传达出孝绰的愿望只是成为以文才侍奉皇室清贵之臣，未必有什么忧国忧民的胸怀，与诗人在《答湘东王书》中表现的"当欲使金石流功，耻用翰墨垂迹"的远大志向也殊为不同。所以张溥所谓"有公辅之资，而抱箕斗之怨"④实有溢美。但这些诗还是能表达诗人的真情实感，"多少宣发一些牢骚"，故有可取者。这些诗大多作于孝绰早年，风格属于梁前期。在这类诗中，刘孝绰学魏晋作品较多。如上文所云，《上虞乡亭观涛津渚学潘安仁河阳县诗》直言学潘岳，《酬陆长史倕诗》效曹植《赠白马王彪》，《归沐呈任中丞昉诗》之"壮哉宛洛地，佳丽实皇居"语本曹植《赠丁仪王粲诗》之"壮哉帝王居，佳丽殊百城"⑤，"酌醴荐焚鱼"语本应璩《百一诗》之"酌醴焚枯鱼"⑥，《酬陆长史倕诗》之"王粲始一别，犹且叹风云"语本王粲《赠蔡子笃诗》之"风流云散，一别如雨"⑦，《登云阳楼》也用王粲《登楼赋》、刘桢《赠从弟》其二典故。

---

① 逯钦立辑校《先秦汉魏晋南北朝诗》，中华书局，1983，第1838页。
② （南朝梁）刘勰撰，周振甫译注《文心雕龙今译》，中华书局，1986，第337页。
③ （唐）姚思廉：《梁书》，中华书局，1973，第482页。
④ （明）张溥著，殷孟伦注《汉魏六朝百三家集题辞注》，中华书局，2007，第312页。
⑤ 逯钦立辑校《先秦汉魏晋南北朝诗》，中华书局，1983，第452页。
⑥ 逯钦立辑校《先秦汉魏晋南北朝诗》，中华书局，1983，第469页。
⑦ 逯钦立辑校《先秦汉魏晋南北朝诗》，中华书局，1983，第357页。

此与孝绰后期咏物、艳情之作相较,另成一体。

另外刘孝绰一些偶有感触的小诗,写得颇有情致,如《夜不得眠诗》:

> 夜长愁反覆,怀抱不能裁。披衣坐惆怅,当户立徘徊。风音触树起,月色度云来。夏叶依窗落,秋花当户开。光阴已如此,复持忧自催。①

此诗感叹时光易逝,有忧生之嗟。"风音触树起,月色度云来"写景颇佳。全诗清新流丽,颇为可诵。

二 师法前贤侍今朝:刘孝绰的侍宴诗

刘孝绰的侍宴诗有:《侍宴诗》二首、《三日侍华光殿曲水宴诗》、《三日侍安成王曲水宴诗》、《侍宴集贤堂应令诗》、《侍宴饯庾於陵应诏诗》、《侍宴饯张惠绍应诏诗》、《饯张惠绍应令诗》、《侍宴离亭应令诗》、《侍宴同刘公幹应令诗》②、《春日从驾新亭应制诗》和《奉和昭明太子钟山解讲诗》。《陪徐仆射晚宴诗》称"陪宴",感情基调、笔法模式与侍宴诗颇为相近,虽未可直称侍宴诗,也可与之参照研究。

本节将以上述刘孝绰诗十二题十三首为考察对象。按:孝绰另有一类作品,如《赋得照棋烛诗刻五分成》《于座应令咏梨花诗》《咏日应令诗》,亦为侍从公宴时助兴之作,常被学界列入公宴诗类进行研究。但考虑到这类诗虽咏于公宴,形制却更近咏物诗,因此本作将之纳入咏物诗类进行考察。

刘孝绰侍宴诗的内容情感

刘孝绰的侍宴诗大多是三段式的固定模式。第一段叙述宴聚缘由,如《三日侍华光殿曲水宴诗》是"薰被三阳暮,濯禊元巳初。皇心眷乐

---

① 逯钦立辑校《先秦汉魏晋南北朝诗》,中华书局,1983,第1838页。
② 《初学记》卷十四、《诗纪》卷八十七作《侍宴同刘公幹应令诗》,逯钦立以为"同"者"疑作'拟'"。按逯说当是,然本作从旧文本。

饮，帐殿临春渠"①；《奉和昭明太子钟山解讲诗》是"御鹤翔伊水，策马出王田。我后游衹鹫，比事实光前"②；《陪徐仆射晚宴诗》是"夫君追宴喜，十日递来过"③。第二段具体描写宴聚情形，往往述景物、建筑之美。如《侍宴诗》其二云："兹堂乃峭峤，伏槛临曲池。树中望流水，竹里见攒枝。栏高景难蔽，岫隐云易垂。"④《侍宴诗》其一云："临炎出蕙楼，望辰跻菌阁。上征切云汉，俛眺周京洛。城寺郁参差，街衢纷漠漠。禁林寒气晚，方秋未摇落。"⑤第三段抒发宴聚感慨，往往是感念主人恩德（绝大多数是皇恩），并常伴有自惭鄙薄之语。如《侍宴诗》其一结尾云："自昔承天宠，于兹被人爵。选言非绮绡，何以俪金腰。"《侍宴饯张惠绍应诏诗》结尾云："饯言班俊造，光私奖辎耷。徒然谬反隅，何以窥重仞。"⑥单就结构模式而言，刘孝绰的"三段式"侍宴诗则与曹植、刘桢的《公宴诗》是十分接近的。如以刘桢《公宴诗》为例：

永日行游戏，欢乐犹未央。遗思在玄夜，相与复翱翔。辇车飞素盖，从者盈路傍。月出照园中，珍木郁苍苍。清川过石渠，流波为鱼防。芙蓉散其华，菡萏溢金塘。灵鸟宿水裔，仁兽游飞梁。华馆寄流波，豁达来风凉。生平未始闻，歌之安能详。投翰长叹息，绮丽不可忘。⑦

刘桢与刘孝绰之诗虽笔力风骨有别，但同有宴聚由来、宴聚情形（舆轮之盛、景色之美）、宴聚感叹，结构内容基本相近。刘孝绰在写作侍宴诗的时候，确实对建安宴游诗的结构进行了有意识的模仿，并在语句上也有所追效。如刘孝绰《春日从驾新亭应制诗》：

---

① 逯钦立辑校《先秦汉魏晋南北朝诗》，中华书局，1983，第1826页。该诗引文均自此出。
② 逯钦立辑校《先秦汉魏晋南北朝诗》，中华书局，1983，第1829页。
③ 逯钦立辑校《先秦汉魏晋南北朝诗》，中华书局，1983，第1830页。该诗引文均自此出。
④ 逯钦立辑校《先秦汉魏晋南北朝诗》，中华书局，1983，第1826页。
⑤ 逯钦立辑校《先秦汉魏晋南北朝诗》，中华书局，1983，第1825～1826页。该诗引文均自此出。
⑥ 逯钦立辑校《先秦汉魏晋南北朝诗》，中华书局，1983，第1828页。
⑦ 逯钦立辑校《先秦汉魏晋南北朝诗》，中华书局，1983，第369页。

旭日舆轮动，言追河曲游。纡余出紫陌，迤逦度青楼。前驱掩兰径，后乘历芳洲。春色江中满，日华岩上留。江风传葆吹，岩华映采斿。临涡起睿作，驷马暂停辀。侍从荣前阮，雍容惭昔刘。空然等弹翰，非徒嗟未遒。①

诗首句称"旭日舆轮动，言追河曲游"，将此次出行与南皮之游相比。与邺下文人宴游相比是南朝文人在写宴游诗时常用的手法。比如刘孝绰有《奉和昭明太子钟山解讲诗》，而萧统《钟山解讲诗》的原诗即称："轮动文学乘，笳鸣宾从静。"② 这两句诗化用了曹丕《与吴质书》中"舆轮徐动，参从无声"和"时驾而游，北遵河曲，从者鸣笳以启路，文学托乘于后车"句③。刘孝绰诗中还提到"侍从荣前阮，雍容惭昔刘"，道出此诗有追慕阮瑀、刘桢公宴诗之意。

孝绰侍宴诗另有一些结构较为特别者，如《饯张惠绍应令诗》，诗云：

鲜云积上月，冻雨晦初阳。回风飘淑气，落景焕新光。竹萌始防露，桂挺已含芳。瑶阶变杜若，玉沼发攒蒋。圣襟惜歧路，曲宴辟兰堂。④

诗结构只有两段，先大幅铺写自然风光，再简短叙述事由而结束，既不详细刻画赠别场面，又未表诗人自己的思想感情，仿佛刚开头就收了尾。同时代文人张缵⑤有《侍宴饯东阳太守萧子云应令诗》，云：

仲月发初阳，轻寒带春序。渌池解余冻，丹霞霁新雨。良守谒承明，徂舟戒兰渚。皇储惜将迈，金樽留宴醑。⑥

---

① 逯钦立辑校《先秦汉魏晋南北朝诗》，中华书局，1983，第1827页。
② 逯钦立辑校《先秦汉魏晋南北朝诗》，中华书局，1983，第1797页。
③ （清）严可均校辑《全上古三代秦汉三国六朝文》，中华书局，1965，第1089页。
④ 逯钦立辑校《先秦汉魏晋南北朝诗》，中华书局，1983，第1829页。
⑤ 张缵（499～549），字伯绪，范阳方城人，南朝梁藏书家。
⑥ 逯钦立辑校《先秦汉魏晋南北朝诗》，中华书局，1983，第1861～1862页。

结构与孝绰诗大致相似，大抵这也是当时宴饯诗的一种常见结构模式。

纵观孝绰侍宴诗，其内容情感有如下特点。

（一）饮食音乐之美描写较少

宴之义，《说文解字》云："安也。"段玉裁注曰："引申为宴飨。"①飨之义，《说文解字》释为"乡人饮酒也"②，《玉篇》释为"设盛礼以饭宾也"。因此"宴"与"飨"义近，意为以酒饭款待宾客，又与"燕"通。因此饮食可称是宴会的基本要素，《周易·需卦》即云："君子以饮食宴乐。"③ 因此，在作为侍宴诗源头的《诗经》宴饮之辞中，往往不乏对美酒美食的描写。《大雅·行苇》详细描写了周王室宴会流程，以大篇幅铺陈了"肆筵设席，授几有缉御。或献或酢，洗爵奠斝。醓醢以荐，或燔或炙。嘉肴脾臄，或歌或咢"④ 的盛筵。《小雅·鱼丽》通篇言君子（宴会主人）富有"鱨鲨"、"鲂鳢"、"鰋鲤"和美酒。《小雅·伐木》以"肥羜"、"肥牡"、"陈馈八簋"和美酒招待客人。即便如《小雅·瓠叶》一般饮食简单，只有采亨（烹）之瓠叶和燔炙之兔首，亦热情洋溢地歌咏飨宾。虽然这些诗作往往另有政教功用，其创作目的并不是浅显地勾起或满足口腹之欲，但饮食确实也是其中重点描写的对象之一。建安侍宴诗亦承袭了描述饮食之美的传统，如曹植《正会诗》云："清酤盈爵，中坐腾光。珍膳杂遝，充溢圆方。"⑤ 《侍太子坐诗》云："清醴盈金觞，肴馔纵横陈。"⑥ 王粲《公宴诗》云："嘉肴充圆方，旨酒盈金罍。"⑦ 阮瑀《公宴诗》云："上堂相娱乐，中外奉时珍。五味风雨集，杯酌若浮云。"⑧ 至于两晋宋齐，侍宴诗则以颂扬皇朝功德为重，描写饮食的成分淡化近乎无。虽亦有傅玄《诗·鸾鸟睎凤皇》中"华樽享清酤，珍肴自盈溢"⑨ 一类的描写，但最出名的一些侍宴诗如应

---

① （汉）许慎撰，（清）段玉裁注《说文解字》，中国戏剧出版社，2008，第937~938页。
② （汉）许慎撰，（清）段玉裁注《说文解字》，中国戏剧出版社，2008，第611页。
③ 高亨：《周易大传今注》，齐鲁书社，1979，第106页。
④ （宋）朱熹集注《诗集传》，中华书局，1958，第192~193页。
⑤ 逯钦立辑校《先秦汉魏晋南北朝诗》，中华书局，1983，第449页。该诗引文均自此出。
⑥ 逯钦立辑校《先秦汉魏晋南北朝诗》，中华书局，1983，第450页。该诗引文均自此出。
⑦ 逯钦立辑校《先秦汉魏晋南北朝诗》，中华书局，1983，第360页。该诗引文均自此出。
⑧ 逯钦立辑校《先秦汉魏晋南北朝诗》，中华书局，1983，第380页。
⑨ 逯钦立辑校《先秦汉魏晋南北朝诗》，中华书局，1983，第572页。

贞《晋武帝华林园集诗》、谢瞻《九日从宋公戏马台集送孔令诗》、颜延之《皇太子释奠会作诗》等，则大抵仅是泛泛地写上一句"有酒斯饮"、"四筵沾芳醴"或是"肴乾酒澄"①。不过此类描写倒也尚有饮食甘美、酒足饭饱的意思在。至于孝绰，诗中涉及饮食则只有"淹留奉觞醳"（《侍宴集贤堂应令》）、"羽觞环阶转"（《三日侍华光殿曲水宴》）二句，其中酒仅为单纯叙事元素，全非称颂酒食之美、言能足口腹之欲也。

宴会亦常伴有音乐。《诗经》诸作可歌之，本身就是以歌为宴饮助兴，这些作品里又描述了以种种乐器烘托宴会热烈氛围的情形。如《小雅·鹿鸣》云："我有嘉宾，鼓瑟鼓琴。鼓瑟鼓琴，和乐且湛。我有旨酒，以燕乐嘉宾之心。"②《小雅·宾之初筵》云："酒既和旨，饮酒孔偕，钟鼓既设，举酬逸逸。"③ 有乐则又常伴有舞，如《宾之初筵》中便有"籥舞笙鼓"。所以乐舞也是侍宴诗中常见的元素。建安文人亦常写宴会音乐，但此时宴会音乐已经不再是《诗经》中具有礼节性质的宴会之仪。或是纯粹取悦主宾耳目，如曹植《侍太子坐诗》中的"齐人进奇乐，歌者出西秦"。或因建安文人"雅好慷慨"而调寄悲凉，如曹植《元会诗》云："笙磬既设，筝瑟俱张。悲歌厉响，咀嚼清商。"王粲《公宴诗》云："管弦发徽音，曲度清且悲。"两晋侍宴诗中的音乐描写则又有复古，多遵循《诗经》路数，如何劭《洛水祖王公应诏诗》云："我后飨客，鼓瑟吹笙。"④ 陆云《太尉王公以九锡命大将军让公将还京邑祖饯赠此诗》云："庭旅钟鼓，堂有瑟琴。"⑤ 皆是典雅礼节。此时亦有详细描写舞乐之美的作品，如潘尼《皇太子集应令诗》云："巴渝二八奏，妙舞鼓铎振。长袂生回飙，曲裾扬轻尘。"⑥ 备状舞女轻盈妙丽之态。与前代不同，刘孝绰的侍宴诗则很少涉及乐舞。《陪徐仆射晚宴诗》结句云："洛城虽半掩，爱客待骊歌。"但此叙主宾依依惜别之状，非指宴会乐舞。唯有《三日侍华光殿曲水宴诗》一首仔细描写了宴会歌舞："妍歌已嘹亮，妙舞复纤余。九成变丝竹，百戏起龙鱼。"诗中乐舞杂耍

---

① 分别见逯钦立辑校《先秦汉魏晋南北朝诗》，中华书局，1983，第581、1131、1227页。
② （宋）朱熹集注《诗集传》，中华书局，1958，第99~100页。
③ （宋）朱熹集注《诗集传》，中华书局，1958，第163页。
④ 逯钦立辑校《先秦汉魏晋南北朝诗》，中华书局，1983，第648页。
⑤ 逯钦立辑校《先秦汉魏晋南北朝诗》，中华书局，1983，第699页。
⑥ 逯钦立辑校《先秦汉魏晋南北朝诗》，中华书局，1983，第766页。

兼备。刘诗仅有此作为特例，自有其因由。细读南朝侍宴诗，则知详细描写歌舞者大多作于庆祝节令时，如：

> 弱腕纤腰，迁延妙舞。秦筝赵瑟，殷勤促柱。（谢朓《三日侍华光殿曲水宴代人应诏诗》）[1]
> 轻歌易绕，弱舞难持。素云留管，玄鹤停丝。（沈约《三日侍凤光殿曲水宴应制诗》）[2]
> 汤罗禹扇，羲瑟农琴。皇乎备矣，受命君临。试舟五反，和乐九成。钩楯秘戏，协律新声。（刘孝威《侍宴乐游林光殿曲水诗》）[3]
> 歌声断以续，舞袖合还离。（邢邵《三日华林园公宴诗》）[4]
> 丝桐激舞，楚雅闲慧。参差繁响，殷勤流诣。（丘迟《九日侍宴乐游苑诗》）[5]
> 云飞雅琴奏，风起洞箫吹。曲终高宴罢，景落树阴移。（刘苞《九日侍宴乐游苑正阳堂诗》）[6]

三月三、九月九这种重大节令所举行的公宴一般比较正式。或许正因为如此，则又常重归演歌舞以示隆重、记歌舞以示礼节的传统。孝绰之诗亦是其中之一。

由于侍宴诗中的场合往往是公宴，诗人的身份是臣下，虽未必满怀敬畏，却也不能于过度轻浮，所以侍宴诗中对乐舞的描写虽有详细状态者，但少有狎昵女色之意。即便陪同陈后主荒于酒色，号称"狎客"的江总，在侍宴诗中的女乐描写上也十分克制，仅云"仙如伊水驾，乐似洞庭张。弹丝命琴瑟，吹竹动笙簧"（《宴乐修堂应令诗》）[7] 之类。刘孝绰诗风在宫体诗人中本就并不算浮艳，其侍宴诗自然亦是端庄。至于孝绰《同武陵王看妓诗》这类比较轻薄的作品，虽是在藩王宴会所作，但

---

[1] 逯钦立辑校《先秦汉魏晋南北朝诗》，中华书局，1983，第1423页。
[2] 逯钦立辑校《先秦汉魏晋南北朝诗》，中华书局，1983，第1630页。
[3] 逯钦立辑校《先秦汉魏晋南北朝诗》，中华书局，1983，第1875页。
[4] 逯钦立辑校《先秦汉魏晋南北朝诗》，中华书局，1983，第2264页。
[5] 逯钦立辑校《先秦汉魏晋南北朝诗》，中华书局，1983，第1602页。
[6] 逯钦立辑校《先秦汉魏晋南北朝诗》，中华书局，1983，第1672页。
[7] 逯钦立辑校《先秦汉魏晋南北朝诗》，中华书局，1983，第2578页。

仅针对"妓"而不言宴会，体制格调均不宜归入侍宴诗，当入艳情类进行讨论。

总之，侍宴诗萌芽发展，至于南朝，渐不以饮食歌舞为要旨。其实南朝的物产丰阜，歌舞亦相当繁盛，所谓"都邑之盛，士女昌逸，歌声舞节，袨服华妆，桃花绿水之间，秋月春风之下，无往非适"①。南朝侍宴诗中饮食歌舞成分的渐少，并非因为现实中的不足，而是因为作者的审美取向发生了变化：一方面，当时儒学的衰微使得诗人不必严格还原宴会中饮食与乐舞的流程，以示记叙和遵循礼节；另一方面，受山水诗咏物诗兴起、皇室爱好文学等影响，南朝侍宴诗更偏向池苑宫室之美、皇家威仪之壮和文学活动之盛。刘孝绰诗中关于饮食歌舞的描写大致寥寥，其侍宴诗描写的重点是景物与皇恩。

（二）山水池苑之美描写较多

孝绰侍宴诗中景物描写极多，几乎所有诗都涉及景物描写，且景物描写在整首诗中往往占有极高的比例，比如：

> 皇心眷将远，帐饯灵芝侧。是日青春献，林塘多秀色。芳卉疑纶组，嘉树似雕饰。游丝缀莺领，光风送绮翼。下辇朝既盈，留宴景将昃。高辩竞谈端，奇文争笔力。伊臣独无伎，何用奉吹息。（《侍宴饯庾於陵应诏诗》）②

> 御鹤翔伊水，策马出王田。我后游祗鹫，比事实光前。翠盖承朝景，朱旗曳晓烟。楼帐萦岩谷，缇组曜林阡。况在登临地，复及秋风年。乔柯变夏叶，幽涧洁凉泉。停銮对宝座，辩论悦人天。淹尘资海滴，昭暗仰灯然。法朋一已散，笳剑俨将旋。邂逅逢优渥，托乘侣才贤。摛辞虽并命，遗恨独终篇。（《奉和昭明太子钟山解讲诗》）③

还有些诗，如前文引用过的《饯张惠绍应令诗》，摘去结句甚至可

---

① （唐）李延寿：《南史》，中华书局，1975，第1697页。
② 逯钦立辑校《先秦汉魏晋南北朝诗》，中华书局，1983，第1828页。
③ 逯钦立辑校《先秦汉魏晋南北朝诗》，中华书局，1983，第1829页。

当作纯粹的山水诗看。

诗人在侍宴诗中对景物描写的兴趣,在现实和文学上都有其来源。首先,魏晋以来,修建园林和在园林中宴饮蔚然成风。"改构亭宇,修山池卉木,招致宾友,以文酒自娱"① 在世族和皇家中是常见的现象。园林不仅建筑华美,且多模拟自然风光,如:

> （萧长懋）性颇奢丽,宫内殿堂,皆雕饰精绮,过于上宫。开拓玄圃园与台城北堑等,其中起出土山池阁楼观塔宇,穷奇极丽,费以千万。多聚异石,妙极山水。虑上宫中望见,乃旁列修竹,外施高鄣。造游墙数百间,施诸机巧,宜须鄣蔽,须臾成立,若应毁撤,应手迁徙。制珍玩之物,织孔雀毛为裘,光采金翠,过于雉头远矣。以晋明帝为太子时立西池,乃启武帝引前例,求于东田起小苑,上许之。(《南史·齐文惠太子长懋传》)②

皇家宴会的场所也多在这些风光秀美的园林宫阙中。比如曹丕携邺下文人宴游于西园、建章台,晋武帝设宴于华林园,愍怀太子司马遹设宴于玄圃宣猷堂,宋武帝刘裕宴饯孔靖于戏马台,齐武帝萧赜设曲水宴于芳林园,梁武帝萧衍设宴于乐游苑,等等。刘孝绰的侍宴诗,也基本作于华光殿、集贤堂、新亭、钟山、离亭等地,或在亭台楼阁之内,或在山池卉木之侧。这也使得诗人直面建筑与自然风光之美,并诉之于笔端。再加上刘氏家族也素有经营园林的传统,如刘勔"聚石蓄水,仿佛丘中"、刘悛"宅盛修山池",刘孝绰受家风熏陶,当对山水园林之美颇有领略。

其次,在侍宴诗中写景是自建安以来就有的现象。建安文人公宴诗中多景物描写,如:

> 明月澄清影,列宿正参差。秋兰被长坂,朱华冒绿池。潜鱼跃清波,好鸟鸣高枝。(曹植《公宴诗》)③

---

① （唐）李延寿:《南史》,中华书局,1975,第1792页。
② （唐）李延寿:《南史》,中华书局,1975,第1100页。
③ 逯钦立辑校《先秦汉魏晋南北朝诗》,中华书局,1983,第449~450页。

> 月出照园中，珍木郁苍苍。清川过石渠，流波为鱼防。芙蓉散其华，菡萏溢金塘。灵鸟宿水裔，仁兽游飞梁。华馆寄流波，豁达来风凉。(刘桢《公宴诗》)①
>
> 昊天降丰泽，百卉挺葳蕤。凉风撤蒸暑，清云却炎晖。(王粲《公宴诗》)②

除了王粲的景物描写比较简略，曹植、刘桢之作均给了景物大幅的笔墨。星月、草木、花卉、鸟兽、游鱼、渠泽、堤防、馆阁，所涉详尽，炼字精到。虽系写景，但处处折射出作者欢欣的情绪，景情一体，借写景叙述宴游之欢乐。作为最早且创作水平极高的"公宴"诗，建安文人之作无疑为后世诗人树立了范式。两晋南朝诗人侍宴诗中亦常言景物。

> 繁林收阳彩，密苑解华丛。巢幕无留燕，遵渚有归鸿。轻霞冠秋日，迅商薄清穹。(谢瞻《九日从宋公戏马台集送孔令诗》)③
>
> 流云起行盖，晨风引銮音。原薄信平蔚，台涧备曾深。兰池清夏气，修帐含秋阴。(范晔《乐游应诏诗》)④
>
> 胐魄双交，月气参变。开荣洒泽，舒虹烁电。(颜延之《应诏宴曲水作诗·胐魄双交》)⑤
>
> 风迟山尚响，雨息云犹积。巢空初鸟飞，荇乱新鱼戏。(丘迟《侍宴乐游苑送徐州应诏诗》)⑥

自建安以来，在侍宴诗中详细写景的传统一直没有中断。刘孝绰及当时文人普遍追慕建安文人侍宴诗，自然也学习他们的手法，继承了这一写景状物的传统。

建安侍宴诗写景还常选取绚丽多姿、缤纷多彩的物象，比如"明月澄清景，列宿正参差。秋兰被长坂，朱华冒绿池"(曹植《公宴诗》)，

---

① 逯钦立辑校《先秦汉魏晋南北朝诗》，中华书局，1983，第369页。
② 逯钦立辑校《先秦汉魏晋南北朝诗》，中华书局，1983，第360页。
③ 逯钦立辑校《先秦汉魏晋南北朝诗》，中华书局，1983，第1131页。
④ 逯钦立辑校《先秦汉魏晋南北朝诗》，中华书局，1983，第1202页。
⑤ 逯钦立辑校《先秦汉魏晋南北朝诗》，中华书局，1983，第1226页。
⑥ 逯钦立辑校《先秦汉魏晋南北朝诗》，中华书局，1983，第1602页。

"月出照园中，珍木郁苍苍""芙蓉散其华，菡萏溢金塘"（刘桢《公宴诗》），等等，着色鲜明，宛如铺锦列绣。孝绰侍宴诗也常取鲜丽之景，如"春色江中满，日华岩上留。江风传葆吹，岩华映采旍"（《春日从驾新亭应制诗》），"丽景花上鲜，油云叶里润。风度余芳满，鸟集新条振"（《侍宴饯张惠绍应诏诗》），等等。有些句子写得十分绮丽怡人，如《侍宴饯庾於陵应诏诗》云"游丝缀莺领，光风送绮翼"，陆时雍《诗镜》卷二十三以为"语色绝丽"①。然过度缛丽则又易失之雕饰，如《侍宴饯庾於陵应诏诗》中"芳卉疑纶组，嘉树似雕饰"句，虽譬喻华丽，却将自然景物写得僵硬无味，失去了建安侍宴诗中景物那种蓬勃鲜活的生命力和物我两感的情韵。建安侍宴诗写景是为了展现宴游的热烈气氛和诗人的欢乐情绪，孝绰侍宴诗中的景色描写虽也烘托了宴饮的欢乐气氛，展现的却不是诗人内心的浪漫与激情，更多是表现皇家威仪，或者说诗人对皇家威仪的敬重。这也是孝绰侍宴诗虽结构内容大体与建安侍宴诗相近，风骨精神却相别甚远的一个重要原因。另外，以华美的人工造物写自然风光，可能也是文风时弊，如刘孝标《登郁洲山望海》有"云锦曜石屿，罗绫文水色"句，陆时雍斥为"语太雕饰"②。写雄阔之海犹如此，更不必说本就经过人工精心修饰的皇家林苑了。何况孝绰句炼字取象犹逊孝标，更见凝滞。

再次，南朝处于山水诗兴起之时。优秀的山水诗使得人们更进一步认识到山水景物的审美价值，从而在各类诗作中常有意无意地加入山水景物的描写。而且山水诗与侍宴诗也有着密切的联系。一方面，一些侍宴诗中的景物描写成为山水诗的先导，比如上文中曹植、刘桢、谢瞻之侍宴诗。另一方面，一些侍宴诗的作者本身就是优秀的山水诗人，在侍宴诗中也常用山水诗笔法。

> 鸣笳发春渚，税銮登山椒。张组眺倒景，列筵瞩归潮。远岩映兰薄，白日丽江皋。原隰荑绿柳，墟囿散红桃。（谢灵运《从游京口北固应诏诗》）③

---

① （明）陆时雍选评《诗镜》，任文京、越东岚点校，河北大学出版社，2010，第246页。
② （明）陆时雍选评《诗镜》，任文京、越东岚点校，河北大学出版社，2010，第251页。
③ 逯钦立辑校《先秦汉魏晋南北朝诗》，中华书局，1983，第1158页。

龙旌拂纡景,凤盖起流云。转蕙方因委,层华正氤氲。烟竟山郊远,雾罜江天分。调石飞延露,裁金起承云。(谢庄《侍宴蒜山诗》)①

清房洞已静,闲风伊夜来。云生树阴远,轩广月容开。……方池含积水,明月流皎镜。规荷承日泫,影鳞与风泳。(谢朓《奉和随王殿下诗十六首》其九、其十)②

这些诗中的景物描写都体现了诗人山水诗创作中典型的艺术特色。如"远岩映兰薄,白日丽江皋。原隰荑绿柳,墟囿散红桃",用色鲜丽,层次分明,体现了谢灵运山水诗中常见的对色彩、距离和形状的敏感。"云生树阴远,轩广月容开"境界阔大,"方池含积水,明月流皎镜"比喻生动,"规荷承日泫,影鳞与风泳"动静结合,果是谢朓特色。谢灵运、谢朓之诗都是节选写景部分,谢庄之诗则全作句句都是写景。刘孝绰侍宴诗中的景物描写,也受到山水诗的影响。如《饯张惠绍应令诗》云"瑶阶变杜若,玉沼发攒蒋",句式学谢灵运"池塘生春草,园柳变鸣禽"③,虽不及谢诗自然灵动、感慨深沉,但足可见孝绰对谢灵运山水诗的追仿。《春日从驾新亭应制》中"纡余出紫陌,迤逦度青楼"句效仿谢朓《随王鼓吹曲·入朝曲》中"逶迤带绿水,迢递起朱楼"④句,亦有些"以山水作都邑诗"(《古诗归》卷十三)⑤之意。孝绰侍宴诗中亦有一些景物写得十分清新,如《陪徐仆射晚宴诗》云:"方塘交密筱,对溜接繁柯。景移林改色,风去水余波。"陈祚明称此诗为"秀逸之调",尤其"景移二句活"⑥。《侍宴集贤堂应令诗》云:"壶人告漏晚,烟霞起将夕。反景入池林,余光映泉石。"陈祚明称之"暮景苍然"⑦。

---

① 逯钦立辑校《先秦汉魏晋南北朝诗》,中华书局,1983,第1251页。
② 逯钦立辑校《先秦汉魏晋南北朝诗》,中华书局,1983,第1446页。
③ 逯钦立辑校《先秦汉魏晋南北朝诗》,中华书局,1983,第1161页。
④ 逯钦立辑校《先秦汉魏晋南北朝诗》,中华书局,1983,第1414页。
⑤ (明)钟惺、谭元春选评《诗归——古诗归》,张国光、张业茂、曾大兴点校,湖北人民出版社,1985,第247页。
⑥ (清)陈祚明评选《采菽堂古诗选》,李金松点校,上海古籍出版社,2008,第864页。
⑦ (清)陈祚明评选《采菽堂古诗选》,李金松点校,上海古籍出版社,2008,第863页。

王维《鹿柴》中的"返景入深林，复照青苔上"①，可能受到孝绰此诗的影响。

孝绰侍宴诗之写景，一是因为园林池苑的风光确乎秀美，二也有借此称颂园林池苑主人的意思。比如他的写景常常与描述皇家仪仗结合在一起，如"江风传葆吹，岩华映采斿""翠盖承朝景，朱旗曳晓烟。楼帐萦严谷，缇组曜林阡""羽旗映日移，铙吹临风警"等。感念皇恩，正是刘孝绰侍宴诗的另一重要内容。

(三) 对皇恩的感念无处不在

写景出现在刘孝绰的绝大部分侍宴诗中，感念皇恩则是刘孝绰所有侍宴诗必备的主题。"皇心""圣襟""我后""令王"是诗人热烈称赞的对象。《三日侍安成王曲水宴诗》是其中表现最明显的，诗云：

> 汇泽良孔殷，分区屏中县。蹑跨兼流采，襟喉迩封甸。吾王奄鄢毕，析珪承羽传。不资鲁俗移，何待齐风变。东山富游士，北土无遗彦。一言白璧轻，片善黄金贱。馀辰属上巳，清觞追前谚。持此阳濑游，复展城隅宴。芳洲亘千里，远近风光扇。方欢厚德重，谁言薄游倦。②

诗从开头始，半数以上篇幅与宴会无关，仅是称赞安成王的出身高贵、为政清明、礼贤下士，倒与西晋的侍宴诗比较近似。比如陆机《皇太子赐宴诗》：

> 明明隆晋，茂德有赫。思媚上帝，配天光宅。诞育皇储，仪刑在昔。徽言时宣，福禄来格。劳谦降贵，肆敬下臣。肇彼先驱，翻成嘉宾。③

《三日侍安成王曲水宴诗》前半部分与陆机之诗大致表达了相同的

---

① (唐)王维撰，(清)赵殿成笺注《王右丞集笺注》，上海古籍出版社，1992，第173页。
② 逯钦立辑校《先秦汉魏晋南北朝诗》，中华书局，1983，第1826页。
③ 逯钦立辑校《先秦汉魏晋南北朝诗》，中华书局，1983，第677页。

意思。陆机写作此诗是"感圣恩之罔极",刘孝绰在侍宴诗中也常有此感,"优渥""天宠""休幸""厚德""隆恩""光私"之语比比皆是;与之相对的,则是作者又往往自谦"未遒""无伎""蝉翼""辂臂",姿态极为卑微。

公宴诗中,对宴会主人的颂扬之语确实常见。即便是建安公宴诗,也少不了"翩翩我公子,机巧忽若神",或者"愿我贤主人,与天享巍巍。克符周公业,奕世不可追"一类较为俗套的颂扬语。建安公宴诗亦有一些自谦之语,比如孝绰的《侍宴同刘公幹应令诗》直接模仿刘桢《赠五官中郎将诗四首》其四而作:

  副君西园宴,陈王谒帝归。列位华池侧,文雅纵横飞。小臣轻蝉翼,黾勉谬相追。置酒陪朝日,淹留望夕霏。(刘孝绰《侍宴同刘公幹应令诗》)①

  凉风吹沙砾,霜气何皑皑。明月照缇幕,华灯散炎辉。赋诗连篇章,极夜不知归。君侯多壮思,文雅纵横飞。小臣信顽卤,黾俛安能追。(刘桢《赠五官中郎将诗四首》其四)②

"小臣轻蝉翼,黾勉谬相追"显然即仿作"小臣信顽卤,黾俛安能追"的自谦。但刘桢虽有自谦之语,"凉风吹沙砾,霜气何皑皑"起句凛然,"明月照缇幕,华灯散炎辉"气势阔大,并不见诗人态度如何低下。刘孝绰"副君西园宴""列位华池侧"之语,则尽显随从之态。总之,建安侍宴诗大体情韵飞扬,或如曹植、刘桢一般畅怀享受眼前欢乐,或如应场感怀遭际希求伸展抱负,诗中自有诗人个性,历历如在眼前。因此建安公宴诗虽亦非无庸俗之语与庸俗之讥,但不至于逢迎无状或面目苍白。而刘孝绰侍宴诗中无所不在的敬慕与卑微则使得在他多数作品中感受不到个人意志的存在。他的侍宴诗结构语句上效仿建安,但情感内涵则更接近晋宋。身为南朝文人且是侍从文人,刘孝绰固然难追建安风骨,但就算与同时代的诗人相比,其笔调也显得特别毕恭毕敬。实际

---

① 逯钦立辑校《先秦汉魏晋南北朝诗》,中华书局,1983,第1839页。
② 逯钦立辑校《先秦汉魏晋南北朝诗》,中华书局,1983,第370页。

上萧梁公宴的氛围往往是比较轻松自由的。有这样两件逸事载入史册：

> （曹）景宗振旅凯入，帝于华光殿宴饮连句，令左仆射沈约赋韵。景宗不得韵，意色不平，启求赋诗。帝曰：'卿伎能甚多，人才英拔，何必止在一诗。'景宗已醉，求作不已，诏令约赋韵。时韵已尽，唯余竞病二字。景宗便操笔，斯须而成，其辞曰……帝叹不已。约及朝贤惊嗟竟日，诏令上左史。（《南史·曹景宗传》）①
>
> （刘）孺后侍宴寿光殿，诏群臣赋诗。时孺与张率并醉，未及成，高祖取孺手板题戏之曰："张率东南美，刘孺雒阳才，揽笔便应就，何事久迟回？"其见亲爱如此。（《梁书·刘孺传》）②

臣子在公宴上醉酒失态，梁武帝亦不以为忤。曹景宗粗率武将，醉后强求作诗，梁武帝由之。刘孺、张率醉至不能应诏赋诗，梁武帝只是微作戏谑，言语中充满对二人的赞美和爱惜。皇帝宽容随和至此，于是有些南朝侍宴诗的笔调也是相当轻松的。以上则趣事的主人公为例，张率侍宴诗今不存。刘孺则有《侍宴饯新安太守萧几应令诗》，诗云：

> 芝殿延藻景，画室写油云。玄览多该洽，圣思究前闻。微密探精义，优游妙典坟。饮饯参多士，言赠赋新文。③

这首诗虽提到了"圣思"，有对皇室的称颂，但更着重描写与会文人的盛况。文士们参证文义，吟咏赋诗，气氛热烈，作者身在其中，并无自惭之语，笔调优容。与这位堂弟相比，孝绰的侍宴诗，一来必称皇恩，二来必示卑微，姿态截然不同。这只能说是诗人个性所致。

但刘孝绰对皇恩的颂扬也有其合理之处，并非全是阿谀之词。其一，侍宴诗一般来说是承平文学，而萧梁确实有过政治清明、国势强大的时期。早期梁武帝勤于政治、选拔廉吏、克行节俭，萧梁的政治经济都较为安定。尤其刘孝绰主要生活在梁武帝统治前期，未见板荡，正是颂承

---

① （唐）李延寿：《南史》，中华书局，1975，第1356页。
② （唐）姚思廉：《梁书》，中华书局，1973，第591页。
③ 逯钦立辑校《先秦汉魏晋南北朝诗》，中华书局，1983，第1851页。

平、称圣明之时。其二，萧梁统治者多爱好文学，招纳文士，一时文化繁盛。宴饮之时，尤多命文士赋诗助兴。梁武帝"聪明文思，光宅区宇，旁求儒雅，诏采异人，文章之盛，焕乎俱集。每所御幸，辄命群臣赋诗，其文善者，赐以金帛，诣阙庭而献赋颂者，或引见焉"[①]。昭明太子萧统"引纳才学之士，赏爱无倦"[②]，"爱文学士，常与筠及刘孝绰、陆倕、到洽、殷芸等游宴玄圃"[③]。萧统曾写《宴阑思旧诗》怀念共同欢宴的文士：

  孝若（明山宾）信儒雅，稽古文敦淳。茂沿（到洽）实俊朗，文义纵横陈。佐公（陆倕）持方介，才学罕为邻。灌蔬（殷芸）实温雅，摛藻每清新。余非狎异者，惟旧且怀仁。绸缪似河曲，契阔等漳滨。如何离灾尽，眇漠同埃尘。一起应刘念，泫泫欲沾巾。[④]

明山宾、到洽、陆倕、殷芸都是当时著名文士，他们同侍东宫，均是文采横飞。统治者既以文学为公宴要事，对文学盛景的强调也就成为包括孝绰在内的萧梁侍宴诗的突出特色。孝绰笔下的"皇心重发志，赋诗追并作"（《侍宴诗》其一），"临涡起睿作，驷马暂停辀"（《春日从驾新亭应制诗》），"宫属引鸿鹭，朝行命金碧"（《侍宴集贤堂应令诗》），"列位华池侧，文雅纵横飞"（《侍宴同刘公干应令诗》），"高辩竞谈端，奇文争笔力"（《侍宴饯庾於陵应诏诗》），种种文华盛景，固为实录。其三，萧梁统治者确实对刘孝绰恩遇不浅。如前文所云昭明太子"左把浮丘袖，右拍洪崖肩"，或武帝嗟赏孝绰、为孝绰隐"携少妹于华省，弃老母于下宅"之恶等，均见爱重。孝绰对萧梁皇室的感激之情，当是发自内心，并化为侍宴诗中的颂美报效之辞。

刘孝绰侍宴诗的艺术特色

  在萧梁之世，刘孝绰因其侍宴诗颇受推重。孝绰之成名，正因为他

---

① （唐）姚思廉：《梁书》，中华书局，1973，第685页。
② （唐）姚思廉：《梁书》，中华书局，1973，第167页。
③ （唐）姚思廉：《梁书》，中华书局，1973，第485页。
④ 逯钦立辑校《先秦汉魏晋南北朝诗》，中华书局，1983，第1795页。

第四章　刘氏家族文学之冠冕：刘孝绰（下）

"尝侍宴，于坐为诗七首，高祖览其文，篇篇嗟赏，由是朝野改观焉"①。由是可见，刘孝绰在侍宴诗的写作上颇有水准。陈祚明《采菽堂古诗选》称刘孝绰之《三日侍华光殿曲水宴诗》为"安雅舒徐"②，《三日侍安成王曲水宴诗》为"诵之悠然，若有余韵"③。安雅舒徐、余韵悠然即刘孝绰侍宴诗的艺术风貌。

刘孝绰侍宴诗呈现安雅舒徐、余韵悠然的艺术风貌，首先与诗人擅长层层叙述有关。如《三日侍华光殿曲水宴诗》：

> 薰袯三阳暮，濯禊元巳初。皇心眷乐饮，帐殿临春渠。豫游高夏谚，凯乐盛周居。复以焚林日，丰茸花树舒。羽觞环阶转，清澜傍席疏。妍歌已嘹亮，妙舞复纤余。九成变丝竹，百戏起龙鱼。④

先说宴饮时间，再是设宴地点，再述出游欢乐，再写自然风光，再写宴会活动（曲水流觞），再写宴饮歌舞。一句一转，从容不迫，故而有味。

刘孝绰侍宴诗的余韵悠然，还与诗人常精炼结句有关。刘孝绰侍宴诗的结句若歌功颂德，则较为呆板，但也有一些结句别出心裁，取得了较好的艺术效果。《三日侍安成王曲水宴诗》既云："方欢厚德重，谁言薄游倦。"⑤ 则知余兴未终。《侍宴集贤堂应令诗》以"暮景苍然"的写景四句作结，更显韵味悠长。

最重要的是，刘孝绰在侍宴诗中，常精心选用典故。其一，刘孝绰在选用典故称赞宴会主人的时候，总是十分贴合宴会主人的身份。如刘孝绰常用曹丕南皮宴游和西园宴游的典故：

> 旭日舆轮动，言追河曲游。（《春日从驾新亭应制诗》）⑥

---

① （唐）姚思廉：《梁书》，中华书局，1973，第480页。
② （清）陈祚明评选《采菽堂古诗选》，李金松点校，上海古籍出版社，2008，第862页。
③ （清）陈祚明评选《采菽堂古诗选》，李金松点校，上海古籍出版社，2008，第862页。
④ 逯钦立辑校《先秦汉魏晋南北朝诗》，中华书局，1983，第1826页。
⑤ 逯钦立辑校《先秦汉魏晋南北朝诗》，中华书局，1983，第1827页。
⑥ 逯钦立辑校《先秦汉魏晋南北朝诗》，中华书局，1983，第1827页。

> 北阁时既启，西园又已辟。(《侍宴集贤堂应令诗》)①
> 副君西园宴，陈王谒帝归。(《侍宴同刘公斡应令诗》)②

应制者应皇帝诏令作文赋诗，应令者应皇太子之令作文赋诗，因此这三首诗分别是奉梁武帝萧衍和昭明太子之令所作。在诗中，诗人分别以曹丕来指梁武帝萧衍和昭明太子萧统，而曹丕曾为魏王曹操（追封武帝）世子，后为魏文帝，因此其身份正可以用来比喻皇帝和太子。《奉和昭明太子钟山解讲诗》中的"御鹤翔伊水，策马出王田"又以传说中游于伊洛、驾鹤而去的王子晋（姬晋）比喻萧统。王子晋亦是太子之身，且传说修道成仙，亦非常宜比听讲钟山、虔心修佛的萧统。至于徐勉，刘孝绰选择则以西周名臣尹吉甫为比。③ 正因刘孝绰用典精到，所以既能显出宴会主人的身份区别，又能以之联想前人风雅，意蕴悠远。其二，刘孝绰常常在侍宴诗中感慨皇恩浩荡、己身微贱，但直白言之则庸俗浅露，借助典故来表达则颇有妙用，如：

> 丘山不可答，葵藿空自知。(《侍宴诗》其二)④
> 首燕徒有心，局步何由骋。(《侍宴离亭应令诗》)⑤

前一句用曹植《求存问亲戚疏》典故。曹植云："若葵藿之倾叶，太阳虽不为之回光，然向之者诚也。窃自比于葵藿，若降天地之施，垂三光之明者，实在陛下。"⑥ 以葵藿向日自比，备见忠忱，十分贴切。后一句用燕昭王千金买马骨借以招贤纳士的典故，既自惭驽钝，又表投效之心。这几句诗都是表达愿以微贱之躯报浩荡皇恩的心愿，但读之就比较雅致含蓄，正是隶事用典的妙处。

刘孝绰之侍宴诗之所以安雅舒徐，还与他诗中的感情往往并不激烈有关。刘孝绰一般的侍宴诗中固然只有逸乐和感恩，宴饯诗中也少见诗

---

① 逯钦立辑校《先秦汉魏晋南北朝诗》，中华书局，1983，第1827页。
② 逯钦立辑校《先秦汉魏晋南北朝诗》，中华书局，1983，第1839页。
③ "夫君追宴喜"用《小雅·六月》中"吉甫燕喜"之典。
④ 逯钦立辑校《先秦汉魏晋南北朝诗》，中华书局，1983，第1826页。
⑤ 逯钦立辑校《先秦汉魏晋南北朝诗》，中华书局，1983，第1829页。
⑥ （清）严可均校辑《全上古三代秦汉三国六朝文》，中华书局，1965，第1138页。

人对行人的惜别。还有些宴饯诗可能写于特殊场合，比如《侍宴离亭应令诗》言"掩袂眺征云，衔杯惜馀景"，很可能即是送武将出征，但诗中所涉征战语仅此二句。比之沈约《侍宴乐游苑饯吕僧珍应诏诗》中大幅的军事场面描写：

推毂二崤道，扬旆九河阴。超乘尽三属，选士皆百金。戎车出细柳，饯席遵上林。命师诛后服，授律缓前禽。函辕方解带，峣武稍披襟。伐罪芒山曲，吊民伊水浔。①

刘诗相对平淡许多——虽然沈诗也未必如何刚健，但总要比刘诗锐气一些。因为刘孝绰诗中往往并无激烈深沉的情绪和雄姿勃发的场面，他的文字与之相应，也就要舒缓许多。

总之，孝绰侍宴之作，遵循建安文人"怜风月，狎池苑，述恩荣，叙酣宴"②的一路，又学两晋之雍容，还深受谢朓影响。孝绰的侍宴诗辞藻典丽，韵味舒徐，但有时乏乎生动，感情基调也比较单一平淡，因此历来评价寻常，关注者较少。不过，孝绰侍宴诗有建安结构、晋宋精神、萧梁景象，对其进行研究有助于勾勒魏晋南北朝侍宴诗的发展脉络，亦足一观。

三 情志宛在物态中：刘孝绰的咏物诗

咏物诗在齐梁之际大行其道，刘孝绰亦多有咏物之作。他的咏物诗从具体内容、诗歌体制和创作动机上来说，类型比较多样。

刘孝绰的咏物诗范围界定

咏物诗是围绕某一物为中心创作的、以详细刻画物态为主要内容的诗歌作品，其中或有托物寄怀、状物抒情、类物隶事者，然亦不得脱离所咏物品。判断一首诗是否咏物诗，往往需要结合其标题、内容和思想

---

① 逯钦立辑校《先秦汉魏晋南北朝诗》，中华书局，1983，第1632页。
② （南朝梁）刘勰著，周振甫译注《文心雕龙今译》，中华书局，1986，第60页。

感情来综合考量。

判断一首诗是否咏物诗最明显和直接的标志，首先是其题目：如果题目中带有"咏某物"字样或直接以"某物"为诗名中心的，往往是咏物诗。依此定义，刘孝绰的咏物诗有《咏风诗》《咏百舌诗》《于座应令咏梨花诗》《咏日应令诗》《秋夜咏琴诗》《赋得始归雁诗》《赋得照棋烛诗刻五分成》《咏眼诗》《望月诗》《林下映月诗》等。值得一提的是其中的《咏眼诗》。无论古今，一般提及"咏物诗"时是将咏人的诗篇排除在外的，不过按《玉篇》云："凡生天地之间，皆谓物也。"① 因此广义而言，人亦是物。而且南朝诗人在咏人时，尤其是在宫体诗中，往往有将人物化的倾向。因此，将艳情宫体一类直接归为咏物诗虽或为偏激，但将单咏人体的一部分的诗歌视为咏物诗，则亦无不可。

判断一首诗是否咏物诗，有时还需结合诗歌的具体内容。比如刘孝绰有《咏有人乞牛舌乳不付因饷槟榔诗》，从题目来看，这是一首叙事诗。但若通读全诗：

陈乳何能贵，烂舌不成珍。空持渝皓齿，非但污丹唇。别有无枝实，曾要湛上人。羞比朱樱熟，讵易紫梨津。莫言蒂中久，当看心里新。微芳虽不足，含咀愿相亲。②

除了头两句是吟咏牛舌乳，后面句句都是在写槟榔，且写牛舌乳也是为槟榔铺垫——这种手法在咏物诗中是非常常见的，如：

世人种桃李，皆在金张门。攀折争捷径，及此春风暄。一朝天霜下，荣耀难久存。安知南山桂，绿叶垂芳根？清阴亦可托，何惜树君园。(李白《咏桂二首》其二)③

十句诗中头六句都是在写桃李，为反衬后文桂之高洁。刘孝绰之咏

---

① 汉语大词典编纂处整理《康熙字典》(标点整理本)，汉语大词典出版社，2005，第651页。
② 逯钦立辑校《先秦汉魏晋南北朝诗》，中华书局，1983，第1838页。
③ 《李太白集　杜工部集》，张式铭标点，岳麓书社，1989，第219页。

槟榔却先言牛舌乳，亦是同理。故此诗亦可视为咏槟榔的咏物诗。

刘孝绰还有《望月有所思诗》，题目看似抒情诗，但此诗除了最后两句，绝大部分是在咏月或者说咏月色，最后两句所表达的情怀也是因为月下景象触发的美好祝愿，亦当属状物抒情类作品。此诗结构还与明标咏物诗的《咏百舌诗》颇为相近，因此大体仍属咏物诗范畴。

还有一类诗虽然题目以物为主，内容亦含有一定的咏物成分，但其余与咏物无关的成分亦重，所以是否咏物诗较有争议。比如谢朓《观朝雨诗》：

> 朔风吹飞雨，萧条江上来。既洒百常观，复集九成台。空濛如薄雾，散漫似轻埃。平明振衣坐，重门犹未开。耳目暂无扰，怀古信悠哉。戢翼希骧首，乘流畏曝鳃。动息无兼遂，歧路多徘徊。方同战胜者，去蔐北山莱。①

诗前半无疑是咏物（雨），后半则是咏怀，而且不是借物咏怀，甚至完全不能体现出雨是触发诗人咏怀的契机。因此，虽也有一些专著，比如赵红菊《南朝咏物诗研究》将此诗列入咏物诗加以研究，但大多时候不将此类作品视为咏物诗。与之相似，刘孝绰有一首《校书秘书省对雪咏怀诗》：

> 桂华殊皎皎，柳絮亦霏霏。讵比咸池曲，飘遥千里飞。耻均班女扇，羞俪曹人衣。浮光乱粉壁，积照朗彤闱。鹔鹅摇羽至，鹡鸰拂翅归。相彼犹自得，嗟余独有违。终朝守玉署，方夜劳石扉。未能奏缃绮，何由辨国围。坐销风露质，游联珠璧晖。偶怀笨车是，良知高盖非。既言谢端木，无为陈巧机。②

此诗咏物（雪）的比重尤比谢朓之诗高一些，但后半所抒心境亦基本与雪无关。与《望月有所思诗》相比，两诗题目结构相似，内容构成

---

① 逯钦立辑校《先秦汉魏晋南北朝诗》，中华书局，1983，第1432页。
② 逯钦立辑校《先秦汉魏晋南北朝诗》，中华书局，1983，第1839页。

则殊为不同。故《校书秘书省对雪咏怀诗》此诗，本作亦不以咏物诗观之，然诗中写物颇有技巧，亦可参照研究。

因此，本作界定的刘孝绰咏物诗为《咏风诗》《咏百舌诗》《于座应令咏梨花诗》《咏日应令诗》《秋夜咏琴诗》《赋得始归雁诗》《赋得照棋烛诗刻五分成》《咏眼诗》《望月诗》《林下映月诗》《望月有所思诗》十一首。按照创作的动机，则这十一首诗又可大致分为两类：应制赋得类咏物诗和自拟题目类咏物诗。

刘孝绰的应制赋得类咏物诗

孝绰之《于座应令咏梨花诗》《咏日应令诗》《赋得始归雁诗》《赋得照棋烛诗刻五分成》，题目便明示为应制赋得类咏物诗，而《咏风诗》虽命名不显，推其内容亦当属此类。诗云：

> 袅袅秋声，习习春吹。鸣兹玉树，涣此铜池。罗帏自举，襟袖乃披。惭非楚侍，滥赋雄雌。[1]

此诗为刘孝绰现存唯一的四言诗，诗体雅正，王夫之《古诗评选》称之为"轻安有度"[2]。诗中以宋玉自比，所以应当也是侍从文学。"惭非楚侍，滥赋雄雌"，与诗人侍宴诗中"侍从荣前阮，雍容惭昔刘"（《春日从驾新亭应制诗》）之类实际是差不多的意思，故也当为侍宴所作，为应制赋得之类。

因为应制赋得类咏物诗在题目、场合上多有限制，其中所表达的思想感情也往往受到限制。往往或是借咏物以感皇恩、示依附，或是借以悦性情、逞才学。

（一）感皇恩、示依附

刘孝绰表达这一类主题的作品是《咏日应令诗》《赋得始归雁诗》《于座应令咏梨花诗》。

---

[1] 逯钦立辑校《先秦汉魏晋南北朝诗》，中华书局，1983，第1825页。
[2] （清）王夫之评选《古诗评选》，张国星校点，文化艺术出版社，1997，第111页。

第四章 刘氏家族文学之冠冕：刘孝绰（下）

弭节驰旸谷，照槛出扶桑。园葵亦何幸，倾叶奉离光。（《咏日应令诗》）①

洞庭春水绿，衡阳旅雁归。差池高复下，欲向龙门飞。（《赋得始归雁诗》）②

玉垒称津润，金谷咏芳菲。讵匹龙楼下，素蕊映华扉。杂雨疑霞落，因风似蝶飞。岂不怜飘坠，愿入九重闱。（《于座应令咏梨花诗》）③

三首诗所咏之物不同，表达的却是同一思想感情，就是对皇室的赞扬和对皇权的依附。《咏日应令诗》将皇室比作光辉灿烂的太阳，而自比园葵。"园葵亦何幸，倾叶奉离光"，与《侍宴诗》其二中的"丘山不可答，葵藿空自知"用同一典故，表达的亦是同一意思，即微贱之躯沐浴浩荡皇恩。考虑到此处诗人特地将"葵藿"改为"园葵"，很可能也有汉乐府《长歌行》中"青青园中葵，朝露待日晞。阳春布德泽，万物生光辉。常恐秋节至，焜黄华叶衰"④ 的意思。《长歌行》诗本意是惜时奋进，但刘孝绰则以喻指皇室恩泽广大和对失去皇恩的隐忧，或者反过来说是祈求皇恩不绝的希冀。《赋得始归雁诗》中的"龙门"，无论指"登龙门"之龙门，或指生长着可供群鸟朝翔暮栖的高大桐木的龙门（典出枚乘《七发》），都表达了作者对权贵的向往。《于座应令咏梨花诗》结句无典，但也用托寓的方式表达了作者对皇室的依附投靠之心。梨花因色泽纯白，给前代文人留下的多是高洁出尘、清冷明亮的印象。如宋孝武帝刘骏《梨花赞》云："嘉树之生，于彼山基。开荣布采，不离尘缁。"⑤ 王融《咏池上梨花诗》云："芳春照流雪，深夕映繁星。"⑥ 孝绰却出于侍宴咏物的需要，赋予了梨花恋慕富贵的新品性。这种做法在当时的侍宴咏物诗中常见，如沈约《咏新荷应诏诗》：

---

① 逯钦立辑校《先秦汉魏晋南北朝诗》，中华书局，1983，第1844页。
② 逯钦立辑校《先秦汉魏晋南北朝诗》，中华书局，1983，第1845页。
③ 逯钦立辑校《先秦汉魏晋南北朝诗》，中华书局，1983，第1841~1842页。
④ （宋）郭茂倩编《乐府诗集》，中华书局，1979，第442页。
⑤ （清）严可均校辑《全上古三代秦汉三国六朝文》，中华书局，1965，第2475页。
⑥ 逯钦立辑校《先秦汉魏晋南北朝诗》，中华书局，1983，第1403页。

勿言草卉贱，幸宅天池中。微根才出浪，短干未摇风。宁知寸心里，蓄紫复含红。①

荷花在楚辞中是高洁的意象，在民歌中则是爱情的象征，沈约则将之变为有幸恩遇、怀才待发的形象。因为应制赋得类咏物诗在咏物之前，作者已经决定好要表达什么感情，只是借物发挥，而不是一般咏物诗中的诗感于物、触物生情，所以导致这些"物"都呈现侍从文人的面貌。但作者虽将自身情志赋之于物，却也能与物态结合，并非生造，因此犹能称咏物诗中的托物寄怀者，只是主题单一，情志有限罢了。

刘孝绰的三首诗，从篇制上又可分为两类。一类为《咏日应令诗》和《赋得始归雁诗》，篇幅较短，均为五言四句。诗虽短小，其艺术特色却颇值得玩味。其一，在诗歌结构上，两诗都是前两句对仗，状写物态，后两句为一整体，托寓情志。这是齐梁时期五言四句咏物诗尤其是托物寄怀类咏物诗常见的结构，如：

抑扬动雅舞，击节逗和音。却马既云在，将帅止思心。（萧琛《咏鞭应诏》）②

戢鳞隐繁藻，颁首承绿漪。何用游溟澥，且跃天渊池。（张骞《咏跃鱼应诏诗》）③

枯杨犹更绿，卧柳尚还生。勿嫌凤不至，终当待圣明。（刘孝威《枯叶竹诗》）④

此类诗篇篇制趋向短小，体现了齐梁文学的新变，对唐人绝句的雏形亦有孕育之功。唐人五言四句咏物诗亦多有用此结构者，如：

垂緌饮清露，流响出疏桐。居高声自远，非是藉秋风。（虞世南

---

① 逯钦立辑校《先秦汉魏晋南北朝诗》，中华书局，1983，第1655页。
② 逯钦立辑校《先秦汉魏晋南北朝诗》，中华书局，1983，第1804页。
③ 逯钦立辑校《先秦汉魏晋南北朝诗》，中华书局，1983，第2123页。
④ 逯钦立辑校《先秦汉魏晋南北朝诗》，中华书局，1983，第1883页。

《蝉》)①

　　大漠沙如雪，燕山月似钩。何当金络脑，快走踏清秋。（李贺《马诗》其五）②

其渊源当在齐梁此类诗中。其二，在艺术手法上，全篇基本是典故连缀。咏日之旸谷、扶桑、园葵，咏始归雁之洞庭、衡阳、龙门，几乎无句不典，虽然诗中仍多少有些情怀，但正是齐梁咏物诗所谓"主于隶事"者也。一般来说，齐梁咏物诗多追求真切地写物，工细是其基本特色。但刘孝绰的两首咏物诗仅以典故连缀，而少直写物态，细节十分模糊。可能因为这两首诗要旨在表达对皇恩的追慕，物态反是其次。因是在正式场合所作，艺术风格要求典雅，南朝又有以用典矜夸才学的风潮，诗人本身诗风原又偏向雍容典雅，因此用典既适宜公宴气氛，也顺应当时文学潮流，还符合诗人偏好。

另一类则为《于座应令咏梨花诗》，篇制较长，不过结构上也与五言四句的短诗相似，先由物态再及情志：

　　玉垒称津润，金谷咏芳菲。讵匹龙楼下，素蕊映华扉。杂雨疑霰落，因风似蝶飞。岂不怜飘坠，愿入九重闱。③

这首诗是刘孝绰最好的应制赋得类咏物诗。首句仍然用典，且"玉垒""金谷""龙楼""华扉"一类物象备显华丽，仍是诗人典雅雍容之诗风。接下来则详细描写梨花的物态，"杂雨疑霰落，因风似蝶飞"，状物工细，比喻贴切，意象清丽，远胜其父刘绘咏梨花所云"萦丛似乱蝶，拂烛状联蛾"云云。末句云"岂不怜飘坠，愿入九重闱"，亦颇有妙处。一来虽借梨花飘入宫闱表投靠皇家、寻求荣贵的心愿，但较为自然含蓄。相比之下，有些咏物诗的结句就有生拗物态之嫌，献媚之意也太过明显，如：

---

① （唐）李世民等：《唐五十家集》，上海古籍出版社，1989，第8页。
② （唐）李贺：《李贺集》，王友胜、李德辉校注，岳麓书社，2003，第102页。
③ 逯钦立辑校《先秦汉魏晋南北朝诗》，中华书局，1983，第1841页。

> 大谷来既重，岷山道又难。摧折非所恪，但令入玉盘。（沈约《咏梨应诏诗》）①
>
> 绿叶迎露滋，朱苞待霜润。但令入玉柈，金衣非所恪。（沈约《园橘诗》）②

总体而言，刘诗比沈诗婉转许多。"虽然怜惜落花但还是希望飘入宫闱"（岂不怜飘坠，愿入九重闱）和"采摘下来也没什么不舍只要能奉献皇家"（摧折非所恪，但令入玉盘），虽均有奉承之意，但到底情态有别。刘诗还有几分顺势而为的矜持，沈诗则特显急于趋奉。且刘诗能款款铺垫，比如自"杂雨疑霰落，因风似蝶飞"到"飘坠"，从"讵匹龙楼下，素蕊映华扉"到"入九重闱"，都是水到渠成、顺理成章的；沈诗却是从自然界中的花叶茂盛突然转向了摘下果实献给皇家，转变则较为生硬，奉承之意更显急切。所以沈约之诗有些太过诣媚。孝绰之诗虽情志亦非高标，但尚不至于令人生厌。二来以落花所坠之处譬喻人生境遇，颇有南朝哲学特色。《梁书·范缜传》记载了一段著名的辩论：

> （萧）子良问曰："君不信因果，世间何得有富贵，何得有贱贫？"缜答曰："人之生譬如一树花，同发一枝，俱开一蒂，随风而堕，自有拂帘幌坠于茵席之上，自有关篱墙落于粪溷之侧。坠茵席者，殿下（子良）是也；落粪溷者，下官（范缜）是也。贵贱虽复殊途，因果竟在何处？"③

"岂不怜飘坠，愿入九重闱"，则有几分"随风而堕，自有拂帘幌坠于茵席之上"之意。只是由范论中的随机偶然变成了主动追求。落花本多是悼时节、惜红颜的意象，作者却不以为悲，其比喻新奇，又富意蕴，使此诗在历代咏梨花诗乃至咏花诗中别具一格。

（二）悦性情、逞才学

"性情"或者说"情性"本指情感或自然本性，而此处特指针对女

---

① 逯钦立辑校《先秦汉魏晋南北朝诗》，中华书局，1983，第1658页。
② 逯钦立辑校《先秦汉魏晋南北朝诗》，中华书局，1983，第1657页。
③ （唐）姚思廉：《梁书》，中华书局，1973，第665页。

性题材的审美能力和创作才能。其意出于萧纲《答新渝侯和诗书》：

> 垂示三首，风云吐于行间，珠玉生于字里，跨蹑曹、左，含超潘、陆，双鬓向光，风流已绝。九梁插花，步摇为古。高楼怀怨，结眉表色；长门下泣，破粉成痕。复有影里细腰，令与真类；镜中好面，还将画等。此皆性情卓绝，新致英奇。①

萧梁文人以吟咏女性为"性情卓绝"，而宫体诗的创作又往往以满足作者和读者的感官享受为要旨，故本作称之为"悦性情"。南朝尤其是萧梁统治者爱好声色，提倡宫体，因此应制赋得，亦常有命臣子吟咏艳情以助兴者。且齐梁咏物诗本常写物表达对女性的狎昵，因此刘孝绰有《赋得照棋烛诗刻五分成》：

> 南皮弦吹罢，终奕且留宾。日下房栊暗，华烛命佳人。侧光全照局，回花半隐身。不辞纤手倦，羞令夜向晨。②

此诗虽可能也是在公宴所作，却非颂圣感恩之类，而是宫体之属，明写华烛暗写佳人，也就不足为奇了。当然刘孝绰的诗风雍容秀雅，因此纵写艳情，也不过于秾丽或直露。陈祚明以为"'侧光'二句俊"③。这二句明似写烛，但承接上句"华烛命佳人"，则知所写实是掌烛美女的宛转举止，但却未直写其意态，而是令读者在联想之间，更生韵味。"不辞纤手倦，羞令夜向晨"，写佳人依依不舍留宾之态，亦较为含蓄，不至于有"留宾惜残弄"（萧纲《夜听妓诗》）④的轻浮。南朝咏烛之诗如：

> 杏梁宾未散，桂宫明欲沉。暧色轻帏里，低光照宝琴。徘徊云鬓影，的烁绮疏金。恨君秋月夜，遗我洞房阴。（谢朓《杂咏三

---

① （清）严可均校辑《全上古三代秦汉三国六朝文》，中华书局，1965，第3010~3011页。
② 逯钦立辑校《先秦汉魏晋南北朝诗》，中华书局，1983，第1840页。
③ （清）陈祚明评选《采菽堂古诗选》，李金松点校，上海古籍出版社，2008，第869页。
④ 逯钦立辑校《先秦汉魏晋南北朝诗》，中华书局，1983，第1954页。

首·烛》)①

堂中绮罗人，席上歌舞儿。待我光泛滟，为君照参差。（萧衍《咏烛诗》）②

都是直接以烛拟人，亦多直写闺房和女性细节。与之相比，孝绰之侧面描写、隐以衬托的笔法则别有意趣，也更显清新。

诗题中的"刻五分成"又体现了此诗逞才学的一面。因为应诏赋得类咏物诗往往是文人同咏，且君王特赏其敏捷妍美者，因此南朝文人在创作此类诗时出现了逞才斗智的倾向。限时而作是当时公宴之上文人常以逞才斗智的手段，而又有一定的游戏性质。如：

竟陵王子良尝夜集学士，刻烛为诗，四韵者则刻一寸，以此为率。（萧）文琰曰："顿烧一寸烛，而成四韵诗，何难之有。"乃与（丘）令楷、江洪等共打铜钵立韵，响灭则诗成，皆可观览。"（《南史·虞羲传》）③

（王泰）每预朝宴，刻烛赋诗，文不加点。（《南史·王泰传》）④

中大通五年，高祖宴群臣乐游苑，别诏翔与王训为二十韵诗，限三刻成。翔于坐立奏，高祖异焉，即日转宣城王文学，俄迁为友。（《梁书·褚翔传》）⑤

与上述情况类似，孝绰此诗很可能也是限时所作。诗长八句，而又较为清隽，是"可观览"者，因此"刻五分成"确实是值得诗人骄傲的事情。诗人将之写入标题，或许正是对自己才学的矜夸。

总之，刘孝绰的应制赋得类咏物诗大抵不脱侍从文学、游戏文字，面目相似。然因诗人笔力较佳，故自有新颖秀致。

---

① 逯钦立辑校《先秦汉魏晋南北朝诗》，中华书局，1983，第1453页。
② 逯钦立辑校《先秦汉魏晋南北朝诗》，中华书局，1983，第1536页。
③ （唐）李延寿：《南史》，中华书局，1975，第1463页。
④ （唐）李延寿：《南史》，中华书局，1975，第607页。
⑤ （唐）姚思廉：《梁书》，中华书局，1973，第586页。

刘孝绰的自拟题目类咏物诗

孝绰的自拟题目类咏物诗根据思想内容大致可分为以下几类。

（一）托物寄怀类

这类诗采用象征手法，诗中物即诗人本人。刘孝绰这类诗的代表是《咏素蝶诗》，这也是刘孝绰最出色的咏物诗。诗云：

> 随蜂绕绿蕙，避雀隐青薇。映日忽争起，因风乍共归。出没花中见，参差叶际飞。芳华幸勿谢，嘉树欲相依。①

南朝之前，吟咏蝴蝶的诗篇并不多。汉乐府有《蛱蝶行》，是以蝴蝶视角写自己被燕子捕食的寓言诗，"活画出生存竞争中弱肉强食之景象"②，而意非咏物。魏晋诗中几乎不言蝶字，南朝始多以蝴蝶意象入诗。南朝诗人笔下的蝴蝶多为"粉蝶""黄蝶""恋花蝶""双飞蝶"，色彩缤纷，意态逍遥，情思缱绻，这也定下了南朝乃至后世咏蝶诗的一般基调。萧梁开始有专咏蝴蝶的诗作，其主题即大体在此范围之内，如：

> 青年已布泽，微虫应节欢。朝出南园里，暮依华叶端。菱舟追或易，风池度更难。群飞终不远，还向玉阶兰。（李镜远《蛱蝶行》）③
> 空园暮烟起，逍遥独未归。翠鬣藏高柳，红莲拂水衣。复此从风蝶，双双花上飞。寄与相知者，同心终莫违。（萧纲《咏蛱蝶诗》）④

李诗写蝴蝶春日嬉戏情状，萧诗借蝴蝶写闺阁相思，均是南朝咏物常见笔调，几无寄托。相比之下，刘孝绰的《咏素蝶诗》另辟蹊径，成为南朝咏蝶诗乃至咏物诗中的佼佼者。

在意象选择上，诗人便别出心裁。诗人没有选择颜色明媚的蝴蝶，而是少见地选择了不起眼的素蝶。随后又多用绿蕙、青微（薇）、红日、

---

① 逯钦立辑校《先秦汉魏晋南北朝诗》，中华书局，1983，第1841页。
② 郑文笺注《汉诗选笺》，上海古籍出版社，1986，第46页。
③ 逯钦立辑校《先秦汉魏晋南北朝诗》，中华书局，1983，第2117页。
④ 逯钦立辑校《先秦汉魏晋南北朝诗》，中华书局，1983，第1961页。

清风、芳华、嘉树等光华夺目的意象，相比之下素蝶更显平常，因此才更有利于多方塑造素蝶柔弱无力的形象：与其他诗人笔下蝴蝶的逍遥自在、风流多情截然不同，诗中素蝶只能小心翼翼地追随着蜜蜂的行迹、躲避着鸟雀的戕害，若要轻盈飞起，也多需借红日清风之势。由此，诗歌的感情层层推进，先以"随蜂绕绿蕙，避雀隐青薇"写素蝶的危惧，又以"映日忽争起，因风乍共归"写素蝶得势后的欢喜，最后以"芳华幸勿谢，嘉树欲相依"表达素蝶希望保持美好现状和有所托庇的心愿，一脉贯通，转换自然。诗中蜂、雀、日、风、芳华、嘉树均有所托寓，而素蝶大抵即诗人自许——刘孝绰一生多有沉浮，而又多得萧梁皇室庇护，故有此感叹。此诗在物象选择和情感转折上颇有匠心，又句句紧扣物态，句句投射情感，洵为咏物佳作。所遗憾者，便是"嫌五六稍平"[1]，然瑕不掩瑜。

此诗中的自怜与惶惑比较真诚，希求有所托庇的感情也表现婉曲，因此较为动人，远胜那些往往充斥着近乎虚伪的自谦与过于直露的阿谀的应制赋得咏物诗。但诗中主体较低的姿态和对权势的依附之意，仍与应制咏物赋得类诗有共通处。观之南朝咏物诗，则知即便不是在应制赋得咏物诗中，诗人借咏物主题投射的低微姿态和对权贵的向往依附之意也是经常可见的，如：

蕙草含初芳，瑶池暧晚色。得厕鸿鸾影，晞光弄羽翼。（谢朓《咏鸂鶒》）[2]

骞凤影层枝，轻虹镜展绿。岂敦龙门幽，直慕瑶池曲。（王融《咏梧桐诗》）[3]

本自乘轩者，为君阶下禽。摧藏多好貌，清唳有奇音。稻粱惠既重，华池遇亦深。怀恩未忍去，非无江海心。（吴均《主人池前鹤诗》）[4]

---

[1] （清）陈祚明评选《采菽堂古诗选》，李金松点校，上海古籍出版社，2008，第869页。
[2] 逯钦立辑校《先秦汉魏晋南北朝诗》，中华书局，1983，第1454页。
[3] 逯钦立辑校《先秦汉魏晋南北朝诗》，中华书局，1983，第1403页。
[4] 逯钦立辑校《先秦汉魏晋南北朝诗》，中华书局，1983，第1749~1750页。

谢朓之诗犹比较隐晦，王融诗中攀龙附凤之意则跃然欲出，吴均诗更将本来高洁的鹤塑造成了贪恋优渥、醉心荣宠的庸俗形象。虽然诗中往往还要加一个"岂斁龙门幽""非无江海心"之类的遮掩，也无非是自我鼓吹、欲盖弥彰罢了，与应制赋得咏物诗中的"摧折非所悋""岂不怜飘坠"并没有太大差别。这类诗的品格意趣，还不如某些应制赋得咏物诗如沈约《咏新荷应诏诗》、萧琛《咏鞞应诏》。这也是无须将侍宴咏物诗从咏物诗中强行分离的原因之一。

齐梁咏物诗之所以呈现这种姿态，是因为南朝偏安一隅，朝代更替频繁，文人普遍追求自保和世俗享受，缺乏进取心、社会责任心和高尚人格，他们的群体人格"从根本上说是委琐的"①。"江左风流，久已零落。士大夫人品不高，故奇韵灭绝。"② 这种人格的卑弱，使得他们字里行间也常渗透着肤浅和庸俗，且并无意加以掩饰。以如上几位诗人为例，谢朓常怀对禄位的留恋，他不讳言自己"既欢怀禄情"（《之宣城郡出新林浦向板桥诗》）③，写《思归赋》也以"余菲薄以固陋，受灵恩而不訾，拖银黄之沃若，剖金符之陆离"④ 开头，表达出富贵权势带来的适意。王融轻躁急功名，"躁于名利，自恃人地，三十内望为公辅"⑤。向来"文体清拔有古气"⑥ 的吴均，从这首《主人池前鹤》来看，亦不能免俗。孝绰的人格也多有卑弱之处，亦投射在此诗中。但这首《咏素蝶诗》亦可解作对弱者的怜悯，故此还有几分情怀。

刘孝绰又有《咏有人乞牛舌乳不付因饷槟榔诗》。《太平御览》卷九七一引《风俗记》曰："王高丽，年十四五时，四月八日在彭城佛寺中，谢混见而以槟榔赠之，执王手谓曰：'王郎，谢叔源可与周旋否？'"⑦ 则赠人槟榔含有与人交好之意。诗中提到"莫言蒂中久，当看心里新。微芳虽不足，含咀愿相亲"，正是诗人以槟榔寄托自己与对方友善的心愿。

---

① 阎采平：《齐梁诗歌研究》，北京大学出版社，1994，第31页。
② （宋）欧阳修、释惠洪：《六一诗话·冷斋夜话》，凤凰出版社，2009，第63页。
③ 逯钦立辑校《先秦汉魏晋南北朝诗》，中华书局，1983，第1429页。
④ （清）严可均校辑《全上古三代秦汉三国六朝文》，中华书局，1965，第2918页。
⑤ （唐）李延寿：《南史》，中华书局，1975，第576页。
⑥ （唐）姚思廉：《梁书》，中华书局，1973，第698页。
⑦ （宋）李昉等编《太平御览》，中华书局，1960，第4304页。

"蒂"① 含有相连的意思，"心"既指槟榔之心也指诗人之心，"莫言蒂中久，当看心里新"都是双关之语，言情谊长在且常新。"微芳虽不足，含咀愿相亲"，以槟榔代指诗人的情谊，并希求对方也能亲爱自己。因此此诗亦有借物自况并以托物寄怀的成分。

（二）状物抒情类

这类作品是触物生情，诗中人物分离，物只是引发诗人情感的诱因。刘孝绰此类诗作为《咏百舌诗》《林下映月诗》《望月有所思诗》。在这类诗作中，诗人所表达的思想感情，则与应制赋得类咏物诗拉开了距离。如《咏百舌诗》：

> 山人惜春暮，旭旦坐花林。复值怀春鸟，枝间弄好音。迁乔声迥出，赴谷响幽深。下听长而短，时闻绝复寻。孤鸣若无对，百啭似群吟。昔闻屡欢昔，今听忽悲今。听闻非殊异，迟暮独伤心。②

诗写诗人闲听鸟鸣，因生情愁。与沈约《侍宴咏反舌诗》（反舌即百舌）所云相比即知完全是两种声调：

> 假容不足观，遗音犹可荐。幸蒙乔树恩，得以闻高殿。③

沈约诗仍表达对皇室的感念和依附，刘孝绰诗则别有惆怅。诗中对百舌鸟叫声的描写自然多方详尽，但更动人的是诗中隐含的淡淡愁绪。首句"惜春暮"三字已为全诗奠定哀愁基调。始云"旭旦坐花林"，末云"迟暮独伤心"，不知不觉间时光飞逝，正可看出诗人因惆怅而百无聊赖的情形。结尾四句云"昔闻屡欢昔，今听忽悲今。听闻非殊异，迟暮独伤心"，更有几分嵇康《声无哀乐论》中"哀乐自当以情感，则无系于声音""哀乐自以事会，先遘于心，但因和声以自显发"④的意思。全诗虽为写百舌鸟，但也侧面描写了诗人尽日独自听闻百舌鸟鸣的情形，从而

---

① "蒂"为花果与枝茎相连的部分，又或为"缔"的谐音。
② 逯钦立辑校《先秦汉魏晋南北朝诗》，中华书局，1983，第1839页。
③ 逯钦立辑校《先秦汉魏晋南北朝诗》，中华书局，1983，第1657页。
④ （清）严可均校辑《全上古三代秦汉三国六朝文》，中华书局，1965，第1329、1330页。

将诗人的惆怅哀伤烘托了出来。

《望月有所思诗》《林下映月诗》均为咏月有感，诗云：

> 秋月始纤纤，微光垂步檐。瞳眬入床箪，仿佛鉴窗帘。帘萤隐光息，帘虫映光织。玉羊东北上，金虎西南昃。长门隔清夜，高堂梦容色。如何当此时，怀情满胸臆。(《望月有所思诗》)①
>
> 明明三五月，垂影当高树。攒柯半玉蟾，裛叶彰金兔。兹林有夜坐，啸歌无与晤。侧光聊可书，含毫且成赋。(《林下映月诗》)②

两诗起句"明明三五月，垂影当高树"与"秋月始纤纤，微光垂步檐"结构十分相似，果是同一作者手笔。但前者是在郊外，月映自然景物；后者是在苑中，月映人工景物。因此两诗表达的思想感情也截然不同。前者月色静谧，但又有"帘萤隐光息，帘虫映光织"的生动，甚至还有"高堂梦容色"的人间烟火气。故诗人有感而发，希望这一时刻长存，表达了诗人的美好祝愿。后者则只有写静物之笔，意境清幽，个中情思类似王维《竹里馆》：

> 独坐幽篁里，弹琴复长啸。深林人不知，明月来相照。③

陈祚明以为孝绰此诗"结句略有致"④，或许正是赏其淡泊闲雅，饶有情致。

（三）类物隶事类

这一类诗单纯描摹物态，有时则连缀与所咏之物相关的典故，诗人没有太多感情投射和感情触动，或者说诗中只有物，基本没有"诗人"的存在。刘孝绰的这类咏物诗包括《望月诗》《秋夜咏琴诗》。

> 轮光缺不半，扇形出将圆。流光照溁漤，波动映沧涟。(《望

---

① 逯钦立辑校《先秦汉魏晋南北朝诗》，中华书局，1983，第1838页。
② 逯钦立辑校《先秦汉魏晋南北朝诗》，中华书局，1983，第1841页。
③ （唐）王维撰，（清）赵殿成笺注《王右丞集笺注》，上海古籍出版社，1992，第176页。
④ （清）陈祚明评选《采菽堂古诗选》，李金松点校，上海古籍出版社，2008，第869页。

月诗》)①

上宫秋露结，上客夜琴鸣。幽兰暂罢曲，积雪更传声。(《秋夜咏琴诗》)②

《望月诗》同样以月为主题，但与另两首诗相比，只是单纯状物，无甚情思。不过孝绰三首诗咏月诗所咏分别是弦月、满月、过半圆之月，可能诗人也在有意识避免意象重复，练习塑造月的不同的姿态。所谓"秋夜咏琴"实际是咏琴声，而且全诗基本是在化用宋玉《讽赋》的典故与成句，故也主于隶事，未详物态。总体而言，刘孝绰的这类诗情思既匮，艺术手法亦无可取，则不足道也。即所谓"征故实，写色泽，广比譬，虽极镂绘之工，皆匠气也"③。

（四）摹物体艳类

这一类诗于摹物中刻画女子情态，既是咏物，又是宫体之属。刘孝绰的这类咏物诗为《咏眼诗》。

含娇腰已合，离怨动方开。欲知密中意，浮光逐笑回。④

诗中女子时怨时喜，生动娇媚。单独咏人体器官，是刘孝绰等宫体诗人共同开创的咏物诗新流派，并对后世有一定影响。明季才女叶小鸾有《拟艳体连珠》八首，分别写女子之发、眉、目、唇、手、腰、足、全身，云是"刘孝绰有艳体连珠，戏拟为之"⑤。《探物作艳体连珠》二首本为刘孝仪所作，其一写女子之发，其二写女子性情，却非如小鸾拟作一般纯咏人体器官。小鸾之所以有"刘孝绰有艳体连珠"这种张冠李戴的印象，也许和孝绰有《咏眼诗》这种单纯咏人体器官的作品有关。

总之，刘孝绰咏物诗的艺术特色可总结如下：一为新颖，即往往能赋予

---

① 逯钦立辑校《先秦汉魏晋南北朝诗》，中华书局，1983，第1844页。
② 逯钦立辑校《先秦汉魏晋南北朝诗》，中华书局，1983，第1844页。
③ （清）王夫之著，戴鸿森笺注《姜斋诗话笺注》，人民文学出版社，1981，第152~153页。
④ 逯钦立辑校《先秦汉魏晋南北朝诗》，中华书局，1983，第1843页。
⑤ （明）叶绍袁编《午梦堂集》，冀勤辑校，中华书局，1998，第349页。

物象新的含义或发掘新的题材；二为婉曲，即往往借隶事用典或缓缓铺叙含蓄地表达心意；三为秀雅，即少采用绮丽、秾艳的物象，情思亦不流于狎昵。总之，孝绰的咏物诗虽无大胸怀、大志向，但也不至于堕入猥琐末流，甚至颇有情致，足为清新小品。他的咏物诗反映了当时文人的心态和文学创作活动。赵红菊在《南朝咏物诗研究》中说："南朝咏物诗对于'言志'的诗歌传统，是一个反拨，而对于西晋以来的'诗缘情而绮靡'的诗学观念，又是有力的继承和发展。它较为集中地体现了诗歌的审美、观赏和娱乐功能，是娱乐、装饰的文学观的反映。"[1] 此言即宜于孝绰咏物诗。

四 风格秀雅意流转：刘孝绰的艳情诗

刘孝绰的艳情诗现存十九题二十首，是其存诗中最为庞大的部分。如上文所言，孝绰艳情诗主要分为四类。一是直接表达男女情思，二是主于描写女性外貌，三是吟咏闺阁物品，四是书写男色娈童。其中第三类，吟咏闺阁物品，唯有《赋得照棋烛刻五分成》一首，在"咏物诗"部分已有涉及，不复详述。本节主要讨论另外三类的艺术特色。

刘孝绰艳情诗的创作情况

（一）直接表达男女情思

这类诗有《夜听妓赋得乌夜啼》、《铜雀妓》、《班婕妤怨》、《三妇艳》、《淇上人戏荡子妇示行事诗》、《古意送沈宏诗》、《赋得遗所思诗》、《为人赠美人诗》、《奉和湘东王应令诗二首》（《春宵》《冬晓》）和《元广州景仲座见故姬诗》等。按照感情基调，又可分为两类。

一类为《夜听妓赋得乌夜啼》《铜雀妓》《班婕妤怨》《古意送沈宏诗》《赋得遗所思诗》《为人赠美人诗》《奉和湘东王应令诗二首》等，皆是悲怨之属。《铜雀妓》笔调清俊，是其中佳作。此诗咏曹操姬妾，诗本事见《乐府诗集》：

《铜雀台》一曰《铜雀妓》。《邺都故事》曰："魏武帝遗命诸

---

[1] 赵红菊：《南朝咏物诗研究》，上海古籍出版社，2009，第223页。

子曰：'吾死之后，葬于邺之西岗上，与西门豹祠相近，无藏金玉珠宝。余香可分诸夫人，不命祭吾。妾与伎人，皆著铜雀台，台上施六尺床，下穗帐，朝晡上酒脯粻糒之属。每月朝十五，辄向帐前作伎。汝等时登台，望吾西陵墓田。'故陆机《吊魏武帝文》曰：'挥清弦而独奏，荐脯糒而谁尝？悼穗帐之冥漠，怨西陵之茫茫。登雀台而群悲，仁美目其何望。'"……《乐府解题》曰："后人悲其意而为之咏也。"①

南朝诗人对这个带着凄艳色彩的传奇故事非常感兴趣，多有"悲其意而为之咏者"。如谢朓有《铜雀悲》、《同谢谘议咏铜爵台》（谢谘议即谢璟，其诗今不存），江淹有《铜爵妓》，何逊、刘孝绰有《铜雀妓》，张正见、荀仲举有《铜雀台》，诗意大抵都是哀怜曹操姬妾盛年独守、红颜零落。何逊之作可能是与刘孝绰同题共作，诗云：

秋风木叶落，萧瑟管弦清。望陵歌对酒，向帐舞空城。寂寂檐宇旷，飘飘帷幔轻。曲终相顾起，日暮松柏声。（何逊《铜雀妓》）②

雀台三五日，弦吹似佳期。况复西陵晚，松风吹穗帷。危弦断复续，妾心伤此时。谁言留客袂，还掩望陵悲。（刘孝绰《铜雀妓》）③

何逊诗刻画出一派凄凉气氛，堪称"合作"（陈祚明语），但整体笔法较平，唯结句颇有余韵。孝绰诗则多有值得玩味处："弦吹似佳期"，乃学谢朓《同谢谘议咏铜爵台》诗之"樽酒若平生"④，甚有其起句夺人之致。一个"似佳期"，即已告知读者佳期不复，姬妾们的行为只是徒劳的追忆，令人顿生怜悯。"危弦断复续"不必直写其人，即可见姬妾实无心演奏，仅是勉强为之，笔法委婉，意蕴悠长。"谁言留客袂，还掩望陵悲"最佳，既是昔日欢娱与今朝凄凉的强烈对比，也是女乐绮年月貌却只能空守陵墓蹉跎青春的无解矛盾；既是女乐的自怜，也是诗人对

---

① （宋）郭茂倩编《乐府诗集》，中华书局，1979，第454页。
② 逯钦立辑校《先秦汉魏晋南北朝诗》，中华书局，1983，第1679页。
③ 逯钦立辑校《先秦汉魏晋南北朝诗》，中华书局，1983，第1824页。
④ 逯钦立辑校《先秦汉魏晋南北朝诗》，中华书局，1983，第1418页。

第四章 刘氏家族文学之冠冕：刘孝绰（下）

她们的怜悯。此句将全诗气氛推向最高潮，是谓"结意隽"者。王夫之评此诗为"婉以入情，能不娇涩"①。刘诗亦有一些瑕疵，比如佳句"危弦断复续"后面紧接"妾心伤此时"这样的庸笔，太过直露，破坏诗歌的留白空间和整体含蓄之美。在南北朝乃至初唐铜雀妓（台）题材诗歌作品中，唯有孝绰有此浅弊之笔。钟惺《古诗归》卷十四曾评刘孝威之《望隔墙花诗》前两句佳，后两句则"妙想全露，不肯少留分毫，是其一病"。而孝绰《铜雀妓》亦有此病，不过也是"已快人眼口矣"②。

《古意送沈宏诗》《赋得遗所思诗》两首拟古诗，写思妇情态也十分有味。如：

> 燕赵多佳丽，白日照红妆。荡子十年别，罗衣双带长。春楼怨难守，玉阶空自伤。复此归飞燕，衔泥绕曲房。差池入绮幕，上下傍雕梁。故居犹可念，故人安可忘。相思昏望绝，宿昔梦容光。魂交忽在御，转侧定他乡。徒然顾枕席，谁与同衣裳。空使兰膏夜，炯炯对繁霜。（《古意送沈宏诗》）③
>
> 遗簪雕玳瑁，赠绮织鸳鸯。未若华滋树，交枝荡子房。别前秋已落，别后春更芳。所思不可寄，唯怜盈袖香。（《赋得遗所思诗》）④

《古意送沈宏诗》中的"古意"即"拟古"，陈祚明称此诗"用意远符古人"⑤。《赋得遗所思诗》正是赋得体以古诗句为题者，取《古诗十九首·庭中有奇树》中"攀条折其荣，将以遗所思"⑥句，其立意亦大致与之相同。两诗之有似汉韵，一来因刘孝绰善于模仿汉人声口，"未若华滋树，交枝荡子房""故居犹可念，故人安可忘"等句，达到了"质而不俚，浅而能深，近而能远"⑦的艺术效果，甚有汉乐府朴素自然

---

① （清）王夫之评选《古诗评选》，张国星校点，文化艺术出版社，1997，第59页。
② （明）钟惺、谭元春评选《诗归——古诗归》，张国光、张兴茂、曾大兴点校，湖北人民出版社，1985，第273页。
③ 逯钦立辑校《先秦汉魏晋南北朝诗》，中华书局，1983，第1837页。
④ 逯钦立辑校《先秦汉魏晋南北朝诗》，中华书局，1983，第1841页。
⑤ （清）陈祚明评选《采菽堂古诗选》，李金松点校，上海古籍出版社，2008，第868页。
⑥ 逯钦立辑校《先秦汉魏晋南北朝诗》，中华书局，1983，第331页。
⑦ （明）胡应麟：《诗薮》，中华书局，1958，第3页。

而又感情深沉的风调。二来则是刘孝绰大量化用了汉代诗歌的成句和汉代典故，如表4-1所示。

表4-1 《古意送沈宏诗》《赋得遗所思诗》化用诗歌、典故情况

刘孝绰诗	所化用的诗歌、典故
燕赵多佳丽	燕赵多佳人。 (《古诗十九首·东城高且长》)[1]
春楼怨难守	盈盈楼上女，皎皎当窗牖。 …… 荡子行不归，空床难独守。 (《古诗十九首·青青河畔草》)[2]
玉阶空自伤	华殿尘兮玉阶苔。 (班婕妤《自悼赋》)[3]
遗簪雕玳瑁	何用问遗君，双珠玳瑁簪。 (《鼓吹曲辞·有所思》)[4]
赠绮织鸳鸯	客从远方来，遗我一端绮。 …… 文彩双鸳鸯，裁为合欢被。 (《古诗十九首·客从远方来》)[5]
所思不可寄 唯怜盈袖香	馨香盈怀袖，路远莫致之。 (《古诗十九首·庭中有奇树》)[6]

注：
[1] 逯钦立辑校《先秦汉魏晋南北朝诗》，中华书局，1983，第332页。
[2] 逯钦立辑校《先秦汉魏晋南北朝诗》，中华书局，1983，第329页。
[3] (清) 严可均校辑《全上古三代秦汉三国六朝文》，中华书局，1965，第186页。
[4] 逯钦立辑校《先秦汉魏晋南北朝诗》，中华书局，1983，第160页。
[5] 逯钦立辑校《先秦汉魏晋南北朝诗》，中华书局，1983，第333页。
[6] 逯钦立辑校《先秦汉魏晋南北朝诗》，中华书局，1983，第331页。

虽或不及汉诗自然，但差可拟出汉代风味。《赋得遗所思诗》对后世有一定影响。宋朝诗人曹勋有《遗所思》，诗前半云："思君无所遗，宝带双鸳鸯。鸳鸯不相失，锦翼游方塘。副之玳瑁簪，同心复同房。上有金莲花，茎叶相扶将。下有并根藕，藕丝百尺长。"[1] 便是对刘孝绰诗中"遗簪雕玳瑁，赠绮织鸳鸯"句的扩写。

另一类为《三妇艳》、《淇上人戏荡子妇示行事诗》和《元广州景仲

---

[1] (宋) 曹勋：《松隐集》卷六，民国嘉业堂丛书本。

第四章 刘氏家族文学之冠冕：刘孝绰（下）

座见故姬》等作，意有轻荡。但即便是轻荡之诗，刘孝绰往往也能写出情致。如《淇上人戏荡子妇示行事诗》：

> 桑中始奕奕，淇上未汤汤。美人要杂佩，上客诱明珰。日暗人声静，微步出兰房。露葵不待劝，鸣琴无暇张。翠钗挂已落，罗衣拂更香。如何嫁荡子，春夜守空床。不见青丝骑，徒劳红粉妆。①

陈祚明称此诗"有秀致"②。大概因为此诗虽写调情，但几乎全是以典故连缀而成，具体如表 4-2 所示。

表 4-2　《淇上人戏荡子妇示行事诗》化用诗歌、典故情况

刘孝绰诗	所化用的诗歌、典故
桑中始奕奕 淇上未汤汤	期我乎桑中，要我乎上宫，送我乎淇之上矣。 （《鄘风·桑中》）①
美人要杂佩 上客诱明珰	知子之来之，杂佩以赠之。 （《郑风·女曰鸡鸣》）② 愿诚素之先达，解玉佩而要之。……无微情以效爱兮，献江南之明珰。（曹植《洛神赋》）③
日暗人声静 微步出兰房 露葵不待劝 鸣琴无暇张 翠钗挂已落 罗衣拂更香	女欲置臣……乃更于兰房之室，止臣其中。中有鸣琴焉，臣援而鼓之，为《幽兰》《白雪》之曲。主人之女……为臣炊雕胡之饭，烹露葵之羹，来劝臣食，以其翡翠之钗，挂臣冠缨，臣不忍仰视。为臣歌曰："岁将暮兮日已寒，中心乱兮勿多言。"臣复援琴而鼓之，为《秋竹》《积雪》之曲。 （宋玉《讽赋》）④
如何嫁荡子 春夜守空床 不见青丝骑 徒劳红粉妆	娥娥红粉妆，纤纤出素手。 昔为倡家女，今为荡子妇。 荡子行不归，空床难独守。 （《古诗十九首·青青河畔草》）⑤

注：
① （宋）朱熹集注《诗集传》，中华书局，1958，第 30 页。
② （宋）朱熹集注《诗集传》，中华书局，1958，第 51 页。
③ （清）严可均校辑《全上古三代秦汉三国六朝文》，中华书局，1965，第 1122 页。
④ （清）严可均校辑《全上古三代秦汉三国六朝文》，中华书局，1965，第 72 页。
⑤ 逯钦立辑校《先秦汉魏晋南北朝诗》，中华书局，1983，第 329 页。

---

① 逯钦立辑校《先秦汉魏晋南北朝诗》，中华书局，1983，第 1836 页。
② （清）陈祚明评选《采菽堂古诗选》，李金松点校，上海古籍出版社，2008，第 868 页。

典故的运用使得此诗不是纯然的轻荡。而且诗中典故虽多，却不凝滞馁钉，能结合事态顺叙自然，故此见出作者笔力。诗歌结句"不见青丝骑，徒劳红粉妆"对唐人有所影响。如李白《捣衣篇》云："君边云拥青丝骑，妾处苔生红粉楼。"① 张易之《出塞》写思妇云："骢裹青丝骑，娉婷红粉妆。"② 可能都是本于孝绰此诗。

刘孝绰的《三妇艳》《元广州景仲座见故姬诗》等诗体虽短小，却是意趣横出。《三妇艳》乃自乐府古辞《相和歌辞·相逢行》结尾"大妇织绮罗，中妇织流黄。小妇无所为，挟瑟上高堂。丈人且安坐，调丝方未央"③ 中演化而来。清代学者卢文弨注解《颜氏家训·书证》云："宋南平王（刘）铄，始仿乐府之后六句作《三妇艳》诗，犹未甚猥亵也。"④ 此后南朝文人作此题者甚多，然而渐渐演变为"郑、卫之辞"⑤，正是卢文弨所云"大失本指"⑥ 者。比如沈约之"大妇拂玉匣，中妇结罗帷。小妇独无事，对镜画蛾眉。良人且安卧，夜长方自私"⑦、萧统之"大妇舞轻巾，中妇拂华茵。小妇独无事，红黛润芳津。良人且高卧，方欲荐梁尘"⑧，已较侧艳；陈后主之"大妇年十五，中妇当春户。小妇正横陈，含娇情未吐。所愁晓漏促，不恨灯销炷"⑨，更近乎淫亵。但刘孝绰的《三妇艳》则辞意清新，颇为可诵。诗云：

> 大妇缝罗裙，中妇料绣文。唯馀最小妇，窈窕舞昭君。丈人慎勿去，听我驻浮云。（《三妇艳》）⑩

此诗不独仍较接近"本指"，且在较为固定的内容和结构中写出了一定的新意。"听我驻浮云"寥寥几字即显出"小妇"的自信、活泼和

---

① （唐）李白：《李太白集》，张式铭标点，岳麓书社，1989，第53页。
② （宋）郭茂倩编《乐府诗集》，中华书局，1979，第320页。
③ （宋）郭茂倩编《乐府诗集》，中华书局，1979，第508页。
④ （北齐）颜之推撰，王利器集解《颜氏家训集解》，上海古籍出版社，1980，第434页。
⑤ （北齐）颜之推撰，王利器集解《颜氏家训集解》，上海古籍出版社，1980，第432页。
⑥ （北齐）颜之推撰，王利器集解《颜氏家训集解》，上海古籍出版社，1980，第434页。
⑦ 逯钦立辑校《先秦汉魏晋南北朝诗》，中华书局，1983，第1616页。
⑧ 逯钦立辑校《先秦汉魏晋南北朝诗》，中华书局，1983，第1792页。
⑨ 逯钦立辑校《先秦汉魏晋南北朝诗》，中华书局，1983，第2502页。
⑩ 逯钦立辑校《先秦汉魏晋南北朝诗》，中华书局，1983，第1825页。

热情。比之"方欲荐梁尘"（萧统《三妇艳》）、"殷勤妾自知"（吴均《三妇艳诗》）①之类套语，特为生动。故陈祚明称"《三妇艳》惟此篇稍有致"②。

《元广州景仲座见故姬诗》写故姬见故夫之后欲鼓足勇气重续前缘的情态，诗云：

> 留故夫，不埒墀。别待春山上，相看采蘼芜。③

此诗反用《上山采蘼芜》之意。南朝诗人演化《上山采蘼芜》者甚多，如：

> 出户望兰薰，褰帘正逢君。敛容裁一访，新知讵可闻。新人含笑近，故人含泪隐。妾意在寒松，君心逐朝槿。（王僧孺《为何库部旧姬拟蘼芜之句诗》）④
>
> 入堂值小妇，出门逢故夫。含辞未及吐，绞袖且踟蹰。摇兹扇似月，掩此泪如珠。今怀固无已，故情今有余。（萧绎《戏作艳诗》）⑤

这类诗多写被抛弃的姬妾对故夫的思恋和无由重续前缘的悲哀，诗中女主人公的姿态是柔顺、消极、退让的，大体还与原诗感情基调相同。孝绰之诗却恰与原诗相反，不仅翻出新意，又能借原诗背面敷粉，因能于寥寥数句中写出故姬复杂而微妙的心情。

（二）主于描写女性外貌

这类诗有《爱姬赠主人诗》《遥见邻舟主人投一物众姬争之有客请余为咏》《同武陵王看妓诗》《和咏歌人偏得日照诗》《咏姬人未肯出诗》《遥见美人采荷诗》《咏眼诗》等。《爱姬赠主人诗》较有代表性。诗云：

---

① 逯钦立辑校《先秦汉魏晋南北朝诗》，中华书局，1983，第1725页。
② （清）陈祚明评选《采菽堂古诗选》，李金松点校，上海古籍出版社，2008，第862页。
③ 逯钦立辑校《先秦汉魏晋南北朝诗》，中华书局，1983，第1845页。
④ 逯钦立辑校《先秦汉魏晋南北朝诗》，中华书局，1983，第1764页。
⑤ 逯钦立辑校《先秦汉魏晋南北朝诗》，中华书局，1983，第2051页。

卧久疑妆脱，镜中私自看。薄黛销将尽，凝朱半有残。垂钗绕落鬓，微汗染轻纨。同羞不相难，对笑更成欢。妾心君自解，挂玉且留冠。①

这首诗算是孝绰艳情诗中较为轻薄的作品，但也并无猥琐之处。诗状女子情态颇佳："垂钗绕落鬓，微汗染轻纨"，写女子睡醒后慵懒之态，十分细腻传神；"同羞不相难，对笑更成欢"，写女子揽镜自照，亦十分生动。

另外几首小诗也颇为有致。《和咏歌人偏得日照诗》云："独明花里翠，偏光粉上津。屡将歌罢扇，回拂影中尘。"② 刻画细腻，"写光有态"③。周弘正原作云："斜光入丹扇，的的最分明。欲持照雕栱，仍作绕梁声。"④ 则相形平乏。《咏姬人未肯出诗》云："帷开见钗影，帘动闻钏声。徘徊定不出，常羞华烛明。"⑤ 有犹抱琵琶半遮面之致。《遥见美人采荷诗》云："菱茎时绕钏，棹水或沾妆。不辞红袖湿，唯怜绿叶香。"⑥ 色彩鲜明，宛如画卷。但总体而言，孝绰在工笔刻画女性情态上不及萧纲等宫体诗人，这类诗歌的艺术成就要逊色于他写女性情感的诗篇。

(三) 书写男色娈童

这类诗唯有《咏小儿采菱诗》一首，诗云：

采菱非采菉，日暮且盈舡。踟蹰未敢进，畏欲比残桃。⑦

头两句反用《小雅·采绿》中的"终朝采绿，不盈一匊"⑧ 之意。《采绿》本指女性思念丈夫，"残桃"用卫灵公弥子瑕典故。考虑到南朝

---

① 逯钦立辑校《先秦汉魏晋南北朝诗》，中华书局，1983，第1836页。
② 逯钦立辑校《先秦汉魏晋南北朝诗》，中华书局，1983，第1843页。
③ (清) 陈祚明评选《采菽堂古诗选》，李金松点校，上海古籍出版社，2008，第870页。
④ 逯钦立辑校《先秦汉魏晋南北朝诗》，中华书局，1983，第2464页。
⑤ 逯钦立辑校《先秦汉魏晋南北朝诗》，中华书局，1983，第1843页。
⑥ 逯钦立辑校《先秦汉魏晋南北朝诗》，中华书局，1983，第1843页。
⑦ 逯钦立辑校《先秦汉魏晋南北朝诗》，中华书局，1983，第1843页。
⑧ (宋) 朱熹集注《诗集传》，中华书局，1958，第170页。

有男风之好且描写娈童的诗篇颇多,此诗可能亦是其属。

刘孝绰艳情诗的艺术特色

刘孝绰艳情诗的总体风格,亦是"比较秀雅","即使是宫体诗,也并不秾艳到使人生厌"①。一来是因为刘孝绰在诗歌的主题内容上保持克制。比如他很少详细地描写女性的容貌体态,尤其是显得较为狎昵的脂粉香汗类。"薄黛销将尽,凝朱半有残。垂钗绕落鬓,微汗染轻纨"一类的描写绝无仅有,而且此诗在南朝艳情诗中也不足为放荡。与南朝大行其道的艳情咏物诗不同,他的咏物诗少有领边绣、足下履这些贴近女性身体的物件,也没有枕席帏帐这些带有情色含义的字眼,因此较为雅致。即便是写男色娈童的诗,也不详细描写小儿姿容,更没有南朝娈童诗歌常常隐含的性暗示,故不至于过于低俗。二来刘孝绰常借典故的运用,来消解作品的侧艳之色。如《同武陵王看妓诗》写女乐美态是"宁殊遇行雨,讵减见凌波"②;《遥见邻舟主人投一物众姬争之有客请余为咏》写众姬妾相争是"新缣疑故素,盛赵蔑衰班"③。运用这些描写女性的成典,可令行文相对含蓄,使得一些原本放浪的场景不至于显得过于轻浮。

用典是刘孝绰诗歌或者说整个南朝文人诗歌中常见的现象,但刘孝绰在艳情诗中的用典,又呈现出一种独特的面貌。

一是对典故的大量、直接的化用,这是刘孝绰艳情诗中经常出现的现象,如:

鹍弦且辍弄,鹤操暂停徽。别有啼乌曲,东西相背飞。倡人怨独守,荡子游未归。若逢生离唱,长夜泣罗衣。(《夜听妓赋得乌夜啼》)④

应门寂已闭,非复后庭时。况在青春日,萋萋绿草滋。妾身似秋扇,君恩绝履綦。讵忆游轻辇,从今贱妾辞。(《班婕妤怨》)⑤

---

① 曹道衡、沈玉成编著《南北朝文学史》,人民文学出版社,1991,第241页。
② 逯钦立辑校《先秦汉魏晋南北朝诗》,中华书局,1983,第1840页。
③ 逯钦立辑校《先秦汉魏晋南北朝诗》,中华书局,1983,第1837页。
④ 逯钦立辑校《先秦汉魏晋南北朝诗》,中华书局,1983,第1824页。
⑤ 逯钦立辑校《先秦汉魏晋南北朝诗》,中华书局,1983,第1824页。

《夜听妓赋得乌夜啼》大量使用了与音乐相关的典故。鹍弦指《鹍鸡曲》，鹤操指《别鹤操》，都是反映男女别离之哀的乐曲。① 该诗余下的部分则直接化用了乐府民歌《乌夜啼》的成句。民歌云："鸟生如欲飞，二飞各自去。生离无安心，夜啼至天曙。"② 刘孝绰所写"别有啼乌曲，东西相背飞。……若逢生离唱，长夜泣罗衣"，与民歌几乎句句对应。《班婕妤怨》更是全诗大量使用了班婕妤的事迹和诗文成句，如表4-3所示。

表4-3 《班婕妤怨》化用诗歌、典故情况

刘孝绰诗	所化用的诗歌、典故
应门寂已闭	潜玄宫兮幽以清，应门闭兮禁闼扃。 （班婕妤《自悼赋》）①
非复后庭时	成帝游于后庭，尝欲与婕妤同辇载。 （《汉书·孝成班婕妤传》）②
况在青春日 萋萋绿草滋	历年岁而悼惧兮，闵蕃华（笔者注：即青春）之不滋。…… 华殿尘兮玉阶苔，中庭萋兮绿草生。 （班婕妤《自悼赋》）
妾身似秋扇	新裂齐纨素，鲜洁如霜雪。 裁为合欢扇，团团似明月。 出入君怀袖，动摇微风发。 常恐秋节至，凉飙夺炎热。 弃捐箧笥中，恩情中道绝。 （班婕妤《怨诗》）③
君恩绝履綦	俯视兮丹墀，思君兮履綦。 （班婕妤《自悼赋》）
讵忆游轻辇 从今贱妾辞	成帝游于后庭，尝欲与婕妤同辇载，婕妤辞曰："观古图画，贤圣之君皆有名臣在侧，三代末主乃有嬖女，今欲同辇，得无近似之乎？"上善其言而止。 （《汉书·孝成班婕妤传》）④

注：
① （清）严可均校辑《全上古三代秦汉三国六朝文》，中华书局，1965，第186页。该赋引文均出自此。
② （汉）班固撰，（唐）颜师古注《汉书》，中州古籍出版社，1991，第3982页。
③ 逯钦立辑校《先秦汉魏晋南北朝诗》，中华书局，1983，第116~117页。
④ （汉）班固撰，（唐）颜师古注《汉书》，中华书局，1962，第3983~3984页。

---

① 《鹍鸡曲》见张衡《南都赋》，赋云："《寡妇》悲吟，《鹍鸡》哀鸣。"故《鹍鸡曲》当也为言男女别离哀思之乐。《别鹤操》，乃商陵牧子娶妻无子，父母为之改娶，牧子悲离散而歌。事见蔡邕《琴操》和崔豹《古今注》。
② （宋）郭茂倩编《乐府诗集》，中华书局，1979，第691页。

同《淇上人戏荡子妇示行事诗》一样，此诗连续缀典，然又能娓娓道来：首句写班婕妤失宠，次句写周围环境，进一步衬托班婕妤的凄凉境遇，第三句写班婕妤在此环境中感叹遭遇捐弃、断绝皇恩，第四句回忆美好的往事，今昔对比，进一步显出君王的绝情和班婕妤的哀怨。层次分明，逻辑清楚，文辞哀艳，达到了较好的艺术效果，并非只为炫才或游戏而撷取典事。唐人徐彦伯《班婕妤》云："应门寂已闭，流涕向昭阳。"① 即自孝绰诗出，然不及孝绰之诗含蓄秀雅。

二是对典故的反用。如《遥见邻舟主人投一物众姬争之有客请余为咏》中的"新缣疑故素"，乃反用《上山采蘼芜》之意，写诸姬争宠猜妒。《为人赠美人诗》云："幸非使君问，莫作罗敷辞。"② 反用《陌上桑》中罗敷拒使君调戏的典故。《爱姬赠主人诗》云："妾心君自解，挂玉且留冠。"③ 反用《讽赋》中宋玉拒绝主人女勾引的典故。《淇上人戏荡子妇示行事诗》中的"日暗人声静，微步出兰房。露葵不待劝，鸣琴无暇张。翠钗挂已落，罗衣拂更香"④ 几乎是对《讽赋》全文的缩写，只是立意恰好相反。《元广州景仲座见故姬诗》全诗更是对《上山采蘼芜》的反立意改写。这些故事原本坚贞、庄重、含蓄，被作者反以之写风流韵事，其格调固然不高，但比直接写放荡情事的作品又要收敛一些。

三是对典故的劣用。对一些坚贞庄重典故的反写，已使得刘孝绰艳情诗中常有典故格调的劣化。而有时诗人用典还抛弃原作品比兴美刺的内涵，只取其表面的艳情部分，更是对典故的一种"劣用"。比如刘孝绰特别喜欢用《洛神赋》的典故。

巫山荐枕日，洛浦献珠时。（《为人赠美人诗》）⑤
宁殊遇行雨，讵减见凌波。（《同武陵王看妓诗》）⑥

---

① （宋）郭茂倩编《乐府诗集》，中华书局，1979，第628页。
② 逯钦立辑校《先秦汉魏晋南北朝诗》，中华书局，1983，第1837页。
③ 逯钦立辑校《先秦汉魏晋南北朝诗》，中华书局，1983，第1836页。
④ 逯钦立辑校《先秦汉魏晋南北朝诗》，中华书局，1983，第1836页。
⑤ 逯钦立辑校《先秦汉魏晋南北朝诗》，中华书局，1983，第1837页。
⑥ 逯钦立辑校《先秦汉魏晋南北朝诗》，中华书局，1983，第1840页。

"洛浦献珠时"取自《洛神赋》之"无微情以效爱兮,献江南之明珰","讵减见凌波"取自《洛神赋》之"陵波微步,罗袜生尘"[1]。前两句的"巫山""行雨"则是取宋玉《高唐赋》中的巫山神女故事。刘孝绰是把《洛神赋》当作君王(王室)遇合神女的典事来使用。《洛神赋》后世多以为有所寄托,是"爱君恋阙之词"[2],"其亦屈子之志"[3],"其悲君臣之道否,哀骨肉之分离,托为神人永绝之词,潜处太阴,寄心君王,贞女之死靡他,忠臣有死无贰之志"[4]。但在刘孝绰笔下,则只取其美色描写和风流韵事的含义,则格调亦有低劣,情志亦为苍白。这也反映了南朝接受《洛神赋》的总体趋势。

因此,在第二、三种情况下,刘孝绰艳情诗中的用典有时反而可能成为缺陷,比如《为人赠美人诗》。诗云:

> 巫山荐枕日,洛浦献珠时。一遇便如此,宁关先有期。幸非使君问,莫作罗敷辞。夜长眠复坐,谁知暗敛眉。欲寄同花烛,为照遥相思。[5]

胡大雷以为:"此诗写出与美人邂逅相遇,一见钟情而共尽男女之欢,以及别后之相思。全诗多用典故,有齐时之风;后半部分又写'夜长眠复坐',又是梁时写法。"[6] 此诗所用巫山神女、洛水女神、罗敷使君典故,在南朝艳情诗中俯拾皆是,几成"陈腐旧套",倒是自出机杼的几句颇得论者称赏。"一遇便如此,宁关先有期",钟惺爱其清俊,以为"写得侠气";"夜长眠复坐,谁知暗敛眉",谭元春则爱其柔婉,以为"极温细情态,粗人想不到此"[7]。此诗竟在南朝艳情诗中难能可贵地写出了一种刚柔并济的风调,唯惜乎典故过于庸俗。

---

[1] (清)严可均校辑《全上古三代秦汉三国六朝文》,中华书局,1965,第1123页。
[2] (清)潘德舆撰,吴宗海笺注《养一斋诗话笺注》,新天出版社,1993,第58页。
[3] (清)何焯:《义门读书记》,中华书局,1987,第883页。
[4] (清)朱乾:《乐府正义》卷十四,乾隆五十四年秬香堂刻本。
[5] 逯钦立辑校《先秦汉魏晋南北朝诗》,中华书局,1983,第1837页。
[6] 胡大雷:《齐梁体诗选》,河北大学出版社,2004,第146页。
[7] (明)钟惺、谭元春选评《诗归——古诗归》,张国光、张兴茂、曾大兴点校,湖北人民出版社,1985,第272页。

第四章 刘氏家族文学之冠冕：刘孝绰（下）

由刘孝绰艳情诗中典故运用的特色，或许可以解决几段文学史上的公案。《元广州景仲座见故姬》有归属的争议。《玉台新咏》卷九录此诗作"刘孝绰《元广州景仲座见故姬》"，在"王筠《行路难》"及"刘孝威《拟古应教》"之间。按《玉台新咏》体例，诗题前加人名当即作者，此诗固为孝绰所作。但清代学者纪容舒《玉台新咏考异》对此质疑，他说：

> 按此诗语意不似孝绰自作。疑孝绰于元景仲座见故姬，而王筠嘲之。宋刻因题上有孝绰姓名，时代先后又适与王筠相接，遂误以为孝绰作，而目录别出一条耳。《诗纪》注"一作《代人咏见故姬》"，则又明人觉其未安而改之，然"代"字仍未安也。①

黄大宏《论梁代诗人王筠》由纪说演化，将此诗列入王筠名下，他说：

> 此作当从古诗《上山采蘼芜》化出，原写故夫前妻相逢时的怨悔心理；王诗借此生发，实是以第三者口吻对孝绰故姬的戏谑，以嘲刘孝绰的尴尬。题中用"代"字，等于说乞求之意出自"故夫"，孝绰断不至于自取其辱，故觉"仍未安也"。原题未能点明嘲作之意，若在题前著一"嘲"字，似较妥当。②

按纪容舒之言未免武断。此诗可以理解成他人戏谑，但也可能是孝绰在描写故姬含羞带怯又鼓足勇气的真实情态，或是孝绰见故姬余情未了亦有意动，故先以诗挑之。至于黄大宏由纪容舒说推演出的"以嘲刘孝绰的尴尬"，也不尽成立。梁陈文人在男女情事上比较放荡，此为风流韵事，未必即是尴尬。又按萧绎《戏作艳诗》声口，可知梁陈文人笔下的"故妇"或者"故姬"常常对故夫充满怀恋，因此即便孝绰以"故夫"自居，未必即有"自取其辱"的贬义。何必非以"嘲"字冠之？而

---

① （清）纪容舒：《玉台新咏考异》，中华书局，1985，第141页。
② 黄大宏：《论梁代诗人王筠》，《西南大学学报（社会科学版）》2008年第5期，第141页。

且观之王筠诗作,则可知王筠并没有直接化用成句和反用典故的习惯,此诗写法正是典型孝绰特色。另有《淇上戏荡子妇示行事诗》,《玉台新咏》卷八录为刘孝绰诗,而《艺文类聚》卷第十八,录此诗为《淇上戏荡子妇》,作者为南朝梁徐君蒨。然考虑此诗写法,亦非徐君蒨风格,全是孝绰笔调。故此二诗仍当归于孝绰为是。

总之,刘孝绰的艳情诗有南朝艳情诗苍白贫乏的弊病,但笔调较为秀雅,艺术水平亦较高超。而且诗人正面描写女性容貌与女性感情之美,还有些诗歌同情女性命运、曲写女性心理,这些价值都是应当肯定的。

五　刘孝绰的诗歌审美趣尚与历代评价

总体而言,刘孝绰的诗歌呈现秀雅、雍容、典正、精巧、婉转的风格,这是他的诗歌审美趣尚所在,后人言其诗风亦多有论述。

刘孝绰的诗歌审美趣尚

刘孝绰并无直接的诗学理论留世,但《颜氏家训·文章》里记载了他对两位南朝著名诗人谢朓、何逊作品的态度,由此差可见出他的诗歌审美趣尚。

> 何逊诗实为清巧,多形似之言;扬都论者,恨其每病苦辛,饶贫寒气,不及刘孝绰之雍容也。虽然,刘甚忌之,平生诵何诗,常云:"'蓬车响北阙',憧憧不道车。"又撰《诗苑》,止取何两篇,时人讥其不广。刘孝绰当时既有重名,无所与让;唯服谢朓,常以谢诗置几案间,动静辄讽味。简文爱陶渊明文,亦复如此。[①]

文中提到"刘孝绰当时既有重名,无所与让"。这与《梁书》本传中刘孝绰生性狂傲的记载是一致的。《梁书》言孝绰"少有盛名,而仗

---

① (北齐)颜之推撰,王利器集解《颜氏家训集解》,上海古籍出版社,1980,第276页。

气负才，多所陵忽，有不合意，极言诋訾"①，与到洽"同游东宫，孝绰自以才优于洽，每于宴坐，嗤鄙其文，洽衔之"②。刘孝绰对名重一时、被萧绎称赞为"魏世重双丁，晋朝称二陆。如何今两到，复似凌寒竹"③的到氏兄弟都如此轻视，可见其眼高于顶。如此傲气的刘孝绰，对何逊不甚看重，而对谢朓倍为推崇。

（一）何语实未工

刘孝绰既"仗气负才"至此，也无怪对与己并称的何逊颇有讥刺。所谓刘孝绰常云："'蘧车响北阙'，懵懵不道车。"针对的是何逊《早朝车中听望诗》。何逊诗云：

> 诘旦钟声罢，隐隐禁门通。蘧车响北阙，郑履入南宫。宿雾开驰道，初日照相风。胥徒纷络绎，骖御或西东。暂喧耳目外，还保性灵中。方验游朝市，此说不为空。④

此诗并非何逊第一流的作品。诗写早朝之景，然不见宏大壮丽，匮乏天家气象，正是何逊诗所谓"饶贫寒气""不及孝绰雍容"之处。孝绰讥讽此诗，可见他的审美确实偏向雍容安雅。究其原因，刘孝绰生长在以文学侍从皇室的世家，幼年即受其父熏陶，不满十五岁又开始代父草拟诏诰，所以审美自然偏向雍容一路；而刘孝绰出仕之初，又多受梁武帝和昭明太子赏识、爱重，常应制作诗，故奉和其诗风，亦然典正。

再者，何逊此诗用典实有未当之处。何逊"蘧车响北阙"句本用"宫门蘧车"之事，典出《列女传·卫灵夫人》。

> （卫）灵公与夫人夜坐，闻车声辚辚，至阙而止，过阙复有声。公问夫人曰："知此谓谁？"夫人曰："此蘧伯玉也。"公曰："何以知之？"夫人曰："妾闻《礼》'下公门，式路马'，所以广敬也。……

---

① （唐）姚思廉：《梁书》，中华书局，1973，第483页。
② （唐）姚思廉：《梁书》，中华书局，1973，第480页。
③ （唐）姚思廉：《梁书》，中华书局，1973，第569页。
④ 逯钦立辑校《先秦汉魏晋南北朝诗》，中华书局，1983，第1694页。

蘧伯玉，卫之贤大夫也，仁而有智，敬于事上，此其人必不以暗昧废礼。是以知之。"①

此典故言蘧伯玉守礼节、为贤臣。结合下句的"郑履"②典故，何逊是想取梁臣都如蘧伯玉、郑崇一样的贤明之意。但蘧伯玉守礼之举正在其"至阙而止"，而何逊诗中贤明的梁臣要进入宫阙亦当车声不闻，则言"响北阙"即失当。故孝绰云"懫懫不道车"。"懫"，《康熙字典》注引《玉篇》云"乖戾也，顽也"③。则孝绰的"懫懫不道车"，就是讥讽何逊所描写为"无礼之车，懫懫不道之车"④，是一种"乖离情理、没有礼节的车子"⑤。刘孝绰对何逊的批评并不仅是因为他气量狭小、心胸"不广"，也实是因为孝绰善于用典，所以对用典要求较高，必以贴切为止。究其原因，南朝重文，用典是骋才炫技的重要方式，而梁前期诗风又多崇雍容雅正，更宜用典，故当时诗人多喜以典入诗。文坛领袖任昉尤其积极倡导用典。《南史》任昉本传记载："（任昉）既以文才见知，时人云'任笔沈诗'。昉闻，甚以为病。晚节转好著诗，欲以倾沈，用事过多，属辞不得流便，自尔都下士子慕之，转为穿凿，于是有才尽之谈矣。"⑥虽然任昉的用典已经达到妨碍诗歌之流畅的程度了，但却曾备受时人推崇。尤其任昉"用事著诗"是在其晚年，恰是孝绰参与"兰台聚"，受其提携奖掖的时期，孝绰恐不免受其影响。如刘孝绰写给任昉的《归沐呈任中丞昉》，除了写景几句，就基本句句有典故。

（二）谢诗宜讽味

能让如此恃才傲物的刘孝绰真正服膺并欣赏的诗人只有谢朓一个。

---

① （汉）刘向编撰，张涛译注《列女传译注》，山东大学出版社，1990，第 102~103 页。
② 郑崇"数求见谏争，上初纳用之。每见曳革履，上笑曰：'我识郑尚书履声。'"后世即以"郑履"美称为官清正、敢于谏争的人。典出《汉书·郑崇传》。
③ 汉语大词典编纂处整理《康熙字典》（标点整理本），汉语大词典出版社，2005，第 348 页。
④ （北齐）颜之推著，庄辉明、章义和撰《颜氏家训译注》，上海古籍出版社，1999，第 193 页。
⑤ （北齐）颜之推：《颜氏家训》，曾德明注译，崇文书局，2007，第 116 页。
⑥ （唐）李延寿：《南史》，中华书局，1975，第 1455 页。

第四章 刘氏家族文学之冠冕：刘孝绰（下）

关于谢朓的诗作风格，陈祚明在《采菽堂古诗选》卷二十有此论述：

> 盖玄晖密于体法，篇无越思；揆有作之情，定归是柄。如耕者之有畔焉，逾是则不安矣。至乃造情述景，莫不取稳善调，理在人之意中，词亦众所共喻。而寓目之际，林木山川，能役字模形，稍增隽致，大抵运思使事，状物选词，亦雅亦安，无放无累，篇篇可诵，蔚为大家；首首无奇，未云惊代。①

陈祚明指出谢朓之作守法度、取稳善、出隽致、求安雅，堪称可诵，又云无奇。陈说未必尽是，但与孝绰诗风参照，则颇有意趣。上文已多方举例说明，孝绰之诗结构严密、叙述委顺、摛辞秀雅、格调平缓。则粗率观之，孝绰诗风与陈说中谢朓诗风颇为近似。要之谢朓之诗精丽、婉美、工致，几乎代表齐梁陈诗歌的最高成就，也十分符合当时的审美标准。萧纲在《与湘东王书》中称谢朓的作品是"文章之冠冕，述作之楷模"②，也就是说，谢朓是当时诗风的最佳代表。所以南朝诗人大致也就沿着谢朓的路线走了下来，"梁、陈、隋几代文人很少不受他的影响"③，其中自然也包括刘孝绰。

刘孝绰对谢朓的追效，最明显的表现是对其语句的模仿学习。表4-4即刘孝绰模仿谢朓成句的情况摘录。

表4-4 刘孝绰仿谢朓成句情况

谢朓诗①	刘孝绰诗②
江路西南永，归流东北骛。 （《之宣城郡出新林浦向板桥诗》）	辗辕东北望，江汉西南永。 （《侍宴离亭应令诗》）
逶迤带绿水，迢递起朱楼。 （《随王鼓吹曲·入朝曲》）	纡余出紫陌，迤逦度青楼。 （《春日从驾新亭应制诗》）
日华川上动，风光草际浮。 （《和徐都曹出新亭渚诗》）	春色江中满，日华岩上留。 （《春日从驾新亭应制诗》）

---

① （清）陈祚明评选《采菽堂古诗选》，李金松点校，上海古籍出版社，2008，第635页。
② （清）严可均校辑《全上古三代秦汉三国六朝文》，中华书局，1965，第3011页。
③ 曹道衡、沈玉成编著《南北朝文学史》，人民文学出版社，1991，第147页。

续表

谢朓诗[1]	刘孝绰诗[2]
樽酒若平生。（《同谢谘议咏铜爵台》）	弦吹似佳期。（《铜雀妓》）

注：
[1] 表中所引谢朓诗依次出自逯钦立辑校《先秦汉魏晋南北朝诗》，中华书局，1983，第1429、1414、1442、1418页。
[2] 表中所引刘孝绰诗依次出自逯钦立辑校《先秦汉魏晋南北朝诗》，中华书局，1983，第1829、1827、1827、1824页。

孝绰的侍宴诗尤其多得谢朓之益。钟惺《古诗归》卷十三称谢朓"以山水作都邑诗，非惟不堕清寒，愈见旷逸"[1]，刘孝绰则效之以山水笔法称颂皇朝气象，正是颜之推所谓"雍容"者也。刘孝绰又时有效谢朓之起句夺人者。"辗辗东北望，江汉西南永"固明显地效仿"江路西南永，归流东北鹜"；"弦吹似佳期"与"樽酒若平生"结构笔法均相似，不直言而已经奠定物是人非的悲凉基调；《答何记室诗》的"游子倦飘蓬，瞻途杳未穷"[2]也有几分"大江流日夜，客心悲未央"（谢朓《暂使下都夜发新林至京邑赠西府同僚诗》）[3]的气质，与后文咏史相应，固有落拓悲凉之气。

刘孝绰有时还学习谢朓谋篇布局的结构。如谢朓有《和刘中书绘入琵琶峡望积布矶诗》：

昔余侍君子，历此游荆汉。山川隔旧赏，朋僚多雨散。图南矫风翻，曾非息短翰。移疾觐新篇，披衣起渊玩。惆怅怀昔践，仿佛得殊观。赪紫共彬驳，云锦相凌乱。奔星上未穷，惊雷下将半。回潮渍崩树，轮囷轧倾岸。岩筱或傍翻，石菌无修干。澄澄明浦媚，衍衍清风烂。江潭良在目，怀贤兴累叹。岁暮不我期，淹留绝岩畔。[4]

这首诗正是谢朓对孝绰之父刘绘来诗的唱和。诗先感慨分离，再写

---

[1] （明）钟惺、谭元春选评《诗归——古诗归》，张国光、张兴茂、曾大兴点校，湖北人民出版社，1985，第247页。
[2] 逯钦立辑校《先秦汉魏晋南北朝诗》，中华书局，1983，第1835页。
[3] 逯钦立辑校《先秦汉魏晋南北朝诗》，中华书局，1983，第1426页。
[4] 逯钦立辑校《先秦汉魏晋南北朝诗》，中华书局，1983，第1443页。

对友人诗书的诵读玩赏，再即写友人所在之景，仍终于思念友人。刘孝绰《酬陆长史倕诗》亦是此结构。因此谢朓此诗可称"下开了陆倕、刘孝绰等赠答一类的诗篇"①。至于孝绰作诗多讲求首尾的完整性和构思的巧妙，大概也有谢朓之影响。

刘孝绰对谢朓的追仿还表现在对声律婉转的追求。《南史·王筠传》提到谢朓有著名诗论云："好诗圆美流转如弹丸。"②此论确旨难详，但必定含有重视诗的声律和语调的意思。《南史·陆厥传》曰："吴兴沈约、陈郡谢朓、琅琊王融，以气类相推毂；汝南周颙，善识声韵。约等文皆用宫商，以平上去入为四声，以此制韵……不可增减。世呼为'永明体'。"③《梁书·庾肩吾传》曰："齐永明中，文士王融、谢朓、沈约文章始用四声，以为新变。至是转拘声韵，弥尚丽靡，复逾于往时。"④沈约与谢朓在声韵上是知音同道，故称赞谢朓"调与金石谐"（《怀旧诗·伤谢朓》）⑤。沈约、谢朓开创的永明体对后世颇有影响，是诗歌迈向格律化的重要进程。刘孝绰也颇善音韵。阳松玠《谈薮》记载："（僧）重公尝谒高祖，问曰：'弟子闻在外有四声，何者为是？'重公应声答曰：'天保寺刹。'及出，逢刘孝绰，说以为能。绰曰：'何如道天子万福？'"⑥葛立方《韵语阳秋·卷四》引陆龟蒙诗序云："叠韵起自梁武帝，云'后牖有朽柳'，当时侍从之臣皆倡和。刘孝绰云'梁王长康强'，沈少文云'偏眠船弦边'，庾肩吾云'载碓每碍埭'，自后用此体作为小诗者多矣。"⑦所以孝绰在诗歌创作中对音韵也有自觉的追求。与永明体大致相似，他作诗讲究一联之内的平仄，而律联之间则常常失黏，如《月半夜泊鹊尾诗》：

客行三五夜，息棹隐中洲。月光随浪动，山影逐波流。⑧

---

① 曹道衡、沈玉成编著《南北朝文学史》，人民文学出版社，1991，第143页。
② （唐）李延寿：《南史》，中华书局，1975，第609页。
③ （唐）李延寿：《南史》，中华书局，1975，第1195页。
④ （唐）姚思廉：《梁书》，中华书局，1973，第690页。
⑤ 逯钦立辑校《先秦汉魏晋南北朝诗》，中华书局，1983，第1653页。
⑥ （北齐）阳松玠：《谈薮》，中华书局，1996，第11页。
⑦ （宋）葛立方：《韵语阳秋》，中华书局，1985，第28页。
⑧ 逯钦立辑校《先秦汉魏晋南北朝诗》，中华书局，1983，第1842页。

仄平平仄仄　平仄仄平平　仄平平仄仄　平仄仄平平

对句之内平仄严格，除了失黏之外，已近唐人五绝风味。又如《诗》：

行衣侵晓露，征舻犯夜湍。无因停合浦，见此去珠还。①
平平平仄仄　平平仄仄平　平仄平仄仄　仄仄仄平平

除了首句不谐律外，后面三句的平仄已经完全符合仄起首句不入韵的五绝格律了。谢朓又多有一些五言八句诗，如《赠王主簿诗二首》其一、《送江兵曹檀主簿朱孝廉还上国诗》、《与江水曹至干滨戏诗》、《出下馆诗》、《咏蒲诗》等，且中间两联多有对仗者。孝绰之《赋得照棋烛刻五分成诗》亦效此体。这类诗体制已经近乎五律。孝绰之《陪徐仆射晚宴诗》则被王夫之评为"全似钱、刘排律，后人之所趋，前人亦何不有也"②。总之，孝绰的作品中没有当时渐兴的七言，但其五言已时具五绝、五律雏形，正是许学夷所说"（何逊、刘孝绰）二公五言，声多入律"。当然，孝绰之雕琢诗歌声律与形式，除了服膺谢朓之外，大概也受同样追求声韵形式的舅父王融、"父党"沈约等人的影响。何况其父本身就"刘绘贴宅，别开一门"，差可与"并有言工"的张融、周颙并称，家学在此，自然也影响了孝绰的审美追求。

从孝绰对谢朓、何逊作品的态度，可以看出他对诗歌的雍容、典正、精巧、婉转有着自觉的追求，并在诗歌创作中有积极的实践。刘孝绰的诗歌既继承了以谢朓为代表的永明体风，有婉转精丽之致，又因奉和萧衍与萧统而颇有梁前期的典正。后期出入萧纲、萧绎文学集团，始作宫体，"语渐绮靡"——萧绎《与刘孝绰书》索孝绰诗为观，提到孝绰应"吟咏情性"，正是宫体文学的纲领——但或许是受前期雍容典正之风的影响，孝绰的宫体还"比较秀雅""并不秾艳到使人生厌"。刘孝绰的诗歌创作，正体现了齐梁诗风的演化，折射出从永明体到宫体的转变，对

---

① 逯钦立辑校《先秦汉魏晋南北朝诗》，中华书局，1983，第1828页。
② （清）王夫之评选《古诗评选》，张国星校点，文化艺术出版社，1997，第306页。

研究南朝诗风的发展颇有意义。

刘孝绰诗歌的评价

刘孝绰生前即负盛名。孝绰幼时王融便有云:"天下文章,若无我当归阿士。"① 范云本来"年长绘十余岁",但因赞赏孝绰之才,便让自己的儿子、"与孝绰年并十四五"的范孝才与孝绰申明伯季,"乃命孝才拜之"。孝绰以文才见知于梁武帝萧衍,多得沈约、任昉引见。萧衍对周舍称赞孝绰为"第一官当用第一人"。昭明太子萧统起乐贤堂,"乃使画工先图孝绰焉"。萧统宫中诸文士游宴玄圃,"太子独执筠袖抚孝绰肩而言曰:'所谓左把浮丘袖,右拍洪崖肩'"②。萧绎欲索孝绰之诗为观,称"譬夫梦想温玉,饥渴明珠,虽愧卞、随,犹为好事。新有所制,想能示之"③。孝绰既为名流皇室所重如此,名声又传遍天下,如《梁书》本传称"孝绰辞藻为后进所宗,世重其文,每作一篇,朝成暮遍,好事者咸讽诵传写,流闻绝域"④,则孝绰虽仕途不畅,论文名则一生辉煌。唐代僧人法琳《辩正论》言孝绰"声名盖世"⑤者,当时是矣。

刘孝绰去世之后,萧绎为《黄门侍郎刘孝绰墓志铭》,云:

> 蔡墨攸陈,有草有茵。梁荆世楨,或魏或秦。积善馀庆,时推俊民。孝乎惟孝,其德有邻。曰风曰雅,文章动神。鹤开阮瑀,鹏鬐杨循(修)。身兹惟屈,扶摇未申。人冈石火,山有楸椿。佳城无曙,寒野方春。⑥

墓志铭将孝绰的诗文风格概括为"曰风曰雅,文章动神",即云孝绰创作风格颇为雅正,与颜之推所云"雍容"相符,代表了时人对刘孝绰的看法。萧绎又将孝绰与阮瑀、杨修相比。按孝绰《春日从驾新亭》云"侍从荣前阮",《与湘东王书》云"昔临淄词赋,悉与杨修,未殚宝

---

① (唐)姚思廉:《梁书》,中华书局,1973,第479页。
② (唐)姚思廉:《梁书》,中华书局,1973,第485页。
③ (唐)姚思廉:《梁书》,中华书局,1973,第481页。
④ (唐)姚思廉:《梁书》,中华书局,1973,第483~484页。
⑤ (唐)法琳撰,(唐)陈子良注《辩正论》卷三,乾隆刻本。
⑥ (清)严可均校辑《全上古三代秦汉三国六朝文》,中华书局,1965,第3055页。

笃，顾惭先哲"①，萧绎此言固就侍从文学而言，或许还指孝绰性格也同样有仗气负才、恃才傲物的一面。"身兹惟屈，扶摇未申"便是对刘孝绰不得志的同情了。萧绎对于孝绰的文风、性格和遭际都有一个基本的概括，盖棺定论，后世以为信然。张溥在《汉魏六朝百三家集·刘秘书集》的题辞中，就引用萧绎之说，感叹孝绰时乖运蹇："夫秘书推轮，未若阮、杨，而当时见屈者，亦悲其乐贤图像，绝域闻名，有公辅之资，而抱箕斗之怨。"②

《颜氏家训》将刘孝绰诗风总结为"雍容"，指出时人更推重雍容的刘孝绰而不取"饶贫寒气"的何逊。《梁书·何逊传》说："初，逊文章与刘孝绰并见重于世，世谓之'何刘'。"③"何刘"虽云并称，但当时即有所偏重。只是至于后世，"何刘"的评价渐见反转。何逊诗中的"苦辛"出自坎壈遭际，故诗中有不平之鸣者，易为读者所赏。而孝绰是贵族文人，由于时代风气和个人禀赋所限，其诗歌生活视野狭窄、思想感情平庸，有平缓绮碎、肤浅苍白的弊病。在脱离了梁陈帝王倡导的应制诗风的环境、重新追求诗歌情志的情况下，则何逊更胜孝绰。清人陈祚明说："孝绰诗秀雅优闲，体工才称，如匠石经营，因岩筑基，傍壑疏沼，修廊高馆，迥合林峦，自成幽胜。"④对孝绰的艺术水平评价颇高，然而也不取孝绰之"雍容"者，反思"幽胜"。这也可见后世审美的变化。

《颜氏家训》又指出刘孝绰气量狭窄，心胸"不广"的一面。检视《梁书》本传，则知孝绰的人格确实颇有缺陷。他负才陵忽、轻鄙同僚，还"携少妹于华省，弃老母于下宅"，"在职颇通赃货"，多有失体。古人常以文如其人，隋人王通撰写《中说》，在《事君篇》中就提出"文士之行可见"，指责孝绰"鄙人也，其文淫"⑤。这是孝绰文风和人格遭到的最早的全面否定。张溥所言"到洽凶终，刘览内噬，朋友兄弟，宁无一可乎？而偏呃其吭，则胡为也"⑥，则为孝绰隐恶，仍是对他有所同

---

① （唐）姚思廉：《梁书》，中华书局，1973，第481页。
② （明）张溥著，殷孟伦注《汉魏六朝百三家集题辞注》，中华书局，2007，第312页。
③ （唐）姚思廉：《梁书》，中华书局，1973，第693页。
④ （清）陈祚明评选《采菽堂古诗选》，李金松点校，上海古籍出版社，2008，第861页。
⑤ 曾枣庄：《中国古代文体学》，上海人民出版社，2012，第174页。
⑥ （明）张溥著，殷孟伦注《汉魏六朝百三家集题辞注》，中华书局，2007，第312页。

情的。

杜甫则开始从诗体的角度来评价刘孝绰的诗歌。他在《苏端、薛复筵简薛华醉歌》中说："坐中薛华善醉歌,歌辞自作风格老。近来海内为长句,汝与山东李白好。何刘沈谢力未工,才兼鲍昭愁绝倒。"① 指出孝绰不善七言。明人许学夷《诗源辩体》云："何逊与刘孝绰齐名,时号何、刘。二公五言,声多入律,语渐绮靡。何长篇平韵者殊不工……刘长篇有转韵体最工,下流至薛道衡初唐诸子,遂为青莲长物。"② 则指出刘孝绰对转韵体发展做出的贡献,同时注意到了刘孝绰的诗歌已经相当重视音韵。

明清文人编选的类书、诗歌总集中多有关于刘孝绰诗歌的逸事。
（1）"以诗失黄门,以诗得黄门。"宋代佚名的《历代吟谱》记载:

（刘孝绰）尝为诗曰："塞外群鸟返,云中侣雁归。"高祖见,大怒,即夺侍郎。又为诗二首,其一曰："鸣驺响夹毂,飞盖倚林庐。"其二曰："城阙山林远,一去不相闻。"高祖嗟赏,复侍郎。沈约曰："卿以诗失黄门,还以诗得黄门。"孝绰曰："此即'既为风所开,复为风所落'也。"③

此事不为正史所载,可能是后人根据孝绰免官后因奉和萧衍《籍田诗》"尤工"被起为西中郎湘东王谘议之事,附会而成。因孝绰凡二为湘东王谘议,被到洽弹劾失廷尉卿后因《籍田诗》起复为西中郎湘东王谘议乃其一,母忧服阕重除谘议参军并迁黄门侍郎乃其二。"以诗失黄门,还以诗得黄门"说,正是将孝绰二为湘东王谘议的经历合而为一了。如张溥《题辞》中说："孝绰以诗失黄门,复以诗得黄门,风开风落,应遇皆然,知无恤于人之多言矣。"④ 殷孟伦注为："刘孝绰传:及武帝为《籍田诗》,又使勉先示孝绰,时奉诏作者数十人,帝以孝绰诗工,

---

① （唐）杜甫:《杜工部集》,岳麓书社,1987,第27页。
② 吴文治主编《明诗话全编》第6册,江苏古籍出版社,1997,第6134~6135页。
③ 郁沅、张明高编《六朝诗话钩沉》,中国广播电视出版社,1997,第480~481页。
④ （明）张溥著,殷孟伦注《汉魏六朝百三家集题辞注》,中华书局,2007,第312页。

即日起为西中郎,湘东王谘议参军,迁黄门侍郎。"① 此段文字与《梁书》本纪颇有出入,正是合二为一者。"既为风所开,复为风所落"②,原是沈约《八咏诗·会圃临春风》中句。若此对话为真,则孝绰以此作答,是为捷对,深具风雅。

(2) 题门联句。《历代吟谱》又记载刘孝绰与三妹刘令娴题门联句的逸事:

> (刘孝绰)后罢官不出,为诗题门曰:"闭门罢庆吊,高卧谢公卿。"其妹令娴续其后曰:"落花扫更合,丛兰摘复生。"③

刘孝绰在《酬陆长史倕诗》中写自己罢官期间的生活是"衡门谢车马,宾席简衣簪",何逊《南还道中送赠刘谘议别诗》也言孝绰时曾"室堕倾城佩,门交接憟车"④,则此状况或即"闭户罢庆吊,高卧谢公卿"的由来。此二句读之若轻权贵,实求权贵,是欲拒还迎者,与孝绰在述怀诗中表现出的态度大致相符。此事常被与"以诗失黄门,还以诗得黄门"事并称。如清人宋长白颇有讥刺,云:"合观此作,则知城阙山林之句,非乃兄本意;而同心栀子,令妹不妨于赠人也。"⑤ 但也有人以为孝绰真有出世之意。如顾汧《奉召北上留别亲友》其四云:"题门孝绰复何求,花落兰生岂自由。措大眼宽橐宙合,山林城阙等闲收。"⑥ 则欣赏孝绰两则逸事中诗句所体现的淡泊悠远意境。

这两则逸事非常符合刘孝绰的性格和人生经历,甚至可以与他的诗歌相互参证,又颇具风雅,因此在明清时期颇为流行。谭嗣同甚至以此考证楹联的起始。他在《石菊影庐笔识》中说:

---

① (明)张溥著,殷孟伦注《汉魏六朝百三家集题辞注》,中华书局,2007,第314页。
② 逯钦立辑校《先秦汉魏晋南北朝诗》,中华书局,1983,第1664页。
③ 郁沅、张明高编《六朝诗话钩沉》,中国广播电视出版社,1997,第481页。
④ 逯钦立辑校《先秦汉魏晋南北朝诗》,中华书局,1983,第1687页。
⑤ (清)宋长白:《柳亭诗话》卷二,施蛰存主编《中国文学珍本丛书》第1辑第2种,上海杂志公司,1935,第37页。
⑥ (清)顾汧:《凤池园诗文集》诗集卷七,《四库未收书辑刊》第7辑第26册,北京出版社,2000,第308页。

纪文达言楹联始蜀孟昶"新年纳余庆,佳节号长春"十字。考宋(笔者按:应为"梁")刘孝绰(应为梁朝人)罢官不出,自题其门曰:"闭门罢庆吊,高卧谢公卿。"其三妹令娴续曰:"落花扫仍合,丛兰摘复生。"此虽是诗,而语皆骈俪,又题于门,自为联语之权舆矣。①

然今之人仍多以后蜀主孟昶"新年纳余庆,佳节号长春"为对联始祖,不取谭说。除了"题门联句"最后四句成诗、终不似对联形制之外,恐怕也有这些材料疑乃附会、难为确证的关系。

总之,刘孝绰是名重一时却在后世声誉大跌的诗人。脱离了梁陈文学环境后,他狂傲卑俗的人品和绮碎苍白的作品受到后世诟病。是故以今观之,刘孝绰难称南朝第一流的诗人。但他的秀雅诗风和在诗体上做出的贡献也为后世称赞。至于以逸事相托者,则更见出孝绰仍颇为后世所了解追慕,风流余绪仍在。

---

① 何执编《谭嗣同集》,岳麓书社,2012,第132页。

第五章　刘氏家族文学之精英：刘孝仪、刘孝威兄弟等

刘孝绰称刘孝仪、刘孝威为"三笔六诗"，指出两位弟弟分别擅长文章和诗歌。其实刘孝仪、刘孝威在诗文上均有成就，只是其中一体相对而言更佳。刘孝胜、刘孝先无文存世，孝胜诗罗列典故以说理抒情，孝先诗写景明净而颇有禅意，均颇有特色。

一　文笔弘丽：刘孝仪

刘孝仪（484～550），名潜，字孝仪，以字行。孝绰三弟。根据《梁书》本传记载，刘孝仪于天监五年（506）举秀才，起家镇右始兴王法曹行参军，随府益州，兼记室，累迁尚书殿中郎。晋安王萧纲镇襄阳，引为安北功曹史。萧纲为皇太子，补太子洗马，迁中舍人。出为阳羡令，后为中书郎，以公事左迁安西谘议参军，兼散骑常侍。使魏，还除中书郎。累迁尚书左丞，长兼御史中丞。出为临海太守，入迁都官尚书。太清元年，出为豫章州内史。侯景寇建邺，孝仪遣子励帅郡兵三千，随前衡州刺史韦粲入援。及宫城不守，孝仪为前历阳太守庄铁所逼，失郡，卒。

刘孝仪为人宽厚，内行尤笃。第二兄孝能[①]早卒，孝仪事寡嫂甚谨，家内巨细，必先谘决。与妻子朝夕供事，未尝失礼。世以此称之。孝仪又有吏能，出为阳羡令时"甚有称绩"，任御史中丞时"弹纠无所顾望，当时称之"，出为临海太守时"宣示条制，励精绥抚"，使得原本"政纲疏阔，百姓多不遵禁"的临海"境内翕然，风俗大革"[②]。

孝仪自幼与诸兄弟相勖以学，并工属文。刘孝绰尝云"三笔六诗"，

[①] 刘孝能之名，《梁书·刘孝仪传》作"孝能"，《南史·刘孝仪传》作"孝熊"。
[②] （唐）姚思廉：《梁书》，中华书局，1973，第594页。

三即孝仪，六谓孝威也。曾奉敕制雍州《平等寺金像碑文》，甚宏丽。曾参与《法宝联璧》编写，与萧统、萧纲有诗歌唱和。刘孝仪本有文集二十卷行世，已佚。明人张溥辑有《刘孝仪、孝威集》。据《全梁文》和《先秦汉魏晋南北朝诗》，刘孝仪现存文 40 题 41 篇，诗 12 首。

刘孝仪的文章

刘孝绰称孝仪、孝威为"三笔六诗"，即言刘孝仪在骈文上的造诣较高。从现存诗文来看，刘孝仪在文章上的成就确实要高于诗歌。刘孝仪的文章以表、启、弹文之类公文居多，但也留有其他一些类型的文章，如《叹别赋》《北使还与永丰侯萧㧑书》《探物作艳体连珠》《平等寺刹下铭》《雍州金像寺无量寿佛像碑》等。

（1）《叹别赋》是刘氏家族唯一留存的赋体文。此赋写刘孝仪的羁旅之思，既有"位不俟于一进，发徒彰于二色"的仕进蹉跎之叹，也表达了对兄弟的强烈思念之情：

保私庭之宴喜，共昆弟而嬉游；校小文于摇笔，比楷式于临流；心每欢于接膝，行如喜于同辀。忽一去而数千，遂离居而别域；阻同被于当寐，乖其餐于终食。唯凭远望以代归，负相思其无力。①

此文回忆了兄弟共同进行文学创作、文学交流的情形，可窥见刘家重文家风。"阻同被于当寐，乖其餐于终食"与刘孝绰《忆虞弟》中的"朝蔬一不共，夜被何由同"是同一意思。兄弟二人都深深感受到因宦游带来的昆仲分离之苦。

（2）《北使还与永丰侯萧㧑书》是刘孝仪出使北魏回还后写给永丰侯萧㧑的书信。书信写了北使的苦辛和南回的欣喜。出于南朝在文化上的优越心态，再加之此书信是写给皇室成员的，文中充满了对北方政权的蔑视：

杂种覃化，颇慕中国。兵传李绪之法，楼拟卫律所治，而氄幕

---

① （清）严可均校辑《全上古三代秦汉三国六朝文》，中华书局，1965，第 3314 页。

难淹,酪浆易餍,王程有限,时反玉关。射鹿胡奴,乃共归国,刻龙汉节,还持入塞。①

虽然语含轻蔑,但多少也反映了北魏风情。后文以"马衔苜蓿,嘶立故墟;人获蒲萄,归种旧里"概括自北归南之欢愉,较佳。而且此句可能含有"汉伐匈奴,取胡麻、蒲萄、大麦、苜蓿,示广地"②的意思,仍是张扬国威之语。

(3)《探物作艳体连珠》二首正如标题所言,是连珠之作。古人对"连珠"体已多有定义:

> 其文体辞丽而言约,不指说事情,必假喻以达其旨,而贤者微悟,合于古诗劝兴之义。欲使历历如贯珠,易观而可悦,故谓之连珠也。班固喻美辞壮,文章弘丽,最得其体。蔡邕似论,言质而辞碎,然旨笃矣。贾逵儒而不艳。傅毅文而不典。(傅玄《连珠序》)③
>
> 扬雄覃思文阁,业深综述,碎文琐语,肇为连珠,其辞虽小而明润矣。(《文心雕龙·杂文》)④
>
> 连珠者,假托众物陈义,以通讽谕之道。连,贯也。言贯穿情理,如珠之在贯焉。(《文选》陆机《演连珠》张铣注)⑤

也就是说,连珠体体制短小、文辞琐碎,但语句连续,条理贯通,历历如连珠。连珠的宗旨是托物陈义、劝兴讽喻。连珠的风格应是文辞华艳、喻美辞壮。连珠体篇幅短小,但却要求寄托要旨,也就是寓意比较深远宏大。为了解决体制琐碎与题旨宏远的矛盾,魏晋南北朝文人创作连珠体多用成组写作的方式。如西晋陆机有《演连珠》五十首陈说统治者为政之道,南齐刘祥著《连珠》十五首以寄怀,梁武帝萧衍作《联珠》五十首以明孝道。多篇章的串联可能本身也符合"连珠"的定义。

---

① (清)严可均校辑《全上古三代秦汉三国六朝文》,中华书局,1965,第3317页。
② (三国)杜恕:《笃论》,载(清)严可均校辑《全上古三代秦汉三国六朝文》,中华书局,1965,第1293页。
③ (清)严可均校辑《全上古三代秦汉三国六朝文》,中华书局,1965,第1724页。
④ (南朝梁)刘勰著,周振甫译注《文心雕龙今译》,中华书局,1986,第123页。
⑤ (南朝梁)萧统编,(唐)李善注《文选》,上海古籍出版社,1986,第2383页。

第五章 刘氏家族文学之精英：刘孝仪、刘孝威兄弟等

如此，连珠和七体、对问一样，实为赋体之旁衍也。

现举连珠体创作实例如下：

>盖闻琴瑟高张，则哀弹发；节士抗行，则荣名至。是以申胥流音于南极，苏武扬声于朔裔。（曹丕《连珠》三首其一）①
>
>臣闻日薄星回，穹天所以纪物；山盈川冲，后土所以播气。五行错而致用，四时违而成岁。是以百官恪居，以赴八音之离；明君执契，以要克谐之会。（陆机《演连珠》五十首其一）②

可见连珠体的格式，多以"某闻"开头。"盖闻""尝闻"无论作者身份为何，皆可通用。臣子则一般用"臣闻"，如陆机之作；帝王则换成"吾闻"，如梁简文帝萧纲之作。总之，这些连珠大致不离君臣之道，且都是以男性口吻叙述的。南朝齐吴均作《连珠》两首，其一云：

>盖闻艳丽居身，而以娥眉入妒；贞华炽物，而以绝等见猜。是以班姬辞宠，非无妖冶之色；阳子守玄，岂乏炫曜之才。③

其二则云"义夫投节""烈士赴危"④。所以此文虽开始大量引入与女性相关的典故，但目的还是以之阐述"娥眉见妒"的道理，是类似《离骚》"众女嫉余之蛾眉兮，谣诼谓余以善淫"⑤ 的寄托之旨。刘孝仪的《探物作艳体连珠》二首则完全抛却了连珠讽喻寄托的本旨：

>妾闻洛妃高髻，不姿于芳泽。玄妻长发，无籍于金钿。故云多由于自美，蝉称得于天然。是以梁妻独其妖艳，卫姬专其可怜。
>
>妾闻芳性深情，虽欲忘而不歇。薰芬动虑，事逾久而更思。是以津亭掩馥，祇结秦妇之恨；爵台余妒，追生魏妾之悲。⑥

---

① （清）严可均校辑《全上古三代秦汉三国六朝文》，中华书局，1965，第1091页。
② （清）严可均校辑《全上古三代秦汉三国六朝文》，中华书局，1965，第2026页。
③ （清）严可均校辑《全上古三代秦汉三国六朝文》，中华书局，1965，第3306页。
④ （清）严可均校辑《全上古三代秦汉三国六朝文》，中华书局，1965，第3306页。
⑤ （战国）屈原、宋玉等：《楚辞》，吴广平注译，岳麓书社，2001，第13页。
⑥ （清）严可均校辑《全上古三代秦汉三国六朝文》，中华书局，1965，第3317页。

这两则连珠都称"妾闻",开始以女性口吻作连珠。文中叙事也不寄托事理,而以咏物和艳情为主题,正如题目所说的是"探物""艳体"。这两则连珠虽然符合连珠的结构体制,但已经偏离连珠原本的宗旨,反而可以视为宫体诗和宫体赋的别种,大概也正是受到当时旗帜大张的宫体文学的影响。后人对刘孝仪这种连珠的写法发生了兴趣,比如明季著名才女叶小鸾即效作《艳体连珠》九首,分别咏女性之发、眉、目、唇、手、足、腰、全身、七夕情态,则又踵事增华矣。

(4)《平等寺刹下铭》和《雍州金像寺无量寿佛像碑》写佛寺造像,"文甚宏丽"[1]。《平等寺刹下铭》写佛寺"槛缀玫瑰,阶填粟玉,络以如意,饰用沉檀。火齐胜明,烛银飏采。释梵夺其身光,日车贬其轮照……珠含魄月,幡垂净天。宝铎夜响,银地朝鲜。檐栖迥雾,砌卷香莲。翻蠡下梵,坠鹤归仙"[2],美轮美奂,极尽华丽之能事。《雍州金像寺无量寿佛像碑》写佛像"日轮照耀,月面从容,毫散珠辉,唇开异色。似含微笑,俱注目于瞻仰;如出软言,咸倾耳于谛听"[3],尽显生动、庄严而又慈悲之态。这两篇文是刘孝仪现存作品中艺术水平最高者。

(5)刘孝仪的公文。刘孝仪的公文同六朝大多数公文一样,虽辞藻华丽,却往往感情空乏。但里面也有些特色值得关注。

一是刘孝仪以连珠体作让表。比如:

臣闻天道不言,资寒暑而成岁;宸居垂拱,寄守宰以宣风。若夜鱼不欺,朝琴在奏,则残杀自去,汾射可追。(《为江侍中荐士表》)[4]

臣闻六辔沃若,不策玄黄之马;九成轮奂,无求拥肿之材,何则?踦踽之路已穷,梁栋之用斯阙。(《又为安成王让江州表》)[5]

《为江侍中荐士表》非常符合上文所举曹丕、陆机等连珠作品的体

---

[1] (唐)姚思廉:《梁书》,中华书局,1973,第594页。
[2] (清)严可均校辑《全上古三代秦汉三国六朝文》,中华书局,1965,第3317页。
[3] (清)严可均校辑《全上古三代秦汉三国六朝文》,中华书局,1965,第3318页。
[4] (清)严可均校辑《全上古三代秦汉三国六朝文》,中华书局,1965,第3315页。
[5] (清)严可均校辑《全上古三代秦汉三国六朝文》,中华书局,1965,第3314页。

例。类似的还有《为安成王让江州表》《为始兴王上毛龟表》等。《又为安成王让江州表》也是学习陆机的《演连珠》。陆机《演连珠》五十首中有三则是先提出一观点，中间加一问句，再进一步阐释。如其八云："臣闻鉴之积也无厚，而照有重渊之深；目之察也有畔，而视周天壤之际。何则？应事以精不以形，造物以神不以器。是以万邦凯乐，非悦钟鼓之娱；天下归仁，非感玉帛之惠。"① 刘孝仪固仿之，类似的还有《为晋安王让丹阳尹表》。大概连珠体事理贯通、文辞华艳、假喻达旨、劝兴陈义的性质非常符合上呈的公文，故可用之。而且连珠体本来琐碎，很宜于预先准备，在写章表时根据情况取用即可。在谢庄、沈约、王僧孺、吴均等人的让表里也时有这种现象。刘绘《为豫章王嶷乞收葬蛸子响表》开头亦用连珠体，更可能对刘孝仪之为文造成直接影响。

二是刘孝仪的一些谢赐物的启也还有些趣味。如：

便得削彼金衣，咽兹玉液，甘逾萍实，冷亚冰壶。立消烦饟，顿除酪酊，追嗤齐相，进不剖之实，远笑魏君，逢裂牙之味。(《谢晋安王赐甘启》)②

形类沈文，经符陶记。晋臣羞筮，吴觊未占。复有背如车盖，胸垂却月，口疑犀樱，脚似鱼悬。出九芝之池，去千金之沼。(《为晋安王谢赐鹅鸭启》)③

谢赐物启总不免美物谢恩，刘孝仪的此类作品虽仍多用典故，也不乏直接写物之处，有似咏物小赋。

刘孝仪的诗歌

刘孝仪诗歌现存 12 首，为《从军行》《和昭明太子钟山解讲诗》《和简文帝赛汉高庙诗》《行过康王故第苑诗》《闺怨诗》《帆渡吉阳洲诗》《咏箫诗》《咏织女诗》《咏石莲诗》《和咏舞诗》《又和咏舞诗》《舞就行诗》。

---

① （清）严可均校辑《全上古三代秦汉三国六朝文》，中华书局，1965，第 2026 页。
② （清）严可均校辑《全上古三代秦汉三国六朝文》，中华书局，1965，第 3317 页。
③ （清）严可均校辑《全上古三代秦汉三国六朝文》，中华书局，1965，第 3317 页。

《从军行》和《帆渡吉阳洲诗》是刘孝仪诗中较为清健的作品。《从军行》云：

> 冠军亲挟射，长平自合围。木落雕弓燥，气秋征马肥。贤王皆屈膝，幕府复申威。何谓从军乐，往返速如飞。①

此诗是边塞游侠之作，诗写军队之威、从军之乐而不言思乡之苦、思妇之悲，精神昂扬。刘孝仪之所以写出这样的作品，可能一来是奉和对边塞题材非常感兴趣的萧纲，二来是因为他自己有使北的经历，对塞外风情比较了解，故能诉诸笔端。而《帆渡吉阳洲诗》则是充满了"扬帆乘浪华，操鼓要风力"的欣喜，以"近树倏而遐，遥山俄已逼"写舟行之速，也较为生动。②

《和昭明太子钟山解讲诗》《和简文帝赛汉高庙诗》分别是萧统《钟山解讲诗》、萧纲《汉高庙赛神诗》的和诗。诗题都是后人所加。《和昭明太子钟山解讲诗》云，"夜气清箫管，晓阵烁郊原。山风乱采眊，初晃丽文辕。林开前骑骋，径曲羽旄屯。烟壁浮青翠，石濑响飞奔"③，宏丽中不失清雅。《和简文帝赛汉高庙诗》云"风惊如集庙，光至似来陈"④，造语新奇又不失庄重。两诗均可称"语甚宏丽"，与孝仪文风相似。

《行过康王故第苑诗》是刘孝仪经过安成王萧秀旧苑时写作的诗篇。萧秀谥曰"康"，在世时爱好文学、重视文化。他为人清心寡欲，别无他好，唯嗜典籍，收藏颇富。萧秀能礼贤下士，当世高才游王门者，东海王僧孺、吴郡陆倕、彭城刘孝绰、河东裴子野，咸游其门，在荆州刺史任内立学校，招隐逸。又精意学术，搜集经记，招学士刘孝标使撰《类苑》，书未完稿，便流行于世。萧秀可称是一位重视文化的贤王，对刘孝绰也颇为礼遇，故此刘孝仪对萧秀应是颇为钦敬的。因此在萧秀去世之后，刘孝仪经过其旧宅苑，有感而作：

---

① 逯钦立辑校《先秦汉魏晋南北朝诗》，中华书局，1983，第1892页。
② 逯钦立辑校《先秦汉魏晋南北朝诗》，中华书局，1983，第1894页。
③ 逯钦立辑校《先秦汉魏晋南北朝诗》，中华书局，1983，第1893页。
④ 逯钦立辑校《先秦汉魏晋南北朝诗》，中华书局，1983，第1893页。

入梁逢故苑，度薛见余宫。尚识招贤阁，犹怀爱士风。灵光一超远，衡馆亦蒙笼。洞门余旧色，甘棠留故丛。送禽悲不去，过客慕难穷。池竹徒如在，林堂暧已空。远桥隔树出，迥涧隐岸通。芳流小山桂，尘起大王风。具物咸如此，是地感余衷。空想陵前剑，徒悲垄上童。①

"入梁逢故苑，度薛见余宫"已经定下斯人已去、宫苑冷落的基调。"尚识招贤阁，犹怀爱士风"追忆了萧秀礼贤下士的美德。接下来详写宫苑的萧瑟景象，"洞门余旧色，甘棠留故丛"，"池竹徒如在，林堂暧已空"，道尽人去楼空、物是人非的哀情。"芳流小山桂，尘起大王风"运用淮南小山和宋玉侍从文学的典故，既以写景，也以怀念萧秀在世时包括兄长孝绰在内"当世高才"咸游其门的盛况。此诗景物幽隐，哀思悠远，绘景俱含情，故陈祚明称之"情景匀称"②。

《闺怨诗》、《咏箫诗》、《咏织女诗》、《咏石莲诗》、《和咏舞诗》、《又和咏舞诗》和《舞就行诗》都是艳情诗。《和咏舞诗》、《又和咏舞诗》和《舞就行诗》都是直接写女性外貌、举止的作品，以《舞就行诗》最佳。诗中云"徐来翻应节，乱去反成行"③，以乱写序，更见从容；舞姿变化，动态宛然。因此诗，陈祚明感叹"六朝咏舞诗往往佳"④。

《咏箫诗》《咏石莲诗》均借咏物言男女情思。《咏箫诗》言"管饶知气促，钗动觉唇移。箫史安为贵，能令秦女随"⑤，是以咏物表狎昵女性的情思。《咏石莲诗》则颇有民歌风味，诗云：

莲名堪百万，石姓重千金。不解无情物，那得似人心。⑥

此诗用民歌中常见的双关手法，"莲"谐音为"怜"，"石"谐音为

---

① 逯钦立辑校《先秦汉魏晋南北朝诗》，中华书局，1983，第1893～1894页。
② （清）陈祚明评选《采菽堂古诗选》，李金松点校，上海古籍出版社，2008，第871页。
③ 逯钦立辑校《先秦汉魏晋南北朝诗》，中华书局，1983，第1896页。
④ （清）陈祚明评选《采菽堂古诗选》，李金松点校，上海古籍出版社，2008，第871页。
⑤ 逯钦立辑校《先秦汉魏晋南北朝诗》，中华书局，1983，第1894页。
⑥ 逯钦立辑校《先秦汉魏晋南北朝诗》，中华书局，1983，第1895页。

"实",表达了愿求一真心爱人的期望。以"百万""千金"言石莲(实怜)的价值,有"易求无价宝,难得有心郎"(鱼玄机《赠邻女》)之意。"不解无情物,那得似人心"隐隐又有人心犹不如无情物的感叹。此诗语言平易明快,在刘孝仪的诗作中独树一帜。

刘孝仪艳情诗中写得最好的一首是《咏织女诗》,诗云:

> 金钿已照曜,白日未蹉跎。欲待黄昏后,含娇渡浅河。①

自《古诗十九首·皎皎河汉女》始,古人写织女往往突出其与牛郎分隔相思之苦。即便写牛郎织女相会,也往往叹息欢聚时光苦短,如"倾河易回斡,款情难久惊"(谢惠连《七月七日夜咏牛女诗》)②,"暂交金石心,须臾云雨隔"(鲍照《和王义兴七夕诗》)③。也就是说,在汉魏晋南北朝诗人的笔下,牛郎织女故事往往是悲调。刘孝仪却故意反弹琵琶,他笔下的织女白日里精心打扮,只待夜晚幽会情郎,满心欢愉。"金钿已照曜,白日未蹉跎"足以让人联想到织女尽日打扮,对妆容精益求精,只为在情人面前呈现出自己最美丽的一面。这种写法活泼轻快,消解了见面前等待的相思之苦。"欲待黄昏后,含娇渡浅河"又写出迫切和期待的心理。即便不以写织女而论,此诗写女子即将与情人约会的羞涩和喜悦,也十分生动。若云是写织女,则更足令读者耳目一新。故王夫之云:"唐人小诗,每于意已尽经前人道过,翻新独出,必采之前后左右,映带摇动,如'怪来妆阁闭'、'闻有河南信'之类皆是也。孝仪此诗,已开一径。"④

《闺怨诗》与吴均的《妾安所居》辞句颇多相类:

> 本无金屋宠,长作玉阶悲。一乘西北丽,宁复城南期。永巷愁无歇,应门闭有时。空劳织素巧,徒为团扇词。匡床终不共,何由

---

① 逯钦立辑校《先秦汉魏晋南北朝诗》,中华书局,1983,第1895页。
② 逯钦立辑校《先秦汉魏晋南北朝诗》,中华书局,1983,第1196页。
③ 逯钦立辑校《先秦汉魏晋南北朝诗》,中华书局,1983,第1308页。
④ (清)王夫之评选《古诗评选》,张国星校点,文化艺术出版社,1997,第129页。

横自私。(刘孝仪《闺怨诗》)①

贱妾先有宠，蛾眉进不迟。一从西北丽，无复城南期。何因暂艳逸，岂为乏妍姿。徒有黄昏望，宁遇青楼时。惟惜应门掩，方余永巷悲。匡床终不共，何由横自私。(吴均《妾安所居》)②

虽然其中有一些典故，比如"应门闭(掩)""永巷愁(悲)"是六朝诗人写闺怨尤其是宫怨时经常使用的。但这两首诗中重叠相似的部分如此之多，恐非单纯偶然。吴均当时文名颇盛，多有效之者，《梁书》吴均本传称"均文体清拔有古气，好事者或敩之，谓为'吴均体'"③。但效之者并不仅仅效仿"文体清拔有古气"的一面，比如梁代诗人纪少瑜有《拟吴均体应教诗》：

庭树发春辉，游人竞下机。却匣擎歌扇，开箱择舞衣。桑萎不复惜，看花遽将夕。自有专城居，空持迷上客。④

此诗所学习的就是吴均诗中偏向绮丽柔靡的一派。刘孝仪《闺怨诗》大概亦是纪诗同道，也是"吴均体"的仿作，对于"吴均体"的研究，也是一则宝贵的材料。

刘孝仪为诗若文，都颇受吴均影响。前文已提到，吴均《连珠》其一多用艳情典故，是孝仪《探物作艳体连珠》的先导。而孝仪写作公文，亦有学吴均者，如：

臣闻玄黄之马，事绝于衔镳，蟠朽之材，饰乖于丹漆，何则？千里之志已穷，万乘之器无取。(吴均《扬州建安王让加司徒表》)⑤

臣闻六辔沃若，不策玄黄之马，九成轮奂，无求拥肿之材，何则？踌躅之路已穷，梁栋之用斯阙。(刘孝仪《又为安成王让江

---

① 逯钦立辑校《先秦汉魏晋南北朝诗》，中华书局，1983，第1894页。
② 逯钦立辑校《先秦汉魏晋南北朝诗》，中华书局，1983，第1722页。
③ (唐) 姚思廉：《梁书》，中华书局，1973，第698页。
④ 逯钦立辑校《先秦汉魏晋南北朝诗》，中华书局，1983，第1778页。
⑤ (清) 严可均校辑《全上古三代秦汉三国六朝文》，中华书局，1965，第3305页。

州表》)①

所举之例、所表之意几无二致。很可能因二文情境相似，刘孝仪便以吴均的成作化用为之。这也算是刘孝仪学吴均连珠体的别支。至于刘孝仪《闺怨诗》仿吴均《妾安所居》，更是时人学习"吴均体"的例证。只是刘孝仪学吴均只得其典雅绮艳，全未学到吴均清拔有古气的特出处。此为禀赋所限，也是时风所趋。

总之，刘孝仪的文章宏丽典雅，其诗尤其是应制奉和诗亦颇有此风。边塞诗、行旅诗偶见清健。艳情诗写女子意态情思，亦颇有趣致。

二 气调爽逸：刘孝威

刘孝威（约 496~548），刘绘第六子。根据《梁书》本传记载，孝威初为安北晋安王法曹，转主簿，以母忧去职。服阕，除太子洗马，累迁中舍人、庶子、率更令，并掌管记。太清中，迁中庶子，兼通事舍人。及侯景寇乱，孝威于围城得出，随司州刺史柳仲礼西上，至安陆，遇疾卒。按《南史·庾肩吾传》的说法，刘孝威是萧纲在雍州时随府的"高斋十学士"之一，另九人为庾肩吾、江伯摇、孔敬通、申子悦、徐防、徐摛、王囿、孔铄、鲍至。日本公文书馆藏《六家文选》六十卷（明嘉靖年间刊本）有序云："梁昭明太子统聚文士刘孝威、庾肩吾、徐防、江伯操、孔敬通、惠子悦、徐陵、王囿、孔烁、鲍至十人，谓之高斋十学士集《文选》。今襄阳有文选楼，池州有文选台，未知何地为的。但十人姓名，人多不知，故特著之。"② 此说中"高斋十学士"的名姓与《南史》出入颇多，昭明太子聚包括刘孝威在内的"高斋十学士"集《文选》之说更有谬误，恐难足采信。不过刘孝威确实参与过萧梁皇室主持的书籍编写：刘孝威是萧纲主持的《法宝联璧》编者之一。据萧绎《法宝连璧序》的记载，中大通六年（534）前后《法宝连璧》成书，孝威时年三十九岁，故其当生于 496 年前后。刘孝威与三兄刘孝仪合称

---

① （清）严可均校辑《全上古三代秦汉三国六朝文》，中华书局，1965，第 3314 页。
② 严绍璗：《日本藏汉籍珍本追踪纪实——严绍璗海外访书志》，上海古籍出版社，2005，第 149 页。

"三笔六诗"，以诗见长。明人张溥辑有《刘庶子集》。

刘孝威的文章

刘孝威被长兄刘孝绰称为"三笔六诗"，也就是他相对而言并不以文见长。据《全梁文》，刘孝威现留存文16篇，绝大多数是《谢敕赉画屏风启》《谢南康王饷牛书》之类的谢赐物的书、启，这些作品大部分是套语，有时甚至出现语句重复，如《谢东宫赉鹿脯等启》和《谢赉熊白启》都有"上林绝胡人之搏，禁地无张京之犯"① 句。这些作品思想感情和艺术水平都较匮乏，不过对考察刘孝威的生平和交际有所助益，比如从《婚谢晋安王赐钱启》可知刘孝威在未入晋安王萧纲幕中时就已经与他有所往来，从《谢赉官纸启》可知刘孝威与谢朏有所交游。

《正旦春鸡赞》和《辟厌青牛画赞》是刘孝威文中较有特色的。赞曰：

> 宝鸡陈仓，祠光表神，雄飞帝汉，雌鸣霸秦。排膺激怒，礌翅张瞋，电鞭失焰，雷车折轮。助摽魏教，擅场齐珍。名流晋戟，歌传汉臣，窃脂善盗，搏谷难驯。绿鹦智浅，苍鹰害深，兼姿五德，归于翰音。(《正旦春鸡赞》)②

> 泰山怒特，吴渚神牛。气嘘风喷，精回电流。诋牵和鞅，不入裴鞧。狡力难京，肆怒横行。朗陵莹角，介葛瞻声。遁仙托称，妖寇冯名。名震八区，威陵五都。蓄勇槽侧，息愤场隅。仇览献豆，滕婴进刍。雄儿楷式，悍士规模。曹兴拂采，徐邈成图。(《辟厌青牛画赞》)③

周亮工《书影》卷一引《拾遗记》曰："尧时有祇支国，献重明之鸟，状如鸡，鸣似凤，能搏掷猛兽虎狼，使妖灾不为害，饴以琼膏。国人或刻木，或铸金为此鸟之状，置于门户之间，则鬼魅退伏。今人元日

---

① （清）严可均校辑《全上古三代秦汉三国六朝文》，中华书局，1965，第3318、3319页。
② （清）严可均校辑《全上古三代秦汉三国六朝文》，中华书局，1965，第3319页。
③ （清）严可均校辑《全上古三代秦汉三国六朝文》，中华书局，1965，第3319页。

画鸡于牖上，是其遗像。"① 又引《岁时记》曰："正月一日，贴画鸡，今都门剪以插首，中州画以悬堂，中贵人尤好画大鸡于石，元日张之，盖北地类呼'吉'为'鸡'，俗云室上大吉也。可发一粲。"② 所以"正旦春鸡"实指正旦春鸡像，是古代正旦画鸡或刻鸡于门，以驱邪招祥的一种风俗；"正旦春鸡赞"实际上就等同于"辟邪春鸡画赞"，与"辟厌青牛画赞"为同一含义。

"辟厌"即辟邪、御鬼。以青牛辟邪为魏晋南北朝时流行的民俗。日本学者丹波康赖《医心方》引传为葛洪所著的《葛氏方》云："卧魇不寤……以牛若马临魇人上二百息，青牛尤佳。"③ 志怪小说中也有例证。如颜之推《冤魂志》："（陈）超至杨都诣（王）范，未敢说之。便见鬼从外来，径入范帐。至夜，范始眠，忽然大魇，连呼不醒。家人牵青牛临范上，并加桃人、左索。向明小酥。"④ 与《葛氏方》所言相应。又如《太平广记》卷三一七载《杂语·宗岱》云："（宗岱）为青州刺史，禁淫祀，著《无鬼论》，甚精，无能屈者，邻州咸化之。后有一书生，葛巾，修刺诣岱，与之谈甚久……及《无鬼论》，书生乃振衣而起曰：'君绝我辈血食二十余年；君有青牛、髯奴，未得相困耳。今奴已叛，牛已死，今日得相制矣。'"⑤《续搜神记·王戎》云："凡人家殡殓葬送，苟非至亲，不可急往；良不获已，可乘青牛，令髯奴御之，及乘白马，则可禳之。"⑥ 此皆以青牛辟邪驱鬼，则六朝人或亦图之悬张者。此外，古时还有以青（土）牛送寒迎春的官方祀礼。清姚之驹《后汉书补逸》引蔡邕《月令章句》曰："是月之会建丑，丑为牛，寒将极，故出其物类形象，以示送达之，且以升阳也。"⑦ 古人以地支配合月份，十二月恰为丑月，故以牛表示送寒。冬去即春来，且牛又是春耕的重要助力，故牛的形象又用来迎春。《后汉书·礼仪志》曰："立春日，夜漏未尽五刻，京师百官皆衣青衣，郡国县道官下至斗食令史皆服青帻，立春

---

① （清）周亮工：《书影》，上海古典文学出版社，1957，第54页。
② （清）周亮工：《书影》，上海古典文学出版社，1957，第54页。
③ 〔日〕丹波康赖：《医心方》，高文柱校注，华夏出版社，2011，第286页。
④ 李剑国辑释《唐前志怪小说辑释》（修订本），上海古籍出版社，2011，第714页。
⑤ （宋）李昉等编《太平广记》，中华书局，2003，第2508页。
⑥ （晋）陶渊明撰，李剑国辑校《新辑搜神后记》，中华书局，2007，第574页。
⑦ （南朝宋）范晔：《后汉书》，中华书局，2013，第2521页。

幡，施土牛耕人于门外，以示兆民。"①《隋书·礼仪志二》曰："立春前五日，于州大门外之东，造青土牛两头，耕夫犁具。立春，有司迎春于东郊，竖青幡于青牛之傍焉。"② 春五行属木，色青，故迎春礼以青为尚，牛亦用青牛。所以悬挂青牛图，可能也正值送寒迎春时节，与正旦（元日）张贴春鸡同义。故刘孝威的《正旦春鸡赞》《辟厌青牛画赞》可能是同时之作，是南朝民俗的宝贵资料。

《文心雕龙·颂赞》称："赞者，明也，助也。"刘勰认为赞起源于"昔虞舜之祀，乐正重赞，盖唱发之辞也"，乃"扬言以明事，嗟叹以助辞也"，"事生奖叹"，是"颂家之细条"。刘勰指出赞的文体特征是"促而不广，必结言于四字之句，盘桓乎数韵之辞，约举以尽情，昭灼以送文"。③ 但刘孝威的赞体文又有自己的特色。

其一，刘孝威的赞体文直接描述鸡与牛外貌的部分较少，而是多贯穿鸡与牛的相关典故。考虑到赞体经常与画联系在一起，是为"画赞"，此时"明也""助也"大概也指它对图画的内容有辅助说明的作用。所辅助说明的，除了图画直接表现的内容，比如画中人、物的形貌，也经常包含图画不能直接表现的内容，比如画中人、物的品质、地位、影响等。刘孝威之所以采取这种写法，可能就是想更多地传达一些"画外之音"。

其二，刘孝威的赞体文篇幅较长。一般而言赞体"促而不广"，篇制比较短小，比如郭璞《山海经图赞》《尔雅图赞》基本是四言六句，陶渊明《扇上画赞》四言四句。而《正旦春鸡赞》十八句，《辟厌青牛画赞》二十二句，可以称得上是赞中的长篇大制了，已经几乎接近于"颂"。正因为篇幅较长，《辟厌青牛画赞》中间得以两度换韵，这种情况在赞体文中也是比较罕见的。

其三，刘孝威的赞体文缺乏道德教化的内涵。《文心雕龙》认为赞体"事生奖叹"，所以赞体往往含有道德教化意义。写人的赞文固然如此，如郭璞《尔雅图赞》多言器具、草木、鸟兽，《文心雕龙》也称之"义兼美恶"。而刘孝威的赞文虽然对鸡和牛也是多方赞美，但却并不特

---

① （南朝宋）范晔：《后汉书》，中华书局，2013，第2496页。
② （唐）魏征、令狐德棻：《隋书》，中华书局，1973，第129~130页。
③ 本段所引《文心雕龙》文字均见（南朝梁）刘勰著，周振甫译注《文心雕龙今译》，中华书局，1986，第87~88页。

别突出其道德意义。

其四，刘孝威的赞体文并不严格切题。比如《正旦春鸡赞》并没有突出正旦春鸡"正旦"和辟邪的特征，"直摭鸡事耳"[1]；《辟厌青牛画赞》"其词只泛夸牛之雄健，既不及'青'，复不及'辟厌'"[2]。所以大概这两篇赞文只是作者隶使典故的一种文字游戏，这也正是无法从刘孝威赞体文中寻求到道德教化意义的原因。

总之，刘孝威这两篇赞文典故赅富，故颇为炫博。《梁书》本传记载孝威"大同九年，白雀集东宫，孝威上颂，其辞甚美"[3]的经历，但《白雀颂》今已不存，这篇被载入史传的佳作的面貌，大概也只能通过这两篇赞文来依稀推想了。

刘孝威的诗歌

刘孝威以诗见长，他的诗作无论存世数量还是艺术水平，都是刘氏家族中仅次于刘孝绰的。同刘氏家族大多数成员一样，刘孝威也多有行旅、述怀、侍宴、山水、咏物、艳情之作，然而孝威又多有边塞游侠之作，这在刘氏家族乃至整个南朝都是比较独特的。《南史》称刘孝威"气调爽逸"[4]，这是指他的风仪，亦可指其诗歌风格。

（一）刘孝威的行旅诗和述怀诗

刘孝威的行旅诗有《帆渡吉阳洲诗》《出新林诗》，述怀诗有《行还值雨又为清道所驻诗》。

刘孝威在行旅诗中表现的感情比较简单，《出新林诗》称"故乡已可识，游子必劳情"[5]，但思乡而已，《帆渡吉阳洲诗》写"联村倏忽尽，循汀俄顷回。疑是傍洲退，似觉前山来"[6]以两岸风景变换写舟行之速，"疑""似"二字状写感觉传神，亦见诗人兴致高涨。此诗为与刘孝仪同赋，故二人之诗笔调颇有相似。

---

[1] （清）周亮工：《书影》，上海古典文学出版社，1957，第54页。
[2] 钱锺书：《管锥编》，中华书局，1979，第1463页。
[3] （唐）姚思廉：《梁书》，中华书局，1973，第595页。
[4] （唐）李延寿：《南史》，中华书局，1975，第1014页。
[5] 逯钦立辑校《先秦汉魏晋南北朝诗》，中华书局，1983，第1877页。
[6] 逯钦立辑校《先秦汉魏晋南北朝诗》，中华书局，1983，第1877页。

第五章 刘氏家族文学之精英：刘孝仪、刘孝威兄弟等

《行还值雨又为清道所驻诗》以大幅笔墨写了王公贵族散朝景象，再以此情形引发诗人的感慨。诗云：

> 齐楚磐石贵，韩吴异姓王。俱乘早朝罢，相随出建章。喧呼惊里闬，叫咷骇康庄。皂骊同隼击，青橐似鹰扬。披门南北远，复道东西长。幡旗争络绎，官骑郁相望。微风生榮传，轻雨润帷裳。油衣分竞道，小盖列成行。八舍便繁密，五营舆服光。回车避司隶，俄轩揖内郎。况余白屋士，自依卑路傍。日月虽临照，仄陋难明扬。早荣羞日及，晚知惭豫章。徒抱凌云志，终愧摩天翔。安能久沦辱，图南会有方。①

陈祚明给此诗写了很长的一段评鉴：

> 先写清道，中入雨，又写雨后推避事实，节次既安详，语亦雅亦肖。但自叙以后不能映带前事，以是为拙。为清道所驻固难述，独不可将雨中行迟意点染一二语乎？若工者必写为清道所驻，必写雨中为清道所驻。戏为续后段曰："况余白屋士，自依卑路傍。柴车聊侧坐，骞卫讵争骧。欲近丞疑怒，将摩毂不疆。皂帽遮仍渍，青泥滑渐妨。若濡稍惜袂，从沾屡停缰。云霄无羽翼，涔蹄徒恻伤。"②

陈祚明称赞此诗节次安详、语句雅肖，却又认为此诗不够切题。他认为刘孝威对"为清道所驻"和"雨中行迟意"的渲染不够，故此诗拙而不工。但陈祚明恐怕理解错了刘孝威此诗的题旨。陈祚明认为此诗的重点是写"雨中为清道所驻"的景象，然而刘孝威写"雨中为清道所驻"不过是个引子，重点是诗后半他由"雨中为清道所驻"引发的对显贵的强烈羡慕之情——这也是本书将此诗列入述怀诗的理由。刘孝威说"况余白屋士，自依卑路傍"，虽云自谦，但也包含对暂居卑下的不满。

---

① 逯钦立辑校《先秦汉魏晋南北朝诗》，中华书局，1983，第1879页。
② （清）陈祚明评选《采菽堂古诗选》，李金松点校，上海古籍出版社，2008，第875~876页。

诗人又说"徒抱凌云志，终愧摩天翔。安能久沦辱，图南会有方"，他相信自己总有一天也能青云直上、扶摇九天。从此诗的笔调来看，刘孝威与刘孝绰一样充满了对荣贵的羡慕和向往，但与刘孝绰诗中表现的谨小慎微相比，刘孝威似乎还要更自信、更直接一点。大概因为此诗作于刘孝威尚未出仕之时，故此颇有少年狂傲之气。如陈祚明一般改动，确实非常紧扣题目中的"雨中为清道所驻"，但就完全颠覆了刘孝威本来想要表达的意思。陈祚明对此诗的理解确有偏差，但诗中写散朝景象虽颇有气势，对雨景的描写却有所欠缺，陈祚明称之"拙"，也是有道理的。这种写诗不够切题的毛病，与刘孝威的赞体文类似，可能也是因为早期作品尚不成熟。

在行旅诗和述怀诗中，刘孝威似乎总是对飞翔抱有特别的兴趣。比如上面提到的《行还值雨又为清道所驻诗》中的"徒抱凌云志，终愧摩天翔。安能久沦辱，图南会有方"，《帆渡吉阳洲诗》中则有"将与图南竞，谁云劳溯洄"，《出新林诗》则有"无由一羽化，徒想御风轻"。这既是因为飞翔非常符合诗人对归乡和显达的渴盼，也是因为诗人对游仙意象有特别的爱好，这种爱好在刘孝威其他题材的诗歌中也经常表现出来。

（二）刘孝威的侍宴从游诗

1. 刘孝威侍宴从游诗的界定

刘孝威的侍宴从游诗，从题目上直接表现出的是《侍宴乐游林光殿曲水诗》《三日侍皇太子曲水宴诗》。《侍宴赋得龙沙宵月明》虽题有侍宴，然所赋是艳情之属，不列入此节讨论。另外还有一些诗虽然题目并不明显，但也可以被视为广义的侍宴诗。

（1）《东西门行》。《东西门行》本为乐府诗题，属《相和歌辞·瑟调曲》，《乐府诗集》引《古今乐录》曰："王僧虔《技录》云：《东西门行》今不歌。"[①]《东西门行》古辞失传。刘孝威此诗则写"钱泪留神眷，离歔切私俦"，是为送行；又云"佇变齐儿俗，当传楚献囚"，可见是送镇守一方之人；又云"徒然颁并命，只恶思如抽"，可见是与其他

---

① （宋）郭茂倩编《乐府诗集》，中华书局，1979，第552页。

文士共同奉命而作。①《诗纪》云："此似应诏饯赠之作。"② 当是。

（2）《行幸甘泉宫歌》《行行且游猎篇》。《行幸甘泉宫歌》本为杂歌谣辞。《乐府诗集》称"刘孝威歌辞云'避暑甘泉宫'，盖与《上之回》同意"③。《上之回》言汉武帝游幸甘泉宫事。《行幸甘泉宫歌》全诗即写汉皇幸甘泉宫，详细铺写了皇家的仪仗车队。《行行且游猎篇》为杂曲歌辞，写天子射猎上林，仪仗俨列，辞臣随侍，又有"归来宴平乐"④之说。这两首诗虽云写汉，但梁诗常有以汉喻今者，因此也有一定侍驾从游的成分。

（3）《重光诗》《奉和简文帝太子应令诗》。《重光诗》为"储后宣制义"⑤者，《奉和简文帝太子应令诗》称赞"太子天下本"⑥，都主要是称赞太子血统高贵、品德出众。但《重光诗》称"中衢置樽，高堂悬镜。其酌不穷，其明逾盛"，《奉和简文帝太子应令诗》称"延贤博望苑，视膳长安城。园绮随金辂，浮丘侍玉笙"，都有一定公宴的成分。此类诗虽然描写公宴的成分较少，但与刘孝绰《三日侍安成王曲水宴诗》还是有些类似。

（4）《奉和六月壬年应令诗》《奉和晚日诗》《和皇太子春林晚雨诗》《奉和逐凉诗》。这类诗写诗人陪伴皇室成员出游观景，多言"神心""吾君"，奉承皇室成员的闲逸情调，也是宴游之属。

2. 刘孝威侍宴从游诗的特色

（1）刘孝威侍宴从游诗诗体多样。《三日侍皇太子曲水宴诗》《奉和简文帝太子应令诗》《奉和六月壬年应令诗》《奉和晚日诗》《和皇太子春林晚雨诗》《奉和逐凉诗》是五言诗，《侍宴乐游林光殿曲水诗》《重光诗》是四言诗，《东西门行》和《行幸甘泉宫歌》是拟乐府。四言某种意义上可以称为侍宴诗的正统体制，历代作者不绝；五言亦是南朝大行其道，南朝侍宴诗多所用者。但以文人拟乐府作侍宴诗的，则非常少见。虽然南朝文人拟乐府大多也可以直接归入五言诗的范畴，但毕竟还

---

① 逯钦立辑校《先秦汉魏晋南北朝诗》，中华书局，1983，第1867页。
② 逯钦立辑校《先秦汉魏晋南北朝诗》，中华书局，1983，第1867页。
③ （宋）郭茂倩编《乐府诗集》，中华书局，1979，第1185页。
④ 逯钦立辑校《先秦汉魏晋南北朝诗》，中华书局，1983，第1870页。
⑤ 逯钦立辑校《先秦汉魏晋南北朝诗》，中华书局，1983，第1874页。该诗引文均自此出。
⑥ 逯钦立辑校《先秦汉魏晋南北朝诗》，中华书局，1983，第1875页。该诗引文均自此出。

是采用了乐府的题目,与一般五言诗有别。因此诗体多样,且以拟乐府为侍宴诗,实乃刘孝威侍宴诗之一特色。

(2)刘孝威经常在侍宴从游诗中以古喻今,尤其喜欢用上古典故。比如"蒸哉轩顼,赫矣尧心"(《侍宴乐游林光殿曲水诗》)①,"周朝推上嗣,汉代纪重明"(《奉和简文帝太子应令诗》),等等。虽然借古喻今尤其是借上古圣君比喻统治者,是侍宴诗中常用的手段,但刘孝威显然对这一手法特别偏爱,不仅在多首诗中运用,更有在同一首诗中的频繁运用,比如《三日侍皇太子曲水宴诗》就连续用了"二龙巡夏代,八骏驭周朝"和"周旗交采眊,晋鼓杂清箫"。② 刘孝绰在借古喻今时,比较喜欢用时代上相对接近萧梁的曹魏典故,刘孝威则表现出了与兄长完全不同的取向。

(3)刘孝威的侍宴诗还多言仙人。如表5-1所示。

表5-1 刘孝威侍宴诗中的"仙人"

题　目	诗　句
《侍宴乐游林光殿曲水诗》	女娲补石,重华累金。 汤罗禹扇,羲瑟农琴。 …… 天吴还往,海若逢迎。
《奉和简文帝太子应令诗》	园绮随金辂,浮丘侍玉笙。 …… 班轮同策乘,甲馆齐蓬瀛。
《三日侍皇太子曲水宴诗》	兰樽沿曲岸,灵若溯回潮。
《奉和六月壬年应令诗》	雷奔石鲸动,水阔牵牛遥。 乘鼋犹怯渡,鞭石讵成桥。
《和皇太子春林晚雨诗》	谁堪偶凤吹,唯有浮丘公。

宴游诗本来与游仙就有比较紧密的联系。比如汉代《艳歌》云:"天公出美酒,河伯出鲤鱼。青龙前铺席,白虎持榼壶。南斗工鼓瑟,北斗吹笙竽。姮娥垂明珰,织女奉瑛琚。"③ 即写仙人组织的宴会。曹操《气出唱》也写帝王出游与神仙共相宴乐。与这些作品相比,刘孝威侍

---

① 逯钦立辑校《先秦汉魏晋南北朝诗》,中华书局,1983,第1875页。该诗引文均自此出。
② 逯钦立辑校《先秦汉魏晋南北朝诗》,中华书局,1983,第1876页。该诗引文均自此出。
③ 逯钦立辑校《先秦汉魏晋南北朝诗》,中华书局,1983,第289页。

第五章 刘氏家族文学之精英：刘孝仪、刘孝威兄弟等

宴诗中的仙人由宴会的主人降格为君王的侍从，缺少了恢宏的气度。但比起南朝宋侍宴诗单纯以"岂伊人和，寔灵所贶"① 或"神居既崇盛"②之类泛言神仙威能，还多几分灵动奇幻。

（4）刘孝威侍宴从游诗中写景也极有特色。一是其诗中景时有险怪诡奇之像。如《奉和六月壬午应令诗》中写：

> 雷奔石鲸动，水阔牵牛遥。乘鼋犹怯渡，鞭石讵成桥。岸崩下生窟，壁峭上干霄。噪蛙常独沸，游鱼或自跳。荒径横临浦，空舟斜插桡。愁鸱集古树，白鹭隐青苗。③

"岸崩下生窟，壁峭上干霄""荒径横临浦，空舟斜插桡"颇为险怪，有似鲍照。"噪蛙常独沸""游鱼或自跳""愁鸱集古树"，意象奇特，甚至有几分接近后世著名的"诗鬼"李贺。"崩""沸""跳"这样的动词，不够雍容典雅，是侍宴从游诗中不常用的，因此也使得此诗有别于一般侍宴诗雍容的风调。故陈祚明称此诗"文情斐蔚，玩其隽句，并足耽味"④。

二是其诗中景多秾艳。刘孝威在侍宴诗中喜用与艳情有关的物象和典故写景，如：

> 雷舒长男气，枝摇少女风。（《和皇太子春林晚雨诗》）⑤
> 长河似曳素，明星若散珰。（《奉和逐凉诗》）⑥
> 月纤张敞画，荷妖韩寿香。（《奉和逐凉诗》）

"枝摇少女风"虽是本自《周易·说卦》中"巽一索而得女，故谓

---

① 颜延之：《应诏宴曲水作诗·道隐未形》，载逯钦立辑校《先秦汉魏晋南北朝诗》，中华书局，1983，第1225页。
② 鲍照：《侍宴覆舟山诗二首》其二，载逯钦立辑校《先秦汉魏晋南北朝诗》，中华书局，1983，第1281页。
③ 逯钦立辑校《先秦汉魏晋南北朝诗》，中华书局，1983，第1876页。该诗引文均自此出。
④ （清）陈祚明评选《采菽堂古诗选》，李金松点校，上海古籍出版社，2008，第873页。
⑤ 逯钦立辑校《先秦汉魏晋南北朝诗》，中华书局，1983，第1879页。该诗引文均自此出。
⑥ 逯钦立辑校《先秦汉魏晋南北朝诗》，中华书局，1983，第1880页。该诗引文均自此出。

之长女"① 的说法，但改长女为少女，则见柔弱。"长河似曳素，明星若散珰"学谢朓"余霞散成绮，澄江静如练"（《晚登三山还望京邑诗》）②，然又隐述女子情态，更见密丽；"月纤张敞画，荷妖韩寿香"更是直接以闺房之乐写自然景色。这比其兄刘孝绰"芳卉疑纶组，嘉树似雕饰"等语还要绮靡。这一类描写，当是奉和宫体倡导者萧纲的喜好。

（5）刘孝威的侍宴从游诗还有一个特点是自惭鄙薄之意较少。虽然并不是完全绝迹，比如《东西门行》结句即云"徒然颂并命，只恧思如抽"，但毕竟是孤例。一来刘孝威侍宴诗常言仙人而不写实，这就使得诗中的侍从者变成了仙人而不是诗人自己，自然也就没什么自惭之意。二来即便不写仙人的侍宴诗，结尾也多半言"吾君安已乐，无劳诵洞箫"（《奉和晚日诗》）③ 或"对此游清夜，何劳娱洞房"（《奉和逐凉》）之类。只奉承统治者的雅兴高致，却也不加以自惭。如刘孝绰一般诗必自惭比较少见，但如刘孝威一般几不自惭，也不是侍宴诗的常态。

（三）刘孝威的山水诗

刘孝威的山水诗主要有《登覆舟山望湖北诗》《赋得曲涧诗》，这一类诗总体比较清新秀逸。《登覆舟山望湖北诗》云"荇蒲浮新叶，渔舟绕落花"体物细致，云"浴童竞浅岸，漂女择平沙"可称"眼前景甚趣"④。后者将人物写入山水间，也是当时山水诗中不常见的写法。

《赋得曲涧诗》云：

涧流急易转，溪竹暗难开。近楼俄已失，前洲忽复回。石岸生寒藓，沈根渍水苔。菱舟失道去，归凫迷径来。⑤

此诗紧扣"曲"字，"涧流急易转，溪竹暗难开"可见水流曲折、丛竹遮蔽。"近楼俄已失，前洲忽复回"与《帆渡吉阳洲》写法类似，既承接了上文水流湍急，也写出水流迂折。"石岸生寒藓，沈根渍水苔"

---

① 高亨：《周易大传今注》，齐鲁书社，1979，第 620 页。
② 逯钦立辑校《先秦汉魏晋南北朝诗》，中华书局，1983，第 1430 页。
③ 逯钦立辑校《先秦汉魏晋南北朝诗》，中华书局，1983，第 1878 页。
④ 逯钦立辑校《先秦汉魏晋南北朝诗》，中华书局，1983，第 1876 页。
⑤ 逯钦立辑校《先秦汉魏晋南北朝诗》，中华书局，1983，第 1881 页。

第五章 刘氏家族文学之精英：刘孝仪、刘孝威兄弟等

笔调冷峭，正因此涧曲折幽深，故少有人迹，故萧瑟阴森。结句以菱舟失道、归凫迷径仍写水流曲折、水道难辨。虽不着一"曲"字然无处不"曲"。陈祚明故称此诗为"曲写'曲'字"①。

《小临海》《蜀道难》也是以山水为主题的诗，皆是孝威拟作乐府，诗风较为浪漫奇幻。《小临海》属舞曲歌辞，其母题应是曹操《观沧海》。《小临海》诗云：

> 碣石望山海，留连降尊极。秦帝枉钩陈，汉家增礼秩。石桥终不成，桑田竟难测。蜃气远生楼，鲛人近潜织。空劳帝女填，讵动波神色。②

刘孝威此诗不直写大海的雄壮，而是连用石桥、桑田、蜃楼、鲛人、精卫的典故，营造出一种迷离奇幻的意境，具有浪漫主义气息。《蜀道难》属于《相和歌辞·瑟调曲》，《乐府诗集》引《乐府解题》曰："《蜀道难》备言铜梁玉垒之阻，与《蜀国弦》颇同。"③ 刘孝威诗云：

> 玉垒高无极，铜梁不可攀。双流逆巇道，九坂涩阳关。邓侯策马度，王生敛辔还。敛辔惧身尤，叱驭奉王猷。若悋千金重，谁为万里侯。戏马吞珠界，扬舲濯锦流。沉犀厌怪水，握镜表灵丘。禺山金碧有光辉，迁亭车马尚轻肥。弥想王褒拥节反，更忆相如乘传归。君平子云阒不嗣，江汉英灵信已衰。④

《乐府诗集》将《蜀道难》分前五言后七言各为一首，计为两首。考虑到《乐府诗集》中间部分"若悋千金重，谁为万里侯。戏马吞珠界，扬舲濯锦流。沉犀厌怪水，握镜表灵丘"等句，且《蜀道难》全诗意思较为连贯，本作视为一首。刘孝威此诗虽亦"备言铜梁玉垒之阻"，然又表示为了王命和封侯毅然入蜀，随后又写蜀地所见风物和人文。"弥

---

① （清）陈祚明评选《采菽堂古诗选》，李金松点校，上海古籍出版社，2008，第874页。
② 逯钦立辑校《先秦汉魏晋南北朝诗》，中华书局，1983，第1868页。
③ （宋）郭茂倩编《乐府诗集》，中华书局，1979，第590页。
④ 逯钦立辑校《先秦汉魏晋南北朝诗》，中华书局，1983，第1874页。

想王褒拥节反，更忆相如乘传归。君平子云阒不嗣，江汉英灵信已衰"，颇感叹蜀地人文今之凋零。此诗中又杂以神话传说，如"沈犀厌怪水，握镜表灵丘。禹山金碧有光辉，迁亭车马尚轻肥"，亦有光怪陆离之感。不过"典事奔凑，然故是庸笔"①。此诗虽艺术水平不高，对研究《蜀道难》的创作历史却有一定意义。梁简文帝萧纲、陈朝阴铿、初唐张文琮皆有《蜀道难》，皆是五言四句，但言险阻而已。而刘孝威此诗既是杂言，篇制又长，还具有一定浪漫主义色彩。《蜀道难》之从萧纲到孝威再至李白，似乎也隐有其发展脉络。

此外，《苦暑诗》也含有一定的写景成分。《苦暑诗》中"月丽姮娥影，星含织女光"②也是以宫体写自然景色的笔调，与以上四首均不似。"栖禽动夜竹，流萤出暗墙"中的"动"和"暗"字，陈祚明以为颇佳。此诗尽写清凉之景，然以之更反衬出燥热难耐，结句又云"弄风思汉朔，戏雨忆吴王。玄冰术难验，赤道漏犹长。谁能更吹律，还令黍谷凉"，以奇幻的想象期盼消解暑气，是"翻新作致"③者。

（四）刘孝威的咏物诗

刘孝威的咏物诗主要有《枯叶竹诗》《和帘里烛诗》《咏剪彩花诗二首》《禊饮嘉乐殿咏曲水中烛影诗》《斗鸡篇》《鸡鸣篇》《雀乳空井中》《乌生八九子》《望栖乌诗》等。《望雨诗》亦包含一定咏物成分。

《枯叶竹诗》和《望栖乌诗》较有寄托。《枯叶竹诗》云：

枯杨犹更绿，卧柳尚还生。勿嫌凤不至，终当待圣明。④

此诗可能写于刘孝威不得志期间。全诗几乎没有一语直接写竹，"枯杨犹更绿，卧柳尚还生"，以青翠杨柳反衬枯叶竹，也指枯叶竹与杨、柳一般犹有重生之时。杨、柳可能也有所指。"勿嫌凤不至，终当待圣明"，同样是写希望得到帝王垂青，但比其兄刘孝绰的咏物诗要相对矜傲一些。

《望栖乌诗》云：

---

① （清）陈祚明评选《采菽堂古诗选》，李金松点校，上海古籍出版社，2008，第873页。
② 逯钦立辑校《先秦汉魏晋南北朝诗》，中华书局，1983，第1880页。该诗引文均自此出。
③ （清）陈祚明评选《采菽堂古诗选》，李金松点校，上海古籍出版社，2008，第876页。
④ 逯钦立辑校《先秦汉魏晋南北朝诗》，中华书局，1983，第1883页。

第五章 刘氏家族文学之精英：刘孝仪、刘孝威兄弟等

> 夕鸟飞参差，单雄杂寡雌。联翩归叶里，出没噪林垂。争栖时易树，惊飞忽度枝。虽无系书重，亦有含缨疲。以兹憔悴力，重逢轻薄儿。珠丸苏合弹，金缴青丝縻。岂意翩翾羽，遂免更羸危。入怀欣得地，依林窃愿知。①

此诗写栖鸟生存不易，憔悴奔波，而又"重逢轻薄儿"，有被打杀的危险。所以栖鸟"入怀欣得地，依林窃愿知"，希望寻求托庇。这与最早的咏鸟诗，即蔡邕《翠鸟诗》中"幸脱虞人机，得亲君子庭。驯心托君素，雌雄保百龄"② 所表达的主题大体相同，也与刘孝绰《咏素蝶诗》思想感情有相似处。不过蔡邕、刘孝绰的诗都写得比较雍容雅丽，孝威之诗则写得相对朴素，大概是为了写出栖鸟的狼狈，特以从容笔调言之。陈祚明称此诗"意甚切，末句婉曲动人"，并猜测此诗是刘孝威自况，"此是自拔围城之后仰冀甄录"③。考虑到此诗与刘孝威其他咏鸟诗摛典颂德的笔调殊为不同，陈祚明之说或有一定道理。

《和帘里烛诗》《咏剪彩花诗二首》但写物态，较为寻常。《禊饮嘉乐殿咏曲水中烛影诗》是南朝较为少见的七言咏物诗。诗云：

> 火浣花心犹未长，金枝密焰已流芳。芙蓉池畔涵停影，桃花水脉引行光。④

此诗将烛影写得颇为富丽，宜于为公宴助兴。此诗被许学夷《诗源辩体》评为"较明远语更绮艳，而声调仍乖，下流至梁简文七言四句"⑤。虽然在许学夷看来"声调仍乖"，但此诗体制上七言四句，一、三、四句押韵，除了第四句也大致符合七绝首句仄起入韵的格律要求，已近唐调，可被视为七绝前身。

---

① 逯钦立辑校《先秦汉魏晋南北朝诗》，中华书局，1983，第1880~1881页。
② 逯钦立辑校《先秦汉魏晋南北朝诗》，中华书局，1983，第193页。
③ （清）陈祚明评选《采菽堂古诗选》，李金松点校，上海古籍出版社，2008，第877页。
④ 逯钦立辑校《先秦汉魏晋南北朝诗》，中华书局，1983，第1884页。
⑤ 吴文治主编《明诗话全编》第6册，江苏古籍出版社，1997，第6135页。

《斗鸡篇》《鸡鸣篇》《雀乳空井中》《乌生八九子》都是拟乐府。这类诗虽也偶有一些对所咏之鸟的怜惜，但基本是串联与所咏之鸟有关的历史典故，来表达赞美之情，即前文所言"摭典颂德"者。所以实际上，与刘孝威的两篇赞文差不多。比如《斗鸡篇》：

> 丹鸡翠翼张，妒敌复专场。翅中含芥粉，距外耀金芒。气逾上党烈，名贵下鞲良。祭桥愁魏后，食跖忌齐王。愿赐淮南药，一使云间翔。①

这首诗实际上并不专注写"斗"鸡。与建安诗人的斗鸡诗相比，尤其能看出此诗在气质主题上的变化。一者建安斗鸡诗往往直接描写斗鸡形貌，如曹植《斗鸡诗》云"群雄正翕赫，双翘自飞扬。挥羽激清风，悍目发朱光。觜落轻毛散，严距往往伤。长鸣入青云，扇翼独翱翔"②，刘桢《斗鸡诗》云"丹鸡被华采，双距如锋芒。……利爪探玉除，瞋目含火光。长翘惊风起，劲翮正敷张。轻举奋勾喙，电击复还翔"③。建安诗人笔下的斗鸡细节生动，意气骄扬，笔力遒劲。而刘孝威《斗鸡篇》，不仅直接描写斗鸡过程的句子少，而且这一过程也采用典故来表现。"翅中含芥粉，距外耀金芒"句，来自于《左传·昭公二十五年》中季、郈两家斗鸡的记载："季、郈之鸡斗，季氏介（芥）其鸡，郈氏为之金距。"④ 芥羽、金距是南朝诗人写斗鸡的套语，频繁出现在萧纲、张正见、徐陵、褚玠、王褒、庾信等诗人的笔下，所以这类的描写显得细节模糊，情绪平淡，缺乏临场的踊跃激昂之感。如此颇令人怀疑刘孝威等南朝诗人所写斗鸡并非眼见，而只是出于对此题材的兴趣进行想象创作。二者建安斗鸡诗全是昂扬奋进的精神，全是对斗鸡勇武的称赞，刘孝威诗中却出现了对斗鸡的忧虑之情。他说："祭桥愁魏后，食跖忌齐王。愿赐淮南药，一使云间翔。"表达了对斗鸡被食的忧虑和望其逍遥自在的心意。刘孝威祝愿斗鸡超脱现实危险，与曹植《斗鸡诗》以祝愿斗鸡"愿

---

① 逯钦立辑校《先秦汉魏晋南北朝诗》，中华书局，1983，第1869页。
② 逯钦立辑校《先秦汉魏晋南北朝诗》，中华书局，1983，第450页。该诗引文均自此出。
③ 逯钦立辑校《先秦汉魏晋南北朝诗》，中华书局，1983，第372页。
④ 杨伯峻编著《春秋左传注》，中华书局，1990，第1461页。

蒙狸膏助，常得擅此场"，即祝愿斗鸡常胜不败作结相比，消极积极之别一目了然。偏安江南、衰颓纷奢的王朝气格，使得建安时代的进取心、求胜心荡然无存了。南朝频繁的统治阶级内部斗争，以及帝王对功臣的大肆滥杀，也给刘孝威的斗鸡诗蒙上了一层阴影。不过刘孝威的结尾方式也有一些余响。韩愈、孟郊《斗鸡联句》说："英心甘斗死，义肉耻庖宰。君看斗鸡篇，短韵有可采。"① 也是以诗人不甘斗鸡被食的心情为结尾，或许正是受了刘孝威影响。

《乌生八九子》是杂言体，诗云：

> 城上乌，一年生九雏。枝轻巢本狭，风多叶早枯。氄毛不自暖，张翼强相呼。金柝严分翠楼肃，蜃壁光兮椒泥馥。虞机衡网不得施，猜鹰鸷隼无由逐。永愿共栖曾氏冠，同瑞周王屋。莫啼城上寒，犹贤野中宿。羽成翩备各西东，丁年赋命有穷通。不见高飞帝辇侧，远托日轮中。尚逢王吉箭，犹婴后羿弓。岂如变彩救燕质，入梦祚昭公，流声表师退，集幕示营空，灵台已铸像，流苏时候风。②

《乌生八九子》原是《相和歌辞·相和曲》。乐府古辞以被猎杀的乌鸦的视角感慨"寿命各有定分，死生何叹前后也"，而刘孝威此诗则"但咏乌而已"③。此诗的特色一在于句式颇为奇特，在三言、五言、七言外还引入骚体，多方变化。二在于此诗罗列了大量与乌鸦有关的事典，这种列典的结构为张正见《晨鸡高树鸣》所效仿：

> 晨鸡振翅鸣，出迥擅奇声。蜀郡随金马，天津应玉衡。摧冠验远石，系火出连营。争栖斜揭幕，解翼横飞度。试饮淮南药，翻上仙都树。枝低且候潮，叶浅还承露。承露触严霜，叶浅伺朝阳。猜群怯宝剑，勇战出花场。当损黄金距，谁论白玉珰。长鸣逢晋帝，恃气遇周王。流名说鲁国，分影入陈仓。不复愁苻朗，犹能感

---

① （清）彭定求等编《全唐诗》，中华书局，1960，第 8905～8906 页。
② 逯钦立辑校《先秦汉魏晋南北朝诗》，中华书局，1983，第 1873 页。
③ （宋）郭茂倩编《乐府诗集》，中华书局，1979，第 408 页。

孟尝。①

这类诗典事虽博，但大抵也是"典事奔凑，然故是庸笔"之属。可能是诗人的文字游戏或写作训练。

（五）刘孝威的艳情诗

刘孝威的艳情诗主要有《公无渡河》、《塘上行苦辛篇》、《怨诗》、《采莲曲》、《妾薄命篇》、《独不见》、《和王竟陵爱妾换马》②、《拟古应教》、《都县遇见人织率尔寄妇诗》、《侍宴赋得龙沙宵月明诗》、《奉和湘东王应令诗二首》（《春宵》和《冬晓》）、《七夕穿针诗》、《九日酌菊酒诗》、《赋得鸣棹应令诗》、《和定襄侯初笄诗》、《咏佳丽诗》、《望隔墙花诗》、《赋得香出衣诗》等十九题二十首，是刘孝威诗歌中数量最多的种类。

刘孝威写得较好的艳情诗多是五言四句的小诗。如《咏佳丽诗》云："可怜将可念，可念直千金。唯言有一恨，恨不遂人心"③ 此诗语言质朴，用顶针回环修辞手法，颇有民歌风味。《望隔墙花诗》云："隔墙花半隐，犹见动花枝。当由美人摘，讵止春风吹。"④ 此诗前二句有味，颇似《莺莺传》中"拂墙花影动，疑是玉人来"⑤ 的意境。但后二句则"妙想全露，不肯少留分毫"，破坏了诗的含蓄之致。不过总体而言此诗还是能"快人眼口"⑥ 的。《和定襄侯初笄诗》云："合鬟仍昔发，略鬓即前丝。从今一梳罢，无复更紫时。"⑦ 此文只是简单描述了少女及笄时的挽发的情形。但细细读之，则知随着发式的变化，少女自此成人，要面对情感与婚姻中的酸甜苦辣，而再不能重回无忧无虑的孩提时代。种种复杂的情绪，以寥寥数句便能道尽，余韵固然悠长，意蕴亦颇深沉。

---

① 逯钦立辑校《先秦汉魏晋南北朝诗》，中华书局，1983，第 2471~2472 页。
② 王竟陵即王僧辩。僧辩曾为竟陵太守，鲍泉曾称其为王竟陵，事见《梁书·鲍泉传》。
③ 逯钦立辑校《先秦汉魏晋南北朝诗》，中华书局，1983，第 1883 页。
④ 逯钦立辑校《先秦汉魏晋南北朝诗》，中华书局，1983，第 1883 页。
⑤ （元）王实甫著，张燕瑾、弥松颐校注《西厢记新注》附录《莺莺传》，江西人民出版社，1980，第 326~327 页。
⑥ （明）钟惺、谭元春：《诗归——古诗归》，湖北人民出版社，1985，第 273 页。
⑦ 逯钦立辑校《先秦汉魏晋南北朝诗》，中华书局，1983，第 1883 页。

因此陈祚明称"孝威五绝,并有作意而嫌多浅率,此首稍可寄讽"①。总之,孝威上述这些诗都比较清丽生动,故颇可诵。

刘孝威写征人思妇题材也往往较为出色。他擅长以征人思妇揣度对方的处境而写出他们对对方深沉的思念。比如:

传闻机杼妾,愁余衣服单。当秋络已脆,衔啼织复难。(《侍宴赋得龙沙宵月明诗》)②

花开人不归,节暖衣须变。回钗挂反环,拭泪绳春线。今夜月轮圆,胡兵必应战。(《春宵》)③

《侍宴赋得龙沙宵月明诗》的写法类似于杜甫的《月夜》,以从对方的角度设想的方式,妙在从对方那里生发出自己的感情,通过这种生发倍显情境凄切。《春宵》虽然不是写对方思念自己,但"今夜月轮圆,胡兵必应战"尤为妙想。往往明月是引动相思的意象,诗中女主人公却由此联想到胡兵会趁月光来袭,丈夫可能遭遇危险,既新颖而又自然。其语淡然,不着相思字眼,然女主人公的牵挂和忧虑不言自明。陈祚明称之为"小篇纤纤,体情能细"④。王夫之称:"诸刘诗承宫体之流,而益以稚涩。此作声情秀爽,虽嫌褊促,犹为英英特出。"⑤

刘孝威有一些艳情诗写得比较秾艳,比如《拟古应教》。此诗为乐府《东飞伯劳歌》的拟篇,名"应教",大概是奉时为藩王的萧纲命令而作。萧纲也有《东飞伯劳歌》二首,他之所以对这个题目发生兴趣,可能与萧衍有《东飞伯劳歌》有关。但比之萧衍作品的"风神音旨,英英遥遥"⑥,萧纲的作品笔调较为轻薄,而刘孝威写"双栖翡翠两鸳鸯,巫云洛月乍相望。谁家妖冶折花枝,蛾眉曼睇使情移。青铺绿琐琉璃扉,琼筵玉笥金缕衣"⑦,雕缋满眼,倍加绮靡。又如刘孝威《九日酌菊酒

---

① (清)陈祚明评选《采菽堂古诗选》,李金松点校,上海古籍出版社,2008,第878页。
② 逯钦立辑校《先秦汉魏晋南北朝诗》,中华书局,1983,第1878页。
③ 逯钦立辑校《先秦汉魏晋南北朝诗》,中华书局,1983,第1881页。
④ (清)陈祚明评选《采菽堂古诗选》,李金松点校,上海古籍出版社,2008,第877页。
⑤ (清)王夫之评选《古诗评选》,张国星校点,文化艺术出版社,1997,第273页。
⑥ (清)王夫之评选《古诗评选》,张国星校点,文化艺术出版社,1997,第56页。
⑦ 逯钦立辑校《先秦汉魏晋南北朝诗》,中华书局,1983,第1872页。

诗》不写传统的登高、赏菊,反写佳人劝菊酒的娇态,"余杯度不取,欲持娇使君"[①],令重阳题材染上一层艳色。再如刘孝威《都县遇见人织率尔寄妇诗》写"妖姬含怨情,织素起秋声"[②]。诗多方铺写妖姬之美,共计五言四十二句,是宫体诗中的大制。诗中多效仿《陌上桑》语句,如"青丝引伏兔,黄金绕鹿卢。艳彩裾边出,芳脂口上渝。百城交问遗,五马共踟蹰"皆自乐府古辞出,然倍加绮靡,无《陌上桑》之流畅自然。诗云"窗疏眉语度,纱轻眼笑来",不以语度,仅以眼传情,且复增以眉,是较为新颖的写法。诗人又因之思念妻子,云"独眠真自难,重衾犹觉寒。愈忆凝脂暖,弥想横陈欢"。此语格调低下,乃至淫亵。结句云"新妆莫点黛,余还自画眉",亦言闺房之乐,但相对要含蓄一些。由此可见,宫体诗人对妻子确实较为直率,并不十分受儒家礼教中夫妇守礼的束缚。萧纲《咏内人昼眠》以传统上写姬妾的手法写正妻,洵非孤例。

刘孝威还有许多艳情诗也是以拟乐府的形式创作的。如《公无渡河》《塘上行苦辛篇》《怨诗》《采莲曲》《妾薄命篇》《独不见》《和王竟陵爱妾换马》等。这些艳情拟乐府诗在刘孝威的拟乐府诗中不独篇目最多,也最能代表其拟乐府诗的艺术成就。其特色可概括为清雅兼具,情事并长。

首先说诗题的选择。

(1) 从接受新声来看。齐梁陈三代皇族由于出身不高,在具备了享乐条件之后,审美趣味受到旧日家风的影响,仍保留平民化的取向。再加之长期以来,南朝皇族在文化上已经与土著吴人高度同化,其文学艺术趣味贴近江东民间和世俗。奢侈浮华的宫廷生活又充满感官刺激,男女情爱主题的吴声西曲正迎合了他们的兴趣。他们不仅品味、欣赏吴声西曲,还直接参与模拟和创作,尤以萧衍为代表。

但萧衍虽积极提倡吴声西曲,在萧梁皇室侍从文人中产生的影响却不大。这其中的原因十分复杂,有文人拟乐府欲进一步摆脱音乐限制的因素,也有当时士庶关系复杂,统治阶级与势族文士心理隔膜的

---

① 逯钦立辑校《先秦汉魏晋南北朝诗》,中华书局,1983,第1882页。
② 逯钦立辑校《先秦汉魏晋南北朝诗》,中华书局,1983,第1877页。该诗引文均自此出。

因素。刘孝威同样没有对吴声西曲产生太多的兴趣，仅写了一首梁武帝改制过的西曲《采莲曲》。也就是说，在接受新声这一方面，刘孝威基本没有创作过那种"几于千篇一律""纯为一种以女性为中心"的"艳情讴歌"。①

（2）从模拟古辞上来看。钱志熙先生说："齐梁陈隋时代，诗坛上新声艳体流行，是诗体由古体向近体转变的一个过渡时期。拟乐府诗的风气趋向衰歇。古辞中唯有《长安有狭斜行》等较少篇章，因是歌咏市井间甲第中仕贵妇艳之事，具有艳体的性质，所以南朝文人多有拟作，……也有改称《三妇艳》《中妇织流黄》。《相逢行》情节与《长安有狭斜行》很相近，南朝人亦多拟作，题作《相逢行》或《相逢狭路间》。南朝诗坛上此两篇拟作独盛。"② 以《乐府诗集》所载《三妇艳》为例：齐王融、王筠各一首；梁萧统、沈约、吴均各一首，刘孝绰也有一首；陈张正见一首，陈后主十一首。确见当时之流行。但今存作品来看，刘孝威完全没有采用当时流行的这两个诗题。

刘孝威有《鸡鸣篇》。《乐府诗集》卷二十八《鸡鸣》解题曰："古词云：'鸡鸣高树巅，狗吠深宫中。'初言天下方太平，荡子何所之。次言黄金为门，白玉为堂，置酒作倡乐为乐。终言桃伤而李仆，喻兄弟当相为表里。兄弟三人近侍，荣耀道路，与《相逢狭路间行》同。"③ 可见《鸡鸣》虽属相和歌辞，但与清商曲辞《相逢狭路间行》同出一源。故萧纲的《鸡鸣高树颠》云"碧玉好名倡，夫婿侍中郎。桃花全覆井，金门半隐堂。时欣一来下，复比双鸳鸯。鸡鸣天尚早，东乌定未光"④，仍写男女幽欢之情，即钱志熙所云"歌咏市井间甲第中仕贵妇艳之事"。但刘孝威虽然就此题进行创作，却是仅取题目的字面意思，"但咏鸡而已"⑤，与艳诗毫无干系，仍与一般南朝诗人不同。

在模拟古辞这一方面，刘孝威也基本没有选择着力于铺写女性容色与体态的篇章。唯有《拟古应教》例外，但此诗既是"应教"之作，就

---

① 萧涤非：《汉魏六朝乐府文学史》，人民文学出版社，1984，第197页。
② 钱志熙：《乐府古辞的经典价值——魏晋至唐代文人乐府诗的发展》，《文学评论》1998年第2期，第69页。
③ （宋）郭茂倩编《乐府诗集》，中华书局，1979，第406页。
④ 逯钦立辑校《先秦汉魏晋南北朝诗》，中华书局，1983，第1912页。
⑤ （宋）郭茂倩编《乐府诗集》，中华书局，1979，第406页。

不是刘孝威自发的诗题选择。① 他在自主模拟古辞的时候，题目选择上并不是特别趋向秾艳的。

再说诗歌的具体创作状况。

（1）从创作角度来看。刘孝威的女性题材乐府诗，比起关注女性外在容貌体态的作品，更多关注的是女性的情感和内心。他的女性题材乐府诗基本是代言体，以诗中女主人的口吻进行叙述。如《公无渡河》写妻子因丈夫溺水而悲伤欲绝，《塘上行苦辛篇》和《怨诗》写被抛弃的女子的凄凉，《妾薄命篇》和《独不见》写征宦游宦之妻的思念和辛酸。相对而言，以女性为第一人称视角的诗篇，比之第三人称旁观视角对女性的容貌体态那种巨细靡遗、赏玩狎昵的描写会较少一些。

但是，若诗人有意，仍可通过衣饰、用物、居所的描写，营造出艳丽旖旎的氛围。而贵族的审美趣味与崇尚华美的时代风格，也让许多南朝诗人在描述上数物品与场景时笔调倾向华彩美赡。"玉床""金帐""绮席""翠被"之类，雕缋满眼，庶几标配。不过刘孝威并不致力于此。《公无渡河》和《塘上行苦辛篇》几乎连女性衣饰、用物、居所的描写都没有。《怨诗》写到"枕席秋风起，房栊明月悬。烛避窗中影，香回炉上烟。丹庭斜草径，素壁点苔钱"②，不仅不见精绮，反觉清冷，正好衬托诗歌主人公弃妇的处境。至于《妾薄命篇》写"玉篸久落鬓，罗衣长挂屏"③，《独不见》写"独寝鸳鸯被，自理凤凰琴"④，也是为反衬女主人公的孤独思念。这都属于正常的艺术手段，而不是为了满足感官刺激的需要。

刘孝威女性题材乐府诗写得比较清净，大抵也与其诗的情感取向有关。他的大多数女性题材乐府诗是感情基调比较悲伤的。艳彩张扬的描写，在感情基调喜乐的诗歌中，或可相得益彰，在悲伤的诗中却容易喧宾夺主。在这一点上，刘孝威还是比较好地处理了感情表达和语言雕琢的关系，人、景、情和谐，取得了较为清逸的艺术效果。

（2）从诗歌风格上来看。陈祚明评刘孝威的《独不见》为"填缀是

---

① 萧纲有《东飞伯劳歌》二首，刘孝威之"应教"，或即本此。
② 逯钦立辑校《先秦汉魏晋南北朝诗》，中华书局，1983，第1867页。
③ 逯钦立辑校《先秦汉魏晋南北朝诗》，中华书局，1983，第1868页。
④ 逯钦立辑校《先秦汉魏晋南北朝诗》，中华书局，1983，第1871页。

第五章　刘氏家族文学之精英：刘孝仪、刘孝威兄弟等

其长裁，序叙较能清楚"①。这个论断，也适用于刘孝威的整体女性题材乐府诗风。"填缀是其长裁"，指多用典故。刘孝威好用典。简单统计，其女性题材乐府诗中就用过郑袖、骊姬、鲁阳公、秦青、汉武陈皇后、钩弋夫人、甄皇后、采蘼芜女、王嫱、细君、苏武、燕太子丹、汉平帝许皇后等人的事典。语典更是俯拾皆是。用典加深了诗歌意蕴，论者指出："诗人把诗作主人公与历史人物并列起来构成一种反复吟咏的意味，女性形象除了自身的特点外，还具有了历史人物的特点，那么，其人物形象是由其自身与历史人物二者共同构成的，其人物形象的丰富多彩化是自然而然的。"② 这些典故用得妥帖，则有叙述婉曲、引人发想之妙，而语言也因此变得较为雅致。刘孝威还会多用一些男性的典故来写女性题材。如以苏武、燕丹太子比出塞和亲的王嫱、细君公主，以鲁阳公挥戈回日、秦青响遏行云来形容女主人公歌声的真挚感人。"响遏行云"言女子歌声不算出奇，但以苏武、燕丹太子、鲁阳公等悲壮雄豪的典故来描写女性的柔婉哀怨，则令人耳目一新，有种反差之美。中国古代文人历来有以弃妇比逐臣的传统，以女喻男司空见惯，如刘孝威一般常以男喻女的，则是比较少见的。

"序叙较能清楚"指长篇铺叙，娓娓道来。刘孝威的女性题材乐府诗大多篇幅较长，在十句之上。但篇幅长而不乱，层层递进。如《公无渡河》：

> 请公无渡河，河广风威厉。樯偃落金乌，舟倾没犀枻。绀盖空严祠，白马徒生祭。衔石伤寡心，崩城掩孀袂。剑飞犹共水，魂沉理俱逝。君为川后臣，妾作江妃娣。③

诗共计十二句，先写妻子劝阻丈夫渡河，再写妻子目睹丈夫溺水，接下来是妻子对祭祀过水神但丈夫仍溺死的怨恨，此后是妻子将丧夫的深重悲哀化为对水神的报复，最终妻子决然投河殉夫，期盼死后与丈夫魂魄相随。两句一事，两句一折，而能环环相扣，转换自然。《独不见》云：

---

① （清）陈祚明评选《采菽堂古诗选》，李金松点校，上海古籍出版社，2008，第872页。
② 胡大雷：《宫体诗研究》，商务印书馆，2004，第190页。
③ 逯钦立辑校《先秦汉魏晋南北朝诗》，中华书局，1983，第1866页。

> 夫婿结缨簪，偏蒙汉宠深。中人引卧内，副车游上林。绶染琅琊草，蝉铸武咸金。分家移甲第，留妾住河阴。独寝鸳鸯被，自理凤凰琴。谁怜双玉箸，流面复流襟。

由丈夫的春风得意过渡到妻子的春闺寂寞，也是顺理成章。其叙事与抒情之结合，达到了较高的水平。

较为例外的，就是清商曲辞《采莲曲》。这首诗基本并无用典，篇幅也相对短一些，呈现另一种艺术风貌。这首诗并不直接描写采莲女的动作，更没有详写采莲女的体态容色。诗人只是写道：

> 莲香隔浦渡，荷叶满江鲜。房垂易入手，柄曲自临盘。露花时湿钏，风茎乍拂钿。[①]

字里行间荡漾着勃发生机和欢愉气息，采莲女则隐没其间，她们在荷塘中轻盈穿行的情态，交给读者自行想象。这首诗写得活泼摇曳，新鲜可喜。从某种意义上来说，其风流含蓄，也未脱"清雅"的范畴。

再说与刘孝威自身的女性题材文人诗的比较。刘孝威的女性题材文人诗，则又呈现另一种艺术风格。（1）多以第三者的角度，写女子外在之美。刘孝威也有一些文人诗如《春宵》《冬晓》，比较关注女性的内心，传情细腻，曲尽相思。但更多诗如《七夕穿针诗》《赋得香出衣诗》等，纯写美人娇态，满足感官刺激的需求。有些诗如《都县遇见人织率尔寄妇诗》更是写得极为轻艳，甚至有些淫亵。与其乐府诗更关注女性内心、诗风较为清净不同。

（2）多尚白描，不贵用典。刘孝威写及女性题材，其乐府诗中的典故俯拾即是，文人诗中却甚少用典，有些诗中甚至全然无典。如《望隔墙花诗》颇为清媚，与其乐府诗较为典重不同。此外，刘孝威的女性题材乐府诗实际上吸收民歌的成分很少，反不如其文人诗《咏佳丽诗》浅近明快，更接近民歌的风貌。

[①] 逯钦立辑校《先秦汉魏晋南北朝诗》，中华书局，1983，第1868页。

(3) 感情倾向多数比较欢快。除了《采莲曲》和《拟古应教》，刘孝威的女性题材乐府诗全作悲声。文人诗却正相反，除了《侍宴赋得龙沙宵月明诗》《奉和湘东王应令诗二首》等数篇，全是欢娱之声。

刘孝威在写作女性题材的文人诗和拟乐府诗时，似乎有意选择了不同的艺术风格。相形之下，其文人诗较为浅丽，拟乐府诗则更显清雅。这是刘孝威艳情诗的一大特色。

（六）刘孝威的边塞游侠诗

刘孝威共计创作 5 题 6 首边塞游侠诗，都是拟乐府诗，分别为：《骢马驱》二首、《陇头水》、《思归引》、《半渡溪》和《结客少年场行》。据粗略统计，《乐府诗集》和《先秦汉魏晋南北朝诗》所收隋以前反映边塞生活题材的诗篇接近 200 首，而梁陈二朝的边塞乐府诗接近百篇。当时一些著名的文人都进行过边塞诗的创作，如萧纲 10 篇，萧绎 3 篇，张正见 11 篇，陈叔宝 9 篇，徐陵 7 篇，江总 6 篇，等等。刘孝威的边塞乐府诗，文学成就虽总体不及以上诸人，但在数目上颇可颉颃。可以说，在整个边塞诗的发展历史上，刘孝威也留下了属于自己的一笔，并且体现了他独有的审美情趣和艺术特色。

1. 灭虏报国主题的突出

在刘孝威的边塞乐府诗中，反复能看到对"灭虏"和"报国"的强调。前者如《陇头水》的"顿取楼兰颈，就解郅支裘"[1]，《骢马驱·十五官期门》的"誓使毡衣乡，扫地无遗噍"[2]，《半渡溪》的"本厕偏伍伴，一战殄凶渠"[3]。后者如《陇头水》的"时观胡骑饮，常为汉国羞"，《半渡溪》的"皇恩知已重，丹心恨不纡"，《骢马驱·翩翩骢马驱》的"未得报君恩，联翩终不住"[4]，等等。有意思的是，刘孝威虽然在边塞乐府诗的创作中始终强调灭虏报国，但大多没有采用传统上表达这一主题的篇目，如《出关》《入关》《出塞》《入塞》等，唯有"皆言关塞征役之事"[5] 的《骢马驱》。至于《陇头水》《半渡溪》等，则是刘孝威自

---

[1] 逯钦立辑校《先秦汉魏晋南北朝诗》，中华书局，1983，第 1866 页。该诗引文均自此出。
[2] 逯钦立辑校《先秦汉魏晋南北朝诗》，中华书局，1983，第 1866 页。该诗引文均自此出。
[3] 逯钦立辑校《先秦汉魏晋南北朝诗》，中华书局，1983，第 1870 页。该诗引文均自此出。
[4] 逯钦立辑校《先秦汉魏晋南北朝诗》，中华书局，1983，第 1872 页。该诗引文均自此出。
[5] （宋）郭茂倩编《乐府诗集》，中华书局，1979，第 355 页。

己的全新演绎。

《陇头水》即《陇头》,汉横吹曲辞之一。《乐府诗集》引《通典》曰:"天水郡有大阪,名曰陇坻,亦曰陇山,即汉陇关也。"引《三秦记》曰:"其阪九回,上者七日乃越,上有清水四注下,所谓陇头水也。"①逯钦立《先秦汉魏晋南北朝诗·梁诗》卷二十九收录《陇头流水歌》三曲:"陇头流水,流离西下。念吾一身,飘旷野;西上陇阪,羊肠九回。山高谷深,不觉脚酸;手攀弱枝,足逾弱泥。"《陇头歌辞》三曲:"陇头流水,流离山下。念吾一身,飘然旷野;朝发欣城,暮宿陇头。寒不能语,舌卷入喉;陇头流水,鸣声幽咽。遥望秦川,心肠断绝。"② 逯钦立先生按:"此歌与上《陇头流水》皆改用古辞。"③

齐梁文人拟乐府中的边塞诗多用"赋题"法,也就是"采用专就古题曲名的题面之意来赋写的作法,抛弃了旧篇章及旧的题材和主题","按题取义,无关于旧辞原作"。④ 这并不纯是因为南朝文人喜欢创新,很大程度上是因为许多诗题没有古辞留存。所以有古辞可循的《陇头水》成了例外,梁陈文人也就遵循着古《陇头歌辞》中的征人思乡和苦寒主题进行创作。如梁元帝写"衔悲别陇头,关路漫悠悠。故乡迷远近,征人分去留"⑤,陈后主写"地风冰易厚,寒深溜转清。登山一回顾,幽咽动边情"⑥,均大体不离其旨。《乐府诗集》中列于刘孝威之后的梁代文人车敳,其《陇头水》较有特色。他写道:"陇头征人别,陇水流声咽。只为识君恩,甘心从苦节。雪冻弓弦断,风鼓旗竿折。独有孤雄剑,龙泉字不灭。"⑦诗作完全颠覆了原题悲苦的感情基调,赋予了诗作报国从军的豪壮之声。但"陇头征人别,陇水流声咽"写离别,"雪冻弓弦断,风鼓旗竿折"写寒冷,却也没有完全割裂与旧辞的联系。

---

① (宋)郭茂倩编《乐府诗集》,中华书局,1979,第311页。
② 逯钦立辑校《先秦汉魏晋南北朝诗》,中华书局,1983,第2156~2157页。
③ 此处所云古辞即郭仲产《秦州记》和辛氏《三秦记》中分别引用的两首《陇头歌》。前者为"陇头流水,流离四下。念我行役,飘然旷野。登高望远,涕零双堕"。后者为"陇头流水,鸣声幽咽。遥望秦川,肝肠断绝"。
④ 钱志熙:《齐梁拟乐府诗赋题法初探——兼论乐府诗写作方法之流变》,《北京大学学报(哲学社会科学版)》1995年第4期,第61、63页。
⑤ 逯钦立辑校《先秦汉魏晋南北朝诗》,中华书局,1983,第2032页。
⑥ 逯钦立辑校《先秦汉魏晋南北朝诗》,中华书局,1983,第2505页。
⑦ 逯钦立辑校《先秦汉魏晋南北朝诗》,中华书局,1983,第2115页。

第五章 刘氏家族文学之精英：刘孝仪、刘孝威兄弟等

只有刘孝威，可称是将《陇头水》推倒重建。意境格调，均与旧辞几无关涉。其诗云：

> 从军戍陇头，陇水带沙流。时观胡骑饮，常为汉国羞。蟠妻成两剑，杀子祀双钩。顿取楼兰颈，就解郅支裘。勿令如李广，功多遂不酬。①

以"从军戍陇头，陇水带沙流"开篇，便是与旧辞仅剩的联系。但他虽以此开篇，也并非按照传统的创作手法，以陇头流水起兴。而是以"赋"的方法，接着描写在陇头流水边"时观胡骑饮，常为汉国羞"，最后引出一个立志杀敌报国的边军形象。这仍是层层铺叙。"陇头水"不过被刘孝威当作写作边塞诗的背景而已。上文有言，刘孝威的女性题材乐府诗善于序叙，其边塞题材和其他题材乐府诗亦是如此。且刘孝威不甚用起兴，这也是他乐府诗的一个特点。

《半渡溪》属杂曲歌辞。《乐府诗集》卷七十四注引《乐府解题》，曰："言战而半涉溪水见迫，所言皆岭南地里，与《武溪深》相类。"②《武溪深》，郭茂倩注引崔豹《古今注》曰："《武溪深》，马援南征之所作也。援门生爰寄生善吹笛，援作歌，令寄生吹笛以和之。名曰《武溪深》。"其辞曰："滔滔武溪一何深，鸟飞不度，兽不敢临。嗟哉武溪兮多毒淫！"③由此可见，《半渡溪》虽与征战有关，但重点应是状写地理，言迫溪畏渡。刘孝威却是反用其意，为反衬将士的英勇善战和碧血丹心，言"渡泸且不畏，凌溪嗟有余"。这并不是"按题取义，无关原作"，而是反弹琵琶，故作新声，与古辞形成了直接的对立。比起"赋题法"，或许更应该称"反题法"。

总体而言，刘孝威的边塞乐府诗有报国从戎之志、杀敌建功之心，却无死亡艰险之惧、羁旅思乡之苦，因而格调较为积极，精神较为昂扬。但不免美化征战，反映现实的意义较小。唯有《陇头水》气韵较为雄壮，末句感叹将士建功不封也有几分沉郁，算是其边塞乐府诗中最有艺

---

① 逯钦立辑校《先秦汉魏晋南北朝诗》，中华书局，1983，第1866页。
② （宋）郭茂倩编《乐府诗集》，中华书局，1979，第1048页。
③ （宋）郭茂倩编《乐府诗集》，中华书局，1979，第1048页。

术特色和思想深度的作品。

2. 征人思妇主题的割裂

征人与思妇自古以来便是共生的存在。思妇怀恋征人的诗篇不可胜数，而边塞诗中也常有征人怀恋思妇的描写。在《诗经》里已有开端，如《豳风·东山》中的"鹳鸣于垤，妇叹于室"和"之子于归，皇驳其马。亲结其缡，九十其仪。其新孔嘉，其旧如之何？"[①] 此后历代边塞诗亦往往由征人思乡而及思妇，或以思妇反衬征人不得归。刘孝威自己在创作《赋得龙沙宵月明诗》《春宵》《冬晓》等诗的时候，也是写征人思妇相互忆念。但在刘孝威的边塞乐府诗中，征人思妇题材被完全割裂，其边塞乐府诗中完全没有思妇或者思念妻子的征人形象出现。唯一出现的征人妇，乃是《陇头水》中"衅妻成两剑，杀子祀双钩"二句。但这个"妻"，并非形象，仅是符号，只是直接化用了干将、莫邪铸剑的典故而已。[②]

《陇头水》本是征人思乡，但刘孝威完全抛弃了这一母题。言及思乡的倒是《思归引》这首诗。其诗云：

> 胡地凭良马，怀骄负汉恩。甘泉烽火入，回中宫室燔。锦车劳远驾，绣衣疲屡奔。贰师已丧律，都尉亦销魂。龙堆求援急，狐塞请先屯。枥下驱双骏，腰边带两鞬。乘障无期限，思归安可论。[③]

《思归引》是琴曲歌辞，《乐府诗集》引《琴操》曰："卫有贤女，邵王闻其贤而请聘之，未至而王薨。太子曰：'吾闻齐桓公得卫姬而霸，今卫女贤，欲留之。'大夫曰：'不可。若贤必不我听，若听必不贤，不可取也。'太子遂留之，果不听。拘于深宫，思归不得，遂援琴而作歌，曲终，缢而死。"[④] 石崇也有《思归引》，"但思归河阳别业，与《琴操》

---

① （宋）朱熹集注《诗集传》，中华书局，1958，第95页。
② 事见《吴越春秋·阖闾内传》："干将者吴人，造剑二枚……莫邪者，干将之妻也。干将曰：'吾之作冶也，金铁之类不销，夫妻俱入冶炉之中。'莫邪曰：'先师亲铄身以成物，妾何难也。'于是干将妻乃断发揃爪，投之炉中，使童女三百，鼓橐装炭，金铁乃濡，遂以成剑。阳曰干将而作龟文；阴曰莫邪而漫理。"
③ 逯钦立辑校《先秦汉魏晋南北朝诗》，中华书局，1983，第1868页。
④ （宋）郭茂倩编《乐府诗集》，中华书局，1979，第838页。

异也"①。《半渡溪》本题犹算与征战有关，《思归引》则实与之无涉。刘孝威赋题而"言思归之状"，是别出心裁。不过，这首诗唯一体现"思归"的，便是"乘障无期限，思归安可论"二句。乘障犹言镇守边塞。此二句可解为将士厌战思乡。但结合前文"龙堆求援急，狐塞请先屯。枥下驱双骏，腰边带两鞭"的豪健笔调，似也可解为边情紧急，将士不顾小家，驰援赴难。如将后两句改成"边尘犹未靖，思归安可论"或者"未得报君恩，思归安可论"，则全诗的格调为之一变，由"赋题"到"反题"，而亦毫无违和。这不能不说是一种艺术上的混沌与平庸。

从另一方面来说，梁陈宫体盛行，文人拟边塞乐府诗自然也受了时代风尚的影响，颇杂艳情的痕迹。《东山》写征人妻，直叙其事，语言简朴，情境简单。到了梁陈诗人笔下，写及征人妇，语言则变得精致纤秾。如陈后主《陇头》言"四面夕冰合，万里望佳人"②，《关山月二首》其二言"看时使人忆，为似娇娥照"③。亦复有闺房情景的详细铺陈。如梁简文帝《从军行》，言"小妇赵人能鼓瑟，侍婢初笄解郑声。庭前柳絮飞已合，必应红妆起见迎"④，详写闺阁情态，艳丽婉娈。单独挑出此四句，便杂入《乌栖》《采莲》，亦不见突兀，去边塞风格远矣。而刘孝威的边塞诗中既然完全没有出现征人妇的形象，自然也就没有这些艳情描写，比较单纯明净。

3. 边塞与游侠主题的合一

曹植的《白马篇》写的就是因"边城多警急"而"捐躯赴国难"的"幽并游侠儿"⑤。六朝人如何逊，其《长安美少年》中也塑造了从军的"长安美少年"形象。边塞与游侠主题的合一，并非刘孝威的独创。不过刘孝威的《结客少年场行》也有自己的特色。其诗云：

  少年本六郡，遂游遍五都。插腰铜匕首，障日锦屠苏。鹙羽装银镝，犀胶饰象弧。近发连双兔，高弯落九乌。边城多警急，节使

---

① （宋）郭茂倩编《乐府诗集》，中华书局，1979，第838页。
② 逯钦立辑校《先秦汉魏晋南北朝诗》，中华书局，1983，第2505页。
③ 逯钦立辑校《先秦汉魏晋南北朝诗》，中华书局，1983，第2506页。
④ 逯钦立辑校《先秦汉魏晋南北朝诗》，中华书局，1983，第1904页。
⑤ 逯钦立辑校《先秦汉魏晋南北朝诗》，中华书局，1983，第432、433页。

满郊衢。居延箭箙尽，疏勒井泉枯。正蒙都护接，何由惮险途。千金募恶少，一挥擒骨都。勇余聊蹴鞠，战罢暂投壶。昔为北方将，今为南面孤。邦君行负弩，县令且前驱。①

《乐府诗集》卷六十六引《乐府解题》曰："《结客少年场行》，言轻生重义，慷慨以立功名也。"引《广题》曰："汉长安少年杀吏，受财报仇，相与探丸为弹，探得赤丸斫武吏，探得黑丸杀文吏。尹赏为长安令，尽捕之。长安中为之歌曰：'何处求子死，桓东少年场。生时谅不谨，枯骨复何葬。'按《结客少年场》，言少年时结任侠之客，为游乐之场，终而无成，故作此曲也。"② 刘孝威的《结客少年场行》却不是写少年快意恩仇，而是很明显看出模仿曹植《白马篇》的痕迹，虽不同题，但实为拟篇。

以《结客少年场行》写边塞诗者，往往是由一个少年游侠的开头，然后以从军为结，或者全篇皆写从军。唯有刘孝威笔下的少年，在从军后犹保留游侠儿的习气。"勇余聊蹴鞠，战罢暂投壶"，逍遥恣肆，意气骄扬。这是诗人幻想中的少年游侠与善战将士的完美结合。因为这种主题的反复，比之《白马篇》的境界和气势，自是相差颇大。不过倒是很好地体现出了"少年"的特色，同刘孝威其他诗中的将士形象相比，也是较为别致的。

4. 细节描写的苍白

刘孝威的边塞乐府诗数量虽尚可，但却不是六朝文人边塞诗的一流代表作。这与他的诗歌细节十分苍白有关。

边塞风光也是边塞诗的重要部分。梁陈文人边塞拟乐府中，虽无直接以描写边塞风光为主题的诗篇，但其中不乏佳句，如萧绎《陇头水》之"沙飞晓成幕，海气旦如楼"，何逊《学古·长安美少年》之"阵云横塞起，赤日下城圆"③。刘孝威的诗中却几乎没有对边塞风光的描写，寥寥几句涉及边塞风景，如"风伤易水湄，日入陇西树"（《骢马驱》），"从军戍陇头，陇水带沙流"（《陇头水》），基本上是简单笼统地化用典故成句，体现不出边塞风光的瑰丽雄奇。

---

① 逯钦立辑校《先秦汉魏晋南北朝诗》，中华书局，1983，第1869页。
② （宋）郭茂倩编《乐府诗集》，中华书局，1979，第948页。
③ 逯钦立辑校《先秦汉魏晋南北朝诗》，中华书局，1983，第1693页。

刘孝威在写到将士征战时，往往不涉及具体过程，而是大而化之地说几句"贰师已丧律，都尉亦销魂"（《思归引》），"顿取楼兰颈，就解郅支裘"（《陇头水》），等等。既缺乏鲍照《代出自蓟北门行》"马毛缩如猬，角弓不可张"① 这样鲜活生动的细节，也没有萧纲《陇西行三首》其二"洗兵逢骤雨，送阵出黄云"② 这样大气磅礴的场面。可以说，刘孝威虽竭力表现将士的能征善战，但因为缺乏具体描写的支撑，只能流于空泛，脱离现实，艺术魅力大打折扣。

总之，刘孝威的边塞乐府诗，大抵出于诗人对边塞题材的兴趣和对前人作品的趋仿，既非感发现实，也非抒写情志。再加之诗人本身才力较为平弱，因而大多艺术价值不高。大约诗人距离真实的边塞太过遥远，故其边塞诗不及有现实生活体验做支撑的女性题材乐府诗的创作水平。不过在宫体盛行、艳情当道的时代，刘孝威的边塞诗也称得上一股清新之风。

（七）刘孝威的其他题材诗作

《钓竿篇》③，属汉铙歌。崔豹《古今注》曰："《钓竿》者，伯常子避仇河滨为渔者，其妻思之而作也。每至河侧辄歌之。后司马相如作《钓竿诗》，遂传为乐曲。"④ 但刘孝威不取此意，正如《乐府古题要解》所言，"但称纶钓嬉游而已"⑤。刘孝威是扣紧题目的字面本义进行了发挥。这也是刘孝威在创作乐府诗题时常用的一种手法。其诗云：

> 钓舟画彩鹢，渔子服冰纨。金辖茱萸网，银钩翡翠竿。敛桡随水脉，急桨渡江湍。湍长自不辞，前浦有佳期。船交桡影合，浦深鱼出迟。荷根时触饵，菱芒乍胃丝。莲度江南手，衣渝京兆眉。垂竿自有乐，谁能为太师。⑥

乐府《钓竿》，最早存留的作品是曹丕的《钓竿行》。诗云："东越

---

① 逯钦立辑校《先秦汉魏晋南北朝诗》，中华书局，1983，第1262页。
② 逯钦立辑校《先秦汉魏晋南北朝诗》，中华书局，1983，第1905页。
③ 此诗作者有争议，《诗纪》云刘孝威作，《乐府诗集》列为刘孝绰作。此诗较为清新活泼，与孝绰秀雅雍容文风不甚相类，故本作以为孝威所作。
④ （宋）郭茂倩编《乐府诗集》，中华书局，1979，第262~263页。
⑤ （宋）郭茂倩编《乐府诗集》，中华书局，1979，第262~263页。
⑥ 逯钦立辑校《先秦汉魏晋南北朝诗》，中华书局，1983，第1865页。

河济水,遥望大海涯。钓竿何珊珊,鱼尾何簁簁。行路之好者,芳饵欲何为。"①虽语言比较秀致,但通篇采用民间情歌中常用的习句和隐语,是一首活泼明快的爱情诗,颇有汉乐府风范。后世《钓竿》乐府,则雕章琢句,进一步文人化,其思想主题也在不断发生变化。傅玄的《钓竿篇》以"钓竿何冉冉,甘饵芳且鲜"②起篇,乃化用曹诗。但傅诗乃颂圣之作,在《钓竿》的发展史上实属个例。沈约写"扣舷忘日暮,卒岁以为娱"③,则向隐士风范接近。戴暠《钓竿》纯写渔钓之乐。而"翠羽饰长纶,蘘花装小艓"则开始精写器物,而其"聊载前鱼童,还看后舟妾"又明写出了女性的形象,将曹丕之作做了进一步的发挥。④

刘孝威《钓竿篇》对前人诗作做了许多杂糅。"船交棹影合,浦深鱼出迟。荷根时触饵,菱芒乍罥丝",可能是双关隐喻,有艳情暗含其中,类似曹丕之作。"钓舟画彩鹢,鱼子服冰纨。金辖茱萸网,银钩翡翠竿",精写渔舟钓具,又以"莲渡江南手,衣渝京兆眉"详写女子容色,对戴暠之作踵事增华。"钓竿自有乐,谁能为太师"的隐逸尾巴,则承沈约之作而来。此后,张正见《钓竿篇》又纯写渔乐。至隋以下,则《钓竿篇》写隐逸已成定例。刘诗的价值就在于他将渔乐、艳情与隐逸三者合一,记录下了《钓竿篇》这一题材的发展轨迹,乃至整个"渔夫"意象的发展轨迹。

《箜篌谣》归属可能有些问题。诗云:

> 结交在相得,骨肉何必亲。甘言无忠实,世薄多苏秦。从风暂靡草,富贵上升天。不见山巅树,摧柯下为薪。岂甘井中泥,上出作埃尘。⑤

《箜篌谣》为杂歌谣辞。张溥辑本与《乐府诗集》均作刘诗,然此诗借譬喻讽刺世态人情,语言质直,较少锤炼,有些句子保存口语的自然状态,不似刘孝威诗风,也不似六朝特质。《太平御览》引头四句,

---

① 逯钦立辑校《先秦汉魏晋南北朝诗》,中华书局,1983,第392页。
② (宋)郭茂倩编《乐府诗集》,中华书局,1979,第284页。
③ 逯钦立辑校《先秦汉魏晋南北朝诗》,中华书局,1983,第1623页。
④ 逯钦立辑校《先秦汉魏晋南北朝诗》,中华书局,1983,第2097页。
⑤ 逯钦立辑校《先秦汉魏晋南北朝诗》,中华书局,1983,第1871页。

以为古辞，当是。

小结　刘孝威诗歌的艺术特色

1. 刘孝威的诗歌诗体多样。刘氏家族多数作品是五言，偶有四言、杂言，而刘孝威的作品四言、五言、七言、杂言兼具。刘孝威诗中多七言句，《禊饮嘉乐殿咏曲水中烛影》这样的诗更写得颇近七绝，体现出刘孝威是一位比较趋新的诗人。他还采用骚体句式写拟乐府，可见他的创作形式也是比较自由的。

2. 刘孝威擅长拟作乐府且拟乐府诗与其他诗风格差别甚大。刘孝威共作拟乐府二十余首，在其留存的诗篇中将近半数。而且这些拟乐府往往与他的其他作品呈现不同的风貌。刘孝威的拟乐府风格叙事婉曲、相对清静、典事繁多，而其他诗作则富丽、绮艳、浅近——南朝许多诗人的拟乐府与其他诗风格分别并不大，刘孝威却是风格大别的一位，这其中或有作者刻意的艺术追求。

3. 刘孝威诗中时有浪漫主义色彩。他的侍宴诗多写仙人侍从，咏物诗多采传奇，写景诗氛围迷离，艳情诗中也有《公无渡河》这样涉及神幻的故事，在述怀和行旅诗中也对飞翔的意象特别感兴趣。刘孝威诗中的浪漫主义色彩在南朝宫体诗人笔下也是比较少见的。

4. 刘孝威擅长罗列典事。南朝文人多好用典，刘孝绰诗中也多有典故，但其用典是多用语典，且将典故几无痕迹地化用入诗中。刘孝威用典却是多用事典，而且有明显的排布倾向，是故意让读者看出他就是在罗列相关典故。或许刘孝威是在炫耀才学，又或许是诗人信手拈来的文字游戏。虽然也偶有佳笔，但这类写法确实往往容易"典事凑然，故为庸调"。

5. 刘孝威的五言诗写得精丽工稳，体现了对诗歌形式美的极高追求。许学夷《诗源辩体》称刘孝威五言"语渐绮靡，声愈入律"，刘孝威虽然"名在孝绰之下，而诗入录者亦少"，却是"语在梁、陈间最工"者。[1] 许学夷对刘孝威诗歌的声韵给予了极高的评价，颇有为刘孝威被历代论者忽略而抱不平之意。

---

[1] 吴文治主编《明诗话全编》第 6 册，江苏古籍出版社，1997，第 6135 页。

总之，刘孝威在诗歌的成就上总体不及兄长刘孝绰，但在其他刘氏家族成员之上。他的诗歌有叙述清楚、迷离奇幻、典事凑然、入律工稳的特色，在南朝文学中尚算较有面目者。

三　并善五言：刘孝胜、刘孝先

刘孝胜（496前~554后），刘孝绰五弟。历官邵陵王法曹、湘东王安西主簿记室、尚书左丞。出为信义太守，公事免。久之，复为尚书右丞，兼散骑常侍。聘魏还，为安西武陵王纪长史、蜀郡太守。太清中，侯景陷京师，纪僭号于蜀，以孝胜为尚书仆射。承圣中，随纪出峡口，兵败，被执下狱。世祖寻宥之，起为司徒右长史。承圣三年（554），西魏破江陵，被掳入北而卒。

刘孝先（496后~?），刘孝绰第七弟，任武陵王法曹、主簿。王迁益州，随府转安西记室。承圣中，与兄孝胜俱随纪军出峡口，兵败，至江陵，世祖以为黄门侍郎，迁侍中。

刘孝胜、刘孝先兄弟并善五言诗，见重于世。但《梁书》即称二人"文集值乱，今不具存"①。因此兄弟二人存诗皆少，恐不能反映出二人诗歌的全部成就，仅能窥其一斑。

刘孝胜

刘孝胜现存诗仅6首，分别为《妾薄命》、《升天行》、《武溪深行》《冬日家园别阳羡始兴诗》、《咏益智诗》、《增新曲相对联句》（与何思澄、刘绮、何逊共作）。其中《武溪深行》《妾薄命》《升天行》，比较能代表刘孝胜的诗歌风格。这三首诗都是赋题而作的拟乐府，特征是围绕所赋主题句句用事典。如《武溪深行》：

武溪深不测，水安舟复轻。暂侣庄生钓，还滞鄂君行。棹歌争后发，噪鼓逐前征。秦上山川险，黔中木石并。林壑秋籁急，猿哀夜月明。澄源本千仞，回峰忽万萦。昭潭让无底，太华推削成。日

---

① （唐）姚思廉：《梁书》，中华书局，1973，第595~596页。

第五章　刘氏家族文学之精英：刘孝仪、刘孝威兄弟等　　237

落野通气，目极怅余情。下流曾不浊，长迈寂无声。羞学沧浪水，濯足复濯缨。①

《武溪深行》本属杂曲歌辞，乃马援南征所作，感慨武溪水深毒淫，鸟兽难渡。刘孝胜诗述说秦岭、黔中、巴山、巫峡、昭潭、太华等多处山水险恶，仍与乐府古辞有类似处。《乐府解题》称刘孝威的《半渡溪》"言战而半涉溪水见迫，所言皆岭南地里，与《武溪深》相类"②。实际上孝威的诗主要是讲战士英勇不怯渡溪，跟"岭南地里"没什么关系。"岭南地里"说倒确是比较宜于孝胜的《武溪深行》。

《升天行》则叙述秦始皇、汉武帝求仙事：

尧攀已徒说，汤扪亦妄陈。欲访青云侣，正遇丹丘人。少翁俱仕汉，韩终苦入秦。汾阴观化鼎，瀛洲宴羽人。广成参日月，方朔问星辰。惊祠伐楚树，射药战江神。阊阖皆曾倚，太一岂难亲。赵简犹闻乐，周储固上宾。秦皇多忌害，元朔少宽仁。终无良有以，非关德不邻。③

诗歌的前半，基本每联都是半言秦始皇，半言汉武帝。后半则又联系赵简子和王子乔典故，感慨求道成仙原与修德无关。这类笔调游仙诗中少见，尚有几分感慨。

《妾薄命》可能与刘孝威的《妾薄命篇》是唱和之作，二诗云：

冯姜朝汲远，徐吾夜火穷。旧井长逢幕，邻灯欲未通。五逐无来娉，三娶尽凶终。离灾阳禄观，就废昭台宫。乘屯迹虽淑，应戚理恒同。复传苏国妇，故爱在房栊。愁眉歇巧黛，啼妆落艳红。织书凌窦锦，敏诵轶繁弓。离剑行当合，春床勿怨空。（刘孝胜《妾薄命》）④

去年从越障，今岁没胡庭。严霜封碣石，惊沙暗井陉。玉簪久

---

① 逯钦立辑校《先秦汉魏晋南北朝诗》，中华书局，1983，第2064页。
② （宋）郭茂倩编《乐府诗集》，中华书局，1979，第1048页。
③ 逯钦立辑校《先秦汉魏晋南北朝诗》，中华书局，1983，第2063页。
④ 逯钦立辑校《先秦汉魏晋南北朝诗》，中华书局，1983，第2063页。

落鬟,罗衣长挂屏。浴蚕思漆水,条桑忆郑垌。寄书朝鲜吏,留钏武安亭。勿言戎夏隔,但令心契冥。不见酆城剑,千祀复同形。(刘孝威《妾薄命篇》)①

两诗都是描写思妇,几乎句句用典,且结句都用酆城剑的典故②,因此可能是唱和之作。但孝胜之作远不及孝威。孝威诗典故化用自然,诗歌主题统一,紧扣中心,情节流畅。刘孝胜连用冯姜③、徐吾④、孤逐女⑤、夏姬⑥、班婕妤⑦、汉成帝许皇后⑧、苏属国妇⑨、窦涛妇⑩、晋弓

---

① 逯钦立辑校《先秦汉魏晋南北朝诗》,中华书局,1983,第1868页。
② 相传晋张华与雷焕登楼仰观天文,焕谓斗牛之间颇有异气,是宝剑之精,上彻于天,地在豫章丰城郡。于是华补焕为丰城令。焕到县,掘得双剑,一曰龙泉,一曰太阿。焕送一剑与华,留一自佩。张华书于焕,谓观己剑乃干将,莫邪何复不至,二剑天生神物,终当合耳。其后华诛,失剑所在。焕死,其子华持剑行经延平津,剑忽于腰间跃出堕水,会合张华曾失去的一剑,化成长达数丈的两条巨龙,张华之说得验。事见《晋书·张华传》。
③ 即"冯姜朝汲远""旧井长逢幕"所谓也。冯姜,东汉文学家冯衍女。冯衍继娶任氏,任氏悍妒,虐冯衍前妻所生儿女冯豹、冯姜,豹、姜尝之常自操井臼。事见《后汉书·冯衍传》。
④ 即"徐吾夜火穷""邻灯欲未通"所谓也。徐吾,战国时期齐国女子,有辩才。尝夜织,家贫而烛屡不给,欲与邻女李吾之属会烛,而为之所拒。事见《列女传·齐女徐吾》。
⑤ 即"五逐无来娉"所谓也。孤逐女,战国齐国即墨女子。孤无父母,状甚丑,三逐于乡,五逐于里,过时无所容,后因贤才而被齐王嫁与齐相为妻。事见《列女传·齐孤逐女》。
⑥ 即"三嫁尽凶终"所谓也。春秋时期,有女名夏姬,凡三嫁。第一任丈夫夏御叔早卒,其子夏徵舒因母亲与陈灵公私通,弑君被杀;第二任连尹襄老战死沙场,未及收葬,其子黑要便与继母夏姬私通;第三任申公巫臣(字子灵),与子反(公子侧)争夏姬,携夏姬私奔他国,被子反灭族抄家。故后之叔向欲娶夏姬与巫臣之女,其母羊叔姬不认可,曰:"子灵之妻杀三夫一君一子,而亡一国两卿矣。"此即所谓的"三嫁尽凶终"也。事见《列女传·陈女夏姬》《列女传·晋羊叔姬》。
⑦ 即"离灾阳禄观"所谓也。班婕妤,汉成帝嫔妃,因赵飞燕姐妹得宠而自请退居长信宫,为《自悼赋》,中有"历年岁而悼惧兮,闵蕃华之不滋。痛阳禄与柘馆兮,仍襁褓而离灾"之语。阳禄与柘馆皆馆名,班婕妤于此生子而夭折。事见《汉书·外戚传下》。
⑧ 即"就废昭台宫"所谓也。许皇后,汉成帝之后,因赵飞燕姊妹得宠和姐姐许谒诅咒王美人等原因被废黜,退居昭台宫。事见《汉书·外戚传下》。
⑨ 即"复传苏国妇,故爱在房栊"所谓也。苏国妇即苏属国妇的省称。苏属国,指苏武,因任典属国,故称。汉武帝时,苏武出使匈奴,被强行扣押十九年,夫妇生离,苏武又娶匈奴女子,故称其妻为"故爱"。事见《汉书·苏武传》。
⑩ 即"织书凌窦锦"所谓也。苏蕙,字若兰,前秦秦州刺史窦滔妻,善属文。窦滔苻坚时被徙流沙,苏氏思之,织锦为回文旋图诗以赠滔。宛转循环以读之,词甚凄婉。事见《晋书·列女传》。

工妻①等典故，却常连人名一并点出，罗列得颇为呆拙。当然从"乘屯迹虽淑，应戒理恒同"可以看出，刘孝胜此诗的写作目的不仅是写思妇，也有对历史上贤德女子不幸遭遇的同情，他可能是因此才采取这种一一罗列的笔法。但这也就造成了诗歌主题的混乱，前半对贤德女子的感叹与后半描述思妇之语不能很好地衔接。冯姜、徐吾是遭受身周人的苛虐和冷待，她们的故事本与婚恋无涉。孤逐女虽曾无人聘，但她主要是以贤德闻名，其婚配不过末节，也无缠绵之情。夏姬却正相反，因为男女关系的混乱，历来遭受道德上的批评。班婕妤、许皇后倒是与苏属国妇相同，都在婚恋上有所不幸，亦有对夫君（君王）的思恋。虽然能寻摸出一个渐渐向婚恋悲剧主题靠拢的脉络，但到底这些典故无法在一个主题下统一起来，显出作者才力的平庸。在结句上，兄弟二人同用鄢城剑的典故，但孝威是"不见鄢城剑，千祀复同形"，结合前句的"勿言戎夏隔，但令心契冥"，重点在表达有情人终将突破时间与空间的限制而厮守，深情不渝，掷地有声；孝胜则是"离剑行当合，春床勿怨空"，仅以鄢城剑指代夫妻重逢，则表现力较弱。尤其"春床勿怨空"与鄢城剑之典殊不相称，再与前文"愁眉歇巧黛，啼妆落艳红"之类绮语相结合，亦显得笔调轻薄而非情感深厚。后世之人用鄢城剑之典，多取杰出人才或杰出人才有待识者发现的意思，而南朝人则常以之比喻夫妻久别重逢，由孝胜、孝威之诗，也可看出此典故内涵的演化。

刘孝先

刘孝先现存诗 6 首：《和兄孝绰夜不得眠诗》《草堂寺寻无名法师诗》《和亡名法师秋夜草堂寺禅房月下诗》《咏竹诗》《春宵诗》《冬晓诗》。他的诗歌创作水平要高于其兄孝胜。

刘孝先写景往往清幽明净。如：

飞镜点青天，横照满楼前。深林生夜冷，复阁上宵烟。叶动花中露，湍鸣暗里泉。竹风声若雨，山虫听似蝉。摘果仍荷藉，酌水

---

① 即"敏诵轶繁弓"所谓也。弓工妻者，晋繁人之女也。晋平公使工人为弓，三年乃成，射不穿一扎。晋平公怒，欲杀弓工。其妻请见平公，申述丈夫制弓的功劳，并说明用弓的正确方法。平公于是释放其夫。事见《列女传·晋弓工妻》。

用花传。一卮聊自饮，万事且萧然。(《草堂寺寻无名法师诗》)①

　　幽人住山北，月上照山东。洞户临松径，虚窗隐竹丛。出林避炎影，步径逐凉风。平云断高岫，长河隔净空。数萤流暗草，一鸟宿疏桐。兴逸烟霄上，神闲宇宙中。还思城阙下，何异处樊笼。(《和亡名法师秋夜草堂寺禅房月下诗》)②

　　刘孝先擅写月夜景色，故往往清幽。《草堂寺寻无名法师诗》起句甚高，有"明月照高楼，流光正徘徊"之致，"飞镜""点"，比喻生动，炼字精粹。"叶动花中露，湍鸣暗里泉。竹风声若雨，山虫听似蝉"以动写静，正是"鸟鸣山更幽"的写法。"摘果仍荷藉，酌水用花传"显出诗人的意兴高雅。《和亡名法师秋夜草堂寺禅房月下诗》中"平云断高岫，长河隔净空。数萤流暗草，一鸟宿疏桐"句甚佳。"平云断高岫，长河隔净空"，意境开阔，读之旷达清爽。"数萤流暗草，一鸟宿疏桐"句有似陈祚明特别欣赏的"栖禽动夜竹，流萤出暗墙"（刘孝威《苦暑诗》），然笔致更为幽雅。两首诗均以颇具哲理的句子收尾，这或许是山水诗"玄言的尾巴"，更是诗人受佛理影响的结果。这种禅意还延伸到刘孝先其他题材的诗歌中，比如《和兄孝绰夜不得眠诗》结句也云"百年行讵几，万虑坐相攒。谁家有明镜，暂借照心看"③，便求内照。这也是刘孝先诗歌的一大特色。

　　《咏竹诗》颇有寄托，诗云：

　　　　竹生荒野外，梢云耸百寻。无人赏高节，徒自抱贞心。耻染湘妃泪，羞入上宫琴。谁能制长笛，当为吐龙吟。④

　　诗中竹有高节贞心，不求富贵繁华，但求一发清音。六朝咏草木鸟兽的诗往往含有依附谄媚之意，刘孝先此诗却颇有气节。尤其"耻染湘妃泪，羞入上宫琴"表示所咏之物与艳情无染，对于南朝咏物诗往往借

---

① 逯钦立辑校《先秦汉魏晋南北朝诗》，中华书局，1983，第2065页。
② 逯钦立辑校《先秦汉魏晋南北朝诗》，中华书局，1983，第2065~2066页。
③ 逯钦立辑校《先秦汉魏晋南北朝诗》，中华书局，1983，第2065页。
④ 逯钦立辑校《先秦汉魏晋南北朝诗》，中华书局，1983，第2066页。

咏物狎昵女性的现象有所反拨。

刘孝先的《春宵诗》《冬晓诗》,观二诗诗题诗义,应该也是和萧绎之作。其中《春宵诗》写得较好:

> 夜楼明月弦,露下百花鲜。情多意不设,啼罢未归眠。敦煌定若远,一信动经年。[1]

同其兄孝威一样,此诗的妙想正在最后二句,征人久无音讯,思妇却称一定是因为敦煌太遥远了吧。其中哀怨彷徨,耐人寻味。故陈祚明称"结句入情",但也批评此诗"三句少味"[2]。陈祚明曾言和湘东王《春宵诗》《冬晓诗》诸作唯有刘孝威之诗可诵,此言恐怕遗漏了孝先之作。

---

[1] 逯钦立辑校《先秦汉魏晋南北朝诗》,中华书局,1983,第2066页。
[2] (清)陈祚明评选《采菽堂古诗选》,李金松点校,上海古籍出版社,2008,第879页。

第六章　刘氏家族文学之亮色：刘令娴姐妹

刘氏家族文学的一大特征是女性创作的发达。不仅孝绰兄弟及群从诸子侄"当时有七十人，并能属文，近古未之有也"；刘孝绰的三个妹妹"适琅邪王叔英、吴郡张嵊、东海徐悱"，也是"并有才学"，"悱妻文尤清拔"。[①] 悱妻即刘令娴。刘令娴与长姊王叔英妇的诗文如今俱有存世，二人合计文1篇诗11首。在刘氏家族有诗文存世的15名成员270余篇诗文中占有一定的比重。魏晋南北朝有许多以文学创作知名的才女，如西晋之左棻、东晋之谢道韫、刘宋之鲍令晖等。相较之下，刘氏三姐妹的名声或有不及，但一门有三姐妹能诗文者，彭城刘氏之前未曾有之，也可称得上是"近古未之有也"的盛况。

一　幽媚灵动：王叔英妇

王叔英妇，刘孝绰长妹，嫁琅琊王叔英（或作王淑英）。原有集行世，今仅存诗三首：《昭君怨》、《赠夫诗》和《暮寒诗》。

《昭君怨》表达了王叔英妇对历史女性题材的关注和对历史女性的悲悯，诗云：

> 一生竟何定，万事良难保。丹青失旧仪，匣玉成秋草。相接辞关泪，至今犹未燥。汉使汝南还，殷勤为人道。[②]

此诗写昭君运蹇时乖，因被画工所误而黯然出塞，辞关之痛时刻萦绕心怀，只能靠汉使传信遥表悲哀。此诗结句较为痛切，昭君殷殷期盼汉使将她的哀伤传播到汉地，这一来侧面表示昭君的心曲在胡地无人可

[①]　（唐）姚思廉：《梁书》，中华书局，1973，第484页。
[②]　逯钦立辑校《先秦汉魏晋南北朝诗》，中华书局，1983，第2129~2130页。

第六章 刘氏家族文学之亮色：刘令娴姐妹

诉、无人可解，更显孤独；二来"殷勤为人道"对改善昭君的境遇并没有什么实际的作用，但昭君也仅能以此为寄托，倍见凄苦。

此诗《玉台新咏》卷八作《和昭君怨》，至梁题为《昭君怨》者，唯何逊之诗。然何逊诗云："昔闻白（一作别）鹤弄，已自轸离情。今来昭君曲，还悲秋草生。"① 乃言诗人听闻《昭君》音乐后的哀伤之情，非直言昭君其事，当非王叔英妇所和者。与王叔英妇生活在同一时代的女诗人沈满愿有《王昭君叹》二首：

早信丹青巧，重货洛阳师。千金买蝉鬓，百万写蛾眉。

今朝犹汉地，明旦入胡关。高堂歌吹远，游子梦中还（一作情寄南云返，思逐北风还）。②

这两首诗《文苑英华》卷二百四题作《昭君怨》。再考其诗意，第一首云昭君为画师所误，第二首写昭君苦思汉地只能借梦寄托，正是王叔英妇诗前后半表达的内容，两诗思想感情与情节均相近。再加之沈满愿相传为沈约孙女，沈约与刘绘、刘孝绰均有交游，刘、沈两家世为款好，两位才女由是亦有相识唱和的机会。因此，王叔英妇的《昭君怨》当为沈满愿《王昭君叹（怨）》二首的和诗。后世才女尤其是明清才女蔚为大观，诗书往来、结社唱和之例颇多，但对先唐女性来说，却较罕有闺阁中的诗歌交流切磋。王叔英妇作《昭君怨》追和沈满愿《王昭君叹》二首，实是一则宝贵的文学史现象。

从总体上来说，王叔英妇这首诗的情节、主题均为咏昭君诗中常见者，并无出奇之处，但还是能从中窥见一些昭君诗歌的题材流变。

其一，王叔英妇此诗显然受了石崇《王明君辞》的影响。石崇《王明君辞》云："昔为匣中玉，今为粪上英。朝华不足欢，甘与秋草并。"③ 王叔英妇诗中"匣玉成秋草"句，当从石崇诗衍化而来。此句有异文，按逯钦立先生《先秦汉魏晋南北朝诗·梁诗》所言，《玉台新咏》《古文

---

① 逯钦立辑校《先秦汉魏晋南北朝诗》，中华书局，1983，第1680页。
② 逯钦立辑校《先秦汉魏晋南北朝诗》，中华书局，1983，第2132~2133页。
③ 逯钦立辑校《先秦汉魏晋南北朝诗》，中华书局，1983，第642~643页。该诗引文皆自此出。

苑》《乐府诗集》《古诗纪》皆录为"玉匣成秋草"。若以"玉匣"解，玉匣乃指玉制小型藏具，或是汉代皇帝和高级贵族死时穿用的殓服，与前后文意不合。而"匣玉"指"匣中美玉"，不仅意义恰切，还与石崇之作文字一致。故《玉台新咏》等所录"玉匣成秋草"恐非，当以"匣玉成秋草"为是。

虽然在语辞上有所学习，但王叔英妇诗与石崇诗的感情基调是有很大差别的。石崇诗中的王昭君对自己的遭遇是屈辱而怨恨的，"杀身良不易，默默以苟生。苟生亦何聊，积思常愤盈"，其情感比较激烈。而王叔英妇笔下的昭君虽然也因远嫁异族而悲伤，却只能无奈认命，态度较为柔顺。产生这种差异，除了两位诗人秉性气质可能先天有别，还可能因为两位诗人的写作目的不同。石崇可能有些借吟咏昭君来阐述自己的历史观，或者是对民族政策的看法的意思。他借昭君之口说："我本汉家子，将适单于庭。……殊类非所安，虽贵非所荣。"显然非常在意华夷之辨，并以汉室王庭与匈奴联姻为屈辱。这一类的思想在后世的一些昭君主题诗文中也经常出现。而王叔英妇则只是单纯同情昭君的命运，感慨她的不幸遭遇。也就是说，女诗人着眼的只是昭君个人，而并没有上升到国家与民族的高度。这也是古代男性作者与女性作者在描写昭君时经常出现的分歧。

其二，王叔英妇写到了王昭君为画工所误的情节。石崇《王明君辞》虽篇幅颇长（五言三十句），叙述昭君遭遇极为详尽，却并没有提到此事。从石崇到王叔英妇，其间亦有一些咏王昭君的诗篇，但都未提到"画工误人"。王叔英妇的《昭君怨》与沈满愿《王昭君叹》二首其一很可能是现存最早提到这一情节的诗歌，沈满愿的诗作更是以"画工误人"为核心主题。两位女诗人的作品说明昭君不肯屈从画工的情节很可能流行于齐梁时代。这为考证王昭君故事的演变发展过程，以及辅证一些记载了"画工弃市"的作品的撰作时间（如《西京杂记》），提供了重要的参考。

后世有些男性诗人在写到画工误人情节时，继承了楚骚香草美人的传统，在昭君的"不遇"中寄托了自己的人生际遇，并由此怨恨君王识人不明，抨击阻塞君王视听的奸佞小人等。如李商隐《昭君怨》、欧阳修《明妃曲和王介甫作》其二、张时彻《昭君怨》等。而王叔英妇虽然

第六章　刘氏家族文学之亮色：刘令娴姐妹

也提及昭君被画师所误，却仅仅是借此表现昭君"万事良难保"的无常命运，只是感叹昭君的不幸，并无"天生丽质而被弃"的愤懑和冤屈，对君王更了无怨情。她笔下的昭君，并不是男性作家所塑造的逐臣化身，而只是一个单纯为远嫁他乡而悲伤的女子。

其三，王叔英妇的诗作几乎不涉及昭君的外貌。石崇之作犹未详写昭君外貌，但南朝和隋、初唐的男性诗人往往倾向于用比较香艳靡丽的字句，详细描写昭君的容貌和愁态。如：

> 沾妆疑湛露，绕臆状流波。（沈约《昭君辞》）①
>
> 镜失菱花影，钗除却月梁。围腰无一尺，垂泪有千行。绿衫承马汗，红袖拂秋霜。（庾信《王昭君》）②
>
> 自知莲脸歇，羞看菱镜明。钗落终应弃，髻解不须萦。（薛道衡《昭君辞》）③
>
> 金钿明汉月，玉箸染胡尘。古镜菱花暗，愁眉柳叶颦。（骆宾王《王昭君》）④

相比之下，王叔英妇的诗作仅是咏事抒情，却并没有那种满足感官刺激的详细外貌描写。这导致王叔英妇的作品在辞采上有所逊色，但也让读者更集中关注昭君或者说女主人公的感情本身。

因此，王叔英妇此作写得较为"纯粹"，无论主题、感情还是辞采都比较单纯。

王叔英妇擅长以体制短小的诗篇状写年轻女子的情思，往往能写得细腻灵动。比如其《赠夫诗》：

> 妆铅点黛拂轻红，鸣环动珮出房栊。看梅复看柳，泪满春衫中。⑤

---

① 逯钦立辑校《先秦汉魏晋南北朝诗》，中华书局，1983，第1614页。
② 逯钦立辑校《先秦汉魏晋南北朝诗》，中华书局，1983，第2348页。
③ 逯钦立辑校《先秦汉魏晋南北朝诗》，中华书局，1983，第2681页。
④ （唐）骆宾王：《骆宾王集》，谌东飚校点，岳麓书社，2001，第21页。
⑤ 逯钦立辑校《先秦汉魏晋南北朝诗》，中华书局，1983，第2130页。

这首诗写一个美貌少妇在闺阁中精心妆扮，然后兴致勃勃地踏入春光，但大好春色无人共赏，忽然又勾起她对丈夫的思念，不由泪下沾衣。这种笔法，颇有几分唐人王昌龄《闺怨》"闺中少妇不知愁，春日凝妆上翠楼。忽见陌头杨柳色，悔教夫婿觅封侯"①的意境。后世有云《赠夫》诗的写作背景是"春日叔英之官，刘不克从，寄诗曰：'……'"②。这大抵是后人附会，然而与此诗的诗意及诗情十分相合。

这首诗的写法与南朝许多春日闺怨诗颇不相同，并没有着力摹写春日景色。一来，此诗篇幅较为短小，不宜过度铺陈春色。但诗人利用曲笔，描写少妇行为举止，又无一不暗合春色："妆铅点黛拂轻红"色彩艳丽鲜亮，"鸣环动佩出房栊"音韵清脆活泼，声色上的欢快明丽都是正与春色互为衬托的。二来，诗人可能有意追求将笔墨集中在女主人公身上的艺术效果，故不直言春色而句句紧扣女主人公，这种写法也能让读者更加关注女主人公自身的形象和情感变化。此诗于寥寥二十四字中写出了女主人公由欢乐活泼到黯然神伤的转变，既曲折鲜明又流畅宛转；同时句式又长短有致，富于变化，音韵跌宕，颇显灵动，与诗中女主人公的情感描写相得益彰。此诗可谓春色、春情、春怨紧密相承，而又转换自然，达到了极高的艺术水平。所以钟惺《名媛诗归》卷七评此诗为："长短句无填词气，妙在幽媚，非纤媚耳。此当以身分音调中辩之。"③

又如《暮寒诗》，体现了女性的生活情调和对美的自觉追求。诗云：

> 梅花自烂熳，百舌早迎春。逾寒衣逾薄，未肯惜腰身。④

春花绽放，春鸟争鸣，入眼入耳的尽是一派生机。诗人被美好的春景触动，纵使春寒料峭，仍坚持穿着单薄的衣衫，只为显出自己娉婷的身段。寒冷挡不住春日的到来，也挡不住女性追求美的天性，诗中处处洋溢着蓬勃的生命力。此诗写往往引发诗人哀怨悱恻之思的"暮"与

---

① （唐）王昌龄著，胡问涛、罗琴校注《王昌龄集编年校注》，巴蜀书社，2000，第195页。
② （清）王初桐：《奁史》卷四十二，北京图书馆古籍出版编辑组编《北京图书馆古籍珍本丛刊》第72册，书目文献出版社，1995，第455页。
③ （明）钟惺：《名媛诗归》，《四库全书存目丛书》第339册，齐鲁书社，1997，第78页。
④ 逯钦立辑校《先秦汉魏晋南北朝诗》，中华书局，1983，第2130页。

"寒",却反寄调欢乐,写出新意;虽活泼却又绝不轻佻,笔致清新,故洵为佳作。而且诗中女主人公的举止无关"女为悦己者容",而是一种审美的自觉,是天性的苏醒与释放,是对生命与生活的无限热爱。在南朝缠绵于男女情思乃至声色欢娱的艳情诗中,此诗实有一种宝贵的"女性的自觉",因而也就显得特别动人。

总体而言,王叔英妇的诗歌成就不及刘令娴,但就《暮寒诗》《赠答诗》而言,灵动跳脱的一面则尤有过之。

二 清拔超群:刘令娴

刘令娴,南朝梁代女诗人。著名文学家刘孝绰之妹,名臣徐勉次子徐悱之妻。或称刘三娘,在刘家三姊妹中文才最佳。"其(孝绰)三妹适琅邪王叔英、吴郡张嵊、东海徐悱,并有才学;悱妻文尤清拔。"[1] 原有集三卷,已佚。今存《和婕妤怨诗》《答唐孃七夕所穿针诗》《答外诗二首》《听百舌诗》《题甘蕉叶示人诗》《摘同心栀子赠谢娘因附此诗》[2]《光宅寺诗》等八首诗。其诗多写闺阁情思,婉约真挚,活泼自然,均收录于《玉台新咏》。又存《祭夫文》一篇,收录于《艺文类聚》卷三十八。此文"辞甚凄怆",使得"本欲为哀文"的徐勉"既睹此文,于是阁笔"[3],是六朝骈文中的精品。

刘令娴生年难详,卒年则可大略考证。在普通七年(526),刘令娴曾被牵扯进到洽弹劾刘孝绰案,则是时仍当在世。《玉台新咏》卷六收录刘令娴《答外》二首、《答唐孃七夕所穿针》与《听百舌》[4]。考虑到《玉台新咏》卷五、卷六已经多收梁朝诗人作品,而卷七方为梁武帝父子的作品,可能的解释是卷五、卷六诗人在编定此书的时候已经故世,才能列在贵为皇族却仍然在世的梁武帝父子之前。在能考证卒年的诗人当中,卷六故世最晚的是卒于中大通五年(533)或六年(534)的何思澄,卷八故世最早的是卒于大同元年(535)的刘遵,则《玉台新咏》

---

① (唐)姚思廉:《梁书》,中华书局,1973,第484页。
② 《玉台新咏》卷十作《摘同心支子赠谢娘因附此诗》。
③ (唐)姚思廉:《梁书》,中华书局,1973,第484页。
④ 《听百舌》宋刻本不收。

的成书很可能就在中大通六年（534）前后，令娴之卒当在之前。也就是刘令娴的卒年在526年至534年之间。

后世关于刘令娴的生平多有流传之误。明清时期多有以刘令娴为唐人者。如清人梁章钜《称谓录》卷三十二"妇女谦称·新妇"条曰：

> 唐刘令娴《祭夫徐敬业文》："新妇谨荐少牢于徐府君之灵。"此尊称其夫为府君，而自谦称为新妇也。①

徐悱字敬业，有时《祭夫文》也被某些选集如《六朝文絜》收录为《祭夫徐敬业文》。笔者颇疑因初唐人徐敬业的名声大于南朝徐悱，且二者年代相去不远，后世学者如不察，则很可能误以为刘令娴是唐人徐敬业的妻子，故有"唐刘令娴"之说。明人周婴在他的《卮林》则又有一说：

> 《诗薮》曰："洗马徐悱妻刘氏集二卷。悱妻唐世尚存，故唐选亦收。"谂曰：徐悱妻刘孝绰妹，所谓刘三娘者也，文尤清拔。悱卒，妻为文祭之。按《梁书》，悱在东宫历稔，以足疾出为湘东王友，迁晋安内史，卒。父徐勉《答客喻》曰："普通五年春，悱丧之问至。悱始逾立岁，著述盈笥。"据此则悱卒已过三十，刘亦岂幼艾者？自普通五年至隋亡一百三年，刘若入唐未死，不已百三四十岁乎？此时尚高咏不能自休，是老妇而修进士之业也。览隋《经籍志》已有梁太子洗马徐悱妻刘令娴集三卷，安得唐世尚存哉？新宁高棅辑《唐诗品汇》，内载令娴诗而注曰："刘令娴，徐悱妻也，隋末唐初人。"此廷礼之误，因以误元端耳。②

周婴认为"令娴为唐人"说的罪魁祸首是明初学者高棅（字廷礼），后之胡应麟（字元端）又以讹传讹。此或亦可备一说。

刘令娴的文章

刘令娴最有名的作品就是载入史册的《祭夫文》，《艺文类聚》卷三

---

① （清）梁章钜撰《称谓录》，冯惠民点校，中华书局，1996，第505页。
② （明）周婴：《卮林》，上海古籍出版社，1992，第269页。

十八录其辞曰：

> 维梁大同五年，新妇谨荐少牢于徐府君之灵，曰：惟君德咸礼智，才兼文雅，学比山成，辨同河泻，明经擢秀，光朝振野，调逸许中，声高洛下。含潘度陆，超终迈贾。二仪既肇，判合始分。简贤依德，乃隶夫君。外治徒举，内佐无闻。幸移蓬性，颇习兰薰。式传琴瑟，相酬典坟。辅仁难验，神情易促。电碎春红，霜凋夏绿。躬奉正衾，亲观启足。一见无期，百身何赎。呜呼哀哉，生死虽殊，情亲犹一。敢遵先好，手调姜橘。素俎空干，奠觞徒溢。昔奉齐眉，异于今日。从军暂别，且思楼中。薄游未反，尚比飞蓬。如当永诀，永痛无穷。百年何几，泉穴方同。①

文中所谓"维梁大同五年（539）"恐有误。根据前文考证，刘令娴卒于中大通六年（534）之前，不可能于"大同五年"写《祭夫文》。而徐勉之卒在大同元年（535），也不可能在"大同五年"看过《祭夫文》后为之搁笔。《梁书·徐勉传》载有徐勉《答客喻》，其辞曰：

> 普通五年春二月丁丑，余第二息晋安内史悱丧之问至焉……自出闽区，政存清静，冀其旋反，少慰衰暮，言念今日，眇然长往。加以阇棺千里之外，未知归骨之期，虽复无情之伦，庸讵不痛于昔！……②

则徐悱之卒在普通五年（524）二月，且卒于千里之外的晋安王藩镇的"闽区"。但即便以当时的交通条件，也足以在年内将徐悱遗体运回家中。刘令娴的《祭夫文》写于徐悱灵前，很可能就是在徐悱去世的普通五年当年。"大同五年"实为流传之误。

《祭夫文》先称赞了夫君徐悱的美德与才华，再叙述徐悱英年谢世，最后则表达因夫君去世而产生的深切哀恸。此文的结构与最早的妻祭夫

---

① （唐）欧阳询：《艺文类聚》，汪绍楹校，中华书局，1965，第680页。
② （唐）姚思廉：《梁书》，中华书局，1973，第386~387页。

文，即柳下惠妻的《柳下惠诔》颇为相近。《柳下惠诔》曰：

> 夫子之不伐兮，夫子之不竭兮。夫子之信诚，而与人无害兮。屈柔从俗，不强察兮。蒙耻救民，德弥大兮。虽遇三黜，终不蔽兮。恺悌君子，永能厉兮。嗟乎惜哉，乃下世兮。庶几遐年，今遂逝兮。呜呼哀哉！魂神泄兮，夫子之谥，宜为惠兮。①

此文亦是先言夫君美德，再叙夫君谢世，最后为夫君加谥。刘令娴《祭夫文》前面两个部分与此诔大抵相同，唯有最后一部分差别较大。因为诔是"累也"，其目的是"累其德行，旌之不朽"②，所以，还要考虑死者生后评定褒贬的问题，故以谥作结。而刘令娴《祭夫文》则又加以对夫妻恩爱生活的追忆和遭遇丧夫的哀切，更重传情。刘令娴《祭夫文》在语言上也比《柳下惠诔》整饬工丽，体现出更高的艺术水准。

夫祭妻之文多见，而妻祭夫之文十分少见。刘令娴此文本是"物以稀为贵"，何况文辞工丽、凄怆动人。因此，这篇祭文得到了极高的评价。许梿将其收入《六朝文絜》，并称赞"深情无限"③。孙德谦《六朝丽指》评云："其文如'苞碎春红，霜凋夏绿'，足称富艳难踪。即观其通篇，皆能以雅炼之笔，达悲恸之怀。"④ 孙梅《四六丛话》云："令娴《祭夫文》仅二百字，庄雅之神长于哀怨矣。"⑤ 甚至有人以《祭夫文》制谜："从军暂别，且思楼中，薄游未返，尚此飞蓬"，射四书，系铃，谜底为"夫徐行者"⑥。可见此文的知名度与接受度。

因为《祭夫文》的存在，刘令娴往往被视为丧偶才女的象征。如陈文述称才女季湘娟"太息令娴才命薄，祭夫文字更辛酸"⑦。才女吴浣素"有悼亡诗数十章，为长亲郑雪鸿参军见而悲之云'不减刘令娴

---

① （汉）刘向编撰，张涛译注《列女传译注》，山东大学出版社，1990，第75～76页。
② （南朝梁）刘勰著，周振甫译《文心雕龙今译》，中华书局，1986，第108页。
③ （清）许梿评选，（清）黎经诰笺注《六朝文絜笺注》，中华书局，1962，第185页。
④ 王水照编《历代文话》第九册，复旦大学出版社，2007，第8483页。
⑤ （清）孙梅：《四六丛话》卷二十五，人民文学出版社，2010，第468～469页。
⑥ 韩振轩：《小琅嬛仙馆谜话》，民国本。
⑦ （清）陈文述：《题琴河女史季湘娟兰韵诗草》，载《颐道堂诗选 颐道堂诗外集》，《清代诗文集汇编》第504册，上海古籍出版社，2010，第714页。

第六章 刘氏家族文学之亮色：刘令娴姐妹

之作'"①。张茗荪《书痛》云："手调姜橘奖刘孃，乱以他词暗怆。伤今日苹婆亲设奠，魂兮来否可能尝。"自注云："刘令娴姜橘奠夫文，夫子读之叹曰：'异日以苹婆果奠我。'予闻之悲甚，佯以他事乱之。"② 既感于令娴之笔，又结合自己的亲身经历，凄恻沉痛，读之鼻酸。明人王次回《重遣》云：手调姜橘奠夫文，曾向秋灯读与君。今日是夫先设奠，一盂新茗荐青芹。"自注云："余妇病消渴，日引茗数十杯。垂殁思芹，竟不可得。亡后六日而新茗至矣。"③ 以《祭夫文》的典故反悼其妻，也是哀怆动人。

《祭夫文》对刘令娴的形象塑造有重要的意义。一来刘令娴在相近时代的才女中定位原本比较尴尬：论兄妹并称，左思、鲍照兄妹珠玉在前；论夫妇赠答，秦嘉、徐淑美名早著；论才捷语清，谢道韫头筹已拔。在这些方面，刘令娴均可称道，但都不是最出彩的一个。但《祭夫文》则赋予了她因丧夫而哀伤的才妻的独特形象，"祭夫"成为她专有的符号，令她更具个性。二来《祭夫文》简淡庄雅，向后人展示了刘令娴幽娴贞静的一面。如王志坚《四六法海》言："无限才情出之以简淡，当是幽闲贞静之妇，是编上下千余年，妇人与此者一人而已。"④ 有此基础，刘令娴又能被再塑造为颇有高致的人物形象。从"题门联句"的历代评价，可见一斑。《历代吟谱》载刘令娴有与刘孝绰题门联句的逸事：

>（刘孝绰）后罢官不出，为诗题门曰："闭门罢庆吊，高卧谢公卿。"其妹令娴续其后曰："落花扫更合，丛兰摘复生。"⑤

陈祚明将联句当作刘令娴的作品收录入《采菽堂古诗选》，称其

---

① （清）沈善宝：《名媛诗话》卷六，《续修四库全书》第1706册，上海古籍出版社，2002，第619页。
② （清）潘衍桐：《两浙輶轩续录》卷五十四，《续修四库全书》第1687册，上海古籍出版社，1996，第241页。
③ （明）王次回：《疑雨集》，扫叶山房书局，1926，第12页。
④ （明）王志坚：《四六法海》卷十二，《景印文渊阁四库全书》第1394册，台湾商务印书馆，1986，第789页。
⑤ 郁沅、张明高编《六朝诗话钩沉》，中国广播电视出版社，1997，第481页。

"高致胜境"①。清人宋长白《柳亭诗话》云:"合观此作,则知城阙山林之句,非乃兄本意,而同心栀子,令妹不妨于赠人也。"②对刘孝绰若有所讥,而对刘令娴若有所嘉。钮琇《颜媛芳在偶叶草序》云:"姊是令娴,彩腕则句联群妹;母为道韫,绮谈则围解诸郎。"③刘令娴联句一事成为与谢道韫步障解围同等的佳话。吴绮《漱香阁诗集序》云:"刘令娴写意丛兰,思来天上。"④以联句事为刘令娴才情的代表。若以《玉台》中的轻艳活泼的刘令娴观之,则"落花丛兰"之语殊为不符;如从《祭夫文》论,倒算有迹可循。

刘令娴的诗歌

刘令娴存世诗作皆收录于《玉台新咏》中,故大抵为"艳诗"。具体可分为以下几类。

(一) 夫妇赠答

刘令娴诗歌的一个重要主题,就是反映她与丈夫徐悱的恩爱深情。她的两首《答外》诗,是徐悱两首《赠内》诗的答诗,其中情意缠绵,可为代表。

　　日暮想清阳,蹑履出椒房。网虫生锦荐,游尘掩玉床。不见可怜影,空余黼帐香。彼美情多乐,挟瑟坐高堂。岂忘离忧者,向隅心独伤?聊因一书札,以代九回肠。(徐悱《赠内诗》)⑤

　　花庭丽景斜,兰牖轻风度。落日更新妆,开帘对春树。鸣鹂叶中舞,戏蝶花间骛。调琴本要欢,心愁不成趣。良会诚非远,佳期今不遇。欲知幽怨多,春闺深且暮。(刘令娴《答外诗二首》其一)⑥

---

① (清) 陈祚明评选《采菽堂古诗选》,李金松点校,上海古籍出版社,2008,第922页。
② (清) 宋长白《柳亭诗话》卷二,施蛰存主编《中国文学珍本丛书》第1辑第2种,上海杂志公司,1935,第37页。
③ (清) 钮琇:《临野堂文集》卷四,《清代诗文集汇编》第165册,上海古籍出版社,2010,第30页。
④ (清) 吴绮:《林蕙堂全集》卷五,《清代诗文集汇编》第68册,上海古籍出版社,2010,第78页。
⑤ 逯钦立辑校《先秦汉魏晋南北朝诗》,中华书局,1983,第1772页。
⑥ 逯钦立辑校《先秦汉魏晋南北朝诗》,中华书局,1983,第2131页。

第六章 刘氏家族文学之亮色：刘令娴姐妹

徐悱在日暮时分思念起了自己的妻子，他想象妻子在家中甚是欢乐，去信希望她不要忘记忧伤孤独的丈夫，刘令娴故写诗以答。诗前六句铺写盎然春光，风和日丽、花木芳菲、鹂鸣蝶舞，一派有声有色的明媚景象。然而纵使春光如此美好，女主人公却到了日暮时分才梳妆打扮、开帘观景，可见长日精神恹恹，这必然是因为相思而百无聊赖。如今她"开帘对春树"，大概是想用美丽的春光排解愁绪，还强打精神试图弹琴作乐。但终究还是哀伤的情感占据了上风，"心愁不成趣"。所为者夫婿在外远游，不得相见。因此春闺值暮，尽是幽怨。刘令娴以此告诉丈夫，她不曾独自欢乐，而是充满了对丈夫的相思之情。此诗情感婉转真挚，语言温丽而不绮艳，艺术水准在徐悱来诗之上。陈祚明称此诗"拟愁终不若自道之真"[1]。王夫之称此诗"景中有人，人中有景，巧思遽出诸刘之上，结构亦不失"[2]。钟惺更是对此诗有着详细评价。

> 令娴此首诗最为修远，疏澹中仍藏密微之致，想路亦复清灵。视他另作一手，他作未免有率易处耳。（首四句）如此情艳，皆女人实事。"惊"字用"蝶"上妙。"要欢"二字用在弹琴上趣甚韵甚。"心愁"作虚看，非愁心也。"今不遇"怅望中甚是温然。[3]

也就是说此诗的情感、情景和语言都颇有佳处。

夫妇两地分离，鱼雁传情，往往语颇哀怨，充满相思和不得相聚的苦楚。刘令娴的《答外诗二首》其二却另辟蹊径，满是甜蜜和欢愉。这首诗是徐悱《对房前桃树咏佳期赠内诗》的答诗。二诗云：

> 相思上北阁，徙倚望东家。忽有当轩树，兼含映日花。方鲜类红粉，比素若铅华。更使增心忆，弥令想狭邪。无如一路阻，脉脉似云霞。严城不可越，言折代疏麻。（徐悱《对房前桃树咏佳期赠

---

[1] （清）陈祚明评选《采菽堂古诗选》，李金松点校，上海古籍出版社，2008，第919页。
[2] （清）王夫之评选《古诗评选》，张国星校点，文化艺术出版社，1997，第132页。
[3] 《中华大典·文学典·魏晋南北朝文学分典》，凤凰出版社，2007，第825页。

内诗》)①

> 东家挺奇丽，南国擅容辉。夜月方神女，朝霞喻洛妃。还看镜中色，比艳似知非。摘词徒妙好，连类顿乖违。智夫虽已丽，倾城未敢希。(《答外诗二首》其二)②

徐悱见到灼灼盛开的桃花，想起了家中美丽的妻子，故写诗以寄。刘令娴答诗虽云"比艳似知非"，似乎不赞同丈夫过度夸耀自己的容颜，但这谦辞背后，实是被丈夫称赞的喜悦和羞涩。"还看镜中色，比艳似知非"，让读者油然联想到刘令娴读完丈夫的诗后，不由得对镜打量容颜，心里难抑欢喜，"比艳似知非"者只是矜持。"摘词徒妙好，连类顿乖违"，似是板起脸来的批评，但又有一点娇嗔的意味，实是女儿家情态。这两首诗其实是夫妇间甜蜜的情话，虽相隔千里，浓情丝毫不减。

（二）与其他人的赠答

刘令娴的兄弟姐妹均有才，因此手足间也不乏文学上的交流。比如《和婕妤怨诗》：

> 日落应门闭，愁思百端生。况复昭阳近，风传歌吹声。宠移终不恨，谗枉太无情。只言争分理，非妒舞腰轻。③

这首诗与王叔英妇的《昭君怨》一样，体现了刘氏姐妹对历史女性命运的关注。刘令娴诗还是比其姊的诗略胜一筹，故张佩纶《论闺秀诗》称："《婕妤怨》较《昭君怨》，自合清才让令娴。"④ 令娴之诗很可能是刘孝绰《班婕妤怨》的和诗。总体而言诗的艺术水平不及孝绰原诗，诗歌的笔调亦与孝绰原诗有所差别。刘孝绰笔下的班婕妤虽然怨情淡泊，但终究是有怨的："妾身似秋扇，君恩绝履綦。讵忆游轻辇，从今贱妾辞。"但刘令娴诗以"宠移终不恨，谗枉太无情。只言争分理，非

---

① 逯钦立辑校《先秦汉魏晋南北朝诗》，中华书局，1983，第1771页。
② 逯钦立辑校《先秦汉魏晋南北朝诗》，中华书局，1983，第2131页。
③ 逯钦立辑校《先秦汉魏晋南北朝诗》，中华书局，1983，第2130页。
④ （清）张佩纶：《涧于集》诗卷四，《清代诗文集汇编》第768册，上海古籍出版社，2010，第119页。

第六章 刘氏家族文学之亮色：刘令娴姐妹

妒舞腰轻"为结，不仅对抛弃女主人公的汉成帝毫无怨恨，还将班婕妤塑造成了毫无私念、安分守节的形象，将男女之怨上升到了德操大义。这也许只是因为这对兄妹的感慨不同，但也许更是因为两位诗人男女有别——考虑到封建礼教对女性"不妒"的要求，刘令娴或许对表达弃妇的怨恨更有刻意的回避。

刘令娴有《听百舌诗》，刘孝绰有《咏百舌诗》。二诗虽或非同作，但题材相近，可相互比较。

> 庭树旦新晴，临镜出雕楹。风吹桃李气，过传春鸟声。静写山阳笛，全作洛滨笙。注意欢留听，误令妆不成。（刘令娴《听百舌诗》）①

> 山人惜春暮，旭旦坐花林。复值怀春鸟，枝间弄好音。迁乔声迥出，赴谷响幽深。下听长而短，时闻绝复寻。孤鸣若无对，百啭以群吟。昔闻屡欢昔，今听忽悲今。听闻非殊异，迟暮独伤心。（刘孝绰《咏百舌诗》）②

《咏百舌诗》愁苦怅然，《听百舌诗》基调略微欢乐轻松些。虽然两诗的时间点都是"旦"，但前者为春暮，后者为"新晴"，前者自不及后者生机盎然。《咏百舌诗》中，诗人在爱惜春暮的情绪里独坐山林，略显幽寂。在《听百舌诗》中，女诗人于清晨一边梳妆打扮一边走出华屋，举止非常随性，心情自然也就十分轻松。《咏百舌诗》详细描写了百舌鸟的鸣叫声，虽然鸟叫声清脆悦耳，诗人却因心中含悲而将之尽听成了悲声。《听百舌诗》中只用了两个典故概括百舌鸟的叫声："洛滨笙"指周灵王太子晋（王子乔）好吹笙作凤凰鸣，游伊洛之间，是南朝人描写鸟类时常用的事典。"山阳笛"却比较特殊。"山阳笛"指嵇康、吕安被司马昭杀害后，他们的朋友向秀在经过故友在山阳的旧居时，听到"邻人有吹笛者，发声寥亮"（向秀《思旧赋》并序）③。"山阳笛"的典故其实是非常带有悲情色彩的，后世常以为怀念友人的典故。刘

---

① 逯钦立辑校《先秦汉魏晋南北朝诗》，中华书局，1983，第2131页。
② 逯钦立辑校《先秦汉魏晋南北朝诗》，中华书局，1983，第1839页。
③ （南朝梁）萧统编，（唐）李善注《文选》，上海古籍出版社，1986，第720页。

令娴却只取"发声寥亮"意,她是快乐地欣赏着鸟鸣的,也就是"注意欢留听"。虽同样是因为听鸟鸣忘记了时间流逝,《咏百舌诗》是由清晨到"迟暮独伤心",是刘孝绰的哀怨感慨,《听百舌诗》却是"误令妆不成",只是刘令娴的闲情逸致而已。因为感情基调差别太大,也无明显的语句相似,这两首诗虽为同一诗题,但应当不是和诗。不过刘令娴"静写山阳笛,全作洛滨笙"句还是颇似其兄《酬陆长史倕诗》中的"风传凤台琯,云渡洛滨笙"。王夫之评令娴此诗为"前三句虚起,正得闲中妆衬"①。钟惺评为"幽吟静想,自然情深。有此佳篇,真不愧一代闺秀"②。

刘令娴的诗歌亦反映了她的闺中交际。如刘令娴所作《摘同心栀子赠谢娘因附此诗》,并不是写男女之间的相思,而是表达姐妹情谊。

两叶虽为赠,交情永未因。同心何处恨,栀子最关人。③

"栀子"一作"支子"。这首诗的价值有二:一是它是南朝十分少见的反映女性之间感情的诗篇,二是它用"栀子"和"之子"的谐音,是南朝民歌常用手法,清新活泼,颇具艺术水准。

刘令娴的《答唐孃七夕所穿针诗》反映了她与唐娘的情谊。

倡人助汉女,靓妆临月华。连针学并蒂,萦缕作开花。嫭闺绝绮罗,揽赠自伤嗟。虽言未相识,闻道出良家。曾停霍君骑,经过柳惠车。无由一共语,暂看日升霞。④

六朝人写七夕穿针,往往轻绮,刘令娴此诗首四句写穿针景象,虽也秀媚,却尚算端稳。至于"嫭闺绝绮罗,揽赠自伤嗟",同诗人之前的"新妆""调瑟""看镜"相比,更显得冷清凄凉。"无由一共语,暂看日升霞"表达了诗人不得同唐娘见面交谈的遗憾,同时折射出刘令娴

---

① (清)王夫之评选《古诗评选》,张国星校点,文化艺术出版社,1997,第312页。
② 《中华大典·文学典·魏晋南北朝文学分典》,凤凰出版社,2007,第826页。
③ 逯钦立辑校《先秦汉魏晋南北朝诗》,中华书局,1983,第2132页。
④ 逯钦立辑校《先秦汉魏晋南北朝诗》,中华书局,1983,第2131页。

寡居之后寂寞少知音的状态。

（三） 刘令娴的小诗

刘令娴的小诗往往写得很有情致，如《题甘蕉叶示人诗》写闺怨：

夕泣已非疏，梦啼太真数。唯当夜枕知，过此无人觉。①

此诗或许是刘令娴因思念徐悱有感，生动刻画出女子长夜孤寂情态。谭元春评刘孝绰《为人赠美人诗》中的"夜长眠复坐，谁知暗敛眉"句为"极温情细态，粗人想不到此"②，令娴诗亦有此致。

《光宅寺》则写情人相会之喜：

长廊欣目送，广殿悦逢迎。何当曲房里，幽隐无人声。③

长廊广殿，开阔的空间之中，一对有情人眼里却只有彼此，只愿曲房独处，共叙幽情。长廊广殿是阔大庄重的，而目送逢迎是微妙活泼的；曲房幽隐似是安静压抑的，但欲相会其中的恋人则蕴含着无限炽热的感情。这首诗虽只有寥寥五言四句，却能往复变换于喧寂动静交织之中，且情在言外，极大地延伸了读者想象和回味的空间，形成了一种独特的艺术魅力。因此钟惺评为："写出宽敞幽深景象，又复简净乃尔，亦不必苦要作长篇矣。"④

这首诗很有南朝民歌风致，调子比较大胆开放。因此，这首诗在后世一些论者眼中，也成为刘令娴道德上的"污点"。崔述《讷庵笔谈》以为此诗是令娴"有所睹而情荡矣"⑤，王士禛《池北偶谈》以为："正如高仲武所云：'形质既雌，词意亦荡。'勉名臣，悱名士，得此女，抑不幸耶！"⑥ 这种评价对刘令娴十分不公。齐梁间艳诗风行，帝王将相、

---

① 逯钦立辑校《先秦汉魏晋南北朝诗》，中华书局，1983，第 2132 页。
② （明）钟惺、谭元春：《诗归——古诗归》，湖北人民出版社，1985，第 272 页。
③ （明）钟惺、谭元春：《诗归——古诗归》，湖北人民出版社，1985，第 272 页。
④ 《中华大典·文学典·魏晋南北朝文学分典》，凤凰出版社，2007，第 826 页。
⑤ （清）崔述撰，顾颉刚编订《崔东壁遗书》，上海古籍出版社，1983，第 831 页。
⑥ （清）王士禛：《池北偶谈》，中华书局，1972，第 423 页。

文坛领袖尚且勠力亲为，撰写艳诗成为上流社会的文学风尚。刘令娴作为书香世家之女、才子之妻、重臣之媳，不能免俗，方是自然。而受了这种影响的女性诗人也不止刘令娴一个。比如女诗人沈满愿有《戏萧娘诗》一诗，此诗效仿男性口吻与女子调情："明珠翠羽帐，金薄绿绡帷。因风时暂举，想像见芳姿。清晨插步摇，向晚解罗衣。托意风流子，佳情讵可私。"[①] 甚至多有床笫暗示，比刘令娴之作更为大胆。男性诗人所作艳诗，就往往更加"情荡"。实在没有必要因此对刘令娴的艺术成就和人品道德全盘否定。

刘令娴诗歌的艺术成就、影响和评价

如上文所述，刘令娴诗歌多有"幽吟静想，自然深情"的佳篇。虽然一般提到魏晋南北朝才女，左棻、谢道韫、鲍令晖等人的名气更高，但刘令娴也自有自己的佳处和地位。

其一，刘令娴的某些诗歌成为后世常用的语典和事典。比如刘令娴《摘同心栀子赠谢娘因附此诗》最早将"栀子"和"同心"联系起来，以后栀子便成了同心的象征。如施肩吾《杂曲》"不如山支子，却解结同心"[②]。还有一些诗歌直接用了栀子赠人的典故。如"韩翃'槟榔满把能消酒，栀子同心好赠人'，正用此事"[③]。如赵彦端《清平乐·席上赠人》"与我同心栀子，报君百结丁香"[④]。至于"落花丛兰"、姊妹联句等典故，也常以之形容后世才女的创作和高才。

其二，刘令娴的诗歌内容多样，有分离苦楚，有春闺幽怨，有怀古哀悯，也有闲情逸兴，形式上包括夫妻赠答、兄妹唱和、闺秀往来，除了不涉及亲子关系（刘令娴幼年丧父，而以《祭夫文》观之，她与徐悱并无诞育），几乎涵盖了闺阁主流的文学创作题材。从创作动机而言，刘令娴的诗歌包括因内心深沉的情绪而感发之作（如《答外诗二首》《题甘蕉叶示人诗》等），也有被日常生活中偶发的细节触动的诗兴（如《听百舌诗》），还会为高逸的审美情趣和闲适的文学生活而口吐珠玑

---

① 逯钦立辑校《先秦汉魏晋南北朝诗》，中华书局，1983，第2134页。
② （宋）郭茂倩编《乐府诗集》，中华书局，1979，第1093页。
③ （明）杨慎撰，王仲镛笺证《升庵诗话笺证》，上海古籍出版社，1987，第95页。
④ 唐圭璋主编《全宋词》，中州古籍出版社，1996，第1001页。

(如《和婕好怨》和传闻的"题门联句")。先秦两汉才女的文学创作，或多感发人生中的重大事件，或是意存道德教化，但刘令娴则文字清丽，抒写性灵。这样的文学创作不甚符合史传记载的标准，却被一些明清文人认为是足以流芳千古的"闺阁韵事"。明清文人认为，女性文字当以抒写性灵为宜，而不当强求道德教化。如清代词人尤侗说："愚独谓韦母《周官》，大家《汉志》，宋尚宫《论语》，郑孺人《孝经》，未免女学究气，小窗工课，吟咏为宜，而诗馀一道，尤为合拍。"① 那么刘令娴的娴雅秀逸便十分接近明清人所推崇的才女创作状态。因此，明清人也不时以刘令娴的典故来描写明清才女的创作活动。如屠隆称袁九淑"心惭纂组，日披图史于绿窗；性爱绨缃，时吐珠玑于雪茧。笄而出阁，爱归才子。文人室尔宜家，共羡联珠合璧。斗采毫于竹下，小擘菖蒲之笺；举玉案于花间，递饮葡萄之酿。……任是孝标（绰）三妹，方驾何堪"②。袁九淑与夫君钱良胤相互唱和，矜奇吐秀，这与刘令娴是颇有共通之处的。刘令娴与明清才女们的文学创作往往纯出自她们对文学的兴趣，而与道德教化无关。从某种程度上说，也是女性之"才"自"德"中的独立。

其三，刘令娴成为出身世家的才女的代称。中国古代才女与文学家族往往是相辅相成的，大略有两方面的原因。

一方面，才女之养成需要家庭教育和家庭氛围。袁枚说："闺秀能文，终究出于大家。"③ 在中国古代女性文化教育缺失的情况下，闺阁女性若要习而成才，多出家学，故离不开家庭文化氛围与家人支持。魏晋六朝才女往往出身于文学家庭。左思《娇女诗》描写女儿们握笔执书、评点字画的情形，虽幼女娇憨，意在玩乐，但也可略窥使左棻自幼好学善文的左家之风。谢安对谢道韫爱护有加，对其咏雪论《诗》均甚称赏，而公公王羲之也推崇道韫的书法。鲍照《登大雷岸与妹书》洵为六朝骈文之精华，可见鲍令晖兄妹之间，文学交流水平之高。至于刘令娴，

---

① （清）尤侗：《林下词选序》，《续修四库全书》第1729册，上海古籍出版社，2002，第550~551页。
② （明）屠隆：《伽音集序》，载（明）袁九淑《伽音集》，辽宁省图书馆藏明抄本。
③ （清）袁枚：《袁枚闺秀诗话》，王英志主编《清代闺秀诗话丛刊》第1册，凤凰出版社，2010，第67页。

她写罢《祭夫文》,悱父徐勉本欲为哀辞,见之叹赏而搁笔,才成就令娴雅炼简淡的文名。如果优秀子弟可目为家族庭院里的芝兰玉树,这些才学超群的女子,则可称为其中生长的瑶草琪花。

另一方面,才女与家族的名声是相互成就的。对于才女来说,古代女性尤其是良家女性活动与交际范围有限,且掌握文化话语权的是男性,因此才女的美名多靠家人宣扬才得流播,其作品也需要他们为之编集出版。具体而言,也就是父兄提携、夫婿点缀、后嗣表扬。清代才女沈善宝曾经提出才女若离于名门巨族、父兄师友,"生于蓬荜,嫁于村俗,则淹没无闻者,不知凡几"[①],正是其理。如果说谢安、王羲之对谢道韫的赞赏还只在家庭内部,谢玄推重其姊,非要与张玄分出姊妹(张妹即顾家妇)的高下,请济尼评断,则将道韫的名声传播于外,成就道韫"有林下风"的美誉。刘令娴姐妹若非生在刘氏家族,大概也无由在《梁书》中占有一席之地。对于家族来说,才女美名流传,则能为门第增辉。左棻以才名入宫,左思以为"光曜邦族"[②]。鲍令晖才名为南朝宋孝武帝所知,也甚为鲍照添彩。谢道韫更是被目为"谢庭"的重要代表。刘令娴姐妹留下文名,也使得刘氏名声更著光辉。正如曼素恩所说:"满腹诗书的女子在亲朋戚友和整个社会的眼中是她的家学传统的继承者,是她书香门第深厚渊源的缩影。"[③] 在魏晋六朝,才女往往不仅代表才女自身,也代表某人的女儿、某人的姊妹、某人的妻子、某家族的成员。才女不仅成就自己的名声,也成就家族的名声。这也是文人大力扬掖家族才女的原因之一。

因此,如果以刘令娴比喻后世才女,往往也能兼美其家人和家族。与左思左棻、鲍照鲍令晖一般,刘孝绰、刘令娴也是一时兄妹并称有才。因此,刘令娴也有文人才子的姐妹(sister)的含义。如赵翼称女诗人鲍尊古"刘三娘子诗情丽,句法原从孝绰传",自注孝绰"谓令兄景略"。[④]孙枝蔚称赞纪伯紫兄妹"飘零湖海自飞扬,兄妹高吟总擅场。童曰名如

[①] (清)沈善宝:《名媛诗话》卷一,《续修四库全书》第1706册,上海古籍出版社,2002,第548页。
[②] 逯钦立辑校《先秦汉魏晋南北朝诗》,中华书局,1983,第731页。
[③] 〔美〕曼素恩:《缀珍录——十八世纪及其前后的中国妇女》,定宜庄、颜宜葳译,江苏人民出版社,2005,第76页。
[④] (清)赵翼撰,华夫主编《赵翼诗编年全集》,天津古籍出版社,1996,第1103页。

第六章 刘氏家族文学之亮色：刘令娴姐妹

纪幼瑒，妹才清似刘三娘"[1]。但因刘氏兄妹的名气远不及左氏、鲍氏兄妹，故以刘氏兄妹比才子兄妹的情况少于左、鲍。不过在一些特定的场合，刘令娴有左棻、鲍令晖不能取代的意义。因刘氏三姐妹皆有才，故如一家姊妹皆善诗文，便可以其喻之。陈文述称其从姊长生"争似令娴才更好，金闺福慧竟双修"[2]，便因诗中还提到了同为才女的端生（即弹词《再生缘》作者）、庆生二姊妹。如汤贻汾的甥媳包孟缇，与姊纶英、纨英"同居工吟"，汤贻汾便称之为"令娴姊妹皆殊众，抱弟当年听弦诵"[3]。刘令娴又有才子才女琴瑟和鸣之意。刘令娴的丈夫徐悱是贤相徐勉之子，且颇有才学，"幼聪敏，能属文"。刘令娴与徐悱诗书往来，感情深挚。而魏晋六朝才女除了刘令娴以外，其夫多不以文彰。左棻之为晋武帝宫廷文学弄臣，道韫之遇庸才王凝之，尤令人惋叹。因此，刘令娴与徐悱的结合就更可称为前代才女难得的良缘。所以，后人称"人夸夫婿同徐悱"[4]，将这对夫妇当作才子才女的理想结合。如明代平话《月下老错配本属前缘》曰："晋绿珠有坠楼之忠……正气凛凛，绿珠转世为刘令娴，嫁与徐悱……为佳人才子，诗词唱和。"[5] 清末学者杨钟羲在《雪桥诗话三集》中谈及："汪梅叟谓夫妇有五等，柳下、黔娄、老莱、於陵、梁鸿、鲍宣诸妇上也，曹大家、苏蕙、刘三娘、李易安次之。"[6] 甚至有人从诗歌中敷衍了这对夫妇的日常生活细节，王初桐《奁史》引《女红余志》云："令娴答徐悱诗有云：'落日照靓妆，开帘对春树。'一日薄暮，令娴忽作新妆。夫戏曰：'照靓妆不若更新妆佳也。'令娴大笑，为之罢妆。"[7] 这种琴瑟和谐、兼具风雅的夫妻相处模式，正是古代文人尤其是明清文人所追求的。

---

[1] （清）孙枝蔚：《溉堂集》第二册前集卷九，上海古籍出版社，1979，第189页。
[2] （清）陈文述：《颐道堂诗外集》卷六，《清代诗文集汇编》第504册，上海古籍出版社，2010，第655页。
[3] （清）汤贻汾：《琴隐园诗集》卷二十四，《清代诗文集汇编》第526册，上海古籍出版社，2010，第357页。
[4] （清）陈用光：《太乙舟诗集》卷八，《清代诗文集汇编》第489册，上海古籍出版社，2010，第433页。
[5] （明）周清原：《西湖二集》，周楞伽整理，人民文学出版社，1989，第273页。
[6] 杨钟羲：《雪桥诗话三集》卷四，北京古籍出版社，1991，第177页。
[7] （清）王初桐：《奁史》卷七十三，北京图书馆古籍出版编辑组编《北京图书馆古籍珍本丛刊》第72册，书目文献出版社，1995，第712页。

但刘令娴的创作也招致一些指摘。王士禛就觉得刘令娴"形质既雌，词意亦荡"，所以"勔名臣，俳名士，得此才女抑不幸耶"①。他由此认为刘令娴不是徐悱的良配。究其原因，大致有二。

一来刘令娴的某些诗作语调比较绮艳，不够端庄，容易被评为放荡。如纪容舒说："此三诗皆涉佻荡，出自文士不过溺情之语，出自闺阁则为累德之词。"② 就觉得《光宅寺》《题甘蕉叶示人》《摘同心栀子赠谢娘因附此诗》三首诗让刘令娴形象有损，德行有亏。二来刘令娴的名下被误记入了某些男性宫体诗人的作品。《玉台新咏》所录刘令娴诗篇，时与姚翻之作临近，而因传钞或付梓中脱去姚氏之名，故其所作《代陈庆之美人为咏》、《梦见故人》和《有期不至》也常被计入刘令娴名下。而这三首作品皆甚轻薄，容易使读者对刘令娴进一步产生误会。如姚范一般清醒，能点破"此等诗疑未必妇人自作，当由轻薄文士托名耶，而选者则负名教之罪矣"③ 者，毕竟少数，大多数明清文人还是以为这三首诗是刘令娴的作品，并借以推想刘令娴的人格。或许正因为种种因素给人留下令娴佻荡轻薄的印象，所以一些艳诗常常化用令娴的诗句。如沈学渊《艳秋词》其十五云："轻风兰牖晨妆地，大有诗篇学令娴。"④《春江花月夜郎苏门孝廉葆辰席上作》云："花庭丽影斜，兰牖轻风度。倘语刘令娴，盼煞江头路。"⑤ 孙原湘《银湾》云："沁人肌息如沉水，暖我心肠似博山。……欲将栀子连诗赠，恩意还须托令娴。"⑥ 这又让令娴的形象变得更加佻荡轻薄了。

刘令娴的创作确实有两个主要缺陷。一者失之偏狭。因活动范围与见识有限，其题材往往多着眼于闺阁情愁，格局狭窄，笔调纤弱。二者有近于狭斜。即或因天性奔放而过于直露，或受影响于男性文人之艳诗，

---

① （清）王士禛著，（清）张宗柟纂集《带经堂诗话》，人民文学出版社，1963，第691页。
② （清）纪容舒：《玉台新咏考异》，中华书局，1985，第158页。
③ （清）姚范：《援鹑堂笔记》卷四十四，《续修四库全书》第1149册，上海古籍出版社，2002，第114页。
④ （清）沈学渊：《桂留山房诗集》卷五，《清代诗文集汇编》第560册，上海古籍出版社，2010，第152页。
⑤ （清）沈学渊：《桂留山房诗集》卷四，《清代诗文集汇编》第560册，上海古籍出版社，2010，第134页。
⑥ （清）孙原湘：《天真阁集》外集卷三，《清代诗文集汇编》第464册，上海古籍出版社，2010，第582页。

文风有时轻绮佻荡。女诗人梁孟昭曾经道出古代女性创作的困境："我辈闺阁诗，较风人墨客为难。诗人肆意山水，阅历既多，指斥事情，诵言无忌，故其发之声歌，多奇杰浩博之气。至闺阁则不然。足不逾阃阈，见不出乡邦，纵有所得，亦须有体。辞章放达，则伤大雅，……即讽咏性情，亦不得恣意直言。必以绵缓蕴藉出之，然此又易流于弱。"① 刘令娴正切此语。古代评价男性与女性诗作又往往采取双重的道德标准，"出自文士不过溺情之语，出自闺阁则为累德之辞"，因此刘令娴受到的评价就更苛刻了。

小结　刘氏姐妹与中国古代女性文学

总之，刘氏家族女性的创作，有着较为"纯粹"的特征。这种纯粹一指刘氏姐妹的创作比较纯粹地表达了女性的感情。她们的作品往往从女性情愁本身出发，而没有道德教化的内涵。这与先秦两汉才女固然不同，与另外一位在史书中留下传记的魏晋南北朝才女左棻也不太相同。左棻乃是嫔妃，注定了她的身份和创作角度都与普通的才女不同；而她又是以才侍君的无宠宫妃，这也就导致她的创作更接近宫廷文学侍臣。虽然左棻的创作还是体现了女性身份的特色，多以女性为题，比如对古代著名女性进行赞颂、为宫廷贵女写诔文等。但这也要求左棻颂扬符合儒教的女性贤德，而不是真正体现女性的感情。与之相比，刘氏姐妹的创作是更贴近女性真实的生活和情感状况的。二指刘氏姐妹的创作比较纯粹地体现了中国古代女性创作风格。刘氏姐妹的作品呈现秀媚、清丽、纤巧的风格，这也正是中国古代女性创作比较典型的特征。与之相比，谢道韫深得魏晋风流、名士风气，她的作品之散朗高逸，在中国古代女性创作中颇显独特，长受追慕。这种独特性对中国古代女性文学来说是宝贵的，但从另一方面来看又不免有些"男性化"，不能代表中国古代女性创作的典型特色。三指刘氏姐妹留名史籍，抛却家族因素，纯粹是因为她们的文学成就。左棻、谢道韫能被史书记载，是与她们的德行、风度有很大关系的，而不纯粹是因为她们的文学创作。虽然因此左棻、谢道韫的形象更为高华，但刘氏姐妹能纯粹以文才在史书中留下记载，

---

① 王秀琴编集，胡文楷选订《历代名媛文苑简编》，商务印书馆，1947，第45页。

殊为难得，这也发掘和肯定了中国古代女性在"贤德"之外的新价值。

从刘令娴及其姊的诗歌创作还可以看出，中国古代女性与男性创作还是颇有不同的。其一，男性诗人见识阅历较多，因此诗歌题材多样，气势也较为宏阔。而女性诗人则多囿于闺阁，眼界较为狭窄，题材往往也局限于闺阁情愁，诗风较为纤细。其二，同样写女性题材，男性诗人可能有所寄寓，而女性诗人往往就是纯粹诉说女性的情愁。这也是女性创作比男性创作较为狭窄纤细的另一体现。然而从另一方面来说，女性诗人可以写出更为真实的、原生态的女性心理，也就是后世尤其是明清之交推崇的"本色""清真""天然"。其三，仍是在写女性题材方面，男性诗人对女性的外貌描写更为详尽娇艳，女性诗人却往往写得较为朴素，更关注女性的内在情感和命运遭际。这或许正是两性审美差异所产生的结果。其四，男性诗人写女性题材的时候，或许较为轻薄，然自身与论者皆不以为意，视作无伤大雅。而女性诗人的诗稍微写得活泼大胆一点，就要招致严厉的批评，被认为是"失体"。其五，女性诗人作品的流传较男性诗人更为困难。这不仅是因为女性诗人受着"内言不出于梱（阃）"[①]的限制，还因为女性诗人的创作往往纤细浅近，不被传统的文学观念认可，也就很难入选较为著名的文学总集而得以保存和流布。像《玉台新咏》这种专门"撰录艳歌"，因而保留许多女诗人作品的诗歌总集毕竟是少数，而且往往被视为轻薄无状和价值不高。这些不仅是刘令娴姊妹的遭遇，也是中国古代女诗人普遍的遭遇。这也导致了中国古代一些女诗人，尤其是出身闺阁的女诗人，在审美取向和创作实践上受到了一些束缚。

[①] 《礼记》卷一《曲礼》，（清）阮元校刻《十三经注疏》，中华书局，1980，第1240页。

结语　刘氏家族与南朝文学

作家很难完全脱离身处的时代的影响，尤其刘氏家族往往因南朝"重文"的风气而晋身，历代都与当时的文坛领袖或是兼有文坛领袖和统治者双重身份的皇室成员交往匪浅，其作品中遂不免深深打上时代文风的烙印。其具体的表现为以下几个方面。

一、刘氏家族的作品从体裁、题材、风格、手法上来看，都符合南朝文学的主流。如上文所言，刘氏家族创作时采用的重要文体是南朝最盛行的骈文和诗歌。其文章主要是各色让爵谢恩的公文和交往的书信，诗歌主要以宴游、赠答、咏物、艳情等为题，这些题材也正是南朝文学创作的主调。刘氏家族诗风都较为绮丽，还追求声韵和谐，艺术手法上多对偶、用典，这些风格、手法的特征，也正是南朝文学主流的特征。

正因为刘氏家族的文学创作体现了典型的南朝文学特征，也导致了这些作品有着南朝文学常有的缺陷，如内容单薄空虚、风格普遍趋同等。也因此，刘氏家族虽在当世名声大噪，但随着散文渐兴而骈体衰微，以及对"采丽竞繁，兴寄都绝"的齐梁体的批判，刘氏家族在后世尤其是唐宋名声大跌。直到晚明和清初，读者才在"性灵"论的指导下和诗歌流变的梳理中，重新意识到了刘氏家族的文学价值，肯定了他们在题材上的开拓、体裁上的转变和典事上的影响。

二、南朝文学追求"新变"，所谓"若无新变，不能代雄"[1]。而刘氏家族的文学也体现了南朝文风不断变化的风尚。如上文所言，南朝是一个追求文学"新变"的年代，每一代文学都有其特征。刘氏家族的文学即记录了从由元嘉体到永明体、从永明体到宫体的变化痕迹。（一）从诗风上看。刘绘的诗歌尚有穷力追新、使用僻字的元嘉遗风，但又受到永明时期著名文人的影响，颇有平易清丽之作。刘孝绰早期诗同样有永明体

---

[1] （南朝梁）萧子显：《南齐书》，中华书局，1972，第908页。

遗风，又符合梁前期的典正，后期则向宫体文学靠拢，语渐绮靡。而刘孝仪、刘孝威等人从艳情诗的创作来看，语愈绮靡，已经呈现出宫体诗秾丽、细密、精巧的典型特征了。（二）从题材上看。刘绘、刘瑱都有写得颇佳的山水之作，而至于刘孝绰一代，虽仍不乏写景佳句，却很少再有专门的山水诗。刘绘在刘氏家族中始作咏物，而刘孝绰等诸子咏物作品更多；刘绘尚是较纯粹地摹写物态，刘孝绰等诸子则常借咏物寄怀抱或写艳情。刘绘艳情诗尚有古意，刘孝绰一代的艳情诗则多仅愉悦性情和官能。山水渐少、咏物更盛、艳情大炽，这也正是由齐至梁文学题材的一大变化。

同时，"新变"不仅包括审美取向和文学题材的变化，也包括文学形式的创新。刘氏家族作为南朝文风典型的代表，在文学形式上也多有创新，体现了时代的风气。（一）刘氏家族有许多五言四句、五言八句的诗，五言八句诗又有仅仅中间二联对仗者，还有一些诗句十分协律，可以被视为近体诗的前身。（二）刘孝威有一些七言体的诗。《拟古应教》为陈代七言歌行先声，《禊饮嘉乐殿咏曲水中烛影》七言四句，则体似七绝。七言是当时比较新颖的一种诗体，刘孝威的这些作品都体现了他是一位比较趋新求变的诗人。从刘氏家族的这些作品中，可以观察到从永明体发展至唐人五绝、五律的轨迹，以及七言律绝的渐兴。

三、刘氏家族与南朝一些著名的文学总集颇有因缘。一方面，他们作为侍从文人，参与了当时由皇室主持的一些文学总集或类书的编纂。比如唐人元兢《古今诗人秀句序》称"梁昭明太子萧统与刘孝绰等撰集《文选》"。考虑到刘孝绰是昭明太子萧统特别看重乃至可以说是最为看重的侍从文人，署名昭明太子的《古今诗苑英华》亦被颜之推称为实为刘孝绰所编选，所以刘孝绰参与《文选》撰集的说法十分合理。这一说法在今日也得到了多数人的认同。甚至还有些学者如清水凯夫主张《文选》实际上也是由刘孝绰编定的，昭明太子只是挂名。虽然这种说法值得商榷，但也从侧面说明了刘孝绰确实参与了《文选》选集中的某些工作，并且他的审美和取向可能对《文选》的收录有所影响。日本公文书馆藏《六家文选》六十卷（明嘉靖年间刊本）有明学者戴金题识云："梁昭明太子统聚文士刘孝威、庾肩吾、徐防、江伯操、孔敬通、惠子悦、徐陵、王囿、孔烁、鲍至十人,谓之高斋十学士集《文选》。今襄阳有文选楼,池州有文选台,未知何地为的。但十人姓名,人多不知,故特著之。"此说认为刘孝威等"高斋十学士"参与了《文选》的选集。虽然此说明显是将萧纲与萧统张冠李戴,不足采信。不过刘孺、刘遵、刘孝仪、刘孝威等确实曾以萧纲为中心进行过某些大书的编纂,比如他们曾奉萧纲之命编定佛教类书《法宝联璧》。此书今惜不存,只能从萧绎《法宝联璧序》里窥知当日编者的情形了。

另一方面,由于刘氏家族文集散佚严重,刘氏家族的一些作品是靠当时的诗歌总集得以保存的。比如刘氏家族的艳情诗,大部分是依靠《玉台新咏》流传后世的。尤其是刘令娴三姐妹至今存世的诗,全都有赖于《玉台新咏》的收录。如果不是《玉台新咏》秉持"曾无添于雅颂,亦靡滥于风人"(《玉台新咏》序)的收录标准,不重"诗言志"而重宫体诗人眼中的"性情",刘氏家族这些在传统文学观点看来匮乏情志和典雅的艳情诗,是很可能无由流传的。而刘氏家族某些成员(比如刘遵)的卒年,对考证《玉台新咏》的编定时间也颇有助益。所以刘氏家族与《玉台新咏》也颇有因缘。

在体现南朝文学风尚之余,刘氏家族的文学创作还有自己的一些个性。(一)刘氏家族成员往往有个人的文风特色。如刘绘颇有古意,刘孝绰秀雅雍容,刘孝仪弘丽生动,刘孝威浪漫奇幻,刘孝先幽谧清远,刘令娴俏媚活泼,等等。即便存诗较少的诗人如刘瑱,也能从作品中看出他作为画家的敏锐眼力和独特视角。这些特色虽然还未足以超脱南朝文风的大范畴,但也使他们有别于其他的家族成员,并在普遍趋同的南朝文学中留下独特的风姿。(二)刘氏家族文学一大特点是女性创作的发达。刘令娴三姐妹俱能诗文,这在魏晋南北朝是比较罕见的现象。虽然左棻、谢道韫、鲍令晖的文学成就与文坛名声要胜过刘氏姊妹,但一家一代中有多名女性成员擅诗文者,魏晋南北朝仅彭城刘氏一家。刘令娴与长姊的诗文如今俱有存世,合计文1篇诗11首。在刘氏家族有诗文存世的15名成员270余篇诗文中占有一定的比重。刘氏姐妹创作还有一个特点就是涉及了中国古代女性创作的多个方面和多种题材,比左、谢、鲍等人更为全面。刘氏家族这种一门多姊妹能诗的状况,实际上已经颇接近明清的一些多出才女、"一门风雅"的文学家族,而明清人亦对刘氏姊妹多有追慕。如今，有些刘氏家族成员的创作特点如刘绘、孝绰、令娴等已经被论者注意到，而另一些人如孝威、孝仪等的特色还有待发掘，刘氏姊妹与中国古代女性创作的联系也有待考察。对以上问题进行探求，也是本作希求达到的写作目标之一。

附录

附录一：彭城刘氏家族世系表

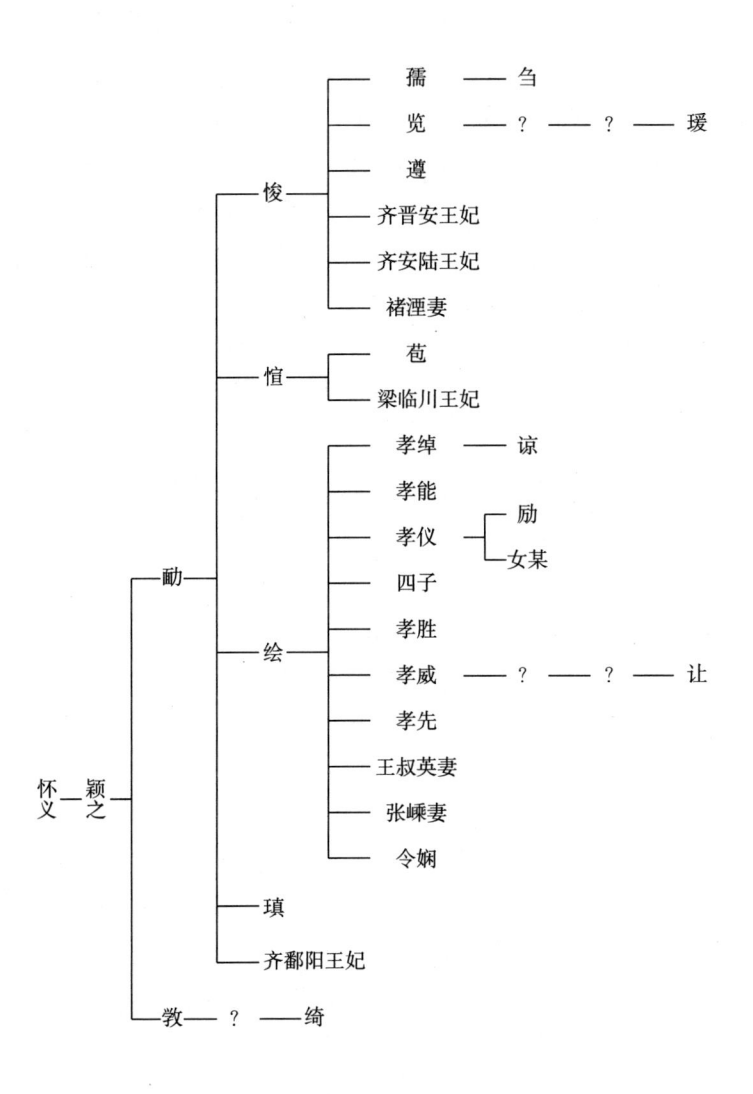

```
                            ┌─ 孺 ── 刍
                            ├─ 览 ── ? ── ? ── 瑗
                            ├─ 遵
                      ┌─ 俊 ┤
                      │     ├─ 齐晋安王妃
                      │     ├─ 齐安陆王妃
                      │     └─ 褚湮妻
                      │
                      │     ┌─ 苞
                      ├─ 愃 ┤
                      │     └─ 梁临川王妃
                      │
                      │     ┌─ 孝绰 ── 谅
                      │     ├─ 孝能
                      │     │          ┌─ 励
                      │     ├─ 孝仪 ──┤
               ┌─ 勔 ┤     │          └─ 女某
               │      │     ├─ 四子
               │      │     ├─ 孝胜
               │      ├─ 绘 ┤
               │      │     ├─ 孝威 ── ? ── ? ── 让
               │      │     ├─ 孝先
               │      │     ├─ 王叔英妻
               │      │     ├─ 张嵊妻
               │      │     └─ 令娴
  怀─ 颖       │      │
  义   之 ─────┤      ├─ 瑱
               │      └─ 齐鄱阳王妃
               │
               └─ 敩 ── ? ── 绮
```

附录二：彭城刘氏主要家族成员介绍

刘怀义，晋始兴郡守。

刘颖之，刘怀义子。宋汝南、新蔡二郡太守。征林邑，遇疾卒。

刘勔（418~474），字伯猷，刘颖之子。刘宋时多次平乱有功，历任县令、太守、参军、将军、散骑常侍、中领军等职，封大亭侯、金城县五等侯、鄱阳县侯等。元徽二年（474），在平定桂阳王叛乱时战败而死。

刘敳（418后~约468），或作刘勃，勔弟。泰始中，为宁朔将军、交州刺史，于道遇病卒。先有都乡侯爵，谥曰质侯。

刘悛（438~499），字士操，勔长子。早年随父征竟陵王，以功拜驸马都尉，后转桂阳王征北中兵参军，与世祖同直殿内，为明帝所亲待，由是与世祖款好。齐武帝时，悛为前军将军，后拜司州刺史，深得武帝赏识。武帝死后，悛曾获罪，将被诛戮之时，明帝救之，免于死罪，被贬为庶人，旋复官。后在寿阳立学校，教化百姓。东昏即位后，悛途经父勔遇难之地朱雀航，悲恸而卒。赠太常，谥曰敬。历朝皆见恩遇。

刘愃（？~485），勔二子。为齐太子中庶子，早卒。

刘绘（458~502），字士章，勔三子。解褐著作郎，后为太祖太尉行参军。之后任预章王萧嶷左军主簿等职。后为中书郎，掌诏诰，奉敕助国子祭酒何胤撰治礼义。永明末，京都士人皆以文章为盛事，并聚于竟陵王西邸，绘为后进领袖，机悟多能。明帝即位后，绘迁中庶子，出为宁朔将军、抚军长史，后转向东海太守。中兴元年（501）转大司马从事中郎，次年卒。

刘瑱（458后~约501），字士温，勔四子。仕齐历尚书吏部郎、义兴太守，先绘卒。善画妇人。

刘勔女，瑱之妹，齐鄱阳王萧锵（469~494）妃。

刘孺（483~541），悛长子，字孝稚（一作季幼）。其才华为刘瑱、沈约、萧衍等人称赏。累迁太子舍人、太子家令、御史中丞、吏部尚书、晋陵太守等职。大同七年（541），以母丧去官，因悲痛过度而卒，谥孝子。

刘览，悛二子，字孝智。历仕梁中书郎、尚书左丞、始兴内史等职。

为官清正。

刘遵（488~535），悛三子，字孝陵。起家著作郎，太子舍人，累迁晋安王（萧纲）宣惠、云麾二府记，转南徐州治中。后王为雍州，复引为安北咨议参军，带邵县令。中大通三年（531），王立为皇太子，除遵为中庶子。遵自随藩及在东宫，以旧恩偏蒙宠遇，同时莫及。大同元年（535）卒官。

刘悛女，齐晋安王（巴陵隐王）萧宝义（？~509）妃，

刘悛女，齐安陆王萧宝晊（？~501）妃。

刘悛女，览之姊，梁御史中丞褚湮妻。

刘愃女，苞之姊，梁临川王萧宏（473~526）妃。

刘苞（482~511），愃子，字孝尝，一字孟尝。起家为司徒法曹行参军，不就。天监初，以临川王妃弟，自征虏主簿迁王中军功曹，累迁尚书库部郎、丹阳尹丞、太子太傅丞、尚书殿中郎、南徐州治中等职。

刘孝绰（481~539），绘长子，字孝绰，小字阿士，本名冉，以字行。自幼才气极高，萧衍、萧统、萧绎皆赏爱之。起家著作佐郎，后迁太子舍人、尚书水部郎、尚书金部侍郎、秘书丞、廷尉卿、尚书吏部郎、秘书监等职。大同五年（539）卒官。

刘孝能，刘绘二子，早卒。

刘孝仪（484~550），绘三子，字孝仪，本名潜。与六弟孝威合称"三笔六诗"。初为始兴王法曹行参军，随同出镇益州，兼记室。后又随晋安王萧纲出镇襄阳。又以公事左迁安西咨议参军兼散骑侍郎，使魏。累迁中书郎、尚书左丞、兼御史中丞，历任临海太守、豫章内史。后来侯景叛乱，州郡失陷，于大宝元年（550）病逝。

刘绘四子，史传无载。

刘孝胜（496前~554后），绘五子。与弟刘孝先并善五言诗，见重于世。历官邵陵王法曹、湘东王安西主簿记室、尚书左丞，出为信义太守，公事免。复为尚书右丞，兼散骑常侍，聘魏还，为安西武陵王纪长史、蜀郡太守。太清中，侯景陷京师，纪僭号于蜀，以孝胜为尚书仆射。承圣中，随纪东出峡口，兵败被执，下狱。元帝宥之，起为司徒右长史。承圣三年（554），西魏破江陵，其被掳入北而卒。

刘孝威（约496~548），绘六子。名不详，字孝威。与兄孝仪合称

"三笔六诗"。初为安北晋安王法曹，转主簿。后为太子洗马，累迁中舍人，并掌管记。大同九年（543）白雀集东宫，孝威上颂，其辞甚美。太清中，迁中庶子，兼通事舍人。在侯景之乱时，孝威冲出围城，随司州刺史柳仲礼西上。至安陆，遇疾卒。

刘孝先（496后~?），绘七子。梁武帝时，为武陵王萧纪法曹、主簿，萧纪称王于益州，孝先转为安西记室。承圣元年（552），与兄孝胜随萧纪东下出峡口。翌年，萧纪被杀，孝先赴江陵，元帝萧绎任用其为黄门侍郎，官至侍中。

王叔英妻，绘女，孝绰长妹，适琅琊王叔英（一作王淑英）。与二妹、三妹并有才学。

张嵊妻，绘女，孝绰次妹，适吴郡张嵊。与长姊、三妹并有才学。

刘令娴，绘女，孝绰三妹，适东海徐悱。与两姊并有才学，在三姊妹中"文尤清拔"，成就最高。

刘绮，刘歊孙。萧绎任会稽太守时，以才华选为国常侍兼记室，殊蒙礼遇，终于金紫光禄。

刘乕，孺子。著作郎，早卒。

刘谅，孝绰子，字求信。少好学，有文才，尤博悉晋代故事，时人号曰"皮里晋书"。历官著作佐郎、太子舍人、王府主簿、功曹史、中城王记室参军。

刘励，刘潜子。尝奉父命征讨侯景。

刘瑗，刘览曾孙。唐黎阳令。

刘让，刘孝威曾孙。唐将仕郎。

附录三：刘怀肃族支家族成员介绍

刘怀肃（357~407）[①]，宋武帝刘裕从母兄。初为刘敬宣宁朔府司马，东征孙恩，有战功，又为龙骧司马、费令。后闻刘裕起义，弃县来

---

① 《宋书》本传称刘怀肃"（义熙）三年（407），卒，时年四十一"，则推知刘怀肃生于367年。然此与刘怀肃为宋高祖刘裕（363~422）从母兄矛盾，与弟怀慎（364~424）生年亦矛盾。《南史》仅言刘怀肃卒于义熙三年，却未言其寿数，或即注意到"时年四十一"的问题。笔者推断"四十一"可能是"五十一"之误，刘怀肃当生于357年。

投。历任高平太守、加督江夏九郡、通直郎、辅国将军、淮南历阳二郡太守、抚军司马。以义功封东兴县侯，食邑千户。曾追讨桓玄，率军斩杀桓振、冯该、乐志等反将。义熙三年（407）卒，追赠左将军。

刘怀敬（362～?），怀肃次弟。涩讷无才能。因其母曾以己乳哺育刘裕，使丧母之刘裕得举，故以旧恩累见宠授，至会稽太守，尚书，金紫光禄大夫。

刘怀慎（364～424），怀肃弟，曾参与征鲜卑、克广固、距卢循、讨王灵秀。任辅国将军、监北徐州诸军事、徐州刺史、北中郎将。以平广固、卢循功，封南城县男，食邑五百户。高祖北伐，以为中领军、征虏将军，卫辇毂。坐府中相杀，免官。宋台立，召为五兵尚书，仍督江北淮南诸军、前将军、南晋州刺史、五兵尚书、平北将军、护军将军等。永初元年（420），以佐命功，进爵为侯，增邑千户。景平二年（424）卒。追赠抚军，谥曰肃侯。

刘怀默，怀慎弟，义熙六年（410）曾任广武将军，屯兵建阳门。

刘蔚祖，怀慎子，过继刘怀肃为嗣，袭爵。官至江夏内史。

刘真道（?～约442），怀敬子。为钱唐令、梁南秦二州刺史、建威将军、雍州刺史。曾讨破杨难当。后坐破仇池，断割金银诸杂宝货，又藏难当善马，下狱死。

刘荣祖（?～424），怀慎庶长子。距卢循，从讨司马休之，从高祖北伐。破索虏于半城，攻克刘度，攻营破姚泓女婿徐众。历任彭城内史、相国参军、世子中兵参军、越骑校尉、右军将军、辅国将军。追论半城之功，赐爵都乡侯。领军将军谢晦深接待之，废立之际，要荣祖，固辞获免。及晦出镇荆楚，欲请为南蛮校尉，荣祖又固止之。其年冬卒。

刘德愿（?～465），怀慎子，世祖大明初，为游击将军，领石头戍事。坐受贾客韩佛智货，下狱，夺爵土。后复为秦郡太守。永光中，为廷尉，与柳元景厚善。元景败，下狱诛。

刘孙登，怀默子，武陵内史。

刘道隆（?～约465），孙登弟。元嘉二十二年（445），为庐江太守。世祖举义，弃郡来奔，以补南中郎参军事，加龙骧将军，领世祖麾下三幢之一。大明中，历黄门侍郎，徐、青、冀三州刺史。前废帝景和中，以为右卫将军，永昌县侯，食邑五百户，委以腹心之任。泰始初，为太守尽力，迁左卫将军，中护军，寻赐死。

刘道存（？～约465），刘蔚祖子。太祖元嘉末，为太尉江夏王义恭咨议参军。世祖伐元凶，义军至新亭，道存出奔，元凶杀其母以徇。前废帝景和中，为义恭太宰从事中郎。义恭败，以党与下狱死。

刘亮（？～472），怀默孙，孙登子。世祖大明中，为武康令。太宗泰始初，为巴陵王刘休若镇东中兵参军，北伐南讨，功冠诸将，封顺阳县侯，食邑六百户，历黄门郎，梁、益二州刺史。泰豫元年（472），在梁州食丹药而绝。追赠冠军将军，谥曰刚侯。

附录四：刘孝绰诗歌选注

夜听妓赋得乌夜啼[一]

鹍弦且辍弄①，鹤操暂停徽[二]②。别有啼乌曲③，东西相背[三]飞。倡人怨独守，荡子游[四]未归。④若逢[五]生离唱[六]⑤，长[七]夜泣罗衣⑥。

【说明】

《乌夜啼》，乐府旧题，《乐府诗集》列入《清商曲辞·西曲歌》。《旧唐书·音乐志二》："《乌夜啼》，宋临川王义庆所作也。元嘉十七年，徙彭城王义康于豫章。义庆时为江州，至镇，相见而哭，为帝所怪，征还宅，大惧。妓妾夜闻乌啼声，扣斋阁云：'明日应有赦。'其年更为南兖州刺史，因此作歌。故其和云：'夜夜望郎来，笼窗窗不开。'"又为琴曲名，即《乌夜啼引》，与《西曲歌》义同事异。南朝诗歌多以"乌夜啼"咏男女幽会。本诗诗题又作《赋得乌夜啼》。赋得，一指摘取古人成句或诗题作为诗题，题首多冠以"赋得"二字，如南朝梁元帝萧绎有《赋得兰泽多芳草》一诗；一指即景赋诗。

【校记】

[一]《艺文类聚》卷四十二作《赋得乌夜啼》，《文苑英华》卷二百六十、《乐府诗集》卷四十七作《乌夜啼》。

[二] 徽：《艺文类聚》卷四十二、《文苑英华》卷二百六十作"挥"。

[三] 相背：《艺文类聚》卷四十二、《文苑英华》卷二百六十作"各自"。

[四] 游：《艺文类聚》卷四十二作"犹"，《文苑英华》卷二百六

十、《诗纪》卷八十七作"殊"。

　　[五] 若逢：《艺文类聚》卷四十二作"忽闻"。

　　[六] 唱：《玉台新咏》卷八、《乐府诗集》卷四十七作"曲"。

　　[七] 长：《艺文类聚》卷四十二作"中"。

【注释】

①鹍弦：用鹍鸡筋做的琵琶弦。一说"鹍弦"乃"鹍鸡游弦"的简称，指古琴曲《鹍鸡》。嵇康《琴赋》："若次其曲引所宜，则广陵止息……鹍鸡游弦。"《文选·张衡〈南都赋〉》："《寡妇》悲吟，《鹍鸡》哀鸣。"李善注："《寡妇》曲未详，古相和歌有《鹍鸡》之曲。"故《鹍鸡》当为悲吟夫妇分离的哀曲。弄：演奏。

②鹤操：指《别鹤操》，泛指表示伴侣别离的琴曲。晋崔豹《古今注》："《别鹤操》，商陵牧子所作也。娶妻五年而无子，父兄将为之改娶。妻闻之，中夜起，倚户而悲啸。牧子闻之，怆然而悲，乃歌曰：'将乖比翼隔天端，山川悠远路漫漫，揽衣不寝食忘餐！'后人因为乐章焉。"徽：即琴徽，系琴弦的绳。一说作"挥"，指弹琴。

③啼乌曲：即《乌夜啼》。

④倡人怨独守，荡子游未归：语本《古诗十九首·青青河畔草》"昔为倡家女，今为荡子妇。荡子行不归，空床难独守"。倡人，古代歌舞杂戏艺人。荡子，指辞家远出、羁旅忘返的男子。《文选·古诗〈青青河畔草〉》李善注："《列子》曰：有人去乡土游于四方而不归者，世谓之为狂荡之人也。"

⑤生离唱：歌咏生离的乐曲。

⑥泣罗衣：落泪沾湿了罗衣。南朝梁江淹《别赋》："攀桃李兮不忍别，送爱子兮沾罗裙。"罗衣，轻软丝织品制成的衣服，泛指女性衣裙。

铜雀妓[一]

雀台[二]三五日①，弦[三]吹似佳期②。况复[四]西陵晚，松风吹穗帷[五]③。危弦断复续[六]④，妾心伤[七]此时。谁[八]言留客袂⑤，还[九]掩望陵悲⑥。

【说明】

《乐府诗集》云："《铜雀台》，一曰《铜雀妓》。"引《邺都故事》

曰："魏武帝遗命诸子曰：'吾死之后，葬于邺中西岗上，与西门豹祠相近，无藏金玉珠宝。余香可分诸夫人，不命祭吾。妾与伎人，皆著铜雀台，台上施六尺床，下繐帐，朝晡上酒脯粮糒之属。每月朝十五，辄向帐前作伎。汝等时登台，望吾西陵墓田。'故陆机《吊魏武帝文》曰：'挥清弦而独奏，荐脯糒而谁尝？悼繐帐之冥漠，怨西陵之茫茫。登雀台而群悲，伫美目其何望'。"《乐府诗集》云："按铜雀台在邺城，建安十五年筑。其台最高，上有屋一百二十间，连接榱栋，侵彻云汉。铸大铜雀置于楼颠，舒翼奋尾，势若飞动，因名为铜雀台。"引《乐府解题》曰："后人悲其意，而为之咏也。"

【校记】

[一]《艺文类聚》卷三十四作《铜雀台妓》。

[二]雀台：《艺文类聚》卷三十四作"爵台"。

[三]弦：《艺文类聚》卷三十四、《乐府诗集》卷三十一作"歌"。

[四]况复：《艺文类聚》卷三十四、《乐府诗集》卷三十一作"定对"，《文苑英华》卷二百四十云"一作'更对'"。

[五]吹穗帷：《艺文类聚》卷三十四、《乐府诗集》卷三十一作"飘素帷"。

[六]复续：《艺文类聚》卷三十四、《乐府诗集》卷三十一作"更接"。

[七]妾心伤：《艺文类聚》卷三十四、《乐府诗集》卷三十一作"心伤于"，一作"伤心于"。

[八]谁：《艺文类聚》卷三十四作"何"。

[九]还：《艺文类聚》卷三十四、《乐府诗集》卷三十一作"翻"。

【注释】

①雀台：即铜雀台。参见说明。三五日：指农历每月十五日。

②弦吹：弦乐器和管乐器，也借指弦乐声和鼓吹声。佳期：与美人约会的时间。《楚辞·九歌·湘夫人》："登白薠兮骋望，与佳期兮夕张。"王逸注："佳谓湘夫人也……与夫人期歆飨之也。"

③况复西陵晚，松风吹穗帷：参见说明。西陵，三国魏武帝曹操陵寝。吹穗帷，《艺文类聚》《乐府诗集》作"飘素帷"。穗帷，即繐帐，指设于灵柩前的帷幕。

④危弦：急弦。《文选·张协〈七命〉》："抚促柱则酸鼻，挥危弦则涕流。"李善注："郑玄《论语》注曰：'危，高也。'侯瑾《筝赋》曰：'急弦促柱，变调改曲。'陆机《前缓歌行》曰：'大客挥高弦。'意与此同也。"

⑤留客袂：指翩翩然、令人流连难舍的舞袖。语出《楚辞·大招》："长袂拂面，善留客只。"袂，衣袖。

⑥望陵悲：参见说明。

班婕妤怨

应门寂已闭①，非复后庭时②。况在青春日③，萋萋绿草滋④。妾身似秋扇⑤，君恩绝履綦⑥。讵[一]忆游轻辇，从今[二]贱妾辞。⑦

【说明】

《班婕妤怨》，《乐府诗集》云："一曰《婕妤怨》。"引《汉书》曰："孝成班婕妤，初入宫为少使，俄而大幸，为婕妤，居增成舍。自鸿嘉后，帝稍隆内宠，婕妤进侍者李平，平得幸，立为婕妤，赐姓卫，所谓卫婕妤也。其后赵飞燕姊弟亦从微贱兴，班婕妤失宠，稀复进见。赵氏姊弟骄妒，婕妤恐久见危，求供养太后长信宫，帝许焉。"引《乐府解题》曰："《婕妤怨》者，为汉成帝班婕妤作也。婕妤，徐令彪之姑，况之女。美而能文，初为帝所宠爱。后幸赵飞燕姊弟，冠于后宫。婕妤自知见薄，乃退居东宫，作赋及纨扇诗以自伤悼。后人伤之而为《婕妤怨》也。"

【校记】

[一] 讵：《文苑英华》卷二百四十作"谁"。

[二] 从今：《文苑英华》卷二百四十作"徒令"。

【注释】

①应门寂已闭：语本班婕妤《自悼赋》："潜玄宫兮幽以清，应门闭兮禁闼扃。"应门，古代王宫的正门。《诗·大雅·绵》："乃立应门，应门将将。"毛传："王之正门曰应门。"

②非复后庭时：语本《汉书·孝成班婕妤传》："成帝游于后庭，尝欲与婕妤同辇载。"后庭，即后宫。

③况在青春日：语本班婕妤《自悼赋》："历年岁而悼惧兮，闵蕃华

之不滋。"蕃华，盛开之花，喻青春年少。此处反用其意，班婕妤原本恐惧因衰老而失宠，结果未及衰老已经失宠。

④萋萋绿草滋：语本班婕妤《自悼赋》："华殿尘兮玉阶苔，中庭萋兮绿草生。"萋萋，草木茂盛貌。《诗·周南·葛覃》："葛之覃兮，施于中谷，维叶萋萋。"毛传："萋萋，茂盛貌。"

⑤妾身似秋扇：据传班婕妤作《团扇诗》（或云《怨歌行》）以自伤失宠，语即本此。《团扇诗》云："新制齐纨素，皎洁如霜雪。裁作合欢扇，团圆似明月。出入君怀袖，动摇微风发。常恐秋节至，凉意夺炎热。弃捐箧笥中，恩情中道绝。"

⑥君恩绝履綦：语本班婕妤《自悼赋》："俯视兮丹墀，思君兮履綦。"颜师古注："言视殿上之地，则思履綦之迹也。"履綦，足迹，踪影。綦，足印。

⑦讵忆游轻辇，从今贱妾辞。此处用班婕妤辞辇之典。事见《汉书·孝成班婕妤传》："成帝游于后庭，尝欲与婕妤同辇载，婕妤辞曰：'观古图画，贤圣之君皆有名臣在侧，三代末主乃有嬖女，今欲同辇，得无近似之乎？'上善其言而止。"辇，古代宫中用的一种便车，多用人挽拉。秦汉后也特指君后所乘的车。

咏风诗

袅袅秋声①，习习春吹②。鸣兹玉树③，涣此铜池④。罗帏自举⑤，襟袖乃披⑥。惭非楚侍，滥赋雄雌。⑦

【说明】

此为刘孝绰现存唯一四言诗。观其诗意，应为侍从王室时所作。

【注释】

①袅袅秋声：语本屈原《九歌·湘夫人》："袅袅兮秋风，洞庭波兮木叶下。"王逸注："袅袅，秋风摇木貌。"朱熹《楚辞集注》："袅袅，长弱之貌。"袅袅，微风吹拂的样子，一说指绵长的样子。

②习习春吹：《诗·邶风·谷风》："习习谷风，以阴以雨。"毛传："习习，和舒貌。东风谓之谷风。"习习，微风和煦的样子。春吹，春风。

③玉树：珍宝制作的树，此指汉宫玉树。《汉武故事》："上（汉武

帝）于是于宫外起神明殿九间，……前庭植玉树。植玉树之法，茸珊瑚为枝，以碧玉为叶，花子或青或赤，悉以珠玉为之。"

④涣：水势盛大的样子。《诗·郑风·溱洧》："溱与洧，方涣涣兮。"毛传："涣涣，春水盛也。"铜池：檐下承接雨水的铜槽，此指汉宫铜池。《汉书·宣帝纪》："金芝九茎产于函德殿铜池中。"颜师古注："铜池，承霤是也，以铜为之。"按《诗·邶风·谷风》，春吹（谷风）带来阴雨，故云"涣此铜池"，照应上文"习习春吹"。

⑤罗帱自举：语本战国宋玉《风赋》："然后徜徉中庭，北上玉堂，跻于罗帱，经于洞房，乃得为大王之风也。"罗帷，罗帐。举，飞起，飘动。

⑥襟袖乃披：语本战国宋玉《风赋》："有风飒然而至，王乃披襟而当之。"

⑦惭非楚侍，滥赋雄雌：语本战国宋玉《风赋》，宋玉侍从楚襄王出游，遇有风飒然而至，宋玉因为襄王赋"大王之雄风"与"庶人之雌风"。楚侍，指宋玉。雄雌，此指尊卑、强弱等高下有别的属性。

侍宴诗

清宴延多士①，鸿渐[一]滥微薄②。临炎[二]出蕙楼③，望辰跻菌阁④。上征切云汉⑤，俛[三]眺周京洛⑥。城寺郁参差⑦，街衢纷漠漠⑧。禁林寒气[四]晚⑨，方秋未摇落⑩。皇心重发志⑪，赋诗追并作。自昔承天宠⑫，于兹被人爵⑬。选言非绮绡[五]⑭，何以俪[六]金膘⑮。

【说明】

侍宴，亦作侍燕，犹言侍公宴。《文选·王粲〈公宴〉诗》张铣解题："此侍曹操宴，时操未为天子，故云公宴。"因以侍宴特指皇室或主君宴享时，陪从侍候于旁。侍宴诗为刘孝绰作品之一大类。

【校记】

[一] 渐：《文苑英华》卷一百六十九作"私"。

[二] 炎：《艺文类聚》卷三十九作"飙"。

[三] 俛：《艺文类聚》卷三十九作"晚"。

[四] 气：《文苑英华》卷一百六十九作"日"。

[五] 绮绡：《诗纪》卷八十七作"绡绮"。

［六］俪：《艺文类聚》卷三十九、《文苑英华》卷一百六十九作"俨"。

【注释】

①清宴延多士：语本西晋成公绥《延宾赋》："延宾命客，集我友生，高谈清宴，讲道研精。"清宴，清雅的宴集。一说清宴为宫殿名。三国魏韦诞《景福殿赋》："离殿别馆，粲如列星，安昌、延休、清宴、永宁。"安昌、延休、清宴、永宁，均为宫殿名。

②鸿渐：谓鸿鹄飞翔从低到高，循序渐进。引申为仕进于朝的贤人。《后汉书·蔡邕传》："君臣穆穆，守之以平，济济多士，端委缙绅，鸿渐盈阶，振鹭充庭。"李贤注："喻君子仕进于朝。"滥：失实的，才不胜任的。犹言滥竽充数。微薄：犹微贱。此为作者自谦。

③蕙楼：以蕙草熏香的楼房，为楼房的美称。汉王褒《九怀·匡机》："菌阁兮蕙楼，观道兮从横。"

④跻：登上。《说文》："跻，登也。"菌阁：形如菌状之阁。菌，即"蕈"，伞状菇类的统称。

⑤上征：上升。汉王延寿《鲁灵光殿赋》："飞陛揭蘖，缘云上征。"切：摩擦，接触。屈原《楚辞·九章·涉江》："带长铗之陆离兮，冠切云之崔嵬。"云汉：云霄，高空。三国魏曹丕《善哉行》："比翼翔云汉，罗者安所羁。"

⑥俛眺：从高处向下远望。俛，同"俯"。周：环绕。京洛：洛阳的别称。因东周、东汉均建都于此，故名。此处泛指国都。

⑦城寺：官舍。郁：本指草木茂盛，此处借指繁多、密集。参差：不齐的样子。

⑧街衢纷漠漠：语本西晋陆机《君子有所思行》："廛里一何盛，街巷纷漠漠。街衢，通衢大道。《文选·班固〈西都赋〉》："内则街衢洞达，闾阎且千。"李善注："《说文》曰：'街，四通也……'《尔雅》曰：'四达谓之衢。'"纷，多而杂乱。漠漠，密布的样子。

⑨禁林：皇家园林。朱骏声《说文通训定声》："天子所居曰禁中。禁中者，门户有禁，非待御者不得入，故曰禁中。"后以禁指代帝王之处。

⑩方秋未摇落：语本宋玉《九辨》："悲哉秋之为气也！萧瑟兮草木摇落而变衰。"王逸注："华叶陨零，肥润去也。"摇落，凋残，零落。

⑪发志：（写诗）抒发思想感情。南朝宋颜延之《三月三日曲水诗序》："并命在位，展诗发志。"

⑫天宠：皇帝的宠幸。

⑬人爵：人所授予的爵位，指爵禄、官位。《孟子·告子上》："有天爵者，有人爵者。仁义忠信，乐善不倦，此天爵也。公卿大夫，此人爵也。"赵岐注："天爵以德，人爵以禄。"

⑭选言：择言，措辞。绮绡：绮和绡，泛指精美的丝织品，借指出众的文采。绮，有文采的丝织品。绡，薄丝绸。

⑮俪：并列，相比。一说通"丽"。金膔：谓镂金涂丹，引申为雕饰。《文选·江淹〈杂体诗·效曹植"赠友"〉》："眷我二三子，辞义丽金膔。"吕向注："金膔，雕饰也。言此子皆以辞义自相雕饰而为美丽也。"膔，一种红色的矿物，古代用作颜料。

夕逗繁昌浦诗①

日入江风静，安波似未[一]流。岸回知舳转②，解缆觉船浮。暮烟生远渚[二]，夕鸟赴前洲。隔山闻戍鼓③，傍浦喧棹讴④。疑是辰阳宿⑤，于此逗孤舟。

【说明】

此诗勾勒了一副安详的繁昌浦夕景。远近结合，动静互衬，状景颇佳。

【校记】

[一] 未：《艺文类聚》卷二十七作"天"。

[二] 渚：《艺文类聚》卷二十七作"路"。

【注释】

①逗：停留。《说文》："逗，止也。"繁昌浦：地名，在今安徽繁昌县西北三十五里滨江。

②舳：船尾。也借指船。

③戍鼓：边防驻军的鼓声。

④棹讴：摇桨行船所唱之歌。棹，长船桨。讴，歌曲。

⑤辰阳宿：语本屈原《九章·涉江》："朝发枉渚兮，夕宿辰阳。"辰阳，地名，在今湖南辰溪县西。

答何记室诗[一]①

游子倦飘蓬②,瞻途杳未[二]穷③。晨征凌进水④,暮宿犯颓风⑤。出洲分去燕,向浦逐归鸿。兰芽隐陈叶,荻苗[三]抽故丛⑥。忽亿园间[四]柳⑦,犹伤江际枫⑧。吾生弃武骑,高视独辞[五]雄。⑨既殚孝王产⑩,兼倾卓氏僮⑪。罢籍睢阳囿,陪谒建章宫⑫。纷余[六]似凿枘,方圆殊未工。⑬黑貂久自弊,黄金屡已空⑭。去辞追楚穆⑮,还耕偶汉冯⑯。巧拙良为异,出处嗟莫同⑰。若[七]厌兰台右[八]⑱,见访灞陵东⑲。

【说明】

本诗为刘孝绰与何逊的赠答诗。何记室,指何逊(466~519),南朝梁诗人,字仲言,东海郯(今山东省兰陵县)人。与刘孝绰齐名,时称"何刘"。何逊时任庐陵王萧续记室,故称何记室。

【校记】

[一]《何水部集》卷二作《仰答何记室》,《文苑英华》卷二百四十作《答何记室逊》。

[二] 未:《文苑英华》卷二百四十云"一作'无'"。

[三] 苗:《文苑英华》卷二百四十云"一作'笋'"。

[四] 间:《文苑英华》卷二百四十云"一作'中'"。

[五] 辞:《文苑英华》卷二百四十作"馀"。

[六] 纷余:《何水部集》卷二作"纷纷"。

[七] 若:《诗纪》卷八十七云"一作'君'"。

[八] 右:《文苑英华》卷二百四十作"石"。

【注释】

①记室:官名。据《后汉书·百官志》,汉朝公府置"记室令史,主上章表报书记";郡府置"主记室史,主录记书,催期会";县府置记室史,掌文书表报。其后魏晋南北朝皆沿置。

②游子倦飘蓬:飘蓬,犹言飞蓬,飘飞的蓬草,比喻漂泊无定。汉乐府《古八变歌》:"翩翩飞蓬征,怆怆游子怀。"魏明帝曹叡《燕歌行》:"翩翩飞蓬常独征,有似游子不安宁。"

③杳:昏暗,幽远。

④征:远行,远去。《诗·小雅·小明》:"我征徂西,至于艽野。"

郑笺："征，行。"迸水：奔腾的河水。迸，喷涌。

⑤颓风：暴风。《诗·小雅·谷风》："习习谷风，维风及颓。"毛传："颓，风之焚轮者也。"孔颖达疏引李巡曰："焚轮，暴风从上来降，谓之颓。颓，下也。"

⑥荻苗：还未长出花穗的荻。荻，多年生草本植物，生在水边，叶子长形，似芦苇，秋天开紫花。苗，未吐穗的植物，泛指初生的植物。

⑦亿：通"忆"。园间柳：犹言园中柳，指代家园。语本《古诗十九首·青青河畔草》："青青河畔草，郁郁园中柳。"

⑧犹伤江际枫：语本魏晋阮籍《咏怀》其十三："湛湛长江水，上有枫树林。……远望令人悲，春气感我心。"

⑨吾生弃武骑，高视独辞雄：何逊（如同司马相如一般）不做武骑常侍，只以自己的辞赋为傲。典出《史记·司马相如列传》："（相如）事孝景帝，为武骑常侍，非其好也。"吾生，敬爱之称。武骑，官名，武骑常侍的简称，亦称常侍武骑，西汉置为加官（官吏于本职之外所加领的其他官衔），为皇帝近侍护卫之一，多以郎官为之，车驾游猎，常侍左右。

⑩既殚孝王产：事见《史记·司马相如列传》："会景帝不好辞赋，是时梁孝王来朝，从游说之士齐人邹阳、淮阴枚乘、吴庄忌夫子之徒，相如见而说之，因病免，客游梁。……会梁孝王卒，相如归，而家贫，无以自业。"殚，用尽，竭尽。孝王，指西汉梁孝王刘武（？～前144），汉文帝刘恒嫡次子，汉景帝刘启同母弟。梁孝王雅好文学，营造梁园并招揽天下人才，形成颇具影响力的梁园文人群体。

⑪兼倾卓氏僮：事见《史记·司马相如列传》：司马相如同卓文君私奔之后，文君之父卓王孙勃然大怒，虽为富商，不予接济。后因卓文君当垆卖酒，卓王孙闻而耻之，"卓王孙不得已，分予文君僮百人，钱百万，及其嫁时衣被财物。文君乃与相如归成都，买田宅，为富人"。

⑫罢籍睢阳囿，陪谒建章宫：司马相如在离开梁孝王的园苑后，又成为汉武帝宫中的侍臣。睢阳囿，即梁园，地在睢阳，故称。囿，帝王家的园林，一般有围墙。《说文》："囿，苑有垣也。"建章宫，汉代长安宫殿名。《三辅黄图·汉宫》："（汉武）帝于是作建章宫，度为千门万户。宫在未央宫西，长安城外。"

⑬纷余似凿枘，方圆殊未工：犹言方枘圆凿，方形的榫头和圆形的榫眼。比喻两者不相投合。语本《楚辞·九辩》："圜凿而方枘兮，吾固知其鉏铻而难入。"纷余，乱的样子。工，符合规范尺度。《说文》："工，巧饰也。象人有规矩也。"

⑭黑貂久自弊，黄金屡已空：二句用苏秦典故。见《战国策·秦策一》："（苏秦）说秦王书十上而说不行。黑貂之裘弊，黄金百斤尽，资用乏绝，去秦而归。"弊，破旧，破损。

⑮去辞追楚穆：典出《汉书·楚元王刘交传》："元王每置酒，为穆生设醴，及王戊即位，后忘设。穆生退曰：'可以逝矣！'遂谢病去。"楚穆，楚王身边的穆生。

⑯还耕偶汉冯：典出东汉冯衍《显志赋》："年衰岁暮，悼无成功，将西田牧肥饶之野，殖生产，修孝道，营宗庙，广祭祀。"汉冯，汉代的冯衍。冯衍有奇才，然不得重用，功业无成，于是"赴原野而穷处"，"率妻子而耕耘"，是谓"还耕"。

⑰出处：谓出仕和隐退。

⑱兰台右：犹言文学侍臣随侍君王之所。典出宋玉《风赋》："楚襄王游于兰台之宫，宋玉、景差侍。"兰台，兰台之宫的省称，为楚王冶游之处，在郢都以东，汉北云梦之西。右，古以西为右，故右即西，与下文"东"相对。

⑲灞陵东：犹言布衣隐居之所。典出《三辅黄图·都城十二门》："长安城东，出南头第一门曰霸城门。民见门色青，名曰青城门，或曰青门。门外旧出佳瓜，广陵人召平为秦东陵侯，秦破，为布衣，种瓜青门外。"灞陵，古地名，本作霸陵，汉文帝葬所，址在汉都长安东门外。故"灞陵东"可借指长安东门外，后泛指都城之东，又借指隐居之所。

答张左西诗①

相思如三月②，相望非两宫③。持此连枝[一]树④，暂非背飞鸿⑤。若人惠思[二]我⑥，摘藻蔚雕虫⑦。仙掌方晞露⑧，灵乌正转风⑨。方假排虚翮⑩，相与北山丛⑪。

【说明】

此诗为刘孝绰给张嵊的答诗，其与刘孝绰诗，惜今不存。张嵊娶刘孝绰次妹，为刘孝绰的好友和姻亲，时任司徒左西掾，故称张左西。《梁书·列传第三十七》："张嵊，字四山，镇北将军稷之子也。……起家秘书郎，累迁太子舍人、洗马、司徒左西掾、中书郎。"

【校记】

[一] 枝：《文苑英华》卷二百四十作"支"，又云"集作'理'"。

[二] 惠思：《文苑英华》卷二百四十云"集作'思惠'"。

【注释】

①左西：官名，司徒左西掾的省称，为左西曹长官。左西曹，晋朝司徒府特设属，位在诸曹上，南朝沿置。

②相思如三月：语本《诗·王风·采葛》："彼采葛兮，一日不见，如三月兮。"

③相望非两宫：语本《古诗十九首·青青陵上柏》："两宫遥相望，双阙百余尺。"此处反用其意。

④连枝树：枝叶相连之树，常用以喻兄弟或夫妇。张嵊为刘孝绰妹夫，二人为姻亲，故云。旧题汉苏武《别诗四首》其一："况我连枝树，与子同一身。"

⑤暂非背飞鸿：旧题汉李陵《录别诗二十一首》其十二："双凫相背飞，相远日已长。"背飞，相背而飞，飞往相反的方向。

⑥若人：这个人，指张嵊。惠思：爱而思念。《诗·郑风·褰裳》："子惠思我，褰裳涉溱。"毛传："惠，爱也。"

⑦摛藻：铺陈辞藻，指施展文才。摛，散布，舒展。《说文》："摛，舒也。"蔚：文采华丽。《易·革卦》："其文蔚也。"雕虫：指诗文辞赋。语本汉扬雄《法言·吾子》："或问：'吾子少而好赋？'曰：'然。童子雕虫篆刻。'"此处无贬义，仅取诗文辞赋之意。

⑧仙掌方晞露：汉武帝为求仙，在建章宫神明台上造铜仙人，舒掌捧铜盘玉杯，以承接天上的仙露，后称承露金人为仙掌。《汉书·郊祀志上》："其后又作柏梁、铜柱、承露仙人掌之属矣。"三国魏苏林注："仙人以手掌擎盘承甘露。"晞露：沐受雨露滋润。晞，沐浴（雨露、阳光、恩德等）。

⑨灵乌正转风：古代以铜制成鸟形风向器，装饰于建筑高处。《三辅黄图·台榭》："长安宫南有灵台，高十五仞……有相风铜乌，遇风乃动。"

⑩排虚翮：凌空飞行的羽翼。晋卢谌《答魏子悌》诗："顾此腹背羽，愧彼排虚翮。"《淮南子·原道训》："鸟排虚而飞，兽跖实而走。"翮，禽鸟羽毛中间的硬管，代指鸟翼。

⑪相与：共同，一道。北山丛：北山的草丛，犹言北山莱。语出《诗·小雅·南山有台》："南山有台，北山有莱。乐只君子，邦家之基。乐只君子，万寿无期。"六朝文人常以"北山莱""北山丛"借指隐居之所。如谢朓《观朝雨》："方同战胜者，去蔚北山莱。"魏收《后园宴乐诗》："一逢尧舜日，未假北山丛。"

归沐呈任中丞昉诗[一]①

步出金华省②，还[二]望承明庐③。壮哉宛洛地④，佳丽实皇居⑤。虹霓拖飞阁⑥，兰芷覆清渠⑦。圆渊倒荷芰⑧，方镜写簪裾⑨。白云夏峰尽，青槐秋叶疏。自我从人爵⑩，蟾兔屡盈虚⑪。杀青徒已汗⑫，司举未云书⑬。文昌愧通籍⑭，临邛幸第如⑮。夫君多敬爱⑯，蟠木滥吹嘘⑰。时时释簿领⑱，驲驾入吾庐⑲。自唾诚礧砢⑳，无以俪璠玙㉑。但愿长闲暇，酌醴荐焚[三]鱼㉒。

【说明】

此诗为刘孝绰给任昉的赠诗。任昉与刘孝绰为通家之好。《南史》曰："孝绰，绘之子，年十四。父党沈约、任昉、范云等闻其名，命驾造焉，昉尤相赏爱。梁天监初，孝绰起家著作佐郎，为归沐诗赠任昉。"任昉有答诗。刘孝绰时任著作郎或著作佐郎。著作郎，东汉末始置，属中书省，为编修国史之任。著作佐郎，三国魏始置，协助著作郎修撰国史及起居注。南朝后期，著作郎与著作佐郎因职务清闲，成为世族高门子弟起家之官。

【校记】

[一]《文苑英华》卷二百四十七作《归沐呈任中丞》，《艺文类聚》卷三十一作《赠任中丞》。

[二] 还：《艺文类聚》卷三十一作"遥"。

[三] 荐焚：《文苑英华》卷二百四十七作"焚枯'"。

【注释】

①归沐：回家洗发，指官吏回家休假。《诗·小雅·采绿》："予发

曲局，薄言归沐。"《初学记》卷二十："休假亦曰休沐。《汉律》：'吏五日得一下沐。'言休息以洗沐也。"任中丞昉：任昉时任御史中丞，故称。中丞，官名，御史中丞的简称，南北朝时期为御史台长官，负责依法纠察、弹劾官员。《初学记》引《汉书》曰："御史中丞二人，本御史大夫之丞。其一别在殿中，举劾案章，故曰中丞，休有烈光。"

②金华省：汉朝未央宫中有金华殿，亦称金华省，用于讲授经书。后以"金华省"代指古代朝廷官署或侍郎。典出《汉书·叙传上》："大将军王凤荐伯宜劝学，召见宴昵殿，容貌甚丽，诵说有法，拜为中常侍。时上方乡学，郑宽中、张禹朝夕入说《尚书》《论语》于金华殿中，诏伯受焉。"颜师古注："金华殿在未央宫。"

③承明庐：汉代皇宫承明殿的旁屋，是侍臣值宿所居之所。典出《汉书·严助传》："赐书曰：'制诏会稽太守：君厌承明之庐，劳侍从之事，怀故土，出为郡吏。'"张晏注："承明庐在石渠阁外。直宿所止曰庐。"颜师古注引张晏曰："承明庐在石梁阁外，直宿所止曰庐。"后三国魏文帝以建始殿朝群臣，门曰承明，其朝臣止息之所亦称承明庐。《文选·应璩〈百一诗〉》："问我何功德？三入承明庐。"张铣注："承明，谒天子待制处也。"后人以承明庐为入朝或在朝为官的典故。

④宛洛：宛（yuān），今河南南阳；洛，今河南洛阳。宛洛即二古邑的并称，常借指名都。《文选·谢朓〈和徐都曹〉》："宛洛佳遨游，春色满皇州。"张铣注："宛，南阳也；洛，洛阳也；皇州，帝都也。时都在江东，而言宛洛者，举名都以言之也。"

⑤佳丽实皇居：佳丽，美好，秀丽。皇居，即皇宫或皇城。曹植《赠丁仪王粲》诗："壮哉帝王居，佳丽殊百城。"南朝齐谢朓《入朝曲》："江南佳丽地，金陵帝王州。"

⑥虹霓拖飞阁：飞阁，高高的楼阁。司马相如《上林赋》："奔星更于闺闼，宛虹拖于楯轩"。

⑦兰芷：兰草与白芷，均为香草。

⑧圆渊：圆形的水潭。倒：倒映。荷芰：荷与菱。芰，菱角的古称。

⑨方镜：原意为方形的镜子，此处借指方形的水池。写：描绘，此处指映照。簪裾：古代显贵者的服饰，借指显贵。

⑩人爵：指人所授予的爵位，即官爵。语出《孟子·告子》："有天

爵者，有人爵者。仁义忠信，乐善不倦，此天爵也。公卿大夫，此人爵也。"

⑪蟾兔屡盈虚：蟾兔，蟾蜍和玉兔，旧说两物为月中之精，因作月的代称。《古诗十九首·孟冬寒气至》："三五明月满，四五蟾兔缺。"盈虚，月圆月缺。

⑫杀青徒已汗：书籍虽然已经刻印，却没什么用处。古代制作竹简，必先用火烤炙，至其冒出水分，刮去青皮，始方便书写并防止虫蠹，此一制作程序，称为"杀青"。见汉代刘向《别录》："杀青者，直治竹作简书之耳。新竹有汗，善朽蠹；凡作简者，皆于火上炙干之。陈、楚间谓之汗。汗者，亦去其汁也。"古人校书，初书于竹简上，改定后再书于绢帛。后也泛称缮成定本或校刻付印为"杀青"。

⑬司举未云书：写史是官职分内之事，称不上是著书。司举，掌管。

⑭文昌愧通籍：文昌，魏晋南北朝宫殿名，司掌文事。《文选·左思〈魏都赋〉》："造文昌之广殿，极栋宇之弘观。"张载注："文昌，正殿名也。"南朝梁沈约《八咏诗·解佩去朝市》："讲金华兮议宣室，昼武帐兮夕文昌。"通籍，汉朝的一种制度，指将记有姓名、年龄、身分的竹片挂在宫门外，经核对相合者，得出入宫门。后亦称初做官为"通籍"，意为朝中已有名籍。

⑮临邛幸第如：典出《史记·司马相如列传》："文君夜亡奔相如，相如乃与驰归成都。家居徒四壁立。……文君久之不乐，曰：'长卿第俱如临邛，从昆弟假贷犹足为生，何至自苦如此！'相如与俱之临邛。"此后方有卓文君当垆卖酒，卓王孙给予财物，"文君乃与相如归成都，买田宅，为富人"之事，故孝绰诗云"临邛幸第如"。临邛，在今四川邛崃。唐司马贞《史记索隐》注引文颖云："弟，且也。"注引郭璞云："弟，语辞。如，往也。"

⑯夫君：对友人的敬称。此处指任昉。

⑰蟠木：指盘曲而难以为器的树木。典出汉邹阳《狱中上书自明》："蟠木根柢，轮囷离奇，而为万乘器者，何则？以左右先为之容也。"

⑱簿领：谓官府记事的簿册或文书。

⑲驺驾：即车驾，为敬美之称。驺，古代养马的人，兼管驾车。吾庐：我的屋舍。庐，泛指简陋居室。

⑳砆：像玉的石头。

㉑俪：并列，相比。璠玙：美玉名，比喻贤才美德。《初学记》卷二七引《逸论语》："璠玙，鲁之宝玉也。孔子曰：'美哉璠玙，远而望之，焕若也；近而视之，瑟若也。'"三国魏曹植《赠徐干》诗："亮怀璠玙美，积久德愈宣。"

㉒酌醴荐焚鱼：以甜酒和烤鱼招待朋友，食物粗劣，但乐在其中。《文选》第二十一卷三国魏应璩《百一诗》："前者隳官去，有人适我闾。田家无所有，酌醴焚枯鱼。"唐李善注："蔡邕《与袁公书》曰：'酌麦醴，燔乾鱼，欣然乐在其中矣。'"酌醴，酌酒。《诗·小雅·吉日》："以御宾客，且以酌醴。"荐，进献。

忆虞弟诗①

下邑非上郡②，徒然想二冯③。余惭野王德④，尔勖圣乡风⑤。望望馀涂尽⑥，凄凄良宴终。朝蔬一不共，夜被何由同⑦。

【说明】

此诗为刘孝绰思念在虞地出仕的弟弟而作。《梁书·刘遵传》录萧纲《与刘孝仪令悼刘遵》，言及孝绰堂弟刘遵曾"弘道下邑（近于虞地）"，虞弟或即指刘遵。

【注释】

①虞弟：在虞地的弟弟。虞，古代地名，属砀郡，故治在今河南省商丘市虞城县北。南朝又曾于安徽怀远县境侨置虞县。

②下邑：古代地名，属砀郡，治所在今安徽砀山。虞、下邑二地相邻，诗中均指刘孝绰弟弟任职的地方。上郡：古代地名，汉治所大致在今陕西榆林。

③二冯：西汉冯野王、冯立兄弟。冯氏兄弟相继担任上郡太守，均有政绩，当地百姓歌颂曰："大冯君，小冯君，兄弟继踵相因循。"故以二冯为兄弟先后出任同一地方长官之典。刘孝绰曾任上虞令，今刘遵又在虞地任职，地虽不同，名则近似，故以二冯自比。

④野王：指西汉冯野王，参见注③。

⑤圣乡：当作"圣卿"，指冯立，字圣卿。详见考订。

⑥望望：瞻望貌，依恋貌。《礼记·问丧》："其往送也，望望然，汲

汲然，如有追而弗及也。"郑玄注："望望，瞻顾之貌也。"涂：同"途"。

⑦夜被何由同："夜被同"指夜晚兄弟同被而眠，言兄弟友爱。事见《后汉书·姜肱传》："姜肱，字伯淮，彭城广戚人也。家世名族。肱二弟仲海、季江，俱以孝行著闻，其友爱天至，常共卧起。"李贤注引谢承《后汉书》："肱性笃孝，事继母恪勤。母既年少，又严厉。肱感《恺风》之孝，兄弟同被而寝，不入房室，以慰母心。"

【考订】

"余惭野王德，尔勖圣乡风"句中，"圣乡"当作"圣卿"。圣乡，圣人的故乡，一般特指孔子诞生与居住之地，在今山东曲阜，当时属于北朝东魏版图，南朝的刘氏兄弟不可能在此为官，故"圣乡"当非。观其义，应为冯野王、冯立兄弟中冯立的字"圣卿"。"余惭野王德，尔勖圣卿风"恰与上文"徒然想二冯"对应。以"乡（鄉）""卿"形近，故有此误。

淇上人戏荡子妇示行事诗[一]①

桑中始奕奕②，淇上未汤汤③。美人要杂佩④，上客诱明珰⑤。日暗人声静，微步出[二]兰房。⑥露葵不待劝⑦，鸣琴无暇张⑧。翠钗挂已落⑨，罗衣拂更香⑩。如何嫁荡子，春夜守空床。⑪不[三]见青丝骑⑫，徒劳红粉妆⑬。

【说明】

此诗为刘孝绰艳情诗中较为轻荡的一类，特色在于通篇用典。

【校记】

[一]《艺文类聚》卷十八作《淇上戏荡子妇》。

[二] 出：《艺文类聚》卷十八作"上"。

[三] 不：《艺文类聚》卷十八作"未"。

【注释】

①淇上：典出《诗·桑中》："期我乎桑中，要我乎上宫，送我乎淇之上矣。""桑中""上宫""淇上"原为沫乡（今鹤壁市淇县）地名，后均以代指男女幽会之地。荡子：远行在外、流荡不归的男子。《文选·古诗〈青青河畔草〉》："荡子行不归，空床难独守。"李善注："《列子》曰：有人去乡土游于四方而不归者，世谓之为狂荡之人也。"行事：代行

州军府长官职权者的称谓。南朝之制，多以皇子出镇诸州，有年仅数岁或十余岁者，未能亲政，势必另命他人代行政务，其代行职务者，称为"行事"，一般为长史、司马或太守。

②桑中始弈弈：《诗·魏风·十亩之间》："十亩之间兮，桑者闲闲兮，行与子还兮。"朱熹集传："闲闲，往来者自得之貌。"高亨注："从容不迫貌。"弈弈，犹施施，亦即闲闲，缓行貌。

③淇上未汤汤：《诗·卫风·氓》在女主人公爱情过程中多次描写到淇水，最后感情破裂时，她见到"淇水汤汤，渐车帷裳"。此处反用其意，指男女情意正浓。汤汤，水势浩大、水流很急的样子。

④美人要杂佩：用杂佩来邀请美人。曹植《洛神赋》："（曹植）愿诚素之先达，解玉佩而要之。"要，通"邀"，邀请。杂佩，古代的饰物，各种珠玉组成的佩饰。《诗·郑风·女曰鸡鸣》："知子之来之，杂佩以赠之。"毛传："杂佩，珩璜琚瑀冲牙之类。"

⑤上客诱明珰：用明珰来引诱上客。曹植《洛神赋》："（洛神）无微情以效爱兮，献江南之明珰。"上客，上宾，尊贵的客人。明珰，用明珠制成的耳饰，也泛指珠玉。

⑥日暗人声静，微步出兰房：此处用宋玉《讽赋》典故，言宋玉留宿某人家，正值日暮时分，主人之女爱慕宋玉，将其安置在兰房之中，百般挑逗。微步，轻步。兰房，犹言香闺，古代女子居室的美称。

⑦露葵不待劝：宋玉《讽赋》："为臣炊雕胡之饭，烹露葵之羹，来劝臣食。"此处反用其意。露葵，莼菜。

⑧鸣琴无暇张：宋玉《讽赋》："女欲置臣，……乃更于兰房之室，止臣其中。中有鸣琴焉，臣援而鼓之。"此处反用其意。鸣琴，即琴。

⑨翠钗挂已落：出自宋玉《讽赋》："以其翡翠之钗，挂臣冠缨，臣不忍仰视。"翠钗，翡翠钗。

⑩罗衣拂更香：出自宋玉《讽赋》："主人之女……更被白縠之单衫，垂珠步摇，来排臣户。"白縠之单衫，白色绉纱制成的单衣。罗衣，轻软丝织品织成的衣服，故"白縠之单衫"即罗衣也。古人常为罗衣熏香，故云"罗衣拂更香"。

⑪如何嫁荡子，春夜守空床：《古诗十九首·青青河畔草》："昔为倡家女，今为荡子妇。荡子行不归，空床难独守。"空床，指独宿的卧

具,亦比喻无偶独居。

⑫青丝骑:用青丝装饰的骏马,也借指骑马的人。典出汉乐府《陌上桑》:"何用识夫婿?白马从骊驹。青丝系马尾,黄金络马头。"一说青丝指青色的马缰。南朝梁王僧孺《古意》:"青丝控燕马,紫艾饰吴刀。"

⑬红粉妆:指女性精心化妆打扮,也借指精心打扮的女性。红粉,指古代女性化妆用的胭脂和铅粉。《古诗十九首·青青河畔草》:"娥娥红粉妆,纤纤出素手。"

为人赠美人诗

巫山荐枕日①,洛浦献珠时②。一遇便如此,宁关先有期。③幸非使君问,莫作罗敷辞。④夜长眠复坐,谁知暗敛眉。欲寄同花烛⑤,为照遥相思。

【说明】

此诗写与美人春风一度,别后倍觉思念。诗中巫山神女、洛神、罗敷为齐梁诗人常用的典故,主题、笔法均不算新奇。但"一遇便如此,宁关先有期"道出一见钟情的炽热,"夜长眠复坐,谁知暗敛眉"状写别后相思的深婉,是其佳处。

【注释】

①巫山荐枕日:典出宋玉《高唐赋》:"昔者,先王尝游高唐,怠而昼寝,梦见一妇人,曰:'妾,巫山之女也,为高唐之客,闻君游高唐,愿荐枕席。'王因幸之。"荐枕,进献枕席,借指侍寝。

②洛浦献珠时:典出曹植《洛神赋》:"(洛神)无微情以效爱兮,献江南之明珰。"明珰即明珠制成的耳饰,也泛指珠玉。参见《淇上人戏荡子妇示行事》注⑤。

③期:约定。

④幸非使君问,莫作罗敷辞:典出汉乐府《陌上桑》:"使君谢罗敷:'宁可共载不?'罗敷前致辞:'使君一何愚。使君自有妇,罗敷自有夫。'"此处反用其意。使君,汉代对刺史的称呼。罗敷,《陌上桑》女主人公名,也泛指古代美女。

⑤同花烛:刻有并蒂莲花纹的蜡烛。同花,即同心莲花,并蒂莲

别称。

遥见邻舟主人投一物众姬争之有客请余为咏[一]

河流既浼浼①,河鸟复关关②。落花浮浦出。飞雉度洲[二]还③。此[三]日倡家女④,竞娇桃李颜⑤。良人惜美珥⑥,欲以代芳菅⑦。新缣疑故素⑧,盛赵蔑衰班⑨。曳绡争[四]掩縠⑩,摇佩奋[五]鸣环⑪。客心空振荡⑫,乔[六]枝不可攀⑬。

【说明】

此诗情调亦较轻薄。因是南朝艳情诗中除写歌舞外少有的对群体女性进行描写的诗篇,尚有特色。

【校记】

[一]《艺文类聚》卷十八作《见邻舟人投一物众姬争之》。

[二]洲:《玉台新咏》卷八作"州"。

[三]此:《艺文类聚》卷十八作"是"。

[四]争:《玉台新咏》卷八作"事"。

[五]奋:《玉台新咏》卷八作"夺"。

[六]乔:《玉台新咏》卷八作"高"。

【注释】

①河流既浼浼:《诗·邶风·新台》:"新台有洒,河水浼浼。"高亨注:"浼浼,水盛貌。"《毛诗序》:"《新台》,刺卫宣公也。纳伋之妻,作新台于河上而要之。国人恶之,而作是诗也。"此处则仅借指在水边发生男女情事,无贬义。

②河鸟复关关:《诗·周南·关雎》:"关关雎鸠,在河之洲。窈窕淑女,君子好逑。"毛传:"关关,和声也。"关关即鸟类雌雄相和的鸣声。

③雉:一种鸟,外形像鸡,雄的尾巴长,羽毛美丽,多为赤铜色或深绿色,有光泽,雌的尾巴稍短,灰褐色。善走,不能久飞。通称野鸡,有的地区叫山鸡。

④倡家女:犹言歌女舞女。倡家,古代指从事音乐歌舞的乐人。

⑤桃李:桃花与李花。《诗·召南·何彼襛矣》:"何彼襛矣,华如桃李。"后因以"桃李"形容貌美。

⑥良人：古代女子对丈夫的称呼。美珥：美丽的耳饰，象征丈夫或君王偏爱的礼物。典出《战国策·齐策》："齐王夫人死，有七孺子者皆近。薛公欲知王所欲立，乃献七珥，美其一，明日视美珥所在，劝王立为夫人。"珥，珠玉耳饰。《仓颉篇》："耳珰垂珠者曰珥。"

⑦菅：多年生草本植物，又名芦芒。古人常以菅象征婚媾。如《诗·小雅·白华》："白华菅兮，白茅束兮。之子之远，俾我独兮。"

⑧新缣疑故素：汉诗《上山采蘼芜》："新人工织缣，故人工织素。"后以"新缣故素"比喻妻妾后妃的得宠、失意等。

⑨盛赵蔑衰班：盛宠的赵飞燕轻蔑失势的班婕妤，事见《汉书·孝成班婕妤传》。与上文"新缣疑故素"同指妻妾后妃的争宠。

⑩掩：用手牵拉遮盖物以遮挡。縠：有皱纹的纱。《周礼》疏："轻者为纱，绉者为縠。"

⑪鸣环：指身上佩带的环佩碰击有声。

⑫振荡：震动，摇荡。曹植《洛神赋》："余情悦其淑美兮，心振荡而不怡。"

⑬乔枝：高枝。

古意送沈宏诗①

燕赵多佳丽②，白日照红妆③。荡子十年别，罗衣双带长。春楼怨难守④，玉阶空[一]自伤⑤。复[二]此归飞燕⑥，衔泥绕曲房⑦。差池入绮幕⑧，上下傍雕梁⑨。故居犹可念[三]，故人安[四]可忘。相思昏望绝⑩，宿昔梦容光⑪。魂交忽在御⑫，转侧定他乡⑬。徒然顾[五]枕席，谁与同衣裳。⑭空使兰膏夜⑮，炯炯对繁霜⑯。

【说明】

沈宏，生平不详，可能为当时的儒者。见南朝梁陆倕《与仆射徐勉书荐沈峻》："惟助教沈峻，特精此书，比日时闻讲肆，群儒刘岩、沈宏、沈熊之徒，并执经下坐，北面受业，莫不叹服。"陆倕、徐勉均为刘孝绰的父辈，故儒者沈宏与刘孝绰大致同时。

【校记】

[一] 空：《艺文类聚》卷三十二作"悲"。

[二] 复：《艺文类聚》卷三十二作"对"。

［三］可念：《艺文类聚》卷三十二作"尚尔"。
［四］安：《文苑英华》卷二百五十作"何"。
［五］顾：《艺文类聚》卷三十二误作"枕"，《文苑英华》卷二百五十云"一作'愿'"。

【注释】
①古意：犹拟古、仿古，即讽咏前代故事以寄意。
②燕赵多佳丽：语本汉无名氏诗《燕赵多佳人》："燕赵多佳人，美者颜如玉。"燕、赵，周朝二国名，在今河北一带。
③白日照红妆：语本汉乐府《陌上桑》："日出东南隅，照我秦氏楼。秦氏有好女，自名为罗敷。"
④春楼怨难守：语本《古诗十九首·青青河畔草》："青青河畔草，郁郁园中柳。盈盈楼上女，皎皎当窗牖。……昔为倡家女，今为荡子妇。荡子行不归，空床难独守。"
⑤玉阶空自伤：汉班婕妤失宠退居后作《自悼赋》，有"华殿尘兮玉阶苔，中庭萋兮绿草生"之语。西晋陆机《班婕妤》："寄情在玉阶，托意惟团扇。"南朝谢朓因制乐府《玉阶怨》，此后《玉阶怨》遂成为描写宫怨的专题。玉阶，玉石砌成或装饰的台阶，亦为台阶的美称。
⑥归飞：往回飞。西晋陆机《赴洛》诗之二："仰瞻陵霄鸟，羡尔归飞翼。"西晋何瑾《悲秋夜》："燕沂阴兮归飞，雁怀伤兮寒鸣。"
⑦曲房：内室。汉枚乘《七发》："往来游宴，纵恣于曲房隐间之中。"
⑧差池入绮幕：语本南朝宋鲍照《咏双燕诗二首》其一："双燕戏云崖，羽翮始差池。……意欲巢君幕，层槛不可窥。"差池［cīchí］，不整齐的样子，犹言参差。《左传·襄公二十二年》："谓我敝邑，迩在晋国，譬诸草木，吾臭味也，而何敢差池？"杜预注："差池，不齐一。"《诗·邶风·燕燕》："燕燕于飞，差池其羽。"绮幕，美丽的帷帐。
⑨上下傍雕梁：《诗·邶风·燕燕》："燕燕于飞，下上其音。"古人常以燕栖雕梁描写闺怨。南朝梁萧统《锦带书十二月启·姑洗三月》："燕语雕梁，状对幽闺之语。"雕梁，饰有浮雕、彩绘的梁，装饰华美的梁。

⑩相思昏望绝：语本司马相如《长门赋》："日黄昏而望绝兮，怅独托于空堂。"昏，日暮。望绝，望不来。犹言望断，向远处望直到望不见了。

⑪宿昔梦容光：语本汉乐府《饮马长城窟行》："远道不可思，宿昔梦见之。"宿昔，夜晚，夜里。《文选·阮籍〈咏怀〉之四》："携手等欢爱，宿昔同衣裳。"李善注引《广雅》："宿，夜也。"吕向注："昔，夜也。"容光，仪容，风采。

⑫魂交：梦中精神交接。《庄子·齐物论》："其寐也魂交，其觉也形开。"陆德明释文引司马彪曰："精神交错也。"在御：琴瑟在御的省称。言夫妻琴瑟相和，形容夫妻生活和美。典出《诗·郑风·女曰鸡鸣》："宜言饮酒，与子偕老。琴瑟在御，莫不静好。"御，弹奏，吹奏。

⑬转侧：犹言辗转反侧，睡不着的样子，此指从梦中醒来。"魂交""转侧"二句语本司马相如《长门赋》："忽寝寐而梦想兮，魄若君之在旁。惕寤觉而无见兮，魂迋迋若有亡。"

⑭徒然顾枕席，谁与同衣裳：语本曹植《种葛篇》："欢爱在枕席，宿昔同衣衾。"

⑮兰膏：古代用泽兰子炼制的油脂，可以点灯照明。《楚辞·招魂》："兰膏明烛，华容备些。"王逸注："兰膏，以兰香炼膏也。"

⑯炯炯：明亮或光亮貌。繁霜：浓霜。西晋张华《杂诗三首·其一》："繁霜降当夕，悲风中夜兴。朱火青无光，兰膏坐自凝。"

报王永兴观田诗①

重门寂已暮②，案牍罢嚣尘③。轻凉生笋席④，微风起扇轮⑤。浮瓜聊可贵⑥，溢酒亦成珍。复有寒泉井，兼以莹心神⑦。眷彼忘言客⑧，闲居伊洛滨⑨。顾已惭困地，徒知姜桂辛⑩。但愿崇明德⑪，无谓德无邻⑫。

【说明】

此诗题目难解。"王永兴"可能是"某诸侯王在永兴"的缩写，然而考诗中措辞，不似对皇室笔调。故"王永兴"可能是作者亲友，未详其人。又据宋人史弥坚《嘉定镇江志》云："延昌观在县南一里，梁大同（535～546）中建，曰永兴观，宋朝治平中改今名。"则"永兴观"又可能是地名。然此时"王"当作"诸侯王"解，又不通。"观田"又可解作"观田家"或者"观籍田"。六朝文人农事诗少，故或即"观籍田"。然而籍田礼是孟春正月，春耕之前，天子率诸侯亲自耕田的典礼。考察诗意，此诗当作于夏日，也未言王侯籍田之事，故恐又非是。

【注释】

①王永兴观田：确旨难详。参见说明。

②重门：层层门扉。

③嚣尘：喧闹扬尘，也借指纷扰的尘世

④笋席：嫩竹皮编成的席子。《书·顾命》："西夹南向，敷重笋席。"孔传："笋，蒻竹。"孔颖达疏："《释草》云：'笋，竹萌。'孙炎曰：'竹初萌生谓之笋。'是笋为蒻竹，取笋竹之皮以为席也。"

⑤扇轮：犹言团扇，其形圆如轮，故云。或云古代以机轮运转的一种风扇。《西京杂记》卷一："又作七轮扇，连七轮，大皆径丈，相连续，一人运之，满堂寒颤。"

⑥浮瓜：用冷水浸泡瓜果，用以夏天消暑。三国魏曹丕《与朝歌令吴质书》："昔日南皮之游，诚不可忘，……浮甘瓜于清泉，沉朱李于寒水。"

⑦复有寒泉井，兼以莹心神：西晋左思《招隐二首·其二》："前有寒泉井，聊可莹心神。"寒泉井，犹言寒井。泉有地下水之意，故此处泉井同义。莹，使明洁，使生光泽。

⑧眷彼：想着那个。"眷彼"是魏晋南北朝诗中常用的固定说法，如陶渊明的《乙巳岁三月为建威参军使都经钱溪》："眷彼品物存，义风都未隔。"眷，眷顾，顾念。忘言：谓心中领会其意，不须用言语来说明。语本《庄子·外物》："言者所以在意，得意而忘言。"

⑨伊洛滨：本指伊水和洛水之滨，因伊洛两水汇流，多连称。此处代指仙人隐士往来的地方。典出西汉刘向《列仙传》："王子乔者，周灵王太子晋也。好吹笙，作凤凰鸣。游伊洛之间，道士浮丘公接以上嵩高山三十余年。"

⑩顾已惭困地，徒知姜桂辛："困"当作"因"。此句大意为"想到我因为处境而改变了刚直的本性，为此感到羞愧，真是枉然知道姜桂的辛辣不因地而变"。典出汉刘向《新序·杂事五》："夫姜桂因地而生，不因地而辛。"南朝梁刘勰《文心雕龙·事类》："夫姜桂同地，辛在本

性。"后常以"姜桂"或者"姜桂辛"比喻人的本性刚直。姜桂，生姜和肉桂。

⑪崇明德：崇，提高。明德，光明之德，即美德。"崇明德"为汉魏六朝诗习语，如旧题汉李陵《与苏武诗》其三："努力崇明德，皓首以为期。"

⑫无谓德无邻：《论语·里仁》："德不孤，必有邻。"邻，志同道合的人，做伴的人。

【考订】

顾已惭困地，徒知姜桂辛：此句用"姜桂因地而生，不因地而辛"（刘向《新序·杂事五》）的典故，故其中"困"当作"因"，因字形相近故有此误。详见注⑩。

望月有所思诗

秋月始纤纤①，微光垂步[一]檐②。朣胧入床簟③，仿佛鉴窗帘④。帘萤隐光息，帘虫映光织。玉羊东北上⑤，金虎西南昃⑥。长门隔清夜⑦，高堂梦[二]容色⑧。如何当此时，怀情满[三]胸臆⑨。

【说明】

此诗状写月色，笔调纤丽。"朣胧"至"玉羊"数联较拙，是六朝试为对句而未工者。

【校记】

[一] 步：《文苑英华》卷一百五十二作"出"。

[二] 梦：《艺文类聚》卷一误作"蒙"。

[三] 满：《文苑英华》卷一百五十二作"向"。

【注释】

①纤纤：尖细。南朝宋鲍照《玩月城西门廨中》诗："始见西南楼，纤纤如玉钩。"

②步檐：檐下的走廊。《汉书·异姓诸侯王表序》："间阎偪于戎狄。"颜师古注引汉应劭曰："阎音檐，门间外旋下荫，谓之步檐也。"

③朣胧：月初出貌，微明貌。床簟：竹篾编制的床席。簟，竹席。

④仿佛：似有若无貌；隐约貌。鉴：映照。

⑤玉羊：天狼星的别名。

⑥金虎：金星和昴星。或云泛指西方七宿。昃：倾斜。

⑦长门隔清夜：语出司马相如《长门赋》："悬明月以自照兮，徂清夜于洞房"。长门，汉宫名，汉武帝陈皇后失宠所居，借指失宠女子居住的寂寥凄清的宫院。清夜，清净的夜晚。

⑧高堂梦容色：此句或本自司马相如《长门赋》："忽寝寐而梦想兮，魄若君之在旁。"高堂，大堂，华屋。

⑨胸臆：内心。

校书秘书省对雪咏怀诗[一]①

桂华[二]殊皎皎②，柳絮亦霏霏③。讵比咸池曲，飘飘[三]千[四]里飞。④耻均班女扇⑤，羞俪[五]曹人衣⑥。浮光乱粉壁⑦，积照朗彤闱⑧。鹔鹴摇羽至⑨，鸀鵌拂翅归⑩。相彼犹自得，嗟余独有违。⑪终朝守玉署⑫，方夜劳石扉⑬。未能奏缃绮⑭，何由辨国围[六]⑮。坐销风露质⑯，游联珠璧晖⑰。偶怀笨车是⑱，良知高盖非⑲。既言谢端木，无为陈巧机。⑳

【说明】

此诗为孝绰对雪有感，包括对仕途的感慨、对亲友的思念。

【校记】

[一]《艺文类聚》卷二、《初学记》卷二、《文苑英华》卷一百五十四作《对雪》。

[二]华：《初学记》卷二作"叶"。

[三]飘：《初学记》卷二作"飘"。

[四]千：《文苑英华辩证》卷六作"十"。

[五]俪：《艺文类聚》卷二作"洒"。

[六]围：《文苑英华》卷一百五十四作"闱"。

【注释】

①校书：校勘书籍。秘书省：官署名。东汉始置秘书监一官，典司图籍。南北朝以后始设秘书省。其主官称秘书监，监以下有少监、丞及秘书郎、校书郎、正字等官，领国史、著作二局。

②桂华：指月。北周庾信《舟中望月》诗："天汉看珠蚌，星桥视桂花（华）。"皎皎：明亮的样子。

③柳絮：本指柳树的种子，有白色绒毛，随风飞散如飘絮，因以为

称。此处借以指代飞雪。典出南朝宋刘义庆《世说新语·言语》："谢太傅寒雪日内集，与儿女讲论文义。俄而雪骤，公欣然曰：'白雪纷纷何所似？'兄子胡儿曰：'撒盐空中差可拟。'兄女曰：'未若柳絮因风起。'公大笑乐。"霏霏：一说雨雪盛貌。《诗·小雅·采薇》："今我来思，雨雪霏霏。"毛传："霏霏，甚也。"一说泛指浓密盛多。如《楚辞·九章·涉江》："霰雪纷其无垠兮，云霏霏而承宇。"

④讵比咸池曲，飘飘千里飞：连太阳沐浴之地咸池都在飘雪，形容雪势之大。语本南朝宋谢惠连《雪赋》："若乃玄律穷，严气升。焦溪涸，汤谷凝。火井灭，温泉冰。"咸池，神话中谓日浴之处。《楚辞·离骚》："饮余马于咸池兮，揔余辔乎扶桑。"王逸注："咸池，日浴处也。"《淮南子·天文训》："日出于旸谷，浴于咸池。"曲，弯曲的地方，借指弯曲的岸边。

⑤耻均班女扇：语本汉班婕妤《怨歌》："新裂齐纨素，鲜洁如霜雪。裁为合欢扇，团团似明月。"均，比较。班女扇，班婕妤的团扇。

⑥羞俪曹人衣：语本《诗·曹风·蜉蝣》："蜉蝣掘阅，麻衣如雪。"毛传："如雪，言鲜洁。"南朝宋谢惠连《雪赋》："曹风以麻衣比色，楚谣以幽兰俪曲。"俪，相比。曹人衣，曹国人的麻衣。

⑦浮光：水面或物体表面反射的光，此指积雪反映的光。粉壁：粉刷成白色的墙壁。

⑧积照：积聚的光芒照射，仍言积雪反映的光。彤闱：朱漆宫门，也借指宫廷。闱，古代宫室两侧的小门。

⑨鹡鸰：一种鸟类。最常见的一种身体小，头顶黑色，前额纯白色，嘴细长，尾和翅膀都很长，黑色，有白斑，腹部白色。吃昆虫和小鱼等。古人以"鹡鸰"比喻兄弟。典出《诗·小雅·常棣》："脊令在原，兄弟急难。"

⑩鸭鹅：乌鸦的别名。《尔雅·释鸟》："鸒斯鸭鹅。"郭璞注："鸦乌也，小而多群，腹下白，江东亦呼为鸭乌。"晋成公绥《乌赋》："雏既壮而能飞兮，乃衔食而反哺。"古人认为乌雏长成，衔食喂养其母，遂以乌鸦比喻孝子。

⑪有违：离别。《诗·邶风·谷风》："中心有违。"毛传："离也。"

⑫终朝：整天。晋陆机《答张悛》诗："终朝理文案，薄暮不遑

瞑。"玉署：犹言玉府，南朝人用为群玉策府之省称，专指帝王藏书处。如萧统《谢敕赉看讲启》："莫测天文，徒观玉府。"典出《穆天子传》卷二："天子北征，东还，乃循黑水，癸巳，至于群玉之山……先王之所谓策府。"郭璞注："言往古帝王以为藏书册之府，所谓藏之名山者也。"

⑬方夜：整夜。石扉：或即石室，此处亦指宫廷藏书处。扉近户（均指门扇），户近室（均指屋室），以押韵故，以"石扉"代"石室"。《史记·太史公自序》："周道废，秦拨去古文，焚灭《诗》《书》，故明堂石室，金匮玉版，图籍散乱。"石室本泛指古代藏图书档案处，南朝人常以兰台（宫廷藏书处）、石室并举，专指皇室藏书处。"终朝""方夜"二句为互文，言日夜在皇家藏书处辛勤工作。

⑭奏缃绮：将（校勘的）书籍进献给君王。奏，进上，献上。缃绮，本指浅黄色的丝绸，古代常以浅黄色丝绸做书套，故此处借指书籍。

⑮辨：通"颁"，发布，公布。国闱：犹言宫闱，指朝廷。闱，一作"闱"。

⑯坐销：犹言坐销铄、坐销歇，即在蹉跎之中消磨耗损。南朝梁何逊《暮秋答朱记室》诗："寸阴坐销铄，千里长辽迥。"南朝宋鲍照《行药至城东桥》诗："容华坐销歇，端为谁苦辛。"坐，停留，引申为蹉跎、虚度。《说文》："坐，止也。从土，从留省。会意。土所止也。此与留同意。"风露质：如风和露的形体，形容短暂易消逝的生命。《汉书·苏武传》："人生如朝露，何久自苦如此！"颜师古注："朝露见日则晞，人命短促亦如之。"南朝梁张率《白纻歌九首·其七》："歌舞及时酒常酌，无令朝露坐销铄。"质，躯体，形体。三国魏曹植《愍志赋》："岂良时之难俟，痛余质之日亏。"

⑰游：交往。珠璧晖：珍珠与璧玉的光辉，犹言珠玉辉。指妙语或美好的诗文，或比喻才华，引申为俊杰、英才。语出《晋书·夏侯湛传》："（湛）作《抵疑》以自广，其辞曰：'……咳唾成珠玉，挥袂出风云。'"

⑱偶怀：偶然怀念的人。笨车：粗陋而不加装饰之车，此处借指不追求显贵的人。《宋书·颜延之传》："子竣既贵重，权倾一朝，凡所资供，延之一无所受，器服不改，宅宇如旧。常乘羸牛笨车，逢竣卤簿，即屏往道侧。"《资治通鉴·宋孝武孝建三年》载此事，胡三省注曰：

"笨，部本翻，竹里也。一曰不精。"

⑲良知：好友，知己。南朝宋谢灵运《游南亭》诗："我志谁与亮，赏心惟良知。"高盖：指高车，借指地位显贵的人。

⑳既言谢端木，无为陈巧机：端木，指端木赐，字子贡，能言善辩。《史记·仲尼弟子列传》："子贡利口巧辞。"

咏百舌诗①

山人惜春暮②，旭旦坐花林③。复值怀春鸟，枝间弄好音④。迁乔声迥[一]出⑤，赴谷响幽深⑥。乍[二]听长而短，时闻绝复寻⑦。孤鸣若无对，百啭似群吟⑧。昔闻屡欢昔，今听忽悲今。听闻[三]非殊异，迟暮独伤心⑨。

【说明】

此诗寄托了孝绰人生失意的心曲，为南朝咏物诗较有意蕴者。

【校记】

［一］迥：《文苑英华》卷三百二十九作"回"。

［二］乍：《艺文类聚》卷九十二作"下"。

［三］听闻：《文苑英华》卷三百二十九作"闻听"。

【注释】

①百舌：一种鸟类，善鸣，其声多变化。《淮南子·说山训》："人有多言者，犹百舌之声。"高诱注："百舌，鸟名，能易其舌效百鸟之声，故曰百舌也。以喻人虽多言无益于事也。"

②山人：隐居在山中的士人。

③旭旦：初升的太阳，借指日出时。

④好音：悦耳的声音。汉祢衡《鹦鹉赋》："采采丽容，咬咬好音。"

⑤迁乔：鸟从低处迁往高处。语出《诗·小雅·伐木》："出自幽谷，迁于乔木。"毛传："乔，高也。"迥出：高耸的样子，此指高耸之处。南朝梁萧绎《巫山高》诗："巫山高不穷，迥出荆门中。"

⑥赴谷：参见注⑤。幽深：幽僻之处。汉祢衡《鹦鹉赋》："嬉游高峻，栖峙幽深。"

⑦时闻绝复寻：听起来时断时续。寻，继续。晋张华《博物志》卷二："虽复扑杀有杀斛，而来者如风雨，前后相寻续，不可断截。"

⑧百啭：鸣声婉转多样。啭，鸟婉转地鸣叫。
⑨迟暮：傍晚，或比喻晚年。

侍宴同[一]刘公幹应令诗①

副君西园宴②，陈王谒帝归③。列位华池侧④，文雅纵横飞⑤。小臣轻蝉翼，黾勉谬相追。⑥置酒陪朝日⑦，淹留望夕霏⑧。

【说明】

刘公幹，即刘桢，字公幹，汉魏文学家，建安七子之一。刘桢有一些侍宴诗，刘孝绰仿之，故题云"侍宴同刘公幹"。

【校记】

[一] 同：《诗纪》卷八十七云"疑作'拟'"。

【注释】

①应令：响应诏令，魏晋以来常指应皇太子之命而和的诗文。

②副君：太子。汉荀悦《汉纪·宣帝纪一》："太子，国储副君，官属师友必取天下英俊。"此诗中指魏王世子曹丕，借指昭明太子萧统。西园：园林名，在河南省临漳县邺县旧治北，传为曹操所建。曹丕为世子时，常集文学侍从之臣于此游宴、赏月。后来即以"西园"代指游宴之地。

③陈王谒帝归：语本曹植《赠白马王彪》："谒帝承明庐，逝将归旧疆。"陈王，指曹植，生前封为陈王。曹植亦曾参与曹丕西园之游，亦有《公宴诗》。谒，进见地位或辈分高的人。

④列位：依次安排好位置。一说指排入某某位置，犹言列身，即置身于。华池：景色佳丽的池沼。《楚辞·东方朔〈七谏·谬谏〉》："鸡鹜满堂坛兮，蛙黾游乎华池。"王逸注："华池，芳华之池也。"曹丕《善哉行》："朝游高台观，夕宴华池阴。"

⑤文雅纵横飞：语本刘桢《赠五官中郎将》诗之四："君侯多壮思，文雅纵横飞。"文雅，文才。纵横，雄健奔放。

⑥小臣轻蝉翼，黾勉谬相追：语本刘桢《赠五官中郎将》诗之四："小臣信顽卤，黾勉安能追。"蝉翼，蝉的翅膀，常用以比喻极轻极薄的事物。此处为诗人自谦之辞。《楚辞·卜居》："蝉翼为重，千钧为轻。"洪兴祖补注："李善云：'蝉翼，言薄也。'"黾勉，勉励，尽力。《诗·

邶风·谷风》:"黾勉同心,不宜有怒。"毛传:"言黾勉者,思与君子同心也。"黾,勉力,努力。

⑦置酒:陈设酒宴。

⑧淹留:羁留,逗留。夕霏:傍晚的雾霭。霏,弥漫的云气。

赋得照棋烛诗刻五分成[一]①

南皮弦吹罢②,终弈且留宾③。日下房栊暗④,华烛命佳人⑤。侧光全照局,回花半隐身⑥。不[二]辞纤手倦,羞令夜向晨。

【说明】

此诗以烛光的动态变化写掌烛佳人的宛转之姿,颇有新意。

【校记】

[一]《初学记》卷二十五作《赋照棋烛诗》。

[二] 不:《初学记》卷二十五作"莫"。

【注释】

①赋得:此处指即景赋诗。刻五分成:在蜡烛烧到表示五分的刻度时写成。事见《南史·王僧孺传》:"竟陵王子良尝夜集学士,刻烛为诗,四韵者则刻一寸,以此为率。文琰曰:'顿烧一寸烛,而成四韵诗,何难之有。'"即在蜡烛上刻上表示长度的线,以蜡烛烧到刻线来限定成诗时间,以展现诗才敏捷程度。分,长度单位,寸的十分之一。

②南皮:县名。秦置,今属河北省。汉末建安中,魏文帝曹丕为五官中郎将,与友人吴质等文酒射雉,欢聚于此,传为佳话。后成为称述朋友间雅集宴游的典故。《文选·曹丕〈与朝歌令吴质书〉》:"每念昔日南皮之游,诚不可忘。"李善注引《汉书》曰:"渤海郡有南皮县。"弦吹:即弦管,弦乐器和管乐器,借指弦乐器和管乐器的声音,泛指歌吹弹唱。《文选·颜延之〈拜陵庙作〉》诗:"万纪载弦吹,千岁托旒旌。"吕延济注:"弦吹,弦管也。"

③弈:下棋。

④房栊:本指窗棂,亦泛指房屋。《汉书·外戚传下·孝成班婕妤传》:"广室阴兮帷幄暗,房栊虚兮风泠泠。"颜师古注:"栊,疏槛也。"《文选·张协〈杂诗〉之一》:"房栊无行迹,庭草萋以绿。"李周翰注:"栊亦房之通称。"

⑤华烛：装饰华丽的蜡烛，也指华美的烛火。

⑥花：犹言烛花，指蜡烛燃烧时的火焰。南朝诗人常以花指代烛焰，如刘孝威《禊饮嘉乐殿咏曲水中烛影》："火浣花心犹未长，金枝密焰已流芳。"

同武陵王看妓诗[一]

燕姬奏妙舞①，郑女发清歌②。回羞出曼[二]脸③，送态表[三]嚬[四]蛾④。宁殊遇[五]行雨⑤，讵减见凌波⑥。想君愁日落[八]，应羡鲁阳戈。⑦

【说明】

武陵王，指萧纪（？~553），字世询。梁武帝萧衍第八子，封武陵王。刘孝胜、刘孝先均曾在萧纪幕下任职，刘孝绰与萧纪的关系则不详。

【校记】

[一]《文苑英华》卷二百十三作《武陵王殿下看妓》。《玉台新咏》卷七录为"武陵王纪《同萧长史看妓》"。

[二] 曼：《玉台新咏》卷七、《初学记》卷十五作"慢"。

[三] 表：《玉台新咏》卷七作"入"。

[四] 嚬：《初学记》卷十五作"频"。

[五] 遇：《玉台新咏》卷七作"直"，《初学记》卷十五作"过"。

[六] 日落：《玉台新咏》卷七作"日暮"，《文苑英华》卷二百十三云"集（作）'落日'"。

【注释】

①燕姬奏妙舞：燕地美女擅长歌舞。《文选·鲍照〈舞鹤赋〉》："当是时也，燕姬色沮，巴童心耻。"刘良注："巴童、燕姬，并善歌舞者。"

②郑女发清歌：郑地美女擅长歌舞。或云郑女指郑袖，战国时楚怀王后（南后）。《文选·傅毅〈舞赋〉》："于是郑女出进，二八徐侍。"高诱注曰："郑袖也。楚王之幸姬，善歌舞。"

③曼脸：柔美细腻的脸庞。

④嚬蛾：皱起的眉头。嚬，同"颦"，指皱眉。蛾，蛾眉的简称。蚕蛾触须细长而弯曲，因以比喻女子美丽的眉毛。南朝齐吴均《小垂手》：

"舞女出西秦,蹑影舞阳春。……蛾眉与曼脸,见此空愁人。"

⑤宁殊遇行雨:事本《文选·宋玉〈高唐赋序〉》:"昔者先王尝游高唐,怠而昼寝,梦见一妇人,曰:'妾巫山之女也,为高唐之客。闻君游高唐,愿荐枕席。'王因幸之。去而辞曰:'妾在巫山之阳,高山之阻。旦为朝云,暮为行雨;朝朝暮暮,阳台之下。'"李善注:"朝云行雨,神女之美也。"

⑥讵减见凌波:事本《文选·曹植〈洛神赋〉》:"凌波微步,罗袜生尘。"吕向注:"步于水波之上,如尘生也。"凌波,指洛神在水上行走的轻盈步履,此处代指洛神。

⑦想君愁日落,应羡鲁阳戈:事本《淮南子·览冥训》:"鲁阳公与韩构难,战酣日暮,援戈而扔之,日为之反三舍。"

赋得遗所思诗[①]

遗簪凋玳瑁[②],赠绮织鸳鸯[③]。未若华滋树,交枝荡子房。[④]别前秋已落,别后春更芳。所思不可寄,唯怜盈袖香。[⑤][⑥]

【说明】

赋得,此处为摘取古人成句作诗题之意。参见《夜听妓赋得乌夜啼》说明。此处古人成句指"遗所思",语出屈原《九歌·山鬼》"被石兰兮带杜衡,折芳馨兮遗所思"。

【注释】

①遗所思:赠给思念的人。遗(wèi),赠予。

②遗簪凋玳瑁:语本汉乐府《有所思》:"有所思,乃在大海南。何用问遗君,双珠玳瑁簪,用玉绍缭之。"凋,通"雕"。玳瑁,爬行动物,形似龟,甲壳黄褐色,有黑斑和光泽,可做装饰品。

③赠绮织鸳鸯:语本《古诗十九首》:"客从远方来,遗我一端绮。……文彩双鸳鸯,裁为合欢被。"

④未若华滋树,交枝荡子房:语本《古诗十九首·庭中有奇树》:"庭中有奇树,绿叶发华滋。"华滋,光彩润泽的样子,形容枝叶繁茂。

⑤所思不可寄,唯怜盈袖香:语本《古诗十九首·庭中有奇树》:"攀条折其荣,将以遗所思。馨香盈怀袖,路远莫致之。"

咏素蝶诗

随蜂绕绿蕙①,避雀隐青薇②。映日忽争起,因风乍共归。出没花中见,参差叶际飞③。芳华幸勿谢④,嘉树欲相依⑤。

【说明】

此诗体物入微,描摹传神,借咏素蝶表示诗人遭受多次沉浮后依然对为官抱有追求和渴望。此为刘孝绰咏物佳篇,后世有仿作者。

【注释】

①蕙:蕙草,一种香草。《文选·张衡〈南都赋〉》:"其香草则有薜荔蕙若,薇芜荪苌。"李善注引郭璞《山海经注》曰:"蕙,香草也,若,杜若也。"

②避雀:鸟雀以蝶为食,故云。汉乐府《蛱蝶行》:"蛱蝶之遨游东园,奈何卒逢三月养子燕,接我苜蓿间。……雀来燕,燕子见衔哺来,摇头鼓翼,何轩奴轩。"微:当作"薇"。薇,即蘼芜,一名薇芜,一种香草。《文选·张衡〈南都赋〉》:"其香草则有薜荔蕙若,薇芜荪苌。"李善注引《本草经》曰:"蘼芜,一名薇芜。"

③参差:犹差池[cī chí],长短不整齐的样子。参见《古意送沈宏》注⑧。

④芳华:即芳花,香花。《楚辞·九章·思美人》:"芳与泽其杂糅兮,羌芳华自中出。"

⑤嘉树:犹嘉木,美好的树木。汉张衡《西京赋》:"嘉木树庭,芳草如积。"

于座应令咏梨花诗[一]①

玉垒称津润②,金谷咏芳菲③。讵匹龙楼下④,素蕊映华[二]扉。杂雨疑霰[三]落⑤,因风似蝶飞。岂不怜飘坠,愿入九重闱。⑥

【说明】

此诗借咏梨花表示对皇室亲附之意,但意蕴含蓄,语言雅丽,在南朝咏物诗中较为优秀。

【校记】

[一]《艺文类聚》卷八十六题作《咏梨花应令》。

[二]华:《艺文类聚》卷八十六作"朱"。

［三］霰：《艺文类聚》卷八十六作"露"。

【注释】

①应令，参见《侍宴同刘公幹应令诗》注①。

②玉垒称津润：玉垒，山名，在四川省理县东南，多作成都的代称。《文选·左思〈蜀都赋〉》："廓灵关以为门，包玉垒而为宇。"刘逵注："玉垒，山名也，湔水出焉。在成都西北岷山界。"津润，滋润，富含水分。左思《蜀都赋》："紫梨津润，榹栗罅发"刘良注："津润，梨中含水也。"蜀都（成都）有紫梨，故云"玉垒称津润"。

③金谷咏芳菲：西晋潘岳《金谷集作》诗："灵囿繁石榴，茂林列芳梨。"故云"金谷咏芳菲"。金谷，即金谷园，西晋石崇所筑园林，石崇与潘岳等文友宴集于此。

④龙楼：汉代太子宫门名，也借指太子居所。《汉书·成帝纪》："上尝急召，太子出龙楼门，不敢绝驰道，西至直城门，得绝乃度，还入作室门。"颜师古注引张晏曰："门楼上有铜龙，若白鹤、飞廉之为名也。"

⑤霰：在高空中的水蒸气遇到冷空气凝结成的小冰粒，多在下雪前或下雪时出现。

⑥九重闱：九重宫门，指国君的宫门深邃幽远。宋玉《九辩》："君之门以九重。"《说文》："闱，宫中之门也。"

咏小儿采菱诗

采菱非采菉，日暮且盈舠。①踟蹰未敢进②，畏欲比残桃③。

【说明】

此诗吟咏娈童，虽题材不够健康，然笔调含蓄，不至过于猥亵。

【注释】

①采菱非采菉，日暮且盈舠：语出《诗·小雅·采绿》："终朝采绿，不盈一匊。"郑笺："绿，王刍也，易得之菜也。终朝采之而不满手，怨旷之深，忧思不专于事。"此处反用其意。采菉，即采绿。菉，草名，即荩草，一名"王刍"。《说文》："菉，王刍也。从草，录声。"故菉即绿。舠，小船。

②踟蹰：徘徊不前貌，缓行貌。

③残桃：即余桃，喻指男性失去君王宠爱。事本《韩非子·说难》："昔者弥子瑕见爱于卫君。卫国之法：窃驾君车者罪刖。弥子瑕母病，人间往夜告弥子，弥子矫驾君车以出。君闻而贤之，曰：'孝哉！为母之故忘其刖罪。'异日，与君游于果园，食桃而甘，不尽，以其半啖君。君曰：'爱我哉！忘其口味，以啖寡人。'及弥子色衰爱弛，得罪于君，君曰：'是固尝矫驾吾车，又尝啖我以余桃。'故弥子之行未变于初也，而以前之所以见贤而后获罪者，爱憎之变也。"

咏日应令诗

弭节驰旸谷①，照槛出扶桑②。园葵亦[一]何幸，倾叶奉离光。③

【说明】

此诗名曰咏日，实咏君王，故皆为孝绰对皇室的感慕之意。

【校记】

[一] 亦：《海录碎事》卷一作"一"。

【注释】

①弭节驰旸谷：古人以为女神羲和驾车载太阳往返于日升日落处，故云。事见《楚辞·离骚》："吾令羲和弭节兮，望崦嵫而勿迫。"王逸注："羲和，日御也。……崦嵫，日所入山也。"洪兴祖补注："弭，止也。"马茂元注："弭节，犹言停车不进。"又见《淮南子·天文训》："爰止羲和，爰息六螭，是谓悬车。"许慎注："日乘车，驾以六龙，羲和御之。日至此而薄于虞泉，羲和至此而回六螭。"旸谷，古称日出之处。《书·尧典》："分命羲仲，宅嵎夷，曰旸谷，寅宾出日。"孔传："旸，明也。日出于谷而天下明，故称旸谷。"孔颖达疏："日所出处，名曰旸明之谷。"

②照槛出扶桑：传说日出于扶桑之下，拂其树杪而升，故云。语出《楚辞·九歌·东君》："暾将出兮东方，照吾槛兮扶桑。"王逸注："日出，下浴于汤谷，上拂其扶桑，爰始而登，照曜四方。"洪兴祖补注："日以扶桑为舍槛，故曰'照吾槛兮扶桑'也。"槛，栏杆。扶桑，神话中的树名。《山海经·海外东经》："汤谷上有扶桑，十日所浴，在黑齿北。"郭璞注："扶桑，木也。"

③园葵亦何幸，倾叶奉离光：葵性向日，古人多用以比喻下对上赤

心趋向。典出三国魏曹植《求通亲亲表》："若葵藿之倾叶，太阳虽不为之回光，然向之者诚也。"离光，离开的光线，即所谓"太阳虽不为之回光"。

赋得始归雁诗

洞庭春水绿①，衡阳旅雁归②。差池[一]高复下③，欲向龙门飞④。

【说明】

此诗借咏雁表达对皇室的依附之心，应当也是应令（教）之作。

【校记】

[一] 差池：《锦绣万花谷后集》卷四十作"离地"。

【注释】

①洞庭春水绿：指已经到了春天，是洞庭湖的大雁回飞的时候了。洞庭，即洞庭湖，在今湖南省北部、长江南岸，传为大雁好栖之所。

②衡阳旅雁归：在衡阳之南有回雁峰，为衡山七十二峰之一，传说雁至此不过，遇春而回。衡阳，地名，在今湖南。

③差池：不整齐的样子。参见《古意送沈宏》注⑧。

④龙门：地名，即禹门口。在山西省河津县西北和陕西省韩城市东北。黄河至此，两岸峭壁对峙，形如门阙，故名。此处可能还有双关意，也指都门、国门，借以暗含诗人对萧梁皇室的敬慕之意，犹如《咏日应令》中的"倾叶奉离光"。

元广州景仲座见故姬诗[一]①

留故夫，不跱崛②。别待春山上，相看采蘼芜。③

【说明】

全诗反用《上山采蘼芜》之意，简而有味。

【校记】

[一]《诗纪》卷八十七云"一作《代人咏见故姬》"。

【注释】

①元广州景仲：即元景仲，南朝梁官员，时任广州刺史，故称元广州。

②跱崛：同"踟蹰"，徘徊不前的样子。

③别待春山上,相看采蘼芜:语本汉乐府《上山采蘼芜》:"上山采蘼芜,下山逢故夫。"此处反用其意。蘼芜,草名。川芎的苗,叶有香气。一说蘼芜多子,古代女性多佩以求子。

附录五:刘孝威诗选注

钓竿篇[一]

钓舟画彩鹢①,渔[二]子服冰纨②。金辖苿萸网③,银钩[三]翡翠竿④。敛桡[四]随水脉⑤,急桨[五]渡江[六]湍⑥。湍长自不辞[七],前浦有佳期⑦。船[八]交桡[九]影合,浦深鱼出迟。荷根时触饵,菱芒乍胃丝⑧。莲[十]度[十一]江南手⑨,衣渝京兆眉⑩。垂竿自有[十二]乐,谁能为太[十三]师⑪。

【说明】

《钓竿》,汉乐府铙歌名,晋鼓吹曲亦有《钓竿》。《乐府古题要解》:"有伯常子避仇河滨为渔者,其妻思之而为《钓竿歌》,每至河侧辄歌之。后司马相如作《钓竿》诗,遂传以为乐曲。若刘孝威'钓舟画彩鹢',但称纶钓嬉游而已。"

【校记】

[一]《文苑英华》卷二百一十、《乐府诗集》卷十八、《诗纪》卷八十八录为刘孝绰作。

[二] 渔:《艺文类聚》卷四十一、《乐府诗集》卷十八作"鱼"。

[三] 钩:《诗纪》卷八十八作"钓"。

[四] 敛桡:《文苑英华》卷二百一十作"促棹"。

[五] 桨:《文苑英华》卷二百一十作"艇"。

[六] 江:《艺文类聚》卷四十一作"沙"。

[七] 辞:《文苑英华》卷二百一十作"乱"。

[八] 船:《艺文类聚》卷四十一作"莲"。

[九] 桡:《艺文类聚》卷四十一、《乐府诗集》卷十八作"棹"。

[十] 莲:《文苑英华》卷二百一十作"连"。

[十一] 度:《乐府诗集》卷十八作"渡"。

[十二] 有:《文苑英华》卷二百一十、《乐府诗集》卷十八作"来"。

[十三] 太:《诗纪》卷八十八作"大"。

【注释】

①钓舟画彩鹢：古代常在船头上画鹢，着以彩色。鹢，古书上说的一种似鹭的水鸟。

②渔子：钓鱼的人。冰纨：洁白的细绢。《汉书·地理志下》："后十四世，桓公用管仲，设轻重以富国，合诸侯成伯功，身在陪臣而取三归。故其俗弥侈，织作冰纨绮绣纯丽之物。"颜师古注："冰谓布帛之细，其色鲜洁如冰者也。纨，素也。"

③金辖：黄金制作或装饰的车辖。辖，大车轴头上穿着的小铁棍，可以管住轮子使不脱落。详见考订。茱萸网：用茱萸锦结成的渔网。茱萸即茱萸锦，古锦名。晋陆翙《邺中记》："锦有大登高、小登高……大茱萸，小茱萸，大交龙，小交龙，蒲桃文锦，斑文锦，工巧百数，不可尽名也。"茱萸，植物名，其果实椭圆形，红色，粒小而多。茱萸锦的纹样即是结有果实的茱萸枝，主要呈红色，因此古人常以之与"翡翠"对举。如南朝陈姚翻《同郭侍郎采桑》"日照茱萸领，风摇翡翠簪"。南朝陈张正见《艳歌行》："并卷茱萸帐，争移翡翠床。"

④翡翠：即硬玉。一种色彩鲜艳的天然矿石，主要用作装饰品和工艺美术品。

⑤桡：桨，楫。水脉：水流。

⑥湍：急流的水。

⑦佳期：与美人约会的时间。《楚辞·九歌·湘夫人》："登白薠兮骋望，与佳期兮夕张。"王逸注："佳谓湘夫人也……与夫人期欲飨之也。"

⑧菱芒：菱的尖角。罥：缠绕。

⑨江南手：江南采莲女子的手。

⑩渝：污染，此处作被动用法。京兆眉：京兆尹张敞画出的眉毛，借指美丽的眉毛。《汉书·张敞传》："（敞）又为妇画眉，长安中传张京兆眉怃。"京兆尹，官名。汉代管辖京兆地区的行政长官，京兆为汉代京畿的行政区域，三辅之一，后来也借指京都。

⑪太师：古三公之最尊者。周置，为辅弼国君之官。《书·周官》："立太师、太傅、太保。"孔传："师，天子所师法。"秦废，汉复置。后

代相沿，多为重臣加衔，作为最高荣典以示恩宠，并无实职。

【考订】

"金辖茱萸网"，"辖"字意不通，疑为他字讹误。如"輪（綸）"之属。但难以确证。

陇头水[一]①

从军戍陇头，陇水带沙流。时观胡骑饮，常为汉国羞。衈妻成两剑②，杀子祀[二]双钩③。顿取[三]楼兰颈[四]④，就解郅支裘⑤。勿令如李广[五]，功多[六]遂不酬[七]。⑥

【说明】

《陇头水》，汉横吹曲辞之一，《陇头》别称。古辞言征人苦寒思乡，刘孝威但言戍守陇头，力战报国而已。

【校记】

[一]《艺文类聚》卷四十二作《横吹曲陇头流水》。

[二] 祀：《艺文类聚》卷四十二作"祠"。

[三] 顿取：《文苑英华》卷一百九十八、《韵补》卷二作"将顿"。

[四] 颈：《文苑英华》卷一百九十八作"膝"。

[五] 李广：本集、《文苑英华》卷一百九十八作"李牧"。

[六] 多：《文苑英华》卷一百九十八作"名"。

[七] 功多遂不酬：《文苑英华》卷一百九十八、《诗纪》卷八十八云"一作'功遂不封侯'"。

【注释】

①陇头：地名，在今陕西省陇县西北。《乐府诗集》引《通典》曰："天水郡有大阪，名曰陇坻，亦曰陇山，即汉陇关也。"引《三秦记》曰："其阪九回，上者七日乃越，上有清水四注下，所谓陇头水也。"

②衈妻成两剑：事见《吴越春秋·阖闾内传》："干将者吴人，造剑二枚……莫邪者，干将之妻也。干将曰：'吾师之作冶也，金铁之类不销，夫妻俱入冶炉之中'。莫邪曰：'先师亲烁身以成物，妾何难也'。于是干将妻乃断发揃爪，投之炉中，使童女三百，鼓橐装炭，金铁乃濡，遂以成剑。阳曰干将而作龟文，阴曰莫邪而漫理。"衈，古代称以血祭新制的器物。《说文》："衈，血祭也。"

③杀子祀双钩：事见《吴越春秋·阖闾内传》："阖闾……令曰：'能为善钩者，赏之百金。'……有人贪王之重赏也，杀其二子，以血衅金，遂成二钩，献于阖闾，诣宫门而求赏。"

④顿取楼兰颈：楼兰，古西域国名，遗址在今新疆维吾尔自治区若羌县境，罗布泊西，处汉代通西域南道上。因居汉与匈奴之间，常持两端，或杀汉使，阻通道。元凤四年（前77），汉遣傅介子斩其王安归，另立尉屠耆为王，更名为鄯善。傅介子以立功封侯。事见《汉书·西域传上》及《汉书·傅介子传》。

⑤就解郅支裘：郅支，即郅支单于（？～公元前36年），匈奴分裂为南北两部之后的北匈奴第一代单于，曾击败大宛、乌孙等国，强迫四方各族进贡，威震西域，一度领导了匈奴的短暂复兴，最后被甘延寿与陈汤率领汉朝远征军击灭。甘、陈二人因此封侯。事见《汉书·匈奴传》及《汉书·甘延寿传》。

⑥勿令如李广，功多遂不酬：李广，西汉名将，部下因军功而封侯的人很多，而李广本人战功显赫，却不见封侯。事见《史记·李将军列传》。后世多把李广看作功高不爵、命运乖舛的代表性人物。

骢马驱①

十五官[一]期门②，二十屯边徼③。犀羁玉镂鞍④，宝刀金错鞘⑤。一随骢马驱，分受青蝇[二]吊⑥。且令都护知⑦，愿被将军照⑧。誓使毡衣乡⑨，扫地无遗噍⑩。

【说明】

《骢马驱》，《骢马》的别称，属横吹曲辞。《乐府诗集》云其"皆言关塞征役之事。"孝威此作即是也。

【校记】

[一] 官：《文苑英华》卷二百九十、《乐府诗集》卷二十四作"宦"。

[二] 蝇：《诗纪》卷八十八作"绳"。

【注释】

①骢：青白杂毛的马。《说文》："骢，马青白杂毛也。"

②期门：汉皇帝侍从官官名，汉武帝时置，掌执兵扈从护卫。服虔谓："与期（约）会于门下以微行，后遂以命官"。

③边徼：犹边境。《梁书·萧藻传》："时天下草创，边徼未安。"徼，边界、边境。

④犀羁：犀牛皮制作的马笼头，或以犀角为装饰的马笼头。羁，马笼头。玉镂鞍：玉雕刻的马鞍，或以美玉装饰的马鞍。

⑤金错：又称错金。在铸造的青铜器或铁器表面上用金丝或金片镶嵌成各种华丽秀美的花纹、图案和文字的一种饰金工艺。

⑥青蝇吊：死后无人治丧，只有苍蝇来凭吊。典出《三国志·吴志·虞翻传》裴松之注引《翻别传》："（虞）翻放弃南方，云：'自恨疏节，骨体不媚，犯上获罪，当长没海隅，生无可与语，死以青蝇为吊客，使天下一人知己者，足以不恨。'"

⑦都护：汉代官名，西汉设"西域都护"，为驻守西城地区的最高长官，控制西域各国。"都"为全部，"护"为带兵监护，"都护"即为"总监护"之意。

⑧照：察知，明白。潘岳《夏侯常侍诔》："心照神交，惟我与子。"

⑨毡衣乡：犹言毡乡。指我国古代北方游牧民族所居的地区。因其以毡帐为居室，故称。鲍照《瓜步山楬文》："北眺毡乡，南晒炎国。"

⑩扫地：比喻除尽。《文选·扬雄〈羽猎赋〉》："军惊师骇，刮野扫地。"李善注："言杀获皆尽，野地似乎扫刮也。"无遗噍：犹无遗类。噍，本意为咀嚼，此处犹言"噍类"，特指活着的人或动物。《汉书·高帝纪》："襄城无噍类。"其注云："青州俗呼无子遗为无噍类。"

公无渡河[一]

请公无渡河，河广风威厉。榑[二]偃落金乌①，舟倾没犀柹②。绀盖空严祠[三]③，白马徒生[四]祭④。衔石伤寡心⑤，崩城掩孀[五]袂⑥。剑飞犹共水⑦，魂沉理俱逝[六]。君为川后臣[七]⑧，妾作江妃娣[八]⑨。

【说明】

《公无渡河》，《箜篌引》别称，属相和歌辞。崔豹《古今注》曰："《箜篌引》者，朝鲜津卒霍里子高妻丽玉所作也。子高晨起刺船，有一白首狂夫，被发提壶，乱流而渡，其妻随而止之，不及，遂堕河而死。于是援箜篌而歌曰：'公无渡河，公竟渡河，堕河而死，其奈公何'声甚凄怆，曲终亦投河而死。子高还，以语丽玉。丽玉伤之，乃引箜篌而写其声，闻者莫不堕泪饮泣。丽玉以其曲传邻女丽容，名曰《箜篌引》。"孝威此诗即敷衍古辞本事。

【校记】

［一］《艺文类聚》卷四十二作《公莫渡河篇》，《初学记》卷六作《公莫渡河》。

［二］樯：《艺文类聚》卷四十二误作"墙"。

［三］祠：《乐府诗集》卷二十六作"祀"。

［四］生：《乐府诗集》卷二十六作"牲"。

［五］孀：《初学记》卷六作"霜"。

［六］魂沉理俱逝：《初学记》卷六作"璧沉魂俱逝"。

［七］臣：《文苑英华》卷二百一十云"一作'神'"。

［八］江：《乐府诗集》卷二十六作"姜"。

【注释】

①樯偃落金乌：即言风帆倾倒。樯，帆船上挂风帆的桅杆。偃，仰倒。《说文》："仰而倒曰偃。"金乌，古代神话传说太阳中有三足乌，因用为太阳的代称。古人习惯在墙上刻为乌形，以泊之处近城，斜日为城所障，不照及乎乌樯也。

②舟倾没犀枻：即言船体翻覆。犀枻，以犀角装饰的船舷。枻，船舷，一说指船桨。

③绀盖空严祠：指古代祭祀水神的礼仪。见《汉旧仪》："祭四渎用三正牲，沉圭，有车马绀盖也。"绀，红青，微带红的黑色。《说文》："绀，帛深青扬赤色。"严祠，整备祠堂。

④白马徒生祭：仍指古代祭祀水神的礼仪。见《汉书·王尊传》："尊躬率吏民，投沉白马，祀水神河伯。"生祭，谓牲祭。

⑤衔石伤寡心：以精卫填海的故事，喻指女主人公对河神的怨恨。典出《山海经·北山经》："有鸟焉……名曰精卫……炎帝之少女名曰女娃。女娃游于东海，溺而不返，故为精卫，常衔西山之木石，以堙于东海。"

⑥崩城掩孀袂：以杞梁妻哭崩城墙的故事，喻指女主人公丧夫的哀痛和投水殉夫的决心。事见崔豹《古今注·音乐》："杞植（即杞梁）战死，妻叹曰：'上则无父，中则无夫，下则无子，生人之苦至矣。'乃抗

声长哭,杞都城感之而颓,遂投水而死。"掩袂,谓以衣袖遮面痛哭。

⑦剑飞犹共水:事见《拾遗记·诸名山》。吴王命人铸两剑,雄号干将,雌号镆铘。"及晋之中兴……张华使雷焕为丰城县令,掘而得之。华与焕各宝其一……后华遇害,失剑所在。焕子佩其一剑,过延平津,剑鸣飞入水。及入水寻之,但见双龙缠屈于潭下,目光如电,遂不敢前取矣。"

⑧川后臣:犹言波臣,引申为被水淹死者。川后,传说中的河神。《文选·曹植〈洛神赋〉》:"于是屏翳收风,川后静波。"吕向注:"川后,河伯也。"臣,男性奴仆。

⑨江妃:传说中水边的神女。刘向《列仙传·江妃二女》:"江妃二女者,不知何所人也,出游于江汉之湄,逢郑交甫,见而悦之,不知其神人也。"娣:古代女性出嫁时随嫁的女子,此指女性奴仆。

塘上行苦辛篇①

蒲生伊何陈,曲中多苦辛。②黄金坐销铄③,白玉遂淄磷④。裂衣工毁嫡⑤,掩袖切[一]谗新⑥。嫌成迹易已,爱去理难申。秦云犹变色⑦,鲁日尚回轮⑧。妾歌已肠[二]断,君心终未亲。

【说明】

《塘上行》,属相和歌辞。《乐府诗集》引《邺都故事》曰:"魏文帝甄皇后,中山无极人。袁绍据邺,与中子熙娶后为妻。后太祖破绍,文帝时为太子,遂以后为夫人。后为郭皇后所谮,文帝赐死后宫。临终为诗曰:'蒲生我池中,绿叶何离离。岂无兼葭艾,与君生别离。莫以贤豪故,弃捐素所爱。莫以麻枲贱,弃捐菅与蒯。莫以鱼肉贱,弃捐葱与薤。'"引《歌录》曰:"《塘上行》,古辞。或云甄皇后造。"引《乐府解题》曰:"前志云:晋乐奏魏武帝《蒲生篇》,而诸集录皆言其词文帝甄后所作,叹以谗诉见弃,犹幸得新好,不遗故恶焉。若晋陆机'江蓠生幽渚',言妇人衰老失宠,行于塘上而为此歌,与古辞同意。"

【校记】

[一] 切:《诗纪》卷八十八作"初"。

[二] 肠:本集、《艺文类聚》卷四十一、《乐府诗集》卷三十五作"唱"。

【注释】

①苦辛篇：以首句"蒲生伊何陈，曲中多苦辛"名篇，类似傅玄《豫章行苦相篇》以"苦相身为女，鄙陋难再陈"名篇。苦辛，犹辛苦。《古诗十九首·今日良宴会》："无为守穷贱，轗轲长苦辛。"

②蒲生伊何陈，曲中多苦辛：见说明。蒲生，《蒲生篇》，即《塘上行》。伊何，如何，怎样。陈，述说。

③黄金坐销铄：犹言众口铄金，形容毁谤之言害人之烈。语出邹阳《于狱中上书自明》："众口铄金，积毁销骨。"销铄，熔化。

④白玉遂淄磷：指美好的品质被磨灭污染。语出《论语·阳货》："不曰坚乎？磨而不磷；不曰白乎？涅而不缁。"何晏集解："孔曰：磷，薄也；涅，可以染皂。言至坚者，磨之而不薄；至白者，染之于涅而不黑。喻君子虽在浊乱，浊乱不能污。"后亦以"缁磷"喻操守不坚贞。白玉，借指洁白无瑕的操守。萧纲《君子行》："君子怀琬琰，不使涅尘淄。"

⑤裂衣工毁嫡：春申君有个爱妾叫余，她先进谗言让春申君废弃了正妻，又欲杀死正妻的儿子甲。于是余自己撕裂衣服，诬陷甲调戏她。春申君怒而杀甲。事见《韩非子·奸劫弑臣》。嫡，正妻，也指正妻所生的子女。

⑥掩袖切谗新：魏王送给楚王一个美人，甚为得宠。楚王夫人郑袖故意先向新人示好，然后告诉美人楚王不喜欢她的鼻子。新人从之，每见王，常以袖掩鼻。郑袖又告诉楚王，新人厌恶他的狐臭所以掩鼻。楚王因而大怒，下令割掉了新人的鼻子。事见《韩非子·内储说下》。

⑦秦云犹变色：事见《列子·汤问》："薛谭学讴于秦青，未穷秦青之技，自谓尽之，遂辞归。秦青弗止，饯行于郊衢，抚节悲歌，声振林木，响遏行云。薛谭乃谢求反，终生不敢言归。"

⑧鲁日尚回轮：事见《淮南子·览冥训》："鲁阳公与韩构难，战酣，日暮，援戈而挥之，日为之反三舍"。回轮，犹回车。古人认为太阳乘车出没，故太阳倒退谓之回轮。《淮南子》注云："日乘车，驾以六龙。羲和御之。"

小临海

碣石望山海①，留连降尊极②。秦帝枉[一]钩陈③，汉家增礼秩[二]④。石桥终不成⑤，桑田竟难测⑥。蜃气远生楼⑦，鲛人近潜织⑧。空劳帝女填⑨，讵动波神色⑩。

【说明】

《小临海》属舞曲歌辞。曹操有《碣石篇》，沈约有《临碣石》。《小临海》大抵与之同源，连缀与东海有关的奇幻典故以咏之。

【校记】

［一］枉：本集作"极"。

［二］秩：《乐府诗集》卷五十五作"饰"。

【注释】

①碣石望山海：碣石，渤海边的一座山名，在今河北省昌黎县北，古为观海胜地。《尚书·禹贡》载"太行、恒山，至于碣石，入于海"，故云"碣石望山海"。

②留连：留恋不舍，不愿离开；或为连续不断之意，亦通。降：降临。尊极：犹言至尊，指帝王。

③秦帝枉钩陈：指秦始皇巡幸碣石事。事见《史记·秦始皇本纪》："三十二年，始皇之碣石。"钩陈，一种用于防卫的仪仗。

④汉家增礼秩：指汉武帝巡幸碣石事。事见《汉书·武帝纪》："行自泰山，复东巡海上，至碣石。"礼秩，指祭祀。礼，举行礼仪祭神求福。秩，祭祀。

⑤石桥终不成：事见任昉《述异记》："秦始皇作石桥于海上，欲过海观日出处。有神人驱石，去不速，神人鞭之，皆流血。今石桥其色犹赤。"

⑥桑田竟难测：事见葛洪《神仙传·麻姑》："麻姑自说云，接待以来，已见东海三为桑田。"后以沧海桑田喻世事变化很大，变幻莫测。

⑦蜃气远生楼：即海市蜃楼，一种大气由于光线折射而出现的自然现象，古人以为是蜃吐气成楼台形状。蜃即蛤蜊。《史记·天官书》："海旁蜃气象楼台，广野气成宫阙然。"

⑧鲛人近潜织：《搜神记》卷十二："南海之外，有鲛人，水居如鱼，不废织绩，其眼泣，则能出珠"。任昉《述异记》："鲛人即泉先也，

又名泉客。南海出鲛绡纱，泉先潜织，一名龙纱，其价百余金，以为服，入水不濡。"

⑨空劳帝女填：即精卫填海事，精卫即炎帝帝女。详见《公无渡河》注⑤。

⑩波神：指东海海神。《庄子·外物》："（鲋鱼）对曰：'我，东海之波臣也。'"或即从此化出。

斗鸡篇

丹鸡翠翼[一]张，妒敌复[二]专场①。翅中含芥粉，距外耀金芒。②气逾上党烈[三]③，名贵[四]下辅良④。祭桥愁魏后⑤，食跖忌齐王⑥。愿赐淮南药，一使云间翔。⑦

【说明】

《斗鸡篇》，属杂曲歌辞。《乐府诗集》卷六十四："《春秋左氏传》曰：'季、郈之鸡斗，季氏介其鸡，郈氏为之金距。'杜预云：'捣芥子播其羽也。或曰：以胶沙播之为介鸡。'"引《邺都故事》曰："魏明帝大和中，筑斗鸡台。赵王石虎亦以芥羽漆砂，斗鸡于此。故曹植诗云'斗鸡东郊道，走马长楸间'是也。"六朝诗人多有作《斗鸡篇》者，皆言斗鸡游乐之事。

【校记】

[一] 翼：《文苑英华》卷二百六十作"羽"。

[二] 复：《文苑英华》卷二百六十云"一作'得'"。

[三] 烈：《乐府诗集》卷六十四作"列"。

[四] 贵：《乐府诗集》卷六十四作"愧"。

【注释】

①专场：谓在一定场所无所匹敌。三国应瑒《斗鸡》："专场驱众敌，刚捷逸等群。"

②翅中含芥粉，距外耀金芒：事见《史记·鲁周公世家》："季氏与郈氏斗鸡，季氏芥鸡羽，郈氏金距。"裴骃集解引服虔曰："捣芥子播其鸡羽，可以坌郈氏鸡目。"芥，一年或二年生草本植物，种子黄色，粉碎后有特殊辛辣臭气。金距，装在斗鸡距上的金属假距。距，雄鸡爪子后面突出像脚趾的部分。

③上党烈：指鹖鸟。沈约《宋书》卷十八："鹖鸟似鸡，出上党，为鸟强猛，斗不死不止。"上党，在今山西省的东南部，主要为长治、晋城两市。

④下韝良：指猎鹰。《文选·张衡·西京赋》："青骹挚于韝下"。李善注："韝，臂衣。鹰下韝而击。"韝，豢鹰者所用的皮臂套。打猎时用以保护手臂，停立猎鹰。

⑤祭桥愁魏后：典出曹操《祀故太尉桥玄文》："又承从容约誓之言：'殂逝之后，路有经由，不以斗酒只鸡过相沃酹，车过三步，腹痛勿怪。'"桥，桥玄，一作乔玄，字公祖。梁国睢阳县（今河南省商丘市睢阳区）人，东汉时期名臣，是曹操的知己。魏后，即魏王，指曹操。后，君主，帝王。

⑥食跖忌齐王：事见《吕氏春秋·用众》："善学者若齐王之食鸡也，必食其跖数千而后足。"本指善学而知识渊博，此处仅借用"齐王食鸡跖数千"的意思。跖，脚掌。

⑦愿赐淮南药，一使云间翔：事见葛洪《神仙传》："淮南王学道，招会天下有道之人，倾一国之尊，下道术之士，并会淮南，奇方异术，莫不争出。王遂得道，举家升天。时人传八公、安临去时，余药器置在中庭，鸡犬舐啄之，尽得升天。故犬吠于天上，鸡鸣于云中。"

拟古应教[一]①

双栖[二]翡翠两鸳鸯②，巫云[三]洛[四]月乍相望③。谁家妖冶折花枝④，蛾眉曼睇使情移[五]⑤。青[六]铺绿[七]琐琉璃扉[八]⑥，琼筵玉笥金缕衣[九]⑦。美人年几可十余⑧，含羞转[十]笑敛风裾⑨。珠丸出弹不可追⑩，空留可怜持[十一]与谁。⑪

【说明】

此篇所拟之"古"即乐府古辞《东飞伯劳歌》，题旨大致与古辞相同。《东飞伯劳歌》，属杂曲歌辞。古辞云："东飞伯劳西飞燕，黄姑织女时相见。谁家女儿对门居，开颜发艳照里闾。南窗北牖挂月光，罗帷绮帐脂粉香。女儿年几十五六，窈窕无双颜如玉。三春已暮花从风，空留可怜谁与同。"或云此非古辞，系萧衍所作。伯劳，鸟名。额部和头部的两旁黑色，颈部蓝灰色，背部棕红色，有黑色波状横纹。吃昆虫和小鸟。善鸣。

【校记】

[一] 本集、《乐府诗集》卷六十八作《东飞伯劳歌》。

[二] 栖：《文苑英华》卷二百三十云"一作'飞'"。

[三] 云：《文苑英华》卷二百三十云"一作'山'"。

[四] 洛：《玉台新咏》卷九作"落"。

[五] 蛾眉曼睇使情移：本集、《乐府诗集》卷六十八作"衫长钏动任风吹"。

[六] 青：本集、《乐府诗集》卷六十八作"金"。

[七] 绿：本集、《乐府诗集》卷六十八作"玉"。

[八] 扉：《文苑英华》卷二百三十作"扇"。

[九] 琼筵玉筥金缕衣：本集、《乐府诗集》卷六十八作"花钿宝镜织成衣"。

[十] 转：本集、《乐府诗集》卷六十八作"骋"，《诗纪》卷八十八作"啭"。

[十一] 持：本集作"特"。

【注释】

①应教：奉诸王公之命而作诗。

②翡翠：鸟名。嘴长而直，生活在水边，吃鱼虾之类。羽毛有蓝、绿、赤、棕等色，可做装饰品。《楚辞·招魂》："翡翠珠被，烂齐光些。"王逸注："雄曰翡，雌曰翠。"洪兴祖补注："翡，赤羽雀；翠，青羽雀。《异物志》云：翠鸟形如燕，赤而雄曰翡，青而雌曰翠。"鸳鸯：鸟名。似野鸭，体形较小，栖息于内陆湖泊和溪流边。雄的羽色绚丽，雌的体稍小，羽毛苍褐色。旧传雌雄偶居不离，故以喻夫妻。

③巫云：巫山之云，可借指巫山神女。宋玉《高唐赋序》："妾在巫山之阳，高丘之阻。旦为朝云，暮为行雨，朝朝暮暮，阳台之下。"洛月：洛水滨的月亮，可借指洛水女神。曹植《洛神赋》："仿佛兮若轻云之蔽月。"

④妖冶：艳丽，借指美女。

⑤蛾眉：蚕蛾触须细长而弯曲，因以比喻女子美丽的眉毛。《诗·卫风·硕人》："螓首蛾眉，巧笑倩兮。"曼睇：含情流盼，媚视。《玉台新咏·杨瞰〈咏舞〉》："罄容生翠羽，曼睇出横波。"吴兆宜注引《正字

通》："曼，……媚也。"

⑥青铺：漆成青色的铺首。铺，即铺首，门上的虎、螭等头形装饰，口中衔有门环。张协《玄武馆赋》："接栋连阿，崥崹参差，朱户青铺，幽闼秘闺。"琐：锁链形的纹饰，雕饰于门窗之上。

⑦琼筵：盛宴，美宴。谢朓《送远曲》："琼筵妙舞绝，桂席羽觞陈。"玉笥：盛衣食的华美竹箱。金缕衣：以金丝编制的华美衣服。

⑧可：大约。

⑨风裾：因风飞扬的裙裾。裾，衣服的前后部分。

⑩珠丸出弹不可追：比喻春光一去不复返，美人青春易凋零。珠丸，用珍珠做的弹丸，或为对弹丸的美称。

⑪可怜：可爱。

行还值雨又为清道所驻诗①

齐楚磐[一]石贵，韩吴异姓王。②俱乘早朝罢③，相随出建章④。喧呼惊里闬⑤，叫咷[二]骇康庄⑥。皂骖同隼击⑦，青橐似[三]鹰扬⑧。掖门南北远⑨，复道东西长⑩。幡旗争络绎⑪，官骑郁相望⑫。微风生槖传⑬，轻雨润帷裳⑭。油衣分[四]竞道⑮，小盖列成行⑯。八舍便繁密⑰，五营舆服[五]光⑱。回车避司隶⑲，俄轩揖内郎⑳。况余白屋士㉑，自依[六]卑路傍㉒。日月虽临照㉓，仄陋难明扬㉔。早荣羞日及㉕，晚知惭豫章㉖。徒抱凌云志[七]㉗，终愧摩天翔㉘。安能久沦辱㉙，图南会有方㉚。

【说明】

此诗借写雨中散朝景象，表达了作者对禄位的向往，可称述志诗。

【校记】

[一] 磐：本集、《文苑英华》卷一百五十三作"盘"。

[二] 咷：本集作"吼"。

[三] 似：本集作"以"。

[四] 分：《文苑英华》卷一百五十三作"纷"。

[五] 舆服：本集误作"与复"。

[六] 依：《诗纪》卷八十八云"一作'休'"。

[七] 志：《文苑英华》卷一百五十三作"意"。

【注释】

①值：遇到。清道：又称净街，即清除道路，驱散行人。旧时常于帝王、官员出行时行之。

②齐楚磐石贵，韩吴异姓王：指宗室和异姓王侯。磐石，本指厚而大的石头，借喻分封的宗室。《史记·孝文本纪》："高帝封王子弟，地犬牙相制，此所谓磐石之宗也。"韩吴异姓王，汉高祖分封的异姓王有齐王韩信（后改封楚王）、长沙王吴芮，故云。此二句为互文。

③早朝：早上朝会或朝参。

④建章：宫殿名。汉武帝作建章宫，南朝宋时又以京城建康（今江苏省南京市）北邸为建章宫。也泛指宫阙。

⑤喧呼：喧闹呼叫。里闬：本指里门，借指乡里。《后汉书·成武孝侯顺传》："顺与光武同里闬，少相厚。"李贤注："闬，里门也。"

⑥叫咷：大喊，高呼。咷，本指小儿啼哭不停，也泛指放声大哭，此指大声呼喝。康庄：四通八达的大道。

⑦皂驺：穿黑衣骑马的侍从。皂，黑色。驺，主驾车马的小吏，也指高官出行时的侍从。隼击：比喻疾速而猛烈地攻击。隼，鹰类的猛禽，飞得很快，经常突然从空中冲向猎物。

⑧青橐：盛放印信、文书、弓弩等物的青色皮袋。橐，口袋。《说文》："小而有底曰橐，大而无底曰囊。"鹰扬：威武貌。《诗·大雅·大明》："维师尚父，时维鹰扬。"毛传："鹰扬，如鹰之飞扬也。"

⑨掖门：宫殿正门两旁的边门。《汉书·高后纪》："章从勃请卒千人，入未央宫掖门。"颜师古注："非正门而在两旁，若人之臂掖也。"

⑩复道：楼阁或悬崖间有上下两重通道，称复道。《史记·留侯世家》："上在雒阳南宫，从复道望见诸将相与坐沙中语。"裴骃集解引如淳曰："上下有道，故谓之复道。"

⑪幡旗：旗帜。幡，一种用竹竿等挑起来垂直挂着的长条形旗子，也泛指旗帜。络绎：连续不断，往来不绝。

⑫官骑：王室的骑兵，也指官府的骑兵。郁：隆盛，繁多。

⑬棨传：用木头做成，像戟的样子。古代官吏出行时用来证明身份的东西，也是古代官吏出行时用作前导的一种仪仗。

⑭帷裳：车旁的帷幔。《诗·卫风·氓》："淇水汤汤，渐车帷裳。"

孔颖达疏："以帷障车之旁如裳，以为容饰，故或谓之帷裳，或谓之童容。"

⑮油衣：用桐油涂制而成的雨衣。

⑯小盖：小小的车盖。盖，古代车上遮雨蔽日的篷子，形圆如伞，下有柄。

⑰八舍：古代庶子宿卫王宫之处。因在王宫之四方四隅，故云八。《周礼·天官·宫伯》："授八次八舍之职事。"郑玄注："卫王宫者，必居四角四中，于徼候便也。郑司农云：'庶子卫王宫，在内为次，在外为舍。'次，其宿卫所在；舍，其休沐之处。"便蕃：即便藩，随侍者繁多的样子。《左传·襄公十一年》："乐只君子，福禄攸同，便蕃左右，亦是帅从。"杜预注："便蕃，数也。言远人相帅来服从，便蕃然在左右。"

⑱五营：原指屯骑、越骑、步兵、长水、射声五校尉所领部队。后泛指诸军营。典出《后汉书·顺帝纪》："调五营弩师，郡举五人，令教习战射。"李贤注："五营，五校也。谓长水、步兵、射声、屯骑、越骑等五校尉也。"舆服：车舆冠服与各种仪仗。

⑲回车：调转车头。司隶：官名。《周礼》秋官之属。汉武帝置司隶校尉，领兵一千二百人，捕巫蛊，督察大奸猾。后罢其兵，改察三辅、三河、弘农七郡。哀帝时称司隶，东汉复旧称，仍察七郡。魏晋以后沿用，唐废。

⑳俄轩：侧过车身。俄，倾斜。轩，古代一种前顶较高而有帷幕的车子，供大夫以上乘坐。揖：相让。内郎：泛称担任宫中护卫、侍从的近臣。

㉑白屋士：指平民或寒士。白屋，指不施彩色、露出本材的房屋。一说，指以白茅覆盖的房屋。为古代平民所居。《汉书·王莽传上》："开门延士，下及白屋。"颜师古注："白屋，谓庶人以白茅覆屋者也。"

㉒卑路：低路。卑，地势低下。

㉓日月虽临照：本谓天日照耀，多喻指君王的仪范或恩德施予臣下。《左传·桓公二年》："君人者，将昭德塞违，以临照百官。"

㉔仄陋难明扬：语出曹操《求贤令》："二三子其佐我明扬仄陋，唯才是举。"仄陋，指有才德却地位卑微之人。明扬，举用，选拔。庾信《谨赠司寇淮南公》："小人司刺举，明扬实滥吹。"倪璠注："扬，

举也。"

㉕早荣羞日及：以木槿花的朝开夕落为羞耻。《文选·陆机〈叹逝赋〉》："譬日及之在条，恒虽尽而弗悟。"李周翰注："日及，木槿华也，朝荣夕落。"

㉖晚知惭豫章：因枕木与樟木要到很晚才能分别而惭愧。《史记·司马相如列传》："其北则有阴林巨树，楩枏豫章。"张守节正义："案：《活人》云：'豫，今之枕木也。章，今之樟木也。二木生至七年，枕樟乃可分别。'"豫章，亦作"豫樟"。枕木与樟木的并称。也比喻栋梁之材，即有才能的人。《南史·王俭传》："丹阳尹袁粲闻其名，及见之曰：'宰相之门也。栝柏豫章虽小，已有栋梁气矣，终当任人家国事。'"。

㉗凌云志：直上云霄的志向，多形容志向崇高或意气高超。

㉘摩天翔：高飞在天，指身居高位。摩天，迫近蓝天。形容极高。

㉙沦辱：指沉沦下僚，蒙受耻辱。沦，沉沦，没落。

㉚图南：意图向南飞，比喻人的志向远大。典出《庄子·逍遥游》："北冥有鱼，其名为鲲。化而为鸟，其名为鹏。鹏之徙于南冥也，水击三千里，抟扶摇而上者九万里，背负青天而莫之夭阏者，而后乃今将图南。"有方：有办法。方，办法。

奉和逐凉诗[①]

钟鸣夜未央[②]，避暑起彷徨[③]。长河似曳素，明星若散珰。[④]倚岩欣石冷，临池爱水凉。月纤张敞画[⑤]，荷妖韩寿香[⑥]。对此游清夜，何劳娱洞房。[⑦]

【说明】

此诗多借闺闱典故状写自然景物，笔调秾丽，可见宫体的风行。

【注释】

①奉和：谓奉命和诗，也泛指做诗词与别人相唱和。逐凉：乘凉。

②夜未央：夜深还未到天明。《诗·小雅·庭燎》："夜如何其？夜未央。"孔颖达疏："谓夜未至旦。"

③彷徨：徘徊，走来走去，不知道往哪里走好。

④长河似曳素，明星若散珰：此二句效谢朓《晚登三山还望京邑》"余霞散成绮，澄江静如练"笔法。长河，天河，银河。素，没有染色的

丝绸。《说文》:"素,白致缯也。"珰,珠玉制作的耳饰。

⑤月纤张敞画:纤细的月亮形如蛾眉。此处用"张敞画眉"典故。事见《汉书·张敞传》:"然敞无威仪,时罢朝会,过走马章台街,使御史驱,自以便面拊马。又为妇画眉,长安中传张京兆眉抚。"

⑥荷妖韩寿香:美丽的荷花发出奇香。此处用"韩寿偷香"典故。事见《晋书·贾谧传》:"晋韩寿美姿容,贾充辟为司空掾。充少女午见而悦之,使侍婢潜修音问,及期往宿,家中莫知,并盗西域异香赠寿。充僚属闻寿有奇香,告于充。充乃考问女之左右,具以状对。充秘其事,遂以女妻寿。"

⑦对此游清夜,何劳娱洞房:语本司马相如《长门赋》:"悬明月以自照兮,徂清夜于洞房。"清夜,清静的夜晚。洞房,幽深的内室。多指卧室、闺房。

赋得香出衣诗

香出衣,步近气逾飞。博山登高用邺锦①,含情动靥比洛妃②。香缨麝带缝金缕③,琼花玉胜缀珠徽④。苏合故年微恨歇⑤,都梁路远恐非新⑥。犹贤汉君芳千里⑦,尚笑荀令止三旬⑧。

【说明】

此诗为刘孝威杂言诗代表作。语辞绮靡,亦是典型宫体风调。以男性典故吟咏熏香,较有特色。

【注释】

①博山、登高:均为邺地产出的锦缎名。晋陆翙《邺中记》云:"锦有大登高、小登高、大明光、小明光、大博山、小博山……工巧百数,不可尽名也。"邺:指邺城,古代著名都城,在今河北临漳县西、河南安阳市北郊一带。当时盛产锦缎。

②靥:面颊上的微涡。洛妃:传说中的洛水女神宓妃,为古代传说中的著名美人。

③香缨:系有香囊的丝带。缨,彩带,古代女子许嫁时所佩,亦用以系香囊。《礼记·内则》:"男女未冠笄者……衿缨,皆佩容臭"。孔颖达疏:"以缨佩之者,谓缨上有香物也。"麝带:熏染麝香的丝带。麝,一种小型鹿,脐有香,古人取之熏香。金缕:指金缕衣,用金丝编织而成的华

④琼花：玉珠穿缀而成的花状头饰。玉胜：玉制的发饰。《山海经·西山经》云："西王母其状如人，豹尾虎齿而善啸，蓬发戴胜。"郭璞注："胜，玉胜也。"珠徽：编织着明珠的丝绳。徽，丝线。《说文》："徽，三股绳也。"

⑤苏合：即苏合香。《太平御览》卷九八二录晋郭义恭《广志》云："苏合出大秦，或云苏合国。人采之，笞（笪）其汁以为香膏，卖滓与贾客。或云合诸香草，煎为苏合，非自然一种也。"故年：旧年，往年。南朝梁王筠《代牵牛答织女》诗："犹想今春悲，尚有故年泪。"

⑥都梁：即都梁香。南朝梁吴均《行路难》诗之四："博山炉中百合香，郁金苏合及都梁。"宋王观国《学林·五木香》："盖谓郁金香、苏合香、都梁香也……皆蛮所产，非中国物也。"苏合产自罗马，都梁产自伊朗，到达中国则耗时良久、路途遥远，故云"苏合故年""都梁路远"。

⑦汉君芳千里：事见张华《博物志》："汉武帝时，西国遣使，献异香四枚于朝，汉制香不满斤不得受。使乃将其香，取如大豆许，著在宫门上，香闻长安四十里，经月乃歇，帝乃受之。"

⑧荀令止三句：此处用"荀令香"典。《太平御览》卷七〇三引晋习凿齿《襄阳记》："荀令君至人家，坐处三日香。"荀令君，即荀彧，字文若，为侍中，守尚书令。传说他曾得异香，用以熏衣，余香三日不散。后以"荀令香"指奇香异芳。

附录六：彭城刘氏家族其他成员诗歌选注

刘绘

有所思[一]

别离安可再，而我[二]更重之。佳人不相见，明月空在帷。共衔[三]满堂酌，独敛向隅眉。①中心乱如雪②，宁知有所思。

【说明】

此为《同沈右率诸公赋鼓吹曲二首》其二。沈右率即沈约。右率，官名，太子右卫率的简称，宿卫东宫，亦任征伐，地位颇重。西晋始置，东晋、南朝皆置。《有所思》，《乐府古题要解》云：其辞大略言"有所思，乃在大海南，何用问遗君？双珠毒瑁簪。闻君有他心，烧之当风扬其灰。从今已往，勿复相思，而与君绝"也。若齐王融"如何有所思"、梁刘绘"别离安可再"，但言离思而已。

【校记】

[一]《艺文类聚》卷四十一作《有所思行》。

[二] 而我：《文苑英华》卷二百二十云"一作'佳人'"。

[三] 衔：《诗纪》卷六十二作"御"。

【注释】

①共衔满堂酌，独敛向隅眉：语本刘向《说苑·贵德》："今有满堂饮酒者，有一人独索然向隅而泣，则一堂之人皆不乐矣。"向隅，面对着屋子的一个角落。

②中心：心中。

刘遵

度关山

陇树寒色落①，塞云朝欲开。谷深鼙易响②，路狭幰难回③。当知结绶去④，非是弃缥来⑤。行人思顾返⑥，道别且徘徊⑦。愿度关山鹤，劳歌立可哀⑧。

【说明】

《度关山》，属《相和歌辞·相和曲》。据《乐府古题要解》："曹魏乐奏武帝所赋'天地间，人为贵'，言人君当自勤劳，省方黜陟，省刑薄赋也。若梁戴暠云'昔听《陇头吟》，平居已流涕'，但叙征人行役之思焉。"刘遵此作则言送别情形。

【注释】

①陇树：陇山一带的树木，泛指边塞之树。寒色：寒气。或云指枯草、秃枝、荒野等寒冷时节的颜色。

②鼙：即鼙鼓，古代军中用的小鼓。《说文》："鼙，骑鼓也。"

③幰：车上的帷幔，借指幰车。《说文新附》："幰，车幔也。"

④结绶：佩系印绶，谓出仕为官。绶，古代用以系佩玉、官印等物

的丝带。

⑤弃繻：典出《汉书·终军传》："初，军从济南当诣博士，步入关，关吏予军繻。军问：'以此何为？'吏曰：'为复传，还当以合符。'军曰：'大丈夫西游，终不复传还。'弃繻而去。"繻，汉代出入关隘的帛制通行证，上写字，分为两半，出入时验合。"弃繻"，表示决心在关中创立事业。后因用为年少立大志之典。

⑥顾返：返还。《古诗十九首·行行重行行》："浮云蔽白日，游子不顾返。"

⑦道别：离别，分手。徘徊：流连貌，一说徐行貌。

⑧劳歌：忧伤惜别之歌。

刘孺

侍宴饯新安太守萧几应令诗①

芝殿[一]延藻[二]景②，画室[三]写油[四]云③。玄览多该洽④，圣思[五]究前闻⑤。

微密探[六]精义⑥，优游妙典坟⑦。饮饯参多士⑧，言赠赋新文。

【说明】

此诗着力描写了为萧几饯行的宴会上皇室率领文人集体创作的情形，萧梁文华盛景可见一斑。

【校记】

[一] 殿：《文苑英华》卷一百七十九作"盖"。

[二] 延藻：《文苑英华》卷一百七十九作"近簿"。

[三] 室：《文苑英华》卷一百七十九作"石"。

[四] 油：《文苑英华》卷一百七十九作"岫"。

[五] 思：《文苑英华》卷一百七十九作"恩"。

[六] 探：《文苑英华》卷一百七十九作"操"。

【注释】

①萧几（491～?），字德玄，齐曲江公萧遥欣子，为新安太守。能属文，少为沈约称赏。

②芝殿：生有灵芝的宫殿。典出《史记·孝武本纪》："夏，有芝生殿防内中。"藻景：华美的日光。

③画室：有画饰的宫室。油云：浓云。语出《孟子·梁惠王上》："天油然作云，沛然下雨。"

④玄览：远见；深察。该洽：博通。

⑤圣思：帝王的思虑。

⑥微密：精微周密。精义：精深微妙的义理。

⑦优游：从容致力于某事。典坟：亦作"典贲"，三坟五典的省称，指各种古代文籍。三坟五典相传为我国最早的古籍。

⑧饮饯：以酒饯行。语出《诗·邶风·泉水》："出宿于泲，饮饯于祢。"

相逢狭路间①

送君追遐路②，路狭暧朝雾③。三危上蔽日④，九折杳连云⑤。枝交幰不见⑥，听静吹才闻⑦。岂伊叹道远⑧，亦乃泣涂分⑨。况兹别亲爱⑩，情念切离群。

【说明】

此诗题目虽取自汉乐府《相逢行》，却非如古辞一般歌咏家势富贵，实为送别之诗。

【注释】

①相逢狭路间：语本汉乐府《相逢行》："相逢狭路间，道隘不容车。"

②遐路：远路；长途。王粲《赠蔡子笃诗》："瞻望遐路，允企伊仁。"

③暧：昏暗不明的样子。雾：同"雰"，雾气，云气。

④三危：三危山的省称。因三峰耸峙，其势欲坠，故名。在今甘肃省敦煌市东南，属祁连山脉。

⑤九折：九折坂的省称。其势回曲九折，险峻非常。在今四川邛崃。出自《汉书·王尊传》："王阳为益州刺史，行部至邛郲九折坂，叹曰：'奉先人遗体，奈何数乘此险！'后以病去。"

⑥幰：车上的帷幔。

⑦吹：指送别的歌吹。

⑧岂伊：犹岂，难道。伊，语中助词，无义。

⑨涂分：犹"分涂"，亦作"分途"。分道，分路。

⑩亲爱：亲近喜爱的人。

刘孝仪

从军行

冠军亲挟[一]射①，长平自合围[二]②。木落雕弓燥，气秋征马[三]肥。③贤王皆屈膝④，幕府复申威⑤。何谓从军乐，往返速如飞。

【说明】

《从军行》，《乐府古题要解》言"皆述军旅苦辛之词也"。但孝仪此诗写汉家军威雄壮，平定匈奴，是为军旅之乐。

【校记】

[一] 挟：《艺文类聚》卷五十九、《文苑英华》卷一百九十九、《乐府诗集》卷三十二作"侠"。

[二] 围：《诗纪》卷八十七误作"闱"。

[三] 马：《诗纪》卷八十七作"雁"。

【注释】

①冠军：指汉朝名将霍去病。霍去病因征匈奴等军功，封冠军侯。挟射：犹言挟弓射箭。

②长平：指汉朝名将卫青。卫青因出击匈奴，屡建功勋，官至大将军，封长平侯。合围：四面包围。

③木落雕弓燥，气秋征马肥：谓秋季弓劲马肥。木落，树叶凋落，借指秋天。雕弓，刻绘花纹的弓，精美的弓。

④贤王：匈奴贵族的封号。有左贤王、右贤王，共同襄助大单于处理国事。

⑤幕府：本指将帅在外的营帐，借指将帅。申威：施展神威。

和简文帝赛汉高庙诗①

珪币崇明祀②，牲樽礼贵神③。风惊如集庙，光至似来陈。徘徊灵驾入④，叫啸倡歌新⑤。将言非为己，致敬乃祈民。多才与多事，今古独为邻。

【说明】

此诗为萧纲《汉高庙赛神诗》的和诗，其时萧纲出镇雍州，未登帝位，诗题为后人所加。雍州位于汉中地区，汉中是汉高祖刘邦身为汉王时的封地，因此有汉高庙。

【注释】

①赛：行祭礼以酬神。汉高庙：汉高祖刘邦的庙宇。

②珪币：祭祀用的玉帛。明祀：对重大祭祀的美称。《左传·僖公二十一年》："崇明祀，保小寡，周礼也。"

③牲樽：祭祀用的酒肉礼器。牲，古代供祭祀用的全牛，泛指供祭祀、盟誓及食用的家畜。

④灵驾：运载天子灵柩的车驾。

⑤叫嘑：大喊，高呼。

刘孝胜

武溪深行

武溪[一]深不测①，水安舟复轻。暂侣[二]庄生钓②，还滞鄂君行③。棹歌争后[三]发④，噪鼓逐前征⑤。秦上山川险，黔中木石并[四]。林壑秋籁[五]急⑥，猿哀夜月明⑦。澄源本千仞，回峰忽万萦⑧。昭潭让无底⑨，太华推削成⑩。日落野通气⑪，目极怅余情[六]。下流曾不浊[七]，长迈寂无声⑫。羞学沧浪水，濯足复濯[八]缨⑬。

【说明】

《武溪深行》，一作《武陵深行》，属乐府《杂曲歌辞》。吴兢《乐府诗集》引崔豹《古今注》曰："《武溪深》，马援南征之所作也。援门生爰寄生善吹笛，援作歌，令寄生吹笛以和之。名曰《武溪深》。"

【校记】

[一] 溪：《文苑英华》卷二百一十作"陵"。

[二] 侣：《文苑英华》卷二百一十作"借"。

[三] 后：《文苑英华》卷二百一十作"复"。

[四] 木石并：《文苑英华》卷二百一十作"水复清"，注云"又作'木石青'"。《诗纪》卷八十七云"一作'水石清'"。

[五] 籁：《文苑英华》卷二百一十作"濑"。

[六] 情：《文苑英华》卷二百一十作"清"。

[七] 浊：《文苑英华》卷二百一十作"得"，注云"一作'蜀'"。

［八］濯：《文苑英华》卷二百一十作"沾"。

【注释】

①武溪：一作"五溪"。据《水经注》，指雄溪、樠溪、西溪、沅溪、辰溪，在湖南、贵州交界处。

②庄生钓：庄生即庄子。庄子不慕富贵、追求自由，在濮水垂钓时，拒绝了请他去管理国政的楚王使者。事见《庄子·秋水》。

③鄂君：名子皙，楚王之弟，容貌甚美。渡江时，操舟越人见而悦之，作《越人歌》以赞。鄂君闻后，乃举绣被覆以与越人交欢。事见刘向《说苑·善说》。

④棹歌：行船时所唱之歌。棹，划船的工具，形状与船桨相似。此指划船。

⑤征：行。

⑥秋籁：犹秋声。

⑦猿哀夜月明：传说猿猴常于月夜啼鸣。猿哀，指猿猴的哀鸣。郦道元《水经注·三峡》："每至晴初霜旦，林寒涧肃，常有高猿长啸，属引凄异。空谷传响，哀转久绝。故渔者歌曰：'巴东三峡巫峡长，猿鸣三声泪沾裳。'"

⑧仞：古代长度计量单位，周制八尺，汉制七尺。萦：回旋缠绕。

⑨昭潭让无底：《水经注·湘水》："湘水又北径昭山西，山下有旋泉，深不可测髣髴，故言昭潭无底也。"昭潭，在今湖南省长沙县昭山下，相传周昭王南征溺死于此，故名。

⑩太华推削成：《山海经·西山经》："又西六十里，曰太华之山，削成而四方，其高五千仞，其广十里，鸟兽莫居。"太华，山名，即西岳华山，在今陕西省华阴市南，因其西有少华山，故称太华。

⑪通气：谓气脉畅达。《汉书·郊祀志下》："山泽通气，然后能变化。"

⑫长迈寂无声：《文选·左思〈吴都赋〉》："百川派别，归海而会。控清引浊，混涛并濑，渍薄沸腾，寂寥长迈。"李善注："长迈，不回之意。"长迈，本义是远行，此处特指江河入海远流。

⑬"羞学"二句：屈原被放逐后来到江边，渔父劝其"与世推移"，屈原表示宁可投江而死也要坚持自己的清白。渔父乃歌"沧浪之水清兮，

可以濯吾缨；沧浪之水浊兮，可以濯吾足"，操船离去，不再与屈原交谈。事见《楚辞·渔父》。"羞学"两句也就是誓守高洁，不取渔父这种"与世推移"、随波逐流的处世哲学的意思。

冬日家园别阳羡始兴诗[①]

四鸟怨离群[②]，三荆悦同处[③]。如今腰艾绶[④]，东南各殊举。且欣棠棣集[⑤]，弥惜光阴遽[⑥]。黠吏本须裁[⑦]，豪民亦难御[⑧]。愿勖千金水[⑨]，思闻五湖誉[⑩]。

【说明】

此诗为赠别兄弟牧守一方而作。阳羡，代指诗人之兄刘孝仪，为阳羡令。始兴未详，应亦为刘孝胜的兄弟或族兄弟，任职始兴。

【注释】

①阳羡：地名，在今江苏省宜兴市一带。此代指任阳羡令的刘孝仪。始兴：在今广东省韶关市。

②四鸟怨离群：典出《孔子家语·颜回》："（颜回）对曰：'回闻桓山之鸟，生四子焉。羽翼既成，将分于四海，其母悲鸣而送之，哀声有似于此，谓其往而不返也。'"

③三荆悦同处：典出吴均《续齐谐记》："京兆田真兄弟三人，共议分财。……堂前一株紫荆树，共议欲破三片。明日，就截之，其树即枯死，状如火然。真往见之，大惊，谓诸弟曰：'树本同株，闻将分斫，所以憔悴。是人不如木也。'因悲不自胜，不复解树。树应声荣茂，兄弟相感，合财宝，遂为孝门。""四鸟""三荆"均为兄弟友爱不忍分别之意。陆机《豫章行》："三荆欢同株，四鸟悲异林。"

④腰：此处用作动词，佩在腰上之意。艾绶：系印纽的绿色丝带，汉官秩二千石以上者用之。《后汉书·酷吏列传·董宣》："以宣尝为二千石，赐艾绶，葬以大夫礼。"

⑤棠棣：古书上说的一种植物名，或云即郁李。《诗·小雅》有《棠棣》篇，是一首申述兄弟应该互相友爱的诗。后常用"棠棣"以指兄弟。

⑥遽：急忙，匆忙。

⑦黠吏：奸猾之吏。

⑧豪民：地方上无官职但有财势，不守法度，凌压百姓的人。御，治理。

⑨愿勖千金水：广州石门有水曰贪泉，相传饮此水者即廉士亦贪。廉吏吴隐之赴任广州刺史，酌而饮之，并赋诗曰："古人云此水，一歃怀千金；试使夷齐饮，终当不易心。"到任后清操愈厉。事见《晋书·良吏传·吴隐之》。勖，勉励，此为"以……为勉励"之意。

⑩五湖：一说为太湖，一说为太湖周围五个湖泊，一说为江南的五个大湖：具区（今太湖）、洮滆（今江苏长荡湖、西滆湖）、彭蠡（今鄱阳湖）、青草（今洞庭湖东南部）和洞庭。这里泛指天下。

刘孝先

咏竹诗

竹生荒野外，梢云耸百寻①。无人赏高节，徒自抱贞心②。耻染湘妃泪③，羞入上宫琴④。谁能制长笛，当为吐龙吟⑤。

【说明】

此诗气格高卓，为齐梁咏物诗中少量不涉及艳情与阿附的佳作。

【注释】

①寻：古代长度单位，八尺为一寻。

②贞心：坚贞不移的心地。《逸周书·谥法》："贞心大度曰匡。"孔晁注："心正而明察也。"

③耻染湘妃泪：此处反用"湘妃竹"典故。相传帝舜南巡苍梧而死，他的两个妃子在江湘之间哭泣，眼泪洒在竹子上，从此竹竿上都有了斑点。事见张华《博物志》。

④羞入上宫琴：此处可能反用"上宫琴"典故。司马相如《美人赋》言其"道由桑中，朝发溱洧，暮宿上宫"，遇女挑逗之，"遂设旨酒，进鸣琴"。上宫，指代男女约会之地。典出《诗经·桑中》："期我乎桑中，要我乎上宫，送我乎淇之上矣。"则"羞入上宫琴"与"耻染湘妃泪"同义，均言竹子品性高洁，不屑流连于男女艳情。或云"上宫琴"为宫廷乐曲，"羞入上宫琴"指竹子不恋慕富贵，亦通。

⑤龙吟：形容箫笛类管乐器声音响亮。

王叔英妇（刘绘长女）

昭君怨[一]

一生竟何定，万事良[二]难保。丹青失旧[三]仪[四]①，匣玉[五]成秋草②。相接[六]辞关泪，至今犹未燥。汉使汝南③还，殷勤为人道④。

【说明】

《昭君怨》，悲昭君远嫁也。《乐府古题要解》云："汉人怜昭君远嫁，为作歌诗。始武帝以江都王建女细君为公主，嫁乌孙王昆莫，令琵琶马上作乐，以慰其道路之思。其送明君亦然。晋文王讳昭，故晋人改为明君。石崇有妓曰绿珠，善歌舞。以此曲教之，而自制《王明君歌》，其文悲雅，'我本汉家子'是也。"王叔英妇此作即多有效仿石崇之处。

【校记】

[一]《玉台新咏》卷八作《和昭君怨》，《艺文类聚》卷三十作《王昭君怨诗》。

[二]良：《艺文类聚》卷三十、《乐府诗集》卷五十四、《诗纪》卷九十四作"最"。

[三]旧：《艺文类聚》卷三十误作"应"。

[四]仪：《艺文类聚》卷三十、《玉台新咏》卷八作"图"。

[五]匣玉：以上选本均作"玉匣"。

[六]相接：《文苑英华》卷二百四十、《乐府诗集》卷五十四、《诗纪》卷九十四作"想妾"。

【注释】

①丹青失旧仪：指昭君为画工所误事。见《乐府古题要解》："汉元帝后宫既多，不得常见，乃使画工图其形，案图召幸。宫人皆赂画工，多者十万，少者亦不减五万。昭君自恃容貌，独不肯与。工人乃丑图之，遂不得见。及后匈奴入朝，选美人配之，昭君之图当行。及入辞，光彩射人，悚动左右。天子方重失信外国，悔恨不及。"仪，容貌举止。

②匣玉成秋草：语本石崇《王明君辞》："昔为匣中玉，今为粪上

英。朝华不足欢，甘与秋草并。"

③汝南：地名，指今河南省鲁山县以东、宝丰县以南、叶县西北一带地区。南朝宋又于今湖北安陆市东北吉阳城侨置南汝南郡。昭君即今湖北人，则"汝南还"可能代指回到昭君的故乡。

④殷勤：衷情，心意。一说指频繁、反复，亦通。

刘令娴

答外诗二首（其二）

东家挺奇丽①，南国擅容辉②。夜月方神女③，朝霞喻洛妃④。还看镜中色，比艳自[一]知非。摛词徒妙好，连类顿乖违。⑤智夫虽已丽⑥，倾城未敢希⑦。

【说明】

此诗为徐悱《对房前桃树咏佳期赠内》的答诗。其一为徐悱《赠内》的答诗，语辞温丽，艺术水平更胜此首，然多用白描，无须出注。

【校记】

[一] 自：《艺文类聚》十八、《诗纪》卷九十四作"似"。

【注释】

①东家挺奇丽：语出宋玉《登徒子好色赋》："天下之佳人莫若楚国，楚国之丽者莫若臣里，臣里之美者莫若臣东家之子。"

②南国擅容辉：语出曹植《杂诗七首·其四》："南国有佳人，容华若桃李。"

③夜月方神女：语出宋玉《神女赋》序："（神女）其少进也，皎若明月舒其光。"神女，即巫山神女。《文选·宋玉〈高唐赋〉序》云："昔者先王尝游高唐，怠而昼寝，梦见一妇人曰：'妾，巫山之女也。'"李善注引《襄阳耆旧传》："赤帝女曰姚姬（一作'瑶姬'），未行而卒，葬于巫山之阳，故曰巫山之女。楚怀王游于高唐，昼寝梦见与神遇，自称是巫山之女。"又《神女赋》序："楚襄王与宋玉游于云梦之浦，使玉赋高唐之事，其夜王寝，果梦与神女遇，其状甚丽，王异之，明日以白玉。"

④朝霞喻洛妃：语本曹植《洛神赋》："远而望之，（洛神）皎若太阳升朝霞。"洛妃，传说中的洛水女神宓妃。

⑤摘词徒妙好，连类顿乖违：徐悱来诗以东家女、桃花类比刘令娴的美貌，令娴故有此语，言夫君谬赞。摘词，铺陈文辞。摘，本意为舒展，借指详细叙述。连类，连缀同类事物。《文选·枚乘〈七发〉》："比物属事，离辞连类。"李善注："《韩子》曰：多言繁称，连类比物也。"乖违，背离，违背，引申为失误、不当。

⑥智夫：睿智的夫君，为刘令娴对丈夫的敬爱之称。丽：此作动词用，指称赞美丽。

⑦倾城：形容女子极其美丽。希：谋求。

听百舌诗①

庭树旦新晴，临镜出雕楹②。风吹桃李气，过传[一]春鸟声。净写山阳笛③，全[二]作洛滨笙④。注意欢留[三]听，误令妆不成。

【说明】

此作风格清新流丽，内容则无关闺怨，仅是闲逸之情，殊为可贵。

【校记】

[一] 过传：《诗纪》卷九十四云"一作'传过'"。

[二] 全：《文苑英华》卷三百二十九误作"金"。

[三] 欢留：《文苑英华》卷三百二十九作"留观"。

【注释】

①百舌：参见刘孝绰《咏百舌》注①。

②临镜：即对镜。雕楹：饰有浮雕、彩绘的屋柱，借指华丽的屋宇。楹，厅堂前部的柱子。

③山阳笛：晋人向秀"经山阳之旧居"，闻"邻人有吹笛者，发音寥亮"。典出向秀《思旧赋》。按，向秀因笛声追忆亡友嵇康、吕安，因作《思旧赋》。后世因多以"山阳笛"为怀念故友的典实。但此诗中仅取"发音寥亮"意。山阳，汉置县名，属河南郡，故城在今河南省修武县境。魏晋之际，嵇康、向秀等尝居此为竹林之游。

④洛滨笙：语出刘向《列仙传·王子乔》："王子乔者，周灵王太子晋也。好吹笙作凤凰鸣，游伊、洛之间。"后以"洛滨笙"借指仙人吹笙声。

参考文献

著作

（清）朱乾：《乐府正义》，乾隆五十四年秬香堂刻本。

（明）王次回：《疑雨集》，扫叶山房书局，1926。

（清）许巽行：《文选笔记》，宋星五等辑《文渊楼丛书》，文瑞楼书局，1928。

（清）宋长白：《柳亭诗话》，施蛰存主编《中国文学珍本丛书》第1辑第2种，上海杂志公司，1935。

王秀琴编集，胡文楷选订《历代名媛文苑简编》，商务印书馆，1947。

（清）周亮工：《书影》，上海古典文学出版社，1957。

（清）严可均校辑《全上古三代秦汉三国六朝文》，中华书局，1958。

（宋）朱熹集注《诗集传》，中华书局，1958。

（宋）司马光编撰，（元）胡三省音注《资治通鉴》，中华书局，1959。

（唐）陈子昂著，徐鹏校《陈子昂集》，中华书局，1960。

（清）彭定求等编《全唐诗》，中华书局，1960。

（宋）李昉编《太平御览》，中华书局，1960。

（宋）李昉等编《太平广记》，中华书局，1961。

（汉）班固著，（唐）颜师古注《汉书》，中华书局，1962。

（清）许槤评选，（清）黎经诰笺注《六朝文絜笺注》，中华书局，1962。

（清）王士禛撰，张宗柟纂集《带经堂诗话》，人民文学出版社，1963。

（清）永瑢等撰《四库全书总目》，中华书局，1965。

（唐）欧阳询撰，汪绍楹校《艺文类聚》，中华书局，1965。

（清）王士禛：《池北偶谈》，中华书局，1972。

（南朝梁）萧子显：《南齐书》，中华书局，1972。

（唐）姚思廉：《梁书》，中华书局，1973。

（唐）房玄龄等撰《晋书》，中华书局，1974。

（南朝梁）沈约：《宋书》，中华书局，1974。

（唐）魏征、令狐德棻：《隋书》，中华书局，1974。

（后晋）刘昫等撰《旧唐书》，中华书局，1975。

（唐）李延寿：《南史》，中华书局，1975。

（宋）欧阳修、宋祁：《新唐书》，中华书局，1975。

（清）孙枝蔚：《溉堂集》，上海古籍出版社，1979。

钱锺书：《管锥编》，中华书局，1979。

（明）胡应麟：《诗薮》，上海古籍出版社，1979。

（晋）干宝撰，汪绍楹校注《搜神记》，中华书局，1979。

（宋）郭茂倩编《乐府诗集》，中华书局，1979。

高亨：《周易大传今注》，齐鲁书社，1979。

（清）阮元校刻《十三经注疏》，中华书局，1980。

（北齐）颜之推著，王利器集解《颜氏家训集解》，上海古籍出版社，1980。

（清）王夫之撰，戴鸿森笺注《姜斋诗话》，人民文学出版社，1981。

鲁迅：《鲁迅全集》，人民文学出版社，1981。

（汉）司马迁著，（南朝宋）裴骃集解，（唐）司马贞索隐，（唐）张守节正义《史记》，中华书局，1982。

汤用彤：《隋唐佛教史稿》，中华书局，1982。

（唐）李百药：《北齐书》，中华书局，1983。

（清）崔述：《崔东壁遗书》，上海古籍出版社，1983。

羊春秋、何严编《历代治学论文书信选》，岳麓书社，1983。

郭绍虞编《清诗话续编》，上海古籍出版社，1983。

（清）董诰等编《全唐文》，中华书局，1983。

逯钦立辑校《先秦汉魏晋南北朝诗》，中华书局，1983。

（唐）刘肃：《大唐新语》，中华书局，1984。

萧涤非：《汉魏六朝乐府文学史》，人民文学出版社，1984。

（南朝宋）刘义庆撰，徐震堮注《世说新语》，中华书局，1984。

（明）钟惺、谭元春：《诗归——古诗归》，湖北人民出版社，1985。

（唐）释皎然：《诗式》，中华书局，1985。

（清）纪容舒：《玉台新咏考异》，中华书局，1985。

（宋）葛立方：《韵语阳秋》，中华书局，1985。

郑文笺注《汉诗选笺》，上海古籍出版社，1986。

（明）王志坚：《四六法海》，《景印文渊阁四库全书》第1394册，台湾商务印书馆，1986。

（南朝梁）刘勰著，周振甫译《文心雕龙今译》，中华书局，1986。

（南朝梁）萧统编，（唐）李善注《文选》，上海古籍出版社，1986。

（唐）林宝：《元和姓纂》，《景印文渊阁四库全书》第890册，台湾商务印书馆，1986。

陈寅恪著，万绳楠整理《陈寅恪魏晋南北朝史讲演录》，黄山书社，1987。

（唐）杜甫：《杜工部集》，岳麓书社，1987。

（南朝梁）萧统编，（唐）李善等注《六臣注文选》，中华书局，1987。

（明）杨慎撰，王仲镛笺证《升庵诗话笺证》，上海古籍出版社，1987。

（清）何焯：《义门读书记》，中华书局，1987。

（宋）惠洪、朱弁、吴沆等撰，陈新点校《冷斋夜话·风月堂诗话·环溪诗话》，中华书局，1988。

梁漱溟：《梁漱溟学术精华录》，北京师范学院出版社，1988。

（唐）李白：《李太白集》，岳麓书社，1989。

（唐）李世民等《唐五十家集》，上海古籍出版社，1989。

（明）周清原著，周楞伽整理《西湖二集》，人民文学出版社，1989。

杨伯峻编著《春秋左传注》，中华书局，1990。

（汉）刘向编撰，张涛译注《列女传译注》，山东大学出版社，1990。

（汉）刘向：《列仙传》，上海古籍出版社，1990。

（南朝梁）慧皎等撰《高僧传合集》，上海古籍出版社，1991。

曹道衡、沈玉成：《南北朝文学史》，人民文学出版社，1991。

杨钟羲：《雪桥诗话三集》，北京古籍出版社，1991。

陈寅恪：《陈寅恪史学论文选集》，上海古籍出版社，1992。

（宋）祝穆：《古今事文类聚》，上海古籍出版社，1992。

（唐）王维著，（清）赵殿成笺注《王右丞集笺注》，上海古籍出版社，1992。

（明）周婴：《卮林》，上海古籍出版社，1992。

（清）潘德舆撰，吴宗海笺注《养一斋诗话笺注》，新天出版社，1993。

（明）张溥辑《汉魏六朝百三家集》，上海古籍出版社，1994。

阎采平：《齐梁诗歌研究》，北京大学出版社，1994。

（清）俞樾：《茶香室丛钞》，中华书局，1995。

（清）王初桐：《奁史》，北京图书馆古籍出版编辑组编《北京图书馆古籍珍本丛刊》第72册，书目文献出版社，1995。

（北魏）郦道元著，谭属春、陈爱平点校，《水经注》，岳麓书社，1995。

（清）梁章钜撰，冯惠民点校《称谓录》，中华书局，1996。

陆福庆主编《古诗分类鉴赏系列·咏物篇》，上海辞书出版社，1996。

（清）潘衍桐：《两浙輶轩续录》，《续修四库全书》第1687册，上海古籍出版社，1996。

唐圭璋主编《全宋词》，中州古籍出版社，1996。

（北齐）阳松玠：《谈薮》，中华书局，1996。

王令樾：《文选诗部探析》，台湾编译馆，1996。

（清）赵翼著，华夫主编《赵翼诗编年全集》，天津古籍出版社，1996。

郁沅、张明高编《六朝诗话钩沉》，中国广播电视出版社，1997。

吴文治主编《明诗话全编》，江苏古籍出版社，1997。

（明）钟惺：《名媛诗归》，《四库全书存目丛书》第339册，齐鲁书社，1997。

（南朝梁）钟嵘著，周振甫译注《诗品译注》，中华书局，1998。

程章灿：《世族与六朝文学》，黑龙江教育出版社，1998。

（明）叶绍袁编，冀勤辑校《午梦堂集》，中华书局，1998。

（清）俞琰：《咏物诗选》，成都古籍出版社，1998。

刘跃进、范子烨编《六朝作家年谱辑要》，黑龙江教育出版社，1999。

（北齐）颜之推著，庄辉明、章义和撰《颜氏家训译注》，上海古籍出版社，1999。

（清）顾汧：《凤池园诗集》，《四库未收书辑刊》第7辑第26册，北京出版社，2000。

（清）张玉穀撰，许逸民点校《古诗赏析》，上海古籍出版社，2000。

（唐）王昌龄著，胡问涛、罗琴校注《王昌龄集编年校注》，巴蜀书社，2000。

（战国）屈原等著，吴广平注译《楚辞》，岳麓书社，2001。

陈寅恪：《金明馆丛稿初编》，三联书店，2001。

（唐）骆宾王著，谌东飚校点《骆宾王集》，岳麓书社，2001。

（清）沈善宝：《名媛诗话》，《续修四库全书》第1706册，上海古籍出版社，2002。

陈寅恪：《隋唐制度渊源略论稿》，三联书店，2002。

（清）袁枚：《随园诗话》，中国戏剧出版社，2002。

（清）姚范：《援鹑堂笔记》，《续修四库全书》第1149册，上海古籍出版社，2002。

（唐）李贺著，王友胜、李德辉校注《李贺集》，岳麓书社，2003。

（宋）王应麟：《玉海》，广陵书社，2003。

刘世南：《在学术殿堂外》，中国文史出版社，2003。Koko

胡大雷：《宫体诗研究》，商务印书馆，2004。

曹道衡：《兰陵萧氏与南朝文学》，中华书局，2004。

（唐）封演著，赵贞信校注《封氏闻见记》，中华书局，2005。

汉语大词典编纂处整理《康熙字典》，汉语大辞典出版社，2005。

严绍璗：《日本藏汉籍珍本追踪纪实：严绍璗海外访书志》，上海古籍出版社，2005。

（汉）刘向编集，贺伟、侯仰军点校《战国策》，齐鲁书社，2005。

〔美〕曼素恩著，定宜庄等译《缀珍录：十八世纪及其前后中国妇女》，江苏人民出版社，2005。

〔日〕遍照金刚：《文镜秘府论汇校汇考》，中华书局，2006。

刘柏林、胡令远编《中岛敏夫教授汉学研究五十年志念文集》，复旦大学出版社，2006。

刘师培：《中国中古文学史讲义》，上海古籍出版社，2006。

（明）张溥撰，殷孟伦注《汉魏六朝百三家集题辞注》，中华书局，2007。

王水照编《历代文话》，复旦大学出版社，2007。

（汉）孔安国传，（唐）孔颖达等正义《尚书正义》，上海古籍出版社，2007。

周一良：《魏晋南北朝史札记》，中华书局，2007。

（晋）陶渊明著，李剑国辑校《新辑搜神后记》，中华书局，2007。

本书编委编《中华大典·文学典·魏晋南北朝文学分典》，凤凰出版社，2007。

（清）赵翼撰，曹光甫校点《廿二史劄记》，凤凰出版社，2008。
王毅、阳盛海选编《深藏劲骨文自豪：马积高先生纪念文集》，岳麓书社，2008。
（汉）许慎撰，（清）段玉裁注《说文解字》，中国戏剧出版社，2008。
张可礼：《东晋文艺综合研究》，山东大学出版社，2009。
杨伯峻译注《论语译注》，中华书局，2009。
赵红菊：《南朝咏物诗研究》，上海古籍出版社，2009。
（清）沈学渊：《桂留山房诗集》，《清代诗文集汇编》第560册，上海古籍出版社，2010。
（清）张佩纶：《涧于集》，《清代诗文集汇编》第768册，上海古籍出版社，2010。
（清）吴绮：《林蕙堂全集》，《清代诗文集汇编》第68册，上海古籍出版社，2010。
（清）钮琇：《临野堂文集》，《清代诗文集汇编》第165册，上海古籍出版社，2010。
（清）汤贻汾：《琴隐园诗集》，《清代诗文集汇编》第526册，上海古籍出版社，2010。
（清）陈用光：《太乙舟诗集》，《清代诗文集汇编》第489册，上海古籍出版社，2010。
（清）孙原湘：《天真阁集》，《清代诗文集汇编》第464册，上海古籍出版社，2010。
（清）陈文述：《颐道堂诗外集》，《清代诗文集汇编》第504册，上海古籍出版社，2010。
（宋）徐照、徐玑、翁卷等《永嘉四灵诗集》，浙江大学出版社，2010。
（南朝陈）徐陵：《玉台新咏》，人民文学出版社，2010。
（清）袁枚：《袁枚闺秀诗话》，王英志主编《清代闺秀诗话丛刊》第1册，凤凰出版社，2010。
李剑国：《唐前志怪小说辑释》，上海古籍出版社，2011。
（清）谭嗣同：《谭嗣同集》，岳麓书社，2012。
曾枣庄：《中国古代文体学》，上海人民出版社，2012。
（南朝宋）范晔：《后汉书》，中华书局，2013。

骆明、王淑臣主编《历代孝亲敬老诏令律例·先秦至隋唐卷》，光明日报出版社，2013。

（清）孙诒让：《周礼正义》，中华书局，2013。

论文

钱穆：《略论魏晋南北朝学术文化与当时门第之关系》，《新亚学报》1963年第2期。

尹荣方：《略论齐梁咏物诗》，《汕头大学学报》（人文社会科学版）1987年第2期。

〔日〕清水凯夫：《〈文选〉编辑的周围》，《佳木斯大学社会科学学报》1989年第2期。

王青：《齐梁山水诗创作的新特点》，《烟台大学学报》1991年第3期。

顾农：《与清水凯夫先生论〈文选〉编者问题》，《齐鲁学刊》1993年第1期。

杨东林：《略论南朝的家族与文学》，《文学评论》1994年第3期。

阎采平：《士庶关系与齐梁文学集团》，《文学遗产》1994年第3期。

钱志熙：《齐梁拟乐府诗赋题法初探——兼论乐府诗写作方法之流变》，《北京大学学报》1995年第4期。

王力坚：《宫体正义》，《学术研究》1995年第5期。

詹福瑞：《梁代宫体诗人略考》，《河北大学学报》1996年第2期。

傅刚：《永明文学至宫体文学的嬗变与梁代前期文学状态》，《社会科学战线》1997年第3期。

普慧：《齐梁三大文学集团的构成及其盟主的作用》，《社会科学战线》1998年第2期。

钱志熙：《乐府古辞的经典价值——魏晋至唐代文人乐府诗的发展》，《文学评论》1998年第2期。

詹鸿：《丽而不淫，约而不俭——论辗转于萧氏门下的刘孝绰及其诗歌研究》，《龙岩师专学报》（社会科学版）1998年第4期。

李真瑜：《世家·文化·文学世家》，《殷都学刊》1998年第4期。

傅刚：《试论梁代天监、普通年间文学思想与创作》，《文学遗产》1998年第5期。

马宝记:《南朝彭城刘氏家族文学研究》(上、下),《许昌师专学报》1999年第4期、2000年第3期。

周唯一:《彭城刘氏诗群在齐梁诗坛之创作与影响》,《中国文学研究》2001年第2期。

李国来:《刘孝绰诗歌研究》,硕士学位论文,河北大学,2001。

秦跃宇:《刘孝绰与齐梁文学》,硕士学位论文,扬州大学,2002。

顾农:《刘孝绰"名教"案与〈文选〉编撰》,《人民政协报》2002年8月6日,B03版。

秦跃宇:《刘孝绰与〈文选〉研究》,《重庆师院学报》(人文社会科学版)2003年第1期。

李真瑜:《文学世家:一种特殊的文学团体》,《文艺研究》2003年第6期。

杨晓斌、甄芸:《我国古代文学家族的渊源及形成轨迹》,《新疆大学学报》(哲学人文社会科学版)2005年第1期。

力之:《综论〈文选〉的编者问题(上)——从文献可信度层面上辨"与刘孝绰等撰"说不能成立》,《江汉大学学报》(人文科学版)2005年第1期。

童自樟:《刘孝仪刘孝威集注》,硕士学位论文,四川大学,2005。

尹玉珊:《南朝女作家丛考》,硕士学位论文,南京师范大学,2005。

田宇星:《刘孝绰集校注》,硕士学位论文,四川大学,2006。

曹冬栋:《刘孝绰集校注》,硕士学位论文,东北师范大学,2006。

张静:《刘孝绰、刘孝仪、刘孝威的诗歌比较研究》,硕士学位论文,河北大学,2006。

孙士现:《梁武帝与文人及梁代前期文学之关系》,《新疆教育学院学报》2007年第1期。

邵春驹:《论永明年间的集体咏物诗和拟乐府诗创作》,《南通纺织职业技术学院学报》2007年第2期。

庄新霞:《汉魏六朝女性著述考论》,博士学位论文,山东大学,2007。

荣丹:《刘孝绰及其诗歌研究》,硕士学位论文,湖南大学,2007。

王人恩:《刘令娴〈祭夫徐悱文〉的写作时间及其在古代祭文发展史上的地位》,《社科纵横》2008年第1期。

王书才：《从萧统和刘孝绰等人对〈文选〉作品的接受看〈文选〉的编者问题》，《楚雄师范学院学报》2009年第1期。

宋文杰：《论刘令娴的诗歌创作》，《安徽文学》2009年第3期。

孙伟伟：《彭城安上里刘氏家族考论及其文学研究——以刘绘、刘孝绰为中心》，硕士学位论文，南京师范大学，2009。

郭慧：《玉台新咏女性诗人研究》，硕士学位论文，山东大学，2009。

王婷婷：《南朝彭城刘氏家族与文学》，硕士学位论文，复旦大学，2010。

〔日〕佐伯雅宣：《六朝的行旅诗》，《中国中世文学研究》2010年。

张静：《从题材上解读刘孝威的乐府诗》，《时代文学》2011年第2期。

王园园：《刘孝威研究》，硕士学位论文，广西师范大学，2011。

邹建雄：《彭城刘孝绰家族与齐梁诗歌格律化走向》，《文艺评论》2012年第6期。

梁梦：《刘孝威诗歌研究》，硕士学位论文，湖南大学，2012。

陈元瑞：《南朝女性诗歌的发展概况及刘令娴的诗歌创作》，《鸡西大学学报》2013年第3期。

李凯娜：《彭城刘氏家族与齐梁文学研究》，硕士学位论文，浙江大学，2013。

周钢：《南朝彭城安上里刘氏家族文学研究》，硕士学位论文，西北师范大学，2013。

陈小花：《南朝女性文学创作研究》，硕士学位论文，福建师范大学，2014。

王园园：《南朝诗人刘孝威生卒年及诗风考辨》，《读书文摘》2015年第12期。

后　记

　　彭城刘氏是南朝最著名的文学家族之一，当时有七十人能文，近古未有。刘绘文章谈义，领袖后进；刘孝绰号为辞宗，声闻绝域；孝仪、孝威等兄弟，玄黄成采，各擅雕龙；令娴三姊妹亦文笔清拔，名留青史。刘氏家族在南朝文坛极具影响力，不独与谢朓、王融、沈约、任昉等一流作家均有交游唱和，更是紧密围绕在萧子良、萧衍、萧统、萧纲、萧绎等皇室文学领袖身侧，为之羽翼。他们热情地发志赋诗，论文选集，积极参与并推动了南朝文学的"新变"。其文学不仅完整地展现了从元嘉体到永明体再到梁陈体的演进轨迹，复能上接魏晋，下启隋唐，即便是杜甫、李白、韩愈这等出类拔萃的大诗人，亦有所陶染。其当世影响之隆、后代流惠之功，不可等闲视之。

　　然而南朝是一个华丽却又动荡的时代，有多少风流人物，总被雨打风吹去。"芳华幸勿谢，嘉树欲相依"——刘孝绰在《咏素蝶诗》中如此深沉地感慨道。孝绰以诗性的敏感，意识到在时代的风雨中，刘氏家族只是渺小柔弱的蝴蝶，需要托庇于参天大树。而这"嘉树"正是他们所服膺侍奉的皇室文学领袖。奈何事与愿违，大厦倾覆，嘉树摧折，长鲸疾驱，芳华零落。连萧氏家族都不能自保，遑论刘氏。于是逃死抱疾，俊杰流离，篇简佚散。今之存者，十不足一。固是披沙拣金，裁汰糟粕；难免沉珠碎玉，减损精华。刘氏家族之湮灭无闻，实是南朝文学乃至中国古代文学的重大损失。

　　所幸，学术界已经注意到刘氏家族文学的存在意义。萧氏嘉树虽已不存，今之学林却在试图勾勒蝴蝶蹁跹飞舞的芳踪。近年来，关于南朝彭城刘氏家族文学的研究层见迭出，烨若星罗，却也稍显碎散。本书即力求系统全面地论述刘氏家族的文学创作与成就，对刘氏家族文学进行客观深入的批评。初稿仅限研究，成书又加之诗歌选注。南朝文人好矜才炫博，典事四陈，加之其用典的语法、含义均与后世有所不同，故常见误读。本书特加注解，希图推动对刘氏家族文本的阐释，进一步展现刘氏家族的精神风貌，助益于相关学术研究。学力有限，不免误谬。敢云浅见，惠于学林；愿言深追，有俟方家。

本书在我博士学位论文的基础上增订而成，是我青春的凝聚，路途的起点。百般滋味，俱在其中。

本书问世，多得良师益友之助。在此向他们表示最衷心的感谢：

感谢我攻读博士学位期间的导师李剑锋先生。我在学术上本是"半路出家"，写作途中遇有险阻，幸得先生谆谆善诱，指破迷津。李先生不唯学术精湛，视野前沿，还始终秉持着严谨的态度。自此书初稿完成后，直到拨冗作序之际，仍不忘嘱我核准引文，推敲措辞。李先生之治学风范，学生当终生追效。

感谢李剑锋先生的导师，敬爱的张可礼先生，他也提出了宝贵的意见。可礼先生年近耄耋，仍不辞辛劳，悉心指教，长者风范，永志不忘。日前惊闻可礼先生谢世，特此致哀。

感谢我攻读硕士学位期间的导师周广璜先生。周先生春风化雨，雅趣超尘，在学习和生活上，始终给予我深切的关怀。铭感终身，不可或忘。

感谢我的挚友蓝青，在本书写作修改期间给予了我温暖的鼓励和无私的帮助。

感谢我的家人，本作的顺利问世，也得益于我的父母和先生在生活和精神上的大力支持。本书未及付梓，父亲竟已与世长辞。悲夫！子欲养而亲不待。谨以此书告慰先父在天之灵。

感谢社会科学文献出版社的编辑为此书辛劳付出，倾注心血。

拙笔微言，感激之情，实难尽述！

郭　慧

2021 年 2 月

图书在版编目(CIP)数据

嘉树欲相依：南朝彭城刘氏家族文学/郭慧著. --北京：社会科学文献出版社，2021.3
ISBN 978-7-5201-7939-3

Ⅰ.①嘉… Ⅱ.①郭… Ⅲ.①中国文学-古典文学研究-南朝②家族-文化研究-中国-南朝 Ⅳ.①I206.391②K820.9

中国版本图书馆 CIP 数据核字(2021)第 029926 号

嘉树欲相依：南朝彭城刘氏家族文学

著　　者 / 郭　慧

出 版 人 / 王利民
责任编辑 / 李期耀
文稿编辑 / 李月明

出　　版 / 社会科学文献出版社
　　　　　　地址：北京市北三环中路甲29号院华龙大厦　邮编：100029
　　　　　　网址：www.ssap.com.cn

发　　行 / 市场营销中心 (010) 59367081　59367083
印　　装 / 北京玺诚印务有限公司

规　　格 / 开　本：787mm×1092mm　1/16
　　　　　　印　张：22.5　字　数：357千字

版　　次 / 2021年3月第1版　2021年3月第1次印刷
书　　号 / ISBN 978-7-5201-7939-3
定　　价 / 98.00元

本书如有印装质量问题，请与读者服务中心 (010-59367028) 联系

版权所有 翻印必究